Anselm Oelze

# PANDORA

*Roman*

Schöffling & Co.

Die Arbeit an diesem Roman wurde durch ein
Stipendium der Kulturstiftung des Freistaates Sachsen gefördert.

Erste Auflage 2023

Covermotiv: Séverin Millet
Satz: Fotosatz Amann, Memmingen
Druck & Bindung: Pustet, Regensburg
ISBN 978-3-89561-134-6

www.schoeffling.de
www.anselm-oelze.de

»Ich sann schon oft,
aus andrem Grund, in langen Nächten, nach, wodurch
der Menschen Leben eigentlich verdorben wird.«

*Euripides, Hippolytus*

# ERSTER TEIL

# I

Der Anruf kam zur Unzeit.

Carline stand, die frisch gewaschenen, nassen Haare in ein Handtuch gewickelt, in ihrem Schlafzimmer und musterte die Gegenstände auf ihrem Bett: eine moskitostichsichere Trekkinghose, eine unverwüstliche Bluejeans, eine Leinenhose und eine Bio-Baumwollshorts, zwei T-Shirts, ein Grandad-Hemd und eine Funktionsbluse; eine Regenjacke, Wanderschuhe und Flipflops, vier Paar Socken, drei Sport-BHs und fünf Slips (denn sie fand die Vorstellung, in der tropischen Hitze nicht regelmäßig die Unterhose wechseln zu können, unerträglicher als den Gedanken, mehrere Tage ein und denselben BH tragen zu müssen, und jedes Gramm zählte). Dazu kamen ein ultraleichtes Handtuch, ein faltbarer Sonnenhut und zwei Sonnenbrillen, wobei hier die schwierige Entscheidung noch ausstand, ob es die schicke, braunmelierte Variante sein sollte, die sie sommers auch zu Hause trug, die bei hoher Luftfeuchtigkeit jedoch leichter von der Nase rutschte, oder aber die verspiegelte Sportversion mit rutschfestem Gummi am Nasensteg sowie waschbarem Halteband; in diesem Fall waren allerdings in puncto legeres Aussehen deutliche Abstriche zu machen und dieses Argument hatte durchaus Gewicht, denn darin lag ja gerade der Sinn der Übung, die Carline in diesem Moment durchführte: eine Ausrüstung zusammenzustellen, in der sie weder wie die prototypische Urwald-Ethnologin noch wie das Klischee einer Brasilientouristin aussah, die aber trotzdem den Anforderungen genügte und ihren Zweck erfüllte.

»Ich hab es ihm vorhin gesagt«, erklärte Martje.

Carline atmete einmal deutlich hörbar aus; ihr Blick war noch immer auf das Bett gerichtet. Den Aktivkohle-Wasserfilter, der dort ebenfalls lag, hatte sie schon die letzten Male nicht benötigt. Doch irgendwie entzog er sich geschickt dem Gesetz der Sparsamkeit, das jede Forschungsreise dominierte, und schließlich, whatever, man konnte ja nie wissen.

Ihr Handy machte Bling. Sie wollte es sofort vom Ohr nehmen und die Nachricht lesen (überhaupt: wo waren eigentlich die AirPods?), besann sich aber, um Martje nicht warten zu lassen.

»Wow. Wie hat er reagiert?«

Die Antwort, die folgte, war zwar lang, aber nicht kompliziert, jedoch unsortiert und immer wieder von Schweigepausen und Schluchzern unterbrochen. Carline erlaubte sich während einer der Unterbrechungen einen Blick aufs Telefon.

J&P haben Abendessen gecancelt, dafür komm T, der Neue, mit Partner, schrieb Cédric, und, ja, er schrieb tatsächlich ›komm‹, statt ›kommt‹, und das ärgerte Carline, weil er sie, seit sie sich kannten, immer wieder gern in ihrem schnell und ehrgeizig erlernten Deutsch verbesserte, sich selbst aber, vor allem in Textnachrichten, diversen Schludrigkeiten hingab, und das hasste sie, Schludrigkeiten, selbst dann wenn, wie vielleicht in diesem Fall, die Autokorrektur schuld war, das unsmarteste Tool seit Erfindung des Smartphones.

OK, schrieb sie zurück, zwischen einem Schluchzer von Martje und einem Blick auf die Malaria-Tabletten, die noch von der letzten Reise stammten und die, wie sich bei genauerem Hinsehen auf die Lasche der Packung herausstellte, vor einem Monat abgelaufen waren. Angesichts der Nebenwirkungen war die Vorstellung, jeden Tag prophylaktisch Tabletten einzuschmeißen, ohnehin keine angenehme. Aber zumindest als Notfallmedikament sollten sie parat sein – das hatte auch die Ärztin in der Tropenmedizin beim letzten Impfcheck betont.

Eine plötzliche, starke Hitze staute sich unter dem Handtuch auf ihrem Kopf. Wie sollte das alles bis morgen früh zu schaffen sein? Neue Tabletten besorgen, Sachen packen, Martje zuhören, die sich allem Anschein nach, nein, sogar unglaublich tatsächlich gerade von David, Cédrics bestem Freund, getrennt hatte; und dazwischen nun auch noch Cédric selbst mit zweiminütlichen Updates in Sachen Gästeanzahl für das Abendessen mit Kolleginnen und Kollegen, das bereits vor Monaten in den gemeinsamen Online-Kalender eingetragen worden war und das nur deshalb ungünstigerweise auf den Abend vor ihrer Abreise fiel, weil sie vor der Buchung des Flugs nicht noch einmal in eben diesen Kalender geschaut hatte. Doch anstatt um eine Vorverlegung des Essens zu bitten oder den Flug zu verschieben (die Full-Flex-Option erlaubte es und am Institut verschoben ständig irgendwelche Leute irgendwelche Flüge), hatte sie, wie um sich selbst zu kasteien für diese verdammte Schludrigkeit, allen Ernstes vorgeschlagen, die Menüplanung und das Kochen zu übernehmen. Kurz, ganz kurz immerhin hatte sie Genugtuung dabei empfunden, sich tough und vollkommen gefühlt, weil Cédric in einer solchen Situation niemals so etwas vorgeschlagen hätte. Aber nun, in diesem Moment, mit dem ganzen Zeug auf dem Bett und Martje am Ohr, merkte sie, wie ihr die Sache über den Kopf wuchs.

Sie riss das Handtuch herunter und lief in die Küche.

»Hast du ihm gesagt, dass du weder aus der Wohnung ausziehen noch mit nach Montana kommen wirst?«, fragte sie, kurz bevor sie in der Küche ankam.

Auch diese Frage, obwohl nicht sonderlich komplex, zog eine längere Antwort nach sich und schenkte wertvolle Sekunden.

Auf der Anrichte neben dem Herd lagen drei Kochbücher. Carline blätterte durch das erste und betrachtete einige Gerichte (Gebackene Aubergine mit frittierten Zwiebeln und Zitrone; Salat von geröstetem Blumenkohl mit Haselnüssen; Safraneis mit Berberitzen, Pistazien und Kräutern). Obwohl die Fotos wirklich gut aussahen, legte sie es angewidert zur Seite. Seit längerer Zeit schon kochte gefühlt jede zweite Person in ihrer Umgebung dieses israelisch-mediterrane Essen und sie konnte es eigentlich nicht mehr sehen, geschweige denn riechen und schmecken. Aber selbst wenn sie unter dem Motto ›Mediterran trifft asiatisch‹ zu den Fusionvarianten desselben Kochs überging (Frühlingszwiebeldip mit Grünkohl; Brunnenkresse mit Roter Quinoa; Lammbries mit weißer Pfefferkruste, Erbsenpüree und Miso), war das Risiko zu hoch, dass wenigstens eine Person aus Cédrics Team bereits in dem Londoner Restaurant gegessen hatte, aus dem die Gerichte stammten, und den Vergleich mit dem Original, auf den konnte sie, vielen Dank auch, getrost verzichten.

Sie griff zum *The Great Chef's Guide to Nordic Cuisine*, schlug ihn auf und gleich darauf wieder zu. Welcher normale Mensch, bitteschön, hatte Birkenwein, eine Auswahl roh verzehrbarer Wildpilze sowie Trüffel aus Gotland in seiner Küche? Nicht mal ein Delikatessenladen in New York führte all diese Dinge! Und wer auch immer die Idee gehabt hatte, derlei Essen hyperprofessionell fotografieren, auf Hochglanzpapier drucken und in Leinen binden zu lassen, hatte dabei jedenfalls nicht an sie, Carline Macpherson, gedacht, die jetzt in ihrer Küche stand und, verdammt noch mal, die Uhr lief, ein Menü für sechs Gäste zusammenzustellen hatte, die in, Schweiß lass nach, gut fünf Stunden im Wohnzimmer stehen und mit Cédric einen Aperitif zu sich nehmen würden (vermutlich Vermouth, darauf fuhr er seit einer Weile ab; zur Not tat es auch ein Prosecco, aber natürlich ausschließlich di Cartizze, wenn hoffentlich noch eine Flasche davon im Haus war, dann konnte er nämlich erzählen, wie er sie eigenhändig in Italien gekauft und nach Deutschland transportiert hatte).

Sie hieb auf die Arbeitsplatte.

»Ist alles in Ordnung?«

Carline bejahte schnell. Allerdings nur, damit Martje weiterredete und so ausführlich wie möglich die letzten Tage und Wochen vor der Trennung schilderte. Denn es war natürlich nichts in Ordnung. Nichts war in Ordnung! Und während sie zum nächsten Kochbuch überging (*Vegetarische Rezepte aus einem zenbuddhistischen Kloster*), ärgerte sie sich darüber, nicht selbst so emanzipiert zu sein wie ihre beste Freundin, die einen Cut gemacht hatte; die, wie sie es schilderte, einfach gesagt hatte ›Schluss, aus, vorbei‹. Nein, stattdessen stand sie hier und geriet langsam, aber sicher in Panik, und das nur, weil sie allen, die in einigen Stunden hier eintrudeln würden, insbesondere Cédric, unbedingt beweisen wollte, dass sie nicht das akademische One-Trick-Pony war, für das gefühlt die meisten sie hielten. Ja, okay, ihr Porträtfoto auf der Institutswebsite war, anders als das wirklich gut aussehende Bild von Cédric auf der Seite seiner Firma, mit dem Telefon selbstgemacht, in einer halbstündigen Prozedur zwischen einem Nachmittagskaffee und einer Aufsatzlektüre, wie die meisten Porträts aufstrebender Akademikerinnen. Aber das hieß ja noch lange nicht, dass ihre einzige Fähigkeit universale Unfähigkeit war!

Sie lief zurück ins Schlafzimmer, um den Gedanken abzuschütteln. Doch während ihr Knie nur knapp einem Zusammenstoß mit der Bettkante entging, musste sie feststellen, wie mindestens die Idee, alles hinzuschmeißen, klettenartig an ihr heftete. Aber war eine Trennung wirklich die Lösung? Das schien dann doch etwas zu kurz gegriffen; abgesehen davon, dass sie selbst in diesem Moment felsenfest behauptet hätte, Cédric zu lieben, und noch dazu insgeheim meinte, genau zu wissen, woran es in Martjes und Davids Ehe eigentlich haperte. Das Problem lag – leider – nicht einzig und allein bei David – eine Feststellung, die aus Carlines Sicht den Haken hatte, dass sie ihn etwas zu gut davonkommen ließ, denn er war nun mal ein Gockel, da führte kein Weg dran vorbei. Ein einigermaßen gut aussehender Gockel zwar, wobei, sein Aussehen war gar nicht außergewöhnlich gut; er besaß einfach nur zwei Dinge, die jeden Menschen gut aussehen ließen: Charisma und Charme. Aber die Sache mit Gockeln war ja auch nicht die, dass ihre Federn sie nicht schmückten. Im Gegenteil. Sie waren nicht trotz, sondern vor allem wegen ihrer Federn gockelig und dieses Gockeligsein hatte immer etwas Imponierendes und Lächerliches zugleich. Imponierend auf den ersten Blick in seinem biologischen Erfolg; lächerlich auf den zweiten Blick, etwa dann, wenn David einer Runde von Frauen erklärte, worum es sich beim Mansplaining handele.

Trotzdem, es blieb dabei, das eigentliche Problem, dasjenige also, das leibhaftig einen Keil zwischen Martje und David getrieben hatte, da war Carline sich sicher, war zwei Jahre alt, dunkel gelockt, und hieß Arik. Diese Erklärung gefiel ihr wesentlich besser, nicht nur, weil sie ihrer Meinung nach tatsächlich stimmte, sondern vor allem auch, weil sie einen Einzelfall in den Mittelpunkt rückte, der die Richtigkeit ihrer allgemeinen Einstellung gegenüber Kindern und dem Kinderkriegen bestätigte (was freilich das Induktionsproblem aufwarf, aber das musste an dieser Stelle vielleicht ausnahmsweise einmal nicht stören).

Der kleine Arik hatte, noch bevor er überhaupt gezeugt worden war, schon ganz gehörig das Leben anderer verändert, vornehmlich das von Martje und David. Dabei gehörte Martje eigentlich nicht zu denjenigen, deren Augen leuchteten, wenn sie über Schwangerschaft oder Familienplanung sprach. Diese unsentimentale Haltung bildete, wie Carline erst jetzt bemerkte, eine nicht unwesentliche Grundlage ihrer Freundschaft. Insofern war es nicht verwunderlich, dass ihre Freundschaft an dem Tag einen ersten Riss bekommen hatte, als Martje verkündete, sie fühle sich nun bereit, ihr Leben aufs nächste Level zu heben – ein Ausdruck, von dem Carline unterstellte, Martje verwende ihn wie so viele andere englische Idiome unbewusst, um ihr näher zu sein und ihre Sympathie zu gewinnen. Zunächst gelang ihr das auch, weil Carline in diesem Wunsch vor allem ein Zeichen für die gefestigte Beziehung mit David sah und somit indirekt eine Statusmeldung in Sachen Glück. Doch je länger, angestrengter und vergeblicher Martje versuchte, schwanger zu werden, desto mehr schwand dieses vermeintliche Glück und verwandelte sich in eine Mauer aus Zorn, Selbsthass und Neid, die selbst Carline nur selten zu durchbrechen vermochte. Vielleicht wandte sie auch einfach die falsche Technik an. Denn anstatt Martje gut zuzureden, Mut zu machen und hoffnungsvollen Optimismus zu versprühen, verlegte sie sich aufs Gegenteil.

»Sieh's mal so«, hatte sie einmal gesagt, während sie bei ihrem vietnamesischen Lieblingsimbiss zu Mittag aßen. »Kinder sind wunderbar, sobald sie selbstständig essen, schlafen, putzen und aufräumen können. Sobald sie ihre Kleidung alleine zurechtlegen oder fragen, was sie für dich kochen sollen und ob sie sonst noch irgendetwas für dich tun können. Nur: kein Mensch ist so, solange er Kind ist. Und selbst danach schaffen es nur die wenigsten, so zu sein. Und wenn sie es sind, dann nicht selten aus eigennützigen Motiven, das heißt, weil sie irgendeine Gegenleistung erwarten. Ich behaupte nicht, jeder Mensch ist charakterlich schlecht. Aber hey, was können Kinder nicht alles ruinieren? Die Karriere, die Beziehung, die Familie, die Freizeit, die Freundschaften, das Konto, die Umwelt ...«

Inwiefern Martje wirklich Trost aus diesen Worten zog, war ihr nicht anzusehen; sie ging nicht darauf ein. Aber knapp vier Wochen später hatte Carlines Telefon geklingelt und schon kurz nach dem Abheben hörte sie an Martjes Tonlage und Atemfrequenz, was sie ihr mitteilen wollte: dass sie schwanger sei, ganz frisch noch, aber eindeutig, das habe nicht nur ein Selbsttest zu Hause, sondern auch die Untersuchung bei der Frauenärztin ergeben.

Carline hatte geschluckt, so unhörbar wie möglich, dann gratuliert und sich gefreut, so gut es ging, die folgenden Monate allerdings damit zugebracht, der langsamen Enthüllung jener sich selbst erfüllenden Prophezeiung zuzusehen, die sie beim Mittagessen gemacht hatte, und das war dann auch schon so gut wie die einzige Befriedigung, die sie aus dieser Situation zog, dass sie alles, aber auch wirklich alles hatte kommen sehen: Wie aus guten abendlichen Gesprächen beim Wein plötzlich Treffen des Planungskomitees für Babyausstattung wurden (»Wie findest du dieses Beistellbettchen?«); wie die Eltern und Schwiegereltern in eine Mischung aus höchster Euphorie und abgrundtiefer Besorgnis verfielen (»Ein Kind mit Ende Dreißig – wie schön! Aber auch nicht ganz unbedenklich! Und arbeiten gehen wirst du dann erst mal nicht mehr können, das weißt du, oder?«); wie schon vor der Geburt bei diversen Vorbereitungskursen (»Fit durch die Schwangerschaft«; »Schwanger und yogisch? – Logisch!«) Playdates für die Zeit nach der Geburt arrangiert wurden.

Wenn Carline solchen Treffen beiwohnte (um Martje überhaupt noch zu sehen) oder haarklein darüber informiert wurde, meinte sie, eine Ahnung zu erhalten, wie sich das Mitglied eines isolierten indigenen Stammes fühlen musste, wenn es plötzlich eine Gruppe Weißer reden hörte. In Martjes Fall drehten sich die Gespräche um Fragen, zu denen Carline selbst keinerlei Meinung hatte: Stillen oder Flasche? Wickelbeutel oder -tasche? Tragetuch oder Wagen? Eigene Matratze oder Elternbett? Impfen oder nicht? Plazenta einpflanzen oder einfrieren? Wegwerf- oder Stoffwindeln? (Wobei Julia, eine von Martjes Mutterbekanntschaften, auf letztere Frage eine klare Antwort wusste: Stoffwindeln lohnten sich ökologisch erst ab dem zweiten Kind, das habe eine Studie in Australien ergeben; und noch bevor Carline vorsichtig fragen konnte, ob diese Studie auch den eklatanten ökologischen Fußabdruck weiterer Kinder gegengerechnet habe, wie eine Untersuchung aus Schweden es getan hatte, waren die übrigen Teilnehmerinnen der Runde, mit Ausnahme von Martje, bereits dazu übergegangen, sich mitzuteilen, für wann sie ihr zweites Kind planten.)

Dass Carline mit ihren wissenschaftlichen Ambitionen diesen Runden nichts abgewinnen konnte, stimmte sie nicht weiter nachdenklich. Eltern hatten nun einmal ihre ganz eigenen Themen und Nichteltern konnten zu diesen nur selten etwas Fruchtbares beitragen. Dass aber David solchen Nachmittagen meistens fernblieb, das fand sie auffällig; und nach Ariks Geburt fand sie es sogar ungut, geradezu verurteilungswürdig, zumal wenn er ihr anschließend erklärte, wie es sich für ihn als Vater anfühle, durch die Stadt zu gehen.

»Du kannst dir nicht vorstellen«, sagte er zu ihr, während sie einen Lappen mit kaltem Wasser auswrang, weil Martje sich mit einem Milchstau plagte, »wie junge Frauen, vor allem kinderlose junge Frauen, auf einen allein herumlaufenden Mann mit einem Kind vor der Brust reagieren.«

»Ach, kann ich das nicht?«, wollte sie bereits fragen und darauf hinweisen, dass sie selbst eine kinderlose junge Frau war und dass es durchaus viele Frauen wie sie gab, die sich Besseres vorstellen konnten, als von einem Mann wie ihm geschwängert zu werden. Doch statt dies zu sagen, wies sie ihn lieber darauf hin, dass Martje nebenan auf den Lappen für ihre Brust wartete und sich sicherlich über etwas Gesellschaft und einen Teller Suppe freuen würde.

Noch im Gehen hörte sie, wie die beiden sich im Wohnzimmer stritten: ob er wirklich immer die teuersten Windeln kaufen müsse; ob sie morgen auch wieder allein zu Hause sei, nur damit er sein Manuskript beenden könne; warum an diesem Samstag sein Vater komme, wenn sich doch für Sonntag schon ihre Mutter angekündigt habe.

Carline erfuhr die Antworten, die David auf diese Art von Fragen gab, nicht direkt aus seinem Mund, sondern aus dem von Martje, wenn sie bei ihr anrief und sich nach ihrem Befinden erkundigte. Dieses Sich-Erkundigen kam von Herzen und war ganz ehrlich. Aber Carline benötigte wenigstens zwei Jahre, um zu begreifen, warum. Es schien ihr anfangs unlogisch bis unvernünftig, weiter mit einer Person befreundet zu sein, die auf eine so fundamentale Lebensfrage wie das Kinderkriegen für sich eine andere Antwort gegeben hatte. Ja es erschien ihr geradezu selbstverletzend, dass sie dieser Person sogar jetzt, wo sich die Entscheidung für ein Kind Carlines Meinung nach als Fehler erwies, alle mögliche Unterstützung zukommen ließ. Aber sie konnte nicht davon ablassen, sie musste es tun, und angestrengtes Nachdenken und Gespräche mit Cédric, der ihre Einstellung zu Kindern teilte, brachten sie darauf, weshalb: Weil sie sich mitschuldig an Martjes Misere fühlte. Sie war es gewesen, die Martje und David, besonders am Anfang der Beziehung, als David nur ein unvermeidlicher Freund von Cédric gewesen war, immer wieder gesagt hatte, wie gut er und sie zusammen passten. Zugleich war es ihr ganz offensichtlich nicht gelungen, Martje die Konsequenzen des Pronatalismus eindringlich genug vor Augen zu führen.

Sicherlich, Kinder waren nicht die Eltern aller Probleme. Aber sie waren trotzdem verantwortlich für einen Gutteil davon, lokal wie auch global. Das war am Beispiel von Arik, der täglich wenigstens sechs Wegwerfwindeln verbrauchte und jede Nacht stundenlang schrie, gut zu sehen. Mal litt er an Koliken, mal an Erkältung, Verstopfung oder Zahnungsschmerzen, und seine Eltern, Martje im Besonderen, litten mit ihm, was für Carline den ultimativen Beweis aller antinatalistischen Essenz darstellte: dass Leben stets auch Leiden bedeutete, weshalb es im Grunde unbedingt vermieden werden musste.

So sicher diese Erkenntnis schien, so sehr litt auch sie, und zwar darunter, dass man, indem man sein Leben in der Welt lebte, diese Welt nicht nur kaputtmachte, sondern durch den Zustand, in dem sich diese Welt befand und – viel schlimmer noch – in Zukunft befinden würde, an der Welt kaputtging. Anders ausgedrückt: Kinder waren schlecht für die Welt. Und selbst wenn sie es nicht waren, war die Welt bereits zu schlecht für Kinder. Doch weil sie minderjährig waren und zudem nichts konnten für ihr Geboren-worden-sein, lag die eigentliche Schuld natürlich bei den Eltern, bei denjenigen also, die sich fürs Kinder-in-die-Welt-Setzen entschieden hatten. Und deswegen musste jeglicher Vorwurf, alle Aggression gegen sie gerichtet werden, fand Carline, nur konnte sie das Martje nicht sagen. Schon gar nicht jetzt, in diesem Moment, in dem sie, die frisch getrennte Martje am Ohr, zwischen den Kochbüchern in der Küche und der Reiseausrüstung auf dem Bett pendelte und sie Martje zwar einerseits für die Niederlage des Traums von der glücklichen Kleinfamilie bedauern, andererseits aber für den Sieg weiblicher Selbstermächtigung feiern musste.

Dass sie es ihr nicht sagen konnte, darüber ärgerte sie sich. Genauso, wie sie sich darüber ärgerte, dass Martje sich ausgerechnet jetzt getrennt, sie ausgerechnet jetzt angerufen hatte. Sie wusste doch, dass morgen früh der Flieger nach São Paulo ging. Und sie wusste auch, dass vorher noch ein Abendessen ins Haus stand! Warum, verdammt noch mal, hatte sie jetzt – JETZT! – angerufen?

Ein Schluchzen kam aus der Leitung. Sofort schämte Carline sich für ihre Gedanken, obwohl Martje sie unmöglich gehört haben konnte.

»Hey«, sagte sie. »Ich finde gut, dass du das gemacht hast. Wirklich. Ich finde dich stark!«

Sie selbst fühlte sich schwach. Das Einzige, wofür sie jetzt noch Kraft aufbringen konnte, war Ärger, massiver Ärger: darüber, dass sie reisen musste; darüber, dass sie kochen wollte; darüber, dass sie Martje zuhören sollte; und obendrein ärgerte sie sich, dass sie sich so ärgerte, und noch in dem Moment, als Cédric die Wohnung betrat, sie das Telefonat beendet hatte und ihre Haare getrocknet waren, ärgerte sie sich über sich selbst, über sich und ihre jämmerliche Existenz, und das war erst der Anfang.

# 2

Jurij Bogić stand auf der Anhöhe und schaute zu den Sternen. Das Kreuz des Südens war gut zu erkennen, auch die Magellanschen Wolken ließen sich ausmachen. Hier und da blinkten die Sonnensegel eines Satelliten. Kein Wind ging auf der chilenischen Hochebene, die Krater der Vulkane ruhten unter Schnee. Nur die Lüftungsanlagen des Observatoriums surrten in die stille Nacht der Wüste.

Am Horizont glomm San Pedro de Atacama. Wie ein glühender Lavastrom breitete der Ort sich aus, einst ein kleines Dörfchen nur, inmitten von Steinen und Staub, nun angewachsen auf ein Vielfaches der ursprünglichen Größe, und niemand wusste so genau, weshalb und warum. Mit den Menschen war das Licht gekommen, hatten Straßenlaternen, Autoscheinwerfer und Reklameschilder Einzug gehalten. In Santiago, so hieß es, sei kein einziger Stern mehr am Himmel zu sehen. Es fielen sogar schon Vögel tot von den Bäumen, erschöpft von tagelangem Gesang, der nicht enden wollte, weil niemals Nacht wurde.

Das Vogelsterben berührte die Allerwenigsten im Observatorium, das Verschwinden der Sterne hingegen schon, zumal von Westen her nicht nur künstliches Licht drohte, sondern, schlimmer noch, Küstennebel. Schon seit Jahren gab es Befürchtungen, die kalte Meeresströmung könne sich durch den Temperaturanstieg deutlich abschwächen. Aber diese Prognose hatte bisher auf dreitausend Metern über dem Meeresspiegel wie die weit entfernte Sorge aus einer anderen Welt gewirkt. Seit Kurzem jedoch mehrten sich die Anzeichen, dass die pessimistischsten Szenarien inzwischen zu den optimistischeren gerechnet werden mussten, und seitdem konnten selbst diejenigen, die vorher immer nur gesagt hatten, sie betrieben Astronomie, nicht Ozeanografie, erklären, weshalb wärmeres Pazifikwasser die Wüstenluft feuchter machen und den radioteleskopischen Blick auf die Sterne erschweren, wenn nicht sogar irgendwann verhindern würde.

Jurij steckte die Hände in die Hosentaschen. Er fror. Obwohl seit sechs Jahren mit einem PhD in Astrophysik ausgestattet, mochte er nicht von sich behaupten, ein Sternenkenner zu sein. Er konnte etwas über Galaxien und Nebel, über den Asteroidengürtel und die Milchstraße erzählen. Er wusste, was der Kappa-Mechanismus, die Transitmethode und die Roche-Grenze waren, aber was hieß es schon, die Sterne auf diese Weise zu kennen? Es ließen sich so unterschiedliche Kenntnisse von ihnen haben; die Gespräche mit Apu, dem bolivianischen Hilfsarbeiter, zeigten es.

»Ist Zeit, den Mais auszubringen«, hatte Apu gestern Abend gesagt, die Stirn unter seine, grellbunte Mütze aus Alpakawolle geschoben. »Wenn die großen Lichter zuerst am Himmel stehen, kannst du sofort beginnen; wenn zuletzt, musst du warten.«

Jurij lachte. Nicht, weil Apu von ›großen Lichtern‹ sprach, nicht, weil sie kein einziges Maiskorn besaßen, das sie hätten aussäen können. Auch nicht, weil es für die Sterne ein belustigender Anblick sein musste, wie sie dort standen: er, der große, breitschultrige Serbe, und Apu, der kurze, gebückte Quechua. Er lachte, weil sie eine fantastisch weise Sicht auf das All war, diese Einteilung in große und kleine Sterne. Wie viel Nutzen und Genügsamkeit lagen doch darin! Er beneidete Apu darum und erinnerte sich an die Zeit, in der auch sein eigener Blick in den Himmel noch ein ganz anderer gewesen war, als er mit seinem Vater auf der Dorfstraße stand und dieser versuchte, ihm das All zu erklären, mit gar nicht mal geringem Erfolg. Wer konnte schon ad hoc eine Antwort auf die Frage eines Fünfjährigen geben, wie viele Sterne dort oben standen? Hunderthunderte? Tausendtausende?

»Quadrillionen«, sagte Vater. »Einige hundert Quadrillionen.« Und, womöglich um sich nicht genauer festlegen oder gar erklären zu müssen, was eine Quadrillion war, fügte er sofort hinzu, dass von der Erde aus und mit bloßem Auge betrachtet nicht einmal zehntausend zu entdecken seien, schätzungsweise aber wenigstens zehn Trilliarden mal so viele existierten, weil ja die Milchstraße mit ihren circa zweihundert Milliarden Sonnen, zu denen die irdisch sichtbaren Sterne ausnahmslos gehörten, nur eine Galaxie von mehreren hundert Milliarden im bekannten Universum darstelle, die wiederum zu Haufen und Superhaufen angeordnet durch den Kosmos schwebten. Wobei die Sterne übrigens stets das Zentrum eines Sternsystems umkreisten und dafür in manchen Fällen einige hunderttausend, im Fall der Sonne zweihundertvierzig Millionen, in der Regel aber mehrere Milliarden Jahre benötigten, manchmal sogar hunderte Milliarden – Zahlen, die dem kleinen Jurij den Kopf ganz schwindelig machten.

Auch jetzt verspürte er einen Schwindel. Aber der rührte eher vom Magen als vom Kopf her. Seit Wochen aß er während der Mahlzeiten nur noch die Suppe, die immer etwas zu stark mit frischem Koriander gewürzt war. Sein Essverhalten war den anderen längst aufgefallen und zog die eine oder andere Frage nach sich, ob es ihm nicht gut gehe, ob er auf Diät sei; er hatte sie alle bisher einigermaßen abgewehrt

(»Nur eine vorübergehende Verstimmung, nichts Schlimmes«). Doch insgeheim ahnte er, dass es sich mit dieser wie mit jeder Übelkeit verhielt: dass sie nicht verschwinden würde, bevor der übelmachende Brocken nicht ausgespien war. Und während Apu, wie an den meisten Abenden, neben ihn trat, überlegte er, ob er ihm vielleicht alles erzählen sollte, wenigstens auf Serbisch, sodass Apu nichts verstand (sie spielten dieses Spiel manchmal: Apu fragte etwas auf Quechua, Jurij antwortete in seiner Muttersprache, und dann lachten sie wie kleine Kinder über den sonderbaren Klang ihrer Worte).

Jurij sah auf Apus Mütze hinab. Er wusste gar nicht, wo er anfangen sollte. Am ehesten vermutlich an jenem Märzsonntag in seinem achtzehnten Lebensjahr, an dem er das Schlafzimmer seiner Eltern betrat. Wobei er diesen Schritt wiederum wohl niemals gemacht hätte, wenn nicht genau einen Monat vorher, während der Fahrt im schmerzhaft zeitigen Schulbus, etwas passiert wäre, woran zu denken er bis dato nicht gewagt hatte, und zwar aus guten Gründen.

Sein Körperbau gehörte nicht zu diesen Gründen. Schon bei der Geburt war er außergewöhnlich groß und kräftig gewesen (so sehr, dass es kurzzeitig die Überlegung gab, ihn doch nicht nach Gagarin zu benennen, der, seine Riesenbedeutung für die Raumfahrt hin oder her, nur einen Meter siebenundfünfzig maß). Allerdings besaß Jurij trotz seiner Statur und seines Aussehens nicht die Qualitäten, die ein Schulhof von einem Jungen verlangte. In den Pausen stand er nicht vor dem Hoftor oder in einer abgelegenen Ecke und rauchte Zigaretten. Im Unterricht rief er keine unflätigen Kommentare in die Klasse. Auf der Schulbank hinterließ er keine zweideutigen Schmierereien. Nach Schulschluss verabredete er sich nicht zum Trinken. Lieber saß er irgendwo und las. Keine Romane, wie die Serbokroatischlehrerin es gerne sah, sondern Bücher, die allenfalls noch den Physiklehrer erfreuten, über Plasmateilchen, Strahlungsenergie und Massendichte. Dinge also, von denen er überzeugt war, dass er sie kennen musste, wenn er die Sterne begreifen wollte, zu denen aber nicht einmal sein Vater vorgedrungen war, obwohl der für einen durchschnittlichen Mechaniker ein überdurchschnittliches astronomisches Interesse an den Tag legte. Daher schien es Jurij wie eine glückliche Fügung, dass es im Verwandtschaftssystem des Menschen die Rolle des Onkels gab, auch wenn sein Onkel Stipe sich niemals in persona zeigte, sondern lediglich in Form fest zusammengeschnürter und per Luftpost verschickter Bücherpäckchen, die als Absender das Department of Physics and Astronomy des University College London auswiesen. Wann immer ein solches Päckchen eintraf, empfand Jurij ein Hochgefühl, wie er es ansonsten nur von seinem Geburtstag her kannte, besonders vom Morgen danach, wenn die Kälte der Nacht noch im Zimmer lag, aber, halb im Traum, die warme Erinnerung an die Geschenke aufstieg. Dann schlug er die Decke zurück, lief zum Tisch und nahm die Bücher in die Hand, die Onkel Stipe, wie er schrieb, auf der Brook Street gekauft hatte. Jurij hatte weder eine Ahnung, wie diese Straße aussah, noch, wo sie lag. Auch der Englischlehrer konnte ihm nicht weiterhelfen. Er konnte ja teilweise nicht einmal die Titel der Bücher, die Jurij da geschickt bekam, übersetzen, ohne ein Wörterbuch zu Hilfe zu nehmen.

Überhaupt: So sehr diese Bücher ein Segen waren, so sehr waren sie auch ein Fluch. Einerseits ließ sich mit ihnen gedanklich nicht nur bis dorthin reisen, wo sie herkamen (Jurij schnupperte jedes Mal zuallererst am Papier; er mochte den vermeintlichen Geruch von Ferne, der ihm anhaftete); vor allem nahmen sie mit zu den Sternen, die so weit weg und angenehm gleichgültig gegenüber den menschlichen Problemen waren. Andererseits musste er sich Spott und Häme gefallen lassen, sobald er mit ihnen auf dem Schulhof auftauchte. Wenn es ganz schlimm kam, schlug sie ihm jemand aus der Hand und er konnte nur noch dabei zusehen, wie ihnen die Seiten aus dem Rücken gerissen wurden. Er wusste zwar, dass Bücher keine Schmerzen empfinden konnten, dass sie tote Zellmasse waren, ohne Gefühle oder Bewusstsein. Trotzdem litt er mit jeder Seite, fühlte sich, als würde ein Stück aus ihm herausgerissen, und sobald niemand mehr bei ihm stand, weinte er über das, was ihnen an seiner Stelle angetan worden war. Bevor er nach Hause ging, prüfte er im Seitenspiegel des blauen Zastava Florida, den Vater vor der Werkstatt geparkt hatte, ob auch ja keine Träne mehr zu sehen und die Haut unter den Augen nicht mehr allzu auffällig gerötet war. Die Eltern hatten schließlich schon genug eigene Probleme, wie sich abends im Bett hören ließ, wenn ihre gedämpften Gespräche aus der Küche drangen. Und sowieso schien es nicht sonderlich sinnvoll, sie um Unterstützung zu bitten. Es würde nur damit enden, dass man sich von anderen als ›Muttersöhnchen‹ beschimpfen lassen musste. Daher fasste Jurij jeden Tag als Trainingseinheit auf – als Trainingseinheit mit dem Ziel, möglichst gut allein klarzukommen, und sie begann spätestens auf der Fahrt zur Schule.

Auch an jenem Februarmorgen ruckelte und fauchte der völlig veraltete Bus. Bei jedem Schlagloch warf er die Insassen kurz in die Höhe. Es stank nach dem Diesel, den er in einer dicken, schwarzen Wolke hinter sich herzog. Die Motorwärme verlor sich in der Frostkälte des Wintermorgens. Eisblumen bedeckten die Fensterscheiben.

In Skorić stieg der Augen-Petko ein (sein linkes Auge

schaute überall hin, nur nicht in Richtung desjenigen, mit dem er redete), danach die Zopf-Jelena (deren tiefschwarze Haare noch niemand jemals offen gesehen hatte), und in Pristalac polterten die Golko-Brüder herein, die Söhne des Ortsvorstehers, die immer so brüllten, wie ihr Vater es auf den Ratsversammlungen tat. Und während sie mit ihrer Lautstärke alles übertönten, versuchte Jurij, sich noch stärker in das Buch auf seinem Schoß zu vertiefen, und bemerkte gar nicht, wie in Drana Natalija Branković zustieg. Ihre langen nussbraunen Haare fielen über ihre zarten Schultern. Ihre dunklen Augen (die Farbe ließ sich nicht bestimmen, denn bisher hatte sich noch niemand in der Schule so nah an sie herangetraut) schauten aufmerksam aus ihrem Gesicht. Sie musste nur einen Schritt auf dem Schulhof tun und schon drehten sich ein Dutzend Köpfe nach ihr um. Jurij hatte es auch ein paar Mal getan, aber schnell befunden, dass diese Erscheinung im sozialen Universum weit außerhalb seiner Reichweite lag. Es lohnte sich nicht, wie die anderen Jungs aus der Klasse jede Pause darauf zu verwenden, die Umlaufbahnen, auf denen sie ihre Mitschülerinnen umkreisten, enger zu ziehen. Die Zeit war besser ins Lesen in einer abgelegenen Ecke investiert und Jurij erwartete nicht, dass sich irgendein Strahl weiblichen Lichts jemals dorthin verirren würde. Da im Bus die gleichen Naturgesetze wie auf dem Schulhof galten, verschwendete er auch keinen Gedanken darauf, weshalb sich Natalija jetzt in die Reihe vor ihm setzte und mit ihrem Atem dünne Löcher in die Eisblumen blies.

»Jurij?«

Er hob den Kopf und blickte in ihre Augen (sie waren opalgrün).

»Erklärst du mir die Sache mit der Lichtgeschwindigkeit für Physik?«

Er spürte die Blicke der anderen Jungen im Bus. Aber irgendetwas in Natalijas Verhalten sorgte dafür, dass er meinte, sie könnten ihm nichts mehr anhaben.

Er nickte stumm.

»Übermorgen? Nach der Schule?«

Kaum hatte er erneut genickt, drehte sich ihr Kopf wieder um, und Jurij blickte in ihre Haare.

Zwei Tage später wartete sie abseits der Bushaltestelle. Er wich dem Leuchten ihrer Augen aus und setzte ihr mit der gleichen Geduld und Nüchternheit, mit der er es auch bei jeder anderen Person getan hätte, die Definition der Lichtgeschwindigkeit auseinander (»Lichtgeschwindigkeit bezeichnet jene Strecke von Metern pro Sekunde, die das Licht im Vakuum zurücklegt.«). Die Definition bereitete, zumindest physikalisch, keine weiteren Probleme. Doch Natalija war ein schwieriger Fall. Denn anstatt zu sagen, was genau daran sie nicht verstand, verlangte sie, erklärt zu bekommen, weshalb man sich theoretisch mit einem Konzept (»Vakuum ist die Abwesenheit von Materie im Raum.«) zufriedengeben solle, das im gesamten bekannten Universum keine reale Entsprechung habe (»Hast du selbst gerade so gesagt!«). Weil die Viertelstunde bis zur Abfahrt des Busses für weitere Erklärungen nicht reichte und weil Natalija sich im Bus zwar erneut unmittelbar vor ihn setzte, ihm dann aber sofort ihren Haarschopf zudrehte, wurde bald ein weiteres Treffen nötig, und noch eines und noch eines, und keine zwei Wochen später trafen sie sich schon in schöner Regelmäßigkeit.

Obwohl die Abstände zwischen den Treffen immer kürzer, die Treffen selbst immer länger und die Orte, an denen sie stattfanden, immer intimer wurden (sie standen nun nicht mehr nahe der Bushaltestelle, sondern saßen auf einer sichtgeschützten Bank im Park), ging es für Jurij noch immer ausschließlich um die Beschaffenheit des Alls und die Physik der Sterne. Worum sonst hätte es auch gehen sollen? Die Probleme, die dieser Gegenstand mit sich brachte, waren zahlreich. Und da sie inzwischen die Definitionen des Vakuums und der Lichtgeschwindigkeit weit hinter sich gelassen hatten (selbst Natalija hielt sie mittlerweile für einfach), drangen sie zunehmend in Bereiche vor, die selbst Jurij nicht mehr begreiflich schienen, sodass er immer wieder davor zurückscheute, noch weiterzumachen, um nicht zugeben zu müssen, dass sich von dem, wozu sie seiner Meinung nach jetzt zwangsläufig kommen mussten, nur unter größten Schwierigkeiten reden ließ.

Eines Nachmittags fasste er sich ein Herz. Natalijas Augen wanderten durch die Äste der Bäume, die den Parkrand säumten. Er hatte die Hände verknotet und saß in artigem Abstand neben ihr.

»Natalija«, sagte er nach langem Schweigen (dabei merkte er gar nicht, wie sie an ihn heranrückte). Und weil er plötzlich nicht mehr wusste, was er hatte vorausschicken wollen, fing er einfach an.

Das Universum, sagte er, sei angeblich unendlich. Doch was solle das heißen: Unendlichkeit? Zeitlich gesehen sei doch alles endlich. Das Leben eines Menschen zum Beispiel, wie das vom schnauzbärtigen Sportlehrer Kukić, der neulich mit seinem selbstgebauten Motorrad an einem Baum verunglückt war (die leere Flasche Wodka, die auf seinem Küchentisch stand, habe keine unwesentliche Rolle dabei gespielt, hieß es). Auch die Sterne hätten ihre begrenzte Lebensdauer. Fünf Milliarden Jahre in etwa seien der Sonne noch zum Leuchten gegeben. Dann werde sie sich aufblähen und mit ihr ein Teil des Sonnensystems verglühen. Natürlich lasse sich sagen, dass die Materie unendlich sei, weil sie ja nicht verschwinde, sondern sich nur neu formiere, anders zusammenfinde, etwa wenn der Kukić langsam zu Humus verrotte, oder die Sonne als riesige Gaswolke verpuffe. Trotzdem bleibe in der Zeit ja nichts, wie es gewesen sei. Erst recht nicht, wenn man sogar dem Universum insgesamt einen Anfang bescheinige. Deshalb könne mit Unendlichkeit eigentlich nur auf den Raum angespielt sein. Nicht auf die schiere Größe des Weltraums, der sei ja nun wirklich sehr groß, sondern auf die Frage, ob dieser Raum ein Ende habe. Wenn man diese Frage verneine, ziehe das allerdings das Problem der Beweisbarkeit nach sich, denn wie wolle man mit einem endlichen Verstand etwas beweisen, das nicht nur das Vorstellungsvermögen weit übersteige, sondern per Definition von gänzlich anderer Natur sei? Man könne sich ja weder ausmalen, wie sich das anfühlte, ein Flug durchs All, der niemals an sein Ende gelangte, noch könne man ihn jemals unternehmen. Denn das würde bedeuten, dass ein Ergebnis nie verkündet werden würde, und wenn man jetzt noch hinzunehme, dass das Universum sich ausdehnt, was seit vielen Jahrzehnten als ausgemacht gelte, dann sei die Sache wirklich zum Verrücktwerden, denn sie führe unvermeidlich zu der Frage, wohin sich etwas ausdehne, das unendlich ist. In einen Raum außerhalb seiner selbst könne es sich kaum ausdehnen. Dann wäre das Universum ja begrenzt und endlich (und während er es aussprach, strahlte er über das ganze Gesicht, weil ihm zumindest diese eine Schlussfolgerung unwiderlegbar schien). Aber umso größer sei das Problem der Unendlichkeit. Und weil es so groß sei, beschäftige es ihn auch so oft: auf den Busfahrten zur Schule, wenn die verschlafene Landschaft vorbeizog; in den Schulstunden, in denen nur öde Wiederholungen auf dem Plan standen; und manchmal, ja, manchmal beschäftige es ihn sogar nachts. Dann durchzucke es ihn im Schlaf und er liege plötzlich hellwach und die Gedanken wollten nicht weggehen, nein, sie wollten einfach nicht weggehen, und das wiederum sei doch irgendwie peinlich, weshalb er es auch noch niemandem erzählt habe. Niemandem! Jetzt sei das erste Mal. Aber ehe er weiterreden konnte, merkte er, wie Natalijas Hände in seine glitten, die inzwischen ganz feucht waren vom Schweiß, und während sie ihn ansah und ihr Gesicht sich näherte, vergaß er, was es mit dem Problem der Unendlichkeit auf sich hatte.

Dafür trat nach diesem Nachmittag ein anderes Problem auf den Plan, eines, das Jurij zwar ausschließlich mental, aber nicht ohne äußere Anzeichen von Scham als ›Problem der Vorkehrung‹ bezeichnete. Denn obwohl seine Eltern niemals mit ihm darüber geredet hatten (und ›darüber‹ meinte: den Umgang mit einer Frau, die nicht die eigene Mutter war, und der über eine rasche Begrüßung oder einen flüchtigen Blickkontakt hinausging), und obwohl auch die Biologielehrerin in der Schule nur recht allgemein und unbestimmt über die Unterschiede zwischen den Geschlechtern herumgedruckst hatte, war er aufmerksam genug gewesen, um mitzubekommen, was auf einen Nachmittag wie diesen früher oder später folgen würde. Natalijas Umarmungen wurden mit jedem Tag inniger, ihre Zuwendungen immer ausgedehnter und auch in ihm regte sich ein gewisses Verlangen, dessen Existenz er nicht leugnen konnte und das er, mit jedem Tag, der verging, umso mehr stillen wollte. Aber nur weil er wusste, was zu besorgen war, kannte er noch lange keine befriedigende Antwort auf die Frage, wo und wie. Der kleine Lebensmittelladen im Ort führte nichts in dieser Richtung; der Gang dorthin war sowieso ausgeschlossen, genauso wie derjenige in die Apotheke. Es musste ihn nur irgendwer sehen und schon war die Peinlichkeit perfekt. Deshalb blieb nur eine einzige

Möglichkeit: die Nachttischschublade im elterlichen Schlafzimmer. Es gab zwar keine Garantie dafür, dort fündig zu werden, doch die Wahrscheinlichkeit war, so manchen Geräuschen nach zu urteilen, ziemlich groß.

Das Zimmer befand sich am Ende eines schmalen Flurs. Ein kleines Badezimmer mit Toilette, ein Abstellraum für Putzmittel, eine Kammer für Lebensmittel, Jurijs Zimmer (das mit nichts als einer Matratze, einem Tisch und einem Stuhl möbliert war) sowie die Küche zweigten davon ab. Sie bildete zugleich den gemeinsamen Wohn- und Empfangsbereich des Hauses, sehr zum Ärger von Mutter, die in regelmäßigen Abständen darüber schimpfte, dass es eine schlechte Idee gewesen sei, ein ehemaliges Tankstellengebäude zu einem Wohnhaus umzufunktionieren, nur damit Vater die Werkstatt übernehmen könne. Ständig stehe jemand mitten in der Küche und mache mit seinen schlammigen Schuhen den frisch gewischten Boden dreckig, um zu fragen, wo Vlatko Bogić, der Automechaniker, sei.

Jetzt lag der Flur still, in nachmittäglicher Ruhe. Nur die braune Tür zum Schlafzimmer quietschte. Vater hatte sie schon vor Ewigkeiten ölen sollen. Aber weil er Mutters Bitte auch nach Monaten nicht nachkam, hatte sie schließlich Sonnenblumenöl in die Angeln geträufelt; es half nichts, sondern machte die Sache nur noch schlimmer.

Obwohl niemand sonst im Haus war, bemühte sich Jurij, die Tür so leise wie möglich zu öffnen. Die Abfahrt der Eltern im Zastava hatte er genau verfolgt (sie hatten sich etwas verwundert darüber gezeigt, dass er sein Zimmer, anders als sonst, wenn sie gingen, verließ und sie sogar bis zur Tür begleitete). Im Anschluss hatte er mehrere Kontrollgänge durch die Wohnung unternommen, um sicherzustellen, dass die Luft auch wirklich rein war.

Im Schlafzimmer roch es nach Vaters Aftershave. Er hatte es irgendwann in rauen Mengen als Sonderangebot auf dem Markt gekauft und verwendete es seitdem unentwegt, obwohl er von jeder Anwendung rötliche Punkte am Hals kriegte. Darüber hing der Duft von Mutters Parfüm. Jeden Morgen trug sie es auf, immer zu viel, sodass alle Zimmer nach ihr rochen, selbst wenn sie, so wie jetzt, gar nicht da war.

In der Mitte des Raums stand das Bett. Die Decke war sorgfältig glattgestrichen. Darauf drapiert stapelten sich mehrere Kissen, ein ganzer Berg aus federgefülltem Plüsch. Jedes Stück war sorgfältig positioniert. An der Wand hing ein Familienbild aus früheren Tagen.

Der einzige Nachttisch stand auf Vaters Seite. Er war aus schwerem Eichenholz, zu schwer für ein Möbelstück dieser Größe und Funktion, und schwarz lackiert. Der Messinggriff an der Schublade glänzte, die Lade klemmte. Erst im dritten Versuch ließ sie sich aufziehen.

Der Inhalt (eine rostige Gabel, ein Dosenöffner, einige angelaufene Batterien, zwei Heftklammern, ein Taschentuch, eine Schlafmaske und mehrere Kopfschmerztabletten) schien wahllos verstreut. Jurij bemühte sich trotzdem, nichts zu verrücken. Gut möglich, dass Vater die genaue Lage jeder Sache kannte.

Die Behutsamkeit, mit der er vorging, erhöhte den Schwierigkeitsgrad, zumal wenn es darum ging, in den hinteren Bereich der Lade vorzudringen (er entzog sich dem Blick von oben).

Jurij ging in die Knie, hielt sich mit der einen Hand am Griff fest, mit der anderen arbeitete er sich in die Tiefe der Schublade vor. Das Tasten ergab: eine Armbanduhr, einen Bleistiftspitzer und etwas ledern Eingefasstes, ein Kästchen vielleicht, der letzte noch verbliebene Gegenstand.

Er zog das Lederteil vorsichtig hervor. Es handelte sich tatsächlich um einen kleinen Kasten, bezogen mit braunem Leder, versehen mit einem broschenartigen Verschluss. Ein gutes Versteck irgendwie (und es beruhigte ihn zu sehen, dass offenbar auch sein eigener Vater eine gewisse Scham hegte).

Er öffnete den Deckel, sah jedoch nur ein abgegriffenes Büchlein, olivgrün und fleckig. Die Seitenränder waren angebräunt, der Pappeinband wellte sich und knackte. Die erste Seite war, von einem braunen Fleckenmuster abgesehen, leer. Erst auf der zweiten Seite füllten Buchstaben jede Linie, teilweise sogar in Zweierreihen. Die Schrift, eine kleine, fast schon zwergenhaft winzige Handschrift, war unzweideutig als die von Vater zu erkennen. Nur das, was dort geschrieben stand, wollte nicht zu ihm passen, jedenfalls nicht zu dem Menschen, den Jurij als seinen Vater kannte, doch die Neugierde war größer, größer als das Entsetzen, das ihn schließlich packte und so sehr die Brust zuschnürte, dass er kaum atmen konnte. Aber da war es bereits zu spät, um aufzuhören.

# 3

Telmo Zacharias Durão Schmidt war ein freundlicher Mann von dreiundfünfzig Jahren, mit feuerrotem, lockigem Haar, das vom runden Kopf in den weißen Nacken fiel, der auf einem breiten, gemütlichen Oberkörper saß.

Seine Hände ruhten vor der Tastatur auf seinem Schreibtisch. Die alte Schulglocke läutete, wieder viel zu früh, den ganzen Tag über hatte sie das schon getan. In der dritten Stunde, in Klasse 11, war sie mitten in Platons *Protagoras* gefahren sowie in die Erläuterung, dass das Prädikatsnomen beim Infinitiv entweder im Kasus seines Beziehungswortes oder im Akkusativ zu stehen habe. In der sechsten Stunde (bei den Zwölftklässlern) hatte sie Ciceros *Gespräche in Tusculum* und die Frage, weshalb der Tod kein Übel ist, durchkreuzt, und den schwatzhaften Paul Vierkötter davon befreit, eine Übersetzung für ›non miseros sensu carentis‹ finden zu müssen. Auch die letzte Unterrichtsstunde des Tages, Religion in Klasse 9 (der Durchgang durch den Kanon des Neuen Testaments war gerade beim Römerbrief angelangt), hatte sie vorzeitig beendet, und wer auch immer heute Dienst am Läuteseil tat: der Hintergrund des Manövers, die Schulstunden zu spät ein- und zu früh auszuläuten, war nur allzu durchschaubar und jetzt, gegen Ende der Hausaufgabenzeit und mit dem Beginn des Abendessens, wenn alle es kaum erwarten konnten, aus den Internatszimmern in den Speisesaal zu rennen, erst recht. Das Spielchen musste mindestens eine Ermahnung durch den Rektor zur Folge haben, besser noch, aber diesmal unter strengster Einhaltung der vorgeschriebenen Zeiten, einen weiteren Tag Läutedienst oder irgendeine andere Strafarbeit. Doch all diese Einzelheiten waren Telmo Schmidts Problem nicht.

Sein Problem war eines, das ihn hin und wieder recht abstrakt, im Konkreten und mit neuer Dringlichkeit aber seit ein paar Stunden beschäftigte, und das sich am einfachsten in der Frage zusammenfassen ließ: ›Wie kommt es, dass man tun *kann*, was man eigentlich nicht tun *will*?‹ Natürlich handelte es sich dabei nicht um ein rein persönliches Problem. Schon der Heilige Thomas, der Heilige Anselm und der Heilige Augustinus, vor ihnen Origines, Aristoteles und Platon, ja sogar die Vorsokratiker hatten sich darüber Gedanken gemacht. Das hieß nicht, dass sie zu einer befriedigenden Lösung gekommen waren. Sie hatten sich heillos zerstritten und schienen am Ende selbst nicht mehr so genau zu wissen, was sie eigentlich wollten. Ohnehin half auch die beste theoretische Lösung nichts, wenn sich ein Problem im alltäglichen Leben und ganz praktisch immer wieder aufs Neue stellte, und genau so hatte es das Problem des Unwillentlichen bei Telmo erst heute Mittag getan, und zwar auf diabolischste Art und Weise: in Form eines Hähnchen-Cordon-bleu.

Diabolisch war daran schon allein die Zubereitung. Es bedurfte ja doch einer gewissen kulinarischen Perversität, um ein Schweineschinkenstück in ein Geflügelteil zu stopfen, dasselbe mit geronnener Kuhmilch zu füllen, in einen Mantel aus Paniermehl und geschlagenem Ei zu hüllen (womöglich noch in ein Ei, das in Sichtweite des armen Hähnchens gelegt worden war) und dann in Butterschmalz auszubacken. Nur: die Sache roch einfach so gut!

Schon im Klassenzimmer, die Tür war nicht geöffnet, aber

die Abzugsrohre der Schulküche befanden sich direkt unter dem Fenster, war der Duft zu spüren und er ließ allen, denen er in die Nase stieg, den Magen knurren, und das am frühen Vormittag. Entsprechend stürmisch verabschiedeten sich die Neuntklässler aus der Tür. Nur ihr Lehrer blieb allein zurück.

In aller Ruhe wischte er die weiße Tafel ab. Mehrfach erneuerte er das Papier am Tafellöscher, zog ihn in langen Bahnen über die bunten Vokabeln. Er tat es nicht, weil er ein Freund glänzend blanker Whiteboards war, im Gegenteil. Die konnten ihm nicht nur, wenn es ums Essen ging, gestohlen bleiben (wo waren bloß die Zeiten hin, in denen die Tafeln noch unaufdringlich grün waren?). Er tat es, weil das meditativ-langsame Wischen in diesem Moment das einzig probate Mittel im Kampf gegen das innere Verlangen schien, den Schülerinnen und Schülern umgehend nachzufolgen. Er beneidete sie tief um ihre Freiheit (denn zumindest in den Pausen waren sie ja frei). Viel mehr noch aber beneidete er sie, weil sie sich nicht an einen strengen Diätplan halten mussten, wie er ihm vor einer Woche von seinem Hausarzt Doktor Kuhn persönlich aufgebrummt worden war.

*Fleisch: max. 1x alle zwei Wochen*, stand dort zu lesen, mit roten Ausrufezeichen am Rand versehen. Darunter prangten neonpink umkringelt die Werte, die ein Bluttest, eine Harnprüfung, eine Gewichts- und Körperfettmessung sowie ein Elektrokardiogramm ergeben hatten und die Doktor Kuhn allesamt als ›ziemlich besorgniserregend‹ bezeichnete. Der Einschätzung folgte ein leises Schmatzen und dann eine ausführliche Schilderung dessen, was im Religionsunterricht wohl unter der Überschrift ›Apokalypse‹ zu behandeln gewesen wäre, sich in Kuhns Worten aber bei einem ›Apfeltyp‹, wie er die vorliegende Fettverteilung nannte, schlicht mit einer sehr hohen statistischen Wahrscheinlichkeit ergebe, als da wären: Bluthochdruck, erhöhtes Cholesterin, Diabetes mellitus Typ 2 – Etliches davon sei ja bereits zu erkennen – und schlussendlich ein früher Tod, herbeigeführt vermutlich durch Herzinfarkt; wobei früh nicht bedeuten müsse schnell, denn schnell wünschten es sich ja alle! Aber gerade denjenigen, die im Leben allzu sehr sündigten, würde das Sterben erst recht unbequem gemacht: durch Schlaganfall, Arteriosklerose, Darmkrebs oder Gicht, um nur ein paar Beispiele zu nennen. Das Ende komme also nicht kurz und schmerzlos, sondern langsam und qualvoll, es sei denn, ja, es sei denn, es würde radikal umgesteuert, wie Kuhn sagte. Und nachdem er in seinem Bürostuhl erst zum einem, dann zum anderen Ende seines Schreibtisches gerollt war, klierte er eine Handvoll Anordnungen auf ein Blatt, die Telmo nur mit Mühe lesen konnte und von denen ihm besonders eine fast noch schlimmer als ein früher Tod vorkam: die restlebenslange Einschränkung des Fleischverzehrs.

Fünf Minuten waren vergangen, seitdem die Klasse den Raum verlassen hatte; fünf Minuten, in denen er nicht (oder fast nicht) an das Cordon bleu gedacht hatte. Es war ein Erfolg, ein kleiner nur, aber immerhin, und das erfüllte ihn mit Stolz; so wie er am heutigen Donnerstag auch stolz auf die sechs Tage zurückblickte, die seit der Predigt von Kuhn vergangen waren und die er ungelogen gänzlich fleischabstinent überstanden hatte. Zugegeben, es hätten volle sieben sein können, eine ganze Woche schon. Aber am Tag des Arztbesuches hatte es Gulasch gegeben. Und dem ließ sich schwer entsagen, zumal es eine wirklich willkommene Hilfe darstellte, um die schlimme Diät-Nachricht zu verdauen. Damit die Bilanz aber nicht schon im Ansatz versaut war, beschloss Telmo, die neue Zeitrechnung erst am folgenden Tag beginnen zu lassen, einem

Freitag, von dem an das Leben in seine postkarnale Ära gehen sollte (was leichtfiel, weil die Küche freitags Fisch servierte).

Er ließ weitere fünf Minuten verstreichen. Im Schulhaus war nun völlige Ruhe eingekehrt. Alle saßen im Speisesaal, alle außer ihm. Aber gerade darin lag eine große Hoffnung. Die Küche bereitete nämlich, durch Fehlplanung, direktoriale Weisung oder was auch immer bedingt, nicht selten zu wenig Essen zu. Dabei machte sich die Knappheit interessanterweise nicht bei Kartoffeln, Reis, Nudeln und Gemüsen, sondern vor allem bei den Fleischbeilagen bemerkbar. Und während Telmo vor einer Woche noch das Eintreten einer solchen Knappheit zutiefst gefürchtet hatte, sehnte er sie jetzt herbei. Denn wo kein Fleisch mehr lag, da konnte auch kein Verlangen mehr danach entstehen. Wenn es doch entstand, konnte ihm immerhin ganz einfach ein Riegel vorgeschoben werden.

Das Schloss der Klassenzimmertür klemmte beim Versuch, es zuzuschließen. Am Fuß der Treppe, die zum Speisesaal hinunterführte, lagen Schulranzen. Telmo, die Tasche mit dem Platon und dem Cicero drin fest unter den Arm geklemmt, achtete darauf, über keinen von ihnen zu stolpern, auch wenn er das innige Bedürfnis verspürte, wenigstens einen in hohem Bogen durch die Luft zu schleudern, sodass er scheppernd auf dem Boden aufkäme und die Glasflasche, die sich womöglich darin befand, zerstört würde und alles Wasser oder, noch besser, alle klebrige Limonade sich über die Bücher und Schulhefte ergösse. Aber gerade noch rechtzeitig, bevor er dem Impuls folgte, tat er ihn als billige Ersatzhandlung für den Frust über die Einschränkung seines Fleischverzehrs ab. Beherrschung, Mäßigung! Das war es, worauf es ankam.

Er besann sich darauf, dass das Fleischessen, biblisch gesehen, auch nur ein Ersatz war. Im Garten Eden wuchsen allerhand Bäume mit nahrhaften Früchten. Adam und Eva konnten so viel von ihnen nehmen, wie sie wollten, den Baum der Erkenntnis des Guten und Bösen ausgenommen. Aber weil sie sich bekanntlich nicht daran hielten, waren die Menschen, kaum erschaffen, bereits dem Verfall anheimgegeben. Und so verkam auch das Land, auf dem sie lebten, mitsamt der Früchte, die sie nährten, weshalb sie schließlich zum Fleisch greifen mussten, es blieb ihnen gar nichts anderes übrig. Doch dann war der Apostel Paulus gekommen und hatte erklärt, man solle weder Fleisch essen noch Wein trinken. Und weil dies geschrieben stand unter der Überschrift ›Starke und Schwache in der Gemeinde‹ war die Fleischabstinenz ja eigentlich auch, wenn nicht sogar vor allem, eine Frage der Glaubensstärke.

Telmo klammerte sich fest an diesen Gedanken, während er den Speisesaal betrat. Der große Raum war schon nicht mehr ganz gefüllt. Erneut keimte Hoffnung in ihm auf; die Hoffnung, einfach kein Fleisch mehr vorzufinden, erlöst zu sein von der Möglichkeit des Sündigenkönnens, und diese Hoffnung verwandelte sich zusehends in Gewissheit, je näher er der Essensausgabe kam. Es konnte doch gar nicht anders sein, als dass die anderen schon alles verzehrt hatten. Und wenn es normalerweise hieß, wer zu spät komme, den bestrafe das Leben, hieß es nun, wer zu spät kommt, der ist der Glückliche, der Glückselige, weil er nicht in Versuchung geführt wurde.

Beschwingt stieg er die Stufen zur Theke hinab. Als er unten ankam, erschrak er.

Auf einem Blech mit Backpapier, dem letzten, das überhaupt noch an der Ausgabe stand, lag, da gab es kein Vertun, neben den Behältern mit Kartoffeln und Fingermöhren, in einer hinteren Ecke, ganz klein und fast schon bemitleidenswert, aber doch ausreichend sichtbar, ein allerletztes Hähnchen-Cordon-bleu.

Er wollte kehrtmachen, die Treppe wieder hinaufgehen, raus aus dem Speisesaal, weg von diesem lasterhaften Ort, diesem Ort der Sünde und der Verführung. Aber da rief es von der Ausgabe her.

»Sie komm' mir wie gerufen, Pater Schmidt!«

Er spürte, wie ihm der Schweiß ausbrach.

Nein, es war nicht die böse Schlange, die da rief. Es war Evelin Mertens, die beste aller herzensguten Küchenfrauen, und was sie in der Hand hielt, war auch nicht die verbotene Frucht, nein, die war es nicht. Es war viel schlimmer noch: sie schwenkte eine lange Zange, silbern glänzend und fettig an den Enden, und mit dem großen Greifer packte sie nun das Cordon bleu und legte es auf einen Teller, dazu Kartoffeln und Fingermöhrchen. Sie versah alles mit einem ordentlichen Schwung Soße und hielt den vollen Teller mit zufriedenem Lächeln in die Höhe.

Telmo schwitzte. Wusste der Teufel im Paradies eigentlich, dass er Böses tat? War der Satan vielleicht der Prototyp desjenigen, der willentlich unwillentlich handelte? Oder handelte er, wie so viele Menschen es taten, die unschuldige Mertens eingeschlossen, in der Überzeugung, Gutes zu tun, das heißt ohne zu wissen, dass er eigentlich Schlechtes tat?

Die Möhren auf dem Teller dampften; aus einer Ecke des Cordon bleu lief geschmolzener Käse.

Telmo begann zu rechnen: Wenn die Vorgabe lautete, binnen zweier Wochen maximal ein Stück Fleisch zu verzehren, musste es doch möglich sein, binnen einer Woche, sozusagen auf Kredit, zwei Stück zu essen, solange in den restlichen drei Wochen auf weiteres Fleisch verzichtet wurde; oder sogar drei Stück in einer Woche für sechs Wochen im Voraus oder vier für acht Wochen und so weiter und so fort, und noch bevor er die Rechnung für die verbleibenden dreizehneinhalb Wochen des Jahres und die zweihundertundacht Wochen der nächsten vier Jahre aufgestellt hatte, griff er zu, setzte sich an den Rektortisch, wo auch die übrigen Lehrkräfte saßen, verspeiste wortlos und hastig sein Essen und wischte sich abschließend das Butterschmalz aus den Mundwinkeln.

Einen Rest davon meinte er, auch jetzt noch schmecken zu können. Eine halbe Stunde war inzwischen vergangen, seit dem verfrüht eingeläuteten Abendbrot.

Die ersten Schülerinnen und Schüler kamen, durch das nordwestliche Fenster seiner Wohnung konnte er es sehen, bereits aus dem Speisesaal zurück. Sie hielten belegte Brote in den Händen. Die stellten nicht etwa ihr Abendbrot dar, sondern den Proviant für die Zeit danach, von der sie glaubten, niemand wisse, wo und wie sie sie zubrächten. Telmo aber wusste es ganz genau. Seit fünfundzwanzig Jahren arbeitete er schon an der Schule, nicht zuletzt war er selbst hier Schüler gewesen, und es war absolut klar, dass sich in den Rucksäcken, die jetzt auf den Rücken das Gelände verließen, keine Vokabelhefte oder Schulbücher befanden, sondern Getränke, womöglich sogar die ein oder andere geklaute Flasche Abendmahlswein, nur dass der jetzt alles andere als eucharistisch konsumiert werden würde. Da konnte er bei der montagmorgendlichen Andacht so viel reden, wie er wollte.

Er trat ans Fenster und sah ihnen nach. Er beneidete sie um ihre Jugendlichkeit. Sie würden jetzt zum Fluss gehen, im letzten Tageslicht, und dort, kaum dass die Dunkelheit hereingebrochen war, vom Wein gelöst das Unaussprechliche tun, das aber zugleich das Offensichtlichste darstellte, wonach es ihren jungen Körpern verlangte.

Telmo zog die Vorhänge zu. Er kannte das Kribbeln, das

jetzt in ihm aufstieg. Es besuchte ihn jeden Abend. Es kam ausnahmsweise nicht vom Magen her, eher von den Lenden, war aber eben auch eine fleischliche Begierde, nur immerhin eine, die gesundheitlich unbedenklich schien. Damit war zwar noch nichts über die Christlichkeit – oder vielmehr: die Unchristlichkeit – der Sache gesagt. Doch die Liebe, allem voran die geistige, hatte, da sprachen die einschlägigen Broschüren, die einst im Priesterseminar gelegen hatten und von denen einige hin und wieder auch im Schulhaus auftauchten, eine eindeutige Sprache, allein dem Herrn zu gelten.

Das Verlangen loderte wie ein kleines Flämmchen. Bisher war seine Hitze noch gering. Doch es würde umso größer und heftiger werden, je mehr er sich auf seine Betrachtung konzentrierte, das wusste er aus Erfahrung.

Er begann, ein Vaterunser zu sprechen, brach es aber noch vor dem *Geheiligt werde dein Name* ab. Wie stand es im Zweiten Buch Mose? *Du sollst nicht verlangen!* Es war mit diesen Worten so verhext wie mit allen Verneinungen. Je mehr man sich bemühte, etwas *nicht* zu denken, desto mehr dachte man daran. Oh, wenn da nicht auch wieder der Teufel seine dreckigen Hände im Spiel hatte! Es war ja fast schon anzunehmen, *er* habe diesen lästigen, lasterhaften Körper geschaffen, diesen Körper mit seinen Nerven- und Blutbahnen, seinen Fettspeichern und Botenstoffen, die im Gewebe ihre Wirkung entfalteten und – war es nicht so? – immer gegen die Vernunft, anstatt für sie arbeiteten. Auch davon redete doch Paulus: vom Gesetz der Vernunft und vom Gesetz der Sünde, welch letzteres sich in den Gliedern befinde. Und warum, bitteschön, sollte der allmächtige Vater so etwas geschaffen haben? Er musste doch gesehen haben, dass es nicht gut war. Folglich konnte er es nicht geschaffen haben, weil er ja, nachdem er alles geschaffen hatte, gesehen hatte, dass es gut war!

Die Freiheit des Menschen, seine Fähigkeit, sowohl Gutes als auch Schlechtes zu tun, war ein teuflisches Gottesgeschenk. Zugleich war sie eine notwendige Gabe. Denn machte das nicht den eigentümlichen Charakter des Menschen aus? Sich für oder gegen etwas entscheiden zu können, anstatt nur blindem Instinkt zu folgen, wobei die Vernunft und der Wille, um ihre Freiheit wirklich ausleben zu können, eines Gegenspielers bedurften, den sie im Körper fanden? Ach, wenn es doch so einfach gewesen wäre! Wie oft aber wurde etwas zum Gegenstand eines Willensaktes, das eben der Wille selbst noch kurz zuvor als abstoßend beurteilt hatte?

Telmo hatte nun sämtliche Gardinen zugezogen. Er prüfte jede einzelne von ihnen auf Undurchlässigkeit. Nichts von dem, was nun folgen würde, sollte nach draußen dringen. Er spürte eine kleine Hitze auf seinen Wangen, während er daran dachte.

Er kühlte sich mit einem Glas Wasser in der Küche ab, ging anschließend zurück ins Arbeitszimmer und setzte sich an den Schreibtisch. Die Wände waren von schweren Bücherregalen bedeckt. Er hatte sie samt Inhalt vom Vorgänger übernommen. Dazu den alten Sessel, der in der Ecke stand und den Telmo, weil er sein Gewicht nicht mehr trug, ohne unangenehme Geräusche von sich zu geben, nur noch als Papierablage nutzte. Auf einem Beistelltischchen neben dem Sessel stand eine Messinglampe mit grünem Schirm, die einzige Beleuchtung im Zimmer neben der Arbeitsleuchte, die er beim Einzug hastig vom Hausmeister ausgeliehen, seitdem behalten und eher notdürftig an seinem Schreibtisch befestigt hatte. An der von Regalen freien Wand hing ein Kupferstich des Klosters, das die heutige Schule einst gewesen war. Darüber war mit einem Nagel ein Kruzifix befestigt.

Telmo sprang auf, lief zur Wand und zog ein Staubtüchlein

hinter dem Heizkörper hervor. Vorsichtig breitete er es von der Dornenkrone her aus, bis es den Kreuzhängenden ganz bedeckte.

Zurück am Schreibtisch nahm er die Brille ab, hauchte die Gläser an, wischte sie in kreisenden Bewegungen an den Ärmeln seines Jacketts ab, bevor er sich seiner entledigte. Er öffnete den Gürtel mitsamt dem Knopf seiner Hose.

Mit der rechten Hand zog er die Tür des Eichenholzschreibtischs auf. Im oberen Fach standen die Bände dreizehn bis achtzehn der neunzehnten Auflage des Brockhaus, mit Kopfgoldschnitt und schwarzem Rücken. Ihr Leder schien stark zu riechen, aber Telmo wusste, dass nicht *sie* es waren, die den ledrigen Geruch verströmten. Nein, er kam von weiter hinten, aus dem Allerheiligsten, dem geheimen Tabernakel, verdeckt durch den Buchstabenbereich LAH bis RUS, und während Telmo sich mit den Fingern bis dorthin vorarbeitete, dachte er unwillkürlich an den Abend der ersten Berührung, einen hellen, warmen Sommerabend, wie man ihn sich nur wünschen konnte für einen Abiturball. Die Vorbereitungen der Schülerinnen und Schüler hatten auch dieses Mal schon vor Monaten begonnen; im Grunde begannen sie bereits am Schuljahresanfang, wenn sich ein Festkomitee bildete und eine erste Planungssitzung abhielt. Und auch wenn Telmo all das nur von Ferne mitbekam (durch die Pausengespräche, die zunehmende Geschäftigkeit der Abiturklassen und die wachsende Zahl der den Ball betreffenden Aushänge), regte es doch eine gewisse Vorfreude in ihm an, die sich über die kommenden Monate steigerte, die er aber vor der Schülerschaft und dem Kollegium geheim hielt. Niemand sollte Verdacht schöpfen. Niemand sollte sich darüber wundern, dass er dem Ball mit übertriebener Regung entgegenfieberte.

Am meisten bemühte er sich, die Vorfreude vor derjenigen zu verbergen, die er jedes Jahr zu seiner ›Helena‹ kürte, wie er es nannte (sie hieß in diesem Schuljahr mit bürgerlichem Namen Merle-Sophia Gruber), denn sie war diejenige, auf die am Abend der Abiturentlassfeier alles hinauslief (wenn auch nur auf einen vermeintlich unbedeutenden Teil von ihr). Seine Wahl verkündete Telmo für sich selbst traditionsgemäß in jenem Moment, in dem er die Erwählte im Griechischunterricht die Passage aus der *Ilias* übersetzen ließ, worin Aphrodite dem jungen Paris zum Dank für die Schenkung des goldenen Apfels die Liebe der schönsten Frau der Welt verspricht, und es war kein Zufall, dass auch Telmos Helena bereits vergeben war (im Fall Merle-Sophia Grubers an Benedikt Renz).

Die eigentliche Ausführung aber begann erst um kurz vor Mitternacht, wenn die Feiernden aus dem Festzelt, das im Innenhof errichtet worden war, strömten, die Wangen rot von der im Zelt gestauten Sommerabendhitze, von Essen, Trinken und Gesprächen, und sich draußen auf der Wiese am Steinbächle versammelten. Die Abiturientinnen und Abiturienten liefen in Paaren über den Parkplatz hinweg, durch ein Spalier aus Eltern, die ihre Telefone zückten, fotografierten und filmten, wie die lange Zweierreihe bis zu den Bäumen wanderte und dort warteten sie, bis um Punkt Mitternacht (wenigstens dieses eine Mal im Jahr läutete die Schulglocke pünktlich!) der Rektor drinnen im Internat am Glockenstrick zog, zwölfmal, für die zwölfte Stunde dieses Tages, vor allem aber für die zwölf Jahre, die nun endlich vorbei waren, und kaum dass der letzte Schlag verklungen war, tönte laute Musik aus großen Boxen, die Jungs legten ihre Jacketts ab und die Mädchen ihre Stöckelschuhe, denn der Rasen hatte schon so mancher Schülerin nach Jahren öder Theorie im

Biologieunterricht unsanft gezeigt, wo die Ligamente des Sprunggelenks in der Praxis lagen. Bald lösten sich die Zweierverbindungen, die Musik wurde lauter und lauter, alle wirbelten umher, vergaßen alles um sich herum.

Jetzt hatte Telmos Stunde geschlagen, jetzt kam *sein* Höhepunkt des Jahres. Und kaum hatte er den rechten Schuh der Helena aus dem Gras gefischt, schlich er sich vom Dunkel beschützt davon, den Schuh unter seinem Sakko verbergend.

Den Kitzel, den er dabei empfand, erlebte er seitdem jeden Abend aufs Neue, wenn er den Schuh hinter dem Brockhaus hervorzog, um sich an der unnachahmlichen Mischung aus Schuhleder und jugendlichem Sommerabendfußschweiß zu ergötzen.

Mit der Rechten umfasste er das Schuhband mit silberner Schnalle, mit der Linken wollte er nach der Sohle greifen, als er aus dem Augenwinkel sah, wie am unteren Bildschirmrand des Computers eine rote Eins aufleuchtete. Er legte den Schuh auf die Brockhausbände fünfzehn (MOE-NOR) und sechzehn (NOS-PER) und bewegte den Mauszeiger auf das Postfach. Er las den fett markierten Namen des Absenders (Paul Vierkötter) und die Worte in der Betreffzeile (In dubio contra reo) und schnaubte verächtlich.

Warum, in Gottes Namen, war es so schwierig, zu begreifen, dass nicht alle Präpositionen denselben Kasus verlangten? Es heirateten doch auch nicht alle Frauen denselben Mann! Ja, der Vergleich war wenig gelungen und für den Lateinkurs offenbar wenig instruktiv, wie sich hieran wieder einmal zeigte, aber trotzdem. Es konnte doch von einem Oberstufenschüler, der im kommenden Frühjahr das Abitur ablegen wollte, um sich damit – wie lächerlich! – als hochschul*reif* auszuweisen, verlangt werden, zu wissen, dass die Präposition ›contra‹, anders als die Präposition ›pro‹, den

Akkusativ und nicht den Ablativ erforderte, es also, wenn überhaupt, ›In dubio contra re*um*‹ heißen musste!

Ein Klick auf die Nachricht beendete seine Rage. Was er sah, nahm alle Röte von seinen Wangen.

WIR WISSEN, WAS DU GERADE TUST.

Er wollte schlucken (was nicht gelang, weil seine Kehle sich verengt hatte), schaute angstvoll zu den Gardinen (sie waren alle zugezogen), las erneut die Nachricht (sie blieb dieselbe) und überlegte, ob es lohnte, sich über das Du zu echauffieren (es lohnte sich nicht). Er nahm alle Kraft zusammen, um darüber nachzudenken, wie wahrscheinlich es war, dass jemand ihn durch den PC hindurch beobachtete (es half nichts: er wusste es nicht), und bemühte sich, ganz ruhig zu atmen, um den Herzschlag und die Hitzewallung einzudämmen (beides gestaltete sich schwierig).

Er blickte noch einmal zu den Vorhängen (Sie waren doch zu!), schloss hastig das E-Mail-Programm (zweimal rutschte ihm der Cursor ab), drückte energisch auf die Schaltfläche ›Herunterfahren‹ (Es tat sich nichts! Verdammt, warum tat sich denn nichts?), schnappte verzweifelt nach frischer Luft (die Raumluft war abgestanden, ein Fenster zu öffnen in dieser Situation jedoch leider unmöglich), und er erschrak, weil plötzlich – der Computer war noch immer nicht ganz heruntergefahren – das Telefon klingelte.

Aber schon im nächsten Moment und noch während er aufs Display blickte (es zeigte eine unbekannte ausländische Nummer), lag in diesem Klingeln, er wusste nicht weshalb, etwas ganz und gar Erlösendes.

# 4

Bis zu diesem ersten kühlen Tag im September (eine unerträgliche Hitze hatte für Wochen über der Stadt gelegen) beschäftigten David Rubens keine ernsthaften Probleme (was für ihn hieß: keine, die seinen Puls erhöhten, ihm den Schlaf raubten oder ihn sonst irgendwie beeinträchtigten); jedenfalls empfand er es so.

Jetzt hatte er gleich drei Probleme auf einmal.

»Wir kommen nicht mit nach Montana.«

Martje stand, ihm abgewandt, am Küchenfenster und schaute hinaus in den anbrechenden Tag.

»Wie bitte?«

Sein Blick fiel auf die halbvolle Schüssel mit Haferflocken neben der Spüle. Arik war eigentlich von Beginn an ein guter Esser gewesen. Doch seit einigen Wochen ließ er immer wieder große Reste stehen. Er musste es in einer Art kindlicher Übersensitivität bereits gespürt haben.

»Ja, wir werden nicht mitkommen. Arik und ich bleiben hier.«

David lehnte sich mit dem Rücken gegen die Küchenzeile, stützte sich mit den Händen auf dem Herdrand ab. Er spürte Apfelmusreste unter seinen Fingern.

»Und das ist jetzt eher als Auszeit zu verstehen?«

Der Lappen, nach dem er zum Aufwischen griff, stank. Er hatte ihn schon vor Tagen wechseln wollen.

»Eher nicht als Auszeit.«

»Also dauerhaft?«

Martje schaute noch immer zum Fenster hinaus. Sie nickte stumm.

Er wusch den Lappen unter heißem Wasser aus und legte ihn zurück neben das Becken. In seinem Hals bildete sich ein Kloß.

Neben der Tür zum Flur stand Ariks Laufrad. Bis vor einer halben Stunde war er damit noch durch die Wohnung gerast. Jetzt tat er vermutlich Ähnliches in der Kinderkrippe. Vor dem Küchenfenster schrie eine Elster.

David versuchte zu schlucken.

»Und was soll ich meinem Vater wegen Silvester sagen?«

Er zog sein Handy aus der Hosentasche und schaute aufs Display: Zwei verpasste Anrufe in Abwesenheit, in seinem Fall ein Euphemismus, denn er war *anwesend* und hatte die Anrufe seines Vaters nicht *verpasst*. Er hatte sie nur nicht entgegengenommen. Genau so, wie er auch die Nachrichten noch nicht beantwortet hatte, in denen sein Vater seit Wochen fragte, ob er jetzt endlich den Flug in die USA buchen könne; die Flüge würden schließlich nicht billiger. Auch eine Hütte habe er bereits ausfindig machen können: mitten in den Bergen, mit malerischer Umgebung (»siehe Link«), für sich, seinen Sohn, seine Schwiegertochter und seinen Enkel (denn das Wichtigste kam für ihn stets zum Schluss).

Muss mich wegen des genauen Termins noch einmal mit Martje besprechen, hatte David ihm vor einigen Tagen geantwortet und damit etwas Zeit gewonnen. Aber jetzt war diese Zeit offenbar abgelaufen.

Würde dann wie folgt buchen, wenn bis heute Abend kein Widerspruch kommt, lautete die neueste eingetroffene Kurznachricht. Es musste also schnell reagiert werden, möglichst noch im Lauf des Vormittags. Aber bei dem Gedanken an ein

Telefonat mit seinem Vater war ihm schon unter normalen Bedingungen unwohl. Jetzt, unter diesen Umständen, wurde ihm übel. Denn was er von der väterlichen Seite seiner Familie geerbt hatte, war die Unwilligkeit, das Problematische der eigenen Lage zu sehen und – viel schlimmer noch – es zuzugeben. Er konnte sich gut an ganze Nachmittage mit seiner Großmutter erinnern, die sie in der Stadt umherirrend mit ihm verbrachte, weil sie irgendetwas suchte, ein bestimmtes Geschäft, eine bestimmte Adresse, aber sich nicht traute, irgendwen danach zu fragen oder um Hilfe zu bitten. Lieber ging sie nach zwei Stunden unverrichteter Dinge nach Hause und tat, den kleinen David hinter sich herziehend, so, als sei alles in bester Ordnung.

Diesem Prinzip, Ordnung vorzugeben, wo keine Ordnung war, hatte auch David sich verschrieben, und er befolgte es, vornehmlich unbewusst, seit seiner Kindheit. Jetzt jedoch stieß das Prinzip an seine Grenzen. Er musste seinem Vater etwas sagen, das war klar, und Martjes Entscheidung dabei zu verheimlichen schien im Grunde ausgeschlossen. Das war sein *erstes* Problem.

»Also? Was soll ich ihm sagen?«

Martje schüttelte verständnislos den Kopf.

»Mein Gott. David.«

Während sie die Küche verließ, drehte er sich zur Spüle um, nahm die Schüssel mit Ariks Frühstücksresten, kratzte den Haferbrei in den Mülleimer und begann, die Schüssel auszuwaschen, statt sie in den Geschirrspüler zu stellen (er brauchte jetzt dringend etwas, das ihn beschäftigte). Die Breireste klebten hartnäckig am Schüsselrand fest.

Natürlich war es ein Leichtes, Arik die Schuld zu geben. Seit seiner Geburt waren die atmosphärischen Spannungen in ihrer Ehe deutlicher zutage getreten als in all den Jahren zuvor (»Der Klassiker!«, wie Cédric es kommentierte). Dabei hatte David der Entstehung und Entwicklung seines Sohnes zunächst mit großer Faszination beigewohnt (auch wenn die, wie Martje anmerkte, eher der Leidenschaft eines Zellforschers als der eines Vaters glich). Wie war es möglich, dass aus einer Handvoll Glibber ein Mensch entstand, mit allem, was dazu gehörte: mit Armen, Beinen, Füßen und Händen und mit einem Kopf, der hörte, schmeckte, roch und sah und – bei ausreichender Zuwendung – irgendwann sogar dachte und sprach?

In biologischen Sachbüchern war an dieser Stelle vom Baukasten des Lebens die Rede: Von Basen, Zuckern und Phosphatresten, die, um Proteine gewickelt, sich in Mitose und Meiose weiter ver- beziehungsweise entwickelten. Manche – und das gefiel David besonders gut – verglichen das Leben auch mit einem Buch. Wenn der Körper eine riesige Bibliothek war, entsprach jeder Raum darin einer Zelle, jedes Regal, pro Raum eines, dem Zellkern. Und in diesen Räumen, auf diesen Regalen, stand es: das Buch des Lebens. Für die Menschen enthielt es, in sechsundvierzig Chromosomen-Bänden abgefasst, (und hier schieden sich die Geister) dreißig-, achtzig- oder über einhunderttausend Gen-Seiten. Und wann immer die Hälfte der Seiten einer Ausgabe mit der Hälfte der Seiten einer anderen zusammengeführt wurde, entstand die neue Edition eines Menschen.

Spätestens jetzt begannen jedoch die Probleme. Es reichte nämlich nicht, mit Hingabe diese menschliche Bibliothek zu studieren (David hatte sogar eine Abhandlung über die Plazenta gelesen), denn was er wenige Minuten nach der Entbindung in den Händen hielt, war kein sauber gebundenes Buch, mit weißen, schön bedruckten Seiten, das abgelegt oder zur Hand genommen werden konnte, wann immer es beliebte.

Nein, die Sache war etwas anders: Er trug ein Fleischbündel im Arm, das nichts als eigenes Verlangen kannte, nach Nahrung, Wärme, Schlaf, und dabei das Verlangen derjenigen, die es erzeugt hatten, nach eben diesen Dingen ganz hintan stellte. Das Ergebnis jeder Reproduktion war also ein Wesen, das, um selbst zu leben, die Fortführung anderen Lebens nur insofern erlaubte, als es dem eigenen Leben diente.

Nur war die Natur, was die Einschränkungen betraf, sehr ungleich verfahren. Sie hatte beiden, ihm und Martje, eine Brust gegeben. Und sie hatte auch beide mit körpereigenen Stoffen versehen, mit Oxytocin und Prolaktin. Aber die Wirkung, die insbesondere der letztere im jeweiligen Organismus entfaltete, war verblüffend unterschiedlich. David machte ein Übermaß davon lustlos, schlaff und depressiv. Martje hingegen ließ er über sich hinauswachsen. Und auch wenn David anfangs meinte, dieser Unterschied sei nebensächlich, stellte er bald fest: er war es nicht. Wann immer Arik schrie, war Martje mit ihrer Brust zur Stelle. David drückte dann, in Blicken oder Worten, sein Bedauern darüber aus, dass für ihn nur die Rolle des Zuschauers übrig blieb. Aber das war weder hilfreich noch aufrichtig, und Martje wusste das, er wusste das. Nur: anstatt eine andere Aufteilung vorzuschlagen (halb Brust, halb Flasche), bemühte er sich, um das schlechte Gewissen zu beruhigen, lediglich, seine Freiheit sorgfältig zu investieren: In die Lektüre weiterer Bücher über die neue Verteilung der Rollen in der Gesellschaft, das Ende der Männlichkeit, Gemeinsamkeiten und Unterschiede in der Physiologie und Kultur der Geschlechter. Manchmal lachte er schon fast darüber, vor allem wenn er Cédric oder jemand anderem davon erzählte. Das vorherrschende Gefühl, das er empfand, aber war Angst: Die Angst davor, dass Martje das Arbeitszimmer betreten, ihm sein schreiendes

Kind in die Hand drücken und erklären würde, die Schlacht um Gleichberechtigung werde nicht am Schreibtisch, sondern an einer anderen Front geschlagen.

Aus dem Flur waren Martjes Schritte zu hören. David stand noch immer an der Spüle und schrubbte, obwohl längst keine Reste von Haferflocken mehr zu sehen waren. Der Kloß der Gewissheit, dass er sich gerade nicht in einer Fiktion, sondern in der Wirklichkeit befand, steckte zunehmend fester in seinem Hals. Er ließ Wasser in die Schüssel laufen, während in seiner Erinnerung alle möglichen Begegnungen mit Martje auftauchten, die in den letzten Wochen vom Strom des Alltags zunächst wie belangloses Treibgut fortgespült worden waren, jetzt jedoch erneut an die Oberfläche kamen und sich als Vorboten von tieferer Bedeutung entpuppten.

Während der Hitzetage hatte Martje vor dem Badezimmerspiegel gestanden. Unter ihrem dichten, störrischen Haar, das sie mit gezielten Handgriffen in einen Knoten zwang, traten an den Schläfen kleine Schweißperlen hervor. In den ersten Jahren ihres Zusammenseins hatte sie meistens zu verstehen gegeben, dass sie es mochte, wenn David sich in diesem Moment hinter sie stellte und seine Hand in ihren Nacken legte. Nun wich sie im Spiegel seinen Blicken aus.

»In Missoula sind schon jetzt weniger als zwanzig Grad«, sagte er (das stimmte zwar, würde sich aber noch einmal ändern und war lediglich auf eine für die Jahreszeit überdurchschnittlich heftige Kaltfront zurückzuführen; diesen Teil verschwieg er). Vergeblich versuchte er, ihren Blick abzufangen. Er nahm die Blässe in ihrem Gesicht wahr, untrügliches Symptom ihrer Migräne.

»In den Bergen liegt sogar schon Schnee« (das stimmte ebenfalls, war in den Rocky Mountains je nach Höhenlage aber keine Seltenheit). »Bestimmt wird sich der Ortswechsel gut auf deine Migräne auswirken.«

Martje erwiderte nichts. Sie steckte eine letzte Haarnadel in ihre Frisur und verließ das Bad. David sträubte sich dagegen, ihr wortloses Verschwinden als Zeichen eines aufkommenden Sturms zu deuten. Es gab im Alltag schließlich immer wieder Situationen, in denen sie sich so verhielt, und die stillschweigende Erlaubnis, einfach so zu gehen, verdankte sie in den allermeisten Fällen ihrem schlechten Befinden.

David verachtete sich, wenn er so dachte. Es war unangebracht, ja unanständig, sie um ihr Leiden zu beneiden. Trotzdem tat er es. Er selbst hatte, von den üblichen Kinderkrankheiten und saisonalen Infekten abgesehen, in seinem Leben noch nie längerfristig an etwas Körperlichem gelitten.

»Du weißt gar nicht, wie glücklich du dich schätzen kannst«, sagte Martje dazu, und es stimmte. Dennoch bereitete ihm das eigene Wohlbefinden Unwohlsein im Angesicht ernsthaft Kranker. So wie stechender Kopfschmerz, starke Übelkeit und Überempfindsamkeit periodisch, aber unverschuldet über Martje kamen, so hatte er nichts dafür getan, um von derlei verschont zu bleiben. Aber gerade diese beiderseitige Unschuld verursachte in ihm ein Gefühl von Schuldigkeit. Und dafür schämte er sich wiederum, vor allem dann, wenn es sich zu etwas Größerem als Martjes pochenden Kopfschmerzen aufblies. Er wusste, dass es wichtig war, besonders in schlimmen Phasen Verständnis zu zeigen und Unterstützung zu bieten. Fast noch wichtiger aber war es, ihr nicht das Gefühl zu vermitteln, mit ihrem Leiden auch ihm eine Belastung zu sein (das Gefühl hatte sie ohnehin). Nur gab es genügend Augenblicke, in denen ihm das nicht gelang.

Im März war ihm zunächst vom Verlag, kurz darauf auch von der Juryvorsitzenden die Verleihung eines kleineren

Literaturpreises mitgeteilt worden; nichts Bedeutendes, ein paar Tausend Euro, aber besser als gar nichts und immerhin etwas, das offiziell begangen wurde. Es gab Notizen in der überregionalen Presse, ein Radiointerview, einen kurzen Fernsehbeitrag im Öffentlich-Rechtlichen, Anrufe von Freundinnen und Freunden.

»Weißt du, vielleicht sollte ich doch eine Fliege tragen«, sagte er am Tag der Preisverleihung zu Martje.

Sie saß mit Arik in der Küche, um ihn zu füttern. »Könntest du mal?«, fragte sie. Sie rannte ins Bad. Kurz darauf hörte er, wie sie sich übergab.

Nach der Verleihung des Preises stürzte er, umgeben vom Laudator, den Jurymitgliedern und seiner Lektorin, hastig und pflichtschuldig ein Glas Sekt hinunter, bevor er sich mit Verweis auf Martjes schlechten Zustand entschuldigte.

Im Taxi auf dem Rückweg nahm er sich fest vor, sich nicht so wichtig zu nehmen. Es half nichts. Er konnte nicht umhin, seine Wut und Enttäuschung über Martjes Abwesenheit auf *sie*, anstatt auf ihre Krankheit zu übertragen, und seine Bestrafung (die sie nicht verdiente, weil sie sich keiner Sache schuldig gemacht hatte) setzte unmittelbar an der Wohnungstür ein.

»Wie war's?«, fragte sie. Offenbar ging es ihr inzwischen wieder etwas besser.

»Gut«, antwortete er ohne zu lächeln, »gut.« Dann verzog er sich ins Arbeitszimmer.

Auf dem Schreibtisch lag das Gehäuse eines Seeigels. Martje hatte ihn noch zu Studienzeiten bei einem Ausflug am Strand von St. Ives gefunden und in sein Collegezimmer gestellt, weil sie wusste, dass die rötlich-braune Färbung ihm gefiel.

Er nahm das Gehäuse zur Hand; es war inzwischen ganz

ausgeblichen. Er wendete es zwischen den Fingern, fuhr über die Höcker, auf denen einst die Stacheln gesessen hatten. Wie oft schon hatte er Martje in all den Jahren, zunächst ihrer Beziehung, dann ihrer Ehe, Stacheln aus dem Fleisch entfernt? Nicht Seeigelstacheln, sondern die Stacheln seiner eigenen Worte, Blicke und Gesten, die allesamt so schmerzhaft waren wie die echten, körperlichen Stacheln, wenn nicht gar noch schmerzhafter. Dabei war er ein geübter Stachelentferner. Er vermochte es, liebevoll und zärtlich vorzugehen, bedachte schon im Augenblick der Verletzung die anschließende Behandlung, und Behandlungsanlässe gab es genug, allem voran die Launen, in die er durch das Schreiben des Öfteren verfiel. Er litt zwar nicht unter Schreibblockaden, aber oft erging es ihm mit seinen eigenen Worten wie mit einem sommerlichen See. Am einen Tag schimmerte er tiefblau, die Sonne glitzerte auf den Wellen; es gab nichts Schöneres, als darin zu baden. Doch schon am nächsten Tag, wenn der Wind gedreht hatte und das Hoch durch ein Tiefdruckgebiet verdrängt worden war, erschien derselbe See nicht mehr als das, was er noch am Vortag gewesen war. Er war aufgewühlt und kalt, uneinladend, abstoßend, und David machte es, selbst wenn er es versuchte, keine Freude, darin zu schwimmen. Von allen Menschen in seiner Umgebung bekam Martje seinen Missmut dann am ehesten zu spüren. Sie konnte dafür so wenig, wie sie für das Wetter oder für die Schübe ihrer Migräne etwas konnte. Trotzdem blieb sie nicht verschont von seinen Launen, immer wieder trat sie sich seine Stacheln ein und ließ sie, wenn die Schmerzen allzu groß wurden, bereitwillig von ihm entfernen. Es war eine eingespielte Abfolge, ein fast schon notwendiges Ritual ihres Zusammenseins, bei dem Sturm- und Sonnentage sich abwechselten.

An den Sonnentagen entspannten sie im Garten, Arik

schaufelte mit Förmchen hellen Sand aus der Kiste, David lag in der Hängematte und begann, während die Wärme für Schweiß auf seiner Haut sorgte, laut darüber nachzudenken, wie viel angenehmer es doch sein müsste, an der Küste, überhaupt etwas weiter im Norden zu leben. Schließlich seien die mittleren Breiten, die gemäßigte Zone also, schon längst nicht mehr gemäßigt und würden es zunehmend weniger sein.

»So ein Häuschen am Meer oder wenigstens in Meeresnähe – das wäre schon gut, oder?«

Martje widersprach nicht; tatsächlich hatte sie nichts dagegen einzuwenden. Nur konnten die Sonnentage und die Zukunftsträumereien nicht darüber hinwegtäuschen, dass sich nicht nur in der Welt als Ganzer, sondern auch in ihrer Ehe längst klimatische Veränderungen eingestellt hatten, grundlegende Verschiebungen in einem komplexen System, die ihrerseits nicht mit einzelnen Wetterereignissen zu verwechseln waren, jedoch zunehmend die Intensität und Häufigkeit dieser Ereignisse beeinflussten.

»David, wir müssen etwas tun«, sagte Martje am Ende eines Tages, der wieder einmal stürmisch gewesen war. »Ich kann das so nicht mehr. Irgendetwas muss passieren, irgendetwas, wenn wir weiter miteinander leben wollen.«

Er nickte zustimmend, pflichtete ihr bei. Er war von der Richtigkeit ihrer Worte überzeugt, davon, dass sich wirklich etwas ändern musste. Trotzdem waren die guten Vorsätze schon am nächsten Tag wie weggeblasen.

Arik schrie und strampelte im Flur, während er ihn für die Krippe fertig machen wollte. In der Küche stapelte sich ungewaschenes Geschirr, das Martje zwischen zwei Schmerzschüben hatte stehen lassen. Im Manuskript auf dem Laptop wartete eine Reihe hartnäckiger Parataxen, die er gestern noch für schön befunden hatte, darauf, kurz und klein gehackt zu werden. Und aus ihm platzte es plötzlich heraus.

»Ich habe keinen Bock mehr!«, schrie er. »Ich kann nicht mehr als Einziger ständig perfekt funktionieren müssen!« (Das hatte er so noch nicht gesagt und Martje auch nie von ihm verlangt, aber das war ihm jetzt egal.) Er ließ Arik, halb angezogen, und Martje, von Schmerzen geplagt, einfach stehen und ging aus dem Haus.

Eine Woche später schickte die Universität von Montana eine Zusage für seine Bewerbung als Writer in Residence. Er rief seine Verlegerin an, die ihn im Vorjahr auf diese »sicherlich etwas provinzielle, aber vielleicht ja doch ganz nette Möglichkeit, einige Monate schreibend und lehrend in den USA zu verbringen«, hingewiesen hatte. Anschließend telefonierte er mit einer freundlichen Mitarbeiterin der University Housing Services, die ihm erklärte, die im Stipendium enthaltene Unterkunft sei leider nicht für Familien geeignet, nein. Er könne jedoch, wenn er wolle, eine entsprechende Wohnung in Campusnähe erhalten (drei Zimmer, eines davon ein voll ausgestattetes Kinderzimmer und ein Bad) – »Den Aufpreis müssten Sie aber selbst bezahlen.«

Er sprach mit Martje über diese Option (seinen Anfall der letzten Woche hatte sie unkommentiert gelassen). Die Unterhaltung verlief in etwa so unaufgeregt wie die wöchentliche Essensplanung. Er buchte Flüge, besorgte die nötigen Bescheinigungen für die Einreise, kaufte einen Reiseführer und in vorauseilender Vorfreude auch einen Wanderfaltplan, nahm Kontakt zur Germanistikprofessorin für ein gemeinsames Seminar auf und legte erste Sachen für die Reise zurecht.

Martje blieb bei all diesen Tätigkeiten im Hintergrund. Er konnte es ihr nicht übel nehmen. Es war nicht *ihr* Aufenthalt, sondern *seiner*, und es freute ihn, dass sie und Arik überhaupt mitkamen.

»In einer Woche werden wir im Flugzeug sitzen«, hatte er erst gestern Abend zu Arik gesagt. Arik brummte und machte mit der Hand eine Flugbewegung in der Luft. Gemeinsam starteten und landeten sie einige Male. David erklärte ihm, wie die Luft um die Tragflächen strömen muss, damit ein Auftrieb entstand. Das Leuchten in Ariks Augen ließ ihn zufrieden sein. Es gab ihm das Gefühl, dass eigentlich, insgesamt betrachtet, alles ziemlich in Ordnung war.

Während er jetzt an der Spüle stand, die nasse, saubere Schüssel in der Hand, bemerkte er, dass er damit dem fatalsten aller ehelichen Gefühle aufgesessen war: der Hoffnung, dass ein gemeinsam geplanter Alltag ein sicherer Indikator für ein stabile Beziehung sei. Und das war sein *zweites* Problem.

Allerdings gab es da noch ein *drittes*.

»Ich würde dann jetzt das Geld für die Campuswohnung und die Flüge gar nicht erst überweisen«, sagte Martje. »Und die Zwischenmiete absagen, okay?« Sie schaute aus dem Halbdunkel des Flurs in die Küche hinein.

David merkte, wie der Kloß im Hals tiefer rutschte und mit einem Stechen in der Magengrube ankam.

Seine Eltern hatten nie gesteigerten Wert auf Geld gelegt. Sie hatten auch niemals im Übermaß welches besessen (wobei David sich schon lange fragte, wer in dieser Hinsicht überhaupt das Maß bestimmte). Es reichte ihnen jedenfalls zur Deckung der nötigen Kosten und, seit David und seine Schwester aus dem Haus waren und ihr eigenes Geld verdienten, zunehmend auch darüber hinaus. Dabei basierte die finanzielle Stabilität ihres Haushalts wesentlich auf der ausgleichenden Wirkung zweier unterschiedlicher Ansätze: Sein

Vater gab hin und wieder sehr spendabel, fast schon lebemännisch Geld aus; seine Mutter führte Buch über alle Einnahmen und Ausgaben und ließ die Zahlungen ihres Mannes nur so lange gewähren, wie die Kontostände es erlaubten.

»Wir müssen nicht jeden Cent zweimal umdrehen«, fasste sie ihre Devise zusammen, »aber wir sollten auch keinen Cent mehr ausgeben, als wir haben.«

David war in dieser Hinsicht ganz Kind seiner Eltern: er vereinigte beide Ansätze zu fast gleichen Teilen. Aber eben nur fast.

Nach außen hin und in der Theorie überwog bei ihm die mütterliche Seite, erst recht seit er sich ganz der Schriftstellerei verschrieben und gegen weitere Standbeine entschieden hatte. Seinen Freundinnen und Freunden, die Jura, Medizin oder Lehramt studiert hatten und mittlerweile ansehnliche Gehälter einstrichen, nötigte dieser Schritt einen gewissen Respekt ab.

»Kannst du denn davon leben?«, war eine der am häufigsten gestellten Fragen, insbesondere am Anfang, und es war ihm eine Wohltat zu antworten: »Ja, ich kann.«

Doch ein Jahr nach Veröffentlichung seines ersten Romans, der sich, wie seine Verlegerin sagte, inklusive einiger Lizenzen »erfreulich« verkauft habe (was hieß: für ein Debüt recht gut, aber auch nicht völlig überwältigend), schlug der väterliche Ansatz in ihm durch.

»Es ist ja auch eine gewisse Lebensqualität, die man sich durch etwas weniger Haushaltsdisziplin erkauft«, sagte er zu sich selber. Aber nun (Martje hatte die Hand bereits auf die Klinke der Wohnungstür gelegt) stürzte mit einem Mal das sorgfältig errichtete Kartenhaus finanzieller Prognosen zusammen, und er ahnte, dass er es allein nicht wieder würde aufbauen können, dass er nicht mal eben schnell ihren Anteil für die Campuswohnung und die Flüge würde übernehmen können, noch dazu die Miete zu Hause, wenn die Wohnung jetzt doch nicht zwischenvermietet werden konnte, und da war er noch nicht einmal bei Scheidungskosten und Unterhaltszahlungen angelangt, die er von Ferne wie eine Lawine auf sich zurollen sah.

»Ich muss jetzt zur Arbeit«, sagte Martje. Sie blickte ein letztes Mal zu ihm.

Das Schlimmste war, dass sie vermutlich das einzig Richtige tat. Dass er ihr keine andere Wahl gelassen hatte, als genau so zu handeln, wie sie es jetzt tat.

»Ja«, sagte er knapp und trocknete die Schüssel ab.

Die Wohnungstür fiel ins Schloss. Er schaute nach draußen. In seiner Hosentasche drückte das Telefon mit den Anrufversuchen und Nachrichten seines Vaters. Im Hinterkopf überschlug er die ungefähre Höhe des finanziellen Minus, das Martjes Beschluss bedeutete; er wollte am liebsten gar nicht weiter darüber nachdenken.

Er trat vom Fenster weg und stellte die Schüssel ins Regal. Sein Magen stach. Er verbot sich, die Zuversicht zu verlieren. Irgendeinen Ausweg musste es geben. Schließlich gab es für alles einen Ausweg, ausgenommen den Tod.

Aber so weit war es ja noch nicht.

# ZWEITER TEIL

# I

Er kohommt!«, rief Walter Macpherson, während der braune Lieferwagen auf die Auffahrt zuhielt. Carline sah, wie er aufgeregt nach draußen lief und winkte. In der vergangenen Woche hatte er wiederholt verschiedene Mitarbeiterinnen der UPS-Hotline belästigt (so jedenfalls nannte Mutter sein Verhalten am Telefon) und um Vereinbarung eines genauen Liefertermins gebeten.

»Und mit ›genau‹ meine ich nicht nur die Woche oder den Tag, sondern die Stunde, Ma'am!«

»Tut mir leid, Sir, aber wir können Ihnen nur ein ungefähres *Zeitfenster* für die Zustellung Ihres Paketes nennen«, dröhnte es aus dem Hörer (Vater hatte die lästige Angewohnheit, immer per Freisprechanlage zu telefonieren, seit die neueste Generation Telefone sie integriert hatte).

»Ich verstehe«, sagte er. »Nur gibt es ja größere und kleinere Fenster, wissen Sie. Und ich wünsche explizit ein *kleines*. Geben Sie mir einfach das kleinste Zeitfenster, das Sie haben, Ma'am. Ich arbeite im Ministerium und kann nicht einfach so weg, um die Lieferung entgegenzunehmen.«

»Walter!«, rief es aus der Küche, wo Mutter die Lasagne für das Mittagessen zubereitete. »Lass die arme Frau in Ruhe! Ich bin doch die ganze Woche über da.«

»Sir?«

»Ja, Entschuldigung, meine Frau. Also, wie gesagt: Ich brauche ein kleines Zeitfenster, ein *kleines*.«

»Sehr gern. Dann empfehle ich Ihnen unsere vollflexible Wunschtermin-Zustellung.«

»Die nehme ich!«

»Alles klar. Dann würde ich die fünfzig Dollar dafür einfach auf die bei uns hinterlegte Kreditkarte von Ihnen buchen.«

»Fünfzig Dollar?! Moment! Nein! Ich melde mich später noch mal. Danke! Wiederhören!«

Es dauerte kein ganzes Stück Lasagne, bis er erneut zum Telefon griff.

»Ja, hier ist noch mal Walter Macpherson. Ich hatte gerade mit Ihnen oder Ihrer Kollegin gesprochen, Ma'am, und ich würde gerne die persönliche Wunschtermin-Zustelloption hinzu buchen, die …«

»Natürlich! Einmalig oder als Jahresoption?«

»Als Jahresoption?!«

»Sie können die Option für nur fünfundneunzig Dollar pro Jahr buchen und sparen dann je nach Größe des Pakets schon ab der zweiten Lieferung.«

»Okay. Das hatte Ihre Kollegin vorhin nicht erwähnt. Da muss ich kurz drüber nachdenken. Ich melde mich dann wieder. Danke.«

»Gerne. Nehmen Sie sich die Zeit, die Sie brauchen.«

Er kehrte zurück an den Mittagstisch und aß stumm die Reste der inzwischen erkalteten Lasagne. Carline wusste nicht, wofür sie ihn mehr bedauern sollte: für das kalte Essen oder für die Schwierigkeiten, die ihm die Lieferung offensichtlich bereitete.

»Aber Walter. Mal im Ernst«, sagte Mutter. »Ich kann doch das Paket wirklich entgegennehmen.«

»Nein, Meg! Es ist nett gemeint, ich weiß, aber es geht nicht.«

Nach dem Mittagessen stand er im Garten hinter dem Haus und verteilte Roundup auf den Rabatten.

»Pa?«, fragte Carline.

»Vorsicht, Süße!« Er ging in die Hocke und legte den Sprühstab beiseite.

»Warum kann Mom nicht das Paket annehmen?«

»Weil sie nicht kann, Carline. Stell dir vor, das Paket ist beschädigt und muss reklamiert werden. Das ist eine Verantwortung, die ich ihr nicht zumuten möchte. Am Ende übersieht sie einen kleinen Schaden, nicht mit Absicht, sondern aus Versehen, weil sie ihn nicht sehen kann – man muss da einen Blick für haben, weißt du –, und dann trifft sie die Schuld, obwohl es ja *mein* Paket ist, verstehst du, *mein* Paket.«

Er ging aus der Hocke, entfernte sich einige Meter und begann wieder zu sprühen.

»Man muss Verantwortung übernehmen für das, was einem gehört, Carline. Das ist wie ..., sagen wir mal, ... du kümmerst dich ja auch um deine Pferde.«

Sie blickte auf das Barbie-Pferd in ihrer Hand. Seit einem Jahr bettelte sie vergeblich darum, Reitstunden nehmen zu dürfen, so wie Liz und Zoe aus ihrer Klasse es taten. Doch statt eines echten Pferds für einige Stunden an einem Nachmittag jede Woche hatte sie nur ein weiteres Spielzeugpferd für ihre Sammlung bekommen. Sie stellte es neben die anderen Pferde auf dem Rasen. »Okay.«

Eine knappe Woche später – es ging auf Ende März zu und ganz D. C. meinte, die blühenden Kirschbäume vom Tidal Basin riechen zu können – fuhr der Paketlieferwagen die Straße hinunter. Kurz bevor sie in den grünen Laubwald des Rock Creek Park mündete, kam er zum Stehen.

»Buddy, du bringst das einundzwanzigste Jahrhundert!«, sagte Vater, während er auf den Boten zulief.

»Ha, dann bin ich aber fünf Jahre zu früh!« Der Bote war breitschultrig und hatte dichtes schwarzes Haar, das in starkem Kontrast zu Vaters weißer, von kleinen braunen Punkten übersäter Halbglatze stand (wobei vor allem Mutter die Punkte mit Angst und Argwohn betrachtete und jeden Zeitungsartikel ausschnitt, der einen Zusammenhang zwischen Sonnenbrand und Hautkrebs erwähnte).

»Yep«, sagte Vater. »Aber lieber fünf Jahre zu früh als fünf Jahre zu spät. Richtig?« Er ging um das lange, kniehohe Paket herum und inspizierte es von allen Seiten.

»Aus Schweden, hm?«, fragte der Bote und zwinkerte Carline zu.

»Yep«, antwortete Vater noch mal und drehte das Paket vorsichtig auf die Seite. »Diesmal sind uns die Europäer zuvorgekommen.« Er schaute zu Carline.

Sie beobachtete, wie er den Boden des Pakets nach Transportschäden absuchte.

»Alles in Ordnung«, sagte er schließlich und ließ sich vom Boten einen Stift geben. »Willst du noch kurz bleiben und dabei sein, wenn ich die Zukunft auspacke?«, fragte er ihn, während er die Annahme quittierte.

»Nein, danke, Mann! Sehr nett von dir, aber ich muss weiter.«

Vater nickte. Er wirkte enttäuscht. Aber noch bevor der Kies in der Auffahrt unter den Rädern des Lieferwagens knirschte, hatte er das Paket hochgehoben und bis vor die Haustür getragen.

»So, Carline. Dann wollen wir Mom mal auf ihre Runde schicken und den Fortschritt nicht länger im Karton lassen, oder?«

Zwei Minuten später stand Mutter in der Haustür, die Füße in Laufschuhen, die Beine in einer Jogginghose. Am

Oberkörper trug sie eine dünne Windjacke, darunter ein T-Shirt, das sie als Finisherin des Marine Corps Marathon vom Vorjahr auswies – einem »historischen Laufjahr«, wie Vater gern betonte, wenn er Gästen, Nachbarn oder Freunden davon erzählte, und zwar nicht so sehr deshalb, weil auch Oprah Winfrey daran teilgenommen hatte, das wussten ja alle, sondern vor allem deshalb, weil seine Frau den Lauf in vier Stunden, vierundzwanzig Minuten und zehn Sekunden und damit ganze fünf Minuten und fünf Sekunden schneller als Oprah beendet hatte.

»Meg, du siehst fantastisch aus!«, sagte er.

Sie lächelte und band einen zweiten Knoten in ihre Schnürsenkel. »Danke, Liebling! Und du bist auffällig gut gelaunt heute.«

»Yep«, sagte er. Noch bevor er weiterreden konnte, fiel Carline ihm ins Wort. »Pas Paket aus Schweden ist angekommen!«

»Ich seh's, Liebling! Und für dich stehen Möhrensticks und Sesamdip in der Küche!« Sie lief winkend die Auffahrt hinunter und bog nach rechts Richtung Wald ab.

Carline sah zu, wie sie am Ende der Straße verschwand. Sie kannte keinen gesünderen und sportlicheren Menschen als ihre Mutter. Und sie konnte sich auch keinen vorstellen. Nicht mal Helen Ferguson, ihre Sportlehrerin, machte einen so sportlichen Eindruck wie Mom. Und die war auch bestimmt noch nie in ihrem Leben einen Marathon gelaufen. Sie stand immer nur am Rand des Sportplatzes und trieb alle zum Laufen an.

»Carline? Noch da? Noch bei mir?« Vater zog ein Cuttermesser aus der Hosentasche und durchtrennte vorsichtig die Umreifung.

»Ja, Pa.«

»Du warst schon bei den Möhrensnacks, hm? Aber lass uns erst mal hier auspacken, bevor wir uns ans Essen machen.«

Carline nickte. Sie überlegte kurz, ob sie ihn darauf hinweisen sollte, dass Mutter gar nichts von Essen für *ihn*, sondern nur für *sie* gesagt hatte. Aber dann fand sie die Vorstellung, beim Leeren der Dip-Schüssel Hilfe von ihm zu haben, ziemlich angenehm, denn Mutters ›Pampe‹, wie sie die Dips gegenüber ihren Freundinnen nannte, war nicht gerade das, wonach ihr der Appetit stand. Doch irgendwie hatte das Schicksal – oder ›der Herr‹, wie ihre Eltern sagten – es nun einmal so gefügt, dass sie als Tochter der D. C. Dip Queen zur Welt gekommen war. So hieß Mutter inzwischen bei nicht wenigen Leuten, darunter vor allem die Mitglieder der Vorbereitungstreffen für das Nationale Gebetsfrühstück, der langweiligsten Veranstaltung seit der Erfindung von Veranstaltungen, wie Carline fand, die zu allem Überfluss im letzten Jahr auch noch ausgerechnet auf ihren zehnten Geburtstag gefallen war, zu dem sie sich – wie auch schon zu ihrem neunten, achten und siebten Geburtstag einen Hund gewünscht hatte. Doch statt eines Hundewelpen kam Mutter Teresa.

»Sie ist die bekannteste und wunderbarste Frau der Welt, Carline!«, sagte Mutter und drückte sie an sich. »Ein größeres Geschenk als das zu deinem Geburtstag kannst du dir doch gar nicht wünschen! Der Präsident und die First Lady werden auch da sein. Stell dir das mal vor! Wer hat das denn schon?«

Einen Moment lang freute sich Carline tatsächlich, und die Freude hielt auch dann noch an, als sie in der hinterletzten Reihe an einem runden Tisch zwischen dreitausend anderen Menschen im Hilton an der Connecticut Avenue NW saß, aber als der Präsident und seine Gattin den Saal betraten, sah sie von ihrem Platz aus fast gar nichts. Nur auf den Leinwänden links und rechts der Bühne konnte sie das Geschehen verfolgen. Das war in etwa so spannend wie die beiden im Fernsehen zu sehen oder in ihrem langen Konvoi abgedunkelter Limousinen auf der K Street.

»Die Clintons zum Geburtstag! Ist das nicht was?«, fragte ihr Vater. »Sind zwar in der falschen Partei, aber POTUS und FLOTUS!«

»Und gleich wird's noch besser!«, rief ihre Mutter. »Warte mal ab!«

Carline wartete geduldig, während viel zu viele Leute, darunter der Präsident, viel zu langweilig und viel zu lange redeten. Sie war inzwischen durch die Hotelklimaanlage auf ihrem Stuhl fast schon so kalt wie die Eiswürfel in ihrem Colaglas, als plötzlich hinter einem Vorhang die kleine, hutzelige alte Frau mit einem weißen Tuch mit blauen Streifen auf dem Kopf hervortrat, die sie bisher nur auf Bildern im Unterricht gesehen hatte (die schrecklichen Eindrücke von Leprakranken verfolgten sie wochenlang in ihren Träumen).

»Kannst du sie sehen?«, fragte Mutter. Sie applaudierte begeistert.

Carline konnte so gut wie gar nichts sehen, denn Mutter Teresa verschwand fast vollständig hinter dem Rednerpult. Ein Techniker bemühte sich, das Mikrofon auf die passende Höhe zu bringen.

Sie hatte den gleichen Akzent wie der nette Inder, der immer die Zeitungen austrug. Allerdings sagte sie völlig andere Sachen als er. Es ging um Jesus (klar) und um die Jungfrau Maria (auch klar). Des Weiteren um den Heiligen Franziskus, irgendeine Cousine von Elisabeth (oder hieß die Cousine Elisabeth?) sowie Johannes den Täufer. Den immerhin kannte

Carline aus den Gottesdiensten, und jedes Mal, wenn sie seinen Namen hörte, versuchte sie, sich vorzustellen, wie es sein musste, wenn der eigene Kopf vom Hals getrennt wurde. Würde dann wirklich das Blut in einer Fontäne herausspritzen, so wie in dem Comic, wo …

»… wenn wir nicht bereit sind, zu geben, was auch immer nötig sein mag, um anderen Gutes zu tun«, sagte Mutter Teresa, »so ist die Sünde nach wie vor in uns. Deshalb müssen wir einander geben, bis es wehtut.«

Hinter dem Aufsatz des Rednerpults, auf dem, golden umrahmt, der Weißkopfseeadler prangte, lugte nur das blauweiße Streifenmuster ihrer Kopfbedeckung hervor.

Hatte Johannes der Täufer seinen Kopf gegeben, um Gutes zu tun? Carline dachte eine Weile darüber nach, konnte sich aber nicht erinnern. Es war schon länger her, dass die Geschichte im Gottesdienst eine Rolle gespielt hatte. Alles, was sie noch zusammenkriegte, waren König Herodes und eine junge Frau, die einen Tanz aufführte, den Reverend Plynn ›unanständig‹ nannte. Aber was das jetzt mit Johannes und seinem Kopf zu tun hatte – keine Ahnung.

Es änderte ohnehin nichts an der Frage, ob man seinen zehnten Geburtstag wirklich mit mehreren Tausend Erwachsenen in einem Hotelsaal verbringen musste. Denn ging es beim Geburtstag nicht eigentlich darum, Geschenke zu erhalten und gefeiert zu werden?

»Vielleicht gibt es in unserer eigenen Familie jemanden, der sich einsam fühlt, der sich krank fühlt, der besorgt ist?«, drang die Stimme Mutter Teresas an ihr Ohr. »Sind wir da?«

Carline schaute zu ihren Eltern. Sie hatten ihre Blicke voll und ganz auf die Bühne gerichtet. Mutters Brust bewegte sich aufgeregt atmend.

»Hallooo! Hier ist Carline, eure Tochter!«, wollte sie

rufen. Sie tat es nicht. Allein die Vorstellung, es tun zu *können*, verursachte eine leichte Gänsehaut auf ihren Armen und ein Kribbeln im Magen, so wie sie es auch spürte, wenn sie auf der Duke Ellington Bridge stand und sich vorstellte, wie es wäre, in die Tiefe zu springen. Wobei die Frage, warum sie auf solche Gedanken kam, ihr fast noch mehr Angst einjagte als die Vorstellung vom Sprung selbst.

»Sind wir willens, zu geben, bis es wehtut, um bei unseren Familien zu sein? Oder setzen wir unsere eigenen Interessen an erste Stelle? *Das* sind die Fragen, die wir uns stellen müssen, insbesondere jetzt, da wir am Anfang des Jahrs der Familie stehen.«

Carline lief ein Schauer über den Rücken. Ihr Blick war auf die Leinwand gerichtet. Hatte Mutter Teresa sich gerade ein ganz klein wenig über das Pult gebeugt? Also nicht wirklich gebeugt natürlich, sondern eher auf die Zehenspitzen gestellt. Aber hatte sie ihr wirklich gerade kurz, ganz kurz nur, in die Augen schaut? *Ihr*, Carline Macpherson, aus Washington, D. C.? Und sollte das heißen, dass sie *ihr* diese Fragen stellte?

Sie sah erneut zu ihren Eltern. Sie saßen noch immer hochkonzentriert auf ihren Stühlen.

»Sehr oft sind Vater und Mutter so beschäftigt, dass sie keine Zeit für ihre Kinder haben. Vielleicht sind sie nicht einmal verheiratet oder bereits geschieden.«

Carline hatte die Augen auf die sich heftig bewegende Brust ihrer Mutter geheftet. Nein, ihre Eltern waren nicht *nicht* verheiratet und sie waren auch nicht geschieden! Erst heute Morgen hatte Vater, nachdem er in die Küche getreten war, »Ich liebe dich, Meg!« gerufen und Mutter einen Kuss auf den Mund gegeben.

»Wir reden hier von der Liebe der Eltern zu ihrem Kind«, drang es aus den Lautsprechern. »Hier nehmen Liebe und

Frieden ihren Anfang. Die genannten Dinge aber bringen den Frieden in Gefahr.«

Einen Moment lang war es still. Nur das Surren der Lüftungsanlage war zu hören. Auf den Tischen standen Kaffee, Wasser und O-Saft. Carline hatte schrecklichen Durst, traute sich jedoch nicht, etwas zu trinken.

»Die größte derzeitige Bedrohung für den Frieden ist jedoch, so mein Gefühl, die Abtreibung. Denn sie ist ein Feldzug gegen das Kind; die direkte Tötung eines unschuldigen Kindes, umgebracht von der eigenen Mutter. Und wenn wir akzeptieren, dass eine Mutter sogar ihr eigenes Kind umbringen kann, wie können wir dann von anderen Menschen verlangen, sich nicht gegenseitig umzubringen? Wie überzeugen wir eine Frau davon, keine Abtreibung vornehmen zu lassen?«

Mutter nickte, während Mutter Teresa das sagte, und Carline saß auf ihrem Stuhl und wiederholte mehrfach, ohne die Lippen zu bewegen und einen Ton hervorzubringen, »Abtreibung, Abtreibung, Abtreibung«. Es war das erste Mal, dass sie bewusst das Wort ›Abtreibung‹ hörte, und sie wunderte sich, dass Mutter und Vater es noch nie verwendet hatten, wenn sie es doch offenbar kannten. Warum sollte eine Mutter ihr eigenes Kind umbringen? Wie wäre das, wenn Mutter sie umbrächte? Wie bei Johannes dem Täufer?

Ihre Gedanken kreisten so sehr um diese Frage, dass sie erschrak, als alle frenetisch zu klatschen begannen. Vater sprang von seinem Stuhl auf, und mit ihm taten es weitere Menschen und bald schon standen alle und klatschten, bis Mutter Teresa die Bühne verließ und wieder hinter dem Vorhang verschwand.

»Pa?«, fragte Carline, als sie sich nach der Veranstaltung einen Weg durch den Pulk selig lächelnder Menschen bahnten, denen ihre Eltern hier und da zuwinkten oder die Hände schüttelten und immer wieder »War es nicht großartig? Es war doch großartig!« sagten.

Ihr Vater beugte sich zu ihr hinunter. »Yep, Liebling?«

»Pa – warum bringt eine Mutter ihr Kind um?«

Er schnellte nach oben und schüttelte wieder jemandem die Hand.

»Lass uns ein andermal darüber reden, ja?« Sie liefen durch die Türen des Hotels auf den Parkplatz hinaus. »Jetzt fahren wir erst mal zu Ben's Chili Bowl. Was möchtest du haben? Burger, Hotdog, Chili con Carne, Pommes, Eis? Oder alles zusammen? Heute ist *dein* Tag!«

Sie stiegen ins Auto und bogen vom Parkplatz auf die Connecticut Avenue ab.

»Ist die Florida Ave gesperrt?«, fragte Mutter.

»Nope. Aber wir machen noch einen Abstecher. Einen besonderen Abstecher. Nur für Carline.«

»Okay.« Mutters ›Okay‹ klang wie das ›Okay‹, das sie immer sagte, wenn Vater anrief und erklärte, er müsse ausnahmsweise noch ein wenig länger im Büro bleiben.

Sie fuhren in südwestliche Richtung, bogen in die R Street ein zum ›Viertel der Zwergstaaten‹, wie Vater die Gegend nannte, und Carline schaute durch das Seitenfenster auf die lustlos herabhängenden Flaggen an den Botschaftsgebäuden, bevor sie am Sheridan Circle das Viertel verließen, über den Rock Creek fuhren und schließlich nach ein paar Minuten in einer Kurve, wo die P Street in die 37ste überging, unter einem Baum parkten.

»Sollen wir kurz aussteigen?« Carline und ihre Mutter zuckten mit den Schultern. »Kommt, ihr beiden! Ich zeige euch etwas.«

Er stieg aus dem Auto und zog sich die Kapuze über die Ohren (das Thermometer im Armaturenbrett meldete Frost, und auch wenn der heftigste Eissturm der Saison erst in ein paar Tagen eintreffen sollte, lag die Ungemütlichkeit, die er brachte, bereits deutlich in der Luft). Carline und ihre Mutter folgten, trotz Mützen und Handschuhen leicht zitternd, durch ein schmales Tor eine kurze Treppe hinauf, einen gepflasterten Weg entlang, bis Vater vor einem großen, grau-weißen Steingebäude mit hohen, parzellierten Fenstern und einer hellbraunen Tür in der Mitte stehen blieb. Die Tür glich dem Eingang einer Kathedrale. Ganz oben, auf der Spitze des Gebäudes, befand sich tatsächlich ein Kreuz.

»In einigen Jahren, Carline, werden wir dort hineingehen.« Er streckte den Zeigefinger aus. »Und du wirst dort studieren.«

Sie lugte unter ihrer Kapuze hervor. »Da drinnen?«

»Na, nicht direkt in diesem Gebäude, das ist nur das Admissions Office. Aber hier auf dem Campus – dem Campus der Georgetown University, meine Liebe.«

Carline zuppelte an ihrem Handschuh herum.

»Ich dachte mir, der Beginn deines zweiten Lebensjahrzehnts ist doch ein schöner Zeitpunkt, um dir das hier zu zeigen und zu sagen, dass alles dafür vorbereitet ist.«

Sie blickte ihn fragend an. Sie hatte nicht einmal eine genaue Vorstellung davon, was es hieß zu *studieren*.

»Deine Großeltern und ich«, erklärte er, »haben bei meiner Hausbank ein Konto für dich eingerichtet. Darauf wird seit deiner Geburt monatlich ein Betrag mit dem Stichwort ›Georgetown‹ überwiesen. Klar, das allein reicht noch nicht. Du wirst natürlich auch die entsprechenden SAT-Punkte benötigen. Aber du sollst zumindest wissen, dass der finanzielle Grundstein für ein Studium bereits gelegt ist – ein Studium an einer Uni, deren Türen mir selbst verschlossen geblieben sind.«

Das Gefühl, das Carline in diesem Moment beschlich, war eine unangenehme Mischung aus Frösteln und Hunger bei gleichzeitiger Appetitlosigkeit. Die Menüoptionen von Ben's, die Vater vor dem Hilton aufgezählt hatte, erschienen jetzt allesamt unattraktiv. Dazu kam ein unangenehmer Druck, der so schwer war wie die Steine des Gebäudes, das vor ihr in den Winterhimmel aufragte, und der nicht mehr von ihr weichen wollte, den sie jedoch als Symptom eigenen Ungenügens ansah. Es musste doch an *ihr* liegen, dass sie Vaters Zukunftsfreude nicht so ungetrübt empfand und vermutlich war es einfach eine Frage von Gewöhnung und von Übung. Ähnlich wie Mutter das Laufen trainierte, musste es schließlich möglich sein, sich in Begeisterungsfähigkeit zu trainieren, auch wenn es sich um Begeisterung für Dinge handelte, die von sich aus zunächst keine Begeisterung auslösten.

Der Rasenmähroboter, den Vater nun, etwas mehr als ein Jahr nach der Fahrt zur Georgetown auspackte, gehörte ganz ohne Frage zu diesen Dingen dazu. Er sah aus wie der Nachbau eines großen Insekts, allerdings mit vier Rädern anstelle von Beinen unter einem grünen Panzer, der von blau schimmernden Solarzellen überzogen war.

»Das ist der Grund, aus dem er Solarmower heißt«, sagte Vater. Er strich über die Oberfläche, als handele es sich um das Fell eines Haustiers. »Der weltweit erste, kommerziell vertriebene Mähroboter, Carline! Und wir besitzen das erste Exemplar in der Nachbarschaft, vielleicht sogar in ganz D. C.!«

»Sieht aus wie eine riesige, rollende Fliege. Oder wie eine Libelle.«

»Arbeitet aber wie ein Schaf. Er frisst nicht alles ratzekahl, sondern lässt immer eine gute Länge an Gras stehen und kehrt dann regelmäßig wieder. So bleibt der Rasen schön grün und ist trotzdem nie zu lang. Wundervoll, oder?« Er zog eine Box und eine Drahtrolle aus dem Paket.

»Weißt du, was man braucht, damit das Schaf nicht wegrennt, Carline?«

»Einen Hütehund?!«

»Ha! Nope! Das dachte ich mir, dass du dir das wünschst. Aber wir leben ja nicht mehr wie vor hundert Jahren. Uns reicht ein Zaun. Eine Induktionsschleife, besser gesagt.« Er rollte den Draht von der Rolle ab und hielt ihn Carline hin. »Der sendet Signale und die werden dann von unserem Roboter empfangen, hier vorne, in der Spitze, sodass er kehrtmacht, sobald er sich dem Grenzkabel zu sehr nähert.«

Der Draht, den ihr Vater abwickelte, war unscheinbar und nicht von offensichtlicher technischer Finesse. Doch schon bald entfaltete er eine ungeahnte Wirkung. Er hielt nicht nur ›Mowie‹, wie Mutter den Mäher taufte, auf dem Rasen. Vielmehr führte er zur Errichtung eines subtilen Grenzregimes auf mindestens zweierlei Weise. Wenn Mowie mähte, war der Rasen vor dem Haus tabu. »Ich will dann keine Freundin von dir hier auf dem Rasen sehen, verstanden?«, sagte Vater und malte die schrecklichen Folgen einer Kollision von Kinderfüßen und Schneideblättern aus. Aber auch wenn Mowie nicht übers Gras fuhr, sondern ruhig in der Ecke stand, ertönte alle paar Minuten der Ruf: »Kinder, passt auf den Grenzdraht auf!« Kein Fuß, kein Fahrradreifen, kein Barbie-Pferdehuf und kein Ball durften ihm zu nahe kommen und Carline war fast schon froh, als der Sommer da war und es wie so oft so unerträglich heiß und schwül wurde, dass alle ohnehin die meiste Zeit im Haus unter dem Ventilator verbrachten.

Drinnen wurde es erst in dem Moment ungemütlich, als ihre Mutter an einem Samstag gegen Ende des Herbstes nicht

wie üblich ihre zweistündige Laufrunde durch
Creek Park zu drehen begann.

»Was ist los, Meg? Fühlst du dich nicht gut?«, fragte
der zusammen mit Carline sah, wie unschlüssig sie ihre L.
schuhe in der Hand hielt.

»Ja, weiß auch nicht. Ich bin irgendwie schlapp.«

»Eine späte Sommergrippe?«

»Kann sein. Besser jedenfalls, ich bleibe heute mal zu Hause.« Sie setzte sich aufs Sofa und streckte die Beine aus.

Eine Woche später – die Schlappheit hatte nachgelassen und weitere Grippesymptome waren nicht aufgetaucht – lief sie zur üblichen Zeit die Auffahrt hinunter und verschwand im Wald. Schon nach einer halben Stunde kehrte sie zurück. »Ich dachte mir, ich sollte es nicht gleich übertreiben«, erklärte sie, den hochgezogenen Augenbrauen ihres Mannes begegnend.

Carline beobachtete sie dabei, wie sie die Schuhe auszog und die Treppe nach oben stieg, um im Bad duschen zu gehen, und sie tat es auch in den folgenden Wochen, wie um sich zu vergewissern, dass alles eigentlich wie immer war. Trotzdem entgingen ihrem Blick nicht jene kleinen Verhaltensänderungen, die sich bei ihrer Mutter einstellten und darauf hindeuteten, dass unter der Oberfläche etwas passierte, das womöglich nicht einmal sie selbst so recht bemerkte. Sie kaufte nun verstärkt frisches Obst und presste es zu bunten Säften, die sie vornehmlich Walter und Carline servierte. Carline kam nicht umhin, zu vermuten, dass die Vorträge über die gute Wirkung diverser Vitamine, die sie dabei hielt, eigentlich für sie selbst bestimmt waren. Sie schluckte nämlich neuerdings auch Vitamintabletten, meist kurz vor dem Essen, wenn vermeintlich niemand sie beobachtete. Aber Carline sah, wie sie die Packungen in die oberste Schublade des Küchenschranks legte. In der Apotheke nahm sie Magazine mit Gesundheits- und Ernährungstipps mit, betonte aber vor allem, so könne Carline die schönen Rätsel auf der letzten Seite lösen. Carline tat es tatsächlich, weil sie hoffte, dass es ihrer Mutter dadurch besser gehen würde.

Für ein paar Wochen ging ihre Hoffnung in Erfüllung. Aber als die Weihnachtszeit nahte und die Gespräche beim Essen zwangsläufig häufiger um die Frage kreisten, ob sie dieses Jahr wieder ins Haus der Großeltern in Delaware fahren sollten (eine Diskussion, die sich jedes Jahr mit geradezu protokollarischer Routine abspielte, obwohl das Ergebnis längst feststand), schlug Vater vor, es ruhig anzugehen und die Großeltern lieber für einige Tage nach D. C. kommen zu lassen (ein Vorschlag, der Carline zwar freute, sie aber dennoch verwunderte, weil Vater sich normalerweise vehement weigerte, Besuch von seinen Schwiegereltern zu Hause zu empfangen, vor allem über die Feiertage).

Am 24. Dezember rückten Linda und Gary Kramer an. Sie brachten einen Kofferraum voller Geschenke und übermäßig viel gute Laune mit, besonders gegenüber ihrer Enkelin. Carline verwunderte das nicht. Sie war es gewohnt, dass jede neue Fähigkeit, die sie seit dem letzten Beisammensein erlernt hatte, egal ob es sich um einen Kopfstand oder um das fehlerfreie Aufzählen der fünfzig Bundesstaaten handelte, von Ausrufen der Begeisterung begleitet wurde.

Erst als Vater am Morgen nach Neujahr nicht nur Carlines Schulranzen, sondern auch eine Reisetasche ins Auto lud und Mutter sich auf den Beifahrersitz setzte, um von der Schule aus weiter zu einem wie sie sagte, kleinen Check-up ins Krankenhaus zu fahren, schöpfte Carline den Verdacht, dass hier etwas *wirklich* nicht stimmen konnte. Aber sie kam nicht weit in ihrem Bemühen, diesen Verdacht zu erhärten, weil die

Großeltern sie am Nachmittag nach der Schule mit einem solchen Berg an Vorschlägen überhäuften, was sie nun gemeinsam unternehmen könnten, dass ihr, gefangen in Großmutters fester Umarmung, weder Luft zum Atmen noch Platz zum Nachdenken blieb.

»Deine Ma wird für einige Tage im Krankenhaus bleiben«, sagte ihr Großvater, als sie im Café des Nationalen Luft- und Raumfahrtmuseums gerade den ersten Bissen von ihrem Hotdog nahm. Noch nie hatte ein Wurststückchen so lange von ihrem Mund bis in den Magen gebraucht. Auch die Sprite half nicht dabei, das Stück nach unten zu befördern. Vielmehr stieg ihr die Kohlensäure in die Nase und sie hörte, während sie versuchte, die Tränen zurückzuhalten, Großmutters Worte, die besagten, die Ärzte meinten es sehr gut mit ihrer Mutter, vermutlich meinten sie es sogar etwas zu gut, dazu neigten Ärzte ja gerne einmal.

Carline sagte nichts. Großvater nickte.

In der Caféteria herrschte plötzlich ein entsetzlicher Lärm aus Tellerklappern und Besteckklirren, aus Tabletts, die in Abstellwagen geschoben wurden, über denen stand: *Bitte stellen Sie Ihr benutztes Geschirr HIER ab*, aus den Rufen von Kindern nach ihren Eltern und von Eltern nach ihren Kindern, aus dem Geschrei von Geschwistern, die sich um die letzte Portion Eis in ihrem Becher zankten.

Mittendrin in diesem Lärm saß sie, und die Vorfreude auf den Flugsimulator war ihr vergangen, denn sie fühlte sich verraten: von ihren Eltern, die nichts von einem längeren Krankenhausaufenthalt gesagt hatten, aber auch von ihren Großeltern, die jetzt so taten, als sei das alles halb so schlimm. Doch man fuhr nicht einfach so ins Krankenhaus! Nein, niemand musste ins Krankenhaus, wenn nicht irgendetwas vorlag, für das ärztliche Hilfe nötig war. Die Wut, die Carline verspürte, war heftig, aber nicht stark genug, um gegen die Ohnmacht anzukommen, die sie gleichzeitig befiel und die sich nicht nur an jenem Wurstzipfel festmachen ließ, der ihr im Rachen steckte.

Daran änderte sich auch dann nichts, als Mutter eine Woche später nach Hause kam und sie in ihre Arme schloss. Sie empfand Freude darüber, sie zu sehen, ihre warme Wange am Hals zu spüren, sie zu riechen und zu hören, aber gleichzeitig war da immer noch die große Wut darüber, dass ihr hier etwas vorenthalten zu werden schien, ja, dass sie die Einzige war, die nicht erfahren durfte, was *wirklich* los war und was es *eigentlich* auf sich hatte mit diesem medizinischen Check-up, von dem alle immer nur sprachen! Es musste eine Verschwörung im Gang sein – gegen sie! Wie ein Tier, das das Nahen eines Fressfeindes bemerkte und jeden Schritt, jedes Scharren und Atmen genauestens verfolgte, entwickelte sie ein hochsensibles Gehör für all die Äußerungen, die Mutter und Vater untereinander, mit den Großeltern, mit den Nachbarn oder mit Bekannten austauschten.

Zwei Wochen nach der Rückkehr ihrer Mutter lag sie abends im Bett und konnte nicht einschlafen. Erst zog sie die Bettdecke bis unters Kinn, weil sie fror; kurz darauf wurde es ihr wiederum zu warm und sie schüttelte sie von sich ab. Schließlich stand sie auf und lief mit nackten Füßen zur Treppe, die nach unten in die Diele und die Wohnküche führte. Auf dem mittleren Treppenabsatz blieb sie stehen und lauschte, wie Mutter und Vater sich unterhielten.

»Doktor Perry hat heute angerufen«, sagte Mutter.

»Ah. Irgendwelche Neuigkeiten?«

Mutter antwortete nicht gleich. Carline bemühte sich, nicht durch ein Husten oder ein Knarzen auf der Treppe aufzufallen.

»Er hat erzählt, es gebe ein neues Mittel für die Chemo. Sehr vielversprechend, meinte er.«

»Oh, sehr gut! Das ist doch sehr gut, oder?«

»Ja. Aber es ist auch sehr teuer, Walter.«

Vater schwieg einen Moment. »Was heißt denn ›sehr teuer‹?«

»Fünfunddreißigtausend alles in allem.«

»Fünfunddreißig!? Oh … und die Versicherung?«

»Übernimmt die Kosten nicht. Ich habe schon gefragt. Die Wirksamkeit sei noch nicht ausreichend bewiesen. Außerdem hätte ich so oder so für diese Art von Behandlung ein ganz anderes Paket abschließen müssen und dafür ist es jetzt zu spät.«

»Scheiß Versicherung!«

»Scheiß Krebs, Walter! Der Krebs ist das Problem, nicht die Versicherung!«

»Ja, aber wenn die Versicherung die Behandlung nicht …, ach!« Er schlug die Tür des Kühlschranks zu.

»Ich weiß, Walter, komm her!«

Durch die Gitterstäbe des Treppengeländers sah Carline, wie ihre Eltern sich umarmten. Vater schien zu schluchzen.

»Es sind knapp zwanzigtausend auf dem College-Sparbuch«, sagte er. »Ich habe erst letzte Woche die Kontoauszüge gesehen.«

»Walter, nein!« Mutter löste sich mit Vehemenz aus der Umarmung. »Ich fand es völlig richtig, was du neulich gesagt hast: Das Geld ist für Carline, für *ihre* Zukunft.«

»Ja schon. Aber, *deine* Zukunft ist ja auch irgendwie *ihre* Zukunft, oder? Es macht doch einen Unterschied, ob sie dich noch länger …«

»Stopp, Walter! Wer sagt denn, dass ich morgen sterbe?«

»Um Gottes Willen, Meg! Ich meinte …«

»Ich hab dich schon verstanden.«

»Ich dachte ja nur, weil du mir jetzt überhaupt davon erzählt hast, dass ...«

»Es ist okay, Walter. Lass uns lieber beten, ja?«

Sie begannen, ein Gebet zu sprechen.

Carline, die inzwischen fröstelte, ging zurück in ihr Bett. Sie war verwirrt und verängstigt. Gleichzeitig wuchs ihr Trotz. Es war etwas im Gang, doch niemand redete *mit* ihr, sondern nur *über* sie. Dabei war sie doch Teil dieser Familie, oder etwa nicht? Sie fühlte sich hintergangen und ausgegrenzt und es gab aus ihrer Sicht nur einen Weg, damit umzugehen: Sie musste ihre Eltern ebenfalls ausgrenzen.

Einen Tag vor ihrem zwölften Geburtstag (das Nationale Gebetsfrühstück hatte dieses Jahr zum Glück am 1. Februar stattgefunden), bot sich unvorhergesehen die Gelegenheit, ihren Plan in die Tat umzusetzen. Sie selbst empfand das, was sie tat, nicht als Rache. Sie hielt es eher für eine Form ausgleichender Gerechtigkeit, niemandem zu sagen, was ihr widerfuhr, zumal sie viel zu sehr damit beschäftigt war, die Angst zu unterdrücken, die sie empfand, als sie am Nachmittag von der Schule nach Hause kam und sich aufs Klo setzte. Ihr Blick fiel auf einen bräunlich-schmierigen Fleck in der Unterhose, die zwischen ihren Beinen hing. Und als sie in die Toilettenschüssel schaute, trieb ein rotbraunes Wölkchen im klaren Wasser. Zoe und andere Mädchen aus ihrer Klasse hatten derlei Flecken und Wölkchen bereits gesehen, das wusste sie und sie wusste auch, dass sie dadurch ›reproduktionsfähig‹ werden würde, wie ihre Lehrerin es in einer gesonderten Runde ausschließlich vor Schülerinnen gesagt hatte. Trotzdem war es ihr unangenehm und unheimlich, was passierte. Und am schlimmsten war: So wie das Wölkchen im Toilettenwasser breitete sich die Sorge in ihr aus, dass es sich dabei eigentlich um etwas ganz anderes handelte – um eine innere Blutung, eine Krankheit, jene Tumore, von denen Mutter über den Gartenzaun raunte. Je länger sie darüber nachdachte und je intensiver sie in sich hineinhorchte, desto mehr meinte sie, starke Schmerzen in ihrem Unterleib zu spüren, die immer heftiger wurden, je aufmerksamer sie sich darauf konzentrierte. Überhaupt fühlte ihre Leiste sich ganz merkwürdig an: voller kleiner Knubbel, die hart waren und nicht nachgaben, wenn sic sic berührte.

»Möchtest du für die Feier morgen Schoko- oder lieber Blaubeermuffins haben?« Mutters Stimme kam aus der Küche.

Carline antwortete nicht. Einen Moment lang verharrte sie still auf der Toilettenschüssel. Dann stand sie auf und versuchte, mit warmem Wasser und viel Seife, den Fleck aus der Unterhose zu waschen. Anschließend lief sie in ihr Zimmer und legte sich ins Bett.

Mutter rief noch einmal. Fünf Minuten später stand sie in der Tür.

»Hey, Liebling! Was ist passiert?«

Carline schwieg.

Mutter kam näher. »Bist du krank?« Sie setzte sich auf den Bettrand und legte ihr die Hand auf die Stirn.

Carline zog die Bettdecke fast bis über den Mund. »Tumor«, sagte sie leise, während Mutters weiche Hand auf ihrer Stirn ruhte.

»Wie bitte?«

»Tumor.«

»Oh, Liebling, wie kommst du denn *darauf*?«

Carline zog die Bettdecke beiseite und zeigte auf ihre Leiste. »Hier.«

Mutters Hand verließ ihre Stirn und befühlte jetzt die Erhebungen zwischen Oberschenkel und Schambein. Sie lachte. »Ach, Carline! Das sind nur ein paar Lymphknoten. Harmlos!«

Carline entspannte sich kaum. »Aber … es gab auch Blut.«

»Blut? Wo?«

»Da.« Sie zeigte auf ihre Unterhose.

Ihre Mutter schlang ihre Arme um sie und zog sie mit dem Oberkörper zu sich heran. Eine Weile lang drückte sie sie fest an sich. Dann schaute sie ihr mit einem Ausdruck von Freude und Stolz ins Gesicht. »Weißt du, was das heißt, Liebling? Es heißt: Du bist jetzt eine Frau. Mein Baby ist eine Frau!«

Carline lehnte ihren Kopf an die Brust ihrer Mutter. Sie kämpfte gegen die Tränen an, die ihr in die Augen stiegen. Irgendetwas tief in ihr drinnen sagte ihr, dass es nichts Gutes heißen konnte, eine Frau zu werden, indem man Schmerzen bekam und zu bluten anfing. Sie brauchte einen Moment, bis sie sich beruhigte.

»Hey, Spatz. Alles okay?« Ihre Mutter drückte sie noch immer an sich.

Carline wischte sich mit den Fingern den Rotz von der Oberlippe. Sie schüttelte den Kopf. »Ich möchte nicht krank sein.«

»Aber du bist nicht krank, Carline! Du bist eine Frau! Eine ganz gesunde junge Frau!« Sie lachte wieder.

Carline war noch immer nicht zum Lachen zumute. »Du bist *auch* eine Frau, Ma!«

»Das stimmt. Und?«

»Und du *bist* krank!«

Mutter sagte zunächst gar nichts, schluckte nur. »Hey, komm her!« Sie streichelte Carline den Rücken und seufzte mehrmals. »Ich wusste, es würde ein Fehler sein, nicht richtig mit dir darüber zu sprechen. Aber Pa und meine Eltern und alle anderen meinten, es sei besser, dich nicht unnötig zu verängstigen …« Sie schaute nach draußen, wo die schwache Februarsonne durch die kahlen Zweige der Bäume ins Zimmer fiel. »Es gab eine Veränderung bei mir im Bauch, weißt du.«

»In den Eierstöcken?«

»Ja, in den Eierstöcken. Es gab eine Veränderung und man hat sie mir vorsorglich entnommen.«

Carline genoss es, das sanfte Kraulen auf ihrem Rücken zu spüren. »Und du brauchst sie nicht mehr? Ich meine, du brauchst sie nicht zum Leben, die Eierstöcke?«

Mutter lachte und schluchzte zugleich. »Nein, Süße. Ich brauche sie nicht. Besser gesagt: Ich brauche sie nicht mehr. Ich habe ja schon dich.«

Carline verstand nicht, was das bedeuten sollte. Es war ihr unklar, worin der Zusammenhang zwischen ihrer Existenz und der Entnahme von Mutters Eierstöcken bestehen sollte. Doch sie war durch das Kraulen auf ihrem Rücken zu schläfrig geworden, um danach zu fragen. Alles, was sie noch hervorbrachte, war: »Das heißt, alles ist okay, Ma?«

»Ja, Carline. Alles ist okay.«

Carline wiegte sich so sanft und sicher in diesem Okay wie in den Armen ihrer Mutter, und dieses kurze Wörtchen genügte, um ihr die Angst zu nehmen und sie die Wut der vergangenen Tage und Wochen vergessen zu lassen.

Tatsächlich stimmte es in dem Moment, in dem Mutter es gesagt hatte: Die Lage war ziemlich okay. Und es stimmte auch noch am nächsten Tag, an Carlines zwölften Geburtstag, sowie ein Jahr später, an ihrem dreizehnten.

Erst an ihrem vierzehnten lag erneut ein Schatten über dem Haus. Die Luftballons, die Vater an der Regenrinne aufgehängt hatte, baumelten traurig im Wind, und die Muffins schmeckten trocken und fade, weil nicht Mutter sie frisch gebacken, sondern Vater sie in Plastik eingeschweißt bei Walmart gekauft hatte. Am Nachmittag gab es keine Feier mit Freundinnen, sondern einen Besuch im Krankenhaus. Mutter lag in einem großen Bett mit verstellbarem Kopfteil. Sie lächelte gequält, während ihr die Haare ausfielen. Vater setzte sich auf einen Stuhl und erzählte, wie es beim letzten Gottesdienst gewesen war, wer alles nach ihr gefragt habe, wer sie grüßen ließ, die Millers und die Clarks und die Murphys.

»Bist du mitgewesen?« Sie schaute zu Carline.

Carline nickte. Sie verschwieg, dass sie eigentlich keine Lust mehr auf die Gottesdienste hatte. Alle sahen sie immer so mitleidig an, fragten nach ihrer Mutter und sangen dann aus vollen Kehlen »We must not question the good Lord«. Dabei musste der gute Herr sich doch eigentlich durchaus die Frage gefallen lassen, weshalb er ausgerechnet Meghan Macpherson diese verdammte Krankheit geschickt hatte und weshalb Vater, nach Mutters Zustand gefragt, ständig von ›positiven Befunden‹ erzählte, obwohl hier nichts mehr positiv war. Nein, gar nichts war hier positiv!

Die Beerdigung im Sommer erlebte Carline wie unter einer Glocke. Darunter staute sich die übliche Sommerschwüle von D. C., und außen am Gehäuse prallten die Litaneien der Trauergäste ab, die immer und immer wieder betonten, am Ende sei alles so schrecklich, schrecklich schnell gegangen. »Aber du, Carline, du bist ein starkes Mädchen! Du bist wirklich so ein starkes Mädchen!«

Carline ließ sich zigfach in den Arm nehmen und über den Kopf streicheln. Währenddessen dachte sie an nichts anderes als das ausgemergelte Gesicht ihrer Mutter, das in den Tagen und Wochen vor ihrem Tod immer schmaler und dünnhäutiger geworden war. Die Wangen spannten sich wie Pergament von den Augenhöhlen zum Kinn, und ihr Zahnfleisch trat vor allem wenn sie lächelte so unheimlich und blassrot unter den Lippen hervor, dass Carline erschrak und versuchte, sie gar nicht erst zum Lächeln zu bringen.

Als sie und ihr Vater von der Beerdigung nach Hause kamen, herrschte die gleiche, beklemmende Stille im Haus, die auch schon in den Wochen zuvor, in denen Mutter nur noch im Krankenhaus lag und zusehends dahinschwand, geherrscht hatte. Aber jetzt war auch der letzte Funken Hoffnung, dass diese Stille jemals wieder durch Mutters Stimme oder ihr Lachen durchbrochen werden würde, erkaltet. Ihre Laufschuhe standen eingestaubt im Schuhregal, wie ein Mahnmal besserer Tage. Carline und ihr Vater sahen die Schuhe an und unterdrückten beide den Reflex, sie in die Hand zu nehmen und wegzuschmeißen, obwohl sie wussten, dass keine Meghan Macpherson jemals wieder in diese Schuhe steigen und winkend die Auffahrt in Richtung Rock Creek Park verlassen würde.

Vater biss sich auf die Unterlippe. Mit jedem Tag wurde er stummer und verbitterter. Seine Wege führten ihn kaum noch irgendwo anders hin als zum Schultor von Carline, auf die Arbeit, auf den Friedhof, in die Kirche und in den Supermarkt. Der Solarmower stand regungslos und unrepariert vor dem Haus (ein Sensorschaden), während der Rasen in die Höhe wuchs, wie er es nie zuvor getan hatte. Auch Carline bewegte sich kaum noch. Dabei gab es genug Einladungen von Freundinnen, deren Eltern ihre Töchter ermunterten, der ›armen Carline‹ in dieser schweren Zeit beizustehen. In der Regel lehnte Carline diese Einladungen ab. Einerseits, weil sie unterstellte, dass sie lediglich aus Mitleid ausgesprochen wurden. Andererseits, weil sie die Verpflichtung verspürte, Vater nicht allein zu lassen. Nach der Schule saß sie zu Hause, während ihre Freundinnen zum NSYNC-Konzert gingen, zum wiederholten Male *Titanic* ansahen, Shoppingstreifzüge durch die Stadt unternahmen oder Pyjamapartys veranstalteten. Die ausführlichen Berichte darüber ertrug sie mit großer Geduld und über fast ein Jahr hinweg, bis der Sommer und der Herbst durch den Winter und einen Frühling abgelöst worden waren, der seinerseits wieder in einen neuen Sommer überging.

Mitte Juni jährte sich der erste Todestag. Sie besuchten das Grab auf dem Friedhof und kochten anschließend Macaroni and Cheese, weil sie wussten, dass Meg es ihnen in einem solchen Moment auch gekocht hätte. Nach dem Essen legte Vater sich ins Bett, wie er es seit einem Jahr längst nicht mehr nur an arbeitsfreien Tagen tat. Carline ging in ihr Zimmer und blickte auf die traurige Gemeinde aus Kuscheltieren auf ihrem Bett; die meisten von ihnen ließen die Köpfe hängen. Von nebenan waren Vaters schweres Atmen und sein Schnarchen zu hören.

Aus einem plötzlichen Impuls heraus stand Carline auf und schlich aus dem Haus. Sie konnte sich nicht erinnern, es schon jemals auf diese Weise verlassen zu haben. Wenigstens vor Mutters Tod wusste Vater immer irgendeinen Grund, aus dem er nicht wollte, dass sie alleine unterwegs war. Und seit dem Tod hatte sie, jedenfalls bis zu diesem Nachmittag, nicht in Erwägung gezogen, sich einfach auf den Weg zu machen.

Während sie die Auffahrt hinunterlief, bewegte sie sich zögernd und vorsichtig, als sei sie einem Gehege entkommen und könne gleich wieder eingefangen werden. Aber schon bald überwog die Freude über die Freiheit, und sie überquerte ohne Nachdenken die 18te, die 17te, die 16te, die Arkansas Avenue und die 14te. Erst kurz vor der 13ten zögerte sie, Vaters Worte im Ohr, der, wann immer sie diese

Strecke mit dem Auto gefahren waren, zu Mutter und ihr an dieser Stelle gesagt hatte: »Ladies, halten Sie bitte die Fenster und Türen geschlossen.« Mutter hatte dann stets gelacht und Carline hatte ihn nie gefragt, weshalb er das sagte. Irgendeinen guten Grund musste es geben. So wie es ja auch einen guten Grund dafür gab, den Grenzdraht des Rasenroboters nicht berühren zu dürfen. Jedes Polizeiauto, das sie mit blinkenden Sirenen jenseits der 13ten sah, nahm sie stillschweigend als Bestätigung für die Richtigkeit dieser Annahme.

Auf der Georgia Avenue bog sie nach rechts ab, so wie Vater es auch meist mit dem Auto tat, und überquerte die Straße an einer Ampel. Als sie nach fünf Minuten ein Café entdeckte, blieb sie stehen. Ein Treppenaufgang führte zu einer kleinen Steinterrasse. Die Terrasse war leer, die Tür des Cafés halb geöffnet. Allein der Gedanke, die Treppe hinaufzusteigen und an einem der Tische Platz zu nehmen, löste in ihr ein solches Gefühl des Erwachsenseins aus, dass sie grinsen wollte. Ihr schlechtes Gewissen schoss dazwischen, sie unterdrückte ihre Freude. Es schien unangemessen, sich an Mutters Todestag überhaupt über irgendetwas zu freuen. Sie nahm die Hand von der sonnenwarmen Steinmauer und wollte wieder zurückgehen.

»Hey, kann ich helfen?« Eine junge Frau erschien in der Tür. Sie trug eine rote Schürze. Ihre Haare waren an den Seiten kurz geschnitten, obendrauf zu einem knappen Zopf gebunden. Ihre Stimme war angenehm weich.

»Nein, danke, ich …«

»Suchst du was?«

»Ich gehe nur spazieren.«

»Alles klar.«

Carline schaute die Straße hinab.

»Magst du vielleicht einen Kaffee?«

Sie zögerte. Sekunden später stieg sie die wenigen Treppenstufen bis zur Terrasse hinauf und ließ das schlechte Gewissen auf dem grauen Asphalt der Georgia Avenue zurück.

»Gute Entscheidung! Was willst du haben? Schwarzen Kaffee? Kaffee mit Milch? Cappuccino?«

»Weiß nicht.«

»Wie trinkst du ihn sonst?«

»Ich … eigentlich gar nicht.«

»Magst du lieber einen Tee?«

»Nein.«

»Okay. Ich mach dir einen ganz normalen Kaffee und wenn du dann doch lieber Tee willst, gibst du Bescheid. Ich bin übrigens Jayla!« Sie verschwand im Laden.

Carline setzte sich auf einen Stuhl und sah den Autos zu, die die Straße rauf und runter fuhren.

Jayla grinste, als sie mit einer Tasse Kaffee und einem Tee nach draußen kam. »Ich hab jetzt doch einfach beides gemacht. Du nimmst, was du magst. Ich trink das andere.«

»Danke!« Carline zog die Kaffeetasse zu sich heran.

»Und du? Wie heißt du?«

»Carline.«

»Carline? Wie schreibt man das? Mit I, N, E?«

»Ja.«

»Nie gehört.«

»Ich sollte eigentlich Caroline heißen. Aber die Schwester im Krankenhaus hat beim Aufschreiben nach der Geburt angeblich das O vergessen. Erzählt jedenfalls mein Vater das immer. Ich glaube ja, er hat es selbst vergessen.«

»Ha, okay. Und deine Mutter? Hatte nichts dagegen?«

»Meine Mutter lag mit Blutungen auf der Intensivstation.«

»Oh Gott, das tut mir leid.«

Carline schwieg. Sie kämpfte mit den Tränen, während ihr

die Sonne ins Gesicht schien und sich die Bitterstoffe des Kaffees auf ihrer Zunge ausbreiteten.

»Seid ihr von hier?«

»Mehr oder weniger. Wir wohnen drüben beim Rock Creek Park.«

»Ah, sehr schön. Ich wohne unten in Knox Hill.«

Carline sah Jayla dabei zu, wie sie den Teebeutel aus dem Wasser zog. Sie dachte an Vater, der hoffentlich noch immer in seinem Bett lag. Nicht auszudenken, er würde hier vorbeifahren und sie mit jemandem aus einer No-go-Area sitzen sehen. Es war ihr unangenehm, so zu denken. Jayla schien nett, offenherzig, spendabel, und war doch damit ein Beleg für Vaters eigene Aussage, unter allen Menschen, Schwarzen wie Weißen, gebe es gute und schlechte. Nur ging seine Äußerung noch weiter. Es ändere nämlich nichts daran, dass es doch auffällig sei, wenn östlich des Anacostia River, wo an die neunzig Prozent Schwarze lebten, zugleich viele tausend Menschen Sozialfälle seien und etliche hundert Morde pro Jahr geschähen. Er wolle ja gar nicht sagen, dass *alle* Schwarzen arm und kriminell seien. Oh, nein, nein, nein, dass wolle er nicht sagen! Er sehe es doch selbst in seiner schwarzen Nachbarschaft, wie viele nette, rechtschaffene Leute dort wohnten. Anwälte, Ärztinnen und Professoren von der Howard zum Beispiel, die sich nichts zuschulden kommen ließen. Zugleich gebe es natürlich auch unter den Weißen das ein oder andere schwarze Schaf. Aber man müsse ja schon noch sagen dürfen, wie nun einmal die demografischen Fakten seien, denn an Fakten komme schließlich niemand vorbei!

Carline dachte nicht an Fakten in Form von Kriminal- und Sozialfallstatistiken. Sie sah die Realität, wie sie war, mit ihren mehrheitlich schwarzen Busfahrern, Taxifahrern, Kellnerinnen, Kassiererinnen, Putzfrauen, die überproportional viele Weiße chauffierten, bedienten oder für sie sauber machten, und bis zu diesem Moment war ihr daran auch nichts fragwürdig erschienen. Die Welt war, wie sie war, das Gras im Winter braun, im Sommer grün. Aber jetzt, in der grellen Junisonne an der Georgia Avenue, beschlich sie das ungute Gefühl, dass hinter dieser Realität eine große Ungerechtigkeit steckte (ohne dass sie anzugeben vermochte, woher diese Ungerechtigkeit rührte), und es passierte ihr etwas, was ihr noch nie zuvor passiert war: Sie schämte sich, ein weißes, rothaariges Mädchen zu sein.

»Zu schwarz?«

»Wie bitte?«

»Der Kaffee, meine ich. Ist er dir zu schwarz?« Jayla strich mit den Fingern über die kurzen Haare an ihrer Schläfe.

»Nein, danke, alles gut.«

»Sonst kann ich dir noch Milch holen.«

Carline fragte sich, womit sie es verdient hatte, so freundlich behandelt zu werden.

»Und du gehst noch zur Schule, Carline?«

»Ja.«

»Und danach? Wie alt bist du? Siebzehn?«

»Fünfzehn.«

»Ah, siehst älter aus. In ein paar Jahren geht's dann jedenfalls an die Georgetown?«

»Ja.« Carline erschrak. Dieses Ja, das sie gerade zur Antwort gegeben hatte, war eines, über das sie keine Sekunde nachgedacht hatte. Es war ihr so selbstverständlich entfahren wie das Ja auf die Frage nach der Schreibweise ihres Namens, denn schließlich war es das, was Vater für sie vorgesehen hatte: die Immatrikulation in einem Undergraduate-Programm am Georgetown College, vorzugsweise mit dem Hauptfach Regierungslehre, was, wie er sagte, eine gute Vorbereitung für einen Master an der Law School wäre. Denn Politik kümmere sich letztlich um die Verrechtlichung von Dingen. Das eine sei folglich ohne das andere nicht zu haben. In seine dunkel umrandeten Augen kehrte fast so etwas wie Lebensfreude zurück, wenn er ihr vorzeichnete, wie sie es mit den entsprechenden Noten und ein paar strategisch platzierten Praktikumsreferenzen auf Ebenen in einem Ministerium schaffen würde, von deren Erreichen er als einfacher Sachbearbeiter nur träumen könne.

In Carline löste dieser Plan emotional in etwa so viel aus wie die Frage, ob er sich eigentlich einmal eine neue Jeans kaufen solle. Ein Studium war zwar keine Hose, aber trotzdem schien das, was er da ausgearbeitet hatte, ein Plan zu sein, der zur Erfüllung eigener, bisher unerfüllter Wünsche diente, nur vermittelt durch den Körper und den Geist seiner Tochter. Carline fühlte sich nicht imstande, ihm diesen Wunsch abzuschlagen. Vor einigen Jahren hatte sie es nicht vermocht, weil sie zu jung war, um überhaupt etwas anderes als die eigenen Eltern zu denken. Und nun, da sie wusste, welchen Preis sie dafür bezahlt hatten (Mutter hatte es mit ihrem Leben bezahlt, verdammt!), war es völlig unmöglich und ausgeschlossenen, auch nur ansatzweise so etwas wie eine eigene Vorstellung von Zukunft zu entwickeln. Sie war es ihnen schuldig, dachte sie. Dad war sie es schuldig und Mom erst recht. Aber zugleich machte sie sich, während sie die Schuld gegenüber ihren Eltern auflöste, an anderer Stelle schuldig, so ihr Gefühl. Denn während sie sich ein Studium leisten konnte, aber gar nicht recht wollte, war es bei Jayla umgekehrt. Was immer sie also tat: An irgendeiner Stelle würde sie sich versündigen, versündigen *müssen.* Und als zwei Jahre nach ihrem ersten Treffen mit Jayla tatsächlich der Aufnahmebescheid aus Georgetown im Briefkasten lag, hatte sie das Gefühl, nun die schöne Pflanze, zu der ihre Freundschaft herangewachsen war, rücksichtslos niederzutrampeln.

»Oje, Carly!«, rief Jayla, während Carline am besagten Tag die Treppen zum Café hinaufstieg. »Haben sie dich abgelehnt?«

»Nope.«

»Nein? Also angenommen?«

»Yep.«

»Oh, komm her, lass dich drücken!« Sie lief auf Carline zu und nahm sie fest in die Arme. »Carly ist ein College Girl! Was sagt dein Dad dazu?«

»Nichts.«

»Nichts?«

»Ich hab's ihm noch gar nicht gesagt.«

»Wie? Ich bin die Erste, die's erfährt?«

»Ja.«

»Wow. Kaffee?«

»Gern.« Carline lehnte sich an den Tresen und schaute Jayla beim Kaffeemachen zu.

»Hey, Carly! Du siehst echt so aus, als hätten sie dich abgelehnt.«

Carline wartete, bis die Kaffeemaschine sich wieder beruhigt hatte.

»Und du willst es wirklich nicht probieren?«, fragte sie Jayla, während die ihr die Tasse zuschob.

»Am College?«

»Ja. Nicht mehr für dieses Jahr natürlich. Aber du könntest auch im nächsten Jahr. Die Georgetown hat wirklich ein super …«

»… Vorbereitungs- und Stipendienprogramm, ich weiß. Aber weißt du, was ich auch weiß? Dass das ganze System stinkt.« Die Dampfdüse der Kaffeemaschine begann erneut zu fauchen, während Jayla Milch für sich selbst aufschäumte.

»Diese schönen Hochglanzbroschüren«, rief sie über den Lärm hinweg, »verschweigen nämlich, dass die Architektur des Hauses letztendlich so bleibt, wie sie ist.«

»Wie meinst du?«

»Na ja, für die wenigen, die oben wohnen, ist alles schick. Die haben viele Zimmer und schöne Bäder für wenige Leute. Und unten streiten sich die Massen um eine einzige kaputte Toilette.«

Carline sah sie fragend an.

»Hey, ich weiß, ich bin schlecht mit Bildern. Siehst du! Schon deswegen muss ich's gar nicht erst versuchen!«

»Nein, überhaupt nicht! Aber was hat das jetzt damit zu tun, dass du nicht aufs College gehen willst?«

Jayla goss den Milchschaum in ihre Tasse. »Ganz einfach: Abgesehen davon, dass ich wahrscheinlich gar nicht aufs College gehen könnte, oder zumindest nicht auf deines, weil mir das Geld und die Fähigkeiten fehlen, würde ich bevorzugen, dass endlich mal jemand das Haus umbaut.«

»Aber ein Stipendium sorgt doch dafür, dass …«

»… nein, Süße, nicht wirklich. Diese Stipendien helfen einigen wenigen dabei, von unten nach oben zu kommen. Das ist alles. Da oben wohnen dann vielleicht ein paar mehr; statt fünf eben sechs oder sieben. Und unten anstatt fünfundneunzig nur noch vierundneunzig oder dreiundneunzig. Aber seien wir mal ehrlich: grundlegend verändert wird die Welt dadurch nicht.«

Carline sagte nichts. Sie schaute nur dabei zu, wie die Luftbläschen des Milchschaums auf ihrem Kaffee platzten. Doch wann immer sie in den folgenden Monaten zwischen zwei Vorlesungen mit einem To-go-Becher auf dem Campusrasen saß und Jayla in einer SMS schrieb, dass der Kaffee bei ihr einfach am besten schmecke, verband sie damit insgeheim den

Wunsch, die Welt zumindest zwischenmenschlich für den Bruchteil einer Sekunde etwas freundlicher und besser zu machen, ohne darüber die Hoffnung aufzugeben, dass sie sich auch grundlegend ändern ließe. Wofür studierte man schließlich an einem Politikdepartment?

Nur merkte sie mit jedem weiteren Semester, wie ihre eigenen Ambitionen sie zunehmend Lügen straften. Und einige Jahre später, als sie ganz plangemäß und zur Begeisterung ihres Vaters, der allen ständig davon erzählte, an der Georgetown Law studierte, begann sie sich angesichts ihrer Beteuerungen gegenüber Jayla, sie werde irgendwann, wenn sie Anwältin für Bürgerrechte, Mitarbeiterin in einem Ministerium oder gar Mitglied des Kongresses sei, die Sache mit den Toiletten schon noch regeln, fast vor sich selbst zu ekeln.

In Wahrheit fühlte sie sich einfach nur wie eine verdammte kleine Karrieristin und rückblickend wunderte sie sich nicht, dass sie der Scham über diese Erkenntnis mit einer Übersprungshandlung begegnen musste, auch wenn sie in dem Moment, in dem sie in Nancy Maloneys *Einführung in die Natur des Rechts* saß, noch nicht ahnte, dass diese der Anlass dafür sein würde.

»Gelten die Gesetze eines Landes für *alle* Bewohnerinnen und Bewohner?«, fragte Maloney in einer der letzten Sitzungen vor der Frühjahrspause, als fast alle gedanklich schon an irgendeinem Strand in Florida lagen.

Verschwitztes Schweigen war die einzige Antwort, die sie auf ihre Frage erhielt. Nancy Maloney hatte kurze, bereits leicht ergraute Haare und trug einen ebenfalls grauen Hosenanzug, in dem sie nun hinter ihrem Pult hervortrat und auf die Studierenden in der ersten Reihe zulief. Die meisten von ihnen bemühten sich, zutiefst konzentriert zu wirken und tippten in ihre Notebooks.

»Ein Vorschlag von irgendwem?«

Niemand meldete sich.

»Okay. Dann beginnen wir mal ganz einfach: Gelten die Gesetze der Vereinigten Staaten von Amerika für Sie, wenn Sie in den USA geboren wurden?«

Stummes Nicken kam aus verschiedenen Ecken.

»Das heißt, Sie fühlen sich zur Einhaltung von Gesetzen verpflichtet, deren Verabschiedung Sie selbst, weil Sie viel zu jung sind, gar nicht demokratisch legitimiert haben?«

Wieder nickten die meisten, wenn auch deutlich unsicherer.

Maloney ging zurück zum Pult und stellte sich erwartungsvoll hinter ihren Laptop. »In der Tat. Die Gesetze gelten für Sie beispielsweise dann, wenn Sie die Staatsbürgerschaft der Vereinigten Staaten von Amerika besitzen, ganz unabhängig davon, wann Sie geboren wurden und ob Sie folglich den Gesetzen, an die Sie sich halten müssen, im Einzelnen zugestimmt haben.« Sie machte eine kunstvolle Pause und drückte eine Taste auf ihrem Notebook. »Aber wie verhält es sich mit Leuten wie diesen hier?«

Hinter ihr an der Wand erschien ein Bild, das sich Carline einbrannte und das sie noch Jahre später in allen Einzelheiten beschreiben konnte, und zwar nicht so sehr deshalb, weil es ihrem eigenen Lebensweg eine bis dahin nicht geplante neue Richtung verlieh, sondern vor allem deshalb, weil es ihr jedes Mal, wenn sie daran dachte, einen Blick in eine Welt gewährte, die sich von der Welt, in der sie lebte, maximal unterschied.

Auf einer kleinen, von grünen Baumkronen gesäumten Lichtung standen drei fast nackte Gestalten, zwei davon rotbraun gefärbt, eine schwarz. Sie waren nur verschwommen zu sehen; das Foto war offenbar aus einem kleinen Flugzeug heraus aufgenommen worden. Die Menschen schauten erschrocken hinauf zu dem, das dort über sie hinwegflog. Ihre Körper waren so angespannt wie die Langbögen, die zwei von ihnen in den Händen hielten, und die Spitzen ihrer Pfeile waren genau auf die Linse der Kamera gerichtet. Um sie herum lagen Abfälle von Handwerksarbeiten verstreut. Unter einem Palmdach lugten zwei weitere Menschen hervor. Ihre Gesichter ließen sich nicht genau erkennen, doch Carline meinte, in ihren Augen genau jene Mischung aus Erschrockenheit und Neugierde auszumachen, die auch sie befiel, als sie sie zum ersten Mal sah.

»Wir haben es hier«, sagte Nancy Maloney, »mit Angehörigen eines isolierten Stamms im brasilianischen Regenwald zu tun. Mit ›isoliert‹ meine ich: Diese Menschen hatten bisher, soweit wir wissen, keinen Kontakt zur sogenannten Zivilisation; und wenn sie ihn jemals hatten, tun sie seither alles dafür, um ihn in Zukunft zu vermeiden. Meine Frage lautet nun« – sie vollzog einen Schwenk vor ihrem Rednerpult: »Gelten die Gesetze Brasiliens auch für sie? Sie leben schließlich auf brasilianischem Territorium. Sind sie also gezwungen, vielmehr: könnten sie gezwungen werden, sich an Gesetze zu halten, ohne überhaupt zu wissen, dass diese Gesetze existieren? Dass dieser Staat namens Brasilien existiert, mit all seinen Institutionen, seiner Geschichte, seinen Grenzen und so weiter?«

Der Gong unterbrach sie. Die meisten Studierenden im Saal begannen, ihre Sachen zusammenzupacken.

»Gut. Genug für heute. Wir klären diese Frage beim nächsten Mal.«

Die ersten rannten nach draußen. Carline blieb sitzen und wartete, bis die meisten gegangen waren, bevor sie neben das Pult trat. »Entschuldigung, darf ich kurz fragen, wann und wo dieses Bild genau entstanden ist?«

»Oh, gute Frage. Das kann ich leider gar nicht sagen. Am besten fragst du Pete Snider aus dem Anthropology Department. Der hat mich auf das Bild hingewiesen.«

»Danke! Das werde ich tun.«

Pete Snider war ein schlanker Mittvierziger. Er hatte rein gar nichts von dem Abenteurer, den Carline sich unter einem Ethnologen vorstellte. Er empfing sie freundlich, als sie während seiner Sprechstunde unangekündigt an seiner Tür klopfte, und bemerkte zunächst nicht, dass sie nicht zu seinen Studierenden gehörte. Umgekehrt entging Carline, dass das Betreten seines Büros der erste Schritt weg von jenem Pfad war, den ihr Vater so klar und entschieden für sie vorgezeichnet hatte.

»Hey«, sagte Peter Snider, nachdem sie eine Viertelstunde geredet hatten. »Warum packst du auf deinen Jura-Master nicht einfach noch einen Abschluss in Kulturanthropologie obendrauf? Wenn ich du wäre, würde ich die Gelegenheit nutzen, mal aus den USA rauszukommen und andere Luft zu schnuppern.«

Carline knetete ihre Finger. Schon allein die Vorstellung eines Abweichens vom vorgesehenen Weg ließ die Beträge auf dem Konto zwischenmenschlicher Schulden in unfassbare Höhen schießen.

»Ich kann dir gern eine Empfehlung für Oxford schreiben, die haben dort ein super Department für deine Zwecke.«

Die Schuldenlast gegenüber ihrem Vater wurde durch diese Aussage sofort wieder etwas reduziert. Das Prestige, das mit dem Namen ›Oxford‹ verbunden war, würde ihn nicht völlig mit der Planänderung versöhnen, zumindest aber etwas milder stimmen. Und alles Weitere würde die Entfernung regeln. Was die Schulden bei Jayla betraf, gestaltete sich die Sache schwieriger. Für den Moment beruhigte Carline sich mit der Annahme, sie könne auch von England aus und mit einem Ethnologiestudium etwas für die grundlegende Veränderung der Welt tun, ja, vielleicht sogar mehr als von zu Hause aus.

In jedem Fall schien die beste Strategie, um die Gläubiger zu bedienen, sich in Arbeit zu stürzen, und genau das tat sie: Sie absolvierte einen Master, schloss eine Promotion daran an und erhielt eine Stelle in der Abteilung ›Recht und Ethnologie‹ am Max-Planck-Institut für ethnologische Forschung in Halle. Die arbeitsreichen Jahre, die darüber vergingen, ließen sie fast vergessen, wodurch ihr Interesse einst ausgelöst worden war. Sie fügte sich der Annahme, dass die schrittweise Entzauberung der Welt zum üblichen Gang der wissenschaftlichen Dinge gehörte und die Realität selten so bunt und schillernd war wie das Bild, das die Fantasie im Vorhinein von ihr gemalt hatte. Jedenfalls akzeptierte sie das bis zu einem Wintertag, an dem dicke schneebeladene Wolken vom Himmel über Halle Besitz ergriffen.

Während es draußen zu schneien anfing, saß sie in ihrem Büro vor dem Computer und sah sich schon zum dritten Mal ein Video an. Die brasilianische Fundação Nacional do Índio hatte es vor einigen Tagen ins Netz gestellt. Es zeigte zwei fast nackte Männer, die unsicher und vorsichtig aus dem Dickicht eines Flussufers traten, anschließend den Fluss durchquerten, und mit ausladenden Gebärden und unverständlichen Lauten Kontakt mit den Bewohnern am anderen Ufer aufnahmen. Das Video war bereits vielfach geteilt worden und trug den Titel: »Isolierte Indigene suchen Kontakt zur Zivilisation – zum allerersten Mal.«

Weshalb sie das taten, weshalb sie nach Jahren, Jahrzehnten, Jahrhunderten des Lebens in völliger Abgeschiedenheit plötzlich aus der Isolation heraustraten, war eine Frage, die nicht nur Carline sich stellte. Nur stand es ihr, mindestens offiziell, nicht zu, eine Antwort darauf zu suchen. Es gehörte nicht einmal annähernd zum Kernbereich des Instituts (»Die meisten Leute unseres Fachs arbeiten nicht im Regen-, sondern im Blätterwald«, hatte schon Pete Snider zu ihr gesagt). Aber je mehr sie sich diesen Umstand bewusst machte, desto mehr trieb es sie, den Käfig, in dem sie gelandet war, zu verlassen, gegen die Erwartungen, die an sie gerichtet wurden, zu verstoßen, und das obwohl sie wusste, dass es viele Stunden weiterer Strafarbeit im Steinbruch des schlechten Gewissens mit sich bringen würde. Immerhin war sie nach Jahren akademischen Trainings äußerst geübt darin, ihrem Vorhaben einen offiziellen Anstrich zu verleihen: Sie verpackte es in Form eines erfolgreichen Projektantrags mit dem Titel: »Grenzfälle der Rechtsdurchsetzung. Eine Studie zum Kontakt mit isolierten Indigenen im Bundesstaat Acre, Brasilien«.

Den misstrauischen Blick des Beamten der Polícia Federal, der ihr nach sechzehn Stunden Flug am Flughafen São Paulo in die müden Augen schaute, deutete sie als notwendigen Wegzoll, der nun einmal für jegliche Grenzüberschreitung zu entrichten war. Aber schon im nächsten Moment drückte er ihr einen Einreisestempel in den Pass, wünschte einen guten Tag, und sie las, während sie brasilianischen Boden betrat, die Worte, die vor einer blauen Sternenkugel auf dem weißen Spruchband der allseits bekannten grün-gelben Flagge standen: *Ordnung und Fortschritt*.

## 2

Am Montag blieb die Kirche zur Andacht leer. Schulpfarrer Schmidt sei erkrankt, hieß es aus dem Rektorat. In Wirklichkeit fühlte er sich herrlich gesund. Er saß auf der Terrasse des Hotels Jardim do Éden; gerade hatte er sich ein Frühstück kommen lassen, mit frisch gepresstem Orangensaft und einem Teller Obst (Mango, Banane, Papaya). Es schmeckte köstlich. Er konnte nicht behaupten, sich jemals genauere Gedanken über Obst gemacht zu haben. Aber diese Früchte hier – die waren die Essenz von Obst! Die Originale! Die zu Materie gewordenen platonischen Ideen von Frucht, mit saftigstem Fleisch und reinster Süße! Das waren die Früchte, die der Herrgott im Paradies geschaffen hatte. Angesichts ihres Aussehens war es Adam und Eva nicht zu verdenken, dass sie von ihnen gekostet hatten.

Er biss ein Stück Papaya ab und beugte sich über den Teller, weil ihm der Saft aus dem Mund lief.

»Mais café, senhor? More coffee for you?«

Der Kellner schwenkte eine silberne Thermoskanne neben dem Tisch. Ein blaues Schild auf seinem weißen Hemd wies ihn als *Matheus* aus.

»Com prazer!« Telmo schob seine Kaffeetasse zur Tischkante. Die Buchstaben auf Matheus' Namensschild waren weiß mit goldenem Rand. Telmo beneidete ihn darum. Nicht der Farben, sondern der Wirkung wegen. Er wünschte sich, auch ein solches Schildchen zu haben, um hier als derjenige erkannt und behandelt zu werden, der er war: nicht nur ein *Schmidt*, sondern eben auch – sogar zuvorderst – ein *Durão*!

Matheus füllte die Tasse bis zum Rand.

»Muito obrigado!«, sagte Telmo. (Er hasste es, den Kaffee ohne Milch zu trinken. Aber in diese randvolle Tasse passte nun wirklich kein einziger Tropfen mehr hinein, geschweige denn ein Löffelchen Zucker, und Matheus hatte vermutlich genau das beabsichtigt! Er hatte es kalkuliert und bewusst getan, weil es ihm in seinem Alltag als Untergebener von Leuten, die sich nicht selten für etwas Besseres hielten, ziemlich sicher klammheimliche Freude bereitete, ihre Schwachstelle auszunutzen; und bei den meisten lag diese Schwachstelle in der sprachlichen Verständigung.)

Telmo nahm einen großen Schluck des viel zu starken und viel zu heißen Kaffees. Er brannte im Rachen wie zur Strafe für seinen boshaften Gedanken. Denn was konnte der arme Matheus schon wissen über ihn? Er konnte ja nicht sehen, dass sein Vater, Hermann Ludwig Schmidt, zwar am Neckar geboren, aber dann, noch unverheiratet, mit dreiundzwanzig Jahren an den Tejo gegangen war. Er hatte, wie er Telmo immer wieder erzählt hatte (allgemein erzählte er nicht viel, aber diese Geschichte hatte er in aller Ausführlichkeit und mehrfach zum Besten gegeben), lediglich einen Koffer und eine Aktentasche dabei, trug einen neuen, braun karierten Anzug, den er wenige Wochen vor seiner Abreise bei Hoffmeyer in der Talstadt gekauft hatte, und war heftig enttäuscht, Lissabon wolkenverhangen vorzufinden.

»Schau zu, dasch die Hemde und Anzüg' in Lischbon regelmäßig reinigscht. 'S wird warm sei' dort. Wirscht viel schwitze«, hatte seine Mutter vor der Abreise immer wieder gesagt.

Doch tatsächlich schwitzte Hermann Ludwig kaum in den

Nebeltagen nach seiner Ankunft. Erst als die Sonne rund eine Woche, nachdem er Quartier bezogen hatte, durch die Wolken brach, begann er, das Südliche der Stadt zu spüren, und er musste sich auf die Suche nach einer Reinigung machen. Er fand sie in einer kleinen Straße am Rande von Marvila (in seiner ersten Postkarte hatte er nach Hause verschwiegen, wie weit es tatsächlich vom historischen Zentrum entfernt lag).

Die Scheibe in der Tür zitterte, als er beim Eintreten mit dem Ellbogen dagegen stieß. Nicht nur die Augen des Inhabers, sondern auch die seiner Frau und der beiden Mitarbeiterinnen waren auf ihn gerichtet. Dies war das erste Mal, dass ihn der Blick von Maria Almeida Durão traf. Sie saß in einer Ecke, hatte ihr schwarzes Haar zu einem Dutt zusammengebunden und nähte einen Knopf an. Sie musste grinsen über die Unbeholfenheit, mit der Hermann Ludwig Schmidt in den Laden trat. Aber schon im nächsten Moment wurde sie so rot wie er, weil es ihr peinlich war, sein Missgeschick so offensichtlich zu belächeln.

Er ging zur Ladentheke, gab mit den wenigen Worten Portugiesisch, die er bis dato beherrschte, einen Anzug und ein Hemd ab und verschwand so schnell, wie er gekommen war. Die Anweisung seiner Mutter hatte gelautet, sich abgesehen von der regelmäßigen Reinigung der vorhandenen Anzüge schon bald nach der Ankunft wenigstens noch einen, wenn nicht gar zwei weitere zu kaufen. Aber obwohl er den Sinn dieser Anweisung voll verstand, hielt er sich nicht daran. Schon am Tag nach der Wäsche seines ersten Anzugs brachte er seinen zweiten vorbei, und es war ihm egal, für einen Mann mit einer äußert begrenzten Zahl an Anzügen gehalten zu werden, solange er dafür erneut den Blick von Maria Durão auf sich ziehen konnte. Zugegeben, die Bedingungen waren widrig: Er betrat den Laden dieses Mal zwar, ohne dabei an die Türscheibe zu stoßen, doch alle erinnerten sich sofort daran. Sie, Maria, wiederum war angehalten, ihren beruflichen Aufgaben und nicht irgendwelchen deutschen Ablenkungen nachzugehen (tatsächlich lief Hermann Ludwig Schmidt in der Reinigung bald insgeheim nur noch unter dem Namen ›o alemão‹).

Einige Wochen nach dem ersten Besuch traf er erst kurz vor Beginn der Mittagspause am Laden ein. Den zu reinigenden Anzug und ein Hemd über den Arm gelegt, fand er Maria Durão alleine dabei vor, wie sie die Rollläden herunterließ. Sie nahm ihm das Hemd und den Anzug ab, nicht ohne ihm mit ihrem Blick zu verstehen zu geben, dass dies angesichts der Schließzeit des Ladens eine absolute Ausnahme sei. Er wartete, bis sie zurück zur Tür kam, und fragte in einem Portugiesisch, das sich inzwischen ordentlich verbessert hatte, ob sie nicht ein Lokal in der Nähe wisse, wo man ein gutes Mittagessen einnehmen könne.

»Nein. Ich esse immer zu Hause.« Die letzten Silben ihrer Antwort wurden fast vom Knallen der Tür verschluckt. Die Enttäuschung darüber ließ Hermann Ludwig sich nicht anmerken, doch wusste er nun: Wenn es stimmte, dass sie stets daheim aß, würde es schwierig werden, sie zu einem gemeinsamen Mittagessen einzuladen. Immerhin hatte er eine Zeit gefunden, in der sie in der Regel ohne die Augen und vor allem die Ohren ihres Chefs, seiner Frau und ihrer Kollegin anzutreffen war, und es passierte in der folgenden Zeit häufiger, dass die Rollläden der Reinigung erst dann nach unten fuhren, wenn die Uhr des nahegelegenen Turms längst eins geschlagen hatte.

Am Sonntagnachmittag der zehnten Woche nach ihrer ersten Begegnung stiegen sie schließlich gemeinsam zum Miradouro da Senhora do Monte empor. Während sie schwitzten und schwiegen, machte sich Hermann Ludwig nichts vor. Er war sich sicher, dass Maria hier bereits unzählige Male gewesen und ihre Freude über den Vorschlag, ihn zu einem schönen Aussichtspunkt zu begleiten, nur gespielt gewesen war. (Er selbst war bis zu diesem Zeitpunkt lediglich von Restauradores aus zu beiden Endstationen mit der noch neuen Metro gefahren sowie zu einer Stelle am Fluss gelaufen, von der aus er die ebenso neue Christus-Statue sehen konnte.)

»Wir sind bei der Eröffnung dabei gewesen«, sagte Maria, als sie, am Miradouro angelangt, die Statue in der Ferne erblickten. »Die ganze Stadt war auf den Beinen. Sogar der Erzbischof von Rio de Janeiro war da. Und Papst Johannes hat seine Grüße übermittelt.«

Die beseligte Begeisterung, mit der sie dies erzählte, befremdete Hermann. Zugleich ließ sie ihn leichten Neid verspüren. Wie wohltuend es doch sein musste, die Welt nicht mit protestantischer Sprödigkeit zu betrachten, sondern mit katholischer Verzauberung. Mit Wunderglaube und Heiligenbildern. Mit Namenstagen und Marienfiguren. Mit Dingen also, die deutlich mehr Raum ließen für göttliches Wirken im irdischen Dasein als die kühle Berechnung lutherischer Prägung, nach der jede Arbeitsstunde in diesem Leben eine Stunde mehr der Gnade im Jenseits bedeutete.

»Und in der Fabrik? Was arbeiten Sie da?«, fragte Maria, während ihr Blick hinüber zum Castelo de São Jorge wanderte.

»Als Ingenieur.«

»Aha.« Sie wandte sich von der Aussicht ab, zur weiß getünchten Kapelle hin. »Und was produzieren Sie, wenn ich fragen darf?«

»Gewehre.«

»Gewehre?«

»Ja. Die deutsche Firma, von der ich entsandt wurde, hat ein Gewehr entwickelt. Ein sehr erfolgreiches Gewehr. Seit zwei Jahren wird es vom deutschen Militär verwendet. Und nun hat die portugiesische Regierung eine Lizenz gekauft. Ich helfe bei der – wie sagt man? – Übersehung …?«

»Kontrolle?«

»… ja, bei der Kontrolle der Produktion. Denn wir in Oberndorf haben ja das Know-how.« Er wandte sich nun auch zur Kapelle um, blickte auf den Schrein mit seiner weißen Steinfigur.

Maria stand still neben ihm. Ihr Schweigen veranlasste ihn nicht im Geringsten zu glauben, dass es mit der Auskunft über seine Arbeit zu tun hatte. Denn darin war er ganz Sohn seiner Heimatstadt: Die Herstellung von Schnellfeuergewehren und anderen Waffen hielt er für eine ebenso alltägliche Sache wie die Produktion von Damenstrumpfhosen oder Fernsehgeräten, und zwar ganz ungeachtet der Frage, ob es moralisch legitim sei, sechzehn Jahre nach Ende des Zweiten Weltkriegs Waffen deutscher Herkunft für einen portugiesischen Diktator zu bauen, der gerade damit begann, die Unabhängigkeitsbewegungen in seinen afrikanischen Kolonien niederzuschießen.

»Und in Oberndorf? Gibt es dort auch viele Kirchen?« Sie schlenderten gemächlich auf die Kapelle zu.

Hermann räusperte sich. Er hatte gewusst, dass diese Frage früher oder später aufkommen würde. Nicht diese Frage im Speziellen. Aber die Frage der Konfession, des Kirchgangs, der Gläubigkeit. Und weil er es wusste, hatte er sich darauf vorbereitet.

»Ja, es gibt etliche Kirchen bei uns. Vornehmlich evangelische.« Er machte eine Pause, bevor er mit großer Entschiedenheit sagte: »Aber ich habe eine große Zuneigung zum Katholischen.«

Das Wort ›Zuneigung‹ hatte er, in Vorsehung der Thematik, eigens nachgeschlagen und dabei überlegt, ob er nicht eher von einer ›Neigung‹ sprechen solle. Aber dann gefiel ihm die Konnotation, die sein *Handwörterbuch Deutsch-Portugiesisch / Portugiesisch-Deutsch* für ›Zuneigung‹ ausgab, weil sie deutlich amourös war. Die leichte Röte, die Maria Durão ins Gesicht stieg und die nicht ausschließlich von der Sonne stammen konnte, die sie nun, als sie aus dem Schatten traten, nachmittagshell beschien, war ihm hinreichende Bestätigung für die Richtigkeit seiner Wahl. Er strahlte sie an. Sie lächelte verlegen zurück. Und als sie ihn, einen Monat später, erstmals im Haus ihrer Eltern empfing, wiederholte er seine Rede von der Zuneigung zum Katholischen.

»Sie erwägen also zu konvertieren ...?«, fragte Miguel Durão, der mit seiner Tochter nicht nur die feine Augenpartie, sondern auch die ruhige Art zu sprechen teilte, »... und sich um eine katholische Ehe und Erziehung der Kinder zu bemühen?«

Hermann Ludwig wurde schummrig. Das lag in Teilen am Rotwein, den Miguel Durão zum Essen reichte, vor allem aber an der Direktheit seiner Fragen. Denn aus einer Zuneigungsbekundung gleich eine Konversionsabsicht, einen Heiratsplan und einen Kinderwunsch herauszulesen, das war nichts Geringes! Letztlich aber war es genau das, worum es dem jungen Hermann ging, und so wurde an diesem Spätherbsttag des Jahres 1961, fünf Jahre vor Telmos Geburt (denn zu aller Besorgnis dauerte es eine ganze Weile, bis der ursprünglich protestantische Samen in der katholischen Erde aufging), bereits der Grundstein für seine Ausbildung gelegt.

Der Himmel über den Dächern des Kollegs, das Telmo mit zehn Jahren zum ersten Mal betrat, war sonnig und klar. Die Luft aber war schneidend kalt. Es war Februar. Noch im Büro des Direktors, der den Neuankömmling persönlich begrüßte, meinte Telmo, seinen eigenen Atem sehen zu können.

»Und Sie sind also aus Portugal zurückgekehrt?«, fragte der Direktor an Hermann Ludwig Schmidt gewandt, ohne dabei von seinen Papieren aufzusehen.

»Ja. Wir haben Lissabon zum Jahreswechsel verlassen.«

»Ihre Frau ist Portugiesin?«

»Ja.«

Telmo musterte die Schuhe des Direktors. Die Sohle des linken Schuhs war deutlich höher als die des rechten. Es schauderte ihn kurz. Er fror so sehr, dass sich eine Gänsehaut auf seinen dünnen Ärmchen bildete. Zum Abschied hatte seine Mutter ihn fest an sich gedrückt. Er hatte sich tief in ihre Brust vergraben und spürte, wie die Tränen, die von ihren Wangen rollten, seine Haare befeuchteten. Auch er weinte. Es war ein stilles Weinen (still, weil sein Vater, während er die Koffer ins Auto räumte, immer wieder an ihnen vorbeilief und ihn mahnte, nicht zu weinen, er sei doch ein großer Junge). In seinen Tränen lagen alle Trauer und alles kindliche Unverständnis über die Abreise: erst diejenige aus Lissabon, und nun auch noch diejenige aus dem neuen Zuhause in Oberndorf.

»Telmo Zacharias spricht nicht nur Portugiesisch, sondern auch Deutsch?« Der Direktor leckte sich den Zeigefinger und wendete eines der Blätter, die auf seinem Schreibtisch lagen.

»Ja, er spricht sehr gut Deutsch. Vielleicht noch nicht ganz so gut wie Portugiesisch, er ist ja in Lissabon auf eine portugiesische Schule gegangen. Aber ich rede ausschließlich Deutsch mit ihm.«

Telmo schauderte es erneut. Er hatte seinen Blick noch

immer auf die merkwürdig geformte Schuhsohle des Direktors fixiert. Wie mochte der Fuß in diesem Schuh wohl aussehen? War er verkümmert oder hatte man, wie beim Aschenputtel, etwas von ihm abgeschnitten?

»Telmo Zacharias?« Der Direktor sah von seinen Papieren auf und schaute ihn unverwandt an. »Du kannst dir vorstellen, in einem Internat zu leben?«

Telmo blickte zum Direktor, verlor sich mit seinem Blick aber in der riesigen Kuppel der Klosterkirche und den Hängen des Schwarzwalds vor dem Fenster. Er wusste nicht, wie die Frage zu beantworten war. Er hatte zwar, wie fast alle Kinder, eine große Vorstellungskraft. Aber bisher hatte sich darin kein Bild von einem Leben in einem Kolleg befunden, inmitten eines Tals, in das im Winter kaum Sonne kam.

»Wir haben ihm schon in Lissabon oft vom Internat erzählt«, sprang sein Vater ein. »Und ich denke, er freut sich, an die katholische Erziehung seiner dortigen Schule anknüpfen zu können.«

Der Direktor sah Hermann Schmidt nicht an, sondern hielt seinen Blick weiter auf Telmo gerichtet.

»Nun, das Leben hier an der Alb ist ein anderes als dort unten am Tejo. Und wie Ihnen bei der Anmeldung bereits mitgeteilt worden ist, würden wir Telmo Zacharias zunächst nur vorläufig aufnehmen. Er hat im Deutschen sicherlich noch etwas aufzuholen. Dazu muss er auch noch Latein, später Altgriechisch nehmen. Das fällt selbst etlichen unserer deutschen Schüler schwer.«

Der Schuh des Direktors wippte auf und ab. Telmo malte sich aus, dass der Fuß sechs Zehen hatte, dann, wie er ganz ohne Zehen aussah, dann, dass lange Haare die Oberseite bedeckten. Zu seiner eigenen Überraschung fand er plötzlich große Befriedigung darin, sich ohne Mitwissen seines Vaters und des Direktors diesen Fuß vorzustellen, und er konnte das schwere schwarze Leder, das ihn umgab, förmlich riechen.

»Pater Aloysius wird Ihnen gleich die Abteilung zeigen, zu der Telmo Zacharias gehört. Die Kleidung haben Sie dabei?« Er blickte auf den Koffer, der neben Hermann Ludwig Schmidt stand.

»Ja. Und meine Frau hat auch die Nummer, die Sie uns für Telmo mitgeteilt haben, in jedes Stück eingenäht. Und wir haben alles abgezählt.«

Der Direktor erhob sich. »Nun denn, Herr Schmidt. So Gott will, sehen wir uns so schnell nicht wieder. Und Telmo Zacharias ...« – er warf Telmo einen freundlichen Blick zu (den ersten freundlichen Blick überhaupt) – »... wir sehen uns ab jetzt täglich. Den Tagesablauf wirst du dir bereits angesehen und verinnerlicht haben?«

Telmo nickte. In der Tat hatte er den Plan schon in Oberndorf zum ersten Mal gesehen. Er hatte zusammen mit detaillierten Hinweisen auf dem Küchentisch gelegen. Er kannte ihn auswendig wie ein Gedicht:

6.00 Uhr Wecken, Aufstehen, Waschen
6.30 Uhr Morgenbrot
7.00 Uhr Andacht (Montag bis Samstag; am Sonntag wird gemeinsam die Heilige Messe gefeiert)
7.30 Uhr Unterricht (für alle Abteilungen)
12.45 Uhr Mittagessen
13.30 Uhr Unterricht (je nach Abteilung)
16.15 Uhr Vesper
16.45 Selbststudium (Silentium)
18.15 Uhr Abendessen
19.00 Uhr Fakultativa
21.00 Uhr Lichtschluss

Während er hinter seinem Vater das Direktorenbüro verließ, Pater Aloysius, einem bartlosen, blassen Mann, die Hand gab und ihm über Flure, Treppen und Höfe folgte, wiederholte er den Ablaufplan still bei sich. Das Wiederholen beruhigte ihn. Es gab ihm Halt. Erst recht, als er das Auto seines Vaters in der winterlichen Kälte davonfahren sah.

»Du wirst sehen, du bist nicht allein, Telmo. In deiner Abteilung sind ja noch neunundzwanzig andere Jungen«, hatte er zum Abschied gesagt.

Aber schon am Abend des ersten Tages begriff Telmo, dass zwischen Alleinsein und Einsamkeit ein gewaltiger Unterschied bestand. Er lag zwischen den anderen im Schlafsaal. Sie hatten ihn neugierig gemustert, als er eintrat, gefragt, wie er heiße und woher er komme, während er seine wenigen Sachen in ein kleines Schränkchen räumte, das neben dem Bett stand. Einige boten sogar an, ihm bei nächster Gelegenheit das Gelände zu zeigen. Trotzdem fühlte er sich schrecklich einsam. Nachdem der diensthabende Pater das Licht gelöscht hatte, weinte er und drückte, damit niemand es bemerkte, seinen Kopf ganz tief ins Kissen hinein, das, anders als die Brust seiner Mutter am Morgen, ganz kalt war von der eisigen Luft der Februarnacht, die durch die undichten Fenster hereinzog. Er fühlte sich so einsam wie noch nie in seinem Leben, und weil er keinen anderen Ausweg wusste, betete er fast die ganze Nacht lang und bat Gott, er möge ihn weder verlassen noch von ihm weichen, wie es bei Jesaja hieß.

Am Morgen waren seine Augen tränengerötet. Er schämte sich dafür. Zugleich war es ihm eine Erlösung, dass Pater Aloysius es bemerkte und ihn am nächsten Abend in die Gruppe der Messdiener und Andachtshelfer berief. Am wichtigsten war es, das merkte er schnell, im Kolleg keinen Raum für jene Gefühle zu lassen, die einen in den einsamsten

Momenten befielen. Daher nahm er dankbar jedes Angebot der Patres an, ganz gleich, ob es Vergnügen bereitete oder nicht. Hauptsache, es sorgte für Ablenkung. Er beteiligte sich an den Messen, spielte Theater und sang im Chor, besuchte fakultative und in seinem Fall vorzeitige Tutorien in Altgriechisch und Hebräisch, zugleich zusätzliche Lektionen im Deutschen, das er zunehmend besser und schließlich sogar genauso perfekt wie das Portugiesische beherrschte. Er gönnte sich keine freie Minute, denn solche Minuten ließen den Gedanken freien Lauf und eben das wollte er nicht. Er wollte nicht an seine Eltern in Oberndorf denken und schon gar nicht an die warmen, sonnenreichen Jahre in Lissabon. Er zwang sich dazu, mit dem Schicksal nicht zu hadern, und es gelang.

Dennoch gab es jene Momente, in denen eine Mischung aus Erschöpfung und Heimweh ihn überkam. Sobald er auch nur die leisesten Anzeichen dafür verspürte (meist kündigte es sich durch eine Flauheit im Magen an), zog er sich in eine Fensternische am Ende eines langen Gangs zurück und weinte. Anschließend schlich er in den Waschsaal, tunlichst darauf bedacht, dass niemand ihn beobachtete, und wusch sich das Gesicht so lange mit kaltem Wasser, bis seine Wangen die Röte seiner Augenlider angenommen hatten. Mit jedem Mal wurde er geübter darin, sein Schwächeln, wie er es nannte, zu verbergen. Und tatsächlich bemerkte kaum jemand, wie es dem kleinen, eifrigen Telmo in Wahrheit ging.

Eines Abends, als er wieder in der Nische saß, waren plötzlich Schritte am anderen Ende des Gangs zu hören. Der Lichtschalter wurde gedrückt, die Deckenleuchten flackerten auf. Telmos Herz schlug heftig, er suchte nach einem Fluchtweg, doch da war keiner. Er war gefangen in dieser Sackgasse und würde unweigerlich entdeckt werden. Das schmatzende Schlurfen der Latschen auf dem kühlen Fliesenboden kam immer näher. Er kauerte sich am Fenster zusammen, versuchte sich so klein wie möglich zu machen, entschied sich in letzter Sekunde, als die Schritte schon fast bei ihm waren, aber noch einmal um. Es war doch besser, so zu tun, als sei alles in Ordnung! Er richtete sich auf, wischte sich mit dem Ärmel eine letzte Träne von der Wange und lächelte – und zwar just ins Gesicht der Frau von der Essensausgabe.

»Ja Bueb! Hast's mich erschreckt!« Sie ließ den Schlüssel sinken, den sie ins Schloss der Putzmittelkammer hatte stecken wollen. »Geht's guet?«

Telmo nickte. Er spürte, wie sie merkte, dass die Antwort eigentlich anders lauten musste. Sieglinde Faller, eine Mitfünfzigerin mit rosigen Wangen, strich ihm wortlos übers Haar.

Sie zog ein Bonbon aus ihrer Kitteltasche. Es war eingewickelt in knisterndes Silberpapier. Während sie die Kammer aufschloss und einen Wischmopp entnahm, packte Telmo das Bonbon aus und steckte es sich in den Mund. Es schmeckte nach Himbeere und übertünchte den Salzgeschmack der Tränen auf seinen Lippen. Sieglinde Faller schloss die Kammer wieder zu, streichelte ihm noch einmal über den Kopf und ging wieder ihres Wegs, doch wann immer sich ihre Blicke in den folgenden Tagen bei der Essensausgabe trafen, lag darin das geheime Wissen um das abendliche Zusammentreffen. Jede zusätzliche Kelle Essen, die sie Telmo nun diskret, aber merklich auf den Teller schlug, war ihm ein Ausdruck von Zuneigung. Das Essen wurde ihm zu einer heiligen Angelegenheit; heiliger noch als die Wandlung von Brot und Wein, die sich unter dem Klingen der Glöckchen bei der Eucharistie vollzog. Denn während die Liebe des Herrn zu den Menschen, die sich angeblich in der Eucharistiefeier ausdrücken sollte, immer etwas abstrakt und geistig blieb, war die Liebe, die ihm Sieglinde Faller in Form von zusätzlichen Portionen Rindergulaschs, Erbsensuppe oder Kartoffelstampfs zuteilwerden ließ, eine greifbare und nicht zuletzt schmackhafte Angelegenheit. Dabei wahrten sie beide immer vorsichtige Distanz. Nie kam es dazu, dass Sieglinde ihn in einem unbeobachteten Moment an ihren üppigen Busen drückte. Doch wenn er sich am Abend in seine Nische zurückzog, lag immer öfter nicht nur ein Bonbon auf dem Sims, sondern es stand, mit einem Lappen bedeckt, ein Stück Schwarzwälder Kirschtorte auf einem Teller da. Es stammte aus dem Café Ell auf der Hauptstraße, wo sich in hohen Vitrinen die Kuchen und Torten stapelten, und Telmo verzehrte diese Stücke mit solcher Hingabe, dass es ihm sündhaft erschien, derlei nicht in der Beichte zu erwähnen. Aber er schwieg. Er schwieg bis zum Abitur über diesen amourös-kulinarischen Geheimbund, und es gab lediglich ein Anzeichen für seine Schwäche, die keinem verborgen blieb, wohl aber unterschiedlichste Erklärungen zuließ: Er nahm ordentlich zu. Aus dem schmalen Buben wurde ein kräftiger, schließlich ein durchaus fülliger junger Mann. Und wenn er sich in einen schwarzen Anzug kleidete, was er mit zunehmendem Alter immer öfter tat, und, ein Buch in der Hand, die Gänge des Kollegs durchschritt, sahen viele in ihm bereits den gemütlichen Theologen und Lehrer, der schließlich aus ihm werden sollte.

An dem Tag, an dem er Jahre später, das Studium, die Priesterweihe und das Referat lagen hinter ihm, die Höllentalbahn von Freiburg nach Titisee und dann den Bus von Titisee bis fast direkt vors Kolleg nahm, war der Himmel genauso blau wie am Tag seiner ersten Ankunft im Tal. Nur die Luft war deutlich wärmer als damals im Februar. Es war August, der Beginn eines neuen Schuljahres stand kurz bevor.

Telmo, den Bauch unters Kollarhemd gezwängt, betrat das Hauptgebäude, wie er es schon als Zehnjähriger getan hatte. Diesmal kam er ohne seinen Vater; er war im Vorjahr verstorben. Ebenfalls im Gegensatz zu damals spürte er nicht nur die Wärme des Sommers, sondern ganz deutlich fühlte er die Freude des Nachhausekommens. Als er an das Fenster seiner Wohnung trat, die ihm als neuem Lehrer für Latein, Altgriechisch und Katholische Religion sowie als Schulpfarrer des Kollegs mit Pflicht zur geistlichen und seelsorgerischen Begleitung der Schülerinnen und Schüler übergeben worden war, schaute er hinaus auf die Hänge des Waldes. Sie waren so dicht und dunkelgrün wie vor zwanzig Jahren. Er konnte sich in diesem Moment beim besten Willen nicht vorstellen, diesen Ort noch einmal zu verlassen. Erst zwanzig Jahre später, an jenem Donnerstagabend, als er schwitzend und blass, den Abiturballschuh von Merle-Sophia Gruber in der Hand, vor seinem Computer saß, kam ihm der Gedanke, es könnte doch anders sein.

Er griff zum Hörer des Telefons. Es klingelte bereits zum fünften Mal. Sein Atem ging schnell und schwer. Der Computer lief noch immer, die Lüftung blies laut. Auf dem Bildschirm drehte sich neben dem Zeiger der Maus eine kleine Sanduhr.

Er hielt den Hörer ans Ohr und sagte nichts. Die Vorwahl der Nummer auf dem Display (00379) konnte er nicht zuordnen.

Eine Falle! Paul Vierkötter und Konsorten riefen per Umleitung über die Bahamas, San Marino oder von wo auch immer an! Er legte den Hörer auf.

Einen Moment lang war es still. Dann klingelte das Telefon erneut. Telmo roch, wie das Leder des Schuhs in seiner Hand feucht wurde. Doch es roch nicht nach Merle-Sophias lieblichen Fußsohlen, sondern nach dem ängstlichen Schweiß seiner eigenen Hände. Er begann zu zittern, blickte erneut auf die fremde Nummer auf dem Display, überlegte, woher sie stammen, wer es sonst noch sein könne, hatte aber keine zündende Idee. Nach dem sechsten Klingeln schaltete sich der Anrufbeantworter ein.

Es knackte und rauschte am anderen Ende der Leitung. Eine sanfte männliche Stimme meldete sich.

»Ja, hier, ähm, Pater Reiner Kösl.« Wieder rauschte es in der Leitung. »Ich wollte eigentlich gerne Pater Schmidt sprechen. Ich bin zu erreichen unter null, null, drei …«

Telmo nahm den Hörer vom Apparat. »Hallo?«

»Ja?«

»Telmo hier.«

»Ah!«

»Tut mir leid. Das Telefon macht irgendwie Probleme.«

»Ja. Ich hatte eben schon mal angerufen und hatte das Gefühl, es habe jemand abgenommen, aber …«

»Ja. Ich hatte abgehoben. Aber es schien niemand dran zu sein und da …« Telmo legte vorsichtig den Stöckelschuh aus der Hand. Auf dem Bildschirm drehte sich noch immer die kleine Sanduhr.

»Na schön. Verstehst du mich jetzt?«

»Ja. Sehr gut. – Eine wirkliche Überraschung, von dir zu hören! Ich hatte gar nicht mit dir gerechnet. Das ist ja jetzt Jahre her. Von wo aus rufst du an?«

»Cayman Islands.«

»Ach.«

Telmo hörte, wie Reiner lachte. »Nein, nein. Ich rufe aus dem Vatikan an.«

»Aus dem Vatikan!«

»Ja. Ich weiß, du bist seit Jahrzehnten aus deinem Südschwarzwald nicht rausgekommen. Aber die Vorwahl vom Papst, die könntest du ja nun eigentlich mal kennen.«

»Hm.« Telmo schob den Schuh, den er auf den Büchern im Fach unter seinem Schreibtisch abgelegt hatte, vorsichtig mit den Fingern nach hinten. Es knallte kurz, als der Schuh nach unten, hinter die Bücher, fiel.

»Telmo?«

»Ja, ich bin noch dran. Entschuldige bitte.«

»Wie geht es dir?«

Telmo stieß die Tür des Faches mit dem Knie zu. »Gut.«

»Schön. Und deine Schüler? Lassen dich in Ruhe? Ärgern dich nicht zu sehr?«

Telmo schaute wieder zum Bildschirm. Der Computer war noch immer nicht heruntergefahren. Die Sanduhr drehte sich unablässig. »Ja.«

»Das freut mich. Und die Gesundheit?«

Telmo meinte, jetzt das Cordon bleu vom Mittagessen im Magen zu spüren, das er längst verdaut gewähnt hatte. Es lag irgendwie quer. Die einzelnen Stückchen hatten sich wieder zusammengefügt, so kam es ihm vor, und der Käse zog lange Fäden vom einen zum anderen Ende der Magenwände. »Gesundheitlich geht's … eigentlich auch gut.«

»Freut mich. Pass auf, ich …«

»… Moment, ich stelle mal auf Lautsprecher, dann …« Er legte den Hörer beiseite und machte sich Hose und Hemd zu. Dann drückte er auf den Knopf für die Lautsprecherfunktion. »So, jetzt. Hörst du mich?«

»Ja. Also, pass auf, ich …«

»Was machst du denn eigentlich im Vatikan?« Telmo merkte, wie ihm die geschlossene Hose und das geschlossene Hemd jene Sicherheit zurückgaben, die er mit dem Eintreffen der E-Mail von Paul Vierkötter verloren hatte.

»Deswegen rufe ich an.«

»Du willst mich in den Vatikan holen?«

Reiner lachte wieder. »Nein. Ich merke schon, dass wir uns lange nicht gesprochen und gesehen haben.«

»Beim Jahrgangstreffen der Hochschule das letzte Mal, denke ich.«

»Vermutlich, ja. Aber das ist ja jetzt auch schon wieder eine Weile her. Sechs Jahre?«

»Sieben.«

»Sieben. Kann man mal sehen, na ja. Jedenfalls, ich arbeite inzwischen für die Päpstlichen Missionswerke und …«

»… jetzt willst du mich auf die Cayman Islands schicken.«

»So ähnlich.«

»So ähnlich?«

Reiner schnäuzte sich. »Warst du schon mal in Brasilien?«

»Ja. In Rio. 2013, mit einer Gruppe von Schülern zum Weltjugendtag. ›Geht hin und macht zu Jüngern alle Völker‹ war das Motto.«

»Na, das passt!«

»Wieso?«

»Weil ich dich fragen wollte, ob du nicht Lust hättest, nach Brasilien zu gehen.«

»Mit meinen Schülern?«

»Nein. Allein. Du wirst mitbekommen haben, dass die dort drüben, vor allem in den Regenwaldregionen, dringend Priester brauchen. Und wir haben jetzt eine Kommission, eine Taskforce, gebildet, die soll ein paar Kräfte aus Europa nach Lateinamerika bringen.«

Telmo rutschte in seinem Stuhl nach vorne. Er sah das Kruzifix an der Wand an. Das schmerzverzerrte Gesicht Jesu stand ihm klar vor Augen, obwohl es noch immer mit dem Staublappen verhängt war.

»Wie können wir die Existenz Gottes für wahr halten, wenn wir ihn nicht sehen?«, hatte er letzte Woche im Religionsunterricht gefragt. In Vorbereitung der Stunde hatte er an einen Dozenten während seines Studiums an der Hochschule denken müssen. Der hatte sie durch diverse Gottesbeweise gejagt, von Anselm zu Thomas, von Kant zu Gödel, und sämtliche Schwächen dieser Beweise so schonungslos offengelegt, dass Telmo einige Wochen brauchte, um seine erschütterte Glaubensfestigkeit wiederzugewinnen. Erst der Hochschulpfarrer konnte ihn in einem seelsorgerischen Gespräch beruhigen: Es sei doch eine Sache, Gott mit dem Verstand zu suchen, eine andere aber, ihn mit dem Herzen zu finden.

Telmo rutschte noch etwas mehr auf dem Stuhl hin und her. Wenn es bis dato überhaupt noch leise Zweifel an Gottes Existenz gegeben hatte, dann waren sie jetzt endgültig ausgeräumt! Er griente. »Jetzt bin ich, ehrlich gesagt … ein bisschen überrumpelt.«

»Das dachte ich mir.«

»Nach Brasilien …«

»Ja. Allerdings nicht nach Rio de Janeiro.«

»Sondern?«

»Branco. Nach Rio Branco.«

»Nie gehört.«

»Acre? Sagt dir der Bundesstaat Acre etwas?«

»Keine Ahnung. Du hast's ja selbst gesagt: Ich sitze seit Jahrzehnten hier im Schwarzwald.«

»Das ist übrigens ein Grund dafür, dass ich auf dich kam.«

»Wieso?«

»Na, wie soll ich sagen? Es gibt hier und da ein wenig Murren.«

»Murren? Von wem? Gibt es Beschwerden über mich?« Aufs Neue brach ihm der Schweiß aus.

»Niemand, Telmo! Keine Sorge! Niemand beschwert sich wirklich ernsthaft. Aber mir ist zumindest zu Ohren gekommen, dass einige sich fragen, weshalb du bisher nicht wie üblich alle zehn Jahre deine Stelle gewechselt hast.«

Telmo schnaufte. »Und jetzt hat man *dich* beauftragt …?«

»Nein, niemand hat mich beauftragt. Aber ich dachte mir, du bist jemand, der etwas Abwechslung gut gebrauchen könnte: aus persönlichen und aus ordenspolitischen Gründen. Außerdem sprichst du Portugiesisch.«

»Mhm.«

»Tropentauglich bist du auch?«

»Wie bitte?«

»Du wirst sicherlich die ein oder andere Fahrt in entlegenere Gemeinden absolvieren müssen.«

»Aha. Ich sehe schon: Ich werde noch enden wie der arme José de Anchieta, gefesselt in irgendeiner Urwaldhütte.«

»Das denke ich nicht! Und wie du weißt, ist der Gute ja lebend rausgekommen …«

»… und dann hat er angefangen zu dichten! Mein Gott! Aber egal. Wann soll es losgehen?«

»Also im Prinzip, das heißt, wenn's nach mir ginge, könnte es natürlich sofort losgehen. Aber ich bin ja nicht allein auf dieser Welt und wir müssten erst einmal mit Hans-Peter sprechen, ob er dich zum nächsten Schuljahr vom Kolleg entlässt. Und dann müssten wir das abstimmen mit der Provinz und mit den brasilianischen Brüdern und so weiter …«

»Sofort!«

»Wie bitte?«

»Also von mir aus kann es wirklich sofort losgehen!«

»Schön. Aber wie gesagt, wir müssten da ja erst mal noch ein paar Dinge regeln.«

»Ich könnte übermorgen fliegen. Oder sagen wir: überübermorgen. Am Sonntag. Am Sonntag könnte ich fliegen!«

»Na, jetzt geht's aber etwas sehr schnell. Hast du was verbrochen?«

»Nein!« Telmo bemühte sich, so unaufgeregt wie möglich zu klingen. »Ich hatte ja mit deinem Anruf auch nicht gerechnet, aber jetzt, wo ich dich so reden höre von Brasilien, muss ich sagen, dass ich es eigentlich kaum erwarten kann. Zumal: Jetzt am Schuljahresanfang ließe sich sicherlich noch schnell ein Ersatz für mich auftreiben. Wenn wir's jetzt nicht gleich anpacken, dauert es mindestens noch ein Jahr.«

»Na gut, das müsste man mit Hans-Peter besprechen, der …«

»Mache ich! Mache ich gleich morgen früh!«

»Schön. Aber sei nicht enttäuscht, wenn … Also, ich kann dir aus meiner Position heraus nicht versprechen, dass …«

»Keine Sorge! Ich werde dich nicht verantwortlich machen, wenn es nicht klappt. Aber ein bisschen muss man ja schließlich auch noch auf den Herrn vertrauen, nicht wahr?«

Der Satz hallte nach, als er kaum vier Tage später beim Frühstück im Jardim do Éden saß. Der Ärger, trotz seines Portugiesisch (das zugegebenermaßen ein portugiesisches Portugiesisch und kein brasilianisches Portugiesisch und darüber hinaus auch ein wenig eingerostet war) wie ein deutscher Tourist anstatt wie ein brasilianischer Priester behandelt zu werden, verflog, als die Sonne über das Dach des Nebengebäudes stieg.

Zwischen der Tasse mit dem Kaffee und dem Teller mit den Obstresten lag die *Warhaftige Historia Oder Schilderung einer Reise in die Neuwe Welt, die da heisst America* (das erstbeste Buch mit Brasilienbezug, das er in der überstürzten Eile, mit der er das Kolleg verließ, in der Bibliothek seines

Vorgängers hatte finden können). In einer Ecke der Terrasse ragte eine Bananenpflanze aus dem Boden. Rundherum waren Bromelien drapiert. Er betrachtete die rot leuchtenden Blüten, bat Matheus, noch etwas Kaffee nachzuschenken, bevor er die Augen schloss und die Sonne angenehm warm in sein Gesicht scheinen ließ.

Er konnte sich nicht erinnern, wann er das letzte Mal so zufrieden gewesen war.

# 3

Oxford flirrte vor Menschen. Nicht nur die üblichen Touristenbusse, von der Cowley Road über die Magdalen Bridge kommend, schoben sich langsam die High Street entlang, bevor sie ihre Ladung irgendwo zwischen All Souls und Ashmolean Museum auskippten; auch diejenigen, die sonst in der Stadt studierten oder arbeiteten, ließen ihr Studium oder ihre Arbeit an diesem Tag ruhen und machten sich aus den Collegezimmern, den Büros, Bibliotheken und Küchen auf den Weg zum Fluss. Ausgesprochen gut gelaunte Gruppen saßen schon am Morgen in den Pubs von St Giles' bis Holywell Street. Gegen Mittag strömten sie über Christ Church Meadow zu den Bootshäusern an der Themse. Am Himmel über der Stadt zogen wattige Wölkchen wie auf den Schiebekulissen eines Theaters vorbei. Die Luft war erfüllt von Lachen und den Rufen für die Rudermannschaften. Niemand von denen, die am Ufer standen, dachte noch daran, dass es so etwas wie den Ernst des Lebens gab. Arbeiten und sich anstrengen war heute den Achterbesatzungen überlassen, die unter den rhythmischen Rufen der Coxes ihre Boote vorwärts zogen.

David lief neben Cédric und Carline den Poplar Walk in Richtung Boathouse Island entlang. Er kannte den Weg blind. Er nutzte ihn gern zum Joggen, vor allem an nebligen Morgen, wenn die Ruderteams ihre Boote wegen schlechter Sicht in den Häusern ließen. Er bevorzugte es, hier allein zu sein, nicht zwischen so vielen Menschen, erst recht an einem Tag wie diesem, wenn die gute Laune zur allgemeinen Pflicht wurde.

»Alles okay bei dir?« Cédric puffte ihn mit der rechten Faust am Oberarm. Seine linke Hand legte er über Carlines Schulter.

David brummte nur. Er hatte Cédric in den letzten anderthalb Monaten ganze zwei Mal gesehen. Bei einem dieser Treffen, im The Bear, wo sie sich ansonsten wöchentlich, teilweise sogar mehrfach pro Woche auf wenigstens zwei Pints getroffen hatten, war auch noch Carline dabei gewesen. Seit ihrem ersten Auftritt Anfang April wich sie Cédric kaum mehr von der Seite.

»Carline studiert Ethnologie«, sagte Cédric bei ihrer ersten Zusammenkunft.

»Interessant!«, antwortete David, um zumindest die Regeln des Small Talks einzuhalten, die alle in der Stadt beherrschten. Er erkundigte sich nach Claude Lévi-Strauss, danach, ob dieser in der zeitgenössischen Kulturanthropologie überhaupt noch eine Rolle spiele, hörte jedoch nicht besonders aufmerksam zu, als Carline ausführlich antwortete, sondern überlegte, was Cédric an ihr und sie an Cédric fand. In ihrem Fall mochte es das Gleiche sein, was auch ihm selbst an Cédric von Anfang an gefallen hatte: die nonchalante Art, die er in jeglichen Belangen an den Tag legte, sei es mit Blick auf Essayabgabefristen, Studienfinanzierung oder das alltägliche, weltweite Grauen, das unweigerlich sah, wer morgens auf die Nachrichten schaute. Cédric wusste immer, wie schlecht es um ihn, um andere oder um die Welt insgesamt stand, und trotzdem ließ er sich seinen Optimismus und seine Selbstsicherheit nicht nehmen.

Kurz vor den Bootshäusern trafen sie auf eine lächelnde dunkelhaarige Frau.

»So, this is Claire from London«, sagte Cédric. Sie hatte einige Leute im Schlepptau; sie stellten sich nacheinander vor. David vergaß die Namen in dem Moment, in dem er sie hörte. Er empfand leichte Schadenfreude dabei, dass Carline Claire und die anderen, die aus London mitgekommen waren, argwöhnisch von Kopf bis Fuß musterte. Er hatte sie vor anderthalb Monaten auf ähnliche Weise beäugt, in dem Bewusstsein, sich Cédric von nun an mit ihr teilen zu müssen.

Gemeinsam liefen sie bis zum Wasser. Auf den Terrassen und Balkonen der Bootshäuser drängten sich die Leute. An einem improvisierten Getränkestand orderte Cédric eine Runde Pimm's für alle. David nahm ihm einen Becher ab, schob sich ein Minzblatt, das auf der Oberfläche schwamm, in den Mund und entfernte sich zum Geländer, von wo aus der Fluss gut zu überblicken war. Alle paar Minuten zog eine Reihe Ruderachter vorbei. Manchmal schwenkten zwei Boote an den Rand, während die anderen in Richtung Folly Bridge weiterfuhren.

David hörte Cédric lachen. Er beneidete ihn um die Leichtigkeit, mit der er dort stand und vor Carline, Claire und den anderen irgendeine Rede schwang. Der Gedanke daran, dass er selbst sich, wann immer er es mit derlei Reden versuchte, einfach nur schwer und steif fühlte, machte ihn noch schwermütiger, als er ohnehin schon war. Dabei stimmte vermutlich, was Cédric ihm in dieser Angelegenheit immer sagte: »Locker und leicht wirst du nur, wenn du das täglich übst. Ich meine, Leute, die Profisport betreiben oder Artistik, können auch nur das ganz leicht aussehen lassen, wofür sie jeden Tag hart trainieren.« Aber abgesehen davon, dass David, auch wenn er kein Sportverächter war, athletischen Metaphern generell misstraute, unterstellte er, dass die Ursachen für unterschiedliche Verhaltensweisen und Fähigkeiten letztlich doch in den verschiedenen genetischen Ausstattungen lagen, mit denen die Menschen auf die Welt kamen.

Auf der Wasseroberfläche hinterließen die Kiele der Boote und ihre Ruderschläge lose Ansammlungen von Luftblasen. Am Himmel zogen weiterhin die Wolken. David leerte gerade seinen Becher, als eine von Claires Leuten aus London zu ihm trat.

»Hey!«

»Hey.« Er bemühte sich krampfhaft, ihren Namen zu erinnern.

»Hat das Bootsrennen schon begonnen?« Sie zog an ihrem Strohhalm. David überlegte, ob sie bei der Begrüßung auch schon Deutsch gesprochen hatte. Er empfand es immer als Niederlage, wenn jemand trotz des für seine Begriffe guten Englischs, trotz des betont britischen Akzents, um den er sich mit aller Kraft bemühte, sofort hörte, dass er Deutscher war, und ihn auf Deutsch ansprach.

Es läuft schon seit über drei Tagen!« Er schämte sich in dem Moment, in dem er es aussprach. Es war Cédrics Manier, Leuten so zu antworten, ihnen ihr eigenes Unwissen, ihre Patzer, lächelnd, aber unverhohlen vorzuführen, und David hasste es, wenn er selbst zum Gegenstand dieser Vorführung wurde. Gleichzeitig bemühte er sich ständig, auch auf jenes Level des Wissens zu klettern, auf dem Cédric sich ohne offensichtliche Mühe bereits befand.

»Ah, das wusste ich nicht«, sagte sie und zog erneut an ihrem Strohhalm. »Es sieht nur so unsortiert aus. Deswegen die Frage.«

»Unsortiert?« Seine Stimme machte einen Sprung nach oben. Er schämte sich jetzt noch mehr. Vielleicht lag es am Alkohol oder an der Sonne. Es war verdammt schwer,

Cédrics Souveränität auszustrahlen, ohne das Gegenüber zu düpieren.

»Na ja, komm!«, erwiderte sie. »Hier zieht immer eine Reihe von Booten lang und dann scheren plötzlich welche aus und lassen sich zum Rand treiben. Und dann fahren welche in diese Richtung und andere in jene und so weiter.« Sie zeigte auf einen Achter, der unmittelbar vor ihnen zum Stehen kam. Die Ruderinnen hatten hochrote Gesichter. Die Ruderblätter dümpelten kraftlos im Wasser.

»Hm.«

»Verstehst du, was ich meine?«

»Ja.«

»Okay. Und ist das noch das Aufwärmen oder schon das Rennen?«

David wurde unsicher. Er vermochte nicht auszumachen, ob es am Gegenstand oder an der Art ihres Fragens lag.

»Ich denke eigentlich, das ist schon das Rennen.«

Sie lachte laut und beugte sich dabei nach vorne. Ein Schluck ihres Pimm's schwappte in die Themse. »Wie, du *denkst*, es ist schon das Rennen, oder du *weißt* es? Ich dachte, du studierst hier!? Wisst ihr schlauen Oxford-Jungs nicht mal, wie Euer eigenes Bootsrennen funktioniert?«

David erwiderte nichts, betrachtete nur die Ruderblätter, die aus dem Wasser gehalten wurden.

»Es ist nicht wie das University Boat Race, Leute! Es ist ein Bumps Race, versteht ihr?«, rief Cédric hinter ihnen in die Gruppe hinein. »Es treten nicht einfach nur zwei Boote gegeneinander und nebeneinander an. Es starten dreizehn Boote im Abstand von anderthalb Bootslängen, und das Ziel besteht darin, das jeweils vordere Boot zu rammen, ohne selbst vom hinteren gerammt zu werden.«

David schaute zu der Frau neben sich, deren Namen er

nach wie vor nicht parat hatte. »Also ich weiß es wirklich nicht. Aber *er* weiß es offenbar.« Er zeigte zu Cédric.

»Aber ich habe ja *dich* gefragt, nicht Cédric! Immerhin bist du ehrlich.«

Er schaute sie an, lächelte und spürte, wie er etwas Oberwasser gewann. Schweigend beobachteten sie, wie die Frauen im Achter vor ihnen die Ruder wieder ins Wasser tauchten und davonfuhren.

»Das heißt: Du ruderst nicht?«

»Nee. Also ja, ich rudere nicht. Mir fehlen schon allein die Oberarme.«

Ihr Blick wanderte zum Stoff seines hellblauen Hemds. Er beeilte sich, sofort das Thema zu wechseln, um vom billigen Versuch, Komplimente zu fischen, abzulenken.

»Und du studierst in London …?«

»… Psychologie am University College, genau. Nicht so glamourös wie Oxbridge. Aber immerhin veranstalten wir keine Ruderwettkämpfe, ohne sie zu verstehen.«

Er grinste. Ihre Stichelei wirkte auf merkwürdige Weise belebend. »Also endlich jemand, der mir ein Gutachten über meine Neurosen erstellen kann!«

»Mein Interesse liegt eher bei der Sozialpsychologie. Nicht so beim Klinisch-Psychiatrischen.«

Er schaute enttäuscht.

»Du darfst mir natürlich trotzdem von deinen Neurosen erzählen.« Sie bewegte ihre rechte Hand. Für einen Augenblick glaubte er, sie lande gleich auf seinem Unterarm. Sie griff aber nur zum Strohhalm und drückte mit dem unteren Ende auf den Eiswürfeln herum. »Also?«

Er schaute sie an, sah die sich kräuselnden Haare in ihrem Nacken, sah die Sonne und den Himmel mit den Wölkchen, die Menschen, die Boote, den Becher in seiner Hand, und wusste nicht, ob es an ihrer Art, am Wetter oder am Alkohol lag, dass er tatsächlich anfing, von seinen Eigenarten und Verschrobenheiten zu erzählen – von seinem Drang, Papiere, Stifte und Bücher auf Kante zu legen; von seinem Hang, den Wecker niemals zu einer geraden Uhrzeit klingeln zu lassen; von seinem unbedingten Willen, keine Flecken auf der Hose und keine Fusseln auf dem Hemd zu haben; von seinen geradezu körperlichen Schmerzen, die er empfand, wenn jemand eine Sache dorthin gelegt hatte, wo er sie üblicherweise nicht hinlegte; von seinem Widerstand dagegen, den gleichen Weg als Hin- wie auch als Rückweg zu nehmen, bis hin zu seinen tagtäglich gleichen Reihenfolgen beim Frühstücken (ein Toast mit Marmelade, ein Toast mit Honig, ein Toast mit Käse) ebenso wie beim Duschen (linkes Bein, rechtes Bein, linker Arm, rechter Arm, Brust, Rücken, Kopf).

Über sieben Jahre war dieser Moment jetzt her. Im nächsten Mai würden es acht sein, und er nahm die Geräusche, Gerüche, und Gefühle dieses Tages noch so wahr, als wäre es gestern gewesen: die mit steigendem Pimm's-Konsum immer lauter und gröber werdenden Rufe derjenigen, die vom Ufer aus die Rudermannschaften anfeuerten; der fettige Geruch von Chips and Cheese, die er und Martje (deren Name zu seinem Glück irgendwann von Claire gerufen worden war) sich nach Mitternacht, als längst Ruhe über dem Fluss eingekehrt war und die Pubs die letzten Gäste auf die Straße gekehrt hatten, bei einem der Foodvans auf der High Street holten; der blumige Duft, den Martjes Haare verströmten, als sie sich im Morgengrauen umarmten, bevor sie in den Bus zurück nach London stieg und er mit einem breitem Grinsen im Gesicht zurück zum College lief.

Er hatte sie seitdem schon des Öfteren gefragt, wie sie wohl reagiert hätte, wenn jemand ihr an jenem Morgen die

Karten gelegt und geweissagt hätte, dass *er* derjenige sein würde, den sie heiraten, mit dem sie zusammenleben, mit dem sie ein Kind bekommen würde. Aus der Antwort, die sie meistens gab (»Wie hätte ich schon reagieren sollen? Ich kannte dich ja nicht.«), sprach ein gewisses Genervtsein. Zugleich lag eine einfache Wahrheit darin, die er unmöglich bestreiten konnte. Trotzdem fragte er sich, ob die Sache nicht eigentlich viel schwieriger war, ob nicht darin sogar das (zugegeben ziemlich banale) Kernproblem aller menschlichen Beziehungen lag: dass man einen anderen Menschen niemals vollständig kennen konnte; dass sich irgendwann, ganz unweigerlich, immer irgendeine Spalte, irgendein Abgrund auftat. War es nicht so? Oder war es doch ganz anders? Konnte man eine Person kennenlernen, *vollständig* kennenlernen, jedoch gerade deshalb ihrer überdrüssig werden, weil sich mit jedem weiteren Tag des Zusammenseins auch die Erkenntnis verfestigte, dass sie sich niemals grundlegend ändern würde?

Er dachte daran, als er am frühen Abend den Schlüssel im Schloss herumdrehte und den Flur betrat. Martje hatte er seit dem Gespräch am Morgen weder gesehen noch gehört. In seiner Tasche steckte das Telefon mit zwei weiteren unbeantworteten Anrufen seines Vaters. Dazu kam eine Nachricht:

Habe jetzt, weil ich nichts weiter von Dir bzw. Euch gehört habe, gebucht. Hin: Abflug FRA 20.12., 06.55 Uhr, Ankunft MSO (via AMS und SLC) 20.12., 17.52 Uhr. Rück: Abflug MSO 06.01., 14.50 Uhr, Ankunft FRA (via SEA) 07.01., 13.40 Uhr.

Des Weiteren fand sich eine bereits zwei Stunden alte Nachricht von Cédric:

Sorry, David, stecke mitten in einem Meeting und kann gerade nicht rangehen. Carline hat mir schon von der Trennung erzählt. Tut mir sehr leid. Kann nachher mal kurz versuchen, dich zurückzurufen. Habe allerdings heute noch ein paar Leute zum Abendessen zu Besuch. Carline fliegt morgen früh nach Brasilien. Reicht es, wenn wir uns morgen oder übermorgen mal in Ruhe sprechen?

Was David an dieser Nachricht verstörte, war nicht die Tatsache, dass Cédric ihn auf morgen oder übermorgen vertröstete, sondern das Wort ›Trennung‹. Es traf ihn so heftig wie die Hitze der vergangenen Wochen, wenn er aus dem kühlen Hausflur ins Freie getreten war. Nicht, dass er mit diesem Ausdruck nicht auch schon selbst gedanklich operiert hatte, das war es nicht. Das Entscheidende war, dass die Nachricht noch nicht offiziell in der Welt herumschwirrte und er, wenn er nur schnell und klug genug agierte, einen entscheidenden Einfluss darauf nehmen würde können, wie sie in die Welt trat und sich dort verbreitete. Aber dafür war es anscheinend schon zu spät.

Aus der Küche hörte er Arik rufen. Er steckte den Kopf zur Tür hinein. Martje stand an der Anrichte und schnitt eine Gurke in Scheiben.

»Papa, Gurke!«, rief Arik.

»Oh, isst du Gurke, ja?« Er blickte zu Martje. »Hallo«, sagte er scheu.

»Hallo.«

Während er sich setzte, wirbelte Arik mit einem Brummen auf den Lippen eine Gurkenscheibe durch die Luft.

»Papa, Flugzeug!«

Der Kloß in der Kehle vom Morgen meldete sich zurück. Anstatt zu rufen »Ja, wir fliegen mit dem Flugzeug nach Amerika!«, blieb er stumm.

»Ich würde nachher gern noch eine Runde laufen gehen«, sagte Martje. »Bringst du ihn ins Bett?«

Unter normalen Umständen löste diese Frage selten Begeisterung bei ihm aus. Aber jetzt, nach dem, was am Morgen geschehen war, wirkte sie auf ihn schon fast wie ein Angebot zur Versöhnung.

»Okay, das heißt«, sagte Cédric, als sie zwei Tage später endlich telefonierten, »du pennst auf dem Sofa im Arbeitszimmer, aber ansonsten …«

»… ist eigentlich alles ganz normal, ja.«

»Na, das klingt doch dann eher so, als sei die Sache noch gar nicht richtig entschieden. Bei Carline hörte sich das so endgültig an.«

»Hat sie was erzählt? Ich meine, hat sie was davon erzählt, was Martje ihr erzählt hat?«

»Nicht wirklich. Das lag aber vor allem daran, dass nicht die Zeit dafür war. Wir hatten ja vorgestern Abend das Essen für mein Team und das endete dann etwas, na, sagen wir mal, unterkühlt …«

»Zwischen dir und deinem Team?«

»Zwischen Carline und mir.«

»Warum?« David wollte am liebsten alles sofort wissen. Die Vorstellung, dass auch bei Cédric und Carline nicht beste Stimmung herrschte, befriedigte ihn auf eine Weise, die geradezu unmoralisch erschien. Er wünschte niemandem Unglück, wirklich niemandem. Aber jetzt fühlte es sich erleichternd an, zu wissen, dass auch Cédric und Carline so ihre Probleme hatten, und er war begierig zu erfahren, um welche es sich im Einzelnen handelte.

»Nicht so wichtig«, sagte Cédric.

»Sicher? Du kannst gern …«

»Ja, erzähl ich ein andermal. Sie ist dann gestern Morgen jedenfalls wortlos abgereist.«

»Oh, okay. Wohin?«

»Brasilien.«

»Ach ja, hattest du geschrieben. Und wohin genau?«

»Erst mal nach São Paulo und von dort reist sie weiter nach Rio Branco, glaube ich. Das ist aber wohl auch noch nicht die Endstation. Sie muss für ihr Projekt zu irgendeinem kleinen Ort im Regenwald ganz im Südwesten, an der Grenze zu Peru.«

»Aha.«

»Aber zurück zu dir: Wie macht ihr es jetzt mit den Amerikaflügen? Und mit der Unterkunft, die ihr gemietet habt? Wolltet ihr nicht eigentlich auch Eure Wohnung untervermieten?«

Die Fragen lösten Panik bei David aus. Es hatte eine andere Qualität, sie von jemandem wie Cédric gestellt zu bekommen, als sie sich selbst zu stellen (wie er es in den vergangenen achtundvierzig Stunden wiederholt getan hatte). Sie wirkten plötzlich realer und dadurch drängender, beängstigender. Er wollte viel lieber noch einen Moment bei Cédric und Carline bleiben, bei ihrer Auseinandersetzung oder auch bei Carlines Reise. Aber die Gelegenheit, die sich durch Cédrics Fragen nun bot, war zu offensichtlich, als dass er sie ungenutzt lassen konnte. Es war genau die Art von Gelegenheit, auf die er gehofft hatte, die Möglichkeit, Cédric um Geld zu bitten, zumal wenn Cédric quasi von sich aus ein Gespräch über Finanzielles anfing! Nur fühlte er sich, entgegen aller Vorsätze, mit einem Mal nicht imstande, Cédric die entscheidende Frage zu stellen, wollte sich nicht die Blöße geben, selbst vor einem engen Freund. Aber noch viel schwerer wog der Umstand, dass die Bitte um einen Kredit von Cédric zugleich auch das Eingeständnis der vollständigen Kapitulation gegenüber Martje bedeutete, und etwas in ihm wehrte sich ganz entschieden dagegen, diesen Schritt zu gehen.

»Tja. Vorgestern meinte sie nur, sie würde mir ihren Anteil

dann gar nicht erst überweisen, weder für die Flüge noch für die Campusunterkunft.«

»Das ist aber auch nicht ganz fair, oder?«

»Weiß ich nicht. Sie hat ja schon recht, wenn sie sagt, dass diese ganze Reise eigentlich nie unsere, sondern immer nur meine Reise war.«

»Ja, schon. Aber sie hat ja zugestimmt, mitzukommen, oder nicht?«

»Hat sie, ja. Und trotzdem ist der ursprüngliche Grund für die Reise allein meiner.«

Cédric schnaufte. David spürte, dass Cédric seine Position nicht vollständig teilte, dabei war er gerade jetzt darauf angewiesen, nicht unterschiedlicher Meinung mit ihm zu sein. Nur: so widersinnig es schien – es tat schrecklich gut, mit Martje auf einer Seite zu stehen, sich reumütig zu geben, Einsicht zu zeigen. Es verstärkte die Hoffnung, dass vielleicht doch noch nicht alles vorbei war.

»Na gut, wie du willst. Aber wenn ich dir irgendwie helfen kann, lass es mich wissen, okay?«

David konnte den Geldbetrag, um den zu bitten er sich vorgenommen hatte (siebentausendfünfhundert Euro, je nach Cédrics Laune auch neun oder zehn), schon förmlich auf seinem Konto eingehen sehen. Cédric warf von ganz allein den Rettungsring aus; er musste nur zugreifen! Aber die Vorstellung, ganz auf einen Kredit, auf fremde Hilfe verzichten zu können und stattdessen mit Martje ins Reine zu kommen, wirkte plötzlich so verlockend, dass sogar die Aussicht, Weihnachten und Silvester mit seinem Vater in einer Hütte in den Rocky Mountains zu verbringen, angenehm erschien.

»Danke für das Angebot, Cédric«, sagte er. »Ich weiß das sehr zu schätzen. Aber mal sehen, wie sich die Lage so entwickelt. Bis zum Abflug ist ja noch eine Woche Zeit.«

»Alles klar. Melde dich einfach, wenn du was brauchst.«
»Mache ich. Bis dann!«
»Bis dann!«
David drückte auf den roten Button und legte das Telefon zur Seite. In den folgenden zweiundsiebzig Stunden nahm er es immer wieder zur Hand und überlegte, Cédrics Nummer zu wählen. Er tat es nicht. Der Wille, es aus eigener Kraft zu schaffen, war größer als die Bereitschaft zu kapitulieren, und Cédric konnte auch immer noch in die Bresche springen, wenn nichts anderes mehr übrig blieb. Bis dahin wollte er versuchen, die eigenen Mittel auszuschöpfen.

Drei Tage vor dem geplanten Abflug ging er abends zu Martje ins Bad. Sie hatten seit dem Gespräch am vorangegangenen Freitag nicht viel miteinander geredet, lediglich das, was zum Bestreiten des Alltags mit Arik unbedingt nötig war, und da diese Dinge zur Bewältigung des Banalen auch sonst die bestimmenden Themen gewesen waren, hatte sich bei ihm geradezu das Gefühl von Normalität eingestellt.

Die Abendsonne fiel durch das Badezimmerfenster. In der Wanne glitzerten Wassertropfen, die vom Duschen zurückgeblieben waren. Martje stand, ein Handtuch um den Körper gewickelt, vor dem Spiegel und bürstete sich die Haare. David trat hinter sie und legte, vorsichtig, aber ansonsten genau so, wie er es schon oft in dieser Situation getan hatte, seine Hand auf ihre Hüfte.

»Hey«, sagte er leise, so leise, dass er es selbst kaum hören konnte. Für gewöhnlich waren diese Zeit und dieser Ort eine sichere Bank. Mit Ariks Geburt, die den Raum für Zweisamkeit merklich hatte schrumpfen lassen, hatte sich das Bad am Abend, wenn Arik im Bett lag und schlief, unausgesprochen zu einem Ort geheimer Treffen entwickelt und als Raum gedient, in dem so mancher Konflikt mit wenigen Berührungen beigelegt werden konnte.

Martje erstarrte. Sie ließ die Bürste sinken.

Er nahm die Hand von ihrer Hüfte.

»Ich wollte mich bei dir entschuldigen«, sagte er.

Sie verharrte unbeweglich am Waschbecken. Ihr Haar roch nach dem Mandelshampoo, das sie schon seit vielen Jahren benutzte.

»Wofür?«

»Für … alles!?« Er musste schmunzeln, auch wenn es unpassend erschien.

Ihre Mundwinkel blieben so ernst, wie sie waren.

»Hey«, setzte er ein weiteres Mal an. Er nahm seine Hände nach oben und wollte sie um ihren Bauch legen. Sie wehrte ihn ab.

»Ich würde mir einfach nur sehr wünschen«, sagte er, »mit dir und Arik zusammen nach Missoula zu fahren.«

Sie nahm die Bürste wieder nach oben und zog sie durch eine Strähne. »Ich weiß«, sagte sie. »Arik würde sich auch sehr freuen.«

»Das heißt …!?« Er war bereits kurz davor, innerlich einen kleinen Freudensprung zu machen.

Sie hielt mit der Bürste inne und zog die Augenbrauen jetzt so weit nach oben, dass ihr Gesicht sich verkrampfte. »David – ich habe dem Gespräch vom Freitag im Moment eigentlich nichts hinzuzufügen.«

Seine Hoffnung verwandelte sich von einer Sekunde auf die andere in Zorn. Es war das erste Mal in diesen Tagen, dass er überhaupt so etwas wie Zorn empfand.

»Was heißt hier Gespräch, Martje? Du hast mir etwas mitgeteilt, aber das war eine Ansage, kein Gespräch! Du hast eine Entscheidung für *dich* getroffen. Für dich allein! Aber

Arik hängt da auch mit drin, falls dir das nicht klar ist. Und der kann sich nicht wehren, weil er noch viel zu klein ist, obwohl …« Er brach mitten im Satz ab. Trotz seiner Lautstärke blieb Martje ganz ruhig. Ihr Gesicht zeigte sich im Spiegel merkwürdig asymmetrisch. Ihre linke Gesichtshälfte schien etwas größer als die rechte. Die ruhige Art, mit der sie reagierte, machte ihn noch wütender. Er wollte schreien, bemühte sich jedoch, ebenfalls ruhig zu bleiben.

»Ich hatte einfach in den letzten Tagen das Gefühl, dass das letzte Wort noch nicht gesprochen ist, dass es gut wäre, noch mal zu reden«, sagte er.

Martje atmete genervt aus. »David …« Sie legte die Bürste beiseite und sah ihm ins Gesicht. »Ich kann mich nur wiederholen: ich wüsste wirklich nicht, was es im Moment noch zu bereden gäbe. Klar, du hast recht: ich treffe die Entscheidung nicht nur für mich, sondern auch für Arik. Aber was willst du machen? Ihn allein mitnehmen und dann dort nicht zum Arbeiten kommen? Wir müssen sicherlich schauen, wie das dann alles wird, wenn du aus den USA zurückkommst. Aber so grundsätzlich?«

Er wandte sich von ihr ab. Er wusste aus beruflicher Erfahrung heraus, wie schwer es war, eine Niederlage einzugestehen. Wie oft schon hatte er die Arbeit mehrerer Wochen in den Papierkorb wandern sehen? Wie oft schon hatte er vernichtet, was ihm im euphorischen Moment des Schaffens unzerstörbar, einmalig, für immer bleibend erschien? Nur lag die Sache hier deutlich komplizierter. Denn während er sich beim Schreiben einreden konnte, dass jedes Vernichten von Geschriebenem ein schmerzhafter, aber notwendiger Abschnitt im Lauf der Evolution war, ein Schritt hin zu Besserem, war absolut unklar, wie das in diesem Fall gelingen sollte. Es gab, wenn er das Ende eingestand, nichts Größeres, worauf sich hinarbeiten ließ; nichts, wozu diese Trennung als bitter schmeckende, aber nötige Medizin zur Erfüllung eines höheren Zwecks erschien.

Er verließ das Bad, wortlos, und setzte sich im Arbeitszimmer aufs Sofa neben das zusammengeknüllte Bettzeug. Er blickte auf die Regale mit den Büchern. Er schaute zu seinem Schreibtisch. Der Raum fühlte sich eng an, wie eine Zelle, ein Gefängnis in der eigenen Wohnung. Er verspürte das dringende Bedürfnis, hier rauszukommen, so schnell wie möglich. Dieser Ort war toxisch, er war verbraucht, abgewohnt, ein einziges Spannungsfeld. Er konnte es kaum erwarten, endlich im Terminal des Frankfurter Flughafens zu stehen.

Über der großen Tafel, auf die er drei Tage später schaute, begrüßte ihn der Spruch *Boarding, Flying, Smiling*. Alle paar Minuten drehten sich die Buchstaben und Zahlen. Er war viel zu früh da. Das Einsteigen in das Flugzeug nach Chicago würde erst in vier Stunden beginnen. Am Abend zuvor hatte er noch einmal mit Cédric telefoniert, kurz nachdem er Arik ins Bett gebracht, sich von ihm verabschiedet und noch einige Minuten schwermütig neben ihm gelegen hatte.

»Sieh's so«, hatte Cédric gesagt, »dann hast du jetzt wenigstens Stoff für einen neuen Roman.« Der Satz ging David durch den Kopf, während er auf die Flugtafel sah. Die Ziele für die Abflüge der nächsten Stunden hießen: LUXEMBOURG, ZÜRICH, STOCKHOLM, HAMBURG, ST. PETERSBURG …

Er hatte Cédric zunächst zugestimmt. War es nicht die Aufgabe, wahrer Kunstschaffender, privates Leid dem öffentlichen Wohl, der allgemeinen Unterhaltung, womöglich sogar der moralischen Besserung der Menschheit dienstbar zu machen? Durchaus. Allerdings vertrug sich diese Aufgabe ganz und gar nicht mit einem jener obersten Prinzipien, die er für sich aufgestellt hatte: niemals über sich selbst zu schreiben. Er leugnete nicht, dass jede Form von Literatur immer auch eine Form von Autobiografie war, und sei es nur durch den Blickwinkel, mit dem eine schreibende Person auf andere schaute. Ein Text entsprang nun einmal aus Menschen mit all ihren Erfahrungen, Gefühlen und Erinnerungen. Es konnte gar nicht anders sein, als dass diese Erfahrungen, Gefühle und Erinnerungen Eingang fanden ins Schreiben, egal wovon es handelte. Nur widerstrebte es ihm zutiefst, das eigene Leben nicht nur in Fetzen, in Ausschnitten und Andeutungen, sondern in Gänze zu Literatur zu machen. Und das hatte seinen Grund: Er mochte sich nicht noch mehr verachten, als er es ohnehin schon tat. Aber sich selbst zur Hauptfigur eines Buchs zu machen bedeutete, Produzent und Produkt zugleich zu sein; es bedeutete, schreibendes Subjekt und beschriebenes Objekt zu vereinen, und das konnte, da war er sich sicher, nicht gutgehen. Die Neigung des schreibenden Subjektes, da brauchte es keine großartigen psychologischen Kenntnisse, ging dahin, sich selbst möglichst schonungslos darzustellen. Und trotzdem war das Ergebnis allzu oft, wenn nicht immer, eine Kunstfigur; eine Kunstfigur, die in ihren guten Seiten mit der real existierenden Person sehr viel, in ihren schlechten Eigenschaften aber meist kaum etwas gemein hatte. Es war unmöglich, eine Fiktion von sich selbst zu erschaffen, bei der man nicht doch am Ende besser wegkam, als man es eigentlich verdient hatte, davon war er überzeugt, und obendrein mochte er sich momentan sowieso nicht mit seiner eigenen Fiktion beschäftigen. Die Wirklichkeit war schließlich schon anstrengend genug.

Einige Minuten stand er unschlüssig vor der Flugtafel herum. Er war müde. In den letzten Nächten hatte er kaum geschlafen. In einem kleinen Café in der Nähe der Eingangstüren bestellte er einen Espresso und einen frisch gepressten

Orangensaft. Neben ihm küsste sich ein junges Pärchen. Sie war klein und blond und hatte ein rotes Tuch um ihren Kopf geknotet. Er war großgewachsen mit schwarzen Locken und trug eine Trekkinghose. Zu ihren Füßen lehnten hohe, vollgepackte Rucksäcke.

David malte sich aus, wohin sie fliegen würden: Zum Backpacken nach Südostasien, zur Freiwilligenarbeit nach Mittelamerika oder zum Work and Travel nach Australien. Er beneidete sie, wie sie dort saßen, verliebt und zärtlich. Die Welt stand ihnen offen, war voller Möglichkeiten, voller Verheißungen, wollte erkundet werden, und genau das würden sie tun, am Uluru, am Virgin Beach oder am Lago Arenal. Prägende Monate ihres Lebens lagen vor ihnen. Von den Erinnerungen würden sie lange zehren. Und während er sich ihre Reise in allen Details vorstellte, fühlte er sich mit seinen fünfunddreißig Jahren plötzlich alt. Er fühlte sich alt und verlebt; das Leben als Abenteuerreise zu begreifen kam ihm nicht nur lächerlich vor, sondern auch maximal unerreichbar in der Situation, in der er sich befand (die Art des Kusses, den die beiden dort austauschten, eingeschlossen). In Missoula warteten eine leere Küche, ein leeres Wohnzimmer und ein leeres Schlafzimmer auf ihn. Er würde allein über das zunehmend herbstlicher werdende Gelände der Universität streifen müssen, bei Abendveranstaltungen und Kaffeeverabredungen um Erklärungen ringen, weshalb seine Frau und sein Sohn, ganz anders als geplant, nicht mitgekommen waren. Und er fand, obwohl er sich zugleich wegen der Überheblichkeit, die darin lag, tadelte, dass er der bedauernswerteste Reisende des ganzen Flughafens, das bemitleidenswerteste Geschöpf des ganzen Planeten war.

Auf der Abfluganzeige erschienen jetzt JOHANNESBURG, SHANGHAI, ADDIS ABABA, LUXEMBOURG, SÃO PAULO.

Während er São Paulo las, bedauerte er, nicht doch die Einzelheiten des Streits zwischen Cédric und Carline erfragt zu haben. Die Nummer des Flugs lautete LH506. Er war noch nie in Brasilien gewesen, auch nicht im Rest Südamerikas.

Er trank einen Schluck Orangensaft und überlegte, was Martje sagen würde, wenn sie mit hier wäre und er in diesem Moment den Vorschlag machte, Missoula Missoula sein zu lassen und stattdessen nach São Paulo zu fliegen.

»Das bist nicht *du*, David!«, hörte er sie sagen. »Du schaffst es ja noch nicht mal, die Reihenfolge der Beläge auf deinen Frühstückstoasts zu ändern.«

Er pulte sich ein Stück Fruchtfleisch aus den Zähnen. Okay, es stimmte! Er war nicht der Typ, der sich flexibel und spontan zeigte und in letzter Minute eine Planänderung beschloss. Aber das geschah vor allem aus der Ahnung heraus, dass die Dinge, wenn sie mit Bedacht und Überlegung getan wurden, besser gelangen.

Das junge Pärchen schulterte seine Rucksäcke. Er half ihr, sich den Hüftgurt zurechtzurücken. David sah ihnen nach, während sie zum Check-in schlenderten.

Er trank seinen Saft aus und lief mit Koffer und Handgepäck zu einem Info-Desk.

»Darf ich Sie was fragen?«

Der Mitarbeiter lächelte. »Dafür bin ich hier.«

»Ich bin eigentlich auf den Flug um 17.15 Uhr nach Chicago gebucht. Aber wäre es vielleicht möglich, noch einen Platz für den LH506 nach São Paulo zu bekommen?«

»Ich denke eher nicht.« Die Aussage ließ David vom Gipfel kopfloser Euphorie hinunter ins Tal rationaler Erleichterung rauschen. Es tat gut, dort unten anzukommen.

»Aber ich kann mal nachsehen, Sekunde …«

David schaute sich um. Das Pärchen war inzwischen im

Gedränge verschwunden, das rote Kopftuch nirgendwo mehr zu sehen. Das Gefühl, es ihnen in irgendeiner Weise gleichtun zu müssen, wich langsam von ihm. Er wollte sich bereits entschuldigen und wieder gehen, aber der Mann am Schalter kam ihm zuvor.

»Hier!«, sagte er. »Da ist doch noch ein Platz frei. Hat vermutlich jemand storniert.«

David begann zu schwitzen. Er musste nicht aufs Konto schauen, um zu wissen, dass der Preis für die Umbuchung, den der Mitarbeiter jetzt nannte, plus Steuern und Gebühren nicht im Budget war, erst recht nicht, wenn Martje wirklich ihre Anteile für sich behielt (und es sah derzeit alles danach aus) und dann auch noch das Aufenthaltsstipendium der University of Montana wegen Nichterscheinens entfiel.

»Soll ich Sie umbuchen?«

Der Achsel- und Bauchbereich des Hemds, das David unter einem Cardigan trug, waren bereits vollständig durchnässt.

»Ja?«

Das Ja, das er jetzt aussprach, fühlte sich in seiner Tragweite ein wenig so an wie das Ja, das er Martje bei der Trauung gegeben hatte, auch wenn er in diesem Moment keinen Ehevertrag besiegelte, sondern lediglich einer Airline ein Zahlungsversprechen machte. Trotzdem kam ihm das Ticket, das er einige Minuten später in den Händen hielt, wie die Eintrittskarte für einen neuen Lebensabschnitt vor, und als er um kurz nach 21.00 Uhr, angenehm beschwingt von einem weiteren Espresso und einem Glas Rotwein an der Flughafenbar, die Boeing 747 bestieg, war er sich sicher, dass er tatsächlich den guten Flug vor sich hatte, den ihm der Mitarbeiter am Schalter zum Abschied gewünscht hatte.

Er setzte sich auf den gebuchten Fensterplatz und sah dabei zu, wie ein kleiner Mann mit schwarzem Anzug und Kollarhemd, den er auf Mitte fünfzig schätzte und bei dem er nicht nur wegen des Reiseziels, sondern auch wegen des Bauchs, der unter dem Hemd spannte, ziemlich sicher war, dass es sich um einen Amerikaner handelte, umständlich sein Handgepäck verstaute und ihm freundlich zunickte, bevor er sich schnaufend in den Sitz sacken ließ mit seinem feuerroten lockigen Haar, das ihm vom runden Kopf in den weißen Nacken fiel.

# 4

Das Osterfest 1992 brachte zwei ungewöhnliche Ereignisse nach Stočnica: Erst blieben die Katzen, dann gingen die Männer. Weder das eine noch das andere hatte irgendjemand kommen sehen. Alle waren ganz und gar mit der Bewältigung des Alltäglichen beschäftigt. Die Vorsichtigen und Ängstlichen, die dem Frühlingsfrieden nicht trauten und die Launen des Wetters für unberechenbar hielten, zählten die Holzscheite vor dem Haus, die ihnen noch zum Heizen blieben; sie waren nämlich zugleich auch diejenigen, die nichts auf technische Spielchen gaben und deshalb keinen Radiator besaßen. Die Zuversichtlichen und Unbedarften bestellten frohen Mutes die ersten Beete in ihren Gärten, weil sie die Rückkehr des Frostes als unwahrscheinlich ansahen; manche von ihnen redeten sogar schon von den Melonen, die in zwei, drei Monaten von jenseits der Berge einträfen, um den Sommer zu versüßen.

Jurij spielte mit den anderen Kindern des Ortes auf den Wiesen am Fluss. An den Morgen war das Gras noch kalt und feucht. Aber wenn am späten Vormittag die Sonne herauskam und ihnen ins Gesicht schien, hell und voller Wärme, zogen die Älteren unter ihnen bereits die Schuhe aus und liefen barfuß herum, während die Schuhe an einem sonnigen Flecken trockneten. An den Wochenenden, wenn die Älteren tagsüber nicht in der Schule saßen, standen manchmal zehn oder fünfzehn Paar Schuhe im Gras. Früher oder später kam meistens irgendjemand auf die Idee, die Senkel verschiedener Paare miteinander zu verknoten, einige davon zu verstecken oder sie in die Zweige eines Baumes zu werfen. Dort baumelten sie dann wie Trophäen. Jurij gehörte dabei nicht zu den Leidtragenden. Er hasste es, das kitzelnde Gras oder den erdigen Boden unter den nackten Sohlen zu spüren; schon als Baby habe er es nicht geduldet, wenn die Füße auch nur einen Moment lang unbekleidet blieben. Und auch wenn manche Kinder ihn dafür eine Mimose schimpften: Er behielt hartnäckig seine Schuhe an. Die Beleidigungen ertrug er besser als den blanken Boden und auch mit seinen fünf Jahren hatte er schon gelernt, dass sie meist umso schneller abebbten, je weniger er ihnen Beachtung schenkte.

Unter den Kindern gab es eine klare Hierarchie. An ihrer Spitze standen jedoch nicht notwendig die Ältesten oder diejenigen mit den breitesten Schultern. Stattdessen zählte, wie schnell und laut jemand den Mund öffnen konnte, und am besten beherrschte das Dragomir Lukić. Er war ein schmaler Schlacks von zehn Jahren, die Fransen seines dunklen Haars hingen ihm ins Gesicht. Seine Stimme klang noch kindlich, enthielt jedoch etwas Schneidiges, das selbst manche Erwachsene aufhorchen ließ. Um den Hals trug er wie die Bärenfänger in den alten Märchen eine Kette aus Zähnen. Nur handelte es sich dabei nicht um Bärenzähne, sondern um die eigenen Milchzähne. Der erste, behauptete er gerne, sei ihm bereits mit vier ausgefallen. Jurij erschauderte jedes Mal ein wenig, wenn er die Kette sah. Zugleich war er beeindruckt und deutete sie als ein Zeichen von Reife. Wenn es stimmte, was Dragomir sagte, ihm also der erste Zahn wirklich mit vier ausgefallen war, würde er ihm nicht das Wasser reichen können. Und auch sonst hatte Jurij nicht das Gefühl, Drago jemals in irgendeiner Weise ebenbürtig zu werden. Allerdings spürte er, dass Drago ihm gegenüber eine gewisse Zuneigung hegte, ja, fast die Rolle eines Beschützers einnahm, ohne dass Jurij wusste, weshalb er es verdiente, von ihm beschützt zu werden. Er ließ es einfach geschehen, und wenn Drago ihn aufforderte, irgendwohin mitzukommen, ging er mit.

Es war der Freitag vor dem Lazarussamstag, als sie wieder einmal miteinander umherstreiften. Die Frauen und Mädchen flochten Weidenkränze und schnitten Blumen, die sie sich morgen ins Haar stecken würden. Die Männer bauten Bänke für das große Fest auf und schenkten, wenn die Mütter gerade nicht hinsahen, den älteren Jungen einen Schnaps ein.

Drago zupfte Jurij am Ärmel. »Komm, gehen wir!«

Jurij folgte, ohne zu fragen, wohin er wollte.

»Ich zeig' dir was«, sagte Drago. Er lief aus dem Ort hinaus, an der kleinen Autowerkstatt und der einsamen Zapfsäule von Vlatko Bogić vorbei, in Richtung der ›schnellen Stelle‹, wie die Biegung des Flusses hieß, wo das Ufer brüchig war und das Wasser in den Tagen nach der Schneeschmelze auf die Wiesen trat. Jurij erinnerte sich der Worte seines Vaters, der ihm erklärt hatte, je schärfer die Biegung, desto schneller fließe das Wasser, und zwar in allen Flüssen dieser Welt. Er hatte in diesem Zusammenhang auch Einstein erwähnt, von dem er öfters redete, wenn es um die Sterne ging, und er nannte eine Kreiszahl namens $\pi$. Aber Jurij hatte die Worte lediglich vernommen, ohne zu verstehen, was diese Zahl mit Flussbiegungen zu tun hatte.

An einem kleinen Baum brach Drago einen langen Zweig für sich ab und einen weiteren, den er Jurij gab. Er wedelte damit auf dem Boden herum wie mit einem Reisigbesen und schlug gegen einen Baumstamm, dass es klatschte. Jurij machte es ihm nach.

»Bogić! Still!« Drago herrschte ihn an, wie er es eigentlich nur tat, wenn sie gemeinsam mit den anderen Kindern zwischen Bäumen und Sträuchern ›Milizen‹ spielten. Dafür teilten sie sich in zwei Gruppen ein und bewaffneten sich mit Stöcken. Hatte jemand einen Strick dabei, hängten sie sich die Stöcke wie Gewehre über die Schultern und rannten durch den Wald. Sie schmissen sich auf den Boden und riefen immer wieder: »Granate! Granate!« Jurij war froh, wenn Drago ihn als Sanitäter einteilte. Dann bestand seine Aufgabe darin, die meiste Zeit über ruhig hinter einem Baum zu verharren und auf Verwundete zu warten (meistens gab es keine).

Jurij hielt den Zweig still.

»Schlag nur, wenn ich es sage, Bogić, okay?«

Jurij nickte stumm.

Drago lief weiter bis zur schnellen Stelle und ging am Fluss entlang, sehr nah am Ufer. Jurij folgte ihm. Auf einer Wurzel rutschte er aus und fiel hin; der rechte Fuß hing über dem kleinen Abhang.

»Bogić!« Drago half ihm auf, gab ihm den Zweig wieder, der aus der Hand gefallen war. Jurijs Knie waren weich.

»Geht's?« Drago beugte sich zu Jurij hinunter. Jurij presste die Lippen zusammen. In Dragos Gegenwart wollte er nicht weinen.

»Bis dort vorne noch!«, sagte Drago. Er wies mit dem Finger auf einen Punkt am Ufer. Jurij konnte nichts Besonderes erkennen. Einen Moment lang liefen sie weiter, dann hielt Drago an.

»Hier ist es«, erklärte er. Sein Zeigefinger deutete in den Fluss. Jurij folgte dem Finger mit seinem Blick, konnte aber nichts sehen, was den Fluss an diesem Punkt vom Rest seines Laufs unterschied.

»Hier ist die Katzenstelle«, schob Drago hinterher. Er verzog das Gesicht zu einem Grinsen.

»Wo?« Jurij blickte aufs Wasser. Es kräuselte sich, bildete kleine Wirbel. Die Strömung trug sie sofort hinweg. Der Fluss hatte um diese Jahreszeit noch immer eine nachwinterliche Bräune, nicht das einladende Türkisblau des Sommers, das alle an seine Ufer lockte und in seine Mitte zog.

Jurij drehte den Zweig um und stocherte mit dem spitzen Ende in der Erde. Es war nirgendwo eine Katze zu sehen. Er verlor rasch die Geduld, weiter nach einer zu suchen. Was sollte eine Katze auch hier im Fluss wollen? Katzen mochten kein Wasser, hatte irgendwer mal gesagt, außer vielleicht die sibirischen Tiger.

»Übermorgen wird mein Vater den Sack schnüren und dann: Zack! Weg!« Drago lachte dreckig. »Da hört man die Miezen noch bis zur nächsten Biegung quieken. Letztes Jahr hab ich's das erste Mal erlebt.«

Jurijs Knie wurden erneut weich. Er suchte mit seinen Augen Halt an der Stelle, wo der Fluss in die Kurve ging und hinter den Bäumen verschwand.

»Die müssen ja weg, weil die sonst total überhandnehmen, sagt mein Vater. Und so viele Mäuse kann's gar nicht geben, wie's bei uns dann Katzen geben würde, verstehste?«

Jurij hörte das Geschrei der kleinen Katzen. Erst gestern hatte er sie gesehen, in der Scheune hinter dem Haus der Pavlovićs, eng aneinander gekuschelt, eine ganze Handvoll; sie säugten an den Zitzen ihrer Mutter. Die Augen waren noch geschlossen, aber das Fell schon ganz flauschig, und als die kleine Iva sie berührte und eines von ihnen auf den Arm nahm, maunzten sie ganz erbärmlich.

»Aber nicht die Katzen von Pavlovićs, oder?« Jurij sah zu Drago auf.

Drago rülpste. »Na klar, alle! Alle, die wegsollen, von allen, die welche haben. Werden sicherlich wieder so an die zwanzig Biester sein. Haste ma die Krallen abbekomm? Brenn wie Hölle, sag ich dir.«

Jurijs Herz schlug schnell. Er stellte sich vor, wie die Kätzchen im Sack zappelten, wie sie sich gegenseitig mit ihren Pranken verletzten, ohne es zu wollen, aus purer Panik, in der Dunkelheit und Enge des Sacks. Das Wasser drang durch den Stoff hindurch, kaum dass er im Fluss gelandet war, und das Gewicht der Katzen, so klein und leicht sie auch waren, zog ihn nach unten, und ...

»Ich möchte nach Hause.«

»Haste Angst, was? Na gut, komm! Bist halt doch noch kein Mann.«

Drago warf einen Kiesel ins Wasser, drehte um und lief ins Dorf zurück. Jurij folgte ihm, wie immer dicht auf den Fersen; seine Gedanken blieben am Fluss.

Beim Abendessen stocherte er lustlos in seinen Linsen herum.

»Jurij, Spatz. Hast keinen Hunger?« Seine Mutter strich ihm durchs Haar. »Musst aber doch was essen, hm? Freust dich nicht auf morgen?«

Jurij zuckte mit den Schultern.

In der Nacht schreckte er auf. Seine Hose, das Laken, die Bettdecke, alles war nass. Er schrie, nach seiner Mutter, nach seinem Vater, und kurz darauf standen beide bei ihm, die Haare klebten in ihren verschlafenen Gesichtern.

»Was ist los?«, fragte Mutter. Sie nahm ihn in den Arm. Sein Vater begann, unwirsch das Bett abzuziehen. »Herrje, mit fünf! Und du willst bald in die Schule?«

»Vlatko!« Seine Mutter warf ihm einen tadelnden Blick zu. Jurij drückte sein Gesicht an ihre Brust.

»Magst du mir sagen, was passiert ist?«

»Die Katzenstelle«, flüsterte er in ihr Nachthemd mit seinem tröstlichen Duft.

»Was meinst du?« Sie hielt ihr Ohr an seinen Mund.

»Die Katzenstelle«, hauchte er wieder.

»Die Katzenstelle?«

»Ja.«

Sein Vater bedeutete ihnen, aufzustehen, um das Bettlaken wechseln zu können. Seine Mutter zog ihm die nasse Hose aus und stellte sich mit ihm, halbnackt wie er war, ans kleine Fenster, das aus seinem Zimmer in den Hof ging. Draußen lag alles in Grau. Nur das Zimmerlicht warf einen dünnen Schein auf das Gerümpel, das neben dem Haus stand: eine alte Autotür, Auspuffrohre, drei Reifen.

»So!« Vater schlug das frisch bezogene Bett auf und reichte ihm eine neue Hose. Jurij begann wieder zu weinen. Seine kleine Hand krallte sich in das Nachthemd seiner Mutter.

»Jurijlein, um Himmels willen! Was ist denn passiert?« Sie setzte sich mit ihm auf den Bettrand. Auch sein Vater blieb dabei. Es dauerte einige Minuten, bis er sich beruhigt hatte.

»Drago«, sagte er, seine schmalen Lippen bebten.

»Drago Lukić? Hat er dir wehgetan?«

Jurij schüttelte den Kopf. »Der wirft die Katzen in den Fluss.«

Seine Eltern schwiegen. Er weinte.

»Na«, sagte sein Vater nach einer Weile und streichelte ihm den Rücken. Doch Jurijs Wimmern legte sich nicht.

Seine Mutter drückte ihn fest an sich. »Soll der Tata morgen mal mit Zoran reden?«

Jurij rieb seinen Kopf an ihrer Schulter. Seine Lider waren geschlossen; Minuten später überkam ihn der Schlaf.

Am nächsten Morgen weckten ihn die Geräusche festlicher Geschäftigkeit auf der Straße. Das Klappern von Geschirr kam aus der Küche. Mutter stand am Herd und schmeckte die Bohnensuppe ab. »Jurij, mein Langschläfer!«

Er ging zu ihr und drückte seine Stirn an ihre Hüfte. Die Kätzchen im Sack, ihr hilfloses Quieken und Schreien, tönten ihm sofort wieder in den Ohren und er mochte sich am liebsten in Mutters Rock davor verkriechen.

Am Nachmittag saß er stumm neben seinen Eltern auf einer Bank am Rand des Festplatzes. In der Mitte rannten die anderen Kinder umher. Die Jungen versuchten, den Mädchen die Weidenkränze vom Kopf zu ziehen, und schleuderten sie, wann immer sie einen erhaschten, in hohem Bogen durch die Luft. Jurij bewegte sich nicht vom Fleck. Er hatte noch nichts gegessen, hatte keinen Bissen zu sich genommen, weder zum Frühstück noch zum Mittag.

»Jurij, du *musst* aber was essen!«, sagte seine Mutter in regelmäßigen Abständen. Von Mal zu Mal wurde ihre Stimme energischer. Jurij blieb hartnäckig. Selbst Schokolade lehnte er ab.

Es dämmerte bereits, als Zoran Lukić an ihren Tisch trat. Er schwenkte ein Schnapsglas in seiner Hand. »Vlatko! Adrijana! Jurij! Prost!«

Vlatko hob die Hand zum Gruß, aber nicht sein Glas. »Zoran«, sagte er, »setz dich mal.« Zoran zwängte sich auf die schmale Bank.

Vlatko schenkte sich einen Šljivo ein. »Woll'n wir mal aufs Leben anstoßen?«

»Na klar! Aufs Leben! Worauf denn sonst? Der olle Lazarus ist doch nicht auferstanden, damit wir jetzt hier nicht aufs Leben ...«

»Auch aufs Leben der Katzen?« Vlatko Bogić sah Zoran

Lukić fest in die Augen. Jurij glaubte, gleich würde sein Vater Zoran beim Kragen packen und ihm eine reinhauen.

»Der Katzen? Wie kommste darauf?«

Jurij versteckte sich hinter dem Rücken seiner Mutter. Seine Hände waren kalt. Von Dragos Vater wehte eine Schnapsfahne herüber.

»Na, ist ja die Zeit für die Kätzchen jetzt, ne?« Zoran murmelte etwas Unverständliches.

»Pass auf: Wir trinken jetzt mal aufs Leben, besonders auf das der jungen Katzen und morgen hole ich sie zu uns.« Vlatko hob sein Glas.

»Wie bitte? Und dann haben wir hier bald hundert Viecher im Ort rumrennen!«

Vlatko ließ sein Glas wieder sinken. »Ich kümmere mich drum, Zoran, versprochen. Wir kriegen die meisten sicherlich an irgendwelche Stadtkinder verkauft. Und die, die bei uns bleiben, da werd ich schon schauen, dass die sich nicht …«

»Pff.« Zoran machte Anstalten, aufzustehen und zu gehen.

»Komm, bleib! Du kriegst auch bei Bedarf ne kleine Gratisreparatur für deinen Wagen.«

»Hast heute nen ganz Spendablen, oder wie?«

Vlatko sagte nichts, erhob nur wieder sein Glas. »Also? Prost?«

Zoran stieß an, verschluckte ein halbes »Živeli!« und stürzte seinen Šljivo hinunter. »Vlatko! Adrijana! Jurij! Bis später!«

Während Zoran ging, kroch Jurij langsam hinter dem Rücken seiner Mutter hervor.

»Danke, Vlatko!«, sagte sie.

Sein Vater verzog die Lippen ganz leicht zu einem Lächeln und schaute in sein Glas. »Zeit fürs Bett, Jurij!«

Jurij stand auf, ließ sich einen schnapsfeuchten Kuss auf

die Stirn geben und ging an der Hand seiner Mutter nach Hause. Durch das Fenster seines Zimmers hörte er die Musik vom Festplatz. Jemand lachte laut, eine Flasche zerbrach. Im Bett schmiegte er sich wie die kleinen Katzen an seine Mutter.

Leises Fiepen weckte ihn. Er schlug die Augen auf und blickte auf ein Körbchen neben dem Bett. Die große, schwarz-weiße Katze der Pavlovićs lag darin; neben ihr, wie schon vor Tagen in der Scheune, fünf Katzenbabys mit flauschigem Fell.

Seine Mutter schaute zur Tür hinein. »Na? Jetzt bist du Katzenpapa!«

Jurij strahlte. Er traute sich kaum, sich zu bewegen, so sehr wie die Kätzchen fiepten. »Haben sie Angst, Mama?«

Seine Mutter machte einen Schritt ins Zimmer hinein und ging auf den Korb zu. »Ich denke, sie müssen sich nur ein wenig an die neue Umgebung gewöhnen. Nicht wahr?« Sie strich einem der Kätzchen über den Rücken. »Magst du mal herkommen, Jurij?«

Er schlüpfte aus dem Bett. Der Boden war morgendlich kalt. Das Kätzchen, das er als Erstes berührte, ein weißes mit roten und schwarzen Flecken an den Seiten, fühlte sich warm an. Seine Schnauze war feucht. Vorsichtig nahm er es auf den Arm.

»Das ist Zvonka«, sagte er und kraulte sie mit dem Finger am Kopf.

»Gut. Zvonka. Dann hoffen wir mal, dass es in Wahrheit kein kleiner Zvonko ist, hm?« Mutter lachte und kraulte dem Kätzchen ebenfalls das Köpfchen.

In den folgenden Tagen ging Jurij kaum aus dem Haus. Draußen drang die Frühlingssonne immer kräftiger durch die Wolken, wärmte den Boden, ließ überall Knospen aufspringen, aber Jurij saß im Halbdunkel seines Zimmers, hütete das

Katzenkörbchen und protestierte, wenn seine Mutter hereinkam, um zu lüften.

»Ach, Jurij«, sagte sie. »Es riecht hier drin. Merkst du das nicht? Und deine Kätzchen könnten auch mal frische Luft gebrauchen.« Sie ging zum Fenster und öffnete es. Kaum dass sie wieder draußen war, stieß er es zu. Die Kätzchen sollten keinen unnötigen Luftzug abbekommen. Keines von ihnen sollte durchs Fenster entwischen und niemand sollte von draußen hereinsteigen und sie holen können. Er würde sie nicht mehr hergeben!

Am Abend des Gründonnertags klingelte es an der Haustür. Jurij hörte aus seinem Zimmer, wie geöffnet wurde.

»Vlatko, darf ich?« Zorans Stimme klang nicht so betrunken wie am Samstagabend. Dennoch lag etwas Bedrohliches darin.

Jurij kauerte sich neben die Katzen, schirmte sie mit seinen Armen ab und schaute sich nach einem geeigneten Versteck um. Er schob den Korb unter das Bett, flüsterte den Kätzchen und ihrer Mutter beruhigende Worte zu, zog die Bettdecke über den Rand, sodass sie den Spalt zwischen Bettkante und Boden bedeckte. Vom Bett aus lauschte er den Worten, die aus der Küche kamen.

»… aber du hast doch wie wir alle deine Grundausbildung absolviert, Vlatko!«, sagte Zoran.

»Ja, aber …« Ein Topf klapperte auf dem Herd, Besteck schepperte.

»Aber?«

»Ich bin nun mal Automechaniker, kein Soldat!«

Im Flur waren Schritte zur Abstellkammer zu hören, Flaschen klirrten.

»Eben! Die Mechaniker werden ja gebraucht! Da gibt's jede Menge Gerät, das repariert werden muss. LKWs, Geländewagen. Panzer. Haste schon mal an nem Panzer rumgeschraubt?«

Es zischte beim Öffnen zweier Bierflaschen.

»Etwas Suppe, Zoran?« Mutters Stimme klang weder besonders beunruhigt noch besonders erfreut.

»Danke, Adrijana! Danke, nein!«

Einen Moment lang war es still.

»Wie lange soll das gehen?«

Zoran stieß auf, bevor er antwortete. »Je mehr von uns dabei sind, desto schneller geht's, würd ich mal sagen.«

»Aber mit der Familie ...?«

»Vlatko!« Zoran wurde laut. »Wir haben *alle* Familie! *Alle* haben wir Familie! Nur könn wir jetzt nicht allein die Jungen vorschicken. Die könn ja noch nicht mal ne Bierflasche richtig halten. Stell dir den Kosta oder den Mladen mal im Schützengraben vor!« Er lachte so, wie Drago es an der Katzenstelle getan hatte.

»Ich denke, ich bleibe trotzdem hier.«

Eine Flasche knallte auf den Tisch. »Vlatko, schlaf mal ne Nacht drüber! Denk drüber nach. Morgen komm ich wieder vorbei. Übermorgen soll's ne Versammlung geben. Ich zähle auf dich!« Ein Stuhl wurde gerückt. Etwas stieß gegen die Haustür.

»Bevor ich's vergesse: Was machen die Katzen?«

Jurij schrak zusammen.

»Denen geht's gut. Sind bei Jurij.«

Die Angst war kaum auszuhalten.

»Schön. Bis morgen!«

»Bis morgen!«

Die Tür fiel ins Schloss.

Jurij wartete noch einige Minuten, bevor er sich zum ersten Mal bewegte, die Decke anhob und unters Bett sah.

Dinka, wie er die Katzenmutter getauft hatte, blickte ihn mit halb geöffneten Augen an.

»Ruhig, Dinka«, sagte er, »ruhig. Ich bin bei euch. Ich geh nicht weg.« Er ließ das Körbchen die ganze Nacht unterm Bett. Am Morgen nach dem Aufwachen vergewisserte er sich als Erstes, dass die Katzen noch da waren.

Beim Frühstück wirkten Vater und Mutter angespannt, sie sprachen nicht über Zorans Besuch. Auch beim Mittag- und Abendessen redeten sie nur von anderen Dingen. Aber wie schon am Abend zuvor klopfte es an der Haustür, als Jurij sich gerade in sein Zimmer zu den Katzen zurückgezogen hatte. Er schob erneut den Korb unters Bett und lauschte, was aus der Küche drang, nur war es schwerer zu verstehen als am Vorabend, weil irgendjemand die Küchentür geschlossen hatte.

Er stand vom Bett auf und horchte mit dem rechten Ohr durch den Spalt seiner leicht geöffneten Tür. Ein Streifen Licht fiel in den Flur. Er drückte auf den Schalter. In der Küche wurden Stühle gerückt, Zorans Stimme war zu hören.

»Also, Vlatko. Morgen gibt's das Treffen für alle, die mitkommen.«

»Wer kommt mit?«

»Alle! Alle, die können, kommen mit. Wir erwarten's natürlich von niemandem über vierzig, aber angeblich will sogar der alte Ivo dabei sein.«

»Na gut. Dann seid ihr ja genug.« Vater klang so genervt wie in der Nacht, als er das nasse Bettzeug hatte wechseln müssen.

»Im Ernst, Vlatko? Du willst mir sagen, du hast die Katzen gerettet, aber *uns* willst du nicht helfen? Mann! Wenn wir jetzt nichts tun, dann stehen die Kroaten oder die Muslime bald hier bei uns im Dorf. Und dann gehen die von Haus zu

Haus und erschießen alles, was sie finden können. Deinen Jurij zum Beispiel! Und seine Katzen gleich dazu! Und was sie mit Adrijana vorher machen werden, na, das brauch ich dir ja nicht zu sagen!«

Jurij hatte die Hand noch immer auf dem Schalter, traute sich aber nicht, das Licht wieder anzumachen.

»So weit ist es also mit Brüderlichkeit und Einheit gekommen«, hörte er seinen Vater sagen, »dass du dich davor fürchtest, dass hier bald die Kroaten oder die Muslime stehen.«

»Gut, Vlatko! Zwingen werde ich dich nicht. Aber ich bin gespannt, wer sich in Zukunft bei dir noch sein Auto reparieren lässt. Denn wenn wir uns nicht wehren und noch schärfere Sanktionen kommen und die Inflationsrate noch weiter steigt, wird sich bald niemand mehr eine Reparatur bei dir leisten können. Und solltest du nicht dagegen gekämpft haben, wird sich anschließend auch niemand mehr eine Reparatur bei dir leisten wollen.« Er machte eine Pause und schnaubte hörbar. »Und den Durchgangsverkehr, den wird's bald auch nicht mehr geben, wirste sehen. Und dann kannste gucken, wo du deine Schraubschlüssel ansetzt.«

Die Haustür wurde zugeschlagen. In der milchigen Glasscheibe der Küchentür erschien ein dunkler Schatten, die Klinke wurde nach unten gedrückt. Jurij sprang zurück ins Bett und zog sich die Decke halb übers Gesicht.

Im Flur ging das Licht an, Mutter steckte den Kopf zur Tür herein. »Jurij?«

Er blinzelte. Im schwachen Lichtschein konnte er ihre Umrisse erkennen. Sie blieb noch kurz stehen, bevor sie die Tür anlehnte und zurück in die Küche ging.

Beim Frühstück erzählte er von den Katzen, davon, wie die Dinka mit ihrer rosa Zunge die kleine Zvonka abgeschleckt habe.

Kurz bevor sie aufstanden, sagte sein Vater: »Jurij, ich kann heute Abend nicht mit dir Sterne gucken. Wir müssen das auf morgen verschieben.«

Jurij schob seinen Teller weg. »Wo musst du denn hin?«

»Zu einem Treffen. Wir machen das morgen mit den Sternen, ja? Versprochen.«

Jurij hakte nicht nach. Erst beim Abendessen, das er alleine mit seiner Mutter einnahm, kam er unvermittelt darauf zurück.

»Mama, baut Papa Panzer?«

»Panzer?« Sie schaute ihn entgeistert an. »Wie kommst du *darauf*?«

Er zuckte die Schultern.

»Weißt du überhaupt, was ein Panzer ist, Jurij?«

»Ja.«

»Woher?«

»Von Drago.«

»Aha.«

»Und baut Papa Panzer?«

»Nein.«

»Aber er soll zu den Panzern?«

Mutter kam mit dem Messer ans Teeglas. Es klirrte. »Wer sagt das? Auch Drago?«

Jurij wollte sich nicht verraten und nickte nur.

Seine Mutter seufzte. »Ach, Jurij. Glaub nicht immer alles, was der Drago sagt, ja?« Sie strich ihm mit der Hand übers Haar. »Es kann sein, dass der Tata für ein paar Wochen weg muss zum Reparieren. Dann bist du hier der Mann im Haus und musst mir helfen. Machst du das?«

»Ja«, sagte er leise. Er war noch nie länger mit ihr allein gewesen und fürchtete sich ein wenig davor, aber der Gedanke machte ihn auch ein wenig stolz und er fühlte sich groß, so groß wie Drago, oder sogar noch ein wenig größer. Und als er am Ostersonntagabend mit seinem Vater in die Sterne schaute, sagte er: »Ich werde auf die Katzen und auf Mama aufpassen.«

»Das ist lieb, Jurij. Du bist ein Großer!« Er drückte Jurij an sich und beugte sich zu ihm herunter. »Ich werde bald zurück sein. Und wenn du dich mit mir verbinden willst, schaust du einfach in die Sterne, ja? Du weißt ja, die Erde dreht sich und deswegen sieht der Himmel nicht überall gleich aus. Aber die einzelnen Sterne sind immer dieselben. Und wenn du hier stehst und die Sterne im Schwanz des Großen Bären siehst – den Alkaid, den Mizar und den …«

»… Alioth …«

»… den Alioth, genau – und ich stehe woanders und betrachte sie auch, dann schauen wir dasselbe an und haben eine Verbindung.«

Sie gingen ins Haus, sein Vater brachte ihn ins Bett. Gemeinsam streichelten sie die Katzen, bevor er sich hinlegte.

»Ich will nicht, dass du weggehst, Papa.«

»Ich auch nicht, Jurij«, sagte sein Vater. Trotzdem gingen sie am Osterdienstag zu dem Bus, der auf der Hauptstraße hielt.

»Ein Dubrava 15 von FAP«, sagte Jurijs Vater. Seine bald fünfundzwanzig Jahre waren dem Bus deutlich anzusehen. An Front und Heck blätterte der rote Lack ab. Rostflecken sprenkelten die Radkästen. Vlatko besah die Reifen und legte die Stirn in Falten.

»Na, Truppenmechaniker Bogić, alles gut mit der Karosserie?« Zoran gab ihm einen Klaps auf den Rücken.

Vlatko stieß Luft durch die Zähne aus.

»Wie viel macht der?«, rief Radan Kovać, während er zu Vlatko und Zoran trat. »Zweihundertfünfzig?«

Vlatko stieß noch einmal Luft aus. »Neunzig, Maximum. Hat aber einen 160-Liter-Tank und braucht zwanzig auf hundert.«

»Na, dann reicht's ja!«, sagte Zoran. »Blöd nur, dass sie uns einen Bus schicken, der in Zagreb hergestellt wurde.« Er holte ein Messer aus seiner Tasche. »Es lebe die Bundesrepublik Jugoslawien!«, rief er und ritzte ein S, ein R und ein J in den Lack.

Vlatko stöhnte. »Der hat schon genug Rost!«

»Vlatko! Bei der Volksverteidigung muss auch der Lack mithelfen, also hab dich nicht so!«

Die Straße füllte sich mit weiteren Männern. Sie trugen Taschen und Bündel, einige hatten Jagdgewehre darin eingewickelt. Am Straßenrand standen die Frauen und Kinder.

Jurij und seine Mutter sahen zu, wie Vlatko sein Gepäck verstaute, bevor er ein letztes Mal zu ihnen kam, sie küsste und drückte, ihnen versicherte, er werde bald wieder zurück sein, lange könne sie ja nicht dauern, diese ›Sache‹.

Er stieg ein, nahm einen Fensterplatz auf der ihnen zugewandten Seite ein und winkte, während der Fahrer dem Bus zunächst nur ein Röcheln abrang.

»Bogić! Mechaniker!«, rief Zoran. Er lachte als Einziger. Unter seinem Gelächter sprang der Bus an. Der Fahrer vollführte eine umständliche Wendung auf der engen Straße, das Heck schrammte beinahe eine Hauswand. Als er es endlich geschafft hatte, hupte er laut. Vlatko winkte Adrijana und Jurij. Sie hatten Tränen in den Augen.

Hinter der ersten Kurve versuchte er, die Rückenlehne des Sitzes zu verstellen; sie klemmte. Er zog die Jacke aus, knüllte sie zu einem Kissen zusammen, stopfte sie zwischen Scheibe und Schulter und legte den Kopf darauf. Die Kladde mit dem olivgrünem Pappeinband in der Jackentasche störte. Er rutschte die Jacke etwas hin und her, es brachte keine Verbesserung, aber er war zu faul, das Büchlein herauszunehmen und ärgerte sich schon darüber, es überhaupt mitgenommen zu haben. Erst nach anderthalb Wochen, als die Langeweile überhandnahm und er keine andere Möglichkeit mehr wusste, sie zu vertreiben, zog er es zum ersten Mal heraus und begann, darin zu schreiben.

*8.5., Freitag*
*Heute haben die Deutschen kapituliert, vor 47 Jahren. Daran hat Radan uns erinnert. Er erzählt die ganze Zeit nur vom Zweiten Weltkrieg. Sein Großvater hat als Tschetnik gekämpft, mit Fellmütze und langem Bart. Radan sagt, er sah aus wie ein Bär. Er behauptet sogar, er soll Mihailović im Mai '45 nach der Zerschlagung noch ins Versteck in Bosnien gefolgt sein. Aber da übertreibt er vielleicht ein bisschen, um uns zu unterhalten. Hier ist es nämlich schrecklich langweilig.*

*Zoran meinte, er sei doch nicht zum Abwarten und Rumhocken hergekommen, und wenn das so weiter ginge, fahre er bald wieder zurück. Ich empfinde leichte Genugtuung ihm gegenüber. Er wollte ja schließlich unbedingt hierhin.*

*10.5., Sonntag*
*Seit einer Woche nun auf einem alten Stützpunkt zwischen Šabac und Bijeljina. Wir sollen das Gelände nicht verlassen. Zoran hat sich aber mit ein paar von denen angefreundet, die hier schon vor uns waren, und hat sich irgendeinen geheimen Nachtausgang zeigen lassen. Konnte aber auch nicht weiter Aufregendes berichten. Er schimpft tagsüber sehr viel und ich ziehe ihn manchmal damit auf, dass ich sage: So sieht also unsere Volksverteidigung aus!*

*Ich bleibe dabei, dass das hier eine sinnlose Aktion ist, muss aber zugeben, dass ich endlich mal was zu tun bekommen möchte, um nicht vor Langeweile zu sterben.*

*13.5., Mittwoch*
*Gestern von $10^{00}$–$12^{00}$ Schießübung: drei Treffer, drei noch so einigermaßen, und die restlichen vier völlig daneben. Habe aber auch seit dem Grundwehrdienst kein Gewehr mehr in der Hand gehabt.*

*Anschließend kleiner Rundgang übers Gelände, auf dem wir uns eigentlich nicht ohne genaue Order bewegen sollen. Aber Radan meinte, wenn uns jemand fragt, sagen wir einfach, dass wir uns auf dem Weg von der Schießübung zurück zur Wohnbaracke verlaufen haben (wir werden hier wieder ein bisschen wie Schüler, die etwas angestellt haben).*

*Ich dachte, ich könnte mal irgendwas vom Fuhrpark sehen, fragte sogar einen Unteroffizier, der vor einer Halle stand, aber der zuckte nur die Schultern. Entweder wusste er wirklich nichts oder er wollte es mir nicht sagen.*

*14.5., Donnerstag*
*Nochmal zur Schießübung von vorgestern: Vermutlich gibt es keine Armee auf der Welt (ist das hier überhaupt eine Armee?), bei der mit so vielen unterschiedlichen Waffen geschossen wird. Hier war alles dabei: Zastava M70, Tokarew TT-33, AK-47, G3. Aber ich habe auch immer noch nicht herausgefunden, wer hier eigentlich wem was zu sagen hat.*

*Am Nachmittag erstmals Gerüchte von einer Verlegung.*

*17.5., Sonntag*
*Heute Nacht plötzlich Riesenknall. Alle aus den Baracken raus, manche noch nicht mal richtig angezogen (die sagten dann, als man sie schräg anguckte, es sei ja nur eine Übung,*

aber was wussten die schon?). Eine halbe Stunde lang wusste niemand irgendwas, wir standen einfach nur in Grüppchen auf dem Platz vor den Baracken herum, im Nieselregen.

Dann sagte jemand, irgendwer habe drüben, wo die Kantine ist, besoffen zwei Granaten an die Wand gefeuert. Schön bescheuert. So langsam, aber sicher beginnen die Ersten hier offensichtlich durchzudrehen.

Danach zurück ins Bett, aber bis zum Aufstehen um $6^{\underline{00}}$ nicht mehr geschlafen.

Radan meinte dann beim Frühstück, immerhin sei mal was los gewesen.

18.5., Montag

Karte an Adrijana und Jurij. Bin gespannt, ob die ankommt.

Seit zehn Tagen jetzt hier Tagebuch. Das sollte ja eigentlich nur für Notizen sein (Ersatzteile etc.), aber es gibt in dieser Richtung nichts zu notieren. Ich hatte bisher noch nicht einen einzigen Reparaturauftrag. Zoran meinte, das werde sich schon noch ändern.

22.5., Freitag

Heute doch tatsächlich erster Reparatureinsatz. Ein junger Typ kam in unseren Aufenthaltsraum (es gibt unten in der Baracke einen Raum mit einem Tisch und drei Stühlen, wo man sich einen Kaffee kochen kann; der Tisch ist eigentlich immer voll besetzt und drum herum stehen noch viel mehr). Er fragte, ob hier ein Drogic sei. Nee, hier gibt's nur Bogić, rief Zoran. Bogić meine er ja, hat der Bursche dann gesagt. Und ob es stimme, dass ich Automechaniker sei. Ich also mit ihm mit, weil er sagte, dass sie mich mal bräuchten. Ich wollte von ihm wissen, woher sie mich kennen würden, aber er antwortete nicht (schien auch etwas angetüdelt, wobei er da nicht der

Einzige ist hier, der morgens schon einen sitzen hat; die einen trinken aus purer Langeweile, die anderen vermutlich, um zu vergessen, was sie so gesehen haben, wobei hier ja eine dermaßene Öde ist, dass ich gar nicht glauben kann, dass irgendwo was passiert, wo es was zu sehen gäbe).

In eine der Hallen, die am Rande des Geländes sind, geht er rein, und ich traue meinen Augen nicht, weil da plötzlich fünf Jeeps stehen. Ich wusste gar nicht, dass die JNA solche hat, aber Radan behauptete später, dass das meiste Zeug hier ohnehin irgendwie zusammengeklaubt wurde, also keine alten Bestände. Ich habe jedenfalls von $12^{00}$–$17^{00}$ dort geschraubt, weil die alle so ihre Wehwehchen hatten (Anlasser kaputt, Tür kaputt usw.). Hatte dann einen Bärenhunger und bin erst mal weg. Die sagten aber, ich solle morgen wiederkommen. Zu Befehl!

23.5., Samstag

Heute Morgen zurück in die Halle, aber große Enttäuschung: Die Jeeps waren weg. Dafür war der Typ wieder da, der mich gestern geholt hatte. Wirkte sortierter, aufgeräumter. Stellte sich jetzt überhaupt erst mal vor, als Darko. Er merkte wohl, dass ich etwas enttäuscht war, weil es nichts mehr zu tun gab, fragte, woher ich käme, und sagte dann, dass er am Montag mit ein paar Leuten Richtung Nordwesten fahren würde, wo etwas mehr los sei, wie er meinte. Repariert werden müsse immer irgendwo irgendwas, sagte er. Und dass er auch keine Lust darauf habe, zusammengeschossen zu werden (hat eine Frau und drei Kinder). Aber dass man dafür vermutlich etwas tun müsse und es auch nicht reiche, wenn man hier sitze und abwarte und hoffe, dass das Gewitter vorüberziehe.

Ich habe ihm gesagt, dass ich es mir überlege.

*24.5., Sonntag*

*Gestern Abend ein wenig Sternegucken, mit mäßigem Erfolg. Eigentlich sollte der Virgo-Haufen gerade zu sehen sein, aber hier auf der Anlage gibt es keinen Flecken, wo kein Streulicht von den Laternen mehr hinkommt.*

*Eben zufällig Darko über den Weg gelaufen. Er fragte, ob ich mich schon entschieden hätte. Ich verneinte, weil ich tatsächlich noch unschlüssig bin. Die Optionen sind beide denkbar unattraktiv: Entweder hierbleiben und weiter versauern oder mitfahren, aber dann auf die Gefahr hin, dass die Ruhe rasch vorbei ist und man irgendwo ins Feuer gerät. Andererseits: Ich bin Mechaniker – was soll schon passieren?*

*26.5., Dienstag*

*Nun ging alles doch recht schnell. Seit gestern mit Darko und Kumpanen unterwegs. Zoran, Radan und die anderen von zu Hause fanden's nur mäßig in Ordnung, dass ich sie verlasse. Aber beim Abschiedstrunk am Sonntagabend brachte Zoran immerhin einen Spruch auf mich aus: Vlatko, unser Held, zieht ins Feld!*

*Ich habe versucht, mir nicht anmerken zu lassen, dass ich eigentlich nur hoffe, auf diesem Wege schnellstmöglich wieder nach Hause zu kommen. Inzwischen ist die Sehnsucht so groß, dass ich mich fast anschießen lassen würde (nur ein bisschen natürlich, nicht lebensbedrohlich), um endlich nach Stočnica zurückzukehren. Immerhin könnte ich dann sagen: Seht her, ich hab's versucht, Leute! Hat nicht so geklappt, aber ich hab's versucht!*

*Gestern Nachmittag ging die Fahrt u. a. durch ein paar zerstörte Ortschaften. Die Ortsschilder waren teilweise so zerschossen, dass man die Namen nicht mehr lesen konnte. Ich frage mich: Wer ballert auf ein Schild? Aber gut, vermut-*

*lich ist's am Ende immer noch besser, wenn sie auf Schilder schießen, statt auf Menschen.*

*Ich saß neben Ljubo, einem Freund von Darko. Er fragte mich zuerst ein bisschen aus, fast wie bei einem Verhör. Ich erzählte ihm von Adrijana und von Jurij. Wurde dabei ziemlich wehmütig. Dann begann er, von sich zu erzählen. War in Vukovar dabei und hat überhaupt schon ein paar Einsätze hinter sich. Zwischendurch ist er immer mal wieder zu seiner Familie zurück (seine Eltern sind beide sehr krank).*

*Er meinte immer wieder, dass das hier alles eine schweinische Angelegenheit sei. Erzählte davon, wie er letztes Jahr einen verletzten Kameraden mit abtransportierte, ein junges Kerlchen, keine siebzehn. Hatte irgendwie einen Schulterschuss abbekommen und blutete wie Sau. Und als sie zum Zelt der Ärztin kommen, da kommt die mit einem Leutnant raus, und es war wohl völlig offensichtlich, was die beiden da drin getrieben hatten. Er hat dann am Abend mit ein paar anderen den Leutnant zur Schnecke gemacht (er als Unteroffizier!) und geschrien, dass der doch nicht einfach ne Nummer mit der Ärztin schieben könne, während die eigenen Leute verbluten. Das kann ich mir fast gar nicht vorstellen bei ihm, weil er eigentlich einen ganz ausgeglichenen Eindruck macht. Aber vielleicht verändert die Situation dann doch Vieles.*

*Jedenfalls meinte er noch, so ein Verhalten wie das von dem Leutnant sei ein wesentlicher Grund für ihn, nicht einfach abzuhauen. Weil irgendwer müsse ja die Stellung halten, und zwar ordentlich und ehrlich die Stellung halten, damit das hier bald ein Ende hat. Weil letztlich geht es beim Krieg ja darum, dass man Frieden schafft.*

*27.5., Mittwoch*
*Ich glaube, wenn ich hier wieder raus bin, werde ich die Songs von Ceca nicht mehr hören können. Die ganze Zeit laufen Volim te und Babaroga, und die anderen singen lauthals den Refrain dazu, wobei Ljubo sogar so einen Tanzschritt draufhat und aussieht wie einer von Cecas Tänzern. Gestern Abend hat er sein Gewehr genommen und so getan, als sei es ein Mikrofon. Am Ende des Songs hat er einen Schuss abgefeuert, und alle haben gut gelacht.*

*Ich war erstaunt (oder erschrocken?) darüber, wie sehr ich mich an all das schon gewöhnt habe. Solche Runden sind ja sonst nicht meine Sache, aber hier kann man sich ihnen kaum entziehen, und man will sich auch gar nicht entziehen, denn was würde man denn sonst schon tun wollen?*

*Tatsächlich bin ich nach Ljubos Schießerei noch ein bisschen draußen geblieben, bis nach Mitternacht, und habe durch den Feldstecher geschaut. Eigentlich sollte man den Kugelsternhaufen M13 im Herkules sehen können, v. a. vor Mondaufgang, aber leider war es zu bewölkt. Musste bei der Gelegenheit noch einmal daran denken, wie Jurij mich vor einer Weile fragte, wie viele Sterne es insgesamt gebe. Im M13 sind es ca. eine Million, und schon das kann man sich ja eigentlich kaum vorstellen. Aber auch an die großen Zahlen gewöhnt man sich irgendwann wie an alles auf der Welt.*

*28.5., Donnerstag*
*Noch gestern hätte ich gesagt, dass ich mir Krieg immer viel furchteinflößender vorgestellt habe (das Rattern der Maschinengewehre, das Pfeifen der Geschosse, die durch die Luft jagen, die Einschläge von Granaten, das Klicken der Minen, das Donnern der Panzer, die mit ihren Ketten über eine Straße rollen, die Detonation der Bomben), als er es in Wirklichkeit*

*ist. Aber offenbar befanden wir uns bis gestern Nachmittag gegen 15$^{00}$ noch nicht in der Wirklichkeit. Ich hatte jedenfalls gerade recht ungestört den Mittwochseintrag beendet und dann begonnen, ein Nickerchen zu machen, als Darko und ein paar andere angerannt kamen und schrien, was ich hier rumsitze, da hinten komme ein Panzer, der mich gleich plattmachen werde, wenn ich dabliebe. Und tatsächlich kam dort so ein Viech angeknattert und ich hatte es gar nicht bemerkt. Wir jedenfalls nichts wie weg. Die anderen haben dann sogar noch ein paar Granaten geworfen und ich ziemlich jämmerlich ein paar Schüsse aus dem MG abgefeuert. Ich glaube, wir haben das Bild einer Jungsbande abgegeben, die im Wald mit Stöckchen große Schießerei spielt. Nur dass das hier jetzt kein Spiel mehr ist.*

29.5., Freitag

*Beim Zusammentreffen mit dem Panzer gestern (ich weiß nicht genau, wann und wo) ging unser Kurzer verloren. So nennen wir den kleinen Milan, der vielleicht 1,60 ist. So ein Bürschelchen von 18 Jahren. Er hat wohl das Vorrücken schon eher gehört und noch einen Funkspruch abgesetzt, sich dann aber in den Wald geschlagen, weil die anderen ihm nur durchgaben, dass er abgeschnitten sei und einfach abwarten solle, bis die Lage sich wieder beruhigt habe. Nur hat er eben das gerade nicht gemacht, sondern ist weggerannt, und mit dem Gebombe von Westen her klang's für ihn wohl ziemlich brutal, und er ist einfach nur durch die Kante gerannt mit dem Ergebnis, dass er dann nicht mehr wusste, wo hinten und vorne ist. Dummerweise brach in dem Moment der Funkkontakt ab und am Abend meinte Darko, vielleicht tauche Milan ja von alleine wieder auf. Bisher ist das noch nicht der Fall, nur: Wir können jetzt hier nicht mal eben einen Suchtrupp* losschicken, ohne Gefahr zu laufen, erschossen zu werden oder in Gefangenschaft zu geraten.

Habe mir jedenfalls sofort vorgenommen, eine kleine Unterrichtseinheit zur Orientierung im Gelände anhand von Kompass und Gestirnen zu geben. Wenn das Wetter es zulässt, werden wir das heute Abend gleich machen.

20$^{30}$: Es regnet in Strömen. Sternstunde fällt ins Wasser. Wenn der kleine Milan noch am Leben ist, kann man ihm nur wünschen, dass er irgendwo einen trockenen Unterschlupf gefunden hat.

30.5., Samstag

Die letzten Tage vergingen so schnell, dass ich kaum glauben kann, dass wir erst am Montag losgefahren sind. Sie wirken jetzt von heute aus betrachtet wie eine Ewigkeit. Dafür kommen mir die vier ereignislosen Wochen davor im Rückblick extrem kurz vor. Am Donnerstag habe ich jedenfalls gar nicht daran gedacht, dass ein Monat seit der Abfahrt aus S. vergangen ist.

Am Mittag kam Darko und erklärte, dass wir wohl ab Montag dem Kommandeur von irgendeiner Einheit der VRS unterstellt sind. Ich habe nur mit halbem Ohr zugehört; bereue es jetzt ein wenig, weil es, wenn's drauf ankommt, ja vielleicht doch nicht ganz unwichtig ist.

Morgen sind Wahlen.

1.6., Montag

Wir hatten doch nach einer Woche Hin und Her und der ein oder anderen brenzligen Situation tatsächlich mal einen ruhigen Sonntag.

Die SPS von Milošević hat die Wahlen gewonnen. Aber was das Ergebnis jetzt konkret für uns heißt, ist mir schleierhaft.

*Wenn es heißt, dass ich schon bald wieder in der Werkstatt stehen kann: wunderbar. Mir scheint aber eher, dass ich hier noch eine Weile bleiben muss, es sei denn, ich finde einen Ausweg. Inzwischen bin ich mir auch sicher, dass Darko mich nicht wirklich als Mechaniker angeworben hat (von Zoran mal ganz zu schweigen; weiß gar nicht, wie's dem eigentlich geht). Ich sprach gestern mit Ljubo darüber, der mit Schießen normalerweise auch nicht so viel am Hut hat, wie er sagte. Aber er meinte, das sei jetzt eben einfach wie die berühmte bittere Pille, die man schlucken müsse, um wieder gesund zu werden. Wenn's nach mir ginge, sagte er, würde ich hier auch nicht stehen. Und so geht's ja dann doch irgendwie allen. Das ist das einzig Beruhigende.*

*Ich bin ja kein großer Träumer, aber ich erwische mich dann doch immer wieder dabei, wie ich mir vorstelle, jetzt einfach sofort überall den Frieden auszurufen und allen zu sagen: Fahrt nach Hause, Männer! Fahrt nach Hause, dorthin, wo ihr hergekommen seid!*

*Heute Mittag wurden wir mit dem Kommandeur Goran Kašunov bekannt gemacht. Ich hatte mir einen bulligen Typen mit breitem Kreuz und lauter Stimme vorgestellt. Ist aber ein kleines Männchen, das mit den Armen fuchtelte und mit seiner Mausestimme kaum bis zu allen durchdrang. Entweder hat er große strategische Qualitäten oder es steht schon so schlimm um uns, dass sogar jemand wie er in einen solchen Rang kommt. Ich habe bei der Gelegenheit noch mal betont, dass ich Mechaniker bin und eigentlich kein guter Schütze (was inzwischen auch nicht mehr ganz stimmt: die letzten Schießübungen gingen immer ziemlich gut aus, wenn ich von dem panischen Geballere am letzten Mittwoch mal absehe). Er hat nur die Braue hochgezogen und ist dann fast ausfällig geworden (alles in so einem Piepston). Er fragte mich, ob ich unterstellen wolle, dass hier irgendwelche Ausrüstung nicht in Schuss sei und repariert werden müsse. Ich habe natürlich, um erst gar keinen Streit aufkommen zu lassen, klein beigegeben.*

*Keine zwei Stunden später erzählte Ljubo mir von einem Trupp, der hier in der Nähe in einem LKW unterwegs war. Der Motor fiel aus. Sie, mitten auf der Straße, versuchen, ihn wieder zum Laufen zu kriegen. Es ist natürlich niemand dabei, der sich damit auskennt. Sie werden noch gewarnt, dass feindliche Fahrzeuge nahen, aber zu spät. Vier Männer meines Alters sind dabei draufgegangen. Alle hatten Familie. Eine große Scheiße.*

*2.6., Dienstag*
*Kommandant Kašunov scheint tatsächlich etwas auf dem Kasten zu haben. Auch heute kam er wieder vorbei, diesmal, um eine Art taktischen Vortrag zu halten. Er rechnet wohl damit, dass früher oder später die NATO eingreift, und sagte mehrfach, vorher müsse so viel Boden wie möglich gutgemacht werden. Er geht auch nicht davon aus, dass das Abkommen, das Karadžić und Boban Ende April geschlossen haben, hält. Wenn es darum geht, Bosnien und Herzegowina aufzuteilen, denke am Ende jeder nur an sich.*

*Was mich aber am meisten aufhorchen ließ, waren seine Berichte von Lagern. Er ließ nicht durchblicken, ob er die Information aus erster oder zweiter Hand hat oder sogar selbst dort war. Aber was er sagte, klang schrecklich. Es würde dort von den Muslimen und Kroaten alles eingesperrt, was auch nur annähernd serbisch aussähe. Da müsse man sich nicht mal mit drei Fingern verraten. Wie Vieh würden die Menschen dort gehalten und jämmerlich verrecken. Die, die nicht von alleine sterben, kommen aber auch nicht heil davon. Es gibt wohl jeden Tag Erschießungen.*

*Ich merkte, wie ich es in diesem Moment mit der Angst zu*

*tun bekam und wütend wurde. Und dabei würde ich immer behaupten, in bin ein friedliebender Mensch.*

*Ich frage mich, wie es Adrijana, Jurij und den Katzen geht. Ich würde alles tun, um wieder bei ihnen zu sein.*

*4.6., Donnerstag*

*Heute Morgen sehr zeitig, wohl gegen ½ 5, mit einer großen Sehnsucht nach der Autowerkstatt aufgewacht. Was waren das noch für Zeiten, als dieser ganze Dreck hier nur Nachrichtenmeldungen (»Schwerer Beschuss von Vukovar«; »Die Republik Bosnien und Herzegowina erklärt sich nach Referendum für unabhängig«; »Die Europäische Gemeinschaft erkennt die Unabhängigkeit der Republik Bosnien und Herzegowina an«) waren, mit denen ich nichts weiter zu tun hatte? Es kommt mir ewig lang her vor. Fast möchte ich sagen, es war eine andere Welt.*

*Am Nachmittag, heißt es, würden wir etwas weiter Richtung Norden ziehen und entsprechend Kašunovs Vortrag von vorgestern in kleineren Einheiten bleiben. Die großen Truppenbewegungen, erklärte er, sind zu aufwendig und auffällig. Er sprach auch davon, wir dürften es nicht machen wie die Wölfe, die zu mehreren eine Beute jagten. Stattdessen sollten wir lieber wie die Luchse vorgehen, also langsam anpirschen und dann schnell zuschlagen. Ich fand den Vergleich zwar ganz hilfreich, frage mich aber, was er für die nächsten Tage und Wochen plant. Denn von einer Jagd sind wir weit entfernt. Ich würde sogar sagen, mir ist einen Großteil des Tages nach wie vor unklar, was genau wir eigentlich machen und wozu ich eigentlich hier bin.*

*Das Einzige, was immer klarer wird, ist die Angst, selbst zur Beute zu werden. Ich möchte auf keinen Fall in einem Lager enden. Und auch nicht an einem Baum im Wald.*

*5.6., Freitag*
*Gerade hier hingesetzt zum Schreiben, da kommt der Befehl, in einer Stunde abfahrbereit zu sein.*

*9.6., Dienstag*
*In den letzten vier Tagen bin ich nicht einmal dazu gekommen, mich richtig zu waschen (ich stinke wie ein nasser Hund).*

*Wir fuhren also am Freitag los, in Kolonne. Die Zusammensetzung blieb mir unklar, aber für mich war ohnehin nur die Information wichtig, dass ich mich in Sachen Befehle an Kašunov zu halten hätte; für Darko und Ljubo galt das Gleiche. Es ging zunächst mit einem Bus los (das Modell sagte mir gar nichts; irgendjemand meinte, es sei eine alte tschechoslowakische Kiste, aber sämtliche Embleme waren abgenommen oder – sehr viel wahrscheinlicher – abgefallen). Zwei Stunden später sollten wir plötzlich auf einen LKW umsteigen. Wir also hinten auf die Ladefläche unter die Plane. An den Seiten waren immerhin Bänke, aber ein paar mussten trotzdem hocken. Mir war natürlich gleich klar, dass das ein Eins a Ziel abgibt, so ein LKW mit zwanzig, dreißig Mann drauf, die unter einer dünnen, zerlöcherten Plane sitzen.*

*Und so kam es dann auch. Kurz vor einem Dorf, das von Weitem ganz harmlos aussah, hörten wir plötzlich einen Schuss (wie Ljubo mir später sagte, ging der durch die Frontscheibe und dem armen Danilo direkt in die Wange; er war, nach allem was ich über ihn wusste, ein feines Kerlchen). Daraufhin sprangen alle runter, manche rannten sofort in die Büsche am Straßenrand, andere suchten Deckung hinter dem Laster. Es war jedenfalls ein heilloses Durcheinander, und im Nachhinein muss ich sagen, dass man sich all die taktischen Lektionen und Übungen auch hätte sparen können. Im ent-*

*scheidenden Moment rennen alle panisch durch die Gegend wie die Hühner, wenn der Marder kommt.*

*Ich fand mich zufällig mit Ljubo an einer Scheune wieder (ich kenne ihn zwar noch nicht lange, aber die Umstände sorgen wohl dafür, dass wir hier wie Brüder miteinander umgehen). Dort schienen wir sicher und konnten durch die Feldstecher beobachten, wie vom Dorf her ein paar Mann vorrückten. Nur waren das keine Soldaten, wie's aussah, sondern einfach alle, die noch halbwegs laufen und ein Gewehr in der Hand halten konnten. Die schossen ziemlich munter drein, und Ljubo, der bereits einen ordentlichen Galgenhumor entwickelt hat, rief immer dann, wenn es in der Luft pfiff: Achtung, Kugel, Slavko! Ich daraufhin: Danke, Mirko! Und wir lachten, weil es ja wirklich war wie im Kindercomic, nur eben, dass wir mehr oder weniger mittendrin saßen.*

*Das Gefecht dauerte ca. ½ Stunde an, bis von unserer Seite her ein Panzer kam und aufräumte. Ich finde an diesen Teilen an sich nichts Gutes, nicht einmal technisch finde ich sie interessant. Aber dieser hat wohl einem Gutteil unserer Truppe den Hintern gerettet.*

*Trotzdem blieben vier Leute auf der Strecke. Den einen davon, der unentwegt wimmerte, dass er zu seiner Frau und seinen drei Töchtern wolle, haben Ljubo und ich selbst mit weggeschleppt. Er hat die ganze Trage vollgeblutet und einen Teil meiner Jacke. Wir sind gerannt wie die Blöden, aber kurz vor den Sanitätern, die hinter dem Panzer kamen, gab er schon nur noch ein leises Röcheln von sich.*

*Ich habe für ihn, seine Frau und seine Töchter gebetet, obwohl ich das sonst nie tue.*

*Im Nachhinein, während ich das jetzt hier so aufschreibe, muss ich sagen, dass es mich fast mehr mitnimmt als in der Situation selbst. Man hat eben einfach funktioniert. Und ich muss doch ehrlich gestehen: So schlimm der Tod der anderen ist und so sehr man sie betrauern mag; es überwiegen doch die Erleichterung und die Freude darüber, dass es einen selbst nicht getroffen hat.*

*Bis gestern Abend haben wir dann ständig Katz und Maus gespielt, immer ballerte irgendwo ein MG oder explodierte eine Granate. Es gab häufige Wechsel der Stellung, Gerenne, Fahrerei, kaum Essens-, Trink- und Rauchpausen, kaum Schlaf. Spätestens am Sonntag hatten die meisten von uns dunkle Augenringe. Jetzt sind wir offenbar erst einmal wieder in sichererem Terrain und können, wenn alles gut geht, ein paar Tage ausspannen. Eine wahre Freude!*

*10.6., Mittwoch*
*Es ist schönstes Sommerwetter und wir waren vormittags in einem Fluss baden. Einen Moment lang fühlte es sich an wie zu Hause. Ich wollte am liebsten untertauchen und gar nicht wieder nach oben kommen, sondern mich einfach bis nach Stočnica treiben lassen, auch wenn ich keine Ahnung habe, wie dieses Flüsschen hier heißt und wo es hinführt.*

*Vorhin rief Kašunov uns zusammen und erklärte, es sei jetzt zunehmend mit Widerstand seitens der Bevölkerung zu rechnen, wir hätten es ja Ende letzter Woche bereits gesehen. Darko rief, die sollten sich einfach kampflos ergeben, dann könne man sich die ganzen Toten und Verwundeten sparen.*

*13.6., Samstag*
*Ich bin mit ein paar Leuten in einem Haus untergekommen, das offenbar einer fünfköpfigen Familie gehört hat. In der Speisekammer waren noch ein paar recht gute Konserven, und im Garten wachsen Salatköpfe. Ich weiß gar nicht, wann ich das letzte Mal so etwas Frisches gegessen habe.*

*14.6., Sonntag*
*Kašunov fragte mich heute Mittag, ob ich mir vorstellen könne, in den kommenden Tagen einen Laster zu steuern. Der eigentliche Fahrer habe seit dem Morgen Fieber und Erbrechen, und er wolle ungern auf jemanden setzen, der angeschlagen sei. Ich war etwas erstaunt, dass er mich überhaupt fragte, weil ich immer noch an unseren kleinen Zusammenstoß von neulich denken muss. Aber vermutlich hat er so viele andere Dinge im Kopf, dass er den Vorfall längst vergessen hat. Ich habe jedenfalls Ja gesagt, in der nächsten Sekunde jedoch gleich bereut, weil ich hinter der Windschutzscheibe quasi auf dem Präsentierteller für feindliche Kugeln sitze.*

*17.6., Mittwoch*
*Es könnte sein, dass die Sache bald vorbei ist. Seit Wochenbeginn kommen immer wieder Meldungen, dass wir ordentlich Boden gutgemacht haben. Ich hoffe sehr, es handelt sich nicht nur um Propaganda, die uns von der in Wirklichkeit desolaten Lage ablenken soll. Gleichzeitig häufen sich nämlich auch die Berichte von schwer Verwundeten in unseren Reihen. Ich bin heilfroh, bisher verschont geblieben zu sein.*

*Der LKW, ein TAM 110 T7, rollt ganz gut. Er hat den üblichen deutschen Dieselmotor von Deutz.*

*18.6., Donnerstag*
*Gestern Abend hatte ich endlich mal wieder Gelegenheit, die Sterne zu beobachten, auch wenn der Mond natürlich viel zu hell schien. Aber immerhin war der Himmel klar. Ljubo stand neben mir; ich erklärte ihm etwas über die Frühlingssternbilder und die Sommerbilder. Wir sahen einige Sternschnuppen, womöglich von den Juni-Lyriden. Auch Jupiter konnte ich ihm zeigen.*

Ich erzählte ihm, dass es am 30. Juni eine totale Sonnenfinsternis geben werde. Allerdings müssten wir, um sie zu sehen, auf dem Südatlantik sein …

21.6., Sonntag
Seit zwei Tagen ständige Verschiebungen im Gelände. Es hat doch etwas von einem Partisanenkampf, jedenfalls stelle ich ihn mir so vor.

Im Vergleich zu Mitte der Woche Resignation, weil von der erhofften Besserung keine große Spur. Was hatte ich aber auch erwartet? Dass plötzlich alle die Waffen strecken?

Ich glaube, ich muss mich jetzt einfach damit abfinden, dass sich meine Arbeit bis auf Weiteres hier im Feld und nicht in der Autowerkstatt abspielt. Bis in alle Ewigkeit wird's schon nicht gehen, und so lange heißt es: Durchhalten und seine Aufgaben erledigen, so gut es eben geht.

Sonnenwende.

23.6., Dienstag
Gestern früh habe ich natürlich als Erstes an Jurij gedacht. Ich habe mich gefragt, wie es ihm wohl geht an seinem sechsten Geburtstag, und bedauert, nicht bei ihm sein zu können. Ich habe den anderen davon erzählt und gehofft, es würde mir vielleicht sogar gelingen, ihn von irgendwo aus anzurufen, auf dem Werkstatttelefon, aber dann verlief der Tag anders als erwartet.

Gegen $10^{\underline{00}}$ rollten wir in ein leer geräumtes Örtchen. Kašunov gab Anweisung, auf ein Fabrikgelände zu fahren (Metallverarbeitung). Nebenan standen einige flache Arbeiterbaracken, in denen wir uns ausbreiteten. Um ½ 2 kam die Anweisung, sich am Fabriktor zu versammeln. Ich hatte die Hoffnung, wir könnten ein wenig ausspannen und das Ge-

*lände besichtigen, aber stattdessen ließ Kašunov uns zwanzig Minuten zu einem Sportplatz marschieren. Um 3 Uhr werde seinem Kenntnisstand nach ein Bus ankommen, sagte er, und Drago witzelte, dass wir jetzt wohl zum Turnier gegen Dinamo Zagreb antreten müssten. Kašunov ging nicht darauf ein, sondern erklärte, er habe die Order, die Männer aus dem Bus zu liquidieren. Ich hab's erst mal gar nicht gleich geschnallt, die anderen auch nicht, aber mir ging spätestens in dem Moment ein Licht auf, als ich die Erdhaufen am anderen Ende des Platzes sah. Alle waren perplex, weil niemand mit dieser Aufgabe gerechnet hatte. Es gab auch sofort Diskussionen, und Darko und etliche andere sagten, sie würden sich weigern, das zu machen. Kašunov blieb ganz ruhig und erklärte, die Sache sei freiwillig, niemand werde gezwungen, aber irgendjemand müsse es erledigen. In diesem Moment kam auch schon der Bus angerollt. Es saßen ca. 50–60 Mann darin. Wir waren zu fünfzehnt, inklusive Kašunov. Jemand regte sich auf, was das für eine Scheiße sei, bis Draško, so ein Hüne, mit dem ich bisher noch nicht wirklich viel zu tun hatte, in die Runde rief, er würde sich prinzipiell bereiterklären, aber nicht alleine. Es sei doch nur gerecht, wenn die Arbeit geteilt würde und alle die gleiche Last trügen, zumal es dann schneller ginge. Kaum hatte er das gesagt, kam plötzlich noch ein zweiter Bus und ein dritter. Ob Kašunov davon wusste, ist unklar, aber es war letzten Endes auch egal. Wir ließen die Männer aus dem ersten Bus bei den Erdhaufen Aufstellung nehmen, mit dem Gesicht zum Graben. Und so wurde es auch beim zweiten und beim dritten Bus gemacht. Das Ganze dauerte insgesamt nicht mal eine Stunde.*

*Allerdings gab es dann noch einen Vorfall nach Abschluss der Aktion. Ljubo war in das kleine Häuschen gegangen, in dem sich die Gerätschaften für den Platz und die Umkleide-*

*kabinen befanden. Wir hörten ihn schon von drinnen rufen und dachten erst, er habe Geld oder irgendwas gefunden, aber kurz darauf stand er mit einem Jungen und einem Mädel in der Tür. Der Junge war vielleicht so alt wie Jurij, das Mädel sicherlich schon dreizehn oder vierzehn, körperlich jedenfalls recht reif.*

*Es herrschte zunächst eine gewisse Ratlosigkeit, was zu tun sei, und Ljubo fuhr die beiden an, was sie hier überhaupt zu suchen hätten, aber sie antworteten nicht. Sie taten mir leid. Ljubo tat mir auch leid, weil er uns diese Situation eingebrockt hatte, ohne es zu wollen, und Kašunov sagte, dann müsse er sich jetzt auch darum kümmern.*

*Ich bin dann zu Ljubo hin und habe ihm geholfen, die beiden zu den Erdhaufen zu führen. Gerade mit Blick auf das Mädel wollte ich vermeiden, dass hier einer von den Männern noch auf dumme Gedanken kommt. Es war nicht schön, aber was hätten die beiden hier, so ganz allein, ohne Familie oder Bekannte, noch für eine Chance gehabt, zumal mit der Erinnerung an das, was sie vom Häuschen mit angehört und sicherlich auch mit angesehen hatten?*

*Von den Ujos wird ja erzählt, sie hätten die Leute lebendig in die Schluchten gestoßen oder wie Schweine am Spieß gebraten. Und Darko meinte, im Zweiten Weltkrieg hätten die Deutschen teilweise Babys durch die Luft geworfen und dann wie Tontauben abgeschossen. Im Vergleich dazu waren wir human, würde ich sagen, und haben sie schnell erlöst.*

*Am Abend gab es seit Langem endlich mal wieder grüne Bohnen mit Speck.*

# DRITTER TEIL

# I

Rio Branco, eine Stadt mit vierhunderttausend Menschen, im Norden Brasiliens, südwestlich von Amazonien gelegen, ist in den meisten Reiseführern nur der Vollständigkeit halber verzeichnet. Zwar gibt es hier alles, was einem Ort dieser Lage und Größe gebührt: zwei große Einkaufszentren, etliche Sportplätze und Tankstellen, reichlich Autowerkstätten, ein Fußballstadion, ein paar Museen (etwa über die Geschichte der Kautschukgewinnung), dazu einen Palácio und eine Kathedrale (benannt zu Ehren Unserer Heiligen Jungfrau von Nazareth); auch eine Universität. Aber es gibt nichts (oder fast nichts), was für Menschen von Belang wäre, die auf Sehenswürdigkeiten, Souvenirs und kontrollierte Abenteuer aus sind.

Gerade deshalb gefiel die Stadt Carline. Denn sie war keine Touristin und legte Wert darauf, keine zu sein, auch wenn es schwerfiel, als Frau mittleren Alters mit roten Haaren und weißer Haut in dieser Gegend nicht für eine Touristin gehalten zu werden. Frauen dieses Typs gab es zwar, allerdings fast ausschließlich auf den Werbeplakaten, die neben dem Zubringer zum Flughafen hingen und die Produkte von Kosmetikunternehmen unter Leitung vorrangig alter, weißer Firmenchefs bewarben.

Wenn Carline die Avenida Getúlio Vargas entlangschlenderte oder die Praça da Revolução mit ihrem schwarz-weißbraunen Mosaikpflaster überquerte, spürte sie die Blicke der

Einheimischen und fragte sich, was sie in ihr sahen: Eine dumme US-amerikanische Pute? Eine reiche Gringa, die für eine Schönheitsoperation nach Brasilien gekommen war und der man das Geld aus der Tasche ziehen konnte? Oder ein erstrebenswertes Ideal? (Denn das war es doch, was die Firmenchefs taten: Sie nutzten die Werbung als Fortsetzung des Kolonialismus mit anderen Mitteln und kreierten in einer völlig unweißen Gegend dieser Welt ein Bedürfnis nach Weißsein.) In jedem Fall empfand Carline die Blicke als gerechtfertigt, und sie waren ja wohl ohnehin nicht zu vergleichen mit den Blicken Weißer, denen nicht-weiße Menschen in aller Welt noch immer tagtäglich ausgesetzt waren.

Trotzdem bemühte sie sich, so wenig touristisch wie möglich zu wirken. Von den beiden Sonnenbrillen, die sie zu Hause eingepackt hatte (am Ende waren beide Modelle, das sportlich-praktische und das chic-urbane, in die Tasche gewandert), hatte sie noch keine aufgesetzt. Stattdessen hatte sie ein Exemplar bei einem Straßenhändler erworben. Es war ein billiger Prada-Fake. In Deutschland hätte sie ihn niemals getragen. Hier aber liefen fast alle Frauen damit herum, und somit erfüllte er den angenehmen Zweck, gleich in mehrerlei Hinsicht als Tarnung zu dienen. Dass sie dadurch die Vorherrschaft der Produkte und Ideale des sogenannten globalen Nordens verfestigte, obwohl sie sich doch eigentlich dagegen stemmte, nervte Carline. Aber sie hatte für dieses Problem auf die Schnelle keine Lösung parat. Ihre Funktionskleidung ließ sie ebenfalls lieber in der Reisetasche. Die wollte sie erst herausholen, wenn es wirklich nötig war, also nicht vor Aufbruch an den westlichsten Rand des Bundesstaates, wohin keine Straße mehr führte, weder befestigt noch unbefestigt, und wo die Grenze zu Peru unter dichter Vegetation verschwand.

Gegen zwölf Uhr am Mittag saß Carline vor ihrem Laptop in dem kleinen angemieteten Zimmer. An der Decke summte der Ventilator. Aus dem Fenster konnte sie über die Rua Epaminondas Jácome hinweg in Richtung des Flusses sehen. Am Abend zuvor hatte sie auf dem Markt am Ufer eine Fischsuppe gegessen und der Liveband zugehört, die brasilianische Rhythmen spielte. (Ob das jetzt Samba war oder Samba Reggae oder Bossa Nova oder irgendetwas ganz anderes, konnte Carline nicht sagen. Es fiel ihr schwer, diese ganzen Musikstile auseinanderzuhalten, und das beschämte sie ein wenig; gerade einer Kulturanthropologin hätte es schließlich gut zu Gesicht gestanden, die Unterschiede zu kennen oder sich wenigstens dafür zu interessieren. Aber es konnten ja nicht alle alles wissen.)

Auf dem Bildschirm ihres Laptops leuchtete weiß und erwartungsvoll das Fenster für das Verfassen einer neuen E-Mail. Seit fünf Minuten tat es das schon, genauso lange, wie der Ventilator lief, den Carline erst in dem Moment angeschaltet hatte, als die im Zimmer stehende feuchte Hitze wirklich nicht mehr auszuhalten war. Im Kopfteil der E-Mail stand:

An: cedric.bolz@gmail.com
Betreff: Um abraço

Sie setzte den Cursor hinter das O und löschte die Wörter in der Betreffzeile wieder. Beim Löffeln der Fischsuppe war es ihr noch als gute Idee erschienen, Cédric eine brasilianische Umarmung zu schicken. Aber jetzt fühlte es sich einfach nur floskelhaft und leer an. In den vergangenen zehn Tagen hatten sie nur zwei kurze Messages ausgetauscht (Sie: »Bin gut angekommen, jetzt die nächsten Tage in São Paulo. Melde mich dann spätestens von R. Branco aus noch mal ausführlicher.« Er: »Freut mich, bis dann!«).

Carline fühlte sich in der Pflicht, ihre Ankündigung nun endlich wahr zu machen. Nur musste dafür die Frage beantwortet werden, was es hieß, sich zu melden: E-Mail, Anruf oder Videocall? Nach Telefonieren, egal in welcher Form, war ihr nicht zumute. Denn der Schlag, den sie während des Abendessens vor dem Abflug hatte einstecken müssen, war wohlplatziert gewesen und schmerzte noch immer. Dabei hatte alles so gut angefangen.

Um kurz nach halb acht hatten Paula und Gregor geklingelt, gefolgt von Theresa und Matthias.

»Kommen denn Torben und … wie heißt sein Freund …?«

»Jöran …«

»Ach ja, also kommen Torben und Jöran denn auch?«, hörte Carline Paula und Cédric im Wohnzimmer reden, während Cédric wie erwartet Wermut anbot.

»Ja, ja, die kommen«, sagte Matthias. »Er hat mir vorhin gerade noch mal geschrieben und nach eurer Adresse gefragt.«

Carline mahlte Pfeffer über einen Teller mit Fenchelstreifen, streute Salz und goss Olivenöl darüber und stellte den Teller auf das Tablett neben ein Glas mit Möhrensticks und einer Bowl mit Sesam-Joghurt-Dip (so weit war es gekommen mit der Tochter der ehemaligen D. C. Dip Queen, dachte sie). Sie schnitt Baguette auf und brachte alles ins Wohnzimmer.

Theresa nahm ein Stück Brot. »Oh, wow, das Baguette ist gut!«, rief sie, während Carline wieder in die Küche verschwand. »Wo kriegt ihr das her? Machst du das etwa selber, Carline?«

»Nee!«, rief sie aus der Küche. Mit halbem Ohr verfolgte sie, wie Cédric ein Loblied auf die neue Bäckerei für zeitgenössisches Brot zu singen begann, wo die Leute spätestens ab mittags Schlange standen. »Leider hat sich das viel zu schnell rumgesprochen, dass die so gut backen.«

Carline briet Paprikapulver, Zwiebeln, Knoblauch, Möhren, Staudensellerie und vegetarisches Hack in einer großen Pfanne an. Ihr Last-Minute-Einfall, vor der Abreise nach Brasilien eine fleischlose Feijoada zu kochen, den Cédric sofort für gut befunden hatte, kam ihr jetzt gleich zweifach bescheuert vor: Einerseits weil ein brasilianischer Bohneneintopf ohne richtiges Fleisch natürlich kein brasilianischer Bohneneintopf war (war das eigentlich schon eine Form von kultureller Aneignung, zumal das Originalgericht ja wohl ein Import durch schwarze Sklaven war?). Andererseits weil es blödsinnig anmutete, vor einer Brasilienreise nur halb gekonnt brasilianisch zu kochen. Die noch ziemlich grünen Kochbananen, die Cédric aus dem Biomarkt mitgebracht hatte, bestätigten ihre Zweifel. Aber jetzt war es eh zu spät für eine Kurskorrektur und das Gericht war nun einmal – mit der frisch getrennten Martje am Telefon und den zu packenden Sachen auf dem Bett – die schnellste und zugleich effektivste Option gewesen. Im besten Fall hatten die anderen noch nie eine Feijoada gegessen, und wenn doch, blieb immerhin die Aussicht auf die Genugtuung, dass niemand den Braten riechen und alle die Einlage für echtes Fleisch halten würden.

»Das riecht super lecker!«, rief Gregor aus dem Wohnzimmer. Carline bedankte sich, während es erneut klingelte.

»Ich gehe!«, sagte Cédric.

Carline öffnete drei Dosen schwarze Bohnen. Während sie die Bohnen zum Hack, den Gewürzen und dem Gemüse gab, hörte sie die üblichen Begrüßungsfloskeln aus Flur und Wohnzimmer. Kurz darauf führte Cédric Torben und Jöran herein und stellte sie vor.

»Freut mich, willkommen!«, sagte Carline.

»Riecht extrem gut hier«, meinte Torben.

»Ja, absolut!«, bestätigte Jöran. »Können wir noch irgendetwas helfen?«

»Nein, danke, sehr nett von euch, aber ich denke, ich habe alles unter Kontrolle. Lasst euch mal lieber von Cédric etwas zu trinken geben.«

Cédric führte die beiden ins Wohnzimmer, Carline bröselte Fetakäse (ihren sehr eigenwilligen Ersatz für geröstetes Maniokmehl) klein, zupfte und hackte frischen Koriander. Als sie die Kochbananen zu schälen und zu schneiden begann, sah sie aus dem Augenwinkel Torben die Bücherregale im Nebenzimmer entlangstreifen.

»Sorry!«, rief er, als er ihre Blicke bemerkte. »Ich muss bei anderen Leuten immer erst mal die Bibliothek auschecken. Ist etwas indiskret, ich weiß. Jöran maßregelt mich schon dafür.«

»Nein, alles gut. Die Bücher, die niemand sehen soll, sind sowieso gut versteckt.« Sie lachten.

Carline öffnete die Tür zum Balkon und ließ frische Luft herein.

Eine Minute später lehnte Torben im Türrahmen zur Küche. Er hielt *Der blinde Fleck: Eine Kritik der Mittelschicht* in der Hand.

»Hast du das gelesen?«

Carline war kurz verwundert, warum er *sie* das fragte, nicht Cédric, und für einige Sekunden war sie drauf und dran, zu lügen. Cédric hatte das Buch gekauft, nachdem diese »schonungslose, brillante Abrechnung«, wie es auf dem Umschlag hieß, im Frühjahr vom Feuilleton rauf und runter besprochen worden war. Aber ein innerer Widerstand hatte sie bisher davon abgehalten, über die Einleitung hinauszukommen.

Sie legte das Messer beiseite. »Die ersten paar Seiten habe ich gelesen. Mehr habe ich noch nicht geschafft.«

»Zeitlich oder nervlich?«

»Beides.« Sie lachten erneut.

Torben stellte sein Weißweinglas auf der Anrichte ab. »Also mir hat die Grundthese ja sehr gefallen: zu sagen, die neue urbane Mittelschicht gibt sich so unglaublich aufgeklärt und weltläufig und sozial und ökologisch bewusst und innovativ und so weiter. Und gleichzeitig ist sie, ohne es zu merken oder merken zu *wollen*, der treibende Motor in dieser ganzen Maschinerie, die auf Leistung beruht und Ungleichheiten produziert und in der am Ende alle, die können, doch nur zusehen, dass sie wie eh und je ein paar Kinder in die Welt setzen, heiraten, Geld in Aktien anlegen, sich eine Immobilie kaufen …«

« …oder zwei!«

»Oder zwei, genau! Aber jedenfalls, was ich eigentlich am krassesten fand, ist die Tatsache, dass sich daran ja nichts ändert, oder? Ich meine, ich will euch jetzt nicht zu nahe treten, aber schau uns doch an: Wir stehen hier in einer schön sanierten, zentral gelegenen Altbauwohnung, reden über die Vergehen der eigenen Klasse und trinken teuren Weißwein dabei. Tolle Wohnung übrigens! Und toller Wein.«

»Danke! Hat beides Cédric ausgesucht.«

Torben machte ein Gesicht, als ob er seine Rede plötzlich bereute. Carline hingegen war wie statisch aufgeladen vor Begeisterung und gleichzeitig kam es ihr albern vor, so begeistert darüber zu sein, dass ein Kollege von Cédric das Gleiche, aber auch wirklich *exakt* das Gleiche dachte wie sie und ihr das auch noch unverhohlen und wenige Minuten nach der ersten Begegnung mitteilte.

»Entschuldige, ich wollte dich jetzt nicht so zutexten.« Torben machte Anstalten zu gehen.

»Alles gut. Ich bin voll bei dir.«

Er nahm einen Schluck vom Weißwein. Carline prüfte den Reis, der schon seit einer halben Stunde vor sich hin köchelte. Sie hatte das Bedürfnis, Torben jetzt auf keinen Fall zu den anderen gehen zu lassen.

»Hattest du denn einen guten Start in der Firma?« Sie kam sich etwas schäbig vor bei dieser Frage, weil das Gespräch auf einmal belanglos zu werden drohte.

»Ja, sehr angenehm.« Er lugte zu den anderen.

»Und eine Wohnung habt ihr auch gefunden?«

»Ja. Du arbeitest eigentlich in Halle, oder?«

»Am MPI, ja.«

»Dort wolltest du aber nicht wohnen?«

»Ach, na ja. Da wären wir jetzt eigentlich wieder beim Thema, weißt du. Niemand will zu sehr Mainstream sein, aber am Ende leben sie dann doch alle in Leipzig ...«

»... oder Berlin ...«

»... oder Berlin, ja. Mit Haus in Brandenburg.«

»Aber das wäre doch dann gerade ein guter Grund, nach Halle zu ziehen, oder nicht?«

»Was wäre ein guter Grund, nach Halle zu ziehen?« Cédric stand plötzlich neben Torben in der Tür. Weder Torben noch Carline antworteten. »Wir hatten ja mal überlegt, nach Halle zu ziehen«, schob er hinterher.

Carline fixierte die blubbernde Feijoada in der Pfanne. Sie bemühte sich, nicht ebenfalls ins Köcheln zu geraten, denn *das* war nun wirklich nicht die Version der Geschichte, an die *sie* sich erinnerte! Ja, sie hatten, als sie die Stelle in Halle bekam, kurz in Erwägung gezogen, sich dort eine Wohnung zu suchen. Aber Cédric hatte tausend gute Gründe gefunden, es *nicht* zu tun.

»Möchtest du noch Wein?«, fragte er Torben.

»Im Moment nicht, danke!«

»Wir können dann auch gleich essen. Ich muss nur noch schnell die Bananen frittieren«, sagte Carline.

Jöran trat zu Torben, streichelte ihn am Rücken und wiederholte seine Aussage, dass es enorm gut rieche in der Küche.

Wenige Minuten später saßen alle außer Cédric und Carline am Tisch. Er füllte Gläser mit Wein und Wasser, sie brachte dampfende Schüsseln mit Bohneneintopf und Reis herein, dazu auf einem Teller die frittierten Kochbananenscheiben sowie das Schälchen mit zerbröseltem Feta und gehacktem Koriander.

»Das sieht fantastisch aus!«, sagte Theresa. Die anderen schlossen sich an.

Cédric erklärte, sie hätten das Rezept schon vor Jahren von einer brasilianischen Bekannten erhalten.

»Aber nicht von eurer Putzfrau, oder?«, fragte Gregor.

»Nein. Wieso?«

»Ich komme nur drauf, weil uns vor einer Weile unsere peruanische Putzfrau abhandengekommen ist.«

»Elena«, warf Paula ein.

»Genau, Elena. Super nette Frau, gar nicht mal so viel älter als wir, hat uns auch immer mal kleine Gerichte mitgebracht ...«

»Ceviche.«

»Ja, so einen Meeresfrüchtesalat. Extrem lecker. Kennt ihr? Und dann diese – wie hießen die, Paula?«

»Tamales.«

»Genau, Tamales. So Taschen mit Teig aus Mais und Fleisch, eingewickelt in irgendein Blatt. Aber was ich eigentlich sagen wollte: Die kam vor zwei Monaten zu uns und meinte, sie würde kündigen. Wir waren natürlich total überrascht, unser Verhältnis war nämlich echt super. Aber sie erklärte, sie würde jetzt im Krankenhaus anfangen. Und ich fragte: ›Zahlen die denn so viel besser als wir?‹ Und daraufhin meinte sie ganz trocken: ›Ja, vor allem für eine Ärztin.‹ Und ich hab's erst gar nicht geschnallt, wisst ihr, und dann stellte sich heraus: Elena war eigentlich Ärztin! Ärztin für …«

»Kinderheilkunde.«

»Genau! Ärztin für Kinderheilkunde. Nur hat es fast zehn Jahre gedauert, bis sie in Deutschland auch wirklich als Ärztin arbeiten durfte. Und so lange ist sie neben dem ganzen Studium oder den Berufsanerkennungen, die sie neu machen musste, putzen gegangen. Krass, oder?«

Carline verbrannte sich die Zunge am heißen Fett von einer der Kochbananenscheiben. Sie versuchte, keine Regung zu zeigen, weder dazu noch zu Gregors Geschichte. Dabei wollte sie ihn am liebsten fragen: »Aber was dachtest *du* denn? Dass Menschen *freiwillig* deine Scheißwohnung sauber machen? Glaubst du im Ernst, die machen das, weil sie nichts *Besseres* zu tun haben?« Aber weil sie das Thema mit Cédric schon zu oft durchgekaut hatte und weil der Streit jedes Mal einigermaßen eskaliert war und weil sie nun eine freundliche, nette, entgegenkommende Gastgeberin sein wollte, schluckte sie ihre Wut herunter, genauso wie die heiße Bananenscheibe.

Möglichst unauffällig beobachtete sie Torben, der ebenfalls nichts zu Gregors Geschichte sagte, dann aber anfing, von den Gerichten zu erzählen, die er und Jöran auf ihrer Georgienreise probiert hatten, woraufhin Jöran seinen Bericht kaperte und von gefüllten Brotschiffchen und marinierten Fleischspießen zu schwärmen begann. »Aber die haben auch echt viel Vegetarisches«, ergänzte er. »Zum Beispiel diese …« Er schaute zu Torben. Torben schwieg und starrte nur auf seinen Teller. Carline empfand heimliche Freude darüber, dass er sich offenkundig darüber ärgerte, wie Jöran seine Erzählung an sich riss. Sie kannte das Gefühl.

»Auberginen haben die ja viel, oder?«, half Matthias aus.

»Ja, so gerollt und gefüllt. Mega lecker!«

»Apropos«, sagte Matthias. »Diese Bohnen hier schmecken wirklich sehr sehr gut. Was ist da für Fleisch drin?«

Carline juchzte innerlich. Sie genoss die Pause, bevor sie antwortete.

»Keins.«

»Echt?«

Innerlich feierte sie den Triumph. Es war doch jedes Mal eine Wohltat, eingefleischte Essende zu düpieren.

»Hätte ich jetzt nicht gedacht. Das gibt mir ja doch etwas Hoffnung für Weihnachten zurück«, sagte Matthias.

Cédric lachte. »Im September denkst du schon an Weihnachten?«

»Ja, eigentlich graut's mir davor. Wir organisieren das ja jedes Jahr abwechselnd für unsere ganze Familie inklusive meiner Eltern: das eine Jahr bei uns, das andere Jahr bei meiner Schwester, und die ist jetzt, seit ihre Kinder bei Fridays for Future sind, auf dem totalen Ökotrip. So eine richtige Öko …«

»Ökodiktatorin, hast du neulich mal gesagt.« Theresa grinste.

»Ja, eine richtige Ökodiktatorin. Ein Ökonazi. Kann man das so sagen? Oder gibt's eine gegenderte Form für Nazis? Egal. Die würde jedenfalls am liebsten sofort alle Kohlekraftwerke abschalten, alle Autos mit Verbrennungsmotor von den Straßen verbannen und alle Flugzeuge vom Himmel holen.«

»Und die Kreuzfahrtschiffe vom Meer.«

»Sowieso! Für Weihnachten dieses Jahr hat sie die Parole ›Green Christmas‹ ausgegeben und erklärt, alle müssen mit dem Zug anreisen – und die wohnen auf der Schwäbischen Alb, ja! Habt ihr schon mal versucht, mit dem Zug auf die schwäbische Alb zu kommen? Horror, sag' ich euch. Na ja. Und dann sollen die Geschenke nicht eingepackt werden, weil das produziert ja so viel sinnlosen Müll, und da sag ich mir natürlich, warum schenken wir uns dann überhaupt was, ja? Und – jetzt kommt's – es soll *keinen* Gänsebraten geben! *Keinen* Gänsebraten! Und ich sage mir: *So* wirst du mich jedenfalls nicht für die ökologische Wende gewinnen! *So* nicht! Nicht nur, weil ich diese ganze Verbotsmentalität hasse – ich meine, das haben ja sogar inzwischen die Grünen begriffen, dass das Murks ist –, sondern auch weil ich ehrlich überzeugt davon bin, dass es nichts bringt, aber auch rein gar nichts, wenn unsere zehnköpfige Runde zu Weihnachten, auf Gans verzichtet. Das sind dann zehn Hanseln von über achtzig Millionen, und die sollen dann die Welt retten, indem sie … – das ist doch Unfug!«

Matthias war kaum zu stoppen. Carline verfolgte jedes seiner Worte. Doch mit jedem weiteren Wort wurde sie wütender, noch viel wütender, als sie durch die Putzfrauengeschichte bereits geworden war. Sie stand auf, lief in die Küche und holte das Dessert aus dem Kühlschrank (eine Mischung aus Mangostückchen, Passionsfrüchten, süßer Sahne und zerkleinerten Baisers, die vom *Guardian* als »himmlisches Zusammentreffen« bezeichnet worden war, eine sichere Sache, egal für welche Gäste, außer für Leute, die sich zuckerfrei ernährten, aber sie wusste, dass das niemand in Cédrics Team tat).

»Ich hab zu meinem Vater schon gesagt: ›Ich bringe die Tanne mit‹«, hörte sie Matthias sagen. »Das ist dann mein

Beitrag zur grünen Weihnacht. Das muss reichen!« Die anderen lachten.

Carline stellte die Gläser mit dem Dessert auf ein Tablett und schaute durch die noch immer offen stehende Balkontür hinaus in den Septemberabend. Den ersten richtig großen Streit mit Cédric hatte sie Ende des ersten Jahres ihrer Beziehung gehabt. Sie studierten noch in Oxford und waren mit dem Zug von London nach Paris, von dort aus weiter in die Bretagne gefahren. Es war heiß und trocken. In England galt seit vielen Wochen ein Verbot für die Nutzung von Gartenschläuchen. Niemand durfte die Pflanzen wässern, ein Auto waschen oder den Swimmingpool befüllen (viele taten es trotzdem: heimlich nachts). Auch der kleine studentische Collegegarten war davon betroffen, und Carline musste mit ansehen, wie der Salat und die Gurken, die sie im Frühjahr gepflanzt hatte, elendig verschrumpelten. Sie hatte kurz mit dem Gedanken gespielt, ebenfalls nach Anbruch der Dunkelheit das Gemüse zu retten, dann jedoch einen Vortrag von Myles Allen vom Environmental Change Institute gehört, in dem der das Ausmaß und die Auswirkungen der Hitzewellen der letzten Jahre beleuchtete, und es war ihr falsch vorgekommen, den Wassermangel zu ignorieren, nur um frischen, selbstangebauten Salat zu essen.

Im Häuschen in der Bretagne eingetroffen, zog Cédric sich seine kurze Hose, sein Hemd und seine Schuhe aus und lief Richtung Badezimmer.

»Was *machst* du jetzt?«, fragte sie ihn.

»Duschen?! Was sonst?«

»Echt jetzt? Ist das nötig?«

»Wieso? Haben wir's eilig?«

»Nein. Es geht mir nicht um die Zeit. Es geht mir ums Wasser.«

»Oh, come on, Carline! Ich schwitze wie'n Schwein und will einfach nur kurz duschen gehen. Das kann doch nicht das Problem sein!«

»Doch. Du könntest auch ins Meer springen. Zehn Minuten Fußweg …«

»Dann würde ich mich danach aber auch abduschen – wegen des Salzwassers!«

Carline schwieg. Cédric legte nach.

»Wie kommt es eigentlich, dass *du* als Amerikanerin jetzt hier einen auf sparsam machst? Gerade ihr, ey! Fette SUVs, zehnspurige Highways, Megamalls!« Es war das erste Mal, dass er ihre Herkunft gegen sie verwandte, und sie war perplex, weil sie ihm ein feineres Unterscheidungsvermögen unterstellt hatte.

»Außerdem«, sagte er, »hast du dich mit diesem ganzen Wassermangelkram mal ausführlicher beschäftigt, hm? In Deutschland ist es zum Beispiel so, dass das Wassernetz zu Zeiten gebaut wurde, als man mit einer deutlich höheren Auslastung rechnete. Und da nützt es überhaupt nichts, wenn irgendjemand individuell Wasser spart, weil die Leitungen eine gewisse Menge brauchen, um sauber zu bleiben. Und wenn die einzelnen Haushalte nicht genügend Wasser durchjagen, muss es am Ende eben das kommunale Wasserwerk tun. So einfach ist das!«

Er lief nackt in die Küche, drehte den Wasserhahn auf, schritt weiter ins Bad, stellte auch dort das Wasser an – und zwar sowohl am Waschbecken als auch in der Dusche – und betätigte abschließend noch die Klospülung. Carline stand völlig konsterniert im Flur. Von allen Seiten rauschte es. Sie wusste nicht, ob sie lachen oder weinen sollte. Sie hatte Cédric noch nie so erlebt, und was er da tat, kam ihr lächerlich vor, übertrieben und unpassend. Doch irgendwie fühlte sie sich argumentativ geschlagen. Er kannte sich nun mal besser aus mit Technikkram und hatte ein Grundvertrauen in die technische Lösbarkeit von Problemen. Es machte keinen Sinn, jetzt weiter zu diskutieren und die Wahrheit seiner Aussagen über die Kapazität von Wasserrohrleitungssystemen anzuzweifeln.

Sie ging auf die Terrasse, wo die Sonne knallte. Bis zum Abend redeten sie kein Wort mehr. Fünf Tage lang, also fast den ganzen Urlaub über, schliefen sie nicht miteinander (eine verdammt lange Zeit in ihrer noch jungen Beziehung), und es dauerte zwei Monate, bis sie das erste Mal über den ›Duschvorfall‹, wie Cédric es nannte, redeten. Carline hatte sich inzwischen belesen und mit Argumenten munitioniert und erklärte, dass Wassersparen, selbst wenn das Argument mit den Leitungen zuträfe, mindestens unter energetischen Gesichtspunkten Sinn mache, jedenfalls dann, wenn es um warmes Wasser ging, das nicht aus Solarthermieanlagen stammte. Doch auch wenn Cédric diesmal nicht sämtliche Hähne aufdrehte, ließ er sie nicht einfach den Sieg davontragen. Er hielt dagegen, dann müsse eben mehr Energie aus erneuerbaren Quellen gewonnen werden. Individuelles Sparen und Einschränken seien nicht die Lösung. Die Menschen würden sich nicht viel verbieten lassen. Die meisten würden immer weiter und immer mehr konsumieren wollen, und selbst wenn es in England oder Deutschland oder den USA ein paar gebe, die Verzicht übten, würde dieser Verzicht am Ende durch die wachsende Mittelschicht in China oder Indien zunichte gemacht. Viele Menschen dort würden nämlich früher oder später auch ein Auto fahren, ein Haus besitzen und in den Urlaub reisen wollen und so weiter und so fort, also einfach all die Dinge tun, mit denen sie und er ganz selbstverständlich aufgewachsen seien.

»Auch in Deutschland gibt's genug Leute, denen es nicht so gut geht wie uns, Carline! Und die hältst du dann mit diesem Verzichtsding weiterhin klein, obwohl die schon seit Ewigkeiten verzichten, aber nicht, weil sie wollen, sondern weil sie müssen!«

Der Punkt saß, fand sie. Und sie spürte, dass sie Cédric um seine Sicht auf die Dinge ein wenig beneidete.

»In Israel haben sie jetzt Steaks aus Zellkulturen entwickelt«, hatte er neulich erklärt. »Also richtiges Fleisch, aus richtigen Zellen, das sogar so schmeckt wie echtes Fleisch! Nur wurde es eben im Labor hergestellt, sodass kein einziges Rind dafür sterben musste. Wahnsinn, oder? Und in Wien kommt jetzt veganer Lachs aus einem 3D-Drucker! Hergestellt aus irgendwelchen Algen und Erbsen und frag mich nicht was. Aber es sieht jedenfalls aus wie Lachs und angeblich schmeckt es auch wie Lachs.« Die Begeisterung, die er für derlei hegte, war nicht nur von seinem beruflichen Interesse getrieben, Risikokapital für erfolgversprechende Innovationen bereitzustellen. Sie kam von Herzen und konnte Formen von geradezu kindlicher Freude annehmen. Carline rührte das manchmal so sehr, dass sie ihm um den Hals fiel, wenn er so redete. Im Grunde teilte sie seine Begeisterung sogar. Immer wieder versuchte sie sich Beispiele menschlicher Erfindungskraft aus dem Studium in Erinnerung zu rufen: den Pfeil mit ablösbarem Schaft etwa, der mit seinem Widerhaken im Unterholz hängen blieb und das Beutetier an der Flucht hinderte. Das war vielleicht ein schlechtes Beispiel, wenn es um fleischlose Ernährung ging. Aber das grundlegende Prinzip dahinter war ja wohl doch das Gleiche: Die Menschen waren bisher noch immer imstande gewesen, Dinge zu erfinden und zu verbessern. Und so würde es doch auch dann sein können, wenn es um die größte Korrektur menschlichen Fehlverhaltens in der Geschichte der Menschheit ging.

Nur: Früher oder später kam doch wieder der Moment, an dem sie irgendwo irgendetwas hörte oder las oder sah, das sie an der menschlichen Innovationskraft zweifeln oder sogar *ver*zweifeln ließ: Die Geschichte eines Quechua namens Apu zum Beispiel, die im *New Yorker* erschienen war und davon handelte, wie dieser sympathische Mann mit Anfang vierzig sein Leben als Lamahirte in Bolivien aufgeben musste, weil er seine Familie nicht mehr ernähren konnte. Die Preise für Quinoa waren plötzlich in die Höhe geschossen, nachdem es in den veganen Restaurants, Kochbüchern und Bio-Supermärkten von Nordamerika bis Australien zum Superfood avanciert war. Apu verkaufte seine Lamas; nur eines, eine trächtige Stute, behielt er. Er schlachtete sie und entnahm ihr den Fötus, um ihn erst in der Andensonne zu trocknen und anschließend in die Nähe des großen Salzsees mitzunehmen, wo er vom letzten Geld eine einfache Lehmhütte errichtete. Den Fötus vergrub er vor dem Bau unter der Erde, um der Pachamama zu huldigen, wie es schon seine Eltern, Großeltern und Urgroßeltern getan hatten, und er hoffte, dass ihm die Mutter Erde durch dieses Opfer fruchtbaren Boden bescheren würde. Anstatt an der Not zu verzweifeln, hatte er beschlossen, eine Tugend aus ihr zu machen: Er baute nun Quinoa an. Die Sache gedieh gut. Schon im ersten Jahr überstieg der Ertrag die Erwartungen. Die Zwischenhändler machten ihm hervorragende Preise und er sah bereits einer goldenen Zukunft entgegen. Bis zum vierten Jahr zumindest, als die Brunnen plötzlich versiegten. Am Rande des Salzsees waren von deutschen Konsortien riesige Anlagen zur Lithiumgewinnung errichtet worden. Lithium sei das neue Gold, hatte es geheißen, weil es für die Akkus von Elektroautos benötigt wurde und der Markt boomte. Nur wurden für die Gewinnung von einer Tonne Lithium zwei Millionen Liter Wasser benötigt. Das merkten nicht nur Apu, seine Frau und ihre fünf Kinder, sondern alle, die in der Gegend lebten: Der Grundwasserspiegel sank, zunächst nur ein wenig, dann immer drastischer. Sie konnten sich nicht mehr waschen, nicht mehr kochen, nichts mehr trinken. Die ersten Dörfer wurden leergezogen, auch Apu musste sich etwas Neues suchen (der Artikel endete damit, wie Apu sich mit Tränen in den Augen von seiner Frau und seinen Kindern verabschiedete, um allein über die Grenze nach Chile zu fahren und sich dort in einem Observatorium im Norden der Atacama als Hilfsarbeiter zu verdingen).

Carline hatten ebenfalls die Tränen in den Augen gestanden, aber sie erzählte Cédric nichts von der Lektüre. Ihre Energie reichte einfach nicht für eine Auseinandersetzung. Stattdessen nahm sie ihr iPad, in der Hoffnung, ein paar Zahlen zur Lithiumgewinnung recherchieren zu können, die das Problem »in Kontext setzten«, wie Cédric es immer nannte. Womöglich hing ja der Grundwasserabfall gar nicht mit den Anlagen zusammen? Sie tippte die Wörter ›Lithium‹ und ›Grundwasser‹ in die Suchmaschine ein, klickte aber nicht auf Enter, weil sie in diesem Augenblick (wie eigentlich fast immer, wenn sie eine Suche startete) daran denken musste, was sie vor einer Weile im Radio gehört hatte: Dass durch Suchmaschinennutzung aufgrund der Aktivitäten von Servern, Routern und so weiter angeblich 0,01 Kilogramm $CO_2$ pro Sekunde freigesetzt wurden, was einigen Berechnungen zufolge wiederum dreiundzwanzig Bäumen entsprach, die man hätte pflanzen müssen, um diese Emissionen wieder gutzumachen. Zum Glück – oder vielmehr: dem menschlichen Erfindungsgeist sei Dank! – gab es ja längst Suchmaschinen, die genau das anboten: Suche mit uns und pflanze mit jeder Suche einen Baum! Aber – es musste aber auch *immer* und *überall* ein Aber geben! – dann hatte Cédric ihr einen Artikel geschickt, in dem die weltweite Baumpflanzkampagne als riesige Betrügerei entlarvt wurde, und so ging es Carline immer: Kaum hatte sie wieder ein wenig Hoffnung geschöpft, dass die Welt und mit ihr die Menschheit doch noch zu retten sei, da platzte eine neue Hiobsbotschaft herein und die apokalyptischen Reiter stürmten heran. In den Mediatheken der Fernsehsender und Streamingdienste, in denen sie sich abends auf dem Sofa mit dem Laptop auf den Oberschenkeln (unter einer norwegischen Lammwolldecke, über die es im Katalog geheißen hatte, sie sei so konzipiert, »dass die eingesetzten Materialien wiederverwendet und in den Stoffkreislauf zurückgeführt werden können«) nach etwas Entspannendem zum Feierabend suchte, sprangen ihr plötzlich nur noch Dokumentationen über »Das System Lachs«, »Das System Milch«, »Das System Amazon«, »Das System Starbucks«, »Das System Hühnerei«, »Die Bio-Lüge«, »Die Recycling-Lüge« oder »Die Fair-Trade-Lüge« ins Auge. Jeder Film war aufrüttelnder und erschreckender als der andere, und in Kombination mit weiteren Dokus (über das weltweite Insektensterben, den Bau von Kohlekraftwerken, das mögliche Versiegen des Golfstroms, die rasante Erwärmung der Arktis, das Tauen des sibirischen Permafrosts, die Verschmutzung des Grundwassers durch Nitrat, der Böden durch Pestizide, der Meere durch Lärm, der Luft durch Abgase, des Himmels durch Licht, des Weltalls durch Satelliten und Schrott) verdichteten sie sich zu einer Überdosis angstmachender Informationen, von deren Konsum sie aber auch nicht lassen konnte; es war wie eine Sucht, ein krankhaftes Verlangen wie der Drang nach Selbstverletzung. Tatsächlich spürte sie diese Angst zunehmend auch körperlich: durch Schlafstörungen, Appetitlosigkeit und Panikattacken. Um nicht im Internet recherchieren zu müssen, hatte sie Martje im Vertrauen gefragt, ob so etwas überhaupt sein könne, ob sie in psychologischen Kreisen schon einmal etwas davon gehört habe, von dieser Art von Angst vor dem Zugrunderichten der Welt, und Martje hatte geantwortet: »Ja, man spricht da neuerdings von *eco-anxiety*, oder auch Klima-Angst.« Diese Auskunft konnte Carline ein wenig beruhigen: Es war angenehm zu wissen, nicht allein zu sein im Verzweifeln am Zustand der Welt. Aber (da war es wieder, das Aber!): Was nützte es, wenn alle zusehends verzweifelten? Dann würde es nur noch schlimmer werden! Und eigentlich war es ja jetzt schon schlimm genug! Wie viele Modelle der letzten Jahrzehnte, ganz gleich ob es um die Zunahme der Durchschnittstemperatur, das Abschmelzen der Polkappen und des grönländischen Eisschilds oder die Häufigkeit von Extremwetterereignissen ging, hatten sich als falsch erwiesen? Viele, sehr viele! Aber leider nicht, weil sie zu pessimistisch gewesen wären. Nein! Sie waren zu optimistisch ausgefallen, hatten zu sehr auf die Handlungsfähigkeit, ja, vor allem auf den Handlungs*willen* und die Vernunft der Menschen vertraut und erwartet, dass das Wissen um die Notwendigkeit einer Kurskorrektur automatisch zu einer Änderung im Handeln führen würde. Oh, welche Naivität! Natürlich: Es half nichts, zu resignieren oder sich einfach anzuzünden, wie dieser Typ in Brooklyn es getan hatte: ein Umweltmärtyrer, wie es hieß; war als schreiende Fackel geendet, um laut seinem in der *New York Times* veröffentlichten Abschiedsbrief »mit einem Tod durch fossilen Brennstoff auf den täglichen Tod Hunderttausender durch eben diesen Stoff aufmerksam zu machen«. Das war sicherlich ein starkes, eindrückliches Zeichen, ein »flammender Appell«, wie etliche danach in den sozialen Netzwerken meinten. Aber es schien wenig hilfreich, da war sie sich mit Cédric ausnahmsweise einig.

Trotzdem wollte oder konnte sie nicht mit einstimmen in das Lied, das in solchen Fällen und überhaupt seit einigen Jahren gerne in Diskussionen über die Frage nach einer Lösung des Problems angestimmt wurde und dessen Refrain lautete: Die Politik muss es richten! Ja, die Politik (was, bitteschön, sollte das eigentlich sein? Die kommunale? Die nationale? Die supranationale? Die globale? Gab es das überhaupt?) müsse allgemeinverbindliche Regeln schaffen und die Menschen zu Verhaltensänderungen bringen, und genau dieses Lied sang nun auch Matthias. Carline konnte es, während sie die gelborange Pulpa der Maracuja auf den Dessertschalen anschaute, nur allzu gut hören.

Sie fasste das Tablett, lief damit zum Tisch, stellte allen eine Schale hin und tat dann etwas, was sie in einer solchen Situation noch nie getan hatte: Sie ergriff das Wort. »Es stimmt schon, was du sagst, Matthias: Es muss irgendwie politische Rahmen … wie sagt man?«

»Rahmen*bedingungen*?«

»Ja, politische Rahmenbedingungen oder Gesetze oder was auch immer geben, um für Verhaltensänderungen zu sorgen. Aber weißt du, was ich mich manchmal auch frage: Ob das nicht ein zu bequemes Argument ist. Eines, das einfach nur aus Faulheit gemacht wird. Was wäre denn, wenn *alle* oder zumindest *viele* Leute es so machen würden wie deine Schwester? Kein Fleisch essen, kein Autofahren, kein Flugzeugfliegen? Dann bräuchte es gar keine allgemeinen Gesetze oder Verbote!«

Matthias nickte und schob sich einen Löffel Dessert in den Mund. »Klar, Carline! Nur: So sind die Menschen halt nicht, oder? Ich meine, wie viele machen da mit? Selbst wenn's ein paar Millionen wären. Die wären ja *nichts* im Vergleich zu zig Milliarden Weltbevölkerung. Ich kann jetzt hier bis zum Ende meines Lebens auf Weihnachtsbraten verzichten und Fahrrad fahren. Nur: Im Großen und Ganzen bringt es nichts! Weil ich ein einzelnes, winziges Menschlein bin, dessen Verhaltensänderung überhaupt nicht ins Gewicht fallen wird!«

»Mag sein. Aber wie lange warten wir denn jetzt schon auf ›die‹ Politik? Seit dreißig, vierzig Jahren? Die Zeit ist einfach zu knapp, als dass wir da jetzt noch weitere Jahrzehnte warten könnten, und deswegen finde ich das gut, was deine Schwester da macht und …«

»Aber doch nicht mit diesem erhobenen Zeigefinger!« Matthias hob den Löffel. »Das ist immer alles so moralinsauer, weißt du! Diese ganzen Verbote und Vorschriften und Vorhaltungen, diese ganzen Aufrufe zu Verzicht und Askese und dieses ganze Mein-ökologischer-Fußabdruck-ist-kleiner-als-deiner-Geseier, das geht mir *so* auf die Nerven! Da habe ich dann schon gar keine Lust mehr, überhaupt noch über irgendeine individuelle Verhaltensänderung auch nur nachzudenken, verstehst du?«

Carline leerte ganz in Ruhe ihre Schale und nickte, während alle anderen um sie herum weiterhin schwiegen. »Verstehe ich, Matthias«, sagte sie, »verstehe ich.« Sie kratzte mit dem Löffel die letzten Sahnereste aus der Schale, so als könne sie darunter noch eine schlagfertigere Reaktion finden. Sie schaute zu Torben. Der kratzte ebenfalls nur in seiner Schale herum. Sie guckte Cédric an in der Hoffnung, dass er ihr beispringen und die Stimmung, die jetzt merklich auf dem absoluten Tiefpunkt war, irgendwie retten würde. Er erwiderte ihren Blick. »Wann fliegst du denn morgen?«, fragte er.

Die Frage haute sie um. Sie versuchte, sich ihr Taumeln

nicht anmerken zu lassen, und antwortete so knapp und höflich, wie sie die Frage auch unter anderen Umständen beantwortet hätte: »Morgen Nachmittag. Kurz vor vier.«

»Von Leipzig?«, fragte Gregor. Es war deutlich zu merken, dass er diese Frage allein aus dem verlegenen Bemühen heraus stellte, das Gespräch schnellstmöglich auf ein anderes Gleis zu bringen.

»Nein, von Berlin. Also von Berlin nach Rom und dann weiter nach São Paulo.« Carline sah Cédric nicht an, während sie Gregors Frage beantwortete. Auch bei den folgenden Fragen – was genau sie in Brasilien machen werde, wie sie dazu gekommen sei und so weiter – schaute sie nicht zu ihm. Ja, es war nicht zu erwarten gewesen, dass Cédric in der Auseinandersetzung mit Matthias klar und deutlich auf *ihrer* Seite stehen würde. Es war sogar absehbar gewesen, dass er im Anschluss an das Abendessen, wenn sie die Neigen aus den Weingläsern in die Spüle kippten und die Essensreste von den Tellern in den Mülleimer schabten, eine Bemerkung dahingehend machen würde, dass diese Diskussion ja nun wirklich nicht nötig gewesen sei, jedenfalls nicht in einer Runde mit seinem Team! Diese Art von Bemerkung, die hatte sie eingepreist und auf eine Weise geradezu herbeigesehnt. Denn was gab es Langweiligeres als Paare, die nach Jahren des Zusammenseins in den Trott gegenseitiger Selbstbestätigung verfielen? Es brauchte doch die Auseinandersetzung, die Uneinigkeit! Sie hielt frisch, war wohltuend, fast schon romantisch. Aber dass Cédric sie hinterrücks mit einer ganz beiläufigen Frage überfallen und sie vorführen würde, damit hatte sie nicht gerechnet. Das eigentlich Schlimme daran war jedoch: Er hatte recht! Auch *sie*, Carline Macpherson, flog. Umgerechnet würde dieser Flug hin und zurück drei Quadratmeter arktischen Eises kosten! Da spielte es keine Rolle, ob sie sich dafür eine der üblichen Rationalisierungen zurechtgelegt hatte (»Ich muss es für die Arbeit machen«; »Ich kompensiere meinen gesamten Flug mit Atmosfair«; »Der Flugverkehr verursacht doch gerade einmal knapp drei Prozent des weltweiten $CO_2$-Ausstoßes, die Landwirtschaft hingegen emittiert fünfundzwanzig Prozent Treibhausgase«; oder – das Totschlagargument schlechthin – »Das Flugzeug fliegt sowieso, egal ob ich darinsitze oder nicht.«). Nein, all das war völlig »wurscht«, wie Cédric immer sagte. Und so richtete sich die Wut, die sie jetzt empfand, zwar äußerlich auf ihn und auch dagegen, dass ihre Rede bei Tisch vermutlich als ›hysterisch‹ und ›typisch Frau‹ beschrieben werden würde, während die Aggressionen, die Matthias an den Tag legte, wie so oft als ›starkes Statement‹ rüberkamen. Im Grunde jedoch war sie einzig und allein wütend auf sich selbst. Hinzu kam eine tiefe Scham, die sie im Angesicht der anderen empfand, insbesondere gegenüber Torben, zumal Matthias das beißende Grinsen eines Siegers im Gesicht trug.

Nachdem alle gegangen waren, tauschte sie mit Cédric nur unverfängliche Alltagsfloskeln aus. Im Bett drehte sie ihm den Rücken zu. Und am nächsten Morgen, als er zur Arbeit aufbrach und der Moment des Abschieds anstand, arrangierte sie es so, dass sie just zu diesem Zeitpunkt unter der Dusche stand und auf seinen Versuch, sich zu verabschieden, nur durch das laute Rauschen des Duschstrahls hindurch mit einem knappen »Bye!« reagierte, so als würden sie sich schon wenige Stunden später wiedersehen.

Sie bedauerte diese Situation. Unter anderen Vorzeichen hätte sie nichts dagegen gehabt, ihn zu sich zu holen. Aber das war unter diesen Umständen völlig ausgeschlossen.

Auch jetzt, in Rio Branco, hielt der Groll noch an und es war lediglich ein Bauchgefühl, das ihr sagte, es sei an der Zeit, aus der emotionalen Verschanzung herauszukommen und sich ausführlicher bei Cédric zu melden.

Der Cursor blinkte noch immer nervös auf dem weißen Hintergrund des geöffneten E-Mail-Fensters. Draußen auf der Straße klapperte ein LKW nach dem anderen vorbei. Bei jedem Mal schepperten die Scheiben im Fensterrahmen.

Carline tippte die vor einigen Minuten gelöschte Umarmung nun doch wieder in die Betreffzeile. Es war ja schließlich genau das, was sie auch zu Hause getan hätte: Cédric umarmen, sich aussprechen, die Differenzen beilegen oder zumindest darüber reden. Sie sehnte sich jetzt tatsächlich ein wenig nach seiner physischen Nähe. Oder überhaupt nach der Nähe von jemandem, mit dem sich über die Schmach und die Scham reden ließ.

In Deutschland war es jetzt kurz nach acht. Eine ungünstige Zeit, um Martje anzurufen. Die brachte vermutlich gerade Arik ins Bett. Carline nahm ihr Telefon zur Hand, um Martje zumindest eine Nachricht zu schicken und nach einer passenden Zeit für ein Telefonat im Lauf der kommenden Stunden zu fragen. Sie legte es wieder beiseite, weil mit einem Bling eine E-Mail eintraf.

Sie schaute zweimal hin, um sicher zu gehen, dass sie sich nicht verguckt hatte. Aber tatsächlich: Der Absender lautete ›post@davidrubens.de‹. Und im Betreff stand: ›In Brasilien‹.

## 2

Gegen zwölf Uhr am Mittag fühlte Telmo sich, als habe er bereits die halbe Saftkarte des Jardim do Éden getrunken. Vor ihm stand ein letzter Schluck Orangen-Ananas-Acerola-Saft.

»Möchten Sie noch ein Glas?«, fragte Matheus. Er war nach drei Stunden endlich dazu übergegangen, nur noch auf Portugiesisch mit ihm zu reden.

»Nein, danke! Ich würde dann zahlen.«

»An der Rezeption beim Check-out.«

»Ach so.«

Matheus wandte sich ab, um zu gehen.

»Eine Frage noch: Wie komme ich von hier aus am besten zur Catedral da Sé?«

»Am besten rufen Sie sich ein Uber.«

»Ein …?«

»Uber-Taxi? Haben Sie die App nicht?«

Telmo überlegte kurz, ob er seinen alten Knochen von Mobiltelefon aus der Tasche ziehen sollte, von dem er noch nicht einmal wusste, ob er hier in Brasilien überhaupt funktionierte. Er ließ ihn stecken.

»Und mit dem Bus? Welcher Bus wäre das?«

»Die Busse sind meistens sehr voll, da wollen Sie nicht …«

»Verstehe. Aber wenn ich den Bus nehmen wollte, dann welchen?«

Matheus schüttelte den Kopf und zog sein Smartphone aus

der Tasche. »Moment.« Er wischte und tippte darauf herum. »Sie laufen bis zur Avenida Nove de Julho, von dort dann mit dem Bus zur Kathedrale. Das sind acht Haltestellen, zwanzig Minuten. Die Endhaltestelle des Busses ist Parque Dom Pedro.«

»Danke! Und zu Fuß?«

»Zu Fuß? O Gott, das sind … Soll ich nachsehen?«

»Danke, nein. Keine Ursache. Ich lasse mir an der Rezeption ein Taxi rufen.«

Matheus Miene entspannte sich. Telmo trank den letzten Schluck Saft, verabschiedete sich, brachte seine Lektüre aufs Zimmer und ließ sich anschließend an der Rezeption einen Stadtplan aushändigen.

Als er aus der eiskalten Lobby des Hotels trat, wurde er beinahe erschlagen. Am Morgen, bei der Ankunft, waren die Straßen und Gehwege noch dunkel und leer gewesen. Morgendliche Frische hatte in der Luft gelegen. Jetzt fuhren überall Autos, liefen überall Menschen herum. Die Temperaturen lagen deutlich über fünfundzwanzig Grad.

Er warf einen Blick in die Karte, bog dann nicht wie empfohlen nach links zur Avenida Nove de Julho, sondern nach rechts Richtung Rua Augusta ab. Es würde doch schöner sein, sich selbst einen Weg zu bahnen, dachte er, statt Bus oder Taxi zu fahren oder mit der Metro, wo man gar nichts von der Stadt sähe.

Zweieinhalb Stunden später bereute er die Entscheidung. Er stand völlig erschöpft vom Gehen, vom Lärm, vom Gestank, von den vielen Menschen, den Fahrzeugen, den hohen, grauen Häusern und Straßenschluchten vor der Kathedrale auf der Praça da Sé. Er ging hinein, durchschritt einmal das riesige Kirchenschiff, besichtigte, mehr pflichtbewusst als wirklich interessiert, die Krypta mit den Überresten jenes

Häuptlings der Guaraní, der laut den dort aufgestellten Informationstafeln im sechzehnten Jahrhundert die ersten Jesuiten empfangen hatte. Dann stieg er wieder hinauf und trat ins grelle Nachmittagslicht des Platzes.

Vom Schatten einer Palme aus beobachtete er die Touristenpärchen, die sich am Marco Zero fotografierten. Auf einem Klapphocker döste ein grauhaariger Herr mit einem »Kaufe Gold«-Schild in der Hand. Zu Füßen der Bäume lagen Wohnungslose und schliefen. Eine ältere Frau bettelte ihn um Geld an. Er schüttelte den Kopf. »Ich habe leider nur große Scheine, heute Morgen erst abgehoben«, wollte er ihr noch zurufen, aber da war sie schon zum Nächsten weitergezogen.

Er schaute auf der Karte, in welche Richtung es zum Pátio do Colégio ginge, wo José de Anchieta und Manuel da Nóbrega, die guten Mitbrüder der Gesellschaft Jesu, einst die Stadtgründung begonnen hatten. Doch als ihn auf dem Weg dorthin, beim Überqueren der Straße, ein Taxi anhupte, stieg er kurzerhand ein und ließ sich zurück zum Hotel fahren.

Schon allein die Ruhe in der Lobby war eine Wohltat. Im Zimmer surrte lediglich die Klimaanlage. Er zog sich ein frisches Hemd und eine neue Hose an, tauschte die verschwitzten Halbschuhe gegen luftige Sandalen und fuhr, die Lektüre des Vormittags erneut unter den Arm geklemmt, mit dem Aufzug bis zur Dachterrasse. Im Pool zog eine ältere Dame ihre Bahnen. Er nickte ihr freundlich zu, ließ sich auf einer Liege im Schatten nieder und schloss kurz die Augen, bevor er die *Warhaftige Historia* an der Stelle aufschlug, an der er am Vormittag aufgehört hatte. Das Lesen war etwas zäh gewesen, nicht nur der altertümlichen Sprache wegen, sondern vor allem, weil die Schilderungen zu den, wie es hieß, »Metallen des Landts America / den Thier / bäumen und allerley

Erdgewächsen« nur von sehr begrenztem Unterhaltungswert waren. Er ärgerte sich ein wenig, nicht in eine der Buchhandlungen an der Praça da Sé gegangen zu sein, um ein etwas amüsanteres Buch zu kaufen. Aber was nützte es?

Er überblätterte großzügig alle übrigen Kapitel zur Landschaft, zur Flora und zur Fauna und setzte an der Stelle ein, wo es endlich um die Menschen ging.

*Nach den Beschreibungen über die Winde / die Landtschafft / die Gewächse / die grossen und kleinen Thiere / so in America oder West-India sind / soll nun von den Menschen gehandelt werden / welche Indianer geheisset. Es sind aber damit alle möglichen leutt oder Einwohner bezeichnet / die Americam als Vaterlandt haben / und gibt es doch grosse unterschiede zwischen ihnen. Die da wohnen auff der ebenen und bey dem grossen meere Oceano / sind Beschrieben von Herrn Iosepho de Acosta im Fünfften, Sechsten und Siebenden Buche seiner Schrifft über America. Doch ist zu handeln von denen in den Wäldern / die auch genant* homines silvestres / *das heisst /Waldmenschen/ weil sie wohnen in den Tieffen des Waldes. Sind aber nicht diesselbigen / die gesehen und bekeret in Brasilia / von Iosephum de Anchieta / und die ihn theils freundlich begrüsset / sondern wohnen gegen Auffgang von den spitzen und hohen Bergen / dadurch Brasil vom Peruischen Königreich eygentlich unterscheidet wirt. Sind aber doch die schrancken ungewiss / und konnte niemand sagen wie weit sich streckt das theil / welches der Krone Portugal gehöret. Und war auch unbekandt / ob menschen wohnen in dem innern des Landes / und sagten viele es seyen dort nur allerley Erdgewächse und wilde Thiere.*

Telmo blickte auf, weil die Dame dem Swimmingpool entstieg. Sie ging zur Liege, auf der ihr weißer Bademantel lag, nahm sich das Handtuch und glitt mit nassen Füßen in die Bastsandalen, die vom Hotel für alle Gäste bereitgestellt wurden.

Er erschauderte wohlig. Allein die Vorstellung vom Geruch fußnasser Sandalen – einer Melange aus Chlor, Hornhaut und feuchtem Stroh – war zu gut. Er bemühte sich, umgehend mit der Lektüre fortzufahren.

*Am erschrecklichsten ist nun ihre Nacktheit. Denn sind nicht nur die Kinderleyn ohne kleidung / sondern auch der gemeine man gehet nacket / und die frauen. Sie zeigen ihre brüste / daran auch die kindlein hängen / ganz ohne scham / und sind wol darumb wie Adam und Eva in Paradiso.*

Telmo konnte nicht umhin, kurz »und führe mich nicht in Versuchung« zu murmeln. Er ließ das Buch sinken, sein Blick verfing sich jedoch sofort wieder in den Sandalen auf der anderen Seite des Pools, die durch die Füße zunehmend benässt wurden. Vielleicht war es doch besser, wieder zurückzublättern zu den trockeneren, aber weniger sündigen Ausführungen über die Landschaft und das Klima? Er entschied sich dagegen und las weiter, wo er aufgehört hatte.

*Doch anders als Adam und sein Weib haben sie gegürtet ihre Lenden / nicht mit einem feygenblatt / noch mit blättern von andern Pflanzen aus dem walde / sondern sind gar gantz nacket wie die wilden thiere / und haben mancherley bemalung / auf ihren Armen und beinen / und auch in ihren Gesichtern. Darumb gab es grossen streit / ob sie noch nicht gegessen vom baum der Erkenntnuß. Denn es sagt doch die*

*H. Schrifft / daß Gott den Adam und sein weibe gewarnt / daß sie nicht sollen essen vom Baum mitten im Garten. Als sie aber doch davon aßen / weil die Schlange / die da war der Sathan / sie verführt / da wurden ihnen die augen aufgethan / und sie wurden gewahr / daß sie nacket waren / worauff sie sich schürzten.*

Anstatt sich mit dem Bademantel zu verhüllen, schob die Dame ihre Liege auf einen sonnigen Fleck und machte es sich, lediglich mit ihrem noch nassen Badeanzug bekleidet, darauf gemütlich. Die Sohlen der Sandalen zeigten direkt zu Telmo. Am liebsten hätte er die Bastfasern berührt, daran gerochen, sie … Er senkte den Blick auf das Buch. Er tadelte sich. Aber wer war eigentlich sündiger? Diejenige, die verführte, oder derjenige, der sich verführen ließ? Bei Gott, es konnte doch keine Sünde sein, ein Bad in einem Pool zu nehmen und sich anschließend zu sonnen! Trotzdem: Warum musste sie sich ausgerechnet um diese Zeit hier aufhalten? Telmo bemühte sich, seinen Blick nicht erneut abschweifen zu lassen, und heftete ihn nun noch konzentrierter auf die Schrift.

*Daß die indianer aber vom Teuffel verführt seyen / erklärte unser hochwürdiger gefährte Alfons. Und brachte er auch vielerley Argumenta dafür hervor. Erstens / weil nemblich des Teuffels Hoffart so gross ist / daß er begert für Gott gehalten zu werden. Darumb begab er sich an mancherley entfernte Oerter / wohin das Evangelium noch nicht gebracht / also in die Neuwe Weldt. Dort hat er die Menschen in Abgötterey unterwiesen / weil sie empfenglich für seine lehr / und sie griffen auf allerley teufflische Irrthumb. So glauben sie / daß die Gestirne Götter seyen / oder auch Geister leben in den gewächsen und Flüssen. Auch sagen manche von ihnen / daß sie herstammen von einer grossen Schlange / und die Schlange im Paradiso ist doch der Sathan. Ein andern Argumentum ist / daß sie wohl Menschen opfern / sogar ihre eigenen kinderleyn / und gibt es doch davon vielerley Berichte. Doch fragte unser bruder Damian / ob nicht auch Abraham hatte opfern wollen seinen Sohn Isaac. Daß es so gewesen sey / bestritt der Alfons nicht / obschon er widersprach / weil doch Gott dem Abram dies nur als Prüfung aufferlegt / und Abram sein Kind nicht hat getötet. Es hielt aber der Damian eine Widerrede / und sagte / daß er zwar glaube / daß der Verstand der Indier noch nicht erhellet von dem Licht deß H. Evangelii sey / sondern verdunckelt von der Finsternuß des Unglaubens / gleichwol in ihnen aber doch etwas Edles und Göttliches scheine. So errichten sie ihre häuser oder Hütten nach der Form eines Kreises. Und diese Form ist doch die göttlichste unter den Formen / wie schon Aristoteles und andere gelehrte sagten / deshalben auch die himmlischen spheren Kreise seien. Um aber die Göttlichkeit dieser Form zu erfassen / müssen die Indier wol eine rationale Seele nach dem Bilde Gottes besitzen. Dem Damian gefiel es auch / daß sie in ihren wäldern eine süssliche Frucht haben / solche sie essen / darinnen ein gelber saft mit schwarzen Samen / und ihre blüte sieht aus wie Christi Dornenkranz / und die zahl der Blätter an ihrer blüte ist fünff / wie die fünff versuchungen. Da meinte er / sie hätten doch kentniß von der Passion unseres Herrn. Auch von der Sintflut singen sie mancherley lied / daß die wasser stiegen / und wer sich nicht konnte retten auf einen der hohen Bäume oder Sträucher / wurde in den wassern getötet. Es ist aber solches nicht verwunderlich / wenn es stimmt / was jener Verfasser der allgemeinen Historie über Indien schreibt / daß nemblich die Einwohner von Peru und Brasilia sind Kinder des Ham / der da war der Sohn des Noah / und Ham war verflucht / weil er seinen vatter hat nacket gesehen. Es war aber der Noah schon sehr alt / als er den Ham gezeugt / und alt werden auch die Einwohner der Neuwen Welt / denn manche leben gar bis 120 oder 140 jahr / und der Damian traff einen mann / der war noch älter. Auch klingen die laute ihrer Sprache wie die Laute der Hebräer. Sie sprechen nemblich oft nicht mit ihren Lippen und ihrer zunge / sondern mit ihrer kehle. Hiezu kompt / daß sie die laute der Vögel und der andern Thier beherrschen / und gehen sie auch ohne Kleidung wie diese / sey dies doch nicht unverschembt / sondern ein Zeichen / daß sie kennen keine laster. Denn es hat Boethius drei Arten der incontinentia unterschieden / die da rühren vom Tastsinn her. Deren erste zeigt sich beim Essen und in den Speisen / die zweite in dem Prunk der Kleidung / die dritte im geschlechtlichen Verkehr.*

Auf der gegenüberliegenden Seite gab es nun Bewegung. Die Dame richtete sich von ihrer Liege auf, zog sich den Bademantel über, nickte zur Verabschiedung und ging zum Fahrstuhl. Telmo blickte ihren Schuhen hinterher. Als sich die Fahrstuhltür öffnete, trat ein Mitarbeiter des Hotels auf die Dachterrasse. Er wünschte einen guten Abend. Telmo wunderte sich, dass es wirklich schon so spät sein sollte, merkte aber, dass er seine Uhr auf dem Zimmer hatte liegen lassen. Der junge Mann machte sich an der Bar zu schaffen. Seine Füße steckten in schwarzen Halbschuhen aus glattem Leder, vermutlich blankgeputzt von einem der Schuhputzkinder draußen auf der Straße.

*Weil nun ihr Leben ohne Kleidung ein Ausweis ihrer Lasterlosigkeit sey / dürfe man ihnen auch keinerley hosen oder hemden oder sonstige Gewänder schenken (wie Damian sagt) / da sie durch diese nur zum Prunk und zur eitelkeit verführt würden. Wenn er aber sah / daß ihnen irgent jemand ein Hemd gab / oder ihren frauen Spiegel und Kämme / wurde er gar grimmig / und sagte / daß man nicht dürfe handeln wider die wahrheit und die Principia / welche man mit dem Verstand geschaut habe. Und solches tadelte er mit grosser beharrlichkeit / und wider den Alfonsum / und ist doch daher umso wichtiger zu berichten / was in dem tieffen Wald wundersames geschah / und ihrer beyder Wesen und Naturen gar sehr veränderte.*

»Möchten Sie etwas trinken, Senhor?«

Der Barmann stand mit einem Mal direkt neben seiner Liege. Telmo ließ das Buch sinken.

»Ja, gerne! Vielleicht ...«

»Wir haben gleich Cocktail-Happy-Hour, wenn Sie möchten: Caipirinha, Batida, Rabo de galo ...«

»Nein, danke, lieber ...«

»Einen Wein?«

»Nein.«

»Eisgekühltes Bier?«

»Gern! Aber ohne Eis.«

»Selbstverständlich. Brahma? Skol? Oder etwas Selbstgebrautes hier aus São Paulo?«

»Ähm, was war das erste?«

»Brahma.«

»Ja, dann dieses.«

»Ein Brahma, wunderbar!« Er verschwand an der Bar. Erst jetzt bemerkte Telmo den Bossa Nova, der aus den Lautsprechern über die Terrasse dudelte und sich mit dem Grundrauschen der Stadt vermischte.

Als der Barmann wiederkam und das Bier auf das Tischchen neben seiner Liege stellte (das Glas war so kalt, dass es Eisblumen ansetzte), war er bereits wieder in die Lektüre vertieft.

*Des Damian Natur war nemblich sehr eigenthümlich / und es fragte mancher / weshalb er sich überhaupt auf die anstrengende Reise begeben. So sind in dem Wald vielerley gefahren und viele wilde Thier / und es wechselte der Trupp sehr oft das Lager für die Nacht. Dem Damian aber gefiel dies nicht / lieber wollte er bleiben an einer Stelle für lange zeit. Deshalben freute er sich sehr / wie es gab einige wochen rast am ufer von dem Flusse / wo auch einige Hütten sind / und der Ort wird genannt von manchen nach dem Heiligen Michael / und heisst aber wol anders in der Sprache der Einwohner / und es zeigte der Damian grossen Eiffer / zu lernen diesselbige sprach. Hörte er ein neues Wort / so schrieb er es nieder / und notierte auch die laute und was es bedeutet. Dies tath er offt in der Nacht / wenn niemand ihn stören konnte / ausser die Thiere / denn es kamen zu seiner Kerze vielerley fliegen und motten / und sassen dann um ihn und lauschten seinem murmeln wie eine gemeinde. Das Buch / worinnen er schrieb / hütete er wie seynen Augapffel / und legte sich darauff mit seynem Kopff / wenn er schlief bis zum Mittag. Des Tags legte er es in eine Kisten / darauff setzte er sich / damit nicht irgent jemand ihm das Buch nehme / und er gab grosse acht / daß auch der Regen es nicht beschedige. Darumb wunderten sich eynige geferten / als er blötzlich am tag vor Pfingsten das Büchleyn nicht mehr öffnen wollte / und alle waren in grosser Sorge / denn der Damian war wie kranck und erhub sich auch nicht von seinem Lager / und es fragten alle / was die Ursach für sein Kranckheit sey. Er feierte auch nicht die Heilige Messe*

*/ und wollte keinen Bissen zu sich nehmen / sondern blieb liegen bis zum dritten Tage / doch hatte er keynerlei fieber und seine Haut zeigte keyne Geschwüre. Auch ging zu ihm Iosephus / der war Arzt / und konnte nicht finden / was ihn machte so kranck. Sie holten auch zwei von den Indiern / damit sie dem Damian Luft zuwedelten mit blättern / wenn die Sonne des Mittags am höchsten stand. Es konnte ihm aber nichts helfen / und es vergingen drei Tage. Wie er aber am dritten Tage auferstanden von seinem lager / da lieff er zu dem Flusse und versammelte um sich alle / die ihn hören wollten / und es gab eine grosse verwunderung / was er zu sagen habe. Er aber sprach nicht / sondern hockte sich in den sand / so da war am Ufer des Flusses. Und er nahm eynige Körner von dem Sand in seine Hände / und ließ sie rieseln durch seine Finger / bis es war nur noch eines. Da fragte er / ob irgent jemand ihm sagen wolle / ob dies wol ein Hauffen sey. Alle lachten gahr sehr / und es wollte sich niemand finden / zu sagen daß dies körnchen ein Hauffen ist / und es war grosse eintracht darin. Also klaubte er ein andern Korn / und da waren es nun zwo / wie er sie hielt in seyn Händen. Und wieder fragte er / ob irgent jemand ihm sagen wolle / ob dies wol ein Hauffen sey / und wieder lachten alle gar sehr / weil sie nicht wollten finden / daß zwei Körner Sand schon ein Hauffen seyen. Als er aber nahm ein drittes und ein viertes und ein fünfftes / begann sich eine unruhe zu regen in der Menge / die da stand um ihn am Ufer / und rieffen einige / ob er sie wolle zum Narren halten. Er aber sprach / daß er nur wolle wissen / was ein Hauffen sey. Da trat hervor Alfons / und stiess mit seym Schuh in den Sand / und schob ihn zusammen / und zeigte darauff / und sagte daß dies doch wol ein hauffen sey / und daß dies wüssten sogar die kinderleyn. Doch wie er dies sagt / tritt Damian zu ihm / und greift mit seynen Händen in*

*den sand / und wirft ihm den sand entgegen / und fragt / wie viel er müsse wegnehmen / damit es kein Hauffen mehr sey. Und als er merkte / wie dies bereitete dem Alfons grossen Ärger / da freute er sich gar sehr / und sprach daß dies die Ursach für sein Kranckhait sey / daß er nemblich nicht finden könne eine Lösung für dies problematum / was auch genant Paradoxon. Denn wenn irgent jemand sage / Dies ist ein Hauffen / so könne dies wort entweder sein wahr oder falsch. Es könne aber nicht seyn wahr und falsch zugleich / und könne auch nicht sein weder wahr noch falsch / weil diesselbige Rede verstosse wider alle Principia der Logica. Nun habe aber die Sprache der Indier ein Wort / und dieses sey nicht falsch und nicht wahr / sondern ein dazwischen / und dieses sagten sie zu allerley rede / daß sie vielleicht wahr / vielleicht falsch sey. Es lachte aber der Alfons / wie er dies vernahm / weil er diese sorgen gar lächerlich fand. Denn wenn es auch stimme / daß es sey wider die Logica / könne es doch kaum sein die Ursach für eine Kranckheit. Die schwere Noth / dadurch dem Damian bereitet / zeigt aber / daß er von besonderer Natur war / und es wurde gar noch schlimmer mit ihm. Als nemlich gefeiert wurde die H. Messe / da kamen auch einige von den Indiern / Männer und frauen / aber sie kamen wie sie auch im Wald lieffen / nemblich gantz ohne Kleider. Wie dies der Alfons sah / wurde er zornig / und war ganz tobwütend / und schrie / daß dies eine grosse lesterung vor dem Herrn sey / weil sie nicht gürteten ihre Lenden und nicht bedeckten ihre scham. Darumb packte er sie / und schlug eynige von ihnen / und nahm auch sein Schwert und haute einer frau ein Ohr ab / die war schwanger. Da stimmten nicht nur die Indier an ein lautes Geheul / sondern auch der Damian / und saß zwei tage an der stelle / bey dem blut der frau / bis es hinweg wusch der Regen. Die sich ihm näherten / zu sehen was er tath / die sagten daß er betete zum Herrn / und bat um Vergebung für die Sünde des Alfonsi / und wollte er wiederumb nichts essen für drei tage / nur trinken das wasser von dem Flusse / darinnen noch das blut. Am dritten Tag jedoch verlangte er / daß man ihm bringe den Alfonsum / und wie dies geschehen / da fing er an zu predigen. Er sprach: Niemant darf handeln wider die warheit / welche mit dem Verstandt geschaut. Es ist doch gleich / ob die indier die kinder Gottes seyn und lebten wie Adam und Eva (wie er glaubte) / oder ob sie gehörten dem Teuffel (wie es der Alfons meinte). Denn seien sie bei Gott / so dürften sie nicht geschlagen werden / noch irgend anders geschmeht. Seyen sie aber des Teufels / so dürften sie auch nicht schlecht behandelt werden. Vielmehr seien sie zu unterweisen in dem H. Evangelium / worin sey die Liebe des Herrn. Und setzte er hinzu / daß diese reden seien wie die conclusiones in einem Argumentum / das genant praktischer sillogismus / und dabey dürfe niemals seyn ein unterschied zwischen der Erkenntnuß und der Handlung. Wer aber handele wider die Erkenntnuß / verdrehe alles mit seinem Verstande / und sey doch darinnen nicht besser als der Teuffel. Wie dies der Alfons hörte / zeigte er wiederumb Zorn / da er nicht wollte gleich sein mit dem Sathan / und sagte / daß des Damiani Worte selbst seien aus dem Maul des Teufels. Er zog sein Schwert / zu schlagen den Damian / doch musste er es sinken lassen / weil ein andern Geferte ging dazwischen. Der Damian aber lief zu seinem Lager / und blieb dort drei Tage und drei Nächte / und seine haut wurde gantz blas / und er wollte auch keine Nahrung nehmen / nicht einmal einen Schluck aus seinem becher. Da traten zu ihm einige / und sagten daß er nun verstosse gegen sein eigen argumentum / weil doch aus hunger folge die nothwendigkeit zu essen. Er verteidigte aber sein thun und sagte / daß er wolle zugrunde gehen an diesem widerspruch / als ein zeichen gegen die widersprüchlichkeyten der anderen. Wie er aber immer weiter siechte / und kaum mehr konnte sprechen / nahm seine Hant der Stephan / und redete zu ihm / daß er wolle Abbitte leisten bei den Indiern für dieses deß Alfons thun. Da erhob sich der Damian von seiner Matten / und nahm von der Speise und von dem Trunck / und es vergiengen eynige Tage / da war er wieder bei Kräfften. Der Stephan sprach / daß sie nun wollten gehen zu den Einwohnern im Waldt / er / der Damian / und auch der Alfons / so daß sie zu dreien seyen wie die H. Trinität. Sie nahmen auch vielerley vorräthe mit / und auch einige von den Indiern / diesselbigen als hilfe und begleitung. Sie brachen auf von dem flusse am Morgen. Alle warteten nun / daß sie würden zurück kehren am Abend. Doch sie kamen nicht / sondern nur die dunckelheit / wol um die sechste Stunde. Auch am nächsten Tag gab es von ihnen keine kunde. Am übernächsten Morgen aber / noch kaum vor dem Auffgang der Sonne / da wurden alle geweckt von einem Lärmen / und dies waren der Stephan / der Damian / der Alfons und ihre Begleiter. Wie wir sie sahen mit unseren Augen / da wunderten wir uns sehr / und als wir hörten aus dem Munde des Stephani / was geschehen / da trauten wir unseren Ohren nicht.*

Telmo schreckte hoch. Vor dem Tresen lagen Scherben. Der Barkeeper fluchte, während er nach Kehrblech und Besen suchte.

»Entschuldigung!«, rief er.

»Keine Ursache«, sagte Telmo. Sein Bierglas stand noch unberührt auf dem Tisch. Die Eisblumen hatten sich inzwischen in feuchte Tropfen verwandelt. Sie rannen vom Bauch den Stiel entlang bis zum Fuß des Glases.

Er trank einen Schluck und wollte weiterlesen, als sich die Tür des Fahrstuhls öffnete.

Er brauchte keine Sekunde, um zu erkennen, dass ihm der Mann, der jetzt ins Freie trat, zuletzt am Morgen im Flugzeug begegnet war.

# 3

London war wie ein Schlag ins Gesicht. Das lag zum einen an der Größe der Stadt, an der Zahl der Menschen, am lärmenden Verkehr, zum anderen an Jurijs schwerwiegender Müdigkeit. Schon Belgrad war eine Herausforderung gewesen. Aber dort gab es immerhin Rechtsverkehr sowie den vertrauten Klang des Serbokroatischen. Wenigstens einmal am Tag unterhielt er sich mit der Besitzerin der schmuddeligen Pension nahe dem Bahnhof. Sie trug eine Brille mit notdürftig geflickten Ohrbügeln und betonte immer wieder, eigentlich habe ihr Mann die Unterkunft betrieben. Seit seinem plötzlichen Tod aber müsse sie die Geschäfte führen. Jurij hörte sich geduldig ihre Erzählungen von ›damals‹ an, womit sie die Jahre vor 1990 meinte, als, wie sie sagte, die Welt noch in Ordnung war. Hin und wieder nickte er, jedoch nicht ohne Hintergedanken: Jede Minute des Zuhörens war eine Minute mehr, die er von ihrem Apparat aus nach London zu Onkel Stipe telefonieren konnte.

»Kann ich zu dir kommen?«, war die erste Frage, die er ihm stellte. Seine Stimme war brüchig. Er fürchtete, Stipe würde ihm erklären, dass das nicht ginge, dass er nicht mal eben so von Serbien nach Großbritannien reisen könne, schon gar nicht, wenn seine Eltern keine Ahnung hätten, wo er sei. (Auf dem Zettel, den er ihnen dagelassen hatte, stand nicht, wohin er wollte; er hatte es in dem Moment, als er ihn geschrieben hatte, selbst noch nicht gewusst. Und in einer Nachricht an Natalija hatte er vor allem betont, dass sein Verschwinden nicht *ihre* Schuld sei, dass sie sich keine Vorwürfe machen müsse, dass sie sich vielleicht irgendwann, wenn das Leben es wolle, wiedersehen würden.)

Aber zu seiner großen Erleichterung sagte Stipe nichts dergleichen.

»Wo bist du jetzt?«, fragte er.

»In einer Pension hinterm Bahnhof.«

»Beograd?«

»Ja.«

»Okay, pass auf: Ohne Visum kommst du nicht in die EU. Ich versuche, mir etwas zu überlegen. Eine Einladung als Gaststudent, irgend so etwas.«

»Aber ich habe doch noch nicht mal den Abschluss von der Schule!«

»Egal. Wir kriegen das irgendwie hin. Ruf mich morgen wieder an, ja?«

Als Jurij auflegte, lächelte die Pensionschefin mitleidig. »Ins Ausland, hm?«

»Ja, London. Mein Onkel lebt dort.«

»Ach«, seufzte sie, »das warn schöne Zeiten, als wir den jugoslawischen Pass noch hatten und reisen konnten. Mit meinem Mirko bin ich ja mal bis nach Paris.«

Zwei Wochen später kannte Jurij bereits jedes Detail der Parisreise von Mirko und Irena (sie war mit ihm zum Vornamen übergegangen), interessierte sich aber eigentlich nur für das nächste Gespräch mit Stipe. Es hatte schon vor drei Tagen stattfinden sollen. Doch Stipe war trotz mehrfacher Versuche nicht erreichbar gewesen.

»Ist er abgetaucht, der Onkel?«, fragte Irena. Sie grinste. Jurij konnte nicht darüber lachen. Die Nichterreichbarkeit konnte nur bedeuten, dass Stipes Optimismus sich inzwischen zerschlagen hatte. Offenbar war es doch nicht so einfach möglich, einen serbischen Neffen ins Vereinigte Königreich zu holen. Vielleicht hatte er inzwischen auch mit seinem Bruder gesprochen und fühlte sich verpflichtet, dem verlorenen Sohn keine Fluchthilfe zu leisten. In Gedanken sah er sich bereits nach Stočnica zurückkehren – eine Vorstellung, die Übelkeit hervorrief. Aber er konnte auch nicht auf Dauer beschäftigungslos über den Bahnhof streifen, wo alle möglichen Menschen in alle möglichen Züge stiegen und an alle möglichen Orte fuhren, nur er selbst blieb zurück. Das Geld, das Stipe per Western Union Money Transfer geschickt hatte, reichte noch für wenige Tage. Dann würde Irena entweder gnädig sein und anschreiben müssen. Oder er würde gezwungen sein, dauerhaft auf den Bahnhof umzuziehen, wo schon Dutzende anderer Menschen hausten, denen das Zuhause abhandengekommen war.

Einen Tag vor Fälligkeit der nächsten Rate strahlte Irena, als Jurij von draußen hereinkam.

»Dein Onkel hat vorhin angerufen. Sollst ihn zurückrufen, wenn's geht.«

Jurij wählte die Nummer, unter der die letzten Male immer nur ein endloses Freizeichen zu hören gewesen war. Es knackte.

»Ja?«

»Stipe? Ich bin's, Jurij.«

»Jurij! Es gibt gute Neuigkeiten!«

Er freute sich so sehr über diesen Satz, dass er die folgenden Sätze kaum wahrnahm und nur wie von Ferne hörte, dass es Stipe gelungen sei, ein Visum zu organisieren, ein Kollege habe ein wenig nachgeholfen (was auch immer das bedeutete), aber zur britischen Botschaft in Belgrad müsse er selbst gehen. Dort werde er die nötigen Stempel für seinen Pass erhalten; ein Flugticket von Belgrad nach London treffe in den nächsten Tagen in der Pension ein.

»Hast du gehört, Jurij?«

Jurij konnte kaum antworten. »Ja, ich habe gehört! Danke!«

»Dann sehen wir uns am Flughafen in London. Das sollte eigentlich funktionieren.«

Nachdem er in Heathrow aus dem Flugzeug gestiegen war und sich auf dem Weg vom Gate zur Passkontrolle befand, bemühte er sich, weder zu hastig zu laufen noch zu hilflos auszusehen. ›Du hast doch ein *Visum*!‹, sagte er sich immer wieder. Aber irgendeine dunkle Ahnung heizte die Befürchtung an, mit der Einreiseerlaubnis könne etwas nicht stimmen. Selbst nachdem der Grenzbeamte den Pass kritisch beäugt und mit einem nüchternen ›Alright!‹ wieder ausgehändigt hatte, wähnte Jurij sich noch nicht in Sicherheit.

Bei der Gepäckausgabe rief eine Stimme aus den Lautsprechern. »… bitte zum Informationsschalter in Halle 2 … Nachricht für Sie.«

Erst beim dritten Mal verstand er, dass *er* derjenige war, nach dem dort gerufen wurde. Er erwartete, jeden Moment von Grenzbeamten gepackt zu werden. Sie würden ihn festhalten und mitteilen, dass er doch nicht einreisen dürfe. Aber niemand kümmerte sich um ihn. Nur die Lautsprecher forderten ihn ein weiteres Mal dazu auf, zum Information-Desk zu kommen.

Am Schalter händigte ihm eine Dame eine handgeschriebene Notiz aus: *Für Jurij Bogić: Onkel Stipe – kann nicht kommen; Piccadilly Line bis King's Cross nehmen; von dort zehn Minuten Fußweg zum University College; am Haupteingang nach ihm fragen.*

Jurij war erleichtert und enttäuscht zugleich. Er hatte sich darauf gefreut, Stipe endlich sehen zu können und nach all den Wochen ungewissen Abwartens nicht mehr allein sein zu müssen. Die U-Bahn-Fahrt in die Stadt in einem vollgestopften Waggon verstärkte sein Gefühl der Einsamkeit noch. Die meisten Menschen hatten Kopfhörer im Ohr und schauten einander nicht in die Augen. Es roch unangenehm nach Schweiß.

Als er schließlich aus dem Bahnhof King's Cross trat, fühlte er sich so fremd und verloren wie noch nie zuvor. Er brauchte zwanzig Minuten, bis er sich traute, eine Frau an einem Zeitungskiosk nach dem Weg zu fragen. Vor den großen Säulen am Haupteingang des University College stand er eine weitere Viertelstunde, bis er hineinging und vom Portier Stipe herbeitelefonieren ließ.

Er erkannte ihn kaum, als er durch die Eingangshalle auf ihn zuschritt. Er hatte ihn sich viel größer vorgestellt, eindrucksvoller, mächtiger. In Wirklichkeit überragte er Stipe sogar um einige Zentimeter. Die Begrüßung fiel unbeholfen aus: Jurij setzte zu einem Handschlag an, während Stipe ihn umarmen wollte. Sie trafen sich mit halbfertiger Geste in der Mitte.

Auf dem Weg nach draußen entschuldigte sich Stipe mehrfach dafür, nicht wie geplant zum Flughafen gekommen zu sein, bevor er eine Reihe unverfänglicher Fragen stellte (»Hattest du einen guten Flug?«, »War es voll in der Tube?«, »Hast du den Weg gleich gefunden?«). Jurij wartete darauf, dass er ihm spätestens jetzt die Frage stellen würde, die auf der Hand lag; die Frage, auf die er schon bei den Telefonaten in Belgrad immer wieder gewartet hatte und die lautete: »Warum bist du weggelaufen aus Stočnica?«

Doch die Frage kam nicht.

»Hast du Hunger?« Stipes Schritt war so schnell, dass Jurij kaum hinterherkam.

Er antwortete mit Ja, mehr aus Höflichkeit als aus Appetit. Die Nervosität schlug ihm auf den Magen und die Müdigkeit fühlte sich so groß und schwer an, dass er meinte, kaum etwas essen zu können.

»Wenn wir Glück haben«, sagte Stipe, »ist Viv schon dabei, unser Dinner vorzubereiten.«

Obwohl Jurij Vivian bisher nur aus einigen wenigen Erwähnungen in Stipes Briefen kannte, hatte er eine klare Vorstellung von ihr. Sie entsprach – bewusst oder nicht – dem Bild seiner eigenen Mutter: eine resolute Frau mit dunklen Haaren, die die Achtung vor ihrem Mann dadurch zum Ausdruck brachte, dass sie sich nichts von ihm sagen ließ.

Stipe öffnete die Haustür und rief ein »Hallo!« in den schmalen Flur. Eine Treppe führte direkt nach oben. Aus einer Tür hinter dem Aufgang trat ein Mann mit Halbglatze, roter Schürze und lilafarbenen Hausschlappen. Er kam nach vorn zur Eingangstür und drückte Stipe einen Kuss auf den Mund. Jurij gab er die Hand.

»Willkommen in London! Ich bin Viv.«

Jurij versuchte, so gut es ging, sein Erstaunen zu verbergen, während er Vivians warme, feuchte Hand schüttelte.

»Sorry, meine Hände sind etwas nass vom Kartoffelnwaschen!« Viv nahm Jurij die Reisetasche von der Schulter. »Gosh! Da hat jemand ein bisschen was mitgebracht, wie's scheint!«

Jurij fiel kein einziges englisches Wort ein, das sich als Reaktion eignete. Nur unpassendes Vokabular aus den Astrobüchern. Er fragte sich, ob seine Eltern, sein Vater insbesondere, wusste, dass Stipe mit einem Mann zusammenlebte.

»Leg erst mal ab«, sagte Stipe. Er führte ihn bis ans Ende

des Flurs in ein kleines Zimmer mit einem Fenster und einem Alkoven zu einem schmalen Garten hin.

»Eigentlich ist das hier unten mein Reich«, erklärte er. »Aber jetzt ist es deins. Bei Viv oben ist genug Platz für zwei. Und falls er mich rausschmeißt, muss ich eben bei dir auf dem Bettvorleger schlafen.«

Jurij lächelte bemüht.

»Den Computer da kannst du übrigens benutzen.« Stipe wies auf einen Bildschirm, der auf einem Schreibtisch an der Wand stand. »Ist mein alter PC, aber noch gut in Schuss. Programmieren kannst du ja, oder?«

Jurij schüttelte den Kopf.

»Nicht? Ich dachte. Also wenn du später mal Teleskopdaten auswerten möchtest, solltest du das können.«

Jurij folgte Stipe ins Esszimmer. Auch beim Abendessen sagte er kaum etwas. Dafür redete Vivian umso mehr. Stipe übersetzte einzelne Happen und erklärte, er habe damals, in seinen ersten Wochen und Monaten in England, auch erst langsam in die Sprache hineingefunden. »Mit den paar Sätzen, die ich aus der Schule kannte, hätte ich nicht mal eine Busfahrkarte kaufen können! Aber ich hatte auch keinen Onkel, der bereits in England lebte und mir englische Bücher geschickt hätte. Und Viv kannte ich zu dem Zeitpunkt leider noch nicht.« Er streichelte Viv die Hand.

Jurij versuchte krampfhaft, die Worte seines Englischlehrers aus dem Gedächtnis hervorzukramen. In einer Stunde war es um englische Vornamen gegangen und er hatte darauf hingewiesen, dass es im Englischen Namen gibt, die für Frauen und Männer gleichermaßen verwendet werden können. ›Vivian‹ war seiner Meinung nach nicht dabei gewesen. Der einzige Unisex-Name, der ihm einfiel, war ›Ashley‹.

»Ich habe dir noch gar nicht erzählt, weshalb ich dich nicht vom Flughafen abholen konnte«, sagte Stipe. »Ich hatte ein Gespräch mit dem Studiendekan.«

»Oh, wundervoll!«, sekundierte Viv schmatzend.

»Du kannst vielleicht nächstes Jahr im Herbst einen Studienplatz in Astrophysik am University College bekommen.«

»Wundervoll, wundervoll!«, rief Viv erneut.

»Natürlich müsstest du ein paar Tests bestehen: einen Sprachtest und so weiter. Aber die Kriterien sind da nicht ganz so streng wie bei britischen Studierenden; es handelt sich um einen Sonderplatz für Härtefälle. In den letzten Jahren ging der oft an Leute, die geflüchtet waren. Und du bist ja auch so eine Art Flüchtling.«

Stipe und Vivian lachten.

»Danke« war alles, was Jurij hervorbrachte.

»Oh, er spricht!«, rief Viv. »Cheers!« Er hob sein Weinglas und prostete Stipe und Jurij zu. Jurij überlegte, ob Stipe vielleicht mit Vater oder Mutter gesprochen hatte, ob sie wussten, wo er sich aufhielt und weshalb er weggelaufen war. Aber schon im nächsten Moment erschien ihm dieser Gedanke wieder abwegig, ohne dass er sagen konnte, warum.

In den folgenden Tagen trat die Frage, was Stipe eigentlich wusste, in den Hintergrund, weil eine Welle von Alltagsfragen und Verpflichtungen Jurij überrollte. Jeden zweiten Tag besuchte er die Battersea Language School für einen Englisch-Intensivkurs mit Eins-zu-eins-Betreuung. Sein Lehrer war ein junger Student namens Brian. Immer freitags, zum Abschluss der Woche, starteten sie eine Entdeckungstour, wie Brian es nannte. Sie fuhren mit dem Doppeldeckerbus durch die City, stiegen an Stellen aus, von denen Brian behauptete, hier müsse man wenigstens einmal gewesen sein, wenn man ein echter Londoner werden wolle. Sie gingen einkaufen, aßen Fish & Chips oder frittierte Snickers und besuchten sogar ein Spiel im Wembley-Stadion, wobei Brian für jede dieser Unternehmungen eine Liste mit Aufträgen und Aufgaben ausgab, die es zu erfüllen und zu lösen galt. Jurij wollte gar nicht wissen, wie viel Stipe und Vivian ihm dafür bezahlten. An den sprachschulfreien Tagen nahm Stipe ihn mit ins Institut. Schon bald kannte Jurij den größten Teil des Personals und lauschte der ein oder anderen Vorlesung von Stipe, als sei er bereits eingeschriebener Student. Samstagabend füllte sich die obere Etage des Hauses von Viv und Stipe mit Freundinnen und Freunden, die Viv reichhaltig bekochte. Jurij bewegte sich zwar zunehmend selbstbewusster und sicherer zwischen den Gästen, hörte aber dennoch lieber still ihren Gesprächen zu, als dass er sich daran beteiligte. Am redseligsten waren Linda und Mark. Vivian hatte sie im Club of Progress kennengelernt. Entsprechend drehten sich die Gespräche um die neuesten Innovationsideen, die dort kursierten, oder Linda erzählte, wie viele interessierte Investoren sie gerade wieder angeworben hatte.

»Die werden immer jünger«, sagte sie und schwenkte dabei ein Gläschen Sherry. »Sowohl diejenigen, die Ideen für neue Technologien präsentieren, als auch diejenigen, die in diese Ideen investieren.«

Mark legte eine Hand auf Jurijs Schulter. »Wer weiß, was unser Jurij mal erfinden wird?«, sagte er und hob sein Glas. »Ich warte ja nach wie vor auf den großen Durchbruch bei den Wasserstoff-Brennstoffzellen. Da könntest du als angehender Astronom doch vielleicht auch etwas beitragen, Jurij! Verbrennt die Sonne nicht Wasserstoff?«

Er spürte, wie Marks Hand ihn tätschelte. Es war immer etwas unklar, ob Mark seine Fragen ernst meinte, sie also stellte, weil er tatsächlich etwas nicht wusste, oder ob sie nur dazu dienten, Jurij eine Bühne für sein Wissen zu bieten, das er dann präsentierte wie ein Äffchen seine Kunststücke. Trotzdem freute er sich, dass Linda und Mark sich gerne mit ihm sehen ließen. Und als sie in seinem zweiten Herbst in London nach erfolgreichem Aufnahmeverfahren mit zur Immatrikulation am University College kamen, zweifelte er nicht mehr an ihrer Aufrichtigkeit.

Sie trafen sich vor dem Wilkins Building. Die Anschläge auf drei Züge der Tube und einen Doppeldeckerbus waren gut drei Monate her. Das Thema war vor allem noch an zwei Stellen präsent: in den Dauerschleifen medialer Diskussionen über Terrorismus und nationale Sicherheit sowie auf dem täglichen Weg durch die Stadt mit dem Öffentlichen Nahverkehr, bei dem es immer wieder zu Unterbrechungen und Streckenschließungen kam.

»Wir haben ein Taxi genommen«, sagte Linda. Sie trug einen Hut in leuchtendem Rosa. »Auf die Tube wollten wir uns nicht verlassen, aber jetzt standen wir ewig dort am … egal.« Sie wandte sich an Jurij. »Wie war deine erste Woche? Warst du bei der Welcome Fair?«

Jurij nickte. Ja, er hatte an der Willkommenswoche teilgenommen, inklusive der Welcome Fair, wo er eingetaucht war in ein riesiges Meer von Ständen mit auffällig freundlich lächelnden Menschen, die kostenlose Kugelschreiber und Jutebeutel verteilten, dafür aber verlangten, dass er ihren Newsletter abonnierte. Obwohl er weder Stifte noch bunt bedruckte Beutel benötigte, erhielt er schon Mitte der Woche E-Mails von rund zwanzig verschiedenen studentischen Gesellschaften, darunter die Artificial Intelligence Society, die Backgammon Society, der Boat Club und die Lunar Society, wobei Letztere nichts mit Mondforschung am Hut hatte. Aber das erfuhr er erst, als es schon zu spät war und sein Postfach vor bunter Werbung, Informationsschreiben und

Einladungen überquoll. Auch beim Kneipen-Hopping war er mit dabei, vor allem auf Vivs Drängen hin.

»Glaub mir! Wenn die Uni erst mal richtig angefangen hat, seid ihr alle mit Studieren beschäftigt, und dann bleibt keine Zeit mehr zum Kontakteknüpfen.«

Jurij verspürte zwar kein großes Verlangen nach neuen Kontakten. Am wichtigsten schien ihm der Umgang mit den Lehrenden. Von denen konnte man wenigstens etwas lernen, zumal er sich über mangelnde Kontakte nicht beklagen konnte, wenn auch nur beim Programmieren, in Onlineforen mit allerlei Leuten, die ihre wahren Namen hinter Aliassen wie *bstillman*, *qqcc* oder *tyang89* verbargen. Aber wenn ihm wirklich einmal nach echten Menschen außer Stipe, Vivian oder den Gästen der samstäglichen Abendessen zumute war, gab es immer noch die Möglichkeit, Brian auf einen Kaffee zu treffen. Trotzdem blieb natürlich eine winzige Restwahrscheinlichkeit, dass beim Pub Crawl ein paar interessante Leute mitgingen, befand er, weshalb er am vorletzten Abend der Willkommenswoche zusammen mit vielen anderen Neulingen vor dem Gebäude der Students' Union eintraf.

Die meisten von ihnen redeten wild durcheinander. Kaum jemand schien den anderen wirklich zuzuhören. Jurij dachte darüber nach, sofort wieder umzukehren, doch die Menge setzte sich bereits in Bewegung und er war mittendrin.

Dutzende Biere und Shots später sank er in das weiche Polster einer Eckbank in einem Pub irgendwo zwischen Tottenham Court Road und Oxford Circus. Er hatte schon zigmal die Frage nach seinem Namen, seinem Herkunftsort und seinem Studienfach beantwortet und war dazu übergegangen, die nach der Herkunft absichtlich zu überhören, um sich die mitleidigen Blicke und das Nachhaken, ob er vor dem Krieg geflohen sei, zu ersparen.

Ein rothaariger Junge namens Chris beugte sich vor. »Eine Runde *Wer bin ich?* alle zusammen?«

Jurij konnte gar nicht so schnell über eine Antwort nachdenken, wie ein Edding neben seinem Ale lag.

»Okay!«, rief Chris. »Jeder schreibt der Person zur Rechten den Namen einer bekannten Persönlichkeit auf die Stirn!«

Die Ersten fingen sofort an. Jurij überlegte. ›The Queen‹ war das Einzige, was ihm spontan einfiel. Chris packte ihn etwas unsanft an den Haaren und kritzelte ihm etwas auf die Stirn. Jemand rief noch »Oh, noooo!«, aber schon begann das Spiel. Nach und nach wurden Mickey Mouse, Tom Cruise und auch die Queen erraten. Nur Jurij hatte Mühe herauszubekommen, wer er sein sollte. Er schwitzte heftig. Es war ihm peinlich, der Letzte zu sein.

»Komm schon, Jurij! Du schaffst das!«, rief Helen, eine rotwangige Dänin. Aber bisher hatte Jurij nur herausgefunden, dass er *keine* Frau war, *kein* Hollywoodstar, *kein* Sänger und *nicht* aus England stammte.

»Frag den Barjungen«, sagte Chris nach fünf Minuten. »Geh hin und bitte ihn darum, dir vorzulesen, was auf deiner Stirn steht! Und bring mir gleich noch ein Pint mit!«

Jurij lief zur Theke. Der Barkeeper schaute zu ihm auf. »Was darf's sein?«

»Ein Pint und … Entschuldige bitte, aber kannst du mir kurz sagen, was auf meiner Stirn steht?«

Der Barkeeper sah ihn an. »Besser nicht! Aber auf der Toilette gibt's Seife, Mate!«

Im Vorraum des WCs beugte Jurij sich übers Waschbecken. Das Neonlicht schimmerte grünlich. Er schaute in den Spiegel: Milošević stand auf seiner Stirn in schwarzen, leicht verschmierten Buchstaben. Er drehte den Wasserhahn auf, seifte seine Stirn ein und schrubbte mit Hilfe eines rauen Papierhandtuchs, bis die Haut brannte, doch die Farbe ließ sich nicht abwaschen. Dafür klebten lauter stinkende Papierkügelchen auf seiner Stirn.

In der Tube nach Hause stützte er die vom heftigen Schrubben noch immer brennende Stirn in die Hand. Er war betrunken und wusste nicht, worüber er sich am meisten ärgern sollte: über Slobodan, seinen Vater, die blöden Balkanklischees der anderen, denen zu Serbien nichts weiter einfiel als Krieg, oder über sich selbst und die Entscheidung, überhaupt an diesem ganzen Firlefanz teilgenommen zu haben.

»Ja, es war nett bei der Welcome Week«, sagte er zu Linda am Tag der Immatrikulation. Er konnte sie und Vivian einfach nicht enttäuschen.

Zu Hause trug er sich aus sämtlichen Newsletter- und Mailinglisten aus. Nur die Info-Mails der Astrophysik-Gruppe sowie der Universitätsverwaltung abonnierte er weiterhin. Auch auf einer Liste der Europäischen Südsternwarte trug er sich ein; man konnte ja nie wissen. Und immerhin war er sich ziemlich sicher, dass die ESO keine dämlichen Kneipentouren veranstaltete.

Von Zeit zu Zeit, wenn keine Univeranstaltungen stattfanden, begleitete er Stipe für einige Tage auf Dienstreise: zum Effelsberg in der Eifel oder zum Pico del Veleta in der Sierra Nevada. Und obwohl er nach mehreren Semestern einen ganz ordentlichen Grundstock an astrophysikalischem Wissen besaß, fühlte er sich bei diesen Reisen immer noch wie der kleine, unerfahrene Neffe seines Onkels, selbst dann, wenn irgendein Sternwartenleiter sich mit ihm unterhielt, als sei er ein vollwertiger Kollege.

Die Stunden in London verbrachte er mit dem Lösen von Übungsaufgaben fürs Studium oder mit Lektüre. Dann und wann ging er zu einem Institutsvortrag. Gegen Ende des vierten Semesters überredete Viv ihn eine Zeit lang, ihn beim Joggen zu begleiten, doch schon bald ließ er es wieder sein; um den Sport sollten sich die im Boat Club oder im Kampfkunstverein kümmern.

»Wie geht's Brian?«, fragte Stipe eines Tages eher beiläufig, als Jurij sich in der Küche ein Glas Milch aus dem Kühlschrank holte.

»Brian?«

»Ja, deinem ehemaligen Englischlehrer. Seht ihr euch noch ab und zu? Habt ihr noch Kontakt?«

»Nein, nicht wirklich. Wieso?«

Stipe blätterte die Zeitung um. »Nur so.«

Jurij hielt das Milchglas in der Hand. Er war dabei, die Küche wieder zu verlassen.

»Jurij?«

»Ja?«

»Komm mal kurz her, setz dich.«

Jurij ging zum Tisch. Er nahm halbherzig auf einem der Barhocker Platz, von denen Vivian immer meinte, er hätte sie nie gekauft, wenn sie Stipe nicht so sehr gefallen hätten.

Stipe legte die Zeitung zur Seite. »Geht's dir gut?«

Jurij wusste nicht, was er antworten sollte. »Ja!? Warum?«

»Einfach so.«

Stipe strich mit der flachen Hand über die Zeitung. »Als ich nach London kam, war ich so alt, wie du jetzt bist.«

»Hm.«

»Vlatko hat sich damals ganz schön aufgeregt. Er meinte, mein Argument, in London könne ich Astronomie studieren, sei nur vorgeschoben, um dem Wehrdienst zu entgehen.«

Jurij sagte nichts, spürte jedoch ein unangenehmes Kribbeln in den Beinen. Es war das erste Mal, dass Stipe überhaupt auf seinen Bruder zu sprechen kam.

»Ich wusste nicht mal, ob meine Bücherpäckchen dich erreichen. Ich war mir nicht sicher, ob er sie dir zustellt.« Stipe stand auf und nahm sich ein Glas Wasser. »Ich habe mit ihm auch nie über die Sache geredet.«

Jurijs Kribbeln in den Beinen wurde stärker. Er wollte am liebsten aufstehen oder das Thema wechseln, traute sich aber nicht. Die letzten Jahre seit der Ankunft war es gelungen, die Erinnerung an seinen Vater unter der Oberfläche des Bewusstseins zu halten. Hin und wieder versuchte sie nach oben zu ploppen wie ein luftgefüllter Ball, der unter Wasser gedrückt wurde. Bisher hatte Jurij die nötige Kraft zur Verdrängung aufbringen können. Jetzt jedoch drohte der Ball mit voller Wucht aus dem Wasser zu schießen.

»Ich weiß, wie es ist, von zu Hause wegzugehen, ohne wirklich darüber geredet zu haben.«

Jurij spürte, wie der Druck immer mehr zunahm. Er versuchte sich zu beruhigen, indem er daran dachte, dass die Auftriebskraft FA, die auf einen Körper wirkte, gleich der Gewichtskraft FG der Flüssigkeitsmenge war, die dieser Körper beim Eintauchen verdrängte.

»Gibt's denn …, gab's denn … in Stočnica jemanden, mit dem du …?«

Jurij war gerade noch beim Flüssigkeitsvolumen, merkte aber, dass irgendetwas nicht stimmte.

»Mein erster richtiger Partner«, fuhr Stipe einfach fort, »war zum Beispiel erst Viv. Und ich würde schon sagen, das hing damit zusammen, dass ich einfach riesige Angst vor den Reaktionen hatte. Stell dir mal vor, ich wäre damals zu Hause mit einem Mann Hand in Hand durch die Straße gelaufen! Unvorstellbar!«

Jurij nickte, fragte sich aber, was sein Vater damit zu tun hatte und weshalb er hier saß.

»Klar, in Großbritannien gab es zu der Zeit auch Homophobie und es gibt sie noch immer. Aber wenn ich an die Hetzjagden in Belgrad denke – my goodness. Ich bin ja noch weg, bevor Homosexualität überhaupt legalisiert wurde. 1994 kam das Gesetz.« Stipe hielt kurz inne. »Du nickst die ganze Zeit so, als würdest du verstehen, wovon ich rede, aber weißt du …« Er fing an, seine Hände zu kneten. »Weißt du, Viv und ich machen uns ein wenig Sorgen.«

»Sorgen? Weshalb?«

»Na ja, weil … wir sehen da so ein paar Muster bei dir, von denen wir …«

»Muster?«

»Verhaltensmuster.«

»Mhm.«

»Wir möchten einfach, dass es dir gut geht.«

»Aber mir geht es gut!«

»Sicher?«

»Ja!«

»Wir haben den Eindruck, dass du dich sehr zurückgezogen hast, einsam bist, dass …«

»Wieso? Ich mache mein Studium, gehe zu jedem Institutsvortrag, begleite dich auf deinen Reisen, ich …«

»Natürlich! Aber Viv meinte vor Kurzem, du wirktest ein bisschen wie das typische Klischee von einem Astrophysiker.«

»Wie?«

»Männlich, alleinstehend, zurückgezogen, immer nur mit den Sternen beschäftigt. Wie so ein – wie hat er gesagt? – ein akademischer Grottenolm.«

»Aha.« Jurij schwieg. Er überlegte, ob Stipe eigentlich bewusst war, dass er ihn durch seine Bücher, seine Briefe und so weiter überhaupt erst so weit gebracht hatte.

»Viv hat es nicht beleidigend gemeint, Jurij! Er macht sich einfach nur Sorgen.«

»Okay.« Stipe rutschte vom Barhocker herunter. Jurij hoffte, das Gespräch sei vorbei.

Stipe blieb neben dem Hocker stehen. »Wir denken, es wäre vielleicht gut, dich mal auf eine andere Umlaufbahn zu schießen. Einer meiner Doktoranden zieht demnächst aus seinem WG-Zimmer in der Nähe vom Victoria Park aus und … – o je! Du schaust, als hätte ich dir gerade mitgeteilt, dass wir dich rausschmeißen.«

»Tut ihr ja auch, oder?«

»So ist es nicht gemeint! Ehrlich! Wir meinen nur, es wäre ganz in deinem Sinne, mal rauszukommen, verstehst du? In einem anderen Stadtteil zu wohnen, neue Leute kennenzulernen, neue …«

Das Schloss der Haustür klackte. »Hallo!?«

»Okay«, sagte Jurij, bevor Viv in die Küche trat. »Dann gib mir mal die E-Mail-Adresse von deinem Doktoranden.« Er lief an Vivian vorbei in sein Zimmer, ohne ihn zu begrüßen.

Der Wohnblock in Bow, vor dem er zwei Tage später stand, war hässlich. Das Gebäude aus Beton und Stahl besaß nicht annähernd das, was Vivian zu Hause immer »den viktorianischen Charme des Hauses« nannte und der vor allem durch undichte Fenster, Wasserhähne ohne Mischbatterie und Nacktschnecken, die durch irgendwelche Ritzen aus dem Garten direkt ins Haus krochen, zum Ausdruck kam. Dafür war es in Bow tagsüber deutlich heller und in der Nacht schlief Jurij besser, wie er gleich nach dem Umzug feststellte. Stipe und Viv erzählte er nichts davon. Noch wollte er ihnen nicht die Genugtuung gönnen, mit dem Rausschmiss (seine Wortwahl) beziehungsweise mit der Luftveränderung (ihre Wortwahl) alles richtig gemacht zu haben.

Daher hielt er sie einige Monate an der langen Leine, ging nicht ans Telefon oder schob Treffen immer wieder auf, bis ihn schließlich das schlechte Gewissen zu sehr plagte, weil sie ihm ohne Murren nach wie vor die horrenden Studiengebühren und neuerdings die Miete bezahlten. Doch auch als sie sich wieder regelmäßiger sahen, blieb ein Problem bestehen: Jurij wusste nicht, ob und wie er Stipe und Viv mitteilen sollte, dass er sich, anders als sie, nicht zu Männern, sondern zu Frauen hingezogen fühlte. Aber das eigentliche Problem war ohnehin vielmehr, dass die wenigen Frauen, die es im Studiengang gab (die Lage hatte sich mit dem Master noch einmal dramatisch verschlechtert), entweder schon vergeben oder nicht an ihm interessiert zu sein schienen. Die paar One-Night-Stands, die er größtenteils nur auf Anregung seiner WG ausprobierte, waren zwar ganz in Ordnung, aber jeweils schon am nächsten Tag wieder verschwunden und somit nichts, was er Stipe und Vivian hätte erzählen oder gar vorführen können. Der wahre Grund für sein Verschwinden von zu Hause blieb daher weiterhin unausgesprochen. Er arrangierte sich mit dem Gedanken, dass dies auch in Zukunft so sein würde, und es half, dass seine Herkunft in der neuen Umgebung so gut wie keine Rolle spielte. Niemand in der WG kam gebürtig aus Großbritannien. Selbst bei den Wechseln der Besetzung, die regelmäßig spätestens zum Beginn eines neuen akademischen Jahres erfolgten, wurde die Frage »Woher kommst du?« eher aus anfänglicher Small-Talk-Verlegenheit denn aus tieferem Interesse heraus gestellt. Wenn sie an warmen, regenfreien Sonntagen auf der großen Insel im West Boating Lake des Victoria Park zwischen Familien aus Bangladesch, Togo oder Pakistan lagen, hinter sich die geschwungenen Dächer der Chinesischen Pagode, vor sich vergnügte, in Ruderbooten herumschlingernde Menschen, war Nationalität kein Thema. Jedenfalls so lange nicht, wie niemand von ihnen fragte, in welchem Take-away sie heute Abend etwas zu essen holen sollten.

»Der Veteran entscheidet, wo's hingeht«, sagte Lizzie an einem dieser Sonntage im Frühjahr. Sie war im letzten Herbst in die WG gezogen. Jurij fühlte sich zunächst gar nicht angesprochen, bis er merkte, dass alle zu ihm schauten. Tatsächlich war er in diesem Moment, wie er feststellen musste, nicht nur der WG-Älteste, sondern auch derjenige mit dem höchsten akademischen Abschluss und der längsten Zeit in der Wohnung in Bow. Alle Zimmer außer seines hatten in den letzten dreieinhalb Jahren seit seinem Einzug wenigstens einmal die Bewohnerin oder den Bewohner gewechselt, und auch er hatte gegen Ende seines Masters kurz mit dem Gedanken gespielt, wegzuziehen, ja sogar London zu verlassen, um eine Doktorarbeit in den USA zu beginnen. Aber dann entschied er sich doch für den bequemsten aller möglichen Wege und blieb.

»Lasst uns zu Hasan gehen!«, sagte er.

»Nicht schon wieder zu Hasan!«, rief Georg. »Da war ich erst Anfang der Woche.«

»Können wir ja nichts für«, entgegnete Lizzie. »Allzu weit weg können wir eh nicht. Gegen acht kommt noch das Mädel vorbei, das sich Udays Zimmer ansehen will. Korrekt, Uday?«

Uday nickte.

»Wie heißt sie?«, wollte Georg wissen.

»Martje.«

»Niederländerin?«

»Weiß ich gar nicht.«

»Gut aussehend?«

Uday zuckte die Schultern, Lizzie schnaubte verächtlich.

»Mann, Georg! Hast du das bei mir auch gefragt, bevor ich zum ersten Mal vorbeikam?«

Georg warf ihr einen übertriebenen Kussmund zu, bevor er betreten den Kopf senkte.

Jurij verspürte leichte Zufriedenheit, dass Georg eine auf den Deckel bekam. Es war nicht das erste Mal, dass Lizzie ihn zurechtwies und erklärte, es sei nicht akzeptabel, jemanden zuallererst nach Äußerlichkeiten zu beurteilen. Allerdings pikste Jurij ein wenig das schlechte Gewissen, denn zugegeben: Er hatte sich die Frage auch gestellt, obwohl er um die Oberflächlichkeit wusste, die damit einherging.

Als es um kurz nach acht klingelte, ging er absichtlich nicht zur Tür, sondern wartete, bis er Gelächter aus der Wohnküche hörte.

»Hi, ich bin Jurij«, sagte er, als er schließlich zu den anderen hinzukam. Anstatt die Hand von Martje zu schütteln, winkte er nur kurz. Er bemühte sich, sie nicht sofort von Kopf bis Fuß zu mustern, sondern ihr zuzuhören, während sie mit Uday über den möglichen Einzugstermin redete. Er erwischte sich dabei, wie er es trotzdem tat. Um sich abzulenken, überlegte er, ob die Rede von der Ausstrahlung eines Menschen nur bloße Metaphorik war oder eine physikalische Grundlage hatte. Vielleicht empfand man schneller Sympathie für Menschen mit besonders intensiver Wärmestrahlung?

Nach dem Einzug traf Jurij Martje, wenn überhaupt, nur in der Wohnküche. Vor allem hörte er sie. Sein Zimmer lag direkt neben dem Bad – ein Umstand, dem er bisher keine größere Bedeutung zugemessen hatte. Wenn er jedoch vernahm, dass Martje durch den Flur ins Badezimmer lief (er erkannte das typische Klatschen ihrer Latschen schon nach wenigen Tagen) und die Tür verschloss, merkte er, wie seine

Konzentration nachließ. Spätestens wenn das Wasser in den Leitungen rauschte und der Duschregen deutlich hörbar gegen die Plastiktüren der Kabine prasselte, war er mit seinen Gedanken jenseits der Wand. Es war angenehm und unangenehm zugleich. Angenehm, wenn er sich vorstellte, was Martje dort machte. Unangenehm, weil er erst vor Kurzem eine Petition für das gesetzliche Verbot von Upskirting und Catcalling unterschrieben hatte, auf Anregung von Lizzie zwar, aber doch in voller inhaltlicher Überzeugung, und er konnte sich des Eindrucks nicht erwehren, dass es ähnlich unangebracht war, wenn er sich seine neue Mitbewohnerin beim Duschen vorstellte. Zu Lizzie war er noch nie gedanklich in die Dusche gestiegen, auch zu anderen Mitbewohnerinnen davor nicht. Es musste also irgendetwas speziell mit Martje zu tun haben. Das war die einzige Erklärung, die er fand, und auch die einzige Möglichkeit, um sich nicht selber vorwerfen zu müssen, er nehme Frauen, ganz wie Georg, in erster Linie als Körper wahr.

Wenn er in der Küche oder im Flur auf Martje traf, verspürte er jedes Mal leichte Aufregung, wie er sie nur von Prüfungen oder Referaten her kannte. Gegen das Lampenfieber helfe kontinuierliche Übung, hatte Stipe behauptet. Jurij bezweifelte, dass das stimmte. Dennoch zwang er sich jetzt dazu, so viele Begegnungen wie möglich mit Martje zu haben, und in der Tat ließ die Anspannung immer mehr nach, insbesondere wenn Georg und Lizzie mit dabei waren; dann konnte er sich im Hintergrund halten und trotzdem in Martjes Gegenwart sein. Bloß bewegte sich damit weder etwas vor noch etwas zurück. Und die Lehre der letzten Jahre, die er physikalisch schon lange kannte, in ihrer sozialen Dimension aber erst nach und nach durchdrang, war eindeutig: Es bedurfte immer eines Anstoßes, um von einem Energieniveau in ein höheres überzugehen. Dieser Anstoß konnte (und hier unterschieden sich Menschen und Elektronen) entweder von außen oder von innen kommen. Wenn er aber nicht von außen kam – und das kam er derzeit nicht, denn weder Martje machte einen offensichtlichen Schritt in seine Richtung noch kamen entsprechende Vorschläge von Lizzie und Georg an ihn, sich Martje zu nähern –, war Eigeninitiative gefragt.

An einem Freitagvormittag passte er sie in der Küche ab.

»In Soho gibt's so ein neues veganes Restaurant«, sagte er. Er gab sich Mühe, so beiläufig wie möglich zu klingen (eine Lektion, die er von Lee, einer früheren Mitbewohnerin, bei einem Küchen-Privatcoaching zum Thema Dating gelernt hatte).

»Klingt gut«, sagte Martje.

Er ließ einen Moment verstreichen, tat so, als sei er schwer damit beschäftigt, den Wasserkocher zu befüllen. »Hättest du Lust, das mal auszuprobieren?«

»Klar! Können wir ja mal an einem der nächsten Sonntage den anderen vorschlagen.«

Jurij drehte den Wasserhahn zu, bugsierte den Kocher auf das Unterteil und stellte ihn an. »Oder ich reserviere für morgen einen Tisch für uns beide?« Er überlegte, ob diese Frage bereits zu forsch, zu schnell und zu erzwingend war und somit gegen den von Lee ausgegebenen Grundsatz der Sparsamkeit und Zurückhaltung verstieß. Allerdings sah er keine andere Möglichkeit, um aus einem Date mit Martje am Ende nicht ein ganz gewöhnliches WG-Essen werden zu lassen, bei dem alle zusammensaßen und er Martje einmal mehr nicht für sich allein haben würde.

»Morgen bin ich nicht da. Ich fahre am Vormittag nach Oxford.«

»Ah.« Jurij versuchte, seine Enttäuschung zu verbergen. »Ich dachte, da warst du letztes Wochenende. Ist das Bootsrennen doch erst jetzt?«

»Nee, das war schon. Aber hey, ich gehe nachher noch zu einem Vortrag an der Uni. Ist zwar ein Psychothema, aber vielleicht interessiert's dich trotzdem? Ist eine superinteressante Professorin aus den USA. Wir könnten danach noch etwas trinken gehen, wenn du magst.«

Er sagte zunächst nichts. Irgendeinen gerechten Ausgleich für Martjes mehr oder weniger explizite Absage des Restaurantbesuchs zu zweit musste es ja geben.

»Mal schauen. Eigentlich müsste ich noch ein bisschen was für meine Doktorarbeit machen.«

»Überleg's dir einfach! Und gib mir Bescheid, falls du Lust hast.« Sie verließ die Küche.

Um kurz vor sechs klopfte er an ihrer Tür.

»Also, ich würde mitkommen.«

»Cool! Lizzie ist auch dabei.«

Jurij war drauf und dran, seine Teilnahme wieder abzusagen, wollte aber nicht beleidigt und sprunghaft wirken und schon gar nicht allzu offensichtlich werden lassen, dass es darum ging, mit Martje *ganz allein* etwas zu unternehmen. Mit ihr und Lizzie zu einem Vortrag zu fahren und danach etwas zu trinken, schien immer noch eine bessere Aussicht, als gar nichts mit ihr zu tun zu haben.

»Wunderbar. Dann fahren wir zu dritt.«

In der Tube überließ er das Reden fast ausschließlich Lizzie. Sie erzählte erst von Ringo, dem Hund ihrer Mutter, der, wie sie heute erfahren hatte, am Montag eingeschläfert werden würde. Dann von ihrer Überlegung, die Stadt während der Olympischen Spiele Ende Juli für drei Wochen komplett zu verlassen. Schließlich von einem jungen Mädel mit Suizidabsichten, das sie bei einem Empowerment-Projekt in der Nachbarschaft kennengelernt hatte.

»Und du?«, fragte sie kurz vor dem Aussteigen zu Martje und stupste sie an. »Fährste morgen zu deinem Smartie nach Oxford?«

Jurij sah, wie Martje errötete.

»Sie hat am Wochenende dort jemanden kennengelernt«, sagte Lizzie. »Hat sie dir das schon erzählt?«

Martjes Röte nahm noch zu.

»Nein«, sagte er. »Hat sie nicht erzählt. Aber freut mich!«

Es war das erste Mal, dass er die übliche Formel englischer Höflichkeit selbst als die Scheißfreundlichkeit zur Anwendung brachte, als die sie seiner Meinung nach in den meisten Fällen gedacht war.

Im Hörsaal angekommen wollte er sich ganz bewusst nicht neben Martje setzen, doch Lizzie verschwand sofort auf Toilette und es erschien ihm merkwürdig, einen Platz zwischen sich und Martje freizulassen.

Für einen Freitagabend war der Hörsaal auffällig gut gefüllt. In der Astrophysik musste man, um fachfremde Menschen in größeren Scharen anzuziehen, mindestens Stephen Hawking rankarren, über Schwarze Löcher und die Gefahr, von ihnen verschluckt zu werden, reden oder – noch besser – über die Wahrscheinlichkeit außerirdischen Lebens. Ihm fiel auf, dass er überhaupt keine Ahnung hatte, worum es in dem Vortrag gehen sollte.

Er wollte Martje fragen, nicht zuletzt um das unangenehme Schweigen zu brechen, das zwischen ihnen hing, aber Lizzie kam schneller von der Toilette zurück als erhofft und redete sofort wieder drauflos, diesmal mit der Idee, noch vor Ende des Sommers eine WG-Wanderung im Lake District zu machen.

Sie brach ab, als ein Mann im Tweet-Sakko nach vorne trat und die Begrüßung begann. Während die Rednerin des Abends mit Lebenslaufstationen, Publikationen, Preisen und den dafür gebräuchlichen Adjektiven (›herausragend‹, ›exzellent‹, ›beeindruckend‹) vorgestellt wurde, schweifte Jurij in den Methodenteil seiner Doktorarbeit ab und legte sich einige Sätze zurecht, mit denen er das angewandte Verfahren zum Herausfiltern von Störsignalen in der Auswertung einer galaktischen Radioquelle erläutern wollte.

»Lassen Sie mich mit einer Frage beginnen.«

Die Frau, die jetzt das Mikrofon übernommen hatte (Jurij hatte nicht einmal ihren Namen verstanden), brachte ihn davon ab.

»Wer von Ihnen hat in den letzten … sagen wir … achtundvierzig Stunden eine Handlung wider besseres Wissen ausgeführt?«

Niemand meldete sich.

»Oh, wow, exzellent! Lauter Mustermenschen heute. Dann lassen Sie mich etwas konkreter fragen: Wer von Ihnen hat heute schon geraucht?«

Einige Hände gingen zögerlich nach oben. Nach ein paar Sekunden wurden es immer mehr. Es gab Gelächter.

»Wusste ich's doch! Hab ich Sie! Alle anderen, die sich jetzt nicht gemeldet und nur gelacht haben: Warten Sie nur ab, *Sie* kriege ich auch noch!«

Aus dem Augenwinkel sah Jurij, dass Lizzie und Martje sich gut amüsierten.

Die Rednerin fuhr mit einer Reihe von Fragen fort: »Wer von Ihnen hat beim letzten Besuch im Supermarkt etwas gekauft, das in Plastik eingeschweißt war? Wer von Ihnen isst regelmäßig Fleisch? Wer fliegt bald in den Urlaub? Wer hat in diesem Monat schon einmal gelogen?«

Inzwischen waren fast alle Hände oben. Ein Mann in der zweiten Reihe hielt die Arme weiterhin verschränkt. Die Rednerin ging auf ihn zu. »Sie müssen Jesus sein!«

Wieder erntete sie Gelächter. Jurij wusste nicht, ob er es humorvoll oder albern finden sollte. Es klang wie bei einer Late-Night-Show.

»Abgesehen von Ihnen, Sir, werden mir sicherlich die meisten von Ihnen zustimmen, wenn ich sage: Wir alle tun Dinge, von denen wir wissen, dass wir sie besser nicht tun sollten, weil sie uns oder anderen schaden. Die Frage, der ich heute nachgehen möchte, lautet: Wie kann das sein? Wie kann es sein, dass wir das Richtige wissen und trotzdem das Falsche tun?«

An der großen Wand über der Tafel leuchtete die erste Folie einer Präsentation auf. *Laila Lemay, University of Stanford, Department of Psychology*. In der Mitte standen ein kurzer und ein langer Balken.

»Schauen Sie sich diese beiden Balken an: Der linke, kürzere Balken repräsentiert die Menge der Leute in Großbritannien, die angeben, regelmäßig zu rauchen, derzeit etwa zwanzig Prozent. Der deutlich längere Balken rechts daneben repräsentiert die Prozentzahl jener Menschen, die rauchen und auf die Frage, ob sie um die gesundheitlichen Gefahren des Rauchens wissen, mit ›Ja‹ antworten. Das sind deutlich über neunzig Prozent. Die Frage, die sich meiner Meinung nach stellt, ist: Sind diese Menschen unvernünftig?«

Lemay ging auf eine junge Frau zu und hielt ihr das Mikrofon vors Gesicht.

»Also … wenn man weiß, dass etwas nicht gut ist, und man tut es trotzdem, dann … ja, dann … würde ich sagen, das ist unvernünftig.«

»Alles klar, vielen Dank!« Lemay trat einen Schritt zurück und wandte sich wieder dem ganzen Hörsaal zu. »Ich denke, viele von uns hier im Raum würden so antworten: Eine Handlung auszuführen, die besserem Wissen zuwiderläuft, ist unvernünftig. Manche würden vielleicht auch sagen, sie sei ein Zeichen von Willensschwäche. Die These, die ich vertreten möchte, ist aber eine andere: Es ist nicht unvernünftig oder willensschwach, wider besseres Wissen zu handeln! Im Gegenteil: Es ist zutiefst vernünftig!« Sie dehnte die Worte ›zutiefst vernünftig‹ besonders lang. »Um nachzuvollziehen, weshalb es vernünftig ist«, fuhr sie fort, »müssen wir allerdings verstehen, wie das, was gemeinhin ›die menschliche Vernunft‹ genannt wird, funktioniert.«

Sie lief einige Schritte durch den Raum und lehnte sich mit dem Rücken ans Pult.

»Es gibt eine sehr wirkmächtige Tradition, vor allem in der sogenannten westlichen Welt, die uns weismachen will, unsere Handlungen kämen wie folgt zustande: Zunächst überlegen wir – mit Hilfe unserer Vernunft –, wie wir handeln sollen. Erst danach handeln wir. Unsere Handlungen sind also angeblich immer nur die Ergebnisse einer vernünftigen Überlegung. In diesem Sinne hat …« – sie zeigte auf die junge Frau, die sie eben befragt hatte – »Wie heißen Sie?«

»Katy.«

»… in diesem Sinne hat Katy recht, wenn sie sagt: Rauchen ist unvernünftig. Das Gleiche müssten wir dann aber tagtäglich über viele unsere Handlungen sagen: Über das Essen von Fleisch, das Fahren von Autos und so weiter. Denn alle diese Dinge sind, wie Sie wissen, in irgendeiner Hinsicht schädlich. Wenn wir sie trotzdem tun, dann sind wir alle nicht die vernunftbegabten Tiere, zu denen uns die sogenannte abendländische Philosophie erklärt hat, oder? Wir alle sind dann ziemlich unvernünftige Wesen! Und das erscheint ja reichlich merkwürdig, nicht wahr?«

Die gelben Balken verschwanden, eine Titelschrift leuchtete auf: *Vernunft – Das schöne Übel.*

Lemay lief vom Pult weg und stieg die ersten paar Stufen der Treppe zwischen den Sitzreihen hinauf.

»Wenn mich jemand fragt, wie ich die menschliche Vernunft beschreiben würde, antworte ich am liebsten: Sie ist wie Pandora. Sie kennen sicherlich den griechischen Mythos: Prometheus will etwas für die Menschen tun, die Zeus als so hilflose Wesen erschaffen hat. Er beschließt, dem Göttervater das Feuer zu stehlen und es ihnen zu bringen. Zeus findet das gar nicht gut und will sich für den Diebstahl rächen. Er lässt eine schöne Frau aus Lehm erschaffen: Pandora. (Ich lasse mich an dieser Stelle ausnahmsweise nicht darüber aus, dass diese griechischen Männer natürlich auf die Idee kamen, es müsse sich um eine *Frau* handeln!) Diese schöne Frau jedenfalls führt ein Vorratsfass mit sich, und in diesem Fass befinden sich allerlei Übel. Die Übel entweichen, als sie den Deckel hebt. Eben deshalb bezeichnete man Pandora in der Antike als ›schönes Übel‹. Nun werden Sie fragen: Was hat die Vernunft damit zu tun? Ich will es Ihnen sagen: Meiner Ansicht nach kommt die Vernunft meist nur daher wie etwas Schönes. Sie erscheint als Quelle der menschlichen Entwicklung und des Fortschritts. (Ich erspare Ihnen jetzt eine Kritik dieser Begriffe.) Sie gilt als das, was uns gegenüber anderen Lebewesen auszeichnet (Lebewesen, deren Lebensräume wir zerstören, die wir einsperren, töten, essen). In Wahrheit aber oder zugleich – die Entscheidung überlasse ich Ihnen – ist sie etwas Übles. Denn sie erlaubt es uns, alles Mögliche zu rechtfertigen. Ich möchte sogar behaupten: Es gibt keine Handlung, die sich nicht in irgendeiner Weise im Nachhinein rationalisieren oder vernünftig erklären ließe. Und so viel kann ich kann Ihnen schon verraten: Menschen sind bisweilen erschreckend geübt darin. Ich werde es Ihnen gleich an einem konkreten Beispiel zeigen.« Sie stieg die Treppen wieder hinunter und klickte zur nächsten Folie.

»Beginnen wir zunächst mit etwas Vertrautem. Michael Stent, ein Kollege von mir, hat in einer Studie fünfhundert rauchende Menschen dazu befragt, wie sie mit dem Wissen um die Risiken des Rauchens umgehen. Ein Großteil stimmte der Aussage zu: ›Das Nachdenken über die Risiken gibt mir ein schlechtes Gefühl.‹ Zugleich antworteten diese Menschen aber auch, sie hofften einfach, es werde sie persönlich schon nicht treffen. Schließlich gebe es ja immer wieder Beispiele von rauchenden Personen, die sehr alt werden. Oder sie verwiesen auf das hohe Risiko, im Straßenverkehr tödlich zu verunglücken. Manche erklärten auch, das Rauchen selbst vermittele ihnen nun mal ein gutes Gefühl. Und sich gut zu fühlen, das sei doch ebenfalls eine Form von Gesundheit und gleiche damit die negativen Folgen des Rauchens aus. Kurz gesagt: Diese Menschen fühlen sich auf der einen Seite durchaus unwohl mit dem, was sie tun. In der Psychologie sagen wir: Sie spüren eine kognitive Dissonanz. Sie wissen das Eine und tun das Andere. Ihre Theorie und ihre Praxis, ihr Wissen und ihr Handeln klaffen auseinander, sie sind dissonant. Auf der anderen Seite sind die meisten von ihnen in der Lage, diese Dissonanz zu reduzieren. Sie bemühen sich darum, ihr Handeln so zu rechtfertigen, dass es ihnen annehmbar erscheint. Sie rationalisieren, was sie tun. Und auch, wenn Sie es vielleicht bestreiten möchten: Wir *alle* tun das. (Wobei: Die meisten Studien, vor allem die älteren, basieren auf Aussagen weißer, männlicher College-Studenten. Vielleicht bin ich als Schwarze Frau damit aus dem Schneider …) Aber Spaß beiseite! Ich denke: Wir alle tun es. Täglich. Wir reden uns ein, Plastik könne recycelt werden und sei daher nur halb so schlimm. Wir reagieren erleichtert auf Informationen, die vermeintlich belegen, dass noch keine wissenschaftliche Einigkeit über die Folgen von Treibhausgasen besteht und so weiter. Sie können die Liste der Beispiele aus Ihrem Alltag gern nach Belieben fortsetzen. Wie weit Menschen für die Reduktion kognitiver Dissonanz gehen, wie weit ihre Rationalisierungen tragen, will ich Ihnen aber, wie schon angekündigt, noch an einem konkreten Beispiel demonstrieren.«

Auf der Leinwand erschien ein Foto. Es zeigte einen Sportplatz. Der Umgebung nach zu schließen befand er sich nicht in einer Stadt, sondern am Rande eines Dorfs.

»Wir befinden uns hier in Bosnien.«

Jurij starrte auf das Bild. Er fühlte sich eingeklemmt zwischen Lizzie und Martje. Beide schauten zur Leinwand – so wie auch alle anderen im Saal. Trotzdem kam es ihm so vor, als seien alle Augen auf ihn gerichtet.

»Noch im Frühjahr 1992 spielte hier die Mannschaft des örtlichen Fußballclubs. Dann begann der Krieg. Am 22. Juni rücken serbische Soldaten in den Ort ein. Zu ihnen gehört auch der damals dreißigjährige Ljubo G.«

Lemay schaltete zur nächsten Folie, dem Gesicht eines Mannes. Seine Augen wurden durch einen schwarzen Balken verdeckt. Jurij wollte sich am liebsten unter dem kleinen Klapptisch verkriechen, der an der Lehne des Vordersitzes angebracht war.

»Ljubo G. war Teil eines Forschungsprojekts mit qualitativen Interviews ex-jugoslawischer Soldaten und ich finde, er ist mit seiner Geschichte ein hervorragendes, wenn auch brutales Beispiel für die pandorische Natur der Vernunft, denn an jenem 22. Juni …«

Jurij stupste Lizzie an. »Kannst du mich kurz vorbeilassen?«, flüsterte er.

»Alles okay mit dir?«

»Ja.« Er schob sich an ihr vorbei, stolperte beinah über den Beutel, der auf dem Gang stand, und stieg die Treppe nach oben in Richtung des Ausgangs. Er meinte, den Blick von Laila Lemay in seinem Rücken zu spüren, während sie berichtete, was am 22. Juni 1992 geschehen war.

Die Treppe schien kein Ende zu nehmen. Er fühlte sich wie in einem Albtraum, in dem er mitten auf der Straße stand, während ein riesiger Truck sich näherte, mit rasender Geschwindigkeit, aber die Beine versagten, ließen sich nicht mehr bewegen, kein bisschen …

»Was uns an diesem Beispiel interessieren soll, ist vor allem, wie Ljubo G. die Erschießung der beiden rechtfertigte«, sagte Lemay und Jurij war sich nicht ganz sicher, ob er nicht vielleicht wirklich träumte. »Denn in seiner Begründung kommt zum Ausdruck, was ich Ihnen bereits vorhin an anderen Beispielen gezeigt habe: Menschen legen sich immer eine gute Erklärung für ihr Tun zurecht, sie handeln nicht wider besseres Wissen, sondern bemühen sich darum, den Widerspruch aufzuheben …«

Jurij lief an den Sitzreihen vorbei, vermied es, auch nur irgendwem in die Augen zu sehen.

»Ljubo G. betonte, er habe Mitleid für den Kleinen und dessen Schwester empfunden, die vor ihm auf dem Sportplatz standen.«

Jurij war nun bei der obersten Stufe angekommen. Die Ausgangstür befand sich in Sichtweite.

»Er wusste, dass es – selbst im Krieg – falsch war, ein unschuldiges Kind zu töten, und tat es dennoch. Und wie reduzierte er die daraus resultierende Dissonanz?«

Mit einem Klacken fiel die Tür ins Schloss. Auf dem Gang vor dem Hörsaal war es ruhig. Er folgte den Wegweisern in Richtung Hauptausgang.

Auf der Straße rauschten Busse, LKWs, Taxis und PKWs an ihm vorbei wie an seinem ersten Tag in der Stadt. Er stand auf dem Gehweg, atmete einen Schwall Abgase ein, lief auf eine rote Ampel zu, sah aus dem Augenwinkel ein Taxi herbeischießen und beschloss mit einer plötzlichen, aber überzeugenden Sicherheit, dass es das Beste war, dem Ganzen ein Ende zu bereiten.

# 4

Als David aus dem Flugzeugfenster schaute, blickte er auf einen brennenden Teppich.

Er presste seine Schläfe gegen die Scheibe. Alle um ihn herum schliefen. Aus einer kleinen Düse über dem Kopf blies unangenehm kalte Luft. Das Kabinenlicht war gedimmt. Die Lampen spiegelten sich im Fenster. Er bedeckte mit den Händen den Spalt zwischen der Scheibe und seinen Schläfen, um besser sehen zu können. Es war schwer zu sagen, wie viele Kilometer weiter unten die Flammen sich befanden. Der Bildschirm in der Rückenlehne des Vordersitzes war im Stand-by. Auch auf dem Kabinenschirm gab es aktuell keine Angabe zur Flughöhe, nur Wallpaper mit schneeweißen Stränden, Palmen und türkisfarbenem Wasser wurden fürs Smartphone zum Download angeboten.

Er versuchte, sein Telefon aus der Hosentasche zu ziehen. Es klemmte, die Armlehne war im Weg. An einer Niete seiner Hose riss er sich den Fingernagel auf. Als er es endlich geschafft hatte, sah er auf die Uhr. In der Zeitzone Berlin war es kurz nach halb neun am Morgen. Ziemlich sicher war Martje gerade damit befasst, Arik zu ein paar Löffeln Haferschleim zu überreden. In der Regel presste Arik seine schmalen Lippen aufeinander und schlug wild mit den Armen um sich. Der Tag hatte kaum begonnen und der Stress war bereits auf höchstem Niveau. Arik schrie, Martje streichelte ihn und erklärte mit einer Geduld, die David zur Weißglut bringen konnte, vor dem Weg in die Kita müsse er etwas essen, während David langsam, aber sicher ungehaltener wurde und immer wieder darauf hinwies, wie spät es bereits war. Er konnte sich glücklich schätzen, an diesem Morgen nicht dabei sein zu müssen, tat es aber nicht. Vielmehr spürte er, die Nase gegen die kalte Scheibe gedrückt, ein Gefühl von Schuld in sich aufsteigen. In den letzten Tagen war es behaglich gewesen, sich in der Rolle des Verlassenen einzurichten. Jetzt aber, im gedanklichen Angesicht der Frühstücksszene, überkam ihn der Eindruck, nicht Martje habe ihn, sondern in Wirklichkeit habe er *sie* allein gelassen. Dabei war das erste Versprechen, das er ihr jemals gegeben hatte, das genaue Gegenteil dessen gewesen.

Am Wochenende nach dem Bootsrennen lag Oxford erneut unter einem Theatersommerhimmel. David wartete an der Haltestelle auf der High Street, gegenüber der Stelle, wo sie sich am Wochenende zuvor im Morgengrauen verabschiedet hatten. Als Martje aus dem Bus stieg, lief er zu ihr und umarmte sie.

»Schön dich zu sehen!« Er beäugte den dünnen Stoffbeutel, der über ihrer Schulter hing. Sie hatten im Vorfeld nicht darüber gesprochen, für wie lange sie kommen würde, aber der Beutel ließ vermuten, dass sie lediglich Sachen für einen Tagesausflug eingepackt hatte, nicht für eine Übernachtung. Er versuchte, seine Enttäuschung zu verbergen.

»Sollen wir erst mal kurz bei mir vorbeigehen und dein Zeug ablegen?«

»Alles gut, ist nicht schwer.«

»Okay. Und wie sieht's mit Essen aus? Hast du Hunger?«

Sie wiegte den Kopf hin und her. »Geht so. Noch keinen großen.«

»Dann lass uns einen Spaziergang zu The Trout machen.

Es gibt zwar am Samstag kein Sunday Roast, aber …« Er wartete einen Moment ab in der Hoffnung, sie würde von sich aus vorschlagen, einfach morgen dorthin gehen. Sie machte es nicht.

Auf Höhe von All Souls blieb er stehen. »Hier arbeitet eine meiner Professorinnen. Kennst du *Alle Seelen* von Javier Marías?«

Sie nickte.

»Das spielt hier.«

»I know.«

Es war ihm unangenehm und sympathisch zugleich, sie mit seinem vermeintlichen Insiderwissen nicht beeindrucken zu können.

Hinter All Souls bogen sie Richtung Radcliffe Camera ab. Er zeigte zum kleinen Café auf der Wiese neben der Universitätskirche (»Hier gibt es die besten Scones der Stadt.«), lief durch den Hof der Bodleian Library hindurch, hinter dem Sheldonian Theatre entlang auf die Broad Street an seinem College vorbei (»Können wir später noch besichtigen.«), blieb vor dem Supermarkt an der Ecke zur Magdalen Street stehen (»Angeblich der Tesco mit dem höchsten Umsatz von ganz England.«), und brachte eine Straßenecke weiter einen Hinweis auf das erste Restaurant, das Jamie Oliver in Großbritannien eröffnet hatte, an. Kurz bevor sie zum Kanal abbogen, zeigte er nach rechts: »Da ist Worcester College; dort studiert Emma Watson Englische Literatur.«

Martje lachte, als er das sagte.

»Hast du dir das alles extra für mich angelesen?«

»Nein!«

Er war beruhigt, sie lächeln zu sehen und jetzt zum Kanal abbiegen zu können, weg von irgendwelchen Sightseeing-Punkten.

Der Straßenlärm verebbte. Aus den offenen Türen der Hausboote drang wie immer der Rauch der Kaminöfen.

»Wenn ich groß bin, kaufe ich mir auch so eins«, sagte er.

»Dann solltest du dich mit meiner Tante in Amsterdam unterhalten. Die hatte mal eins.«

Aus ihrem Gesichtsausdruck versuchte er herauszulesen, ob es sich um eine zukunftsweisende Einladung handelte oder eher nur um den etwas gelangweilten Hinweis darauf, dass er ihr als Tochter einer Niederländerin nichts über Hausboote erzählen musste.

Er war froh über das Wissen, dass bald die Landschaft ihren Dienst tun würde. Zwanzig Minuten später lichteten sich die Bäume zur Rechten der Themse und gaben den Blick auf Port Meadow frei. Martje freute sich über die Rinder, die auf der Wiese grasten, und über die Graugänse, die den Regenwassersee, der sich nach den Regenfällen des Winters dort gebildet hatte, in Beschlag nahmen.

David empfand Genugtuung.

Im The Trout setzten sie sich auf einen Platz direkt an der Steinmauer zum Fluss. Sie bestellten eine Karaffe Pimm's in Fortsetzung des letzten Wochenendes. Hinter ihnen rauschte das Wehr. Der Alkohol auf leerem Magen, die Sonne und die Geräusche des Wassers lullten sie angenehm ein.

»Jetzt könnte ich mich irgendwo hinlegen«, sagte Martje nach dem Essen.

David brauchte keine Sekunde, um darauf einzugehen. »Lass uns ein Stück am Fluss zurücklaufen, da gibt's überall nette Ecken.«

Unter einem Baum, hinter einer Biegung breitete er seine Jacke aus und bot Martje einen Platz darauf an. Sie legte sich direkt neben ihm ins Gras. Er ließ seinen Kopf auf die Wiese sinken, drehte sich zur Seite, sah noch, wie sie ihre Augen schloss, tat es ihr gleich, und als er seine Augen das nächste Mal öffnete, sah er, seine Lippen auf denen von Martje, nichts als die feinen Wimpern an ihren Lidern.

»Ich glaube, jetzt möchte ich doch mal meine Sachen bei dir im Zimmer ablegen«, sagte sie, nachdem sie eine ganze Weile so im Gras zugebracht hatten; die Sommersprossen auf ihrer Nase schienen in der Sonne zu tanzen.

David stand lachend auf und klopfte seine Jacke ab. Den Weg zurück absolvierten sie fast wortlos. Nur dann und wann unterbrachen sie ihren Gang, und das breite Grinsen, das David nach jeder dieser Unterbrechungen ins Gesicht geschrieben stand, war auch am nächsten Morgen noch vorhanden, als sie nach kurzer Nacht auf seinem viel zu schmalen Bett erwachten.

In der Gemeinschaftsküche bereitete er ein Full English Breakfast zu. Die Zutaten hatte er in weiser und, wie sich nun herausstellte, nicht zu optimistischer Voraussicht schon vor zwei Tagen besorgt. Sie aßen im Bett und als sie am späten Nachmittag aus einem ihrer vielen kurzen Zwischenschläfchen erwachten, standen die dreckigen Frühstücksteller noch auf dem Nachttisch; auf Martjes Teller lagen Würstchen und Speck.

»Fahren die Busse nach London am Sonntagabend auch alle fünfzehn Minuten?« Ihre Augen waren nur halb geöffnet.

»Ich denke schon. Wieso?«

»Wieso? Na, weil ich morgen Uni habe! Du etwa nicht?«

»Doch, doch! Aber ich dachte …« Er drehte sich zu ihr und küsste ihre nackte Schulter.

»What? *Du* machst hier schön deinen Elite-Uni-Abschluss und *ich* soll meine Uni schwänzen?« Sie lachte übertrieben echauffiert und gab ihm einen sanften Klaps auf den Hintern. »Ich habe schon jemanden für dich versetzt! Da kann ich jetzt nicht noch meinen Professor versetzen.«

»Wen denn?«

»Meinen sehr lieben, aber auch sehr scheuen Mitbewohner.«

»Soso.« David räkelte sich in seinem Selbstwertgefühl, das seit dem gestrigen Nachmittag auf einen neuen Rekordwert geklettert war.

»Hat ziemlich enttäuscht geguckt, als ich ihm gestern sagte, dass ich dieses Wochenende nicht mit ihm essen gehen kann. Und er wollte mich sogar in ein veganes Restaurant einladen, mein Lieber! Nichts mit Würstchen und Bacon und so weiter.«

»Also ich würde mich jedenfalls freuen, wenn du noch bleiben würdest.«

»Glaub ich dir. Aber ich fahre mal besser.«

»Schade. Ich dachte, wir könnten noch eine Runde Punten gehen. Mit Erdbeeren und Champagner. Oder Käse, Baguette, Trauben, Weißwein …«

»Ach? *So* macht man das hier? Per Edelbestechung.«

Zwei Stunden später saß sie im Stocherkahn, David stieß die lange Metallstange in den schlammigen Grund des Cherwell. Nach der Ausfahrt aßen sie in der Turf Tavern und zogen weiter zum The Bear, wo sie auch schon am Wochenende zuvor gewesen waren. Nur hielten sie dieses Mal auf dem Weg dorthin Händchen und im Pub kamen sie kaum zum Trinken. Ihre Gläser waren noch halb voll, als sie aufbrachen, um ins Bett zu gehen.

In der Nacht wurde David wach. Neben ihm wand sich Martje und wimmerte.

»Was ist los?«

»Nichts.«

»Nichts?«

»Nur mein Kopf.«

Er strich ihr übers Haar. »Magst du eine Tablette?«

»Hab ich schon, danke.«

David setzte sich im Bett auf, während Martje auf Toilette ging.

»Sorry«, sagte sie, als sie wiederkam.

»Wofür?«

»Dass ich dich geweckt habe.«

»Quatsch! Da kannst du ja nichts für.«

Sie zuckte mit den Schultern. »Keine Ahnung.«

Er schlang seine Arme um sie, nachdem sie zurück ins Bett gekrochen war.

»Hast du das öfter?«

»Ja. Ich habe gestern Abend schon gemerkt, dass was im Anmarsch ist, aber dann …«

Sie nahm ihren Kopf in ihre Hände. David merkte, wie die Schmerzen sie durchzuckten. Er streichelte ihr über den Rücken. Es dämmerte bereits, als sie wieder in den Schlaf fanden.

Um kurz nach sieben klingelte sein Wecker. Er duschte, kochte sich einen Tee und bestrich ein paar Toasts. Als er ins Zimmer kam, saß Martje halb angezogen auf dem Bett. Sie sah müde und blass aus.

»Magst du was essen?«

»Nein, danke.«

»Aber ich bringe dich noch zum Bus, okay?«

»Gerne.«

Auf dem Weg zur Haltestelle massierte sie sich die Schläfen. David sah, dass sie erneut eine Attacke hatte, doch als der Bus kam, küsste er sie nur und ließ sie einsteigen.

Im Tutorium und auch im Anschluss in der Bibliothek fiel es ihm schwer, sich zu konzentrieren. Er schrieb drei Nachrichten an sie, erwähnte darin unter anderem, dass es ein wunderschönes Wochenende gewesen sei, dass er sie vermisse und dass er hoffe, die Rückfahrt sei gut verlaufen, doch es kam keine Antwort. Zum Ende der Nachmittagspause, während eines Kaffees in der Missing Bean, versuchte er, sie anzurufen, hörte aber nur eine Aufnahme ihrer Stimme auf der Mailbox. Bis zum Abend schrieb er drei weitere SMS (Ist alles okay? Muss ich mir Sorgen machen? Ist irgendetwas passiert?). Sie blieben ebenfalls unbeantwortet.

Erst mitten in der Nacht brummte sein Telefon. Auf dem Display leuchtete eine Nachricht von Martje: Entschuldige bitte, dass ich mich nicht gemeldet habe. Hatte mit der blöden Migräne zu kämpfen. Du fehlst mir auch.

Er war erleichtert über ihr Lebenszeichen. Auch die Entschuldigung tat gut. Zugleich spürte er, dass es nicht *ihre*, sondern *seine* Aufgabe gewesen wäre, sich zu entschuldigen, dafür, dass er sie zunächst überredet hatte, noch eine weitere Nacht zu bleiben, und dafür, dass er sie am Morgen in den Bus hatte steigen lassen, obwohl die Zeichen für ihren schlechten Zustand ziemlich offensichtlich gewesen waren.

ICH muss mich entschuldigen, schrieb er zurück. Und: Beim nächsten Mal lasse ich dich nicht einfach allein.

Es bedurfte nur eines Tastendrucks, um die Nachricht zu versenden. Der Vorgang war lautlos und leicht. Aber die Hypothek, die er damit aufnahm, wog schwer. So schwer, dass er nun, sieben Jahre später, im Flugzeug irgendwo über dem brasilianischen Festland daran denken musste.

Der Feuerteppich war längst aus dem Sichtfeld verschwunden. In der Scheibe erblickte er lediglich ein dunkles Spiegelbild seines Gesichts. Er sah die kindlichen Züge Ariks darin und schon im nächsten Moment war er bei den Tausenden von Tieren, den Insekten, Gürteltieren, Jaguaren, Schlangen, die dort am Boden in den Flammen um ihr Leben krochen, krabbelten oder rannten und, wenn sie es nicht schafften, verbrannten. Er überlegte, wie Arik reagieren würde, mit Entsetzen wegen der Tiere oder mit Begeisterung wegen des Feuers, das nun gelöscht werden musste. Was war das für eine Welt, in die er ihn da ganz ohne zu fragen hineingesetzt hatte?

Er merkte, wie ihm Tränen in die Augen traten, schob es zunächst auf die Müdigkeit. Im Zustand tiefer Erschöpfung neigte er dazu, weinerlich zu werden. Doch der Gedanke an Martje, die mit Arik beim Frühstück kämpfte, wollte einfach nicht verschwinden. Es kam ihm schrecklich vor, dass sie nun ohne Partner und Arik ohne Vater war.

Schon im nächsten Augenblick schämte er sich für diesen Gedanken über die eigene Bedeutung, über die vermeintliche Unentbehrlichkeit als Vater und als Mann. Die Scham vergrößerte den Tränendruck nur noch. Und während unten am Boden ein weiterer orangefarbener Teppich auftauchte, bei dem es sich um nichts weiter als die funkelnden Lichter einer Stadt und ihrer Vororte handelte, liefen die Tränen über seine Wangen.

Ein Glockenton erklang in der Kabine, das Licht ging an. Eine freundliche Stimme verkündete die Landung in einer Dreiviertelstunde.

David fühlte sich ertappt. Er wollte sich die Tränen abwischen, mochte sich schnäuzen, tat sich beim Versuch, die Hand in die Hosentasche zu bekommen, um vergeblich nach einem Taschentuch zu suchen, ein weiteres Mal am lädierten Fingernagel weh. Auch in der Laptoptasche fand sich keine Packung. Der Fingernagel fing an zu bluten.

Von links wanderte eine Hand herüber und reichte ihm ein Taschentuch.

»Thanks!«, sagte er, noch halb unter Tränen.

»No problem!«, sagte der Mann mit dem rotgelockten Nacken.

Bis zur Landung wechselten sie kein weiteres Wort. David vertrieb sich die Zeit mit dem Durchblättern des Bordmagazins. Sein Sitznachbar las irgendeinen alten Schinken. Während des Landeanflugs schaute David aus dem Fenster, erkannte Häuser, Tankstellen, Fabriken. Vereinzelte Autos bewegten sich zwischen ihnen wie auf einer Modellbauplatte. Ansonsten waren die Straßen noch leer.

Die Landung erfolgte pünktlich um Viertel vor fünf Ortszeit. Als das Flugzeug die Parkposition erreichte, brach Hektik in der Kabine aus. Die Leute zerrten ihre Koffer und Rucksäcke aus den Gepäckablagen. Viele Gesichter waren noch fahl vom Schlaf, die Frisuren eingedrückt. Auch Davids Sitznachbar erhob sich angestrengt aus seinem Sessel. David selbst blieb sitzen, bis sich die Plätze um ihn herum geleert hatten. Er verließ den Flieger als Letzter.

Auf der Flughafentoilette schüttete er sich kaltes Wasser ins Gesicht. Als er wieder nach draußen trat, waren die meisten Mitreisenden bereits in Richtung Passkontrolle verschwunden. Er stand unentschlossen herum. Die Euphorie und Abenteuerlust vom Vortag waren wie weggeblasen.

Er schaute aufs Telefon, das in der Tasche unentwegt neue Nachrichten meldete.

Willkommen in Brasilien! Sie telefonieren und surfen zu folgenden Tarifen …

Urgent: Missoula Creative Writing Seminar

University of Minnesota Accommodation Services: Your cancellation

Er wischte alles beiseite, ohne es zu lesen, und folgte dem Strom zur Passkontrolle, weiter zur Gepäckausgabe, vorbei am Zoll, hinaus in die Empfangshalle. Hinter einer Absperrung warteten Menschen mit Namensschildern in den Händen.

Er zog seinen Koffer bis vor die automatische Schiebetür des Terminals und blieb neben einem metallenen Aschenbecher stehen. In der Anrufliste auf dem Telefon wählte er Martje aus. Er ließ es zehnmal klingeln, aber sie ging nicht ran. Er begann, eine Nachricht an sie zu tippen, brach das Schreiben jedoch wieder ab und löschte den bisherigen Text.

Vor seiner Nase hielt ein Taxi. Der Fahrer hatte das Beifahrerfenster heruntergekurbelt und lugte heraus.

»Hotel?«

Er reagierte nicht.

»Hotel, Senhor?« Der Fahrer stieg aus dem Taxi aus, lief ums Heck herum und öffnete den Kofferraum. David fand das Verhalten aufdringlich und unangenehm. Als er sich ergab und in den Fond des Taxis setzte, musste er an eine Unterhaltung mit Carline über die Fortschreibung kolonialer Machtverhältnisse in Alltagssituationen denken.

»Warum meinen die Leute in solchen Ländern immer, ich sei reich, nur weil ich weiß bin?«, hatte er sie gefragt. »Das ist doch auch eine Art von Rassismus, oder nicht?« Carline war daraufhin so wütend geworden, dass sie ihm beinahe ihr Rotweinglas auf die beige Leinenhose kippte. Tatsächlich brauchte sie keine Minute, um ihn zu überzeugen, dass ein weißer Mann sich nach Jahrhunderten der Ausbeutung und Unterdrückung nicht wundern musste, wenn die Nachfahren der Ausgebeuteten und Unterdrückten (von denen zwar nicht alle, aber doch etliche selbst ausgebeutet und unterdrückt waren) in jemandem wie ihm genau das sahen, was auch schon ihre Eltern in ihm gesehen hatten: einen überheblichen Dandy, der in allergrößter Selbstverständlichkeit erwartete, bitteschön nicht allein über seine Hautfarbe und sein Auftreten beurteilt zu werden.

»USA?«, fragte der Fahrer.

David schüttelte den Kopf. »Germany«, antwortete er. »Alemanha.«

»Oooh! Germany! Futebol, very good. Bayer Munich! Dortemunde! Lipsig!«

Während der Fahrer die Namen brasilianischer Spieler in der deutschen Bundesliga aufzählte, sah David graue Fassaden an sich vorbeiziehen. Sie wurden vom ersten Morgenlicht beschienen.

Eine halbe Stunde später hielt das Taxi vor einem hohen Glasbau. Er zahlte den Preis, den ihm der Fahrer nannte, ohne einschätzen zu können, ob es sich um viel oder wenig handelte. Er hatte den Wechselkurs von Real und Euro noch nicht nachgesehen. Viel entscheidender war ohnehin, dass die Kreditkarte tadellos funktionierte, und das tat sie.

An der Hotelrezeption interessierte er sich ebenso wenig für den Preis; Zahlung bei Abreise war die wichtigere Information.

»Wenn Sie direkt einchecken, müsste ich Ihnen allerdings den angebrochenen Tag mitberechnen«, sagte die Frau hinter dem Tresen. »Ansonsten können Sie gerne schon Ihren Koffer hierlassen; Check-in wäre dann ab 14 Uhr.«

Er überlegte kurz, gab schließlich seinen Koffer ab und spazierte nach draußen. Der morgendliche Berufsverkehr war inzwischen in vollem Gange. Er passte sein Schritttempo denjenigen an, die in ihre Büros eilten, und tat so, als habe auch er einen wichtigen Termin. Nach zwanzig Minuten, an einer Ecke des Trianon Parks, entdeckte er einen Starbucks. In Deutschland wäre er, außer in der allergrößten Not, nicht auf die Idee gekommen, hineinzugehen. Hier jedoch, in dieser fremden, lauten Stadt, versprühte das Café ein solch wohltuendes Flair von Vertrautheit, dass er ohne Umschweife hineinlief. Der Kaffee und der belegte Bagel schmeckten so scheußlich, wie er es sich vorgestellt hatte; fünfzig Prozent davon rechnete er der eigenen Verbitterung darüber zu, aus bloßem Heimweh einem Geschäftsmodell auf den Leim gegangen zu sein, das er eigentlich verabscheute. Seine Laune wurde auch nicht besser, je öfter er aufs Telefon blickte. Martje rief einfach nicht zurück. Als ihm auffiel, dass Montag war und somit nicht nur das Museu de Arte schräg gegenüber, sondern auch alle anderen Museen geschlossen hatten, bestellte er aus Frust noch einen weiteren Kaffee. Für den Rest des Vormittags kämpfte er mit Sodbrennen.

Als er um zwei Uhr endlich das Hotelzimmer bezog, verspürte er Erleichterung. Er lief zum Fenster und startete einen weiteren Anrufversuch.

Martje nahm ab.

»Hey«, rief er freudig. Schon am Rhythmus ihres Atmens merkte er, dass sie seine Freude nur bedingt teilte.

»Hallo«, sagte sie.

Er wartete, ob noch irgendetwas käme.

Es kam nichts.

»Ich wollte mich nur mal kurz melden.«

»Hm.«

Irgendetwas klapperte bei ihr im Hintergrund.

»Ist alles gut bei euch?«

»Ja.«

»Ja?«

»Ja.«

In diesem ›Ja‹ schwang, so schien es ihm, eine Art von Verwunderung darüber mit, dass irgendetwas *nicht* in Ordnung sein könnte. Er fasste es, ohne dass Martje ein weiteres Wort sagen musste, sofort als Kritik an sich und der Vorstellung auf, seine bloße Abwesenheit sei bereits in irgendeiner Form ein Problem.

Er überlegte, ihr zu sagen, dass er sich nicht in Missoula befand. Aber Martjes Einsilbigkeit reizte ihn und er warf den Grundsatz, Gleiches nicht mit Gleichem zu vergelten, über Bord.

»Magst du mir mal Arik geben?«

Wieder klapperte irgendetwas bei ihr. »Der ist gerade noch mit meiner Mutter unterwegs.«

Ihre Aussage war keine Überraschung. Es war einigermaßen nachvollziehbar, dass sie sich Unterstützung bei ihren Eltern suchte. Trotzdem fühlte es sich für ihn so an, als sei er einfach durch seine Schwiegereltern ersetzt worden, und dieser Gedanke hatte etwas Demütigendes.

»Dann nachher vielleicht? Soll ich in einer Stunde noch mal anrufen?«

»Da sitzen wir beim Abendessen.«

»Ach so.« Er versuchte, betont locker zu bleiben. »Seid ihr die nächsten Tage erst mal bei deinen Eltern?«

»Ja.«

Ihr ›Ja‹ machte ihn jetzt aggressiv. Er wollte sie am liebsten anschreien, wusste aber aus Erfahrung, dass es nichts bringen würde. Die wenigen Male, bei denen er sich zu Geschrei hatte hinreißen lassen, hatten gezeigt, dass das anfängliche Gefühl von Befreiung und Überlegenheit sehr schnell in Scham und Reue umschlug.

»Okay, dann … melde ich mich morgen noch mal.«

»Ja.«

»Gut.«

»Okay.«

»Gib Arik einen Kuss von mir.«

»Mach ich.«

»Danke. Bis dann!«

»Bis dann.«

Nach dem Auflegen stand er regungslos am Fenster. Sechs Stockwerke weiter unten spielte sich das Leben ab, als wäre nichts geschehen. Auf den Gehwegen liefen Menschen hin und her, gingen in Bürogebäude, Hotels und Geschäfte hinein. Busse hupten, weil PKWs ihre Haltestellen blockierten. Motorroller rasten in Schlangenlinien zwischen den wartenden Autos hindurch.

David überlegte, ob er den Laptop aufklappen und Flüge von São Paulo nach Missoula oder direkt zurück nach Deutschland recherchieren sollte. Es war einsam hier und sinnlos; die Entscheidung vom gestrigen Nachmittag wirkte nur noch kindisch, wie der Versuch, mit ungeeigneten Mitteln gegen eine Niederlage anzugehen, gegen die nicht anzukommen war.

Er ließ sich aufs Bett fallen und schaltete den Fernseher an. Auf einem Doku-Kanal lief eine Sendung über boxende Bolivianerinnen. Er schlief darüber ein. Als er aufwachte, war das Tageslicht bereits verschwunden, nur der Fernseher erhellte den Raum.

Er griff nach dem Prospekt mit dem Getränke- und Speisenangebot, der auf dem Nachttisch lag.

*Cocktail Happy Hour! Kommen Sie auf unsere fantastische Dachterrasse und genießen Sie die Aussicht auf São Paulo bei einem frisch gemixten Drink! Auch Snacks und kleinere Speisen servieren wir dort für Sie an unserem erfrischenden Pool.*

Er blätterte weiter zum Fine-Dining-Angebot des Restaurants im Erdgeschoss (*Täglich wechselnde Menüs der Spitzenklasse! Lassen Sie sich von unseren Gourmet-Köchen verwöhnen und begeben Sie sich auf eine kulinarische Entdeckungsreise!*).

Schon nach dem Überfliegen der Vorspeisen (*Frische Muscheln aus Santa Catarina; in Scheiben geschnittene Eryngui-*

*Pilze mit Paranussöl, Sojasoße und Barunüssen; Hummersuppe mit Sahne und Basilikumblättern*) merkte er, dass er zwar Hunger hatte, aber keinerlei Appetit verspürte.

Er stand auf, richtete sich die Haare und zog ein frisches Hemd an. Im verspiegelten Fahrstuhl betrachtete er die Ringe unter seinen Augen. Er schob sie auf den Jetlag, nicht auf die miserable Gesamtsituation.

Als die Tür sich öffnete, wehte der Abendwind Bossa-Nova-Pop herüber. An langen Ketten hingen leuchtende Glühbirnen über der Dachterrasse und schaukelten beschwingt. Der Barkeeper hockte neben dem Tresen und hantierte mit einem Kehrblech. Es roch nach Chlor. Die Liegestühle um den Pool herum waren leer. Nur in der hintersten Ecke lag eine Gestalt, die den Arm hob und winkte.

Er bekam einen leichten Schreck, tat so, als habe er das Winken nicht bemerkt, nahm eine Getränkekarte von einem der Tische und studierte sie mit übertriebener Aufmerksamkeit.

»Setzen Sie sich ruhig! Ich komme gleich zu Ihnen.«

Der Barkeeper stellte das Kehrblech beiseite. Der Amerikaner winkte noch immer.

David legte die Karte weg und lief – widerstrebend – um den Pool herum.

»Hello!«

Der Amerikaner richtete sich von seiner Liege auf und legte sein Buch beiseite. »Boa noite!«

David stand nun fast vor ihm. »It seems that … we had the same idea.«

»Yes! Apparently.« Das Englisch klang alles andere als typisch amerikanisch. Er meinte fast, ein deutscher Akzent läge darin.

»Nice place.«

»Yes. Very nice.« David schaute durch die Glasbrüstung auf die umliegenden Häuser.

»First time in São Paulo?«

»Yes.«

»Vacation? Or business?«

Er beantwortete die Frage nicht sofort, sondern versuchte Zeit zu schinden, indem er sich setzte und die Rückenlehne der Liege umständlicher als nötig in eine aufrechte Position brachte.

Der Barkeeper kam. David bestellte ein Bier. Er hoffte, die Frage und das Warten auf eine Antwort würden darüber in Vergessenheit geraten, aber sein Gegenüber sah ihn erwartungsvoll an.

»It's some sort of business trip«, sagte er, schnell und nuschelnd. »What about you?«

»I'm a priest.«

»Ah. Where?«

»Germany.«

»Dann können wir ja Deutsch reden!«

»Natürlich.«

Das Hemd des Priesters rutschte nach oben, während er lachte und sein Bauch sich hob und senkte. Über dem Hosenbund blitzte weiße Haut hervor.

»Wo genau in Deutschland sind Sie Priester?«

»Im Schwarzwald.«

Davids Bier wurde gebracht. Sie stießen an.

»Auf den Schwarzwald! Und dann sind Sie hier im Urlaub?«

»Nein.« Der Priester wischte sich den Schaum von den Lippen. »Es fühlt sich zwar ein bisschen an wie Urlaub, ist aber verrückter.«

»So?«

»Ich war viele Jahre Schulpfarrer und Lehrer in einem Internat. Und jetzt soll ich Priester in Brasilien werden.«

»Oh. Haben Sie was verbrochen?« David lachte, während er das sagte. Sein Gegenüber wurde kurz blass.

»Nichts! Ich war höchstens etwas zu lange auf meinem Posten.« Er hustete.

David wartete, bis der Husten vorüber war. »Und wo genau werden Sie tätig sein? Hier in São Paulo?«

»Nein. In Rio Branco, ganz im Westen, im Bundesstaat Acre.«

»Nein!«

»Doch!«

»Die beste Freundin meiner …« – er zögerte, bevor er das Wort aussprach – »Frau ist auch gerade nach Rio Branco gereist.«

»Aber sicherlich nicht als Priesterin!?« Der Mann gluckste.

»Nein. Als Ethnologin.«

»Interessant! Dann müssen Sie uns in Kontakt bringen. Ich wurde nämlich schon darauf hingewiesen, dass es im Grenzgebiet immer wieder Vorfälle mit Indigenen gibt.«

David schaute zum Pool. Auf der Oberfläche spiegelten sich die Glühbirnen. Das Wasser kräuselte sich.

Der Priester räusperte sich. »Und Ihr Business, von dem Sie vorhin sprachen, ist …?«

David riss ein Stück vom kaputten Fingernagel ab, bevor er antwortete. »Schriftstellerei.«

»Dann muss ich also aufpassen.«

»Wieso?«

»Dass ich keine allzu schlechte Figur mache.« Der Priester bemerkte jetzt, dass sein Bauch frei lag. Er stopfte sich das Hemd in die Hose. »Sie arbeiten gerade an einem Stoff über Brasilien?«

»Nein.« Er zögerte, überlegte, welche Geschichte ihm auf die Schnelle einfiele (keine), sah sein Gegenüber an, dem das Hemd erneut hochrutschte, und empfand plötzlich großes Zutrauen zu diesem Mann, der ihm immerhin schon, vor vielen Stunden, ein Taschentuch gespendet hatte – eine Geste, die ihn glauben machte, er könne auch noch auf andere Weisen helfen.

»Ich wäre jetzt eigentlich in den USA, in Missoula an der University of Montana.«

»Ah.«

»Zusammen mit meiner Frau und unserem zweijährigen Sohn.«

»So.«

David konnte den Blick nicht vom priesterlichen Bauch abwenden. Die Blöße bestärkte ihn darin, sich ebenfalls zu offenbaren.

»Aber vor einer Woche hat meine Frau gesagt, dass sie nicht mitkommt, sondern …« – er wagte es nach wie vor nicht, das Wort ›Trennung‹ zu denken, geschweige denn, in den Mund zu nehmen – »eine Auszeit braucht und …« – er stierte auf den Boden – »… gestern, am Flughafen, habe ich spontan umgebucht. Von Missoula auf São Paulo.« Er schaute zu den umliegenden Häusern.

»Dann sind Sie jetzt hier und trotzdem ortlos.«

David nickte.

»Ich weiß zwar nicht, wie es ist, eine Familie zu haben«, sagte sein Gegenüber, »aber ich kenne die Situation, allein zu sein.«

Der Barkeeper drehte die Musik lauter.

»Haben Sie denn Kontakt zur Freundin Ihrer Frau?«

»Im Moment nicht.« Bei der Vorstellung, Carline und somit indirekt auch Cédric darüber zu informieren, dass er mal eben nach Brasilien geflogen war, wurde ihm unwohl. Er stellte das Bier beiseite.

»Und wenn Sie sich bei ihr melden? Ich kenne sie zwar nicht, aber sie wird doch sicherlich verstehen, dass Sie ein wenig durcheinander sind. Und jetzt, wo Sie einmal hier sind … Vielleicht kann sie sogar vermitteln?«

David wollte schnauben, tat es nur aus Höflichkeit nicht. Die Idee, ausgerechnet Carline – diejenige, die Martje, was die USA-Reise und alles Weitere betraf, vermutlich beraten hatte – als Vermittlerin einzuspannen, kam ihm so abwegig vor, dass er sie schon wieder witzig fand.

Der Priester trank einen kräftigen Schluck Bier. David nahm die eigene Flasche zur Hand und begann, das Etikett abzupulen.

Der Priester richtete sich auf. »Wollen Sie auch zu Abend essen? Es gibt hier im Haus ein sehr gutes Restaurant. Ich lade Sie ein.«

David verspürte noch immer keinen Appetit. »Danke, ich …«

»Sie müssen nicht! Um Himmels willen! Aber wenn Sie mögen, können Sie gerne mitkommen.« Er erhob sich. »Wenn Sie Lust haben, treffen wir uns in einer Viertelstunde in die Lobby. Und wenn nicht, dann nicht. Einverstanden? Ich bin übrigens Telmo Schmidt.«

»David Rubens.«

»Freut mich. Dann bis gleich, vielleicht!«

»Ja, vielleicht! « In der Ferne landete ein Helikopter auf einem Hochhausdach. Der Barkeeper stand gelangweilt hinter dem Tresen. »Noch ein Bier?«

»Danke, nein!«

David schaute zu, wie die Türen des Fahrstuhls sich schlossen.

Fünf Minuten später fuhr er ebenfalls nach unten, machte sich auf dem Zimmer kurz frisch, zog sich ein Sakko, das er eigentlich für die Veranstaltungen in Missoula mitgenommen hatte, über und begab sich in die Lobby, wo er, während er auf Telmo Schmidt wartete, eine E-Mail an Carline entwarf.

# VIERTER TEIL

# I

Trotz der Dunkelheit und noch bevor Telmo ihr Gesicht sah, sah er ihre Flipflops.

»Sorry, ich bin zu spät«, sagte sie, leicht gehetzt, als sie um zehn nach sieben auf der Praça da Bandeira eintraf. Schon als sie über den Platz gelaufen kam und David darauf hinwies, dass dies Carline Macpherson sei, hatte Telmo sofort ihr Schuhwerk bemerkt, ebenso ihr Humpeln.

»Ich musste noch mit einer Kollegin aus Boston telefonieren. Wir versuchen schon seit drei Wochen, uns zu erreichen. Und dann ...« Sie hob ihren linken Fuß. Im Angesicht dessen, was er jetzt erblickte, musste er sich sehr bemühen, nicht sofort in himmlische Entzückung zu verfallen. »... bin ich beim Telefonieren auch noch irgendwo hängen geblieben mit diesen blöden Latschen ...« Sie stand jetzt auf einem Bein, knickte das andere wie ein Flamingo über dem Knie ab und betrachtete ihre Fußsohle. Die Fersen waren frei von jeglichem Überschuss an Hornhaut. Der Rest des Fußes formte eine Linie, gleich toskanischen Hügeln, bis hin zu den Zehen, die Nägel in mattem Violett wie die liturgischen Gewänder, die am Palmsonntag getragen wurden.

»Hast du dir wehgetan?«, fragte David. Telmo ärgerte sich, nicht selbst sofort danach gefragt zu haben. Aber die Frage beantwortete sich ohnehin im Schein der Straßenlaternen: In der Mitte der Fußwölbung war ein feiner Schnitt zu sehen, von einem Metallstückchen oder einer Glasscherbe, und während sie gebückt die Wunde inspizierte, rutschte ihr der Flipflop von den Zehen.

Telmo war sofort zur Stelle, bückte sich, obwohl der Rücken ihm Probleme machte, und hob die Sandale auf, als wäre sie eine während der Eucharistie versehentlich heruntergefallene Hostie. Nur fühlte sich das Gummi um ein Vielfaches göttlicher an als das geweihte Brot, selbst nach der Wandlung (welche Sünde schon allein in Gedanken!). Dazu kam der Anblick des Wundmals: erhebender als die Stigmata Christi. Auf der geriffelten Oberfläche des Schuhs war sogar ein wenig Blut zu sehen.

»Danke«, sagte sie, als er ihr den Schuh reichte, die Finger feucht vor Aufregung. Er sah ihr zum ersten Mal wirklich ins Gesicht. »Und hallo erst mal!«, schob sie hinterher. »Ich bin Carline.«

Er traute sich kaum, ihr in die Augen zu schauen, auch wenn er hoffte, darin einen Widerschein jenes Loderns zu finden, das er selbst in seinem Inneren spürte.

Er streckte seine Rechte aus und stellte sich ebenfalls nur mit seinem Vornamen vor. Die Vereinigung, die sich eben schon an der Fußsohle (optisch) und am Schuh (haptisch) vollzogen hatte, setzte sich fort. Er mochte die Hand gar nicht loslassen, war aber in Gedanken sowieso noch bei den Füßen.

»Sicher, dass es geht?«, fragte David. »Sonst finden wir bestimmt eine Apotheke in der Nähe, um wenigstens ein Desinfektionsspray zu kaufen.«

»Nicht nötig! Das war die gerechte göttliche Strafe fürs Telefonieren im Straßenverkehr.« Sie lächelte Telmo an, als habe sie diesen Satz allein für ihn gesagt. »Gehen wir rüber nach Gameleira?«

Auf der Joaquim-Macedo-Brücke, die eine Kurve über

dem Fluss beschrieb und deren nach oben verlängerte Pfeiler als blau angestrahlte Nadeln wie zur Abwehr himmlischer Angreifer in die Nacht ragten, unterhielten sie sich, ausgehend von der Frage der Wunddesinfektion, über den Dreck, der auf den Straßen lag oder, in Form von Plastiktüten, in den Bäumen hing. Telmo schlenderte ganz bewusst neben David. Er achtete darauf, dass dieser in der Mitte zwischen ihm und Carline blieb und wie ein Abstandshalter fungierte, eine menschliche Barriere, die, unterstützt vom leichten Abendwind, hoffentlich dabei half, die Erregung, die über ihn gekommen war, abzukühlen. Der Fußgängerweg über den Rio Acre war um diese Zeit gut besucht: turtelnde Pärchen, die Selfie-Sticks schussbereit in die Höhe gestreckt, Familien mit Kindern, die Lollis lutschten, einsame ältere Herren, auf der Suche nach einer Unterhaltung.

Vom Mercado Velho zog der Geruch gegrillten Fleischs herüber. Er löste Appetit bei Telmo aus. Er war froh, dass sie in die entgegengesetzte Richtung liefen. Carline plauderte mit David über einige die Stadt betreffende Belanglosigkeiten und redete sich, nachdem dieser Teil abgehakt war, ein wenig den Frust von der Seele, dass sie bisher vergeblich auf Antworten bezüglich ihres Forschungsprojektes warte. In den Büros der zuständigen Stellen sei natürlich, egal zu welcher Tageszeit, nie die Person, die man brauche, sondern immer nur irgendjemand, der sich nicht auskenne oder nicht auskennen wolle.

»Das sieht aber nach einer größeren Angelegenheit aus«, sagte David, während sie am südlichen Ufer entlang auf einen Platz zuliefen. Zu Füßen eines Fahnenmastes stand ein Festzelt. Auf einem Plastikstuhl vor einem Ladengeschäft saß ein älterer Herr. Carline sprach ihn an. Ihr Portugiesisch war weder akzent- noch fehlerfrei. Aber dass der Klang seiner

Muttersprache aus ihrem Mund kam, löste bei Telmo eine weitere warme Welle aus, die durch seinen Körper wogte und ihn finden ließ, dass dieses Wesen, das noch vor wenigen Tagen nichts weiter als eine gesichtslose Freundin einer Reisebekanntschaft gewesen war, sich zunehmend als Himmelsgesandte entpuppte.

»Oktoberfest!«, rief sie. »Ein Oktoberfest im September in Brasilien.«

Telmo verkniff sich die Bemerkung, dass das Münchner Original immer im September begann, womöglich sogar heute, am einundzwanzigsten. Er wollte auf eine bessere Gelegenheit warten, um wieder auf sich aufmerksam zu machen.

»Ja, mei! Dann trinken wir eine Maß!«, sagte David und lief auf das Festzelt zu. Von drinnen kam Musik, die allerdings wenig bayrisch klang. Als sie das Zelt betraten, hing eine Glocke tropischer Feuchtigkeit unter dem Dach. Auf den Bierbänken, die wie eigens aus Deutschland importiert aussahen, waren kaum noch freie Plätze. »Ich hatte schon mal gehört, dass es in Brasilien auch ein Oktoberfest gibt«, hörte Telmo David rufen. »Aber ich dachte, das sei woanders.« Sie zwängten sich bis zu einem Tisch in einer Ecke durch, möglichst weit von den Lautsprechern entfernt. Telmo achtete vor allem auf Carline, die sich unmittelbar vor ihm einen Weg durch die Menge bahnte.

»Und Sie sind also Priester?«, fragte sie, nachdem sie sich gesetzt und mit Bier versorgt hatten. Er bemühte sich, seine Enttäuschung über diese Einstiegsfrage zu verbergen. Er hatte sich extra unpriesterlich angezogen mit einer blauen Hose, einem dunkelgrünen Pullover und braunen Schuhen, ohne nähere Hinweise auf seine Profession, auch wenn er vermutete, dass sie durch David bereits informiert war.

»Ja.« Er genoss es, ihre blaugrauen Augen auf sich zu wissen, umrandet von Lidern mit rotblonden Wimpern. »Ich soll hier ein wenig Unterstützung leisten. Der Priestermangel ist ja ein großes Problem, weltweit, aber vor allem im westlichen Brasilien.«

»Da gäbe es eine einfache Lösung.«

»Ja?«

»Priester*innen*.«

»Natürlich!« Er überlegte, ob es zielführend war, nun den gesamten Rosenkranz sorgsam einstudierter Argumente *gegen* das Priesteramt der Frau herunterzubeten. An der Schule hatte sich unlängst eine Schülerinnengruppe gebildet, angeführt ausgerechnet von Klara – nomen est omen – Gottwald, Tochter einer der führenden Köpfe von Maria 2.0. Es kostete die Schulleitung einige Nerven und diplomatisches Geschick, nicht jedes Mal einen Skandal entstehen zu lassen, der weit über die Schulmauern hinausging, wenn diese Gruppe einen weiteren Finger in eine der zahlreichen Wunden der von Mitgliederschwund, Missbrauchsfällen und Nachwuchssorgen geplagten Römisch-Katholischen Kirche legte. In einer vom Rektorat verteilten Handreichung ans Kollegium zum Umgang mit kritischen Fragen vonseiten der Schülerschaft hieß es, Kritik und Einwände sollten ernst genommen und aufgegriffen werden, allerdings ohne den Boden der anerkannten Lehrmeinung zu verlassen. Telmo hatte seine Zweifel, dass auch nur irgendjemand im Kollegium außer ihm überhaupt wusste, wie die anerkannte Lehrmeinung lautete.

»Der Papst hat in seiner jüngsten Enzyklika zu Amazonien nicht ohne Grund darauf hingewiesen, dass Frauen auf ihre eigene Weise bereits einen äußerst wichtigen Beitrag zur Kirche leisten«, ergänzte er.

»Nur eben nicht in Weiheämtern.«

Ihre Sturheit gefiel ihm.

»Ja, nicht in Weiheämtern, das ist richtig.« Er hatte diese Art von Gespräch schon oft geführt. Es war klar, welche Schleifen nun gedreht werden würden und er sparte sich, an dieser Stelle auf die großen, teilweise heiligen Frauen der Katholischen Kirche hinzuweisen, auf Teresa von Ávila, Therese von Lisieux, Edith Stein, Hildegard von Bingen, und wie sie alle hießen, die bis zum heutigen Tage verehrt wurden und die alle ihren Dienst getan hatten, ohne das Sakrament der Weihe zu empfangen. Wo waren eigentlich die guten alten Zeiten hin, in denen sich das Priesteramt noch keinen Anfeindungen ausgesetzt sah? Und was war eigentlich aus jener Generation geworden, von der es geheißen hatte, sie sei gänzlich unpolitisch oder zumindest wenig am Politischen interessiert? Denn das war ja gerade das Tückische an der aktuellen Lage: dass vielen der jungen Menschen unterstellt wurde, sie seien fast nur noch in virtuellen Welten unterwegs (es verging keine Schulstunde ohne die Ermahnung, die Handys hätten bitteschön ausgeschaltet zu bleiben). Aber dann stellte sich immer wieder heraus, dass sie mit diesen Dingern offenbar die Revolution ausheckten, sich für die Gleichheit der Geschlechter, gegen Diskriminierung oder für den Schutz der Umwelt einsetzten. Warum Carline, die ja sichtlich keine fünfzehn mehr war, in die gleichen Kerben schlug, blieb unklar, war im Falle einer theologischen Laiin aber durchaus verzeihlich.

»Ich bin jedenfalls gespannt, wie lange die Katholische Kirche es sich noch wird leisten können, Frauen das Weihesakrament vorzuenthalten«, sagte sie. »Vor allem hier in Lateinamerika, wo ihnen die Leute in Scharen zu den Pfingstkirchen davonlaufen.«

Oh, dieses Wesen! Es war mit allen Wassern gewaschen! Dem Problem, von dem sie sprach, war Telmo gleich beim ersten Spaziergang durch Rio Branco begegnet. Schon nach wenigen Schritten aus dem Hotel heraus, in dem er sich vorläufig einquartiert hatte, war er auf den örtlichen Ableger der Assembléia de Deus gestoßen. Einige Meter weiter empfingen die Igreja Pentecostal Nova Jerusalém de Cristo und die Missão Batista para os Povos ihre Gläubigen. Sie erhielten sichtlich größeren Zuspruch als die Katholische Kirche. Er hatte interessiert durch eine der halb geöffneten Kirchentüren gelugt, war sofort freundlichst hineingebeten worden und sprach still und peinlich berührt sein Glaubensbekenntnis, als wirke es wie eine Zauberformel gegen die Ekstasen, in die die Menschen hier reihenweise verfielen. Eine junge Frau riss die Arme in die Höhe, wiegte ihre Hüften im Takt der Musik, hielt die Augen geschlossen; der Mund des Herrn neben ihr war weit geöffnet, er redete in Zungen. Sie boten einen schaurigen Anblick für einen Mann der Weltkirche, wie er einer war. Gleichzeitig hatte es etwas Beseligendes, denn er konnte nicht leugnen, dass er sich oft genug wünschte, auch bei seiner Gemeinde für eine solche Versenkung ins Geistliche zu sorgen. Was machten die Pfingstkirchen bloß anders, außer dass sie die altehrwürdige Orgel durch Gitarre, Keyboard, Schlagzeug und einen E-Bass ersetzten? Welche Saiten brachten sie bei denen, die zu ihnen strömten und teilweise ganze Hallen, sogar Stadien füllten, zum Klingen? Ihr unglaublicher Erfolg konnte doch nicht allein damit zusammenhängen, dass hier auch Frauen im Dienste Gottes standen!?

»Blumenau!«, rief David. Er hielt sein Smartphone in die Höhe. »Das brasilianische Oktoberfest ist eigentlich in Blumenau, fünfzig Kilometer von der Atlantikküste entfernt.« Telmo blickte auf eine Menschenmenge, gekleidet in Dirndln und Lederhosen. »Es ist nach dem Karneval in Rio das zweitgrößte Volksfest Brasiliens«, las David stolz vor, als habe er gerade eine Wette gewonnen. »Da hättest du gleich ein Thema für eine Studie, falls das Projekt, das du für hier geplant hast, nicht klappt.«

Telmo nahm die Vorlage dankbar an. »Sie …« – am liebsten wollte er sie direkt beim Vornamen nennen, aber sie hatte ihn ebenfalls nicht geduzt, was er darauf schob, dass sie als englische Muttersprachlerin trotz ihres hervorragenden Deutschs womöglich immer wieder aufs Neue unsicher war, wann die höflich-distanzierte Anrede geboten war und wann nicht – »… sind für ein Forschungsprojekt hier, hat David erzählt?«

»Ja.«

»Worum geht es, wenn ich fragen darf?« Er achtete auf ihre Mimik, um herauszufinden, ob sie diese Frage bereits als zu aufdringlich empfand, konnte aber keinerlei Stimmungsanzeichen entdecken, weder in die eine noch in die andere Richtung.

»Es geht um die Frage der Rechtsauffassung und Rechtsdurchsetzung im Aufeinandertreffen von isoliert-indigener und nicht-isolierter Bevölkerung.«

Die technische Nüchternheit, mit der sie antwortete, schreckte ihn kurz ab, aber er war fest entschlossen, sich nicht abwimmeln lassen.

»Also Indios, die eigentlich tief im Urwald leben und nun erstmals Kontakt zur Zivilisation haben?«

Sie zog ihre Stirn kraus. »Ich würde die Wörter ›Indios‹, ›Urwald‹, ›Erstkontakt‹ und ›Zivilisation‹ vermeiden, aber – ja.«

Er lächelte. Die Schroffheit, die sie an den Tag legte, steigerte seine Sympathie nur noch. Jahrelang hatte er die Schülerschaft belehrt, nun wollte er sich gerne unterweisen lassen, besonders von ihr.

»Die Frage ist ja die«, sagte sie. »Was soll es denn zum Beispiel bedeuten, ›zivilisiert‹ zu sein? In der gängigen Verwendung steht ja nicht mehr so sehr die Frage der Bürgerlichkeit im Vordergrund« – er juchzte innerlich, als sie das lateinische Wort ›civilis‹ aussprach –, »und selbst wenn doch, schwingt meistens die Unterstellung mit, es handele sich bei einer bürgerlichen Gesellschaft um etwas Fortgeschrittenes, Besseres. Alle anderen Menschen stehen dann wie Kinder da, die sich noch entwickeln müssen, wie primitive Steinzeitwesen oder Wilde – übrigens zwei Ausdrücke, die leider immer noch viel zu oft für Indigene verwendet werden, nicht nur hier in Brasilien – und da muss natürlich schon mal die Frage gestellt werden: Wer hat eigentlich die definitorische Hoheit? Wer entscheidet, was als zivilisiert gelten darf und was nicht? Wenn ich mir etwa die Raten von psychischen Erkrankungen in den sogenannten modernen Gesellschaften anschaue, frage ich mich schon des Öfteren, ob da im Vergleich zu anderen Formen des Zusammenlebens wirklich von Fortschritt die Rede sein kann.«

Der leichte Furor, mit dem sie ihre Rede vorbrachte, verzauberte ihn. Er wollte am liebsten, dass sie gar nicht mehr aufhörte.

»Meinen Sie denn, dass es den Leuten, also diesen Stämmen, besser geht, wenn sie isoliert bleiben?«

»Die Frage stellt sich für mich nicht. Ich bin Ethnologin und als solche nehme ich zunächst einmal einfach zur Kenntnis, dass es unter den Menschen unterschiedlichste Lebensweisen gibt, ohne sie zu bewerten. Bewertungen wurden in der Forschung viel zu lange vorgenommen, und ich würde sagen, sie haben uns nicht gerade vorangebracht.«

»Darf ich fragen, wie, also, wie genau Ihre Forschung ablaufen soll?« Er meinte, ein leichtes Schmunzeln über ihr

Gesicht huschen zu sehen. Er war sich nicht sicher, ob es daher rührte, dass sie sich über seine Frage freute, oder aber (auch wenn das unmöglich erschien) seine investigative Absicht durchschaute und erkannte, dass er diese Frage nicht aus bloßer Neugierde heraus stellte, sondern aus Gründen, die in den gestrigen Nachmittag zurückreichten, als er zu seinem Antrittsbesuch geschlendert war.

Den Sitz der Diözese neben der weiß getünchten Kathedrale mit ihrem hoch aufragenden Glockenturm hatte er sofort gefunden, stand aber vor verschlossener Tür. Nur die Kathedrale war geöffnet. Er setzte sich in eine der hinteren Bänke und erbat, weil der Kirchenraum die Zwiesprache mit Gott wie eine alte Gewohnheit in ihm auslöste, Kraft für die neuen Aufgaben, die vor ihm lagen, sowie um Vergebung für den gebratenen Fleischspieß, den er am Vorabend an einem Straßengrill verspeist hatte, denn auch wenn er den Herrn nicht als obersten Wächter über seine Diät ansah und obwohl er auch jetzt im Gebet noch einmal darauf hinwies, dass die gerösteten Maiskolben laut Auskunft des Verkäufers bereits alle waren, es also keine schnelle Alternative zum Fleischspieß gab, verbuchte er den Vorgang doch als einen weiteren tadelnswerten Fall von Schwäche, und es konnte nicht schaden, dafür um Nachsicht zu bitten, auch wenn das Ganze, damit es wirklich Wirkung zeigte, im Beichtstuhl wiederholt werden müsste; aber der war aktuell unbesetzt.

Ein Schlüsselklappern ließ ihn aufhorchen. Zwei Minuten später folgte er einem jungen Vikar, der sich als Everton vorstellte, in die Sakristei, von dort aus weiter ins Verwaltungsgebäude. Auf dem Gang passierten sie eine Krippe mit einem verstaubten Jesuskind, das so aussah, als sei das letzte Fest seiner Geburt bereits einige Jahre her. Auch die Bündel mit Palmwedeln schienen die Hoffnung auf ein erneutes Erscheinen des Messias bereits vor längerer Zeit aufgegeben zu haben. Everton war entweder geübt darin, die traurige Requisitensammlung zu ignorieren, oder er machte sich nichts daraus. Beide Möglichkeiten stimmten Telmo wenig zuversichtlich, auch wenn er nicht behaupten konnte, aus einer quietschfidelen, lebendigen Gemeinde zu kommen, deren Mitgliedern täglich der Heilige Geist über den Köpfen schwebte wie bei Jesu Jüngern auf dem Pfingstgemälde, an dem er und Everton jetzt vorbeigingen. Die Lustlosigkeit, mit der die Schülerschaft den Andachten und Schulmessen beiwohnte, war überdeutlich, konnte aber der generellen, pubertären Abneigung gegen alles Schulische und von oben Verordnete in die Schuhe geschoben werden.

»Hatten Sie eine gute Anreise?«, fragte der Generalvikar, als Telmo bei ihm im Büro eintraf. Der hochgewachsene Mann mit dunklen Haaren und Brille machte keinen Hehl daraus, von der sehr kurzfristigen Ankündigung einer personellen Verstärkung für die Diözese überrascht worden zu sein. Die Freude über Unterstützung schien überlagert von der Frage, wer sich um die Einarbeitung eines neuen Geistlichen kümmern solle. Jedenfalls konnte sich Telmo nur so den etwas reservierten Empfang erklären.

An der Wand hing eine Karte mit den brasilianischen Kirchenprovinzen. »Das sind hier etwas andere Dimensionen als in Deutschland«, kommentierte der Generalvikar. Telmo wurde erst jetzt bewusst, dass er sich keine rechte Vorstellung von der Größe und Ausdehnung der hiesigen Bistümer gemacht hatte. Es nützte der eigenen Anschauung nur wenig, zu erfahren, dass allein das Bistum Rio Branco eine Fläche von über einhunderttausend Quadratkilometern hatte, wobei einem Priester rund zehntausend katholische Seelen anvertraut waren. »Da müssen Sie schon große Schultern haben, um diese Last zu tragen. Und wenn Sie das Evangelium hier in die Fläche bringen wollen, kommen Sie selbst mit dem Auto nicht weit. Die Straßen außerhalb der größeren Ortschaften sind entweder schlecht oder gar nicht vorhanden. Und jede Woche Boote oder Flugzeuge mit geistlicher Besatzung in den Regenwald zu schicken … na, Sie können sich schon denken, was ich sagen will.«

Telmo spürte ein leichtes Ziehen in der Brust. Er wartete nur darauf zu hören, dass Rom besser daran getan hätte, an seiner Statt einen Hubschrauber zu schicken. »Kann ich denn«, fragte er, um das schlechte Gefühl möglichst schnell wieder loszuwerden und einen guten ersten Eindruck zu hinterlassen, »direkt bei irgendetwas behilflich sein?«

»Nun … es ist mir etwas unangenehm, weil es so banal ist. Aber vielleicht könnten Sie aushilfsweise bis sechs Uhr den Telefondienst übernehmen? Wäre das möglich?«

Telmo nickte, noch während der Generalvikar erläuterte, dass dieser Dienst prinzipiell nicht zu seinen Aufgaben gehören werde. Ohnehin müsse er sich darauf einstellen, viel unterwegs zu sein; Rom habe schließlich mitgeteilt, er würde sich auch, ja sogar vor allem um die Rekrutierung neuer Priester kümmern, aber die freundliche Ordensschwester, die normalerweise im Sekretariat zur Hand gehe und am Apparat die Stellung halte, sei seit gestern erkrankt. Ein Ersatz habe sich auf die Schnelle nicht finden lassen. Er selbst werde bei einem Gemeindefest am Rande der Stadt erwartet, Vikar Everton müsse die morgige Messe vorbereiten, außerdem stehe noch ein Treffen mit der Leitung des Hospitals Santa Juliana an, das von der Diözese betrieben werde; es gebe da wie so oft Finanzierungsfragen zu klären und und und …

Das erste Telefonat, das Telmo eine halbe Stunde später

führte, war kein eingehendes, sondern ein ausgehendes. Reiner am anderen Ende der Leitung freute sich hörbar über seinen Anruf. »Du bist gut angekommen?«

»Ja, das bin ich. Und auch schon direkt im Dienst!«

Zu Telmos Beruhigung ließ Reiner nur kurz anklingen, dass seine Abreise von etlichen Beteiligten als etwas überstürzt wahrgenommen worden war. »Aber wenn du nun vor Ort sofort eingebunden bist, kann uns das ja egal sein!«

In der folgenden Stunde klingelte der Apparat ganze zwei Mal: wegen der Einladung eines kirchlichen Vertreters zu einem Schulfest in Novo Horizonte sowie wegen einer Taufanfrage. Telmo notierte die Nummer, den Namen und das Anliegen; mit jeder weiteren Minute, die ohne Klingeln verstrich, ahnte er, dass die Zeilen des linierten Briefbogens, den der Vikar ihm hingelegt hatte, weitestgehend leer bleiben würden und er sich nach einem Zeitvertreib umsehen musste.

Er ging in die Küche; es verlangte ihn nach einem starken Kaffee. Sein Körper wollte sich, anders als sein Wecker, nicht so einfach auf die brasilianische Zeit umstellen lassen. Durch den Flug von São Paulo nach Rio Branco war noch eine weitere Stunde Differenz hinzugekommen, und der Gedanke, dass er sich in Deutschland nun gerade ins Bett begeben würde, trug nicht gerade zum Wachwerden bei. In einer verstaubten Dose im Küchenschrank befand sich nur ein trauriger Rest verklumpten Instantkaffees.

Das Klingeln des Telefons um kurz nach halb sechs hatte etwas Belebendes. Der Anrufer war weder brasilianischer noch portugiesischer Muttersprachler, das hörte Telmo sofort. Es dauerte jedoch drei mehr oder weniger verständliche Sätze, bis er begriff, dass die radebrechende Männerstimme am anderen Ende der Leitung gerade versuchte, sich auf Spanisch mittels vermeintlich portugiesischer Aussprache verständlich zu machen. »Wenn Sie mir erst einmal kurz Ihren Namen …« Er hatte den Stift bereits angesetzt, notierte jedoch nichts, weil keine Reaktion auf seine Bitte erfolgte, auch nach zweimaliger Wiederholung nicht.

»Haben Sie Kontakt mit Náhwua?«

»Náhwua?« Telmo verstand nicht. Erst als er gefragt wurde, ob es vonseiten des Bistums Verbindungen zu Indigenen gebe, reimte er sich zusammen, dass es sich um den Namen eines Stammes handeln musste.

»Ich kann Ihnen da leider nichts sagen. Ich bin nur aushilfsweise am Telefon. Aber ich werde mir Ihre Frage gerne notieren und jemanden, der sich auskennt, um Rückruf bitten.« Er schaute auf das Christusbild an der Wand. Der Kopf des Heilands war eingefasst von einem leuchtenden Strahlenkranz. Telmo meinte, aus seinem Gesicht eine gewisse Ernüchterung herauszulesen, wie sie nun auch aus der Stimme des Anrufers sprach, bevor sie ansetzte, von einer großzügigen Spende zu sprechen, die an die Diözese gehen würde, wenn sie ihm behilflich sein könne.

»Ich habe da ein wissenschaftliches Interesse …, ein humanistisches Interesse.«

Telmo war geneigt, ihn an die offiziellen Behörden, den Missionsrat für indigene Völker oder an die staatliche Universität zu verweisen. Doch das Wort ›Spende‹ löste eine so angenehme Empfindung aus, setzte eine Energie frei, die ihn das fehlende Koffein, wonach es ihn noch vor wenigen Minuten so sehr verlangt hatte, vergessen und stattdessen in seinem Kopf allerlei Bilder von Dingen erscheinen ließ, die sich von einer solchen Spende würden kaufen lassen – ein Schlagzeug, eine E-Gitarre, ein E-Bass, um die Menschen aus den Freikirchen zurück in die Kathedrale Unserer Heiligen Jungfrau von Nazareth zu holen –, dass er sich bemühte, den Eindruck, er könne nicht helfen, umgehend wieder zu zerstreuen.

»Kann Sie Anfang nächster Woche jemand zurückrufen?« Noch während er auf eine Antwort wartete, riss er einen Zettel vom Block ab. Nachdem er Name und Telefonnummer notiert hatte, steckte er ihn in die Hosentasche.

Der Entschluss, auf dem offiziellen Notizpapier nichts über den Anruf festzuhalten, sorgte bei ihm in der folgenden Nacht für leichte Unruhe und es war nicht gerade förderlich, dass die Predigt des nächsten Vormittags in der nur spärlich besetzten Kathedrale ausgerechnet vom achten Gebot handelte. Doch es gab ja wohl einen Unterschied zwischen einer glatten Lüge, also einer falschen Aussage über etwas Geschehenes, und einer Aussage über ein Geschehen, die nicht gemacht wurde, im Grunde genommen also gar keine Aussage war!

Auch im Oktoberfestzelt hüllte er sich über die Hintergründe seines Interesses für Carlines Arbeit in Schweigen. Er kam sowieso nicht umhin, in all diesen Vorgängen ein Werk göttlicher Vorsehung zu vermuten, und diese Idee beruhigte ihn ungemein, denn sie bedeutete, dass es einerlei war, was er tat. Der Herr hatte den Weg bereits vorherbestimmt, und auch wenn es dafür eigentlich keiner weiteren Beweise bedurfte, bekam er mit Carlines Antwort auf seine Frage, wie ihre Forschung ablaufe, einen Beweis geliefert, der so fantastisch war, dass er aufpassen musste, den Mund nicht dauerhaft offenstehen zu lassen.

Sie legte ihr Smartphone vor ihm auf den Tisch und drückte den Play-Button eines Videos.

»Was sagen sie?«, fragte David, während er genauso wie Telmo auf zwei Männer schaute, die mit Lendenschurz bekleidet und Speere in den Händen haltend durch einen Fluss wateten.

Carline drückte auf Pause. »Soweit ich weiß, sagen sie, woher sie kommen, und fragen, wer die Leute am anderen Ufer sind, die sie filmen.«

»Du verstehst sie?«, wollte David wissen.

»Nein. Ich habe mir das übersetzen lassen. Sie sprechen eine Pano-Sprache und gehören zu den Náhwua.«

»Den Náhwua?« Es fiel Telmo schwer, nicht zu ungläubig zu klingen.

»Ja. Dass sie da plötzlich aufgetaucht sind, hat für ziemlich viel Aufsehen gesorgt. Es ist nämlich eher ungewöhnlich, dass Angehörige von isoliert lebenden Gemeinschaften den Kontakt suchen. Und dann ist es in Folge des Kontakts angeblich zu Auseinandersetzungen mit der indigenen Gemeinschaft gekommen, die sich schon vor längerer Zeit am Fluss niedergelassen hat. Die Einzelheiten sind mir noch nicht bekannt, aber dafür bin ich ja hier.« Sie schnalzte mit ihrem Flipflop wiederholt gegen ihre Ferse.

»Weiß man, warum diese Menschen plötzlich Kontakt suchen?«, schaltete David sich ein.

Carline schüttelte den Kopf. »Es gibt Vermutungen. Womöglich hat es irgendwo in ihrem Gebiet Störungen gegeben – durch Holzfäller, Goldsucher, Fischer, Bergbauunternehmen, Drogenbanden. Die Regierung ist ja nicht gerade darum bemüht, illegales Eindringen in Schutzgebiete zu verhindern.«

»Aber könnte es nicht auch sein, dass diese Menschen den Kontakt suchen, weil sie das entbehrungsreiche Leben im Wald einfach satthaben?«

Telmo entging die Abneigung, die Davids Frage bei Carline auslöste, nicht. Er verfolgte die Diskussion, die sich nun entwickelte, nur mit halbem Ohr, und wartete geduldig, bis sich die Gelegenheit für eine weitere, vorsichtige Nachfrage ergab.

»Wie heißt das Örtchen, in das Sie dann reisen müssen?«

»Esperança. Von dort aus sind es noch ein paar Stunden Bootsfahrt ins Schutzgebiet bis zu der Stelle, wo sie aufgetaucht sind; das ist nicht mal mehr ein Örtchen, lediglich einige Hütten am Ufer. Aber wie ich vorhin schon erzählt habe, fehlt mir ohnehin noch die Erlaubnis, als ausländische Wissenschaftlerin dorthin zu reisen. Seit Tagen höre ich immer nur ›morgen, morgen‹ …«

»Das tut mir leid«, sagte Telmo. Innerlich frohlockte er. Die Möglichkeiten, die sich auftaten, ließen sich auf die Schnelle gar nicht ermessen, aber das Beste war die Aussicht, dass jede von ihnen früher oder später weiteren Kontakt mit Carline Macpherson einschloss. Ihm war nach einem weiteren Bier.

»Apropos morgen«, sagte David. »Ich für meinen Teil würde den heutigen Tag mal für beendet erklären. Bleibt ihr noch?«

Telmo sah Carline an, versuchte, aus ihren Augen irgendeine Art von Reaktion herauszulesen, bemerkte jedoch nur, dass sie aufgehört hatte, ihre Füße zu bewegen.

»Ich bin auch ganz gut geschafft«, sagte sie. »Von mir aus können wir gehen.«

Sie verließen das Zelt. Über dem ockerfarbenen Fluss lag die Dunkelheit. Auf der Fußgängerbrücke, die nach wie vor in blaues Licht getaucht war, lief Telmo diesmal nicht in gebührendem Abstand zu Carline, sondern zu ihrer Rechten, das schmatzende Geräusch ihrer Schuhe jetzt wieder im Ohr. Es war ein Klang, den er nicht mehr missen mochte, und er hoffte, sie bis zu ihrer Unterkunft begleiten zu können, um so lange wie möglich in seinen Genuss zu kommen.

»Wo müssen Sie hin?«, fragte er, als sie auf der anderen Seite, am Mercado Velho, angekommen waren.

»In diese Richtung.« Sie wies mit der Hand die Straße hinunter. »An der Kathedrale vorbei, und dann noch ein kleines Stückchen weiter.«

»Ich könnte …«

»Ich bringe dich noch«, fiel David ihm ins Wort. Es klang wie eine Anordnung.

»Nicht nötig!«

»Doch, doch. Schon allein zur Sicherheit. Damit du nicht wieder telefonierst und irgendwo hängen bleibst.«

Telmo fand den Spruch reichlich plump, der Gedanke jedoch, Carline könne wieder stolpern und sich eine weitere Wunde zuziehen, formte in seinem Kopf einen Wunsch, und dieser Wunsch konnte nur noch versüßt werden durch die Vorstellung, er persönlich habe sich um die Wundversorgung zu kümmern, habe ihre Sandalen abzustreifen, wie der Heilige Vater es tat, wenn er am Gründonnerstag in Nachahmung von Jesu Handlung an seinen Jüngern vor dem letzten Abendmahl die Fußwaschung zelebrierte – ein Vorgang, von dem Telmo in all den Jahren des Schuldienstes gehofft hatte, er würde ihn auch einmal an einigen Schülerinnen vollziehen können, nur befanden die sich dummerweise in jedem Jahr um diese Zeit in den Osterferien. Während also irgendein schnöder Landpriester Wasser über ihre jungen Füße rinnen lassen, sie abreiben und – Gott bewahre! – küssen durfte, musste er dasselbe bei den übrig gebliebenen Alten in einem Pflegeheim tun, wo er in diesen geschäftigen Tagen immer aushalf.

»Dann kommen Sie gut nach Hause!«, sagte sie zu ihm. »Wenn kein Wunder geschieht und ich nicht in den nächsten Tagen schon weiterreisen darf, laufen wir uns ja bestimmt noch einmal über den Weg!«

Ihre Hand ergriff seine; er musste an sich halten, sie nicht länger als üblich zu schütteln. Der Verweis auf ein Wiedersehen entschädigte ihn dafür, dass nicht er, sondern David sie zu ihrer Unterkunft begleiten würde, aber wenn es einen göttlichen Plan gab, und davon war auszugehen, würde auch dieser Vorgang seinen Sinn haben, und er empfand diese Schlussfolgerung als etwas Beruhigendes, etwas, das ihn ertragen ließ, wie David und Carline nun gemeinsam davonschlenderten, während ihre Schatten sich im Lichtkegel der Straßenlaternen vereinigten.

# 2

Carline war heiß. So heiß, dass sie nicht wusste, ob ihr schon jemals so heiß gewesen war, an den Füßen, den Schenkeln, der Stirn, dem Bauch, eigentlich überall, und es ließ sich auch nicht ausmachen, woher die Hitze wirklich kam, ob von außen oder von innen. Vielleicht waren es nur die Hände, die kalt waren und daher alles andere heiß erscheinen ließen. Jedenfalls stand fest: es war eine absolut verfickte Scheißhitze – das ließ sich leider nicht anders sagen –, und Carline tat etwas, das sie spätestens seit dem Tod ihrer Mutter nicht mehr getan hatte: Sie betete. Sie betete zum Herrn, dass die Hitze weggehen würde und ihr Körper endlich wieder auf Normaltemperatur abkühlen durfte, gerne sogar noch etwas darunter. Aber solange das Beten nicht half und der Herr sie nicht erhörte (vielleicht hörte er auch, hatte aber beschlossen, die letzten zwanzig Jahre beständigen Nichtbetens mit je einer Stunde Schmoren zu bestrafen), musste die Klimaanlage es tun, die seit drei Stunden oder sogar noch länger unentwegt kühle Luft in den Raum hineinpustete, was bei Carline nicht für Abkühlung, sondern eher für weitere Hitzewallungen sorgte, denn das Brummen und Pusten waren eine ständige Erinnerung daran, dass hier allein für *sie*, für *ihre* eigene Kühlung und nichts weiter, diese ökologische Killermaschine lief, die vermutlich mehrere Kilowatt Strom pro Stunde verschlang, und das in Brasilien, wo Strom zu achtzig Prozent aus Wasserkraft gewonnen wurde, weshalb sich die Regierung gerne mit ihrem angeblichen Engagement für erneuerbare Energien brüstete, wobei sie allerdings verschwieg, dass für den Bau neuer Staudämme und Kraftwerke hunderte Quadratkilometer Regenwald gerodet werden mussten, was wiederum zu mehr Trockenheit und Hitze führte, folglich zur stärkeren Nutzung von Klimaanlagen, die eine irre Energie verbrauchten, sodass das Stromnetz regelmäßig kollabierte (in Rio Branco allein drei Mal in den letzten paar Tagen). Es war ein verdammter Teufelskreis und sie steckte mittendrin!

Sie griff nach dem Telefon, um die gefühlte Körpertemperatur mit der realen Außentemperatur abzugleichen, kam aber nicht bis zur Wetter-App, sondern blieb an einem Post von Blythe Pepino hängen, der für ihren Geschmack immer noch viel zu Wenige folgten. Dabei war Blythe seit ihrem grandiosen Interview bei Fox News in aller Munde. Denn dort hatte sie, obwohl sie nicht als Musikerin, sondern als Mitbegründerin des Birthstrike Movement eingeladen worden war, eine Wahnsinnsshow abgeliefert. Carline musste immer wieder daran denken, wie Blythe von Tucker Carlson, dem Inbegriff des alten weißen Mannes, gefragt worden war, wie wohl Menschen auf den Straßen irgendeines afrikanischen Landes reagieren würden, wenn sie ihnen erklärte, dass es besser, ja sogar moralisch geboten sei, keine Kinder mehr zu bekommen (schon diese Frage allein bewies, wie dumpfbackig Carlson war). Blythes Antwort war einfach unnachahmlich: »Ich habe keine Ahnung«, sagte sie, Punkt, aus, Ende. Und Carlson saß da wie ein Ballon, dem man die Luft abgelassen hatte. Fantastisch! Diese Szene konnte nicht mal durch den Umstand getrübt werden, auf den Cédric im Nachgang hingewiesen hatte und auf den sie durch eine simple Internetrecherche auch selbst hätte kommen können:

dass nämlich *One Last Night*, einer von Blythes Songs, der bei Virgin Records erschienen war, im Soundtrack von *Fifty Shades of Grey* verwendet wurde, zu dessen Londoner Kinopremiere Blythe sogar eigens angereist war. An Cédrics Hinweis störte sie das altbekannte Muster, Menschen, die anderen moralische Vorhaltungen machten, mit ihrer eigenen Amoralität zu konfrontieren. Ihr Vater tat das auch sehr gerne, und dummerweise hatte er das Interview, da es nun einmal bei seinem Leib-und-Magen-Sender lief, auch gesehen, was Carline verborgen geblieben wäre, wenn er nicht völlig beiläufig erwähnt hätte, dass Sarah Gallin (»Erinnerst du dich noch an sie? Sie ging mit dir in eine Highschool-Klasse.«) gerade ihr drittes Kind bekommen habe. Ihr *drittes* Kind!

Carline schwieg zunächst, so wie sie immer schwieg, wenn irgendwer von irgendwem erzählte, der gerade Nachwuchs erwartete oder zur Welt gebracht hatte, denn mit Geburtsstreik-Argumenten brauchte man den meisten Leuten gar nicht erst zu kommen, es sei denn, man hatte Lust darauf, sich ein Augenrollen abzuholen. In diesem Fall aber (und im Nachhinein fragte sie sich: wieso um alles in der Welt?) hatte sie das Schweigen schließlich durchbrochen und ihren Vater gefragt, weshalb er das überhaupt erwähne. »Ich habe Sarah Gallin seit Ewigkeiten nicht gesehen, Pa, und ich habe in der Highschool kaum etwas mit ihr zu tun gehabt!«

»Ich dachte einfach, es interessiert dich.«

»Es interessiert mich nicht! Ich glaube, es interessiert viel eher *dich* und du erzählst mir das nur in der Hoffnung, irgendjemand würde das Gleiche mal über mich sagen.«

Sie konnte ihren Vater am anderen Ende der Leitung schlucken hören. Sie machte sich sofort Vorwürfe dafür, ihm derart grob Gefühle unterstellt zu haben, die bei einem Vater nicht nur legitim, sondern sogar einigermaßen verständlich waren. Aber schon im nächsten Moment, als er wieder zu reden begann, schlug ihr Schuldgefühl in Wut um.

»Nein, Carline«, sagte er. Seine Stimme war ganz ruhig, auf eine gemeine Art ruhig. »Und es ist ja neuerdings offenbar in Mode, das Kinderkriegen zu verunglimpfen. Alexandra Ocasio-Cortez, diese junge Puerto-Ricanerin, die für die Demokraten im Kongress sitzt …«

»Ich weiß, wer das ist, Pa! Und sie heißt übrigens nicht Alexandra, sondern Alexandr*i*a, und sie wurde nicht in Puerto Rico geboren, sondern in der Bronx; selbst ihr Vater ist gebürtiger New Yorker! Und die Menschen in Puerto Rico besitzen – glaub es oder nicht! – seit 1917 die US-amerikanische Staatsbürgerschaft …«

»Wie auch immer. Diese Ocasio jedenfalls hat neulich ebenfalls gemeint, wir müssten uns die Frage stellen, ob es noch okay sei, Kinder zu bekommen und wenn ich dir so zuhöre, habe ich zunehmend den Eindruck, du stellst dir diese Frage auch.«

Carline schwieg auch an dieser Stelle zunächst wieder. Sie bereute dieses Schweigen jedoch bitterlich, als ihr Vater plötzlich erklärte, es sei doch aberwitzig, von den Menschen in den USA eine monastische Lebensweise (ein Wort, das er offenkundig aus Tucker Carlsons Interview mit Blythe geklaut hatte) zu verlangen, während sich gerade wieder Tausende Menschen in einer riesigen Karawane aus Zentralamerika auf den Weg Richtung US-Grenze machten. »Da sind zig Familien dabei, mit drei, vier, fünf kleinen Kindern! Kannst du dir das vorstellen, Carline? Die laufen mit denen zu Fuß durch Mexiko! Wenn ich daran denke, wie du immer gejammert hast, wenn wir früher gerade mal zehn Minuten auf dem Appalachian Trail unterwegs waren …«

Diese kurze Rede war so voller Wörter, die in ihr gewisse Knöpfe drückten, dass sie meinte, sie müsste explodieren. Denn die Erinnerung an frühere Zeiten (Zeiten, in denen Mom noch lebte!) mit zynischen Kommentaren über das Elend von Menschen aus Zentralamerika zu verbinden, war geradezu infam! Und das sagte sie jetzt auch.

Die Reaktion fiel exakt so aus, wie sie sie erwartet hatte: Ihr Vater ging einfach dazu über, von seinem neuen Staubsaugerroboter zu erzählen, und Carline lag es, obwohl sie sich nach wie vor Nullinger für derlei Technikzeug interessierte, auf der Zunge zu sagen, sie könne sich mit diesem kleinen Roboter identifizieren: »Weil ich mir nämlich auch langsam so vorkomme wie dein ganz persönlicher Müllschlucker, Dad, wenn du mir immer mit diesem ganzen Scheiß ankommst, den du bei Fox News hörst! Und ich würde mich übrigens nicht wundern, wenn du mich bei meinem nächsten Besuch mit einem MAGA-Käppi auf dem Kopf vom Flughafen abholst!«

Aber das *dachte* sie nur, sie sagte es nicht.

Trotzdem schmerzte die Erinnerung an dieses Gespräch jedes Mal wieder ganz schrecklich, wenn sie einen neuen Post von Jayla sah, die inzwischen ihr eigenes Café eröffnet hatte, mit Filialen in Adams Morgan und Dupont Circle. *#blackmatters* stand dann etwa unter dem Bild eines dampfenden Americano oder *Komm und probier unseren neuen Erdbeer-Frappé mit Cappuccino!*, dazu das Foto eines Glases, bis zum Rand gefüllt mit Kaffee, Milchschaum und Erdbeeren, gekrönt durch eine riesige Sahnehaube mit Streifen aus Erdbeersoße. Auch wenn Carline an dieser Kreation nicht so sehr die Zutaten und die Zubereitung gefielen, sondern vor allem die Tatsache, dass Jayla sie eiskalt von Starbucks geklaut hatte, ohne den markenrechtlich geschützten Namen

Frappuccino® zu verwenden, sehnte sie sich danach, sofort nach Washington zu fliegen und ein solches Teil zu bestellen. Aber dann wäre ein Treffen mit ihrem Vater unvermeidlich gewesen und davor hatte sie Angst, unglaubliche Angst. Sie ängstigte sich zu sehen, wie er inzwischen lebte: nicht mehr in ihrem geräumigen Einfamilienhaus nahe des Rock Creek Park, sondern in einer schlichten Wohnung in Maryland, weil das Haus in D. C., wie er sagte, für ihn allein doch einfach zu groß geworden sei, und jeder neue Morgen, an dem die Sonnenstrahlen durchs Verandafenster fielen, ihn allzu schmerzlich daran erinnerte, dass heute ein wunderbarer Jogging-Vormittag für Meghan gewesen wäre. Carline fand diese Gründe nachvollziehbar. Insgeheim unterstellte sie jedoch, dass der eigentliche Grund für den Wegzug ein anderer war: Es ging gegen seinen Stolz, in einem Haus zu leben, das nicht ihm, sondern den Eltern seiner verstorbenen Frau gehörte. Und es passte, und das war das eigentlich Schlimme, zu einer Erzählung, die er seit einer Weile nicht mehr müde wurde, zum Besten zu geben, mit einem ironischen Unterton zwar, aber vermutlich doch ziemlich ernst gemeint: dass Männer wie er, gegen die plötzlich die halbe Welt einen Groll hegte, nun an den Rand der Gesellschaft getrieben wurden und zwar von Schwarzen und Frauen und Latinos, die man jetzt neuerdings Latinx nennen müsse, und hier also Gleiches mit Gleichem vergolten werde wie seit eh und je: Auge um Auge, Zahn um Zahn.

Wenn er so redete, wusste Carline nicht, ob sie beruhigt sein sollte, dass er nicht noch viel heftigere Dinge vom Stapel ließ, Aufrufe zum bewaffneten Kampf zum Beispiel oder anderes krudes Zeug, das er vermutlich in allen möglichen Internetforen über die angebliche Benachteiligung weißer Menschen las. Oder ob es sie beunruhigte, weil ihr eigener

Vater sich plötzlich auf unheimliche Weise von ihr entfernte, weil immer klarer wurde, dass es sich bei dem, was sie beide jeweils als Realität wahrnahmen, um offenbar völlig unterschiedliche Dinge handelte. Die unangenehmste Frage in diesem Zusammenhang war natürlich nicht, wie es so weit hatte kommen können, sondern: Wann hatte es angefangen? Wann hatte Dad den ersten Fuß auf jenen Weg gesetzt, der sich ihr, Carline, als Abweg darstellte?

Die Antwort, die ihr als einzig mögliche in den Sinn kam, aber so maximal ungemütlich wirkte wie das durchgesessene Sofa, auf dem ihr Vater während ihrer Videotelefonate meistens fläzte, lautete: *Sie* war der Auslöser für all seine Abwegigkeiten der letzten Jahre! *Sie* war es gewesen, die ihn allein in Washington zurückgelassen und akademisch Karriere gemacht hatte! Eine Karriere, die sie zu großen Teilen dem Geld verdankte, das *er* schon von frühester Kindheit an eisern für sie zurückgelegt hatte, das *ihm* nun fehlte und das womöglich Moms Leben gerettet hätte! Eine Karriere, für die sie aus dem Tod ihrer Mutter schließlich sogar Kapital geschlagen hatte! Denn im Bewerbungsessay fürs College war sie selbstverständlich der Empfehlung gefolgt, mögliche Beschwernisse auf ihrem bisherigen Lebensweg ausdrücklich zu erwähnen, und da stand Mutters Verlust an erster Stelle und das Schicksal einer Halbwaise hatte mit Sicherheit kein Mitglied der Auswahlkommission unberührt gelassen. Der Umstand, dass es doch Dad gewesen war, der diesen Weg ursprünglich überhaupt für sie vorgesehen hatte, taugte nicht als Entschuldigung. Sein Ziel war ein anderes gewesen: Er hatte sich eine Tochter erträumt, die Schritt für Schritt die Leiter im Herzstück der amerikanischen Demokratie nach oben kletterte, bis sie schließlich im Allerheiligsten angekommen und irgendeiner Administration direkt zu Diensten war, während sie mit

Kindern, Mann und Labrador Retriever in Kalorama oder Woodley Park wohnte. Doch was hatte er stattdessen bekommen? Eine Tochter, die in Riesenschritten auf die vierzig zuging, seit Jahren schon in Europa lebte, unverheiratet, ohne Kinder, ohne Hund und ohne Top-Job. Denn auch wenn sie immer wieder betonte, dass das MPI nicht einfach irgendein Schuppen war, sondern »eine der führenden deutschen Institutionen im Bereich der Grundlagenforschung« (»Lies das mal in der Wikipedia nach!«), half das vermutlich nichts gegen Dads Enttäuschung: Institute gab es schließlich viele auf der Welt, gerade Washington war die Hochburg selbsternannter Institute für dieses und jenes, und who the fuck war Max Planck? Er konnte doch gar nicht anders, als sich enttäuscht von der Demokratie abzuwenden! Und dabei war es nicht die Demokratie, sondern seine Tochter gewesen, die sich von *ihm* abgewendet hatte!

Sie wischte den Post von Blythe beiseite und öffnete die Wetter-App. Draußen waren gerade einmal zwanzig Grad. Die Hitze musste also von innen kommen.

Wenn sie als Kind Fieber gehabt hatte, hatte ihre Mutter stets ein kaltes, nasses Handtuch genommen, um ihre Waden gewickelt und dann ihre Beine in einen schwarzen Müllsack gesteckt, damit das Bett nicht feucht wurde. Das Rascheln von Müllsäcken erinnerte sie noch heute daran und sie sehnte sich jetzt danach, dass jemand kam, um ihr einen Wickel zu machen, jemand Vertrautes, der sich um sie kümmerte.

Sie checkte Cédrics Skype-Status. Er war abwesend. Sie erwog, ihm trotzdem eine Nachricht zu schreiben, tat es aber nicht, weil sie nicht wusste, wozu es eigentlich dienen sollte. Er konnte ihr ja doch nicht helfen, jedenfalls nicht unmittelbar, und ziemlich sicher hätte es am Ende nur schlechte Gefühle bereitet, ihn wissen zu lassen, dass es ihr im Augenblick nicht so gut ging. Denn zu wissen, dass er wusste, wie dreckig sie sich fühlte, ohne ihr wirklich zur Seite stehen zu können, hieß nicht, das eigene Leiden zu verringern – im Gegenteil. Es würde es verdoppeln!

Eine neue E-Mail wurde angezeigt. Der Absender, die Fundação Nacional do Índio, löste Freude aus. Sie vergaß fast die Hitze, die ihr Körper noch immer produzierte und überall für Schweiß sorgte. Sie überflog die ersten Zeilen. Sofort wich die Freude der Enttäuschung: wieder nicht die erhoffte Unterstützung und Genehmigung für die Forschungsinterviews, sondern nur die Mitteilung, dass ihre Anfrage an die zuständige Abteilung der Coordenação Geral de Índios Isolados weitergeleitet worden sei. Wir bitten um Ihr Verständnis und danken Ihnen für Ihre Geduld.

Auf der Straße donnerte ein Lastwagen vorbei. Obwohl das Fenster geschlossen war, konnte sie den Gestank der Dieselabgase riechen. Wie lange machte es eigentlich noch Sinn, in diesem Loch zu liegen und abzuwarten, bis es endlich richtig losgehen konnte? Bis die Sachen gepackt, eine kleine Propellermaschine und anschließend ein Langboot mit Außenbordmotor bestiegen werden konnten, um nach Esperança zu kommen? Es war eine schöne Vorstellung, bald das Diktiergerät zu zücken und den Aufnahmebutton zu drücken, während die Dolmetscherin die ersten Antworten der Náhwua übersetzte. Aber vielleicht war genau das, dieses Abwarten-lassen, die Strategie der Behörden. Zweifelsohne hatten sie schon viel zu oft Anträge auf Zugang zu indigenen Schutzgebieten positiv beschieden für Menschen, die ihre Interessen als rein wissenschaftliche ausgaben, unter diesem Deckmäntelchen dann aber Filmkameras anschleppten, und mit ihren Aufnahmen letztlich nur die Sensationsgier einer Weltöffentlichkeit jenseits der Regenwälder befriedigten und mit Schlagzeilen wie *Unglaublich: Waldmenschen kommen aus der Deckung* oder *Das erste Mal: Unbekanntes indigenes Volk tritt in Kontakt mit der Zivilisation* den Mythos von Amazonien als einem Garten Eden nährten, wo die Menschen zwischen kühlenden Bächen und schmackhaften Früchten lustwandelten. So sehr Carline sich darüber ärgerte und so sehr sie wusste, dass es sich schon von Berufs wegen verbot, Mythen anzuhängen, so sehr musste sie trotzdem zugeben, dass gerade dieser Mythos etwas Anziehendes hatte: Ihm zufolge gab es tatsächlich einige wenige Menschen auf dieser Welt, die noch nicht verdorben waren, die sich noch nicht in einem selbstzerstörerischen Ausmaß am Planeten versündigt hatten, die nicht dauernd neue Techniken erfinden mussten, um die Probleme, die sie mittels älterer Techniken verursacht hatten, zu beheben, die nicht tagtäglich über ihre Verhältnisse lebten und dadurch einen Erdüberlastungstag hatten einführen müssen, an dem sie sich dann einmal pro Jahr Dinge anhörten wie: *Heute ist der 29. Juli. Ab jetzt leben wir auf Pump. Die Erde kann die Ressourcen, die seit dem 1. Januar verbraucht worden sind, nun nicht mehr reproduzieren. Während in den Sechzigerjahren des zwanzigsten Jahrhunderts zum Jahresende immer noch ein wenig übrig war, rutscht das menschliche Verbrauchskonto seit den Siebzigern immer weiter ins Minus. Inzwischen ist es schon fast zur Jahresmitte bei null angelangt …* Nein, auf so eine Idee mussten die Angehörigen der vierzig, fünfzig, sechzig isolierten Stämme, oder wie viele auch immer es noch davon in Amazonien gab, gar nicht erst kommen, und das war doch irgendwie beneidenswert! Allerdings lauerte am Wegesrand die Frage, die auch der kleine rundliche Priester vorgestern Abend zu stellen gewagt hatte: Ging es den Menschen in ihrer Abgeschiedenheit wirklich besser?

Oh, diese Frage war wie der Geschmack einer Maracuja: eine Mischung aus herrlicher Süße und beißender Säure! Bei Carline weckte sie Erinnerungen an die erste Brasilienreise im Rahmen des Studiums vor etlichen Jahren. Mit Susan Sweeney, ihrer Professorin, und einigen anderen Studierenden war sie nach Manaus geflogen.

»Es geht hier nicht darum, einen aufregenden Urlaub zu haben«, hatte Sweeney gesagt, und alle hatten schuldbewusst genickt. »Wir haben uns einen klaren Auftrag gesetzt, und der lautet: Wir beobachten, dokumentieren, analysieren, wie indigene Kulturen bei den sogenannten Dschungeltouren präsentiert werden, und auch wenn Sie das wenig originell finden mögen, prophezeie ich Ihnen: Sie werden dabei mehr über sich selbst lernen als über die Menschen, die Sie offiziell studieren.«

Carline dachte an diese Worte, als sie nachts in einer Regenwaldlodge, mehrere Stunden Bootsfahrt von Manaus entfernt, lag, wachgehalten vom Zirpen der Insekten und dem Schwirren ihrer Gedanken. Sie hatte Skrupel empfunden, als sie dem Tourenveranstalter am Vormittag etliche hundert Real in die Hand gedrückt hatte, sich aber für diese Skrupel wiederum sofort verurteilt, als sie Sweeney davon berichtete und diese nur trocken sagte, der arme Mann sei mit Sicherheit nicht der Ursprung allen Übels; er mache nur seinen Job in einem System, das nicht von ihm und seinen Landsleuten etabliert worden sei, sondern von, na, Sie wissen schon …

Als sie am nächsten Tag zu einer Gemeinschaft fuhren, die in Pfahlbauten am Rande des Flusses lebte und regelmäßiger Anlaufpunkt für die Touren war, fand Carline ihre schlimmsten Befürchtungen bestätigt: Die Leute hockten in zerschlissener Second-Hand-Kleidung auf dem Boden ihrer Hütte und schauten nach oben, aber nicht zu ihr, sondern zu einem flackernden Fernseher – ein trauriges Häufchen Elend. Ihr kamen fast die Tränen. Die Situation der Menschen hier unterschied sich kaum von der des hellroten Ara, der angeleint auf einer Stange hockte und hin und wieder einen Schrei von sich gab. Selbst als sie einen, wie der Guide es nannte, ›traditionellen Tanz‹ aufführten, kam nicht ein Hauch des Eindrucks auf, zumindest etwas hier sei noch halbwegs in Ordnung.

Als Susan Sweeney den Ältesten, der als Schamane vorgestellt wurde, fragte, ob Touren wie diese eine wichtige Einnahmequelle für ihn und seine Gemeinschaft darstellten, wollte Carline dazwischengehen und an das Gespräch vom Vortag erinnern oder besser noch: gleich darauf hinweisen, dass die Antwort doch offensichtlich war. Natürlich war dieser folkloristische Unfug eine wichtige Einnahmequelle! Und dafür gab es einen einfachen Grund: Eva und Adam hatten auch nicht zurückgekonnt, nachdem sie von der verbotenen Frucht gekostet hatten! Und nun saßen diese Leute eben hier, schauten in ihren Hütten billige Telenovelas, tranken Coca-Cola, trugen Nike-T-Shirts, und erklärten, sie würden auch gerne einmal nach New York fliegen, um sich dort ein Paar Sneaker zu kaufen.

Unter ihre Trauer und ihre Wut mischten sich aber dennoch leise Zweifel, ob sie die Gegenwart nicht übermäßig verteufelte und die Vergangenheit zu sehr verklärte. »Wir dürfen nämlich nicht vergessen«, sagte Sweeney auf der Rückfahrt, »dass das abgeschiedene Leben im Wald ebenfalls kein Zuckerschlecken ist.« Ja, natürlich! Wer jetzt entgegnete, dass es zumindest etliche Krankheiten vor Ankunft der Europäer nicht gegeben hatte, hatte recht. Masern, Pocken, Typhus, Keuchhusten, Tuberkulose, Influenza, Malaria und vieles mehr waren aus Europa eingeschleppt worden und hatten unzählige Menschen hinweggerafft, so viele, dass manche meinten, man müsse ohne Umschweife von einem Genozid sprechen. Und wenn die Eroberer den Indigenen nicht durch Keime oder Waffen das Leben nahmen, so raubten sie ihnen die Sprache, die Bräuche, das Land. »Aber glauben Sie bloß nicht, dass ein Leben im Regenwald mit giftigen und wilden Tieren, ohne professionelle medizinische Versorgung, ohne Metallwerkzeuge, aber dafür mit gewaltvollen Auseinandersetzungen zwischen verschiedenen Stämmen und so weiter frei von Entbehrungen ist! Wir hatten ja bereits darüber gesprochen: Es ist nach Vielem, was wir wissen, ein falsches Bild, ein romantisches Bild, wenn es heißt, diese Menschen verharrten in ihrem Zustand, weil es ihnen dort so gut gefällt. Denken Sie an die Sitzung, in der wir den Kautschukboom behandelt haben! Was passierte Ende des neunzehnten Jahrhunderts? Weiße Siedler kamen und plötzlich gerieten große, teilweise sesshafte Gemeinschaften von Indigenen unter Druck. Manche splitteten sich auf, zogen sich immer weiter zurück in immer entlegenere Gebiete. Aber das taten sie eben nicht unbedingt deshalb, weil sie dort das Paradies gefunden hatten! Nein, sie taten es, weil sie negative Erfahrungen mit den weißen Eindringlingen machten. Wenn wir uns nun aber heute hinstellen und erklären, diese Menschen würden gar nicht anders leben *wollen* als in völliger Einfachheit und Isolation, wenn wir sogar sagen, dass sie gar nicht anders leben *sollen*, treten wir letztlich genauso paternalistisch auf wie die Kolonisatoren. In den Augen dieser Leute waren die Indigenen nämlich Kinder. Und man behandelt sie als solche, wenn man heute Entscheidungen an ihrer Stelle trifft, ihren Lebensraum und ihre Lebensweise als paradiesisch bezeichnet und alles andere zur Hölle erklärt. Anders gesagt: Diese Rede vom Garten Eden, in dem diese Menschen vermeintlich leben, ist eine Brille – eine Brille, die Leute wie *wir* gerne aufsetzen, wenn sie über indigene Gemeinschaften sprechen, weil wir dadurch auf eine heile Welt blicken können, die wir für uns selbst verloren glauben.«

Carline schaute auf die Wellen, die der Außenbordmotor verursachte. Sie hörte nur noch mit halbem Ohr zu, als Pernille, eine smarte Kommilitonin, die für ein Auslandsstudium aus Norwegen gekommen war, fragte, ob diese ganze Diskussion nicht der Debatte über Zootiere ähnele. Da gebe es doch auch diejenigen, die behaupteten, es ginge den Tieren im Zoo letztlich besser als in freier Wildbahn. Sie erhielten schließlich regelmäßig Futter, seien vor Fressfeinden geschützt, bekämen Medikamente gegen Krankheiten und so weiter. Carline wollte sich einschalten und fragen, ob Pernille damit sagen wolle, dass man Indigene doch guten Gewissens in diese menschenparkähnlichen Disneydörfer an den Flussufern sperren dürfe, so lange man sie nur gut genug versorge (obwohl sie ahnte, dass Pernille genau das *nicht* hatte sagen wollen). Sie wollte fragen, ob es nicht auch gefährlich sei, die Rede vom Paradies derart zu kritisieren, wie Susan Sweeney es tat. Denn waren unter dem Vorwand der Rettung, des Fortschritts und der Entwicklung nicht schon genug indigene Völker kontaktiert worden? Und waren nicht die meisten von ihnen am Ende verreckt oder mindestens in Armut und Abhängigkeit gelandet? Sie wollte fragen, ob es nicht trotzdem möglich sei, dass die Isolation mancher Stämme nicht aus Verzweiflung und Not, sondern aus einer tiefen Einsicht heraus erfolgt sei. Aus der Einsicht, dass die Lebensweise der Eindringlinge mit ihren Gewehren, Kettensägen, Krankheitserregern, mit ihren Fernsehgeräten, Smartphones und Kühlschränken, früher oder später ins Verderben führte.

Waren sie nicht also im Grunde die Speerspitze der *Weisheit*? Besaßen sie nicht eine Erkenntnis, die dem Rest der Menschheit offenbar fehlte? Ja, das wollte sie gerne fragen. Aber die drückende Hitze, die hohe Luftfeuchtigkeit und ihr leerer Magen, der die Banane, das Einzige, was sie seit dem Frühstück zu sich genommen hatte, längst verdaut hatte, machten sie schwach.

Im Gespräch mit Telmo Schmidt hatte sie diese Schwäche aufs Neue empfunden. Sie war daher umso mehr in die Offensive gegangen. Nur mochte das, wie sie schon während des Gesprächs überlegte, weniger an ihm, an seinen Blicken und seinen Fragen liegen. Viel eher hing es wohl mit der Gegenwart von David zusammen. Hatte er allen Ernstes geglaubt, er könne hier, seine kleinlaute Ankündigung per E-Mail hin oder her, einfach so aufschlagen, sich ganz locker in Begleitung einer Reisebekanntschaft auf ein Bier verabreden und so tun, als sei er irgendein guter Freund, dessen Besuch schon lange geplant war?

Nein, das hatte er nicht geglaubt, wie sich herausstellte, wenn auch mit Verspätung. Und dass er es nicht geglaubt hatte, bereitete ihr fast schon eine Art Glücksgefühl, denn sie konnte sich nicht erinnern, David schon jemals so reumütig, so einsichtig, so überaus schuldbewusst erlebt zu haben.

»Tut mir leid, dass ich ihn mit angeschleppt habe«, sagte er, nachdem sie sich von Telmo Schmidt verabschiedet hatten. »Er hat mich in São Paulo sehr großzügig zum Abendessen eingeladen und ich wollte mich gern ein wenig revanchieren.«

»Schon okay.« Sie liefen den zugemüllten Gehweg entlang. Carline bemühte sich, nicht erneut zu stolpern.

»Um ehrlich zu sein«, sagte er, »ich hatte auch einfach Angst, dich allein zu treffen, und ich … ich weiß, dass ich dich in eine blöde Situation bringe; du hast ja vermutlich

Kontakt mit Martje …« Er sah sie an. Sie versuchte, keine Miene zu verziehen. Sie hatte Martje zuletzt einen Tag vor dem Eintreffen seiner E-Mail gesprochen. Es war mehr oder weniger nur ein knapper Austausch gewesen, und das Wissen, dass Martje Unterstützung von ihren Eltern erhielt, diente, nachdem David sich so unerwartet gemeldet hatte, als Ruhekissen für Carlines schlechtes Gewissen. Trotzdem klopfte es immer wieder mal an und fragte, ob es nicht ihre Aufgabe sei, Martje ins Bild zu setzen.

»Weiß Martje inzwischen, dass du hier bist?«

David druckste herum. »Nein. Ich wollte es ihr eigentlich am Telefon sagen. Aber dann war sie so einsilbig und ich bin in so eine Art Trotz verfallen, weißt du … versteh mich nicht falsch! Sie hat sicherlich gute Gründe, mir gegenüber einsilbig zu sein.«

»Hat sie?« Carline konnte sich des Eindrucks nicht erwehren, dass er versuchte, Informationen aus ihr herauszupressen.

»Auf jeden Fall! Ich sehe mich in dieser ganzen Angelegenheit wirklich nicht als den armen, verlassenen Ehemann und Vater an. Klar, ich hätte es besser gefunden, wenn sie mir ihre Entscheidung, nicht mit nach Missoula zu kommen, etwas früher mitgeteilt hätte, schon allein des ganzen Geldes wegen, das ich für unsere Flüge, die Visa, und die Wohnung bezahlt habe. Aber letztlich …«

»… scheint's ja dann doch nicht so knapp gewesen zu sein, wenn es noch für einen Flug nach Brasilien gereicht hat!«

Er lachte gequält.

Sie waren nur noch fünfzig Meter vom Haus entfernt.

»Wo hast du dich eigentlich einquartiert?«, fragte sie.

»Im Shiringa.«

»Am Fluss? Dieses Boutique-Hotel mit den begrünten Hinterhöfen?«

Er nickte.

»Schick! So viel zum Thema Geld.«

Er lachte erneut verkrampft. Carline empfand Genugtuung über die Unbeholfenheit, mit der er sich verabschiedete. Sein Verhalten hatte so gar nichts von dem David, den sie kannte.

»Lass uns einfach in den nächsten Tagen noch mal treffen«, rief er, bereits im Weggehen. »An einem ruhigeren Ort als diesem Festzelt. Und ohne geistliche Begleitung.«

»Ja, mal schauen. Ich kann gerade noch nicht einschätzen, wann ich Zeit habe«, antwortete sie. Es war eine glatte Lüge. Der Kalender war leer, sie war zum Abwarten verdammt und die Wahrscheinlichkeit, dass sich in den nächsten Tagen daran grundlegend etwas änderte, tendierte gegen null. Doch es fühlte sich gut an, eine gewisse Kontrolle auszuüben und ihn im Unklaren zu lassen.

Noch in der Nacht übernahm das Mitleid die Hoheit über die Genugtuung; ein Mitleid, von dem sie sich fragte, ob es nicht eigentlich Martje gelten musste, ob es nicht zu sehr dem Klischee entsprach, einem Mann mit Hundeblick aufzusitzen. Gosh, das war doch eigentlich eine so billige und so alte Masche, dass kein Mensch mehr darauf reinfallen durfte! Aber noch während draußen vor dem Fenster der erste Tageslärm begann, das Hupen von Taxis und die Rufe der Straßenhändler erklangen, tippte sie eine Nachricht mit einem Vorschlag für ein Treffen in ihr Handy, schickte sie aber erst um die Mittagszeit ab.

Zwei Stunden später saßen sie auf einer Bank unter Bäumen beim Memorial dos Autonomistas, einen frisch gepressten Papayasaft in der Hand.

»Ich denke, ich werde Martje schreiben«, sagte David. Er klopfte den vom Fruchtfleisch verstopften Strohhalm gegen den Becherrand.

Carline merkte, dass sie gar nicht recht wusste, wie sie die Idee finden sollte. Denn sie bedeutete auch, dass sie sich dann vor Martje zu seinem Auftauchen würde verhalten müssen, und es reichte eigentlich schon, sich zu *ihm* verhalten zu müssen. Als sie sich kennengelernt hatten, war sie erst seit wenigen Tagen mit Cédric zusammen gewesen und fand David einigermaßen reserviert ihr gegenüber. »Nimm's ihm nicht übel«, sagte Cédric, als sie ihren Eindruck mit ihm teilte. »Vermutlich ist er ein bisschen eifersüchtig auf dich.«

»Auf *mich*? Wieso?«

»Weil du ihm seinen Freund weggeschnappt hast. Und jetzt hat er niemanden mehr, mit dem er abends in den Pub gehen kann.«

Carline schmeichelte, dass Cédric sie David vorzog und sie unangefochten an erster Stelle stand. Zugleich schmeichelte ihr auch Davids Eifersucht.

»Kann natürlich auch sein, dass er eifersüchtig auf *mich* ist«, schob Cédric hinterher.

»Wie?«

»Weil ich diese gute Partie gemacht habe.« Er gab Carline einen Kuss, während er das sagte, den Carline, vor allem in Verbindung mit dieser Bemerkung, als etwas zu schleimig empfand und den Cédric einige Wochen später, als sie mit David und Martje im Vaults & Garden saßen, noch einmal wiederholte.

Carline wischte sich möglichst unbemerkt die Spucke von der Wange. Sie knutschte generell nicht gern in der Öffentlichkeit herum und in dieser speziellen Situation noch viel weniger. Sie fand Martje sofort sympathisch (sie hatten sich am Tag des Bootsrennens nur flüchtig gesprochen), wurde aber immer wieder von dem Gedanken heimgesucht, dass dies nun also die Wahl gewesen war, die David getroffen hatte, weil er womöglich sie, Carline, *nicht* hatte haben können. Jedes Wort, das er im Folgenden sagte und an dem Carline, und sei es aus noch so banalen Gründen, irgendwie Anstoß nahm, sorgte sofort für Entspannung bei ihr. Denn wenn sie sich nicht zu David hingezogen fühlte, spielte es auch keine große Rolle mehr, ob er sie attraktiv fand oder jemals gefunden haben mochte. Er gehörte jetzt zu Martje und Martje zu ihm. Und dass sie Cédric früher als ihn kennengelernt hatte, erschien im Rückblick wie eine glückliche Fügung.

»Im Grunde kann ich inzwischen verstehen«, sagte David »dass Martje mich rausgeschmissen hat.« Auf seinem T-Shirt war ein Saftspritzer gelandet. Carline zeigte keine Reaktion. Sie kam sich vor wie eine Therapeutin, der er alles erzählte, was ihm gerade durch den Kopf ging. Und obwohl sie noch immer nicht entschieden hatte, wie sie nun eigentlich, gerade mit Blick auf Martje, damit umgehen sollte, genoss sie, dass er ausgerechnet vor ihr sein Innerstes nach außen kehrte.

»Vor einer Weile hat Martje eine Paartherapie vorgeschlagen.« Carline nickte zaghaft. Es war putzig, dass er annahm, sie wisse nichts davon, und sie wollte sich gar nicht ausmalen, wie wenig er darüber wusste, was *sie* wusste. Sie wusste zum Beispiel, dass Martje schon seit Langem nicht mehr jene Lust empfand, die sie noch zu Beginn ihrer Beziehung empfunden hatte, als sie davon schwärmte, was für ein guter Liebhaber David sei: Er schenke ihr deutlich mehr Aufmerksamkeit als andere Männer es zuvor getan hatten, was für sich genommen natürlich noch keine besondere Leistung, im Ergebnis aber ziemlich befriedigend sei. Als die Lust sich dann schließlich doch zurückzog, hatte Martje dafür die üblichen Erklärungen parat (»Bei *allen* Paaren nimmt das nach ein bis zwei Jahren ab. Das ist hormonell bedingt und ganz normal!« oder

»Wir sind gerade Eltern geworden; natürlich müssen wir uns erst einmal in unserer neuen Rolle finden, und da steht die Paarbeziehung eben hintan.«). Nur wusste Carline, dass auch schon *vor* Ariks Geburt Einiges im Argen gelegen hatte, und wenn sie sich nicht täuschte, wusste David bis heute nichts von Martjes Affäre mit einem ihrer Arbeitskollegen. »Er will es nicht wissen«, sagte Martje dazu lapidar. »Falls ich irgendwann mit irgendwem mal was haben sollte, dann will er es nicht wissen, hat er zu mir gesagt, und diesen Wunsch respektiere ich.«

Carline musste lachen über diese Aussage. Sie klang, als müsse David Martje dankbar dafür sein, dass sie seinen Wunsch respektiere. Zugleich war Carline etwas neidisch darauf, dass David ihr derlei Möglichkeiten überhaupt einräumte. Cédric tickte da deutlich anders. Seine vorherige Freundin hatte er nach einem One-Night-Stand gnadenlos abserviert und nicht im Geringsten als mildernden Umstand anerkannt, dass sie unter Alkoholeinfluss gestanden hatte, während es geschah. Martje musste so etwas nicht fürchten, ganz gleich, ob mit oder ohne Alkohol. Die Sache zog sich so lange hin, dass Carline sich schließlich, an einem sonnig-warmen Oktobertag, an dem sie ein Eis aßen in der Erwartung, es würde das letzte vor der herannahenden Herbstkälte sein, zu fragen traute, ob Martje sich nicht einfach von David trennen wolle. Martje reagierte ein wenig pikiert, aber noch pikierter reagierte sie, als sie Carline einige Wochen später eröffnete, sie sei schwanger, und Carline daraufhin fragte: »Von wem?« Die ganze Angelegenheit belastete wiederum auch Carlines Beziehung zu Cédric. Denn bei jedem Happen, den Martje ihr über ihr Liebesleben servierte, musste sie aufs Neue entscheiden, ob sie Cédric daran teilhaben ließ oder nicht. Wenn sie ihm davon erzählte, versetzte ihn das in die ungemütliche

Lage, entscheiden zu müssen, ob er David informierte, und da sie ihm diese Situation ersparen wollte, behielt sie so gut wie alles für sich. Das erhöhte jedoch enorm das Gewicht, das auf ihrem eigenen Gewissen lastete, und das spürte sie auch jetzt, während David ihr von der beabsichtigten, aber nie begonnenen Paartherapie berichtete.

»Es war am Ende der Klassiker: Ich habe Zustimmung signalisiert, mich aber auch nicht weiter darum gekümmert, weil ich den Vorschlag zugleich als Affront empfand. Eine Paartherapie! Wer braucht denn so was? Doch nur die Leute in den ganz kaputten Beziehungen!« Er schaute Carline durchdringend an. »Ich wollte mir einfach nicht eingestehen, dass unsere Ehe bereits gewaltige Risse aufwies, dass dringend Handlungsbedarf bestand, um das Gebäude nicht einstürzen zu lassen. Und ich wollte sicherlich auch nicht zugeben, dass das zu großen Teilen mit *mir*, mit *meinen* Verhaltensweisen zu tun hat, und nicht einfach nur mit dem Stress, den Arik bei uns beiden auslöst.«

Carline wusste auf die Schnelle nicht, was sie sagen sollte, erst recht nicht, als sie einen feuchten Schleier in seinen Augen sah. Verlegen trank sie einen Schluck Saft. Sie versuchte, irgendwie ihre Gedanken zu ordnen, aber sie wusste gar nicht, wo beginnen. Die Verwirrung war zu groß. Keinen Meter entfernt hockte David, im Begriff zu weinen; Tausende Kilometer entfernt saß Martje, ohne die geringste Ahnung, dass sie, Carline, hier mit ihrem Ehemann beziehungsweise Ex-Mann redete, dessen Selbstkasteiung natürlich auch etwas Heuchlerisches hatte, etwas Fades, wie es allen späten Schuldeingeständnissen innewohnte. Doch das Verstörendste an ihren Empfindungen war, dass von Davids Ringen mit der eigenen Schuld etwas Beruhigendes, etwas ganz und gar Entlastendes ausging. Carline konnte sich nicht erinnern, wann sie das letzte Mal so sehr von den eigenen schuldhaften Verstrickungen in alle möglichen Weltzusammenhänge abgelenkt war; es musste ewig her sein! Selbst wenn Martje über David redete, empfand sie Schuld, weil sie sich vorwarf, nicht aufmerksam, nicht empathisch, nicht hilfsbereit genug zu sein. Davids eigene Rede hingegen wirkte so beruhigend wie eine Xanax. (Wie lange war es her, dass sie eine davon hatte nehmen können? Das Zeug, das in Deutschland üblicherweise verschrieben wurde, sorgte nie für dieses angenehme Gefühl, wie in Watte gepackt zu sein; eigentlich war das allein schon Grund genug, in die USA zu fliegen.) Vermutlich hätte Martje einen passenden psychologischen Fachbegriff parat gehabt: für die Relativierung eigener Schuldgefühle durch die Beschäftigung mit der Schuld anderer. Aber entscheidend war ja ohnehin nicht, wie das hieß, sondern dass es das gab.

Während die Hitze weiter durch ihren Körper wogte, jede Zelle unter Stress setzte und alle Poren öffnete, spürte sie, wie sie sich noch einmal danach sehnte, wie es sie verlangte danach, dass jemand sie von ihrer Schuld erlöste, wie sie sich überhaupt wünschte, nicht so allein und schwitzend in dieser Höllenhitze schmoren zu müssen.

Sie versuchte aufzustehen, um im Bad ein Handtuch mit kaltem Wasser zu durchtränken, doch ihre Knie gaben nach. Sie sank zurück aufs Kissen, starrte an die Decke, wo die Klimaanlage brummte, schrieb in einem kurzen Moment vermeintlicher Klarheit eine Nachricht an David, wusste aber nicht, ob sie halluzinierte, oder ob es wirklich geschah, als er eine halbe Stunde später eintraf. Alles was sie wusste, war, dass es verdammt guttat.

# 3

›Alma‹ war das erste Wort, das Jurij auf Spanisch lernte. »Du weißt, was es bedeutet?«, fragte Ana; ihre großen Augen waren so dunkelbraun wie das Bücherregal in ihrem Rücken. Sie trug ein, wie er fand, für ihr schmales Gesicht viel zu wuchtiges Headset auf dem Kopf, ihr Blick war leicht gesenkt. Er wusste nicht, ob sie, anstatt in die Webcam zu gucken, auf das Videobild schaute, das sein Computer von London aus zu ihr nach Santiago de Chile übertrug, oder ob sie nebenbei auf Nachrichtenseiten surfte. Weder die eine noch die andere Vorstellung fand er angenehm. Einerseits wünschte er sich eine Spanischlehrerin, die bei der Sache war, wenn sie mit ihm sprach. Andererseits wollte er ungern, so wie jetzt, das Gefühl haben, eindringlich gemustert zu werden von einer Person, in deren Fantasie er womöglich ganz anders ausgesehen hatte, als er vor einigen Tagen eine Reaktion auf ihre Anzeige »Studentin der Anglistik bietet Spanischunterricht (1:1) für Anfänger (vor Ort oder online)« an sie geschickt hatte. Vielleicht überinterpretierte er die Sache aber auch.

»Atacama Large Millimeter Array«, antwortete er.

»Nein, ich meine nicht das englische Akronym für dein Observatorium. Ich meine das spanische Wort. Es bedeutet ›Seele‹.«

Wenn sie sprach, blitzte ihre Zunge immer wieder kurz zwischen ihren Zähnen auf. Es sah so aus, als seien sie ihr im

Weg. Sie bemühte sich sehr offensichtlich um eine ordentliche englische Aussprache, konnte jedoch den Akzent ihrer Muttersprache nicht wirklich verstecken. Jurij gefiel das Stakkato, in dem sie nun erklärte, dass ›el alma‹ ein gutes Beispiel für eine der zahlreichen Ausnahmen der spanischen Grammatik sei. »Die Substantive, die auf ›a‹ enden, sind in der Regel weiblich. Zum Beispiel ›la gata‹, die Katze, oder ›la tierra‹, die Erde. Deshalb haben sie den weiblichen Artikel ›la‹. Aber es gibt auch etliche Wörter wie etwa ›el alma‹, die Seele, oder ›el agua‹, das Wasser, die enden auf ›a‹ und trotzdem sind sie grammatisch männlich, haben also den männlichen Artikel ›el‹. Verstehst du?«

Jurij merkte, dass er nicht aufmerksam zugehört hatte. Er wusste nicht, ob es an Anas Blick, dem beständigen Aufblitzen ihrer Zunge oder dem Umstand lag, dass seine Seele schon seit Wochen in Chile weilte, sein Körper sich aber noch gedulden musste, bis er nachkommen durfte. Lizzie und Martje hatten mit Bedauern reagiert, als er ihnen erklärte, er werde die WG verlassen, wobei er unterstellte, ihre Trauer sei nur aufgesetzt. Denn Lizzie war viel zu sehr mit ihrem Studium und ihren Community-Projekten beschäftigt; sogar die sonntäglichen Abendessen hatte sie in letzter Zeit des Öfteren geschwänzt. Und Martje befand sich ebenfalls entweder in der Uni oder in Oxford, vor allem an den Wochenenden, und so lieferten ihm beide einen guten Grund mehr, sich zunehmend von der WG zu separieren. Es schien nicht mehr lohnenswert, irgendwelche Bande zu stärken, die ohnehin bald gekappt werden würden, und im Grunde war der erste Schnitt bereits in dem Moment erfolgt, als er in der Nacht nach dem Vortrag sämtliche Astro-Newsletter mit Jobangeboten, die er üblicherweise nur als gelesen markierte, ohne sie wirklich gelesen zu haben, auf der Suche nach Stellen durchging und dabei die Ausschreibung des Atacama Large Millimeter Array entdeckte.

»Für meinen Geschmack verkaufst du dich unter Wert«, sagte Stipe, als Jurij ihm und Vivian davon berichtete. »Natürlich ist der Staff an den Teleskopen nicht auf den Kopf gefallen. Das sind hervorragende Leute. Aber du wirst dort kein eigenes Forschungsprojekt haben, das weißt du, oder? Du hilfst anderen bei der technischen Umsetzung ihrer Projekte. Aber *dir* hilft dann niemand mehr.«

Viv zog Luft durch die Zähne ein. Er machte keinen Hehl daraus, Stipes Urteil als zu harsch zu empfinden, womöglich auch als nicht zutreffend – »Aber das kann ich nicht beurteilen«, sagte er.

Jurij spielte kurz mit dem Gedanken, Vivs Vermutung mit Fakten in eine wissenschaftliche Wahrheit zu verwandeln: ALMA war nicht *irgendein* astronomisches Projekt! Es war das weltweit größte und momentan sicherlich auch das aufregendste, wenn es darum ging, die Entstehung von Sternen, Planeten und Galaxien zu erforschen. Es würde eine Ehre sein, im kommenden Frühjahr der offiziellen Inbetriebnahme beizuwohnen. Schon die Ergebnisse der bisherigen Tests waren teilweise spektakulär. Wie musste es dann erst aussehen, wenn schließlich alle sechsundsechzig Antennen funktionierten und zusammengeschaltet waren!

Er wusste, dass es dieser Ausführungen nicht bedurfte, dass sie unnötig waren. Stipe kannte die Bedeutung von ALMA, und seine Abwertung erfolgte nicht aus sachlichen, sondern aus emotionalen Gründen. Jurij konnte das, so sehr es ihn schmerzte, verstehen. Stipe hatte in all den Jahren in London nie mit Unterstützung gegeizt, egal ob es um die Miete oder um akademische Kontakte ging. Er konnte es ihm nicht verdenken, dass seine plötzliche Ankündigung, in die chilenische Wüste zu ziehen, keine ungetrübte Freude auslöste. Trotzdem verringerte Stipes Einstellung nicht die Anziehungskraft, die die Aussicht auf eine Stelle am Observatorium auf Jurij ausübte. Noch bevor er überhaupt eine Zusage erhielt, sah er sich bereits stundenlang die Imagefilme der beteiligten Kooperationspartner an, betrachtete Satellitenaufnahmen der Array Operations Site, malte sich aus, wie es in den Unterkünften der Operation Support Facility und in den Central Offices in Santiago aussah. Und obwohl er wusste, dass die Verkehrssprache im Kollegium wie üblich Englisch war, organisierte er sich Spanischstunden, um die Wartezeit durch irgendeine sinnvolle Ablenkung zu verkürzen und sich im neuen Heimatland weniger als extraterrestrischer Fremdkörper zu fühlen. Anas Bücherregal, dessen Inhalt er nach unzähligen Videotelefonaten bereits auswendig kannte und neben dem er sich am Abend seiner Ankunft, etwas zu viel chilenischen Cabernet Sauvignon im Magen, mit ihr auf ihrem Bett wiederfand, half dabei, schnell und angenehm in der neuen Umgebung anzukommen. Es war, als würde er sich mit einer lang ersehnten, verheißungsvollen Zukunft vereinigen.

Schon am nächsten Morgen war von diesem Hochgefühl nur noch so viel übrig wie von dem Rotwein, der einen unangenehmen Pelz auf der ausgetrockneten Zunge hinterlassen hatte und dessen letzter Rest am Boden ihrer beiden Gläser getrocknet war. Jurij schaute im Badezimmerspiegel in sein verquollenes Gesicht, dann zu Ana, die in der Dusche stand und mit dem maroden Durchlauferhitzer kämpfte.

»Es ist schön, dich in echt hier zu haben und nicht nur dein Videobild«, sagte sie.

Er erwiderte nichts darauf, gab ihr nur einen Kuss auf die Wange und begab sich dann, als unausgesprochene und vorauseilende Entschuldigung dafür, dass er sie enttäuscht und verletzt hatte, indem er auf ihr Angebot, die ersten Nächte in ihrem Einzimmerapartment zu verbringen, eingegangen war und damit offenbar falsche Hoffnungen geweckt hatte, mit seinem Kopf zwischen ihre Beine. Es war großartig, sie zu spüren, doch noch während er mit ihr schlief, quälte er sich mit dem Gedanken, dass etwas mit ihm, mit seiner *Seele*, was auch immer das eigentlich sein sollte, nicht stimmte; dass es richtig war, was Stipe und Vivian schon vor Jahren geäußert hatten: dass er sich zu sehr im Klischee des einsamen Forschers eingerichtet hatte, es sich bequem gemacht hatte in einem winzigen Ausschnitt jenes Spektrums von Möglichkeiten, die sein Leben bot. Dass Menschen soziale Tiere waren, denen völlige Einsamkeit auf lange Sicht nicht gut bekam. Aber was sprach eigentlich dagegen, dass es sich bei den Menschen wie bei den Sternen verhielt? Dass also über siebzig Prozent von ihnen mit einem anderen um einen gemeinsamen Schwerpunkt kreisten und somit eine physische Einheit bildeten, die anderen knapp dreißig Prozent dies allerdings nicht taten, sondern Einzelsterne waren? Und er, Jurij Bogić, war nun mal ein Einzelstern!

Er musste lachen, als er Jahre später von diesem Gedanken erzählte. Das Lachen war befreiend, vor allem, weil er nicht allein lachte. Neben ihm lag Akiyo. Ihre dichten schwarzen Haare ragten in elektrisch geladenen Fransen unter der Kapuze ihrer Alpakawollmütze hervor. Jurij hatte sie ihr extra für den Trip über den Salar de Uyuni geschenkt. Die Nacht war mit minus zehn Grad so kalt gewesen wie erwartet und Akiyo hatte sich die Mütze so weit über die Ohren gezogen, wie es nur ging. Als er in den Morgenstunden merkte, wie sie sich in ihrem Schlafsack unruhig vor Kälte hin und her wälzte, verband er die Reisverschlüsse von ihrem mit seinem, schlang seine Arme und Beine um sie, und als sie schließlich schwitzend und schwer atmend nebeneinander lagen, war ihnen fast schon wieder zu warm und sie sahen die Wölkchen, die ihr eigener Atem produzierte.

Akiyos Hand lag auf seinem Bauch. Mit jedem Lacher, der sein Zwerchfell erschütterte, rutschte sie tiefer. Die Theorie über seine Einzelsternpersönlichkeit kam ihm nun wie ausgemachter Blödsinn vor. Er vergrub sein Gesicht in ihrem Hals und dachte an den Tag, als er sich ohne weiteres Nachdenken in einem warmen Geysir-Becken neben sie gesetzt hatte. Aus dem Becken stieg der Wasserdampf nach oben in die schneidend kalte Luft und verflüchtigte sich langsam am Himmel, wo das Nachtschwarz vom goldenen Licht der Morgensonne zunehmend in ein sattes Blau verwandelt wurde.

»Sehr angenehm«, sagte er, während er bis zu den Schultern im warmen Wasser versank. Er war peinlich berührt von dem Stöhnen, das er dabei unwillkürlich von sich gab. Er wusste nicht, warum er überhaupt etwas gesagt hatte. Akiyo trug einen dünnen beigen Hut auf dem Kopf, was er für die eisige Luft ziemlich unpassend fand und noch dazu allzu sehr dem Bild entsprach, das er von einer japanischen Touristin hatte. Dass sie keine Touristin war, sondern seit ein paar Monaten zum ALMA-Personal gehörte und nun gemeinsam mit ein paar Alteingesessenen an einer der beliebten Touren in die Umgebung teilnahm, änderte nichts daran. Und dass sie miteinander ins Gespräch kamen, schob er vor allem auf den Umstand, dass sie im kleinen Toyotabus, der sie am frühen Vormittag zurück nach San Pedro brachte, zufällig nebeneinander landeten. Weil alle anderen um sie herum sich unterhielten, begannen sie aus Verlegenheit ebenfalls ein Gespräch. Es fing mit den üblichen Floskeln und Fragen nach dem genauen Arbeitsbereich und den Studienorten an. Jurij verschwendete keinen Gedanken daran, es könne sich aus einem so banalen Anfang jemals irgendetwas Großartiges entwickeln.

Keinen Monat später war er glücklich über das Ausmaß, in dem er sich getäuscht hatte. Vier Jahre lang hatte er allein zugebracht und bei seinen regelmäßigen Dienstreisen in die Hauptstadt stets der Versuchung widerstanden, sich bei Ana zu melden, um ihre Liebelei ohne Happy End in eine Freundschaft mit gewissen Vorzügen zu verwandeln. Stattdessen malte er sich, leicht zwanghaft, die Vorteile aus, die ein Leben als Single haben mochte (keine Ex-Frau, mit der man irgendwann über Unterhaltszahlungen würde streiten müssen, keine Kinder, bei denen man Gefahr lief, ein schlechter Vater zu sein). Die Hundertachtzig-Grad-Wendung, die er nicht nur gedanklich durch das Kennenlernen von Akiyo vollzog, ließ ihn fast glauben, er kenne den Jurij nicht mehr, auf den er zurückblickte, auch wenn er ahnte, dass der Himmel ihres Miteinanders nicht für immer so sonnig, blau und klar wie am Morgen ihrer ersten Begegnung bleiben würde. Trotzdem kam es ihm übertrieben vor, in jenem Dunst, der ihnen an einem Samstagvormittag Mitte April in der Seilbahn von Santiago die Aussicht vermieste, ein schlechtes Vorzeichen zu sehen.

Die rote Gondel schaukelte, während sie auf den Cerro San Cristóbal hinauffuhren. Die Andenkordillere lag vollständig im Nebel. Auch die Umrisse der Hochhäuser des Bankenviertels ließen sich nur erahnen. Die geringe Sicht hielt Akiyos Vater nicht davon ab, jede Sekunde der Fahrt mit seinem Telefon zu filmen. Alle paar Minuten murmelte Toshio Tagawa etwas auf Japanisch. Jurij konnte nicht ausmachen, ob es sich um einen Kommentar für das Video handelte, das er gerade drehte, oder um eine Aussage, die sich an Akiyo richtete. Am Vortag hatten sie ihn gemeinsam vom Flughafen abgeholt. Jurij hatte die mit Akiyo unter Gelächter eingeübte Verbeugung und den japanischen Gruß ausgeführt, wusste aber nicht, wie er sich verhalten sollte, als Herr Tagawa ihm unerwartet die Hand entgegenstreckte; er fühlte sich, als habe er von Anfang an alles falsch gemacht. Es war, wie er nun befand, einfach ganz grundsätzlich eine schlechte Idee gewesen, beim Besuch von Akiyos Vater mit dabei zu sein, und mit jedem Meter, den die Seilbahn weiter in den Nebel eintauchte, wurde es ihm klarer. Schon zwei Tage vor seiner Ankunft, als sie bei der Pressekonferenz saßen, bei der eine astronomische Weltsensation, die erste gelungene Aufnahme eines Schwarzen Lochs, zu der ALMA erheblich beigetragen hatte, verkündet wurde, war es ihm schwergefallen, sich zu konzentrieren. Immer wieder schweifte er ab und überlegte, ob er kurz vor der Ankunft von Akiyos Vater nicht einfach eine Grippe oder einen Magen-Darm-Infekt vortäuschen sollte; er brachte es nicht übers Herz.

»Ich find es schön, dass wir ihn zusammen empfangen«, betonte sie. »Er freut sich auch schon sehr darauf, dich kennenzulernen!«

Im Angesicht von Toshio Tagawa bemerkte er jedoch, dass eine egoistische Entscheidung in diesem Fall die bessere gewesen wäre, nicht nur für ihn selbst, sondern auch für Akiyo und ihren Vater. Es war schwer, dass sie Besuch von einem Elternteil erhielt. Selbst die Distanz, die Vater und Tochter wahrten und die Jurij auf die japanischen Umgangsformen schob, konnte nicht darüber hinwegtäuschen, dass sie ein liebevolles Verhältnis pflegten, dass sie sich mochten, sich achteten, einander zuhörten. Akiyo handelte mit guten Absichten, keine Frage. Trotzdem war es für ihn unerträglich,

Zuschauer einer gelungenen familiären Beziehung sein zu müssen, und als die Gondel in die Gipfelstation einfuhr und sie ausstiegen, entschuldigte er sich auf die Toilette und verschwand.

Am Geländer der Aussichtsplattform stehend schaute er auf die trübe Wolkenwand. Er war wütend und unzufrieden. Er wollte um sich schlagen und schreien wie ein kleines Kind. Aber es gab keine Schulter, in die er sich im Anschluss an diesen Ausbruch hätte vergraben können. Die einzige Genugtuung bot das Wissen, dass Akiyo ziemlich sicher bereits ungehalten war, weil er nicht auftauchte, aber die Zufriedenheit verschwand schnell, und es war weder die Zeit noch der Ort, um sich endlich vollständig zu öffnen und die Frage zu beantworten, was eigentlich zwischen ihm und seinen Eltern vorgefallen war, was eigentlich den Grund dafür darstellte, dass er nicht von ihnen sprach und so tat, als gäbe es nichts über sie zu sagen, außer dass sie ihn zur Welt gebracht und großgezogen hatten, bis er sich des Studiums wegen (so seine Darstellung) dafür entschied, nach London zu seinem Onkel auszuwandern.

»Wo warst du denn?«, rief Akiyo aufgebracht. Sie stand mit ihrem Vater noch immer in der Nähe der Station. »Ich habe die ganze Zeit auf deinem Handy angerufen!«

»Ich habe euch auch gesucht«, murmelte er. Er versuchte gar nicht erst, die Lüge zu vertuschen.

Bis zum Abend blieb die Stimmung so unterkühlt wie die übersteuerte Klimaanlage des Hotels, in dem sie übernachteten. Jurij merkte, dass eine Entschuldigung angebracht war, aber Akiyo kam ihm zuvor.

»Ich kann meinem Vater die Stadt auch allein zeigen.« Es klang, bei aller Enttäuschung, die darin mitschwang, wie ein nett gemeintes Angebot.

»Nein«, sagte er, »ich bin dabei.« Er nahm sie in den Arm. Es war beruhigend, nicht zurückgewiesen zu werden. Die Frage, die er im Stillen an sich richtete und die lautete, ob nicht *jetzt* der richtige Zeitpunkt wäre, um etwas mehr über das Verhältnis zu seinen eigenen Eltern zu sagen als nur, dass schon seit Jahren kein Kontakt mehr bestehe und es ihm schwerfalle, darüber zu reden, schob er beiseite, zusammen mit ihrem Hotelbademantel. Das Gefühl, ganz im Hier und Jetzt zu leben, das Gefühl, es gebe keine Vergangenheit, mit der man sich belasten müsse, und keine Zukunft, um die man sich sorgen brauche, war doch immer noch das angenehmste Gefühl, das es gab.

Als im Mai der Wind über die Hochebene der Atacama fegte, war die Sache vergessen. Doch es ging auf den Winter zu und die Luft kühlte sich merklich ab. Selbst wenn die Sonne fast zehn Stunden am Tag schien, kletterte das Thermometer nur mit allergrößter Mühe über achtzehn Grad; in den Nächten sackte es teilweise bis knapp unter null.

Ende Juli schneite eine E-Mail in sein dienstliches Postfach. Sie stammte von Akiyo und war nicht an ihn allein, sondern an den gesamten ALMA-Staff gerichtet. Liebe alle, ich möchte Eure Aufmerksamkeit auf eine wichtige Angelegenheit lenken, schrieb sie. Jurij war nicht weiter überrascht. Akiyo versandte in letzter Zeit öfters Nachrichten zu einer wichtigen Angelegenheit, und wenn der Rundbrief in seinem Postfach eintraf, wusste er bereits, worum es ging. Er war der Erste gewesen, den sie gefragt hatte, ob ALMA nicht eine Initiative gegen Lichtverschmutzung starten solle. »Es ist ja wunderbar, wenn die ganze Welt mit Internet versorgt wird«, erklärte sie. »Aber wenn dafür Tausende Satelliten in den Erdorbit geschossen werden müssen, von denen jeder einzelne einen Leuchtpunkt am Himmel bildet – was für eine

Vorstellung! Das kommt dann noch zu den terrestrischen Lichtern dazu und bald sehen wir gar nichts mehr!«

Jurij konnte die Erregung, mit der sie das sagte, nicht vollständig teilen. »ALMA ist ein Radioteleskop! Wir sehen auch so etwas«, entgegnete er. Trotzdem stimmte er zu, dass es im Sinne der astronomischen Community wäre, insbesondere derjenigen, die aufgrund ihrer Beobachtungsmethoden auf Dunkelheit angewiesen war, etwas gegen die Satellitenpläne zu unternehmen. Und je mehr Unterschriften und Unterstützung Akiyo sammelte, etwa für den Vorschlag einer dunkleren Beschichtung der Satelliten, um wenigstens das Schlimmste abzuwenden, desto mehr fing er an, sie zu beneiden um die Begeisterung, mit der sie für die Sache brannte.

Die Nachricht, die nun eingetroffen war, redete jedoch nicht von offenen Briefen an SpaceX oder von anderen Vorschlägen. Sie enthielt lediglich einen Link zu einer Studie über die Erwärmung des Wassers vor der chilenischen Küste, sowie ein paar Worte von Akiyo: Wenn die Wahrscheinlichkeit für das Eintreten des ungünstigsten aller Szenarien sich erhöht – und das legt das Paper leider nahe –, dann wird die Atacama-Wüste auf lange Sicht nicht mehr der trockenste Ort der Erde sein. Ich denke, ihr alle wisst, was das für die Radioastronomie heißt: Wir können unsere Messungen bei zu viel Wasserdampf in der Atmosphäre in die Tonne treten.

Jurij störte sich nicht am Ton, den Akiyo an den Tag legte. Er gehörte nicht zu denen, die hinter vorgehaltener Hand beim Mittagessen raunten, es sei schon interessant, dass ausgerechnet eine Japanerin protestierte; die galten doch eigentlich als folgsam und brav; es gebe ja nicht einmal eine nennenswerte Anti-AKW-Bewegung, trotz allem, was dort vorgefallen sei.

Was ihn störte, war, dass sie, bevor sie die E-Mail verschickt hatte, nicht mit ihm gesprochen hatte.

»Bin ich dir etwa zur Rechenschaft verpflichtet?«, blaffte sie ungläubig, als er sie am Abend zur Rede stellte. Ihr Gesicht war nur vom Bildschirm ihres Laptops beleuchtet. Sie schaute nicht zu ihm.

»Nein, natürlich nicht!«

»Okay. Und was genau ist dann dein Problem?«

Er trat näher an sie heran, in der Hoffnung, dadurch die emotionale Distanz zu überwinden, die sie offenbar gerade trennte. »Es gibt kein Problem, Akiyo! Ich habe mich einfach nur darüber gewundert, dass du mir gar nichts davon im Vorhinein erzählt hast.«

»Gewundert oder geärgert?«

»Gewundert – und vielleicht auch ein wenig geärgert.«

»Aha.« Sie starrte weiterhin nur auf die Tabellen auf ihrem Bildschirm. Ihr Gesicht wirkte geisterhaft fahl.

Er trat noch einen Schritt näher. Sein Bauch berührte ihre Schulter. »Hey.«

»Was?«

»Ich finde die Aktion gut. Genauso wie ich deine Initiative gegen die Lichtverschmutzung gut finde. Ich war eben nur irritiert, weil ich von der Sache mit der Meeresströmung noch nichts wusste. Du hast gar nichts davon erzählt.«

Sie drehte sich mit ihrem Stuhl zur Seite. Obwohl sie saß und er stand, schaute sie ihn von oben herab an wie ein Elternteil, das dazu ansetzte, sein Kind zu tadeln.

»Ernsthaft, Jurij?«

Der raue Ton erschreckte ihn. Er konnte sich nicht erinnern, schon einmal so viel dunkle Energie gespürt zu haben und es ängstigte ihn, nicht zu wissen, woher diese Energie bei ihr kam.

»Ich weise dich freundlich darauf hin«, sagte sie, »dass *du* derjenige von uns beiden bist, der selten etwas erzählt.«

»Wie bitte?«

»Mein Vater war extrem irritiert über dein Verhalten.«

»Was?« Er ärgerte sich, dass sie plötzlich noch einmal damit ankam, nach so langer Zeit. »Was hat denn das eine mit dem anderen zu tun?«

Akiyo ging nicht auf seine Frage ein, sondern schob nur hinterher: »Und glaub mir, mein Vater ist nicht der Einzige, der irritiert ist.«

»Was soll das heißen? Wer war denn noch irritiert? Es war doch gar niemand sonst dabei!«

»Ich rede nicht nur vom Besuch meines Vaters. Ich rede auch davon, dass mich immer wieder Leute fragen, ob mit dir alles in Ordnung sei, weil du so schweigsam bist, oft nur dasitzt und guckst. Du beteiligst dich ja nicht mal am Monatsquiz!«

Ihre Worte trafen auf sein Trommelfell als harmlose Schallwellen. Doch die Bedeutung, die sie nach ihrer Umwandlung in elektrochemische Signale im Sprachzentrum seines Hirns erhielten, haute ihn um wie die Druckwelle einer gewaltigen Detonation. Er fragte sich, ob er die Unterhaltung gerade nur träumte, ob er nicht eigentlich schlief und sein Unterbewusstsein dabei war, irgendetwas zu verarbeiten, aber der Schmerz, der ihm durch den Kopf fuhr, war zu real, um eingebildet zu sein.

Er verließ den Raum, ohne ein weiteres Wort zu sagen; die denkbar ungünstigste Aktion, das war ihm klar. Sie bestätigte nur, was Akiyo gerade gesagt hatte, und es wäre mehr als verständlich gewesen, hätte sie noch gerufen, dass Weglaufen offenbar das Einzige war, was ihm einfiel, das Einzige, wozu er sich, wenn es hart auf hart kam, im Stande sah. Es war schrecklich, wie recht sie hatte. Doch es widerstrebte ihm, in *seinem* Verhalten den Grund für *ihr* Verhalten zu suchen. Die deutlich angenehmere Interpretation bestand darin, dass sie einfach nur enttäuscht war, weil bisher kaum jemand auf ihre Nachricht und den Post, den sie parallel zur Rundmail am Nachmittag veröffentlicht hatte, reagiert hatte. Oder jemand hatte sie angeschrieben und blöd angemacht, sie als hysterisch bezeichnet, ihr vorgehalten, maßlos zu übertreiben, und gefordert, sie solle sich lieber um *ernsthafte*, also astronomische Probleme kümmern!

Er überlegte umzudrehen, zu ihr zu gehen, sich zu entschuldigen, dafür dass er ihr möglicherweise keine ausreichende Hilfe bei ihren Initiativen gewesen war. Aber der Groll, den er hegte, war größer als die Reumütigkeit. Er empfand Wut darüber, dass sie ihm erst jetzt davon erzählt hatte, was die anderen über ihn dachten. Es mutete wie ein Verrat an, dass sie offenbar Informationen zurückhielt, die sein Auftreten und seine Wirkung betrafen. Er fühlte sich vorgeführt, er schämte sich, er wollte niemanden sehen, außer vielleicht einen.

»Hast du Apu gesehen?«, fragte er Dave, dessen Bürotür offenstand und der noch an seinem Rechner saß.

»Leider nein. Ist was kaputt? Soll ich ihm was ausrichten?«

»Nein. Ist nichts Wichtiges. Danke!«

Er ging nach draußen in der Hoffnung, Apu dort irgendwo zu begegnen. Er hatte Lust auf eine Schale Maisbier; Apu hatte es vom letzten Besuch bei seiner Familie mitgebracht. Die Vorhänge am Fenster von Apus Zimmer waren zugezogen. Dahinter brannte kein Licht.

In seiner Unterkunft klappte er den Laptop auf und loggte

sich in sein E-Mail-Postfach ein. Es war der gleiche kindliche Trotz, der ihn an der Seilbahnstation in Santiago befallen hatte, mit dem er sich jetzt auf die Suche nach dem aktuellen Monatsquiz machte. Wenn es, so lächerlich es schien, wirklich *das* war, was Akiyo wollte – bitteschön, dann sollte sie es bekommen.

Die E-Mail von Jake, einem witzigen Kalifornier, der ‚einmal im Monat eine mal mehr mal weniger astronomische Aufgabe herumschickte, enthielt als Anhang ein PDF-Dokument. Es handelt sich um den Bericht einer Reise durch Peru vom Anfang des 17. Jahrhunderts, schrieb er. Der Text kursiert in mehreren Übersetzungen (anbei die spanische Version). Er enthält einige Passagen mit astronomischen Beobachtungen. Eine Freundin aus Italien hat ihn mir geschickt. Es gibt wohl Diskussionen darüber, wie weit diese Gruppe von Missionaren damals wirklich gekommen ist. Sie fragt, ob man aus den Angaben zur Himmelsbeobachtung die Position der Reisenden genauer bestimmen könne. Damit ist die Aufgabe für diesen Monat ja wohl klar. Ich freue mich auf Eure Antworten und wünsche Euch viel Vergnügen beim Knobeln! Cheers, J.

Jurij scrollte durch die Datei. Er hatte Mühe, sich zurechtzufinden. Das Schriftbild war altertümlich, die Sprache ebenso. Er sprang ins Inhaltsverzeichnis, überflog die Überschriften der einzelnen Kapitel (*Von dem Himel und der Zona Torrida, Von den Winden, Seen / Flüssen in der neuwen Welt, Von den Metallen, Von den Bäumen, Von den wilden thieren, Von den Menschen*), schaute sich die von Jake markierte Passage an, machte ein paar Notizen, hatte aber bald schon keine Lust mehr auf Berechnungen, scrollte weiter, blieb bei der Skizze einer krautigen Pflanze neben der Schilderung einer Auseinandersetzung zwischen einem gewissen

Damian und einem Alfons hängen, die, um Abbitte bei den Indigenen zu leisten, in den Wald aufgebrochen waren, jedoch nicht zurückkehrten.

*Auch am nächsten Tag gab es keine kunde von ihnen. Am übernächsten Morgen aber / noch kaum vor dem Auffgang der Sonne / da wurden alle geweckt von einem Lärmen / und dies waren der Stephan / der Damian / der Alfons und ihre Begleiter. Wie wir sie sahen mit unseren Augen / da wunderten wir uns sehr / und als wir hörten aus dem Munde des Stephani / was geschehen / da trauten wir unseren ohren nicht. Es erklärte nemblich der Stephan / daß sie gegangen waren schon einen halben Tag / als sie kamen zu den Behausungen der Indier. Und wie sie sagten / daß sie wollten abbitte leisten / zeigten sich die indier gar gnedig und luden sie ein / zu begehen ein feste. Sodann schnitten sie ein sonderbarliches kraut / teilten es und stampfften es mit einem Ast. Als sie waren fertig / legten sie es in ein Topff und kochten es für etliche stund / und wie es ward dunkel da nahmen sie den topff von dem feuer / darinnen ein Saft von der pflanze / die sie geschnitten / und füllten ihn in schalen und gaben ihn dem Alfons und dem Stephan und dem Damian damit sie ihn tränken. Und wie sie ihn getrunken / da spielten die indier auff ein merkwürdig instrumentum / und fingen an zu singen / auch der Damian / der Alfons / und der Stephan / ohne unterlass / bevor ein jeder von ihnen entschlaffen. Und bei dem ersten licht der Sonnen / giengen sie zu dem Flusse / badeten sich / und wie sie entstiegen den wassern / da war es mit einem male / dass sich gewandelt des Alfons Geiste. Es hielt nemblich er eine rede / und verkündete / daß die indier seine brüder und schwestern in Jesu Christum seyn. Darumb dürfe niemand erheben das schwert gegen sie / denn dies sey gegen das*

*H. Evangelium / was er mit dem verstand geschaut. Niemand aber dürfe handeln wider die Erkenntnuß / jetzt und immerdar / und von Ewigkeit zu Ewigkeit.*

Ein Kieselstein klackte gegen Jurijs Fensterscheibe. Apu stand unten und grinste.

»Hast mich gesucht, sagt Dave.«

»Ja.« Jurij formte eine Schale mit den Händen und machte eine Trinkbewegung.

Sie trafen sich an der Straße, die vom Hauptgebäude zum Plateau mit den Antennen führte. Apu schenkte Bier ein. Es roch wie immer streng süß-säuerlich, ein wenig nach Erbrochenem. Aber schon nach einigen Schlucken dachte Jurij nicht mehr daran, dass es der Speichel von Apus Frau gewesen war, der die Maisstärke in Zucker verwandelt und dadurch die Gärung in Gang gesetzt hatte, zumal ihn diese Art der Bierproduktion eher faszinierte, als dass sie ihn anekelte. Mit jeder Schale, die Apu füllte, beneidete er ihn um jenes Wissen, das er besaß. Apu konnte nicht sagen, welche Enzyme die Spucke seiner Frau enthielt, kannte nicht den Luftdruck der Atmosphäre auf knapp dreitausend Metern über null, hatte noch nie etwas von Gammastrahlung oder Neutronensternen gehört. Trotzdem war er einer der weisesten Menschen, die es aus Jurijs Sicht gab. Er wusste vorauszusagen, wann ein Sturm aufzog, konnte den Himmel für die Orientierung am Boden nutzen, und das Maisbier schmeckte auch ohne Kenntnis wissenschaftlicher Details.

Jurij ließ sich die Schale wieder und wieder voll machen. Als er nach oben schaute, drehte die Milchstraße Runden. Es mutete mit einem Mal verrückt, ja, völlig unmöglich an, sie zu erforschen, mit ihren einhundert Milliarden Sternen. Aber wenn das schon unmöglich war, wie viel unmöglicher musste es erst sein, dem menschlichen Gehirn auf den Grund zu gehen, mit seinen einhundert Billionen Synapsen?

Er spürte, wie die Nachtkälte Nadelstiche in seine Gesichtshaut setzte. Apu redete irgendetwas auf Quechua, das er nicht verstand; der Singsang lullte Jurij ein. Er drehte sich um.

Weit entfernt, nur als dunkler Umriss, waren die Berge zu sehen. Sie flankierten die Wüste mit ihren Salzseen und Kakteen. Tausende Meter tiefer, jenseits der trockenen Ebenen, lag der immerfeuchte Regenwald. Und irgendwo in diesem Wald lebten, wenn der Bericht, den Jake herumgeschickt hatte, stimmte, Menschen, deren Wissen ebenso wirkungsvoll zu sein schien wie das von Apu.

Es lag etwas ganz und gar Zauberhaftes in der Vorstellung, *eine* Substanz könne *alle* Probleme lösen, könne die Vernunft und ihre Pandora-Natur verwandeln, könne sie von einem schönen Übel in etwas Heilbringendes verwandeln – denn war es nicht genau das, woran ein großer Teil der Menschheit krankte? Stimmte nicht, was Layla Lemay damals in London erzählt hatte? Brauchte es nicht irgendetwas, das die Vernunft von einem Werkzeug des Einredens in ein Instrument richtigen Handelns verwandelte? War es nicht das, was Vaters Schüsse verhindert hätte? Und war es nicht ebenfalls das, worauf Akiyo hoffte, wenn sie sich bemühte, die anderen zum Handeln zu bewegen?

Die Idee, es könne eine solche Lösung tatsächlich geben, war so angenehm wie die Wärme, die das Maisbier in seinem Magen produzierte; sie strahlte aus in die Brust, den Rücken, den Bauch, den Kopf, wo sie auf die Gedanken traf, dass sich die Seele womöglich nicht auf das Feuern von Neuronen, auf chemische Prozesse, auf die Übertragung elektrischer Signale reduzieren ließ, dass sich die Beschreibung des Seelenlebens auch nicht in einer Darstellung sämtlicher Hirnströme erschöpfte oder das Denken und Fühlen in einem Austausch von Botenstoffen und Ladungen, dass es Leute gab, auch in seinem Kollegium, die an die Existenz geistiger Dinge glaubten, Dinge, die niemand so recht zu fassen kriegte und von denen kaum jemand wirklich sagen konnte, was sie seien und wo. Doch Jurij fand diese Gedanken in etwa so müßig wie die Spekulationen über die Möglichkeit außerirdischen Lebens. Konnte irgendwer ausschließen, dass es im All anderes Leben als das menschliche gab? Nein. Hatte man bisher welches gefunden? Nein. Lohnte es sich trotzdem, weiter danach zu suchen? Durchaus. In der Zwischenzeit aber musste man sich begnügen mit dem, was man wusste, und im Falle des Menschen und seiner Seele war eines gewiss: Das Kalzium in den Knochen, der Sauerstoff im Blut, das Natrium im Nervengewebe – sie alle kamen nicht von ungefähr. Sie alle kamen aus den Sternen. Sie alle waren lange vor dem Menschen entstanden, in einem einzigen chemischen Laboratorium. Nichts anderes war doch der Kosmos!

Die Sterne drehten sich immer schneller. Sie rasten, während das Geröll unter Jurijs Schuhsohlen knirschte. Der einzige Fixpunkt, den es noch gab, das Einzige, woran er sich noch festhalten konnte, war der Gedanke, er habe gerade den Schlüssel zur Lösung eines Menschheitsproblems gefunden. Dieser Gedanke, er blitzte nicht mehr nur kurz auf, er stand jetzt hell und klar vor ihm: Wie viele Stoffe wurden nicht täglich auf der Welt eingesetzt, um irgendetwas zu verändern? Fluoxetin verstärkte positive Gefühle, erhöhte die Motivation, stimmte optimistisch. Modafinil machte wach und steigerte die Aufmerksamkeit, ähnlich Ritalin und Koffein. Auch sie enthielten stellare Bausteine! Es gab also eine Verbindung zwischen Physiologie, Psychologie und Astronomie, und *er* hatte sie gefunden! Nein, ein Volk irgendwo im Regenwald hatte sie gefunden, aber dieses Volk musste *er* nun finden!

Auf dem Weg zurück zur Station stolperte er mehr, als dass er lief. Apu packte ihn am Arm, wenn er vom Weg abkam, und obwohl er es sich fest vorgenommen hatte, schaffte er es nicht einmal, seinen Laptop wieder aufzuklappen, um Jakes E-Mail erneut zu öffnen. Er fiel ins Bett, richtete sich wieder auf, weil der Schwindel im Liegen zu groß war, trank eine halbe Flasche Wasser und wachte am nächsten Morgen vollständig bekleidet im Bett auf, die Beine angewinkelt, der Oberkörper zur Seite geknickt.

Er fühlte sich elend.

Das Licht, das durch die Fenster fiel, blendete.

Sein Kopf schmerzte.

Doch etwas in diesem Kopf sendete Signale wie eine Radioquelle. Im Gegensatz zu den Ethanol-Molekülen waren die Gedanken des gestrigen Abends noch nicht zersetzt worden. Auch nach zwei Tassen Kaffee und einem Frühstück blieben sie bestehen. Sie überlebten sämtliche Ablenkungen des Tages, inklusive einer Versöhnung mit Akiyo.

Am Abend setzte sich er an seinen Rechner, um die Koordinaten zu ermitteln, nach denen Jake gefragt hatte. Es dauerte bis Mitternacht. Die Daten schrieb er nicht in eine E-Mail und schickte sie ab. Er speicherte sie in einem Ordner, dem er den Namen *Pandora* gab.

Keine Woche später war *Pandora* zu einem gewaltigen Konvolut angewachsen. Es befanden sich Auszüge aus Datenbanken und Nachschlagewerken zu Ethnobotanik und neuropharmakologischem Enhancement ebenso wie detaillierte Landkarten des westlichen Peru und des östlichen Brasilien darin. Das Herzstück bildete ein Video. Er hatte es einem Online-Artikel entnommen und seitdem so oft angesehen, dass er jedes Detail darin beschreiben konnte: die Vegetation am Ufer des Flusses, auf das die Kamera fokussierte, das Waten der halbnackten Männer mit ihren Speeren durch das Wasser, die Wörter, die sie riefen. Sie kamen ihm wie Abgesandte vor, wie alte Freunde, die zu ihm wollten, dabei wollte er vor allem zu ihnen. Aber das Gebiet, aus dem sie kamen (und in dem die Koordinaten lagen, nach denen Jake gefragt hatte), war als Terra Indígena markiert und diese Markierung stand nicht nur als Schriftzug in den Karten, sondern vor allem wie eine unüberwindliche Mauer zwischen ihnen. Sein Gesuch um offiziellen Zugang wurde abgelehnt. Mit korrupten Militärs, Goldsuchern oder Drogenbanden wollte er sich nicht einlassen. Die einzige Möglichkeit, die er noch sah, war ein Anruf im Bistum, in dem das Schutzgebiet lag. Dem Mann, mit dem er sprach, konnte er sich jedoch kaum verständlich machen. Die Zusicherung, es werde ihn jemand zurückrufen, der sich mit solchen Angelegenheiten auskenne, wertete er als höfliche Floskel, nicht als etwas, auf das er sich verlassen konnte. Er freundete sich bereits mit dem Gedanken an, das Projekt für beendet zu erklären.

Einige Tage später klingelte sein Telefon. Ein Pater Durão Schmidt meldete sich. »Haben *Sie* letzten Freitag hier angerufen?«

Jurij bejahte. Er verspürte keine Euphorie, rechnete mit einer Absage, und diese Erwartung löste, wenn er ehrlich war, sogar eine gewisse Beruhigung in ihm aus. Es würde Vorteile haben, endlich nicht mehr mit der menschlichen Seele befasst zu sein, sondern ausschließlich mit den Sternen.

»Sind Sie denn nach wie vor an einem Kontakt mit den Náhwua interessiert?«

Jurij zögerte, bevor er antwortete.

»Ja.«

»Ihr Angebot mit der Spende steht auch noch?«

»Ja.«

»Gut«, hörte er die warme und freundliche Stimme sagen. »Also ich denke, dass wir da etwas machen können.«

# 4

Der Geruch von Sonnenmilch löste Urlaubsstimmung bei David aus. Das Zeug, das er einem fliegenden Händler in der Nähe des Busbahnhofs für einen deutlich geringeren Preis als in der Apotheke abgekauft hatte, brachte zwar nicht viel (er vermutete, es war gefälscht oder längst abgelaufen), weshalb er seit zwei Tagen große Hautfetzen von seinem Nasenrücken abschälte. Trotzdem trug er es weiterhin auf, denn zum einen spannte es nicht so unangenehm im Gesicht wie das schleimige Gel, das er auf Carlines Empfehlung hin aus einem Streifen Aloe Vera herausgedrückt hatte, um seinen Sonnenbrand zu behandeln. Zum anderen waren die Zink- und Titaniumoxide, die künstlichen Aromen von Vanille, Mandel und Kokos einfach unschlagbar, wenn es um das Wecken angenehmer Erinnerungen ging. Sie lösten geradezu körperliche Empfindungen aus: den sanften Druck mütterlicher Hände, die am Gardasee eine großzügige Portion Creme auf den noch kindlich schmalen Rücken auftrugen; das Prickeln von kalter Zitronenlimonade auf der Zunge, getrunken im immer selben Restaurant am Seeufer von Maderno, das seine Eltern alljährlich mit an Sicherheit grenzender Wahrscheinlichkeit ansteuerten; die erfrischende Kühle eines abendlichen Windes vom Wasser her, auf dem sich Surfsegel und Motorboote im letzten Sonnenlicht bewegten – all das war von so magischer Wirkung, dass er zum Telefon griff und, in der Meinung, die Konflikte drehten sich noch immer ausschließlich um die Frage, ob er ein zweites Schokoladeneis haben dürfe, seinen Vater anrief.

»Hallo Papa!« Schon beim Aussprechen der Begrüßung verspürte er Erleichterung. Es mochte stimmen, was Telmo Schmidt beim Abendessen in São Paulo über die Funktion der Beichte gesagt hatte: Jede Last wog nur so lange schwer, bis sie vor Gott gebracht wurde. Womöglich reichte es auch schon, wenn es ein anderer Mensch war, dem man sich öffnete.

»Ist alles in Ordnung bei euch?«

Die Frage seines Vaters tat gut. Sie war einigermaßen frei von vorwurfsvollen Tönen, brachte elterliche Sorge zum Ausdruck und war außerdem ein willkommener Einstieg in den fünfminütigen Bericht, den David über die Ereignisse der letzten Tage und Wochen gab.

»Dann also kein Weihnachten in den Rocky Mountains.« Sein Vater klang enttäuscht, gab sich aber – und das wollte etwas heißen – verständig, äußerte keinen Vorwurf.

»Eher nicht, ja.« David wollte die ersten beiden Wörter schon in dem Moment zurücknehmen, in dem er sie aussprach. Die Vorstellung, die Dinge könnten sich auf wundersame Weise doch noch irgendwie zum Guten wenden, war, jedenfalls nach aktuellem Stand, einigermaßen aberwitzig. Doch die Tatsache, dass sein Vater die Nachricht, er befinde sich nicht in Montana, USA, sondern in Acre, Brasilien, zwar mit Bedauern, aber auch mit ungewohnter Gelassenheit aufnahm, verstärkte den Impuls, den er schon vorgestern Mittag gegenüber Carline geäußert hatte: Es war an der Zeit, Martje ins Bild zu setzen.

Die Hoffnung, sie sofort sprechen zu können, zerschellte nach dreimaligem Klingeln an der automatischen Ansage ihrer Mailbox. Auch zwei Stunden später ging sie nicht ran.

Er kämpfte mit der Enttäuschung. Er hatte sich darauf gefreut, ihre Stimme zu hören, trotz der Befürchtung, sie lasse einmal mehr die frühere Wärme vermissen. Außerdem kam es ihm anständiger vor, nicht die distanziertere und dadurch einfachere Form einer schriftlichen Mitteilung zu wählen. Eine E-Mail signalisierte Angst vor echter Kommunikation, transportierte den Unwillen, sich einer ehrlichen Konfrontation zu stellen. Doch als Martje auch beim dritten Anrufversuch nicht abhob, klappte er seinen Laptop auf und schrieb.

An: martje_rubens@webpost.de
Betreff: Aus der Ferne

Liebe Martje,

eigentlich wollte ich Dich am Telefon sprechen. Nur habe ich Dich leider nicht erreicht. Vermutlich bist Du gerade mit Arik beschäftigt oder am Arbeiten oder unterwegs. Daher wähle ich jetzt diesen Weg, um die Sache nicht länger aufzuschieben.

Als wir neulich kurz miteinander sprachen, bist Du vermutlich davon ausgegangen, ich befände mich in Missoula. In Wirklichkeit stand ich in einem Hotelzimmer in São Paulo. Ich weiß, das klingt bizarr, und Du wirst Dich vermutlich fragen, weshalb ich Dir nicht sofort davon erzählt habe, aber die Stimmung am Telefon war so unterkühlt, dass ich mich nicht dazu imstande sah. Ich war erst ein paar Stunden vorher angekommen und kann inzwischen selbst nicht mehr so genau sagen, was mich bewogen hat, ein Flugzeug nach Brasilien statt in die USA zu besteigen. Ich denke, es war wohl in erster Linie die Angst davor, allein in Missoula zu sitzen und die ganze Zeit überlegen zu müssen, wie es dort mit Dir und Arik wäre. Etwas weniger ernst könnte ich auch sagen: Es war vielleicht gottgewollt, denn im Hotel (eigentlich schon im Flugzeug) habe ich einen katholischen Priester und Lehrer aus dem Schwarzwald getroffen, der wenige Tage später nach Rio Branco weitergereist ist, wo sich ja Carline aufhält. Ich bin ihm kurzerhand (natürlich vor allem aus Mangel an guten Alternativen) gefolgt. Auch deswegen wollte ich Dich sprechen. Denn ich will weder Carline noch Dich in eine unangenehme Situation bringen (auch wenn ich befürchte, dass ich das so oder so tue). Womöglich habt ihr inzwischen schon miteinander gesprochen oder geschrieben? Wenn ja, tut es mir leid, dass ich zu lange gezögert habe. Carline wurde von mir hier ziemlich überrumpelt und ich nehme an, es ist einigermaßen komisch für sie, dass ich hier aufgetaucht bin. Du merkst schon: Ich bin noch immer nicht wirklich sortiert.

Falls Du Dich fragst, wie lange ich vorhabe zu bleiben: Ich weiß es nicht. Ich wollte Dich aber wissen lassen, dass ich jederzeit zurückkommen kann. Der Aufenthalt in Missoula ist jetzt ohnehin gelaufen, die Seminare und Veranstaltungen habe ich abgesagt. Aber vor allem will ich Dir und Deinen Eltern nicht die ganze Arbeit mit Arik überlassen. Schreib mir also bitte (oder ruf mich an), wenn es Dir zu viel wird.

Abgesehen davon würde ich auch gerne noch einmal mit Dir sprechen. Ich kann mir allerdings vorstellen, dass Dir nach wie vor nicht danach ist bzw. dass Du weiterhin der Meinung bist, es sei für den Augenblick alles gesagt. Das akzeptiere ich, obwohl es mir schwerfällt.

Martje, ich könnte jetzt noch ansetzen zu langen Bekundungen meines Wissens um die Fehler, die ich gemacht habe, zu Bitten um Verzeihung usw., aber ich erspare Dir das. Ich befürchte, Du würdest ohnehin nur entgegnen, dafür sei es zu spät. Und ehrlich gesagt: Ich kann das verstehen.

Trotz alledem und auch auf die Gefahr hin, dass Du den folgenden Satz als unpassend empfindest: Du und Arik, ihr fehlt mir.

Viele Grüße aus Rio Branco,
David

P. S.: Vorausgesetzt, dass es Dich nicht zu viel Überwindung kostet, gib Arik bitte einen Kuss von mir!

Er klickte auf *Senden*, schaute in den begrünten Hof und stellte sich vor, wie die Nachricht, umgewandelt in ein Lichtsignal, durch irgendein Glasfaserkabel im Atlantik raste. Auf dem Nachttisch vibrierte sein Smartphone. Martje! Er war sich ganz sicher. Er lief hin, um zu lesen, was sie geschrieben hatte, drauf und dran zu antworten, dass er zufällig gerade eine E-Mail an sie geschickt habe. Doch auf dem Sperrbildschirm stand der Name von Carline.

Kannst du kommen? Bring Fieberthermometer. Mir ist extrem heiß und schwindelig.

Eine halbe Stunde später betrat er ihr Zimmer. Es war kalt wie ein Kühlhaus. Ihm war schleierhaft, wie sie bei dieser Temperatur schwitzen konnte, aber sie tat es, ganz eindeutig. Haarsträhnen klebten auf ihrer Stirn. Ihre Oberlippe war feucht, das sah er, als er näher an sie herantrat, um ihr das Fieberthermometer, das er in der Apotheke besorgt hatte, zu geben. Er drehte sich weg, als sie ihr Hemd aufknöpfte, um sich das Thermometer unter die Achsel zu schieben.

»Darf ich?« Er öffnete das Fenster, ohne ihre Antwort abzuwarten. Ein Schwall warmer Luft zog herein, gemeinsam mit Bratfett; direkt vor dem Haus machte ein Mann mit einem Straßengrill Station. Er klappte das Fenster sofort wieder zu.

»Neununddreißig Komma acht«, sagte sie. »Wie viel ist das in Fahrenheit?«

»Keine Ahnung. In Celsius es ist viel. Hast du Schmerztabletten dabei?« Er ärgerte sich, beim Kauf des Fieberthermometers nicht auf die Idee gekommen zu sein, gleich noch eine Packung mitzunehmen.

Sie wies in die Ecke. Die Türen des Kleiderschranks hingen schief aus den Angeln; sie quietschten, als David sie öffnete. Der Anblick im Inneren überraschte ihn. Es sah aus, als habe ein Waschbär nach Essbarem gesucht. Er hatte nicht damit gerechnet, dass Carline keine Ordnung hielt.

»Nein«, rief sie; ihre Stimme war schwach. »Nicht im Schrank! Im Bad!« Peinlich berührt klappte er die Schranktüren wieder zu und öffnete die schmale Tür gleich neben dem Schrank, die ins Bad führte.

»In dem blauen Waschbeutel!«, hörte er Carline rufen, während er bereits darin herumfingerte, ein Cremedöschen, einen Streifen Antibabypillen und Malaria-Tabletten beiseiteschob.

»Du hast ja auch Malarone!«, rief er.

»Meinst du, dass es Malaria ist?«, fragte sie, als er mit den Tabletten zurück zum Bett kam.

»Kann schon sein. Aber nimm erst mal eine Ibu. Und wenn die nicht hilft, können wir immer noch überlegen, ob du es vielleicht lieber mit Malaria-Zeug probierst.« Er reichte ihr die Wasserflasche, die auf dem Tisch neben dem Bett stand. Sie nahm die Tablette ein.

»Oh shit!«, sagte sie. »Jetzt wird mir kalt!«

Er half ihr, die Decke bis unters Kinn zu ziehen. Sie wälzte sich umher und begann zu zittern. War es unangemessen, sich neben sie zu legen und zu umarmen, sie zu beruhigen, ihr das Gefühl von Geborgenheit zu geben? Er regelte die Klimaanlage herunter.

Carlines Zittern ließ kaum nach. Es war beängstigend. David kam sich hilflos vor. Auf seinem Telefon recherchierte er, ob es eine Arztpraxis in der Nähe gab. Auf die Schnelle fand sich keine, die am späten Nachmittag noch geöffnet hatte. Die Vorstellung, Carline in ihrem Zustand irgendwo hinbringen zu müssen, war ohnehin ungemütlich, erst recht, wenn es keine Praxis war, sondern eine überfüllte Notaufnahme, in der sich auf dreckigen Stühlen und Liegen stöhnende Leute stapelten. Er suchte weiter, diesmal nach Angaben zum Malaria-Infektionsrisiko in der Gegend. Genaue Zahlen waren nicht zu ermitteln, stattdessen die Information, dass Weißwasserflüsse wie der Rio Acre beste Lebensbedingungen für Moskitolarven boten: Sie enthielten weniger Säuren als dunkle Flüsse, weshalb ihr Wasser heller war, aber auch angenehmere Lebensbedingungen für Mückennachwuchs bot. Die Malarone umgab nun eine Aura von Hoffnung.

Als gegen sechs die Sonne unterging und es schlagartig dunkel wurde, hatte Carline aufgehört zu zittern. Ihre Körpertemperatur schien jedoch noch immer nicht gesunken zu sein. David legte ihr eine Hand auf die Stirn; sie glühte. Er schlug vor, noch einmal die Temperatur zu messen; sie zeigte keine Reaktion. Er schob seine Hand mit dem Thermometer vorsichtig unter ihre Bluse bis zur Achselhöhle: 40.2.

»Carline«, flüsterte er. »Ich glaube, wir sollten jetzt nicht länger warten. Nimm die Malarone!«

Es dauerte, bis sie die vier Tabletten geschluckt hatte. Mit der Flasche flößte er ihr Wasser ein, mit einem kühlen, nassen Handtuch betupfte er ihr Gesicht.

»Thanks, Mom«, sagte sie, kaum hörbar. Sie drehte sich vom Rücken auf die Seite.

Er wusste nicht recht, ob er die Anrede niedlich oder beunruhigend finden sollte. Ebenso wenig wusste er, wohin mit sich. Eigentlich wäre es an der Zeit gewesen, etwas zu essen. Sein Magen war seit der Mittagszeit mit nichts außer Wasser in Berührung gekommen, aber er traute sich nicht, Carline in diesem Zustand allein zu lassen. Er legte sich auf die freie Seite des Bettes, hörte auf ihr Atmen, spürte die Hitze, die von ihr ausging. Auch Arik hatte schon oft so dagelegen, die Wangen rot, der Atem warm. Und jedes Mal mischte sich unter die Sorge über seinen Zustand das angenehme Gefühl, gebraucht zu werden, jetzt, in diesem Moment, an keinem anderen Ort des Universums sein zu dürfen als hier, in diesem Bett.

Carlines Hand, die sich in seinen Nacken schob, weckte ihn. Er traute nicht, sich zu bewegen. Die Hand war ruhig und – wichtiger noch – einigermaßen kühl. Er ließ sie liegen, wo sie war, spürte seine Haut auf ihrer, und bewegte sich erst dann vorsichtig Richtung Bettkante, als es draußen hell wurde.

Als er das Zimmer wieder betrat, Tüten mit Obst und Brot in den Händen, dazu eine Packung Elektrolyte, öffnete sie die Augen. Dass sie ihn erblickten, schien für weniger Verwunderung zu sorgen als das helle Tageslicht, das zum Vorschein kam, während er die Gardinen aufzog.

»Wie spät ist es?«

»Kurz nach acht.«

»Oh.

»Ja. Du hast knapp vierzehn Stunden geschlafen. Wie fühlst du dich?«

»Schwach, aber …« – sie griff sich selbst an die Stirn – »… nicht mehr so heiß, würde ich sagen.«

»Willst du messen?« Er reichte ihr das Thermometer und ging zum Tisch, um das Obst in Stücke zu schneiden.

Das Thermometer piepte. »Siebenunddreißig drei.«

»Das klingt doch schon viel besser. Du warst ziemlich heiß in der Nacht.« Er wurde rot und beugte sich konzentriert über die Ananas, die er zerlegte.

»Warst du die ganze Zeit über hier?« Sie klang überrascht.

»Ja. Hattest du gedacht, ich sei gegangen? Mir war ehrlich gesagt nicht wohl bei dem Gedanken, dich allein zu lassen.«

»Danke.« Sie verschlang eine halbe Banane. Er aß die andere Hälfte.

»Ananas? Papaya?«

»Nein, lass erst mal. So großen Hunger habe ich gar nicht.«

»Du müsstest heute und morgen auf jeden Fall noch mal vier Malarone nehmen.«

»Was heißt noch mal?«

»Du hast gestern Abend schon vier bekommen, weil das Fieber nicht runterging.« Es fühlte sich plötzlich so an, als habe er ihr etwas Schlimmes angetan.

»Ich war irgendwie nicht ganz da gestern.«

»O ja. Tut mir leid, wenn ich …«

»Ist okay. Was soll schon passieren?«

»Ja, das dachte ich mir auch: Was soll schon passieren? Soll ich dir frische Bettwäsche organisieren? Deine ist ziemlich durchgeschwitzt.«

»Gerne!«

Er stand auf, ging zur Tür, drehte sich noch einmal zu ihr um. »Ich hatte gestern auch kurz überlegt, ob ich Cédric anrufen sollte, aber dann … «

»Ich melde mich nachher bei ihm. Danke!«

»Ja, nur … Er weiß noch immer nicht, dass ich hier bin.«

»Dann sage ich es ihm. Ist mir ein willkommener Anlass, ihn anzurufen. Wir haben uns seit meiner Abfahrt noch nicht wirklich gesprochen.«

David verschluckte ein »Ich weiß«.

»Grüß ihn von mir und sag ihm, dass ich mich auch noch bei ihm melden werde.«

»Mache ich.«

Die Wirkung der Tabletten verblüffte ihn. Carline war nicht nur körperlich einigermaßen wieder hergestellt, sondern auch mental sichtlich gut drauf. Er fühlte sich erleichtert, während er die Treppe hinabstieg, um bei der Hausbesitzerin ein neues Laken und frische Bezüge zu organisieren. Es war mehr als angenehm, Cédric nicht selbst gestehen zu müssen, wo er sich befand, und als er die Treppe wieder hinaufkam, schnappte er vor der dünnen Zimmertür stehend, die kaum ein Geräusch abhielt, mit Genugtuung auf, wie Carline sagte: »Ich bin echt froh, dass David da war.«

Es war einigermaßen schäbig, in dieser Aussage weniger ein Kompliment zu sehen, sondern vielmehr eine hervorragende Ausgangsbasis für das eigene Gespräch mit Cédric, denn das ließ sich, auch wenn es nicht jetzt sofort stattfand, absolut nicht vermeiden. Der Kontostand bot keinen Spielraum mehr. Es musste wirklich rasch ein unkomplizierter Kredit her, und die Tatsache, dass er Carline geholfen hatte, konnte dabei nur von Vorteil sein.

»Du scheinst ja etwas vom Kurs abgekommen zu sein!«, sagte Cédric lachend, als er ihn am Abend anrief. Er verbot sich jegliche Lesart, die unterstellte, dass Cédric die Sache nicht mit Humor nahm. Und es schien klug, für eine gewisse eigene Unzurechnungsfähigkeit zu plädieren.

»Ich bin, glaube ich, etwas durcheinander momentan.«

»Offensichtlich! Aber danke, dass du dich um Carline gekümmert hast. Das schien ja doch heftiger gewesen zu sein.«

»War es. Ich hatte zwischenzeitlich Angst um sie. Aber es ist ja noch mal gut gegangen. Hör mal, noch was anderes. Ich ...« – Es war beschämend! Erniedrigend! Es war so billig, aus dieser Situation im wahrsten Sinne des Wortes Kapital zu schlagen! Doch in dem Moment, in dem er die Bitte um finanzielle Aushilfe aussprach, wich die Hälfte des Drucks, den die Geldsorgen auf ihn ausübten, aus seinem Gemüt und die andere Hälfte folgte, als Cédric erklärte, er könne, fürs Erste, mit fünftausend Euro aushelfen. »Reicht das?«

Es reichte! Keine Frage! Und die Aussicht, noch weitere fünftausend zu erhalten, wenn in nächster Zeit ein paar Investitionsprojekte gut ausgingen, wie Cédric hinterherschob, machte die Bitte um finanzielle Unterstützung schon fast zu einem Vergnügen.

»Wie lange willst du jetzt dortbleiben?«, fragte Cédric, bevor sie sich verabschiedeten.

»Keine Ahnung. Nach Missoula kann ich jetzt nicht mehr; zu Hause ist auch schwierig. Ich habe Martje gestern zumindest geschrieben. Mal sehen, ob sie reagiert.«

Die Reaktion kam nicht. David hatte zwar darauf gehofft, aber, wenn er ehrlich war, nicht wirklich damit gerechnet. Was sollte Martje auch schreiben? An ihrer grundlegenden Einstellung hatte sich vermutlich nicht wesentlich etwas geändert; viel eher noch als bei ihm würde sie sich vielleicht bei Carline melden, dachte er, aber Carline machte keinerlei Andeutungen in dieser Richtung – auch nicht, als sie zwei Tage später, die dritte Dosis Malarone war inzwischen ohne Nebenwirkungen eingenommen und sie sah aus, als sei nie etwas gewesen, in einem stickigen Imbiss lustlos in einer Portion Reis mit Linsen herumstocherte.

»Ich kann's nicht mehr sehen, dieses Essen«, sagte sie. Sie schob den Teller angewidert beiseite. »Ich kann auch diese Stadt gerade nicht mehr ertragen. Mir geht's zwar körperlich wieder gut, aber hier ist alles so laut, so dreckig, und ich kann nichts weiter tun außer warten!«

»Mach doch einen Ausflug! In der Touristeninformation liegt ein Prospekt von einer Ökolodge, ein paar hundert Kilometer von hier Richtung Bolivien. Sieht ganz nett aus. Du entspannst dich ein paar Tage, genießt die frische Luft, lernst, wie Kautschuk gezapft wird, machst ein bisschen Birdwatching ...«

»Allein im Wald?«

»Die bieten dort Gruppenexkursionen an, wenn ich es richtig gesehen habe.«

»Na, danke! Dann hocke ich da mit irgendwelchen Leuten, die ich nicht kenne, und muss Small Talk führen. Klingt nicht gerade nach Entspannung!«

»Ich kann mitkommen, wenn du magst.«

Er erschrak über seine eigene Äußerung. Sie wirkte nicht nur aufdringlich, sondern auch lächerlich, denn warum sollte es, allen Ereignissen der letzten achtundvierzig Stunden zum Trotz, für Carline entspannender sein, Zeit mit *ihm* in einem Öko-Hotel zu verbringen als mit irgendwelchen Menschen, die sie nicht kannte?

Die Frage war auch am nächsten Morgen, als sie um kurz vor sechs einen Bus nach Xapuri bestiegen, noch nicht ganz aus seinem Kopf verschwunden. Aber zum einen schien es mittlerweile überflüssig, darüber nachzudenken, zum anderen war die Müdigkeit zu groß, es zu tun, auch wenn die Musik, die der Fahrer auf volle Lautstärke drehte, keinen Schlaf erlaubte.

Links und rechts der Straße lagen kahle, vertrocknete Weiden, auf denen müde Rinder grasten. Alle paar hundert Meter erinnerten einzelne Bäume daran, dass hier einst dichter Wald gestanden hatte. David glaubte, in Carlines Blick zu erkennen, dass der Anblick ihr genauso wehtat, wie den Sänger, dessen ständiges »o amor, o amor!« aus den Lautsprechern schnarrte, der Verlust seiner Liebe zu schmerzen schien.

Drei Stunden später, der Bus hatte sein Ziel erreicht, doch Davids Trommelfell dröhnte noch immer, ratterte ein junger Bursche mit muskulösen Oberarmen gelangweilt das Frühstücksangebot seines kleinen Restaurants herunter: Eier gekocht; Eier gebraten; Eier gerührt. Er schien nur mäßig erfreut darüber, dass um diese Zeit überhaupt jemand bei ihm einkehrte.

Sie orderten dreierlei Ei, tranken einen wässrigen Kaffee und bestiegen nach dem Frühstück ein Taxi zur Lodge. Der Rosenkranz, der vom Rückspiegel hing, wickelte sich bei jedem Schlagloch um das lilafarbene Holzkreuz zu seiner Linken. Der Fahrer kurvte in einem dermaßen hohen Tempo über die hellbraune Buckelpiste, dass er sich des göttlichen Beistands sehr sicher zu sein schien. Die Bremsen seines weißen VW Parati quietschten, als er nach einer halben Stunde endlich zum Stehen kam.

Unter den schattigen Bäumen war die Luftfeuchtigkeit deutlich höher als auf dem sonnenverbrannten Weideland. Die nussbraunen Gebäude der Lodge lugten zwischen weiß gefleckten Stämmen und ausladenden grünen Blättern hervor. David protestierte nicht, als die Rezeptionistin, die sie mit einer Glocke auf dem Tresen herbeiklingelten, wie selbstverständlich nicht zwei Einzelbetten im Schlafsaal, sondern ein Chalet zur Übernachtung für sie vorschlug.

»Sie meinen eines dieser freistehenden Häuschen?« Carline wies durch die Tür nach draußen.

Die Frau nickte. Ihr Pferdeschwanz schlug gegen ihr knallgelbes T-Shirt. »Sie haben dort im ersten Stock ein Zimmer mit Doppelbett, ein Bad und eine Terrasse; unten eine Veranda und eine kleine Küchenzeile, falls Sie selbst kochen wollen.«

David sah zu Carline. Er wollte unbedingt vermeiden, einen Vorstoß in irgendeine Richtung zu machen, wusste selbst nicht genau, was er eigentlich wollte, fühlte sich jedoch gut gelaunt, als sie schon kurze Zeit später dem wippenden Zopf der Rezeptionistin zu einem kleinen Haus mit umlaufendem Geländer auf jeder Etage folgten. Vom breiten Doppelbett aus blickten sie durchs Fenster auf eine zirpende Blätterwand.

Sie streckten sich nebeneinander auf dem Bett aus; das Zimmer bot keinerlei Sitzgelegenheit.

»Woran schreibst du eigentlich gerade?«, fragte Carline.

Er ließ den Prospekt mit den Ausflugsangeboten der Lodge sinken, den ihm die Frau an der Rezeption in die Hand gedrückt hatte. Carlines Frage kam unvermittelt. Und sie ließ den üblichen *wenn-ich-fragen-darf*-Zusatz vermissen, den andere, die ihm diese Frage hin und wieder stellten, vorsichtig, ja beinahe so, als würden sie bereits auf eine Zurückweisung gefasst sein, anfügten. Dass Carline diese Einschränkung für überflüssig hielt, wirkte nicht wie eine Unhöflichkeit. Es mutete eher wie der Ausweis einer ganz selbstverständlichen Intimität an. Und als sie sich am nächsten Morgen in der Dämmerung an der Rezeption einfanden, um an der Early-

Bird-Tour teilzunehmen, die von einem schlanken Guide namens Jefferson geleitet wurde, verspürte er keinen großen Drang, die anderen Teilnehmenden – einen mit Teleobjektiven behängten Kanadier, der sich lautstark als Jim vorstellte, eine ältere polnische Dame, deren Namen er nicht verstand, und zwei brasilianische Pärchen, die die Nacht, ihren Augenringen nach zu urteilen, nicht mit Schlafen zugebracht hatten – darüber aufzuklären, dass er und Carline, auch wenn es ihnen anders erscheinen mochte, *kein* Paar waren. Es reichte ihm, dass er es wusste, dass sie es wusste, und trotzdem beschäftigte ihn das Unbehagen, das er empfand, als er mitbekam, wie Jim sich bei zunehmender Helligkeit immer weniger für die Vögel und die Pflanzen interessierte, auf die Jefferson hinwies, sondern sich vor allem an Carline heranpirschte und schließlich, nach einer halben Stunde ungeduldigen Lauerns, endlich zum Schuss kam, indem er sie zwischen den Brettwurzeln eines gewaltigen Kapokbaums fotografierte.

»Eine wundervolle Aufnahme!«, rief er. »So eine tolle Aufnahme! Schau mal!« Er hielt Carline das Display seiner digitalen Spiegelreflexkamera unter die Nase. Sie war sichtlich zufrieden mit dem Ergebnis.

»Soll ich es dir schicken?«

»Oh, ja!«

»Bist du bei Insta? Facebook?«

David tat so, als würde er nichts mitbekommen. In Wirklichkeit hörte er nur mit halbem Ohr zu, wie Jefferson ausführte, dass der Kapok zu den größten Bäumen des tropischen Regenwaldes gehöre, dass der Stamm der Jungbäume von Hunderten von Stacheln übersät sei, dass die Krone der ausgewachsenen Exemplare andere Bäume um bis zu zwanzig Meter überrage. Immer wieder schielte er zu Jim herüber, der Carline gerade erzählte, dass er seinen Lebensunterhalt mit Haustierfotografie verdiene. »Du kannst dir nicht vorstellen, wie viel Geld die Leute zahlen, um ein Hochglanzbild von ihrem Doggy zu erhalten!«

Bei der Frühstückspause auf einer Lichtung, auf der Jefferson lauwarme Bananen-Pancakes aus einer Thermobox holte, fragte Jim nach Carlines Beruf.

»Ich bin Ethnologin«, antwortete sie. Jim verschluckte sich vor Begeisterung an seinem Kaffee. »Wow! Ein Freund von mir hat mal eine Expedition begleitet, für die National Geographic. Der Hammer!«

David versuchte, Jims dröhnende Bassstimme auszublenden und zu verstehen, was Jefferson den beiden brasilianischen Pärchen und der alleinstehenden Polin erklärte. Es ging um Vögel, so viel war klar. Jefferson zeigte zu den Baumkronen und ahmte pfeifend eine Vogelstimme nach. Als er bemerkte, dass David ihn ansah, wechselte er vom Portugiesischen ins Englische.

»Ich rede gerade vom Piha, einer der lautesten Vögel des Regenwaldes. Seine Stimme erreicht einen Schallpegel von fast einhundertzwanzig Dezibel – so laut wie eine Kettensäge!«

Alles Weitere, was Jefferson zu dem Vogel referierte, nahm David nicht mehr zur Kenntnis. Er war zu sehr damit beschäftigt zu überlegen, was ihn an Jim, diesem menschlichen Pendant zu Kapok und Piha, so sehr störte. Gut, es gab Typen, mit denen war man einfach nicht auf einer Wellenlänge – fertig. Aber hier lag, wie er leicht beunruhigt feststellte, etwas anderes vor. Die Antipathie erwuchs nicht aus Eifersucht in Stellvertretung von Cédric. Sie entsprang auch nicht der bloßen Verwunderung darüber, dass Carline sich überhaupt mit einem schleimigen Aufschneider abgab. Es ging, das wurde ihm immer klarer, um *ihn*! Und diese Erkenntnis nahm um die Mittagszeit, als sie vom Ausflug zurückgekehrt waren und die Lodge in allgemeine Ruhe verfallen war, so konkrete Formen an, dass David hoffte, niemand, insbesondere nicht Carline, könne seine Gedanken lesen. Während sie in der Hängematte lag und mit geschlossenen Augen irgendeinem Podcast lauschte, schaute er immer wieder zu ihr herüber und überlegte, wo sein Gram darüber, dass sie ihm in den letzten Stunden weniger Aufmerksamkeit als diesem kanadischen Vogel gewidmet hatte, auf einer Skala von eins bis zehn einzuordnen war. Für den Moment rankte er ihn mit einer vier. Der einzige akzeptable Grund, der sich dafür finden ließ, dass er überhaupt Gram empfand, war seiner Meinung nach der, dass sein Körper nach langer, unfreiwilliger Abstinenz, nun, eben einfach gewisse Bedürfnisse hatte. War daran etwas verwerflich? Nein! Aber diese Begründung reduzierte das eigene Dasein so sehr auf die Schwellung zwischen den Beinen, dass er sich selbst anwiderte. Er versuchte, ob es half, dieses Angewidertsein zu nutzen – und tatsächlich, bis zum Abendessen gelang es ihm, nicht ständig zu kontrollieren, ob Jim gerade um Carline herumscharwenzelte. Vermutlich war er irgendwo allein unterwegs, um ein paar *FANTASTISCHE* Aufnahmen zu machen.

»Leute«, sagte Jim, als er die überdachte Speiselodge betrat, »sollen wir die Tische zusammenstellen? Eine gemeinsame Tafel für unsere tolle Truppe?«

Alle außer David stimmten sofort zu.

»David, auch für dich okay?«

»Ja.« Er hasste es zu heucheln und spülte seinen Unmut mit einem Schluck Bier runter, während Jim eifrig Tische und Stühle zurechtrückte und dabei in seinem engen T-Shirt keinen Hehl aus dem durchtrainierten Zustand seines Oberkörpers machte, auf dem das üppige Brusthaar über den V-Ausschnitt hinauswuchs wie die Schlingpflanze am Geländer der Veranda.

»Wo habt ihr beide euch eigentlich kennengelernt?«, fragte er Carline und David, nachdem sie sich zum Essen hingesetzt hatten. Der süffisante Unterton, den er anschlug, gefiel David ganz und gar nicht. Der Mann spielte einfach auf einer Klaviatur, die nur Missstimmung auslöste, allerdings – und das war ein Problem – offenbar nur bei ihm. Alle anderen, amüsierten sich gut, inklusive Carline.

»Beim Studium«, antwortete sie.

»Was hast *du* studiert?« Er schaute zu David.

»Er arbeitet als Schriftsteller«, sagte Carline, noch bevor David die eigentliche Frage beantworten konnte.

»Stark!« David meinte, in Jims Blick zum ersten Mal so etwas wie Hochachtung ihm gegenüber zu erkennen. Es war wie ein Ritterschlag, aber einer, auf den er gut und gern verzichten konnte.

»Und was hast du geschrieben? Irgendetwas, das ich kenne?«

David entschied sich dafür, nur die erste Frage zu beantworten.

»Gibt es eine englische Übersetzung?«

»Nein.«

»Ah.« Die Geräusche, die Jims Kehle beim Trinken seines Biers machten, wirkten wie eine Untermalung des einsetzenden Desinteresses, das ihm nun ins Gesicht geschrieben stand.

»Aber eine niederländische.«

»Interessant! Die Niederlande sind ja ein sehr kleines Land!«

Der Satz sauste wie ein Fallbeil in Davids Ohren. Erst als

die Platte mit den Vorspeisen serviert wurde und Jim schon längst von einem Segeltörn in den Malediven mit einem niederländischen Skipper berichtete, begann er, die Demütigung zusammen mit einem Stück Palmherz zu verdauen.

Den Rest des Essens brachte er weitestgehend schweigend zu, vertieft in die Überlegung, ob er es vielleicht einfach verdient hatte, gedemütigt oder zumindest ein wenig vorgeführt zu werden; womöglich empfand Carline stellvertretend für Martje sogar Genugtuung.

Als Jim nach dem Essen erneut seine Muskeln spielen ließ, Tische und Stühle wegtrug, um Platz für eine Tanzfläche zu schaffen, zog David sich in dem Moment, in dem er in ausreichendem Maß das Gefühl hatte, niemand nehme davon Notiz, zurück. Er wünschte sich, Telmo Schmidt wäre jetzt hier. Dann hätte er sich mit ihm in eine ruhige Ecke setzen und gepflegt über Gott und die Welt reden können. So lief er mit gesenktem Kopf über den vom Spätnachmittagsregen noch glitschigen Waldweg zurück zum Chalet. Er zwang sich, von der dunklen Terrasse aus nicht zu häufig ins Hauptgebäude hinüber zu schauen, wo die anderen im gelben Licht der Lampen immer ausgelassener zu Reggaeton tanzten.

Er war bereits am Wegnicken, als er Schritte hörte. In der Dunkelheit sah er nichts.

»Ist alles okay bei dir?« Carline kam näher, trat dicht zu ihm. Ihr Atem roch nach Cachaça und Limette, trotzdem wirkte sie nicht angetrunken.

»Ja, ja. Alles okay. Mir war nur nicht so nach Tanzen zumute.«

»Schade.« Sie setzte sich neben ihm auf die Bank. Ihre rechte Hand lag neben seinem Oberschenkel. Es war dieselbe Hand, die vor einigen Tagen seinen Nacken berührt hatte –

Unbeabsichtigt! Im Fieber! – sagte er sich, doch die Tatsache, dass Carline jetzt hierhergekommen war, anstatt bei den anderen zu bleiben, dass sie den aufgeplusterten Piha auf der Tanzfläche zurückgelassen hatte, dass sie sich offenkundig um ihn sorgte, ließ an dieser Gewissheit auf äußerst angenehme Weise Zweifel aufkommen.

Vorsichtig legte er seine Hand in ihren Nacken. »Hast du das neulich eigentlich unbemerkt oder mit Absicht gemacht?«

»Was?« Sie lachte, während er ihr davon erzählte, aber noch viel entscheidender für ihn war, dass sie keinerlei Anstalten machte, seine Hand wieder loszuwerden! Es fühlte sich jetzt völlig unerheblich an, wie ihre Antwort ausfiel (sie redete irgendetwas vom Unbewussten), solange seine Hand dort bleiben durfte, wo sie war – und sie durfte! Sie durfte! – und wanderte wenig später weiter in Gegenden, von denen eigentlich klar war, dass sie dort wiederum nicht sein durfte, dass sie dort nicht hingehörte. Aber wer legte denn fest, was erlaubt war und was nicht, was richtig war und was falsch? Das waren wichtige moralische Kategorien, keine Frage, aber ihr Geltungsbereich wurde hier und jetzt entschieden, nicht in irgendeinem abstrakten Reich der Ideen, und es war schon ziemlich erstaunlich, wie gut sich etwas anfühlen konnte, das eigentlich falsch war, wie gut es sich anfühlte, als sie sich auf seinen Schoß setzte, ihre Hände ebenfalls unter seine Kleidung schob, ihm schließlich, als die nächtliche Kühle auf der feuchten Terrasse zu unangenehm wurde, nach drinnen folgte und, nach der Rückkehr von der Toilette, nicht etwa auf ihre Betthälfte sank und die Sache für beendet erklärte, sondern zu ihm kroch, um sich ausziehen zu lassen, und die Bereitwilligkeit und Hingabe, mit der sie all das tat, was sie im Folgenden machten, führte zu einem Zustand von solch tiefer Befriedigung, dass David sich noch Tage später, als sie schon längst zurück in Rio Branco waren, daran erfreute, wie unkompliziert und schön das Leben im Grunde sein konnte.

# FÜNFTER TEIL

# I

Adrijana Bogić verstand die Welt nicht mehr.

Seit fünfzehn Jahren kämpfte sie jedes Jahr mit dem 14. März, einem Jahrestag, den niemand begehen wollte, sie schon gar nicht. Aber sie konnte ihrem Kopf auch nicht befehlen, aufzuwachen und *nicht* zu denken: Heute vor soundsoviel Jahren ist Jurij verschwunden.

»Er wird schon wieder auftauchen«, hatte Vlatko gesagt, gleich nachdem sie nach Hause gekommen waren und einen Zettel in der Küche vorfanden, auf dem stand: *Ich fahre weg. Komme nicht mehr wieder, J.*

Vlatko erläuterte nicht, woher er die Gewissheit nahm, Jurij werde trotzdem zurückkommen. Doch es tat gut, ihm für den Moment Glauben zu schenken.

»Hatte er Liebeskummer?«, fragten Lidija und andere Mütter im Ort, denen Adrijana gleich am nächsten Morgen – Jurijs Bett war entgegen aller Hoffnung leer geblieben – davon berichtete. Sie konnte die Frage nicht beantworten. Sie wusste nicht, ob Jurij als der junge Mann, zu dem er offenkundig in den letzten Jahren geworden war, überhaupt schon die Erfahrung gemacht hatte, dass man auch noch andere Frauen als die eigene Mutter lieben konnte und dass diese Liebe andere Formen annahm als diejenige zwischen Mutter und Kind. Der Gedanke, *dass* er es bereits wusste, und zwar aus eigener Anschauung, quälte sie weniger als die Frage, weshalb er ihr dann nicht davon berichtet haben sollte. Die Blicke, die sich Lidija und die anderen gegenseitig zuwarfen, wenn sie sich nach möglichem Liebeskummer erkundigten, ließ Adrijana sogar glauben, sie wüssten mehr als sie. Das Gleiche galt für Vlatko. Der erzählte zwar nichts von Liebessorgen seines Sohnes, aber mit jeder Stunde, die verstrich, wurde die Ruhe, die er an den Tag legte, verdächtiger.

»Was ist denn, wenn er sich umgebracht hat?«, fragte sie eine Woche nach Jurijs Verschwinden. Ihre Unterlippe bebte.

»Ach!« Vlatko wischte ihre Angst vom Tisch. Es war unerträglich. Sie fühlte sich nicht ernst genommen, dabei waren inzwischen sieben Tage vergangen; sieben Tage, in denen sie nichts von Jurij gehört hatte, in denen sie sich gefragt hatte, wo er sich aufhielt und weshalb er überhaupt weggegangen war.

»Warum sollte er sich umbringen?«, fragte Vlatko.

»Keine Ahnung! Sag du's mir!«

»Adrijana, ich weiß es eben nicht! Deshalb halte ich es auch für so unwahrscheinlich.«

So wütend sie war, weil Vlatko nicht wirklich auf sie einging, so beruhigend war es gleichzeitig, dass er ihre Befürchtungen nicht einfach teilte. Es war ein Halm der Hoffnung, an den sie sich klammern konnte, bis zum Beweis des Gegenteils zumindest, und dieser Beweis würde im besten Falle niemals erbracht werden. Trotzdem fand sie, dass Vlatko mehr Einsatz zeigen musste.

»Wann gehst du noch mal zur Polizei?«

»Was soll ich dort?«

»Sie um Hilfe bitten?!«

»Das habe ich am Mittwoch schon getan.«

»Heute ist Sonntag!«

»Und?«

»Eine Woche nach dem Verschwinden sind sie vielleicht etwas hilfsbereiter als drei Tage danach.«

»Ich bezweifle es.«

»Versuch es wenigstens!«

Er seufzte.

»Und hast du noch einmal bei deinem Bruder angerufen?«

»Nein.«

»Dann tu es!«

Die Heftigkeit, mit der Vlatko nun begann, seine Finger zu kneten, zeigte, wie schwer ihm fiel, was sie von ihm verlangte. Aber Stipe zu erreichen war das Mindeste, was sie noch fordern konnte, selbst wenn es ihn Überwindung kostete.

»Mache ich.«

»Wann?«

»Morgen.«

»Warum nicht heute?«

»Ich habe nur die Nummer von seinem Büro herausfinden können, und heute arbeitet er sicherlich nicht.«

Zwei Tage später kam Vlatko am Vormittag aus der Werkstatt hinüber zum Haus gelaufen. Sein Gang war schleppend, sein Kopf leicht gebeugt. Adrijana erwartete nicht, freudige Nachrichten zu empfangen, maximal die Mitteilung, dass er es zwar mit dem Anruf in London probiert, aber leider niemanden erreicht habe. Sie begann bereits, sich damit zu trösten, dass es ein Fortschritt war, dass Vlatko sich überhaupt bemühte, und begriff kaum, was er in Wirklichkeit sagte.

»Jurij hat sich bei Stipe gemeldet.«

»Wie bitte?«

Sie fiel ihm um den Hals, erwartete, sehnte sich danach, ebenfalls umarmt zu werden, wollte, bei aller Ungläubigkeit, die Freude und Erleichterung mit ihm teilen, die sie aufgrund dessen, was er gesagt hatte, empfand. Doch Vlatko stand steif. Seine Hände klebten an seinen Oberschenkeln, als sei er zum Appell angetreten.

»Hast du mit ihm geredet?«

»Ich habe gerade mit Stipe gesprochen, ja.«

»UND? Was hat er gesagt? Wo ist Jurij?«

Sie wollte ihn am liebsten schütteln, ihm irgendwie ein Lächeln entlocken, einen Funken Freude in seinen Augen sehen. Aber er redete, als sei er nur amtlicher Überbringer einer Nachricht, die ihn nicht persönlich betreffe; es musste ein Schutzmechanismus sein, irgendeine Funktion dessen, was ihn die ganzen Tage über schon hatte so ruhig sein lassen, anders konnte sie es sich nicht erklären.

»Jurij ist in Belgrad.«

»Gott sei Dank!« Es tat so gut, endlich einen Ortsnamen zu hören, eine Vorstellung davon zu erhalten, wo er war, und die Gewissheit zu besitzen, dass er überhaupt lebte, und dann noch Belgrad – diese Distanz ließ sich überwinden.

»Wo genau hält er sich auf?« Sie begann, ihre Handtasche zu suchen.

»Weiß ich nicht. Stipe wusste es nicht. Oder wollte es nicht sagen.« Vlatkos Miene machte keinen Hehl daraus, dass er Letzteres für wahrscheinlicher hielt. Die Verachtung, die er gegenüber seinem Bruder hegte, war allseits bekannt. Adrijana hatte es aufgegeben, dagegen anzugehen. Sie war es leid, ihn zur Aussöhnung zu drängen, ihm zu erklären, dass sie seinen Groll verstehen konnte, weil er in den Krieg hatte ziehen müssen, während Stipe sein Glück in Großbritannien suchte, sie sich aber dennoch wünsche, er möge seinem Bruder verzeihen. Jegliche Versuche waren zwecklos gewesen.

Jetzt aber, in diesem Punkt, der ihren eigenen Sohn betraf und nicht einfach nur irgendwelche Bruderrivalitäten, die sie womöglich niemals vollständig verstehen würde, konnte sie nicht lockerlassen. Nein, es ging nicht!

»Ich möchte, dass wir nach Belgrad fahren, Vlatko. Jetzt sofort!«

Er löste sich aus ihrer Umklammerung. »Ist das ein Befehl?«

Sie ging nicht auf seine Frage ein, nahm ihre Handtasche, die sie neben der Garderobe erspäht hatte, und saß zwei Minuten später im Auto.

Die Fahrt über redeten sie nicht miteinander. Sie beruhigte sich damit, dass es besser war, wenn Vlatko sich auf die Straße und die anderen Fahrzeuge konzentrierte. Doch sie spürte die feindliche Stimmung, die zwischen ihnen lag, seine Missbilligung ihrer Eile, mit der sie in die Hauptstadt wollte. Trotz der Kälte kurbelte sie das Fenster herunter in der Hoffnung, die Spannung würde nach draußen entweichen.

»Wo genau möchtest du jetzt hin?« Es war das Erste, was er nach zweieinhalbstündigem Schweigen zu ihr sagte. Er steuerte den Wagen aufs Stadtzentrum zu. An etlichen Stellen waren noch immer zerbombte Häuser zu sehen, aber vor allem die Innenstadt kam ihr deutlich bunter vor als früher; das letzte Mal war sie zu Schulzeiten hier gewesen. Der Versuch, sich an Einzelheiten von damals zu erinnern, wurde überlagert durch die Verärgerung, die Vlatkos Worte bei ihr auslösten.

»Was heißt hier ›du‹? Jurij ist nicht nur *mein* Sohn! Er ist auch *dein* Sohn!«

»Ja.«

»Ja? Ist das alles?«

»Nein. Natürlich ist er *unser* Sohn. Aber er ist so gut wie erwachsen. Es war klar, dass er früher oder später von uns weggehen würde.«

Sie wusste nicht, was sie fassungsloser machen sollte: die

Tatsache, dass er Jurijs Verschwinden als natürlichen Gang der Dinge hinstellte, ohne auch nur mit einer Silbe zu erwähnen, dass es sicherlich *nicht* natürlich war, von heute auf morgen aus dem Elternhaus zu fliehen, ohne zu erklären, was eine solch überstürzte und abschiedslose Flucht rechtfertigte (ihr fiel nichts ein, was als Rechtfertigung infrage kam), oder die Tatsache, dass Vlatko nun alles auf sie abwälzte, es so darstellte, als sei sie ein Dummerchen, das nicht wusste, wie die Dinge liefen, das nicht begriffen hatte, worin das sogenannte Leben bestand (im Aneinanderreihen unerfüllter Hoffnungen und Wünsche, wie es schien).

»Setz mich an der Terazije ab«, sagte sie. Es war der einzige Platz in der Stadt, dessen Namen sie noch parat hatte.

Er hielt beim Hotel Moskva an.

»Wir treffen uns in zwei Stunden wieder hier.« Sie stieg aus dem Auto und schlug die Tür zu.

Sie zitterte. Sie hatte unbedingt hierher gewollt, hatte sich nichts mehr gewünscht, als mit Jurij an ein und demselben Ort zu sein. Doch inmitten des Lärms und der vielen Menschen, die sie überwältigten, musste sie feststellen, dass es idiotisch war zu glauben, er könne irgendwo hier stehen, sitzen oder gehen und sich von ihr finden lassen. Sie hatte Mühe, nicht in Tränen auszubrechen, während sie sich zu orientieren versuchte. Sie lief am Brunnen vorbei auf die Balkanska, die sie viel breiter in Erinnerung hatte. Dafür kam ihr der Weg zum Bahnhof wiederum deutlich kürzer vor.

In der Schalterhalle stellte sie sich in eine Schlange. Als sie an die Reihe kam, fragte sie die Verkäuferin, ob sie in den vergangenen Tagen einen jungen Mann – groß, breite Schultern, dunkle, kurze Haare – gesehen habe. Der Gesichtsausdruck der Dame hinter der Glasscheibe schwankte zwischen Mitleid und Belustigung.

»Vermisstenanzeigen nimmt die Polizei entgegen.«

Adrijana wollte ansetzen zu erklären, dass ihr Sohn zwar verschwunden sei, nicht aber im strengen Sinne als vermisst gelten könne. Sie ließ davon ab. Die Blicke der Verkäuferin waren zu unangenehm. Sie war vermutlich nicht die einzige Verzweifelte, die hierherkam, um nach jemandem zu suchen, so wie die Stadtmenschen auch nach ihren entlaufenen Katzen suchten, Zettel aufhängten, die immer selben Wege abschritten, meistens ohne Erfolg.

Als sie zurück ins Auto stieg, legte sie ihren Kopf auf Vlatkos Schulter. Er streichelte ihr den Rücken, während sie schluchzte.

»Ich habe noch mal mit Stipe gesprochen«, sagte er, nachdem sie sich beruhigt hatte.

»Was hat er gesagt?«

»Er will Jurij zu sich nach London holen.«

Sie wischte sich mit dem Ärmel ihres Mantels die Tränen vom Gesicht. Hinter ihnen hupte ein Taxifahrer, machte wilde Gesten, dass Vlatko sich sofort von seinem Halteplatz verziehen solle.

»Arschloch«, sagte sie leise.

»Es ist nicht *deine* Schuld, Adrijana«, sagte Vlatko, während sie zu den Werbeschildern auf den Gebäuden gegenüber dem Moskva blickte. Sie war zu müde, um zu fragen, woher er das wissen wolle. Selbst wenn es stimmte (und sie zweifelte daran), linderte es nicht den Schmerz, den sie empfand bei dem Gedanken, Jurij nun an ihren Schwager zu verlieren. Hatte sie nicht immer alles getan, damit es ihm gut ging? Während der Jahre des Krieges, davor und danach? War sie nicht stets eine liebende Mutter gewesen? Eine Mutter, die nur das Beste wollte für ihr Kind? Ja, das war sie, befand sie, als Vlatko aus der Stadt hinausfuhr, und weil sie das war, verdiente sie es nicht, so behandelt zu werden! Sie mochte ihren Sohn verloren haben, nicht aber ihren Stolz. Den würde sie sich nicht nehmen lassen! Und wenn in Stočnica nun alle darüber spekulierten, was im Hause Bogić vorgefallen war – sollten sie es doch tun! Sollten sie sich ruhig die Köpfe darüber zerbrechen und die Mäuler darüber zerreißen; sollten sie ruhig behaupten, dass ein Junge wie Jurij sicherlich nicht *einfach so* von zu Hause weglief. Sollten sie doch glauben, dass irgendetwas vorgefallen sein musste, das Adrijana und Vlatko verschwiegen, um sich ungeteilten Mitleids sicher sein zu können. Sollten sie nur! Sie, Adrijana Bogić, wusste von nichts, das sie sich hätte vorwerfen lassen müssen, und sie legte ihre Hand auf Vlatkos Hand, die den Schaltknüppel umklammerte. Sie schaute zu ihm, er lächelte ihr zu; es tat jetzt gut, seine Nähe zu spüren.

Die jährliche Wiederkehr des 14. März gestaltete sich trotzdem nicht einfach. Es war ein Tag, der sich nicht ignorieren ließ, selbst wenn sie den Rest des Jahres über versuchte, das Thema so gut wie möglich zu umschiffen. Es war der Tag, an dem sie jedes Jahr aufs Neue darüber nachdachte, ob sie nicht doch zu Stipe Kontakt aufnehmen sollte, ob es nicht doch mit ihrem Stolz vereinbar war, diesen Schritt zu gehen, weil die Sehnsucht, Jurij zu sehen, zu erfahren, wie es ihm ging, zu hören, was er machte, zu fragen, ob er sie nicht doch auch, ein klein wenig zumindest, vermisse, größer waren als der Groll, den sie gegen ihn und ihren Schwager hegte. Ein ums andere Mal kämpfte sie mit diesem Gedanken und rang ihn schlussendlich immer wieder nieder. Sie war überzeugt, dass die Erniedrigung, als die sie den Verlust ihres Sohnes empfand, nur noch größer würde, wenn sie sich nun dazu herabließ, als Erste den Kontakt zu suchen.

Erst im sechzehnten Jahr nach Jurijs Verschwinden änderte sich diese Einstellung. Seit Wochen befand sie sich in einem Zustand fortwährender Erschöpfung. Sie hatte schon lange gespürt, dass sie älter wurde, dass der Rücken häufiger und heftiger schmerzte, dass die Augen schlechter wurden, die Schlaflosigkeit zunahm. Aber noch nie war es so schlimm gewesen wie jetzt. Vor dem Haus hatte sich sommerliche Sorglosigkeit ausgebreitet: Die Gladiolen im Garten reckten ihre Stängel zur Sonne hin, die Wiesen und Felder waren noch nicht von der Hitze verdorrt, die wenigen Kinder, die im Ort lebten, rannten jeden Tag zum Fluss, um zu baden. Auch sonst spielte sich ein Großteil des Lebens draußen ab. Nur Adrijana stand drinnen, im schummrigen Licht, das durch die zugezogenen Vorhänge fiel, umgeben von halbgepackten Kisten. Sie war erst am Mittag aus der Stadt zurückgekommen. Der Nacken war steif, von der unbequemen Haltung, in der sie auf dem Sessel neben Vlatkos Bett eingeschlafen war. In den ersten Nächten nach seinem Schlaganfall hatte das Personal sie noch geweckt. »Gehen Sie doch nach Hause, Frau Bogić! Schlafen Sie ein paar Stunden. Sie brauchen das!«, hatten sie gesagt. Aber nachdem sie mehrfach erklärt hatte, dass sie aus Stočnica komme, wohin um diese Zeit kein Bus mehr fahre, hatten sie sie in Ruhe gelassen.

Vlatko schnarchte nicht mehr, wie er es neben ihr im Ehebett immer getan hatte. Aus seinem Atmen war ein Röcheln geworden, das durch die Plastikkanüle kam, die ihm mit einem Schnitt in die Luftröhre gesetzt worden war. Seine rechte Gesichtshälfte hing schlaff herab, als habe sie jegliche Lebenslust verloren. Wenn es ihm gelang, das linke Auge zu öffnen, versuchte sie, irgendwo in seiner Pupille eine Antwort auf die Fragen zu finden, die sie ihm stellte, eine Reaktion auf die Worte, die sie zu ihm sprach. Manchmal bildete sie sich ein, es sei tatsächlich ein Zucken wahrzunehmen, ein

Hauch von Zustimmung oder Ablehnung, ein Lächeln gar. Dabei redete sie mit ihm, als läge er nicht in einem Krankenhausbett, umspannt von einer Metallbrüstung, angeschlossen an Geräte, deren Namen und Funktionen sie nicht kannte, sondern als säße er am Küchentisch, während sie das Essen für ihn zubereitete.

»Wir werden das Haus verkaufen«, hatte sie vor einer Woche zu ihm gesagt. Ihre Aussage rief keinerlei Regung hervor. Die einzige leuchtende Farbe in seinem Gesicht stammte von einer kleinen Schnittwunde, die ihm am Morgen beim Rasieren zugefügt worden war. »Lidija hat mir einen Bekannten empfohlen, der sich darum kümmern will. Ich habe gestern mit ihm gesprochen. Er will auch die Werkstatt mit verkaufen. Das könnte die Schulden tilgen. Und die Summe, die wir für das Pflegeheim brauchen.« Nur das Rauschen des Beatmungsgeräts war zu hören.

»Lidija hilft mir auch dabei, irgendwo dort in der Nähe eine kleine Wohnung zu finden. Ein Zimmer, eine Küche, ein Bad vielleicht. Was brauchen wir mehr?« Sie sprach von *wir*, obwohl sie wusste, dass nur *sie* dort einziehen würde. Die Ärztin, mit der sie redete, wenige Tage nachdem sie Vlatko in der Werkstatt, zusammengesackt auf dem Boden, gefunden hatte, hatte ihr keine Hoffnung auf eine deutliche Verbesserung seines Zustandes gemacht.

»Wir werden ihn stabilisieren können, Frau Bogić«, sagte sie, während sie sich auf dem Metallgitter des Bettes abstützte. »Aber ich kann Ihnen nicht versprechen, dass er jemals wieder allein wird atmen und essen können. Es tut mir leid.«

Im Anschluss an das Gespräch war es ihr ein paar Tage lang gelungen, den Worten der Ärztin keinen Glauben zu schenken. Sie unterstellte ihr Böswilligkeit und Inkompetenz, nannte sie insgeheim eine Idiotin. Doch je länger Vlatko starr und steif in diesem Bett lag, je stärker die Haut an seinen Händen und in seinem Gesicht die aschgraue Farbe seiner Haare annahm, desto mehr sah sie ein, dass es wohl oder übel stimmte, was die Ärztin ihr gesagt hatte. Die Realität anzuerkennen und zu ertragen war ihr nur möglich, indem sie konkrete Schritte einleitete. Sie wollte wenigstens die Zukunft, die nun endgültig anders ausfiel als diejenige, die sie sich immer erträumt hatte, zu gestalten versuchen. Sie wollte sich nicht noch einmal das Heft des Handelns aus der Hand nehmen lassen. Sie organisierte einen Heimplatz, sprach bei Behörden mit Anträgen auf staatliche Unterstützung vor, führte Telefonate. Selbst in der Aussicht, sämtlichen Hausrat sortieren und die wenigen Dinge von Wert verpacken zu müssen, lag etwas Beruhigendes: Es stellte eine Aufgabe dar, die sie ablenkte.

Im Spiegelschrank im Bad fand sie eine Tablette gegen die Rückenschmerzen. Sie musste noch aus Beständen stammen, die sie während des Krieges als Vorrat angelegt hatte. Die Wirkung war kaum zu spüren. Sie schleppte sich ins Schlafzimmer, wo bereits ein Berg von Kleidung auf dem Bett lag, obenauf der Anzug, den Vlatko zur Hochzeit getragen hatte. Sie konnte sich nicht entscheiden, ob sie ihn wegschmeißen oder aufheben sollte. In einem kurzen, lichten Moment vor einigen Tagen hatte sie versucht, sich gegen den ganzen Jammer mit schwarzem Humor zu wehren, hatte zu Lidija, die ihr beim Ausräumen half, gesagt, das Teil könne er ja spätestens zur Beerdigung wieder tragen. Als sie jetzt daran dachte, kamen ihr die Tränen.

»Wirst du eigentlich Jurij informieren?«, hatte Lidija sie gefragt. Ihre Antwort war kurz und kalt ausgefallen. Hatte ein Sohn, der sich seit fünfzehn Jahren nicht mehr um seine

Eltern scherte, es verdient, über den Gesundheitszustand seines Vaters in Kenntnis gesetzt zu werden?

Lidija war aus dem Zimmer gegangen, rief aber noch, wenn sie es sich anders überlege, solle sie Bescheid geben. Andrej habe im Internet ein Foto von Jurij gefunden.

Adrijana erstarrte. Allein der Gedanke, dass es ein aktuelles Bild von Jurij gab und dass Andrej und Lidija es bereits gesehen hatten, brachte in ihrem Inneren einen lange Zeit stabil geglaubten Hang gewaltiger Gefühle ins Rutschen. Aber etwas in ihr sperrte sich dagegen, der Emotion der Freude die Oberhand zu geben.

»Es interessiert mich nicht.« Das stimmte nicht, aber sie konnte nicht anders. Sie ärgerte sich, dass ihr eine solche Information so beiläufig mitgeteilt wurde, zumal in einer Lage wie dieser.

Lidija zog sich zurück. »Melde dich, wenn du was brauchst.«

Sie brauchte nichts, was sollte sie brauchen? Der Trotz, den sie empfand, spendete für eine Weile ausreichend Energie, um allein klarzukommen. Aber jetzt, erneut konfrontiert mit der Frage nach dem Verbleib von Vlatkos Anzug, fühlte sie sich schwach und einsam.

Sie vertagte die Entscheidung, welche Klamotten sie aufheben würde und welche nicht, und wendete sich den Nachttischen zu. Die Lampen, die darauf standen, waren von einer dicken Staubschicht überzogen.

Sie öffnete die Schublade von Vlatkos Tisch. Bisher hatte sie noch nie einen Grund gehabt, das zu tun. Das Durcheinander, das sie erblickte, verwunderte sie nicht. Vlatko häufte, ähnlich wie in der Werkstatt, auch in der Wohnung allerlei Dinge an. Sie hatte damit leben gelernt. Es nützte einfach nichts, wenn sie versuchte, Ordnung in seine Angelegenheiten zu bringen. Früher oder später nahm doch alles wieder einen Zustand größtmöglicher Unordnung an.

Sie räumte allerhand Krimskrams aufs Kopfkissen, Zeug, das, wie es aussah, umgehend in einen Müllsack würde wandern können. Lediglich das kleine Büchlein, das sie ganz zuletzt herauszog, legte sie nicht sofort beiseite. Der Anblick, der sie im Inneren erwartete, überraschte sie. Sie konnte sich nicht erinnern, schon einmal so viel von Vlatkos Handschrift auf einem Fleck gesehen zu haben. Sie wusste nicht einmal, dass er mehr schreiben konnte als Rechnungen oder die Postkarten, die er während des Krieges in großen Abständen geschickt hatte.

Sie schaltete die Lampe ein, um besser lesen zu können. Ihre eigenen Erinnerungen an die erste Kriegszeit hatten all die Jahre so abgekapselt und unbeachtet in ihr gelegen wie Vlatkos Schilderungen in der Schublade. Er selbst hatte nicht groß darüber reden wollen, nachdem er zu ihr und Jurij nach Stočnica zurückgekehrt war. »Ich bin so froh, wieder bei euch zu sein!«, hatte er immer wieder gesagt und zu verstehen gegeben, dass dies das Wichtigste war und alles andere, alles, was er erlebt hatte, nebensächlich. Sie hatte ihn nicht mehr als nötig ausgefragt, hatte sich ganz der Erleichterung hingegeben, die sie über seine Rückkehr empfand. Seinen Unwillen, über das Erlebte zu reden, interpretierte sie als Beleg für die schlimmen Verletzungen, die ihm offenkundig zugefügt worden waren, nicht so sehr am Körper, sondern in der Seele.

Ihre eigene Seele nahm, je länger sie las, einen ihr bisher unbekannten Zustand an; ihr Gehirn schien wie von einem Krampf befallen. Einen kurzen Moment lang flüchtete sie sich in die Vorstellung, es müsse sich um die Aufzeichnungen eines Anderen handeln. Aber jede Stelle, an der ihr eigener Name und der von Jurij genannt wurden, machte ihr schmerzhaft klar, dass das nicht sein konnte, dass er nicht einfach das Buch eines gefallenen Kameraden an sich genommen und im Nachttisch aufbewahrt hatte.

Sie bewegte sich kaum auf der Bettkante. Das Gefühl, völlig allein auf dieser Welt zu sein, war jetzt so groß, wie sie es noch nie erlebt hatte. Es durfte einfach nicht wahr sein, dass beide Männer, die sie für ihre Familie gehalten hatte, um die sie sich gekümmert, für die sie gesorgt, die sie geliebt hatte (und immer noch liebte) an ihr Verrat begingen. Es gab nur einen Funken, der überhaupt noch in ihr glomm, und dieser Funken bestand in der Hoffnung, Jurijs Verschwinden könne etwas mit jenen Vorgängen zu tun haben, die sie Vlatkos Tagebuch entnahm.

Sie lief zu Lidija.

»Ein plötzlicher Sinneswandel? Wie kommt's?« Lidija blieb am Tisch sitzen, während Andrej das Foto heraussuchte. »Er ist bei einem Observatorium in Chile. Hier.« Er reichte ihr sein Telefon.

Jurij stand inmitten einer Gruppe von Leuten. Neben ihm ein junger Mann mit rotem Bart und eine asiatische Frau. Im Hintergrund befand sich eine große Antennenschüssel.

»Zwei Mal tippen, dann wird's größer.«

Sie schaffte es nicht, er half ihr.

Jurijs Gesicht war kantiger geworden, seine Haare wirkten dünner. Die Augen aber waren noch immer dieselben. Der Blick, mit dem er in die Kamera sah, traf sie an der verwundbarsten Stelle ihres Inneren. Es gab nur eine Möglichkeit diese Wunde – eine Wunde, die all die Jahre in ihr geblutet hatte – zu schließen.

»Kann man dort hinfahren?«

»Man kann.« Lidija und Andrej sprachen zur selben Zeit. »Wir können dich gern unterstützen.«

Sie verspürte keine Wut mehr, nur noch Dankbarkeit.

Es war ein freundlicher Oktobersonntag, an dem sie in San Pedro de Atacama in einen Reisebus stieg. Sie hatte kaum geschlafen in der Nacht zuvor, im schmalen Zimmer des Hostels, das Andrej ihr schon von zu Hause aus gebucht hatte. Immer wieder war sie hochgeschreckt, aus Angst, den Wecker nicht gehört zu haben. Dabei war alles um sie herum noch stockdunkel. Am Abend war sie zwei Mal die staubige Schotterstraße bis zur Ecke gegangen, an der die Calle Tumisa auf die Avenida Pedro de Valdivia traf; von hier aus sollte am nächsten Morgen der Bus starten. Die Abfahrt war für neun Uhr geplant. Sie wartete bereits ab kurz nach acht. Andauernd sah sie nach, ob sie auch wirklich alles eingepackt hatte, was sie laut der Liste, die Andrej ihr von der Seite des Observatoriums ausgedruckt hatte, für einen Besuch benötigte: Ausweis, Buchungsbestätigung für die Tour, Sonnenbrille, Hut, Wasserflasche, Sonnencreme.

Um kurz vor neun hatten sich knapp fünfzehn Leute in ihrer Nähe versammelt. Alle schauten immer wieder auf ihre Telefone und Uhren. Adrijana teilte die allgemeine Erleichterung, die sich einstellte, als der Bus kam und sie einsteigen konnten.

Ein Mann mit einem mächtigen Fotoapparat vor der Brust setzte sich neben sie. Er sprach sie auf Englisch an. Sie verstand kein Wort.

»Serbia«, sagte sie nur und lächelte freundlich. Er redete weiter auf sie ein; es schien ihm egal zu sein, ob sie etwas begriff von dem, was er sagte.

Sie fuhren aus dem Ort hinaus. Zur Linken lag eine öde Geröllwüste, gespickt mit Steppengras und Gestrüpp. Am Horizont waren Berge zu sehen, die Gipfel schneebedeckt. Nach einer Viertelstunde passierten sie ein Schild. *Observa-*

*torio Astronomico ALMA* stand in weißer Schrift auf grünem Grund. Sie bogen von der Straße ab, passierten einen Kontrollpunkt und fuhren eine weitere Viertelstunde, diesmal bergan, bis sie auf einem großen Platz vor einem langgestreckten, zweistöckigen Gebäude anhielten. Es glänzte grell in der Sonne.

Alle stiegen aus. Adrijana blieb sitzen. Zwei Monate hatte sie auf diesen Moment gewartet. Hatte sich ausgemalt, wie es sein würde, Jurij wiederzusehen, hatte sich mal unbändig darauf gefreut, mal schrecklich davor gefürchtet.

»Señora«, sagte der Fahrer zu ihr. »Salen, por favor!« Er winkte sie nach draußen.

Ihre Knie zitterten, als sie die Füße auf die Betonplatten setzte. Die Gruppe hatte sich bereits um eine junge Frau versammelt, die sie alle willkommen hieß und rote Schutzhelme verteilte.

Adrijana blieb stehen, wo sie war. Sie kniff die Augen zusammen. Die Sonne blendete. Sie kümmerte sich nicht darum, dass man nach ihr rief. Sie bemühte sich nur um Eines: auf dem Platz, hinter den Fenstern des Gebäudes, neben den riesigen Containern, die dort standen, irgendwo auf diesem Gelände endlich das Gesicht ihres Sohnes zu sehen.

Jurij erkannte sie sofort.

Er stand im Stockwerk über dem Laborbereich und schaute so unauffällig wie möglich nach draußen.

»Gar keine Tour heute?« Jake lief vorbei, eine wuchtige Kaffeetasse mit der Aufschrift *Dark Matter* balancierend.

Jurij schüttelte den Kopf. »Ich habe mit Erin getauscht.«

»Macht dein Magen immer noch Probleme?« Jake stellte die Tasse neben seinem Computerbildschirm ab.

»Ein bisschen noch. Ist aber schon besser.«

Jurij wechselte den Raum, um weiteren Gesprächen zu entgehen. Er ließ seine Mutter nicht aus den Augen. Vor Ankunft des Busses war er extra auf den Hof gegangen, um zu schauen, ob die Sonne so stand, dass sie die Fensterfront verspiegelte. Obwohl sie es tat und er sicher war, von draußen nicht gesehen zu werden, lugte er nur vorsichtig am Fensterrahmen vorbei.

Sein Mund war trocken. Er musste unbedingt etwas trinken, wollte aber seinen Posten nicht verlassen, auch wenn er genau wusste, an welcher Stelle die Tourgruppe um welche Zeit sein würde. Er drehte die Runde fast jedes Wochenende, entweder Samstag oder Sonntag, manchmal auch unter der Woche, wenn eine Schulklasse oder eine Gruppe Studierender aus Calama, Antofagasta oder sogar aus Santiago kamen. Er spulte den immer gleichen Text ab, während er sie über das Gelände, in den Kontrollraum, das Labor und zum Antennentransporter führte, und hätte es im Normalfall auch jetzt getan. Doch es war kein Normalfall.

Am Abend zuvor hatte Lisa ihm die Liste mit den Anmeldungen überreicht.

»Morgen ist jemand mit deinem Nachnamen dabei. Kriegst du Familienbesuch?«

Jurij nahm ihr das Blatt ab. Er schaffte es gerade noch, »Nein« zu sagen, während er *BOGIĆ, Adrijana* las und das Büro verließ.

Die Uhr im Gang zeigte kurz vor sieben. In einer Stunde würde Akiyo mit dem Bus in San Pedro ankommen. Er steckte noch einmal den Kopf zu Lisa hinein.

»Ich nehme mir in einer halben Stunde einen Jeep, um Akiyo abzuholen, okay?«

»Geht in Ordnung. Ich schreib's auf.«

Die Sonne versank als gelbroter Ball am Horizont, während er den Weg zur Ruta 23 nach San Pedro hinunterrollte. Am Busbahnhof blieb er im Wagen sitzen und wartete, bis Akiyo ihre Reisetasche aus dem Gepäckfach des Busses geholt und im Kofferraum verstaut hatte, bevor sie zu ihm in den Jeep stieg.

Sie gab ihm einen Kuss auf die Wange. »Wie geht's deinem Magen?«

»Mhm.« Er wusste, dass diese Antwort unzureichend war. Aber die Frage, obwohl sie aufmerksam und liebevoll gemeint sein mochte, nervte ihn. Alle stellten sie, und je mehr er gefragt wurde, desto schlechter ging es ihm.

»Du solltest einfach mal mit ins Zendo kommen. Würde dir sicherlich guttun.«

Er sagte nichts, während sie wie so oft vom salzfreien veganen Essen schwärmte, das im Meditationszentrum serviert wurde. Alle paar Monate fuhr sie für einige Tage dort hin und die gute Laune, mit der sie üblicherweise zurückkehrte, hätte Anlass sein können, sich mit ihr zu freuen und sie beim nächsten Mal tatsächlich zu begleiten. Aber in Wahrheit führte beides, ihre Stimmung und ihre Aufforderung, nur dazu, dass er sich weiter zurückzog, selbst wenn er versuchte, das Gegenteil zu tun.

Er meldete sich erst wieder zu Wort, nachdem sie den Checkpoint zum Observatorium passiert hatten.

»Meine Mutter kommt morgen«, sagte er.

Akiyo warf ihren Oberkörper nach vorne. »Im Ernst?«

Er lenkte den Wagen um eine Kurve. Die vom Wüstenwind auf den Asphalt gewehten Steinchen knirschten unter den Reifen.

»Lisa hat mir vorhin die Liste für die morgige Führung gegeben. Da steht ihr Name drauf.«

»Bist du sicher, dass *sie* es ist?«

»Es gibt sicherlich noch andere Menschen auf der Welt, die so wie meine Mutter heißen. Aber es wäre schon ein großer Zufall, wenn die ausgerechnet hierherkämen, um eine ALMA-Tour mitzumachen.«

Bei einer Haltebucht am Straßenrand blieb er stehen. Im Rückspiegel glomm ein rotes Band. Durch das Seitenfenster sah er die ersten Sterne am Himmel.

»Akiyo …« – er hatte Mühe, dass ihm die Stimme nicht brach. »Meine Mutter … sie – ich habe sie seit über fünfzehn Jahren nicht gesehen.«

Akiyo bewegte sich nicht. Sie sah zur Frontscheibe hinaus.

»Mein Vater, er hat … – es ist eine von diesen Vater-Sohn-Kriegsgeschichten, aber ich habe sie mir nicht ausgesucht! – er hat zwei Kinder erschossen. Einen Jungen und ein Mädchen. Geschwister. Der Junge war ungefähr so alt wie ich damals.«

Akiyos Hand umfasste den Türgriff.

»Woher weißt du das?«, fragte sie, als sie sich endlich zu ihm wandte.

Er vermied es, sie anzusehen. »Ich habe sein Tagebuch gefunden. Er hat alles darin beschrieben. Und das Schlimmste für mich war: Er hat es auch noch begründet, gerechtfertigt, verteidigt. Er hat gewusst, dass es falsch war, und es dann, mindestens vor sich selbst, zu etwas Richtigem gemacht.«

Akiyo strich mit dem Zeigefinger auf dem Plastik des Türgriffs herum. Das rote Himmelsband im Rückspiegel wurde zunehmend dunkler.

»Hast du ihn damit konfrontiert?«, fragte sie nach einer Weile.

»Nein. Ich bin direkt abgehauen. Ich habe nicht mal mit meiner damaligen Freundin darüber gesprochen, sie nur wissen lassen, dass es nicht ihre Schuld ist, dass ich gehe. Meinen Eltern habe ich einen Zettel hingelegt.«

»Mit einer Erklärung?«

»Nein.«

»Deine Eltern kennen den Grund für dein Verschwinden nicht?«

»Sie kennen ihn nicht, ja.« Er begann nun ebenfalls, auf seinem Türgriff herumzukratzen. »Du bist die Erste, die das erfährt.«

Er verspürte das Bedürfnis, seine rechte Hand in ihre linke zu legen, doch er traute sich nicht.

»Deine Mutter weiß also nicht, dass es nicht *ihre* Schuld war, dass du gegangen bist?«

Jurij störte der vorwurfsvolle Ton, der in ihrer Frage lag. Aber weil sie recht hatte, fiel es ihm schwer, ihr daraus seinerseits einen Vorwurf zu machen.

Er löste den Brustgurt, um weniger eingeschnürt zu sein. Kälte kroch ins Auto, seine Hände froren.

»Ich bin seit Kurzem mit jemandem in Brasilien in Kontakt«, sagte er. Akiyo zuckte.

»Keine Frau! Keine Sorge. Es ist ... weißt du, ich habe mir immer wieder Gedanken gemacht, ob es nicht ein Mittel geben könnte, um ... wie soll ich es sagen ... um Menschen dazu zu bringen, dass sie nicht Dinge tun, von denen sie wissen, dass sie falsch sind, verstehst du?«

Akiyo schaute nun wieder zum Fenster hinaus. »Bist du sicher, dass dein Vater *wusste*, dass es falsch ist, was er da tut? Meinst du nicht, dass er die Sache in dem Moment nicht einfach anders bewertet hat, als du es jetzt tust?«

»Du verteidigst ihn?«

»Nein! Ich frage mich nur, ob die Dinge wirklich immer so offenkundig richtig oder falsch sind, wie du meinst.«

»Mag sein. Aber denk mal an das, was *du* machst. Alle dort oben auf der Station reden inzwischen über die Studie zur Meereserwärmung, die du herumgeschickt hast. Und alle sind besorgt, dass es wirklich Auswirkungen auf die astronomische Arbeit hier hat, wenn die Luftverhältnisse sich ändern. Alle wissen, dass etwas dagegen getan werden muss. Aber niemand tut etwas. Alle legen sich irgendwelche klugen Erklärungen dafür zurecht, warum sie nichts tun, warum es vermeintlich nichts bringt, etwas zu tun, oder noch nicht an der Zeit ist und so weiter. Und währenddessen tun sie Dinge, von denen sie wissen, dass sie falsch sind, über die sie sich aber erzählen, sie seien richtig, oder von denen sie behaupten, es ginge nun mal im Moment nicht anders.«

Da sie nichts sagte, redete er weiter.

»Ich glaube, dass das ein Problem ist. Im Grunde denke ich, dass es das Problem ist, das ein Großteil der Menschheit hat. Ich habe immer geglaubt, die menschliche Vernunft stehe über allem, habe geglaubt, dass sie in der Lage ist, Einsicht zu verschaffen. Dass sie dafür sorgt, dass wir überlegt und besonnen vorgehen, und ich will nicht sagen, dass ich diesen Glauben vollständig verloren habe. Es ist nur: Vielleicht haben wir uns geirrt! Vielleicht waren wir zu lange der Überzeugung, dass die Geschichte gut ausgehen wird, dass die Vernunft siegen wird, all dieser Kram. Nur was, wenn die Vernunft gar nicht dazu genutzt wird, zu den besten allgemeinen Schlüssen zu führen? Was, wenn sie den meisten eher dazu dient, die passenden persönlichen Schlussfolgerungen zu ziehen? Wenn sie nicht für Rationalität, sondern vor allem für Rationalisierungen sorgt?«

Akiyo schwieg. Er startete den Motor, um die Stille nicht ertragen zu müssen. Die Zylinder tuckerten vor sich hin. Der

Kegel der Scheinwerfer fiel auf die Straße. In der Ferne strich ein Wüstenfuchs herum.

Er legte die Hände aufs Lenkrad; es vibrierte. Die Schwingungen übertrugen sich bis in seinen Magen. In sechzehn Stunden würde sein Kontaktmann sich auf den Weg machen. So war es vereinbart. Nur traute er sich nicht mehr, jetzt noch davon zu reden. Akiyos Schweigen, die menschenleere Ebene aus Geröll, die Vorstellung, morgen auf seine Mutter zu treffen – die Planungen der letzten Wochen muteten plötzlich nicht mehr groß und visionär, sondern unbedeutend und verrückt an.

»Wirst du die Führung morgen geben?« Akiyos Stimme war über dem Brummen des Motors, das beim Anfahren lauter wurde, kaum zu hören.

»Ich habe Erin schon gefragt, ob sie übernehmen kann.«

»Und deinen Magen vorgeschoben?«

»Ja.« Er drehte die Heizung auf. Sie sprachen kein Wort, bis sie auf den Parkplatz der Station rollten.

»Soll ich bei dir bleiben?« Akiyo legte ihre Hand auf seinen Unterarm.

Er zuckte die Schultern.

»Ich muss nicht!«, sagte sie. Sie stieg aus und holte ihr Gepäck aus dem Kofferraum. »Schreib eine Nachricht, wenn du nicht schlafen kannst«, sagte sie, bevor sie die Beifahrertür schloss. »Dann komme ich rüber.«

Er schaute ihr nach, während sie ins Unterkunftsgebäude ging. Es war klar, dass er nicht würde schlafen können, egal ob allein oder neben ihr. Das einzig Positive daran waren die Augenringe und die Blässe im Gesicht, die ihn glaubhaft krank aussehen ließen, sollte er Erin begegnen.

Trotzdem bemühte er sich am Morgen, als er das Laborgebäude betrat, ihr nicht in die Arme zu laufen. Es war ungünstig genug, dass Jake herumsprang. Aber die Ankunft des Busses ließ sich nur von diesem Platz aus wirklich sicher abpassen und unbemerkt beobachten.

Seine Mutter schaute sich suchend auf dem Gelände um. Erin musste sie extra rufen, damit sie der Gruppe ins Technikgebäude folgte. Sie wirkte wie ein Fremdkörper zwischen den Astro-Fans.

Als die Gruppe im Gebäude gegenüber verschwunden war, lief er in die Küche und kochte sich einen Tee. Durch das Fenster sah er, wie Akiyo in Sportklamotten aus der Unterkunft gelaufen kam und zu einer Joggingrunde aufbrach.

Nachdem sie verschwunden war, ging er ins Wohngebäude zurück, starrte abwechselnd aus dem Fenster und zum Bildschirm mit den beiden Uhren: eine mit der Ortszeit von San Pedro, eine mit der von Rio Branco. Um zwölf Uhr hiesiger Zeit würde Telmo Schmidt losfahren, wenn er sich nicht noch einmal meldete.

Jurij kaute seine Nägel ab, bis die Haut darunter wehtat. Er hatte noch nichts gefrühstückt, weil er so appetitlos war. Er riss das Fenster auf, um frische Luft hereinzulassen.

Um kurz vor zwölf ging er zurück zum Labor, nahm einen Hintereingang und die Treppe ins obere Stockwerk. Der Bus stand noch auf dem Hof. Die Sonne knallte mit voller Wucht auf die Betonplatten. Die Tourgruppe hatte sich zerstreut. Die meisten liefen herum und schossen Fotos in sämtliche Richtungen.

Sein Telefon klingelte. Erin meldete sich, als er abnahm. »Jurij? Hier steht eine Frau, die nach dir sucht. Ich kann sie nicht verstehen. Sie spricht kaum Englisch. Aber sie sagt immer wieder deinen Namen.«

Jurij brachte keinen Ton heraus.

»Jurij?«

Er drückte sie weg. Seine Hände zitterten.

Er wählte die Nummer des Diözesanbüros. Die Uhr zeigte zwei Minuten nach zwölf. Er ließ es acht Mal klingeln, legte auf, versuchte es noch einmal.

Draußen stiegen die Ersten in den Bus ein.

Er drückte die Wahlwiederholung. Dreimal. Niemand ging ran.

Der Busfahrer startete bereits den Motor als Aufruf zum Einsteigen.

Jurij lief nach unten, steckte den Kopf in Lisas Büro. »Ich nehme einen Jeep«, sagte er.

»Alles okay bei dir?«

»Ja«, rief er, schon im Weggehen.

Der Bus bog vom Hof, als er zum Parkplatz rannte. Er stieg ins Auto und folgte dem Bus mit etlichen Metern Abstand. Über die Freisprechanlage drang das Tuten des Freizeichens. Er versuchte es weiter, wählte immer wieder neu. Erst kurz vor der Ortseinfahrt von San Pedro wurde endlich abgehoben.

»Ist Pater Durão Schmidt noch da?«, fragte er.

»Nein. Er ist gerade aufgebrochen. Er wird für einige Tage …«

»Ich weiß.« Er stieß einen Fluch aus.

»Wie bitte?«

»Falls er doch noch mal auftaucht, können Sie ihm ausrichten, dass es sich erledigt hat?«

»Was erledigt?«

»Er weiß schon was. Danke!«

Der Bus bog auf die Calle Tumisa. Jurij legte auf und fuhr hinterher. In einiger Entfernung zur Kreuzung mit der Conde Duque und der Avenida Pedro de Valdivia parkte er.

Er stieg aus. Ihm war schwindelig.

Er lief in Richtung der Kreuzung. Einige Passagiere kamen ihm entgegen.

Er sah seine Mutter erst, als er schon fast am Bus war. Sie ging auf ein flaches Lehmhaus zu.

»Mama!«, rief er.

Sie hörte nicht.

»Mama!«, rief er noch einmal, lauter.

Sie blieb stehen, drehte sich um, sah ihn.

Er ging auf sie zu und hatte das Gesicht bereits voller Tränen, als er sie in seine Arme schloss.

## 2

Das Gefühl, geliebt zu werden, war Telmo deutlich weniger vertraut als das Gefühl, nicht geliebt zu werden. In der Schule redete er zwar fast jeden Tag von Liebe – der Liebe Abrahams zu Isaak, der Liebe Jakobs zu Rahel, der Liebe Marias zu Jesus, der Liebe Jesu zu den Sündigen. Aber es spielte keine Rolle, dass er so oft davon redete: Er spürte trotzdem kaum, wovon er sprach. Erst recht nicht, wenn er berücksichtigte, dass Liebe sich nicht in körperlichem Verlangen erschöpfte, sondern dass sie, jedenfalls dem ihm bekannten Verständnis nach, weit darüber hinaus ging. Selbst mit der Liebe Gottes, von der er ständig irgendwem versicherte, sie sei unbegrenzt, ewig, bedingungslos, allumfassend, ganz anders also als die menschliche Liebe, die meistens mit dem Tod endete, nicht selten aber schon lange davor, war es so eine Sache. Denn die Gottesliebe war ihm auf dieselbe Weise gegeben, wie sie allen gegeben war, und das machte sie – leider – ein wenig beliebig. Es sei denn, er bemühte sich, Gottes vollkommene Liebe in sich zu tragen. Und das gelang, wenn es stimmte, was im Ersten Brief des Johannes stand, nur, indem man Wort hielt.

Telmo hielt Wort, wenn auch mit Verspätung. Fünf Tage waren seit dem Anruf aus Chile vergangen. Der Zettel mit der Telefonnummer lag in seinem Kalendarium. Er hatte ihn bisher noch nicht benutzt. Das dünne Heftchen war fast die einzige Aufmerksamkeit, die ihm seit Wochenbeginn im Diözesanbüro zuteilgeworden war.

»Sie kennen die allgemeinen Festtage natürlich auch so«, hatte der Generalvikar am Montag zu ihm gesagt, während er ihm das Kalendarium auf den Tisch legte. »Aber wissen Sie, so kennen Sie wenigstens noch die lokalen Termine. Gab es am Freitag irgendwelche dringenden Bitten um Rückruf?«

Telmo überreichte ihm die Liste. Er kam sich vor wie einer seiner eigenen Schüler beim Vorzeigen der Hausaufgaben.

Der Generalvikar überflog den Zettel. Ein Schwall Aftershave wehte unter seinem Kollar hervor. »Wunderbar! Hätten Sie etwas dagegen, auch in den nächsten Tagen noch den Telefondienst zu übernehmen?«

Telmo wartete auf ein Wort der Entschuldigung, auf irgendeine Bemerkung, die deutlich machte, dass es dem Generalvikar außerordentlich unangenehm war, ihn weiterhin darum bitten zu müssen, eine so simple Aufgabe wie den Telefondienst zu verrichten. Aber nichts dergleichen folgte. Und die Geschwindigkeit, mit der der Generalvikar wieder aus dem Büro verschwand, in das in den folgenden Stunden lediglich Everton hin und wieder einen Blick warf, glich einer Beleidigung.

Bis zum späten Nachmittag gelang es ihm, diese Art des Umgangs auf die Plötzlichkeit zu schieben, mit der er in Rio Branco aufgetaucht war. Was ließ sich angesichts einer so unvermittelten Ankunft schon groß erwarten? Doch während er sich zum Abendessen am wackeligen Plastiktisch einer Garküche niederließ, um eine Suppe zu bestellen, überkam ihn das ungute Gefühl, es könnten nicht nur Unbeholfenheit und Überforderung dahinterstecken. Was, wenn der Bischof, der Generalvikar, Everton und auch alle anderen mehr über die

Hintergründe seiner Abreise aus Deutschland wussten als gedacht?

Die Tochter des Ladenbesitzers brachte die Suppe. Mehrere Fettaugen schwammen obenauf. Aus der Mitte ragten zwei Hühnerschenkel. Telmo griff nach dem ersten und biss hinein. Er dachte nicht darüber nach, dass er eigentlich eine Gemüsesuppe *ohne* zusätzliche Fleischeinlage bestellt hatte. Er war zu sehr in Rage, um auf solche Gedanken Energie zu verwenden. Stattdessen dachte er an Reiner, malte sich aus, wie der bei seinem Anruf aus Rom schon längst vom Schuldirektor ins Bild gesetzt gewesen war, wie er wusste, dass sich gegen »unseren lieben Bruder Telmo Zacharias« eine »Bewegung« in der Schülerschaft formierte, wie der Rektor es vermutlich euphemistisch ausgedrückt hatte: dieser ›Bewegung‹ gelte es zuvorzukommen, wolle man größeres öffentliches Aufsehen vermeiden.

Telmo nagte den Schenkel bis auf den Knochen ab. Er griff nach dem zweiten und biss voller Aggression hinein. Er war abgeschoben worden, ganz einfach! Was Reiner da in die Wege geleitet hatte, war eine typische Versetzung, wie die Kirche sie so oft vornahm, um für Ruhe zu sorgen. Dabei war die Podophilie keine Sünde und er verging sich ja nicht einmal an richtigen Füßen, sondern nur an den Schuhen. Er berührte keine warme Menschenhaut, sondern nur kalte, tote Tierhäute! Aber diese Feinheiten schienen niemanden zu interessieren, erst recht jetzt, wo der einzige Altgriechischlehrer verschwunden war. Was weg musste, musste weg!

Er legte den zweiten Knochen beiseite und machte sich daran, die Gemüseeinlage zu essen. Wenn es sich wirklich um eine von langer Hand geplante Aktion handelte, erklärte das auch, weshalb die Begrüßung in Rio Branco so kühl ausfiel.

Wer wollte schon gern einen befleckten Schulpriester bei sich aufnehmen? (Es war eben am Ende doch nur der Sohn Gottes, der nicht log, als er sagte »Wer zu mir kommt, den werde ich nicht abweisen.«)

Das Gemüse schmeckte mehlig. Er schob den Teller weg, zahlte, stand auf und schlenderte an anderen Imbissen und Ladengeschäften vorbei. Ihm war nach Ablenkung, Zerstreuung, Gesellschaft zumute, nach jemandem, der nicht missbilligend auf ihn herabsah. Zurück im Hotel wählte er die Nummer von David Rubens, wollte bereits freudig hallo sagen, als nach dem Freizeichen die vertraute Stimme erklang; es war die Mailbox-Ansage.

Am nächsten Vormittag empfing er eine Textnachricht: Entschuldigung, dass ich gestern nicht ans Telefon gehen konnte. Ich war auf dem Weg zu Carline Macpherson. Sie hatte hohes Fieber; vermutlich Malaria. Inzwischen geht es schon etwas besser. Wir finden sicherlich in den nächsten Tagen Gelegenheit für ein Treffen. Herzliche Grüße, David Rubens.

Telmo empfand Neid bei dem Gedanken, dass seine Reisebekanntschaft allein am Bettrand der fiebrigen Carline Macpherson saß. Er überlegte, ob er einen Krankenbesuch vorschlagen sollte, des geistlichen Beistands wegen. Aber die Abneigung gegen das Gefühl, sich aufzudrängen, war größer als das Verlangen nach einem Wiedersehen. Er beließ es bei einfachen Genesungswünschen.

Erst zwei Tage später wählte er wieder David Rubens' Nummer; diesmal wurde sofort abgenommen.

»Hallo?« Es brummte im Hintergrund.

»Störe ich? Sind Sie unterwegs? Sie klingen, als ob …«

»Ich sitze gerade im Bus.«

»Wohin?«

»In die Nähe von Xapuri. Zu einer Lodge. Wir wollten mal für zwei Tage raus aus der Stadt.«

»›Wir‹?«

»Ja. Carline und ich. Ich bin hier mit Carline Macpherson.«

Die Pause, die jetzt entstand und die akustisch nur vom monotonen Brummen des Busmotors untermalt wurde, löste bei Telmo eine Explosion verschiedenster Bilder aus – Carline Macpherson auf David Rubens Schoß, seine Hände auf ihren Füßen, ihre Zunge in … *Gott, sei mir Sünder gnädig!*

»Sind Sie noch dran?«

»Ja.«

»Wir kommen im Lauf des Wochenendes zurück, Samstag oder Sonntag.«

»Schön. Dann gute Reise und viel Vergnügen!« Es fiel ihm schwer, diesen Wunsch nicht ohne ironischen Unterton zu äußern. Er bemühte sich trotzdem nach Kräften, so neutral wie möglich zu klingen, während die Genugtuung, schon beim ersten Treffen eine gewisse Verbindung zwischen den beiden korrekt erkannt zu haben, mit der Enttäuschung darüber rang, dass es sich bei dieser seiner Einschätzung offensichtlich nicht um Einbildung, sondern um wahre Einsicht gehandelt hatte. Die Wahrheit konnte so schmerzhaft sein. Kein Wunder, dass so viele Menschen sie nicht hören wollten.

Nachdem er aufgelegt hatte, lief er hinüber in die Kirche. Vor dem bunten Glasfenster in einer der Seitenkapellen kniete er nieder, legte die Arme auf das rote Lederpolster der Bank, faltete die Hände und betete einige Worte aus dem Psalter – *Mein Gott, mein Gott, warum hast du mich verlassen?*

Er konnte nur schwer die Konzentration behalten. Als er

zu der Stelle kam, an der es hieß *Du bist es, der mich aus dem Schoß meiner Mutter zog, mich barg an der Brust der Mutter*, überkam ihn ein so überwältigendes Gefühl des Verlassenseins, ein Gefühl, von dem er meinte, es seit seinem Gang ins Internat nicht mehr in diesem Ausmaß empfunden zu haben, dass er fast unter Tränen den Vers *Sei mir nicht fern, denn die Not ist nahe und niemand ist da, der hilft* sprach. Er schaffte es nur noch bis zu *Ich bin hingeschüttet wie Wasser*, bevor ihm die Stimme brach.

Es war absolut sträflich, das Heil jetzt in einer profanen Handlung zu suchen, keine Frage. Aber sollte es wirklich so verfehlt sein, sich gebraucht fühlen zu wollen? Stellte es eine Schmach für einen Menschen aus Fleisch und Blut dar, für ein Wesen also, das der göttlichen Vollkommenheit entbehrte, eine Verbindung mit anderen Menschen einzugehen, mit Wesen derselben Art, zumal dann, wenn diese Verbindung aus wechselseitiger Bedürftigkeit entsprang?

Auf dem Rückweg ins Büro suchte er nach einer Antwort, wartete jedoch nicht darauf, sie zu finden, bevor er, im Büro angelangt, den Hörer abnahm und die chilenische Nummer wählte. Er war schon lange nicht mehr so aufgeregt gewesen.

»Observatorio ALMA, Jurij Bogić.«

»Pater Durão Schmidt, Diözesanbüro Rio Branco. Haben *Sie* letzten Freitag hier angerufen?«

Die Frage war überflüssig. Die Nummer war dieselbe wie am Freitag, die Stimme war dieselbe; trotzdem stellte er sie, zum einen aus Verlegenheit, zum anderen, weil es die Form solcher Gespräche irgendwie verlangte.

Das Ja ließ auf sich warten. Doch als es endlich erklang, empfing Telmo es wie einen himmlischen Zuruf: *Fürchte dich nicht, denn ich habe dich ausgelöst, ich habe dich beim Namen gerufen, du gehörst mir!*

»Sind Sie denn nach wie vor an einem Kontakt mit den Náhwua interessiert?« Die Frage verhallte zunächst vermeintlich ungehört in der Stille der Leitung. Aber nach einer Weile kam ein erlösendes Ja, und als Jurij Bogić schließlich auch die dritte Frage, die Frage, ob das Angebot mit der großzügigen Spende noch gelte, bejahte, fühlte Telmo sich frei und fähig genug, den Boden des menschlichen Urteilsvermögens zu verlassen und in quasi-messianischer Manier zu verkünden, »dass wir da etwas machen können«.

Er wusste nicht, wer *wir* sein sollte. Er wusste nicht, wie es aussehen würde, *etwas zu machen.* Er wusste nicht, woher die tiefe Überzeugung kam, etwas machen zu *können.* Aber allein die Vertrautheit, die sich nach dem zögerlichen Anfang innerhalb der nächsten Stunde zwischen dem Festnetzanschluss des Diözesanbüros und dem Observatorium aufbaute, war eine solch sprudelnde Quelle des Optimismus, dass die Wasser der Tatkraft, die daraus hervorschossen, nicht lange ein Bächlein blieben, sondern sich binnen Minuten in einen herrlichen Fluss verwandelten, von dessen Strömung Telmo sich mitreißen ließ. Die Worte Jurij Bogićs wirbelten ihn herum, besonders in dem Moment, in dem er feststellte, dass seine mehr aus Mangel und Eile, denn aus wahrem Interesse eingesteckte Reiselektüre, die *Historia*, den Auslöser für dieses Gespräch darstellte. Vom Referat über Neurotransmitter, ihre Biochemie und Wirkungsweise, ethnobotanische Funde und Neuropharmakologie, das darauf folgte, verstand er kaum etwas. Deshalb tauchte er erst im letzten Drittel wieder auf und klammerte sich an sämtliche Aspekte, die praktische Fragen und somit *seinen* Beitrag betrafen.

»Was meinen Sie denn, wie schnell Sie aufbrechen könnten?«

Telmo suchte das geistige Ufer, an dem er entlangtrieb,

nach einer Antwort ab und griff nach dem erstbesten Zweig, den er finden konnte. »Zwei Wochen, denke ich. Also in zwei Wochen könnte ich aufbrechen. Vielleicht auch zweieinhalb.«

Woher kam diese Zahl? Woher kam diese Stimme, die sie aussprach? So musste es sich für die Propheten angefühlt haben, wenn sie etwas verkündeten, das ihnen eingegeben worden war.

»Also Sonntag, der dreizehnte?«

Telmo überlegte kurz, dachte daran, dass am sechzehnten sein Geburtstag anstand; er würde ihn dann irgendwo im Wald verbringen, aber dazu war er bereit.

»Halten wir das mal so fest«, sagte er. »Melden Sie sich vorher noch einmal?«

»Ich würde sagen: wenn Sie bis zum dreizehnten, zwölf Uhr meiner Zeit nichts von mir hören, machen Sie sich auf den Weg. Und wenn Sie meinerseits etwas benötigen, wissen Sie ja, wie Sie mich erreichen können.«

»Einverstanden.«

Der Generalvikar war erstaunt, als er am Nachmittag das Büro betrat und Telmo vor der großen Wandkarte der Kirchenprovinz Noroeste stehen sah. Aus den Computerlautsprechern kam ein Popsong über die Heilige Maria bei Rádio Providência, das Everton eingeschaltet hatte.

»Sie machen sich mit unserem Territorium vertraut?«

»Ja, ich ...«

»Planen Sie eine Reise?«

»Ich überlege, ob ich nicht tatsächlich einmal in die Randgebiete fahren sollte.«

»In den Wald?«

»Warum nicht?«

Der Generalvikar zog die Augenbrauen hoch. Es war nicht

ersichtlich, ob er ihm diese Art von Reise nicht zutraute oder ob er sie prinzipiell für überflüssig hielt.

»Wann war denn das letzte Mal jemand hier?« Er fuhr mit dem Zeigefinger über mehrere kleine Orte, zu denen, jedenfalls der Karte nach zu urteilen, nicht einmal Straßen führten, und blieb bei Esperança stehen.

»Sind Sie da nicht schon im nächsten Bistum?« Der Generalvikar trat an die Karte heran. »Apropos: Kannten Sie eigentlich Henrique Rüth? Er kam auch aus Deutschland; wurde Ende der Achtziger zum ersten Bischof von Cruzeiro do Sul geweiht. Sehr charismatischer Mann.«

»Nein.«

»Na« – der Generalvikar blickte weiter auf die Karte –, »Sie könnten ja einige Gemeinden entlang der 364 besuchen. Dann müssten Sie nicht in den Wald.«

Telmo schaute die Straße an, die sich als einsame Trasse von Rio Branco nach Cruzeiro do Sul zog, bevor sie nahe der Grenze zu Peru einfach aufhörte. Der Vorschlag entsprach nicht im Geringstem dem, was ihm vorschwebte. Aber dass der Generalvikar überhaupt schon einmal Bereitschaft signalisierte, ihn reisen zu lassen, wertete er als ersten Erfolg.

»Ich werde mit einigen Pfarreien Kontakt aufnehmen«, sagte er, »und eine Liste möglicher Besuchsziele zusammenstellen.«

»Tun Sie das!« Der Generalvikar verschwand im Gang.

Bei der Samstagsmesse lagen bereits zwei Tage intensiven Kartenstudiums hinter Telmo. Vor allem hatte er sich mit den Grenzen des indigenen Schutzgebiets vertraut gemacht und Möglichkeiten recherchiert, einen, wie er es nannte, ›Abstecher‹ nach Esperança zu machen, der nicht im offiziellen Reiseplan, den er dem Generalvikar vorzulegen gedachte, verzeichnet sein würde; umso wichtiger war es jedoch, einen

Ort zu besuchen, von dem aus sich ein solcher Ausflug – per Boot, per Flugzeug; er war noch nicht weit gelangt, was die möglichen Mittel der Reise anbelangte – unternehmen ließ.

Er stimmte in die Liturgie ein, die der Predigt vorausging. Die Bänke um ihn herum waren erfreulich gut gefüllt. Einige Gemeindeglieder hatten ihn vor Beginn des Gottesdienstes mit einem herzlichen Nicken gegrüßt. Das herrliche Gefühl, beachtet worden zu sein (von Liebe zu sprechen, wäre zu viel gewesen), lenkte ihn ab, und er hörte nur halbherzig zu, als der Predigttext, die Geschichte jenes Volkes aus dem 1. Buch Mose, das *einen Turm mit einer Spitze bis zum Himmel* bauen will, verlesen wurde.

Der Generalvikar trat ans Pult. Er begrüßte die »lieben Schwestern und Brüder« und ging dazu über, die Geschichte des Turmbaus zu Babel noch einmal in eigenen Worten zu erzählen.

»Wirkt diese Geschichte«, fragte er anschließend, »diese Erzählung vom menschlichen Hochmut nicht wie eine Schilderung aus einer längst vergangenen Zeit? Scheint es nicht so, als berichte sie von etwas, das uns heute nicht mehr widerfahren kann?« Er schaute über die Gemeinde hinweg.

»Sie ist höchst aktuell, liebe Schwestern und Brüder! Denn sind wir – die Menschen – jetzt und hier und mitten unter uns nicht auch heute noch der Meinung, wir könnten uns mit unserem Tun zu Gott aufschwingen?«

Telmo sah nicht zu ihm auf.

»Was tat nun der Herr, nachdem die Menschen begonnen hatten, Lehmziegel mit Erdpech aufeinander zu schichten?«, kam es vom Pult. »Er strafte sie! Nein, nicht mit einer weiteren Sintflut. Denn er hatte mit Noah einen Bund geschlossen und versprochen, die Erde und alles, was darauf lebte, nicht noch einmal zu vernichten. Dieses Mal bestrafte er sie, indem er ihre Sprache verwirrte und sie in alle Himmelsrichtungen verstreute.«

Telmo rieb sich die verschwitzten Hände an den Hosenbeinen ab. Er blickte zu Boden, auf die Spitzen seiner schwarzen Schuhe, die er heute Morgen noch geputzt hatte. Für die geplante Reise hatte er sich bereits nach etwas festerem Schuhwerk umgesehen. Sämtliche Händler, die er gesprochen hatte, hatten ihm empfohlen, sich ein paar Gummistiefel für seinen Trip zu kaufen.

»Ist diese Strafe Gottes überzogen?«, fragte der Generalvikar mit durchdringender Stimme. »Oder ist sie eben das, was dem Menschen gebührt, wenn er es wagt, sich über sich selbst zu erheben?«

Telmo musste den Worten nicht weiter lauschen, um die Antwort, die folgte, zu kennen. Er konnte kaum leugnen, nicht auch schon während des Telefonats vor zwei Tagen leise Zweifel gespürt zu haben. Stimmen, die fragten, ob es wirklich vernünftig erschien, an der Vernunft selbst herumzudoktern. Denn war nicht gerade sie derjenige Teil der Seele, derjenige Funken, der die Menschen, im Gegensatz zu anderen Lebewesen, mit Gott verband, der sie über den Rest der Schöpfung erhob? Aber was Jurij Bogić an Schlechtem anführte, das die ach so vernunftbegabten Menschen über die Erde gebracht hatten – Krankheiten, Kriege, Katastrophen, die Zerstörung der Schöpfung, die ihnen anvertraut war, und damit letztlich wohl die Vernichtung ihrer selbst –, ließ sich nicht so einfach von der Hand weisen. Ja, der Mensch musste akzeptieren, wie er geschaffen worden war: mit einem freien Willen (so schien es), einem Willen, der sich nicht nur für das Gute, sondern auch für das Böse entscheiden konnte und dabei oft Beistand vonseiten der Vernunft erhielt. Aber wenn Wille und Vernunft ständig fehlten, wenn sie das Handeln nicht in Einklang mit dem als recht und gut Erkanntem brachten, durfte der Mensch sich dann nicht bemühen, ein Besserer zu werden? Durfte er sich nicht seiner gottgegebenen Fähigkeiten bedienen, um sich zu einem Wesen zu entwickeln, das alte Fehler nicht wiederholte und neue gar nicht erst beging? Ja, war es nicht letztlich eine Art göttlichen Gebots, zu verändern, was sich verändern ließ, solange es dem allgemeinen Wohl diente, solange es Frieden und Gerechtigkeit brachte, solange es die Zukunft der Menschheit garantierte?

»Bilden wir uns nicht ein, wir könnten die Dinge lenken, wie es uns beliebt«, rief der Generalvikar.

Telmo sah weiterhin nicht zu ihm auf. Er fürchtete, von seinen Blicken getroffen zu werden, bis ins Innerste durchschaut zu werden, während er mit der Frage rang, ob es wirklich ein Frevel war, den Menschen in prometheischer Manier helfen zu wollen. Zur Ablenkung und Beruhigung stimmte er leise, ohne die Lippen zu bewegen und einen Ton von sich zu geben, das Vaterunser an. Er zuckte zusammen, als er beim *Und führe uns nicht in Versuchung* angelangte. Er begann noch einmal von vorn, diesmal mit besonderer Betonung der Worte *Dein Reich komme* und *Dein Wille geschehe*. Wie oft hatte er nicht schon darüber gesprochen, im Unterricht oder in den Vorbereitungsstunden auf die Firmung? Wie oft hatte er nicht schon danach gefragt, was das bedeuten solle: *Dein Reich komme*? Und wie oft hatte er nicht schon, weil niemand etwas sagte, am Ende selbst die Antwort gegeben und erklärt, die Bitte, Gottes Reich möge kommen, sei nicht nur ein frommer Wunsch. Nein, sie sei zugleich auch eine Aufforderung an alle, die Welt von Unmenschlichkeiten zu befreien, gegen alles Übel darin zu kämpfen! Ja, wenn das, was er vorhatte zu tun, Gottes Willen entsprach, dann würde

ER es ihm zeigen. ER würde ihm ein Zeichen geben, ein unscheinbares vielleicht, aber ein sichtbares. Denn *DEIN Wille geschehe, wie im Himmel, so auf der Erde*!

Er verließ die Messe mit einem Hochgefühl, spürte, etwas Wichtiges erkannt zu haben, etwas, das er am liebsten gleich denjenigen verkündet hätte, die noch vor der Kathedrale herumstanden und plauderten, verlor aber kein Wort, über das, was in ihm glühte. Er nutzte die gute Laune lieber, um sich einigen Gemeindemitgliedern vorzustellen, und gehörte schließlich zu den Letzten, die noch in der Mittagssonne auf den Stufen mit Blick auf die Travessa da Catedral standen.

»Wir sehen uns morgen zur Messe wieder, Bruder Schmidt?«, fragte der Generalvikar.

»Selbstverständlich!«

Am nächsten Tag und auch an den folgenden Tagen feierte er jeden Gottesdienst in gespannter Erwartung eines Zeichens, das ihm zuteilwürde, sprach jedes Gebet in größtmöglicher Versenkung, sang jedes Lied mit maximaler Inbrunst, richtete seinen Blick stets auf Christus, den Erlöser. Er hatte eine solche religiöse Konzentration zum letzten Mal während des Studiums im Rahmen mehrtägiger Exerzitien an den Tag gelegt und war gewillt, seine Erfahrungen von damals, an die er sich nur noch schwach erinnern konnte, sogar zu steigern. Deshalb begrüßte er es ausdrücklich, als er zum Beginn der neuen Woche das Angebot erhielt, sein profanes Hotelzimmer gegen eine geistlichere, von der Gemeinde gestellte Unterkunft einzutauschen.

Auf dem Nachttisch lag eine Bibel. Das Lesebändchen war, wie für das Gebet vorbereitet, beim Buch der Psalmen eingelegt. Doch obwohl er davon Gebrauch machte und auch außerhalb meditativer Einheiten sein Sensorium für den

Empfang heiliger Signale so scharf wie möglich stellte, vermochte er nichts zu vernehmen, was sich in irgendeiner Weise als Aufforderung verstehen ließ.

Ungeduld befiel ihn. Im Laufe der zweiten Wochenhälfte ertappte er sich bereits bei dem Gedanken, nicht nur das Warten auf ein Zeichen, sondern die Notwendigkeit einer zeichenhaften Erscheinung als solche aufzugeben. Das kam jedoch einer billigen Ausflucht, wenn nicht gar einer Niederlage gleich. Und damit wollte er sich nicht anfreunden. Vielleicht, überlegte er, bestand der Fehler darin, die Suche auf die Sphäre des Religiösen zu beschränken und dabei die restliche Welt außer Acht zu lassen?

Am Freitagabend verließ er das Haus. Zum ersten Mal störte er sich am Geruch verkohlten Fleischs, der wie jeden Abend in der Luft lag und sich mit Abgasen, Putzmitteln, verbranntem Plastik und Uringestank vermischte. An den Grillständen in der Nähe des alten Marktes schoben sich die Menschen fettige Spieße in den Mund. Er empfand es als Ärgernis, als einen Jammer, dass nicht einmal sein eigener Körper noch etwas dafür tat, um seinem Geist einen Beweis der Stärke abzuringen.

Er lief an einer fast leeren Cantina vorbei und erblickte im Neonlicht einen roten Haarschopf.

»Guten Abend!«

Carline Macpherson lächelte freundlich.

»Ach, guten Abend!«

»Schön, Sie zu sehen!«

Er griente, untersagte sich, ihre Begrüßung als höfliche Floskel abzutun. Auch das Lächeln, das ihre Mundwinkel formten, wertete er als von Herzen kommend. Es konnte doch nicht angehen, an jeder Ecke nur das Schlechte im Menschen zu sehen.

»Können Sie den Laden hier empfehlen? Ich bin nämlich gerade auf der Suche.«

»Nicht wirklich. Ich bin auch zum ersten Mal hier. Ich habe es aufgegeben, ein geeignetes Lokal zu finden, wo ich mehr als nur die Beilagen essen kann.«

»Das Problem kenne ich!«

»Sie essen auch kein Fleisch?«

»Ich verzichte, so weit es geht. Meine Motive sind wahrscheinlich nicht so moralisch wertvolle wie Ihre. Bei mir ist es eher …« – er legte eine Hand auf seinen Bauch – »die eigene Gesundheit, die den Ausschlag gibt, aber …«

»… es kommt ja aufs Ergebnis an!«

»Richtig.« Während sie noch lachte, erhaschte er einen Blick unter den Tisch. Sie trug feste Schuhc. Ihre weißen Knöchel lugten hervor.

»Wie geht es Ihrem Fuß?«

»Meinem Fuß?«

»Das letzte Mal, als wir uns gesehen haben, hatten Sie sich gerade frisch verletzt.«

Die leichte Scham, die er empfand, während er das Wort ›frisch‹ aussprach und an ihre Wunde dachte, wurde ausgeglichen durch die Peinlichkeit, die ihre schleppende Erinnerung ihr offenbar bereitete.

»Ach so, ja. Alles wieder gut.«

»Und das Fieber?«

»Hat David Sie gebrieft?«

»Ich hatte zufällig bei ihm angerufen, als es Ihnen gerade schlecht ging.«

»Die Malariatabletten haben geholfen, zum Glück.«

»Das freut mich. Und Ihre Reise?«

»Oh, fragen Sie besser nicht!«

Er griff mit den Händen nach der Lehne des gelben Plastikstuhls, der demjenigen gegenüberstand, auf dem sie saß. Dass David Rubens sich bisher noch nicht wieder gemeldet hatte, war ihm aufgefallen. Aber er hatte sich nicht dazu herablassen wollen, um ein Treffen zu betteln.

»Ist etwas passiert?« Seine Frage sorgte für rote Flecken auf ihrem Hals.

In der Küche fiel ein Topf zu Boden.

»Das Problem ist eher, dass *nichts* passiert«, sagte sie. »Ich warte nach wie vor darauf, dass es endlich richtig losgehen kann.«

»Sind Sie nicht schon am letzten Wochenende gefahren? Als ich mit David Rubens telefoniert habe, sagte er, Sie säßen gerade im Bus und …«

»Ah! Dann reden wir von zwei verschiedenen Dingen. Ich meinte meine Forschungsreise. Der Ausflug zur Lodge, ja, der hat stattgefunden.«

Er hatte Mühe, sie nicht allzu durchdringend anzusehen und trotzdem hinter der neutralen Miene, die sie nun aufsetzte, einige Einzelheiten jener Tage, die sie allein mit David Rubens verbracht hatte, zu erkennen.

»Wollen Sie sich setzen?« Sie zeigte auf den Stuhl, dessen Lehne er mit seinen Händen umklammerte.

»Danke, nein! Ich will Sie gar nicht länger stören.«

»Tun Sie nicht!«

Das Angebot war zu gut, um es nicht anzunehmen. Er setzte sich trotzdem nicht. Es schien die günstigste Gelegenheit seit Langem, um sich selbst zu zeigen, dass er nicht jeglicher Verlockung erlag.

»Kein Problem. Wie Sie möchten!«

»Dann drücke ich die Daumen, dass Sie hier nicht mehr so lange rumsitzen müssen.« Er nahm die Hände von der Stuhllehne.

»Das Essen kommt bestimmt gleich.«

»In Rio Branco, meinte ich.«

»Oh, ja, danke! Das kann ich gut gebrauchen. Vielleicht muss ich doch langsam mal jemanden bestechen. Oder anfangen zu beten.«

»Wenn Sie sich für Letzteres entscheiden sollten: Die Kathedrale steht Ihnen jederzeit offen!« Er zwinkerte.

»Gut zu wissen. Sie können ja ein gutes Wort für mich einlegen.«

»Beim Bischof?«

»Beim Allmächtigen.«

»Ha! Ja ...« Er sah sie an, schaute auf ihre Füße und stockte. Es war überflüssig, auf ein Zeichen zu warten! Es war vergebens! Vertane Zeit! Das Zeichen, nach dem er suchte, gab es längst! Es saß *vor* ihm, die langen roten Haare über die Schultern geworfen, ein Lächeln auf den Lippen, das helle Gesicht vom Licht der Neonröhren bestrahlt. Was sollte Carline Macpherson anderes sein als ein Zeichen? Genauer gesagt: Was sollte die Tatsache, dass sie seit Wochen nicht reisen *konnte*, obwohl sie reisen *wollte*, anderes bedeuten, als den deutlichen Hinweis, dass *er* reisen sollte, dass es an *ihm* und nicht an *ihr* war, sich auf den Weg zu machen? Sie wäre doch schon längst am Ziel, wenn es gewollt gewesen wäre, dass sie dort hingelangte!

»Ich werde sehen, was ich tun kann«, sagte er.

»Das ist nett. Danke!« Sie fuhr sich mit der Hand durchs Haar, riss sich beinahe die Sonnenbrille vom Kopf. »Dann muss ich ja jetzt hoffen, dass wir uns nicht so schnell wiedersehen.«

»Weshalb?«

»Na, je schneller die Gebete erhört werden, desto eher komme ich los.«

»Das stimmt. Aber vielleicht …«

»Vielleicht sehen wir uns vorher noch mal. Mit David zum Beispiel.«

»Zum Beispiel, ja.«

Er spielte kurz mit dem Gedanken, ihr von seinen eigenen Reiseplänen zu berichten, nicht vom inoffiziellen, aber zumindest vom dienstlichen Teil. Er ließ es sein, entschied sich dafür, keine unnötige Aufmerksamkeit auf sein Vorhaben zu lenken. Trotzdem bedauerte er nach der Verabschiedung, während er weiter nach einem Restaurant suchte, das Gespräch nicht noch fortgeführt zu haben.

In der folgenden Woche nahm er in einem Laden auf der Avenida Getúlio Vargas einen per Western Union aus Chile gesendeten Vorschuss in bar entgegen; zehn Prozent davon warf er, auf mehrere kleine Chargen verteilt, pflichtschuldig in den Klingelbeutel, zuletzt während der Zehn-Uhr-Messe am Sonntag, dem dreizehnten.

»Bruder Schmidt!«, sagte der Generalvikar im Anschluss. »Ich wünsche Ihnen Gottes Segen! Passen Sie auf sich auf! Grüßen Sie mir die Gemeinden! Ich bin gespannt, was Sie uns danach zu erzählen haben.«

»Ich danke Ihnen!« Telmo lief ins Büro und schaute auf die Uhr. Es war kurz vor elf. Er wartete, bis der große Zeiger auf der Zwölf stand, blickte ein letztes Mal auf das Telefon, bevor er aufstand und nach draußen ging, um das Gepäck aus der Unterkunft zu holen.

Es war Abend, als er in Feijó eintraf. Der Bus hatte Rio Branco zwar pünktlich verlassen, dann aber länger als die angekündigten sieben Stunden für die Fahrt gebraucht, weil der Fahrer zwischendurch immer wieder anhielt, um den Luftdruck eines der hinteren Reifen zu prüfen. Telmo war geneigt, darin ein schlechtes Omen für das Überqueren der

Bistumsgrenze zu sehen. Er hatte versucht zu schlafen, während sie auf der 364 jene Orte passierten, die er eigentlich hätte besuchen sollen. Nach der Ankunft lief er so schnell und unauffällig, wie es nur ging, zu einer kleinen Pension. Er wollte kein unnötiges Risiko eingehen, die Gefahr, einem der hiesigen Kirchenvertreter in die Arme zu laufen, möglichst gering halten.

Im stickigen Zimmer schaltete er das Mobiltelefon an.

Der Hunger und die schlechte Luft im Raum halfen ihm dabei, sich fast so elend zu fühlen, wie er nun am Telefon gegenüber dem Diakon vorgab, in dessen Gemeinde er sich für den morgigen Tag angekündigt hatte.

»Es tut mir ausgesprochen leid«, sagte er. »Die lange Busfahrt, die ungewohnte Hitze – Ich werde mich erst einmal ausruhen müssen, bis es mir wieder besser geht.«

Das warmherzige Verständnis, auf das er traf, wirkte beruhigend. Die Genesungswünsche, die er empfing, waren derart, dass er bald meinte, sie tatsächlich nötig zu haben. Er fand schnell in den Schlaf.

Mitten in der Nacht wachte er auf. Sein Brustkorb drückte, als würde er von einem Felsbrocken beschwert.

Er schleppte sich ins Bad, trank ein Glas Wasser und legte sich wieder hin. Es half nichts, das Drücken blieb. Im Halbschlaf, in den er fiel, kam ihm der Gedanke, es mochte nicht das Herz, sondern das Gewicht des eigenen Gewissens sein, das ihn derart belastete, und am Morgen war das Verlangen, sich dieses Gewichts zu entledigen, so groß, dass er zur frühestmöglichen Uhrzeit, die er als halbwegs christlich empfand, zum Telefon griff und die Nummer von David Rubens wählte.

Die Verwunderung, die er auslöste, war auch ohne dass er das Gesicht des Angerufenen sah, deutlich zu erkennen. Er erstickte sie mit einem viertelstündigen Redeschwall.

»Sie müssen jetzt nichts weiter tun«, sagte er abschließend. »Ich wollte Sie einfach nur informieren.«

»Informieren?«

»Jemandem anvertrauen, wo ich bin, wo ich hingehe, was ich vorhabe. Falls etwas passiert.«

»Okay, das …« Er hörte, wie David Rubens irgendetwas beiseitelegte. »Mein Rat wäre, Sie kommen zurück.«

Die Festigkeit in der Stimme, mit der Telmo erklärte, er werde zurückkommen, nur eben nicht sofort, sondern in circa einer Woche, entfaltete eine Art autohypnotische Wirkung. Er befand, dass all die Stunden der Vorbereitung, die er in diese Unternehmung gesteckt hatte, mindestens einen Versuch wert waren. Es war doch mit dieser Angelegenheit vermutlich so wie mit dem Glauben: Man durfte nicht wanken.

Der Flugplatz von Feijó, zu dem er sich nach dem Frühstück fahren ließ, verdiente kaum den Namen. Auf einer grünen Wiese, umzäunt wie eine Viehweide, umstellt von Palmen und verlorenen Grüppchen schmaler Bäume, lief eine Asphaltpiste ins Leere. Der Pilot der weiß-roten Cessna interessierte sich nicht sonderlich dafür, wer sein Passagier war und weshalb er ihn in den Wald bringen sollte. Er kontrollierte lediglich akribisch, dass die vereinbarte Bezahlung stimmte, bevor er sich ins Cockpit begab, Telmo einen Platz zuwies und zum Take-off ansetzte.

Die Zinkdächer der Häuser glänzten in der Sonne, während die Maschine sich surrend in die Höhe arbeitete. Die Behausungen, auf die Telmo am Boden schaute, wurden weniger. Bald verschwanden sie ganz aus seinem Blick. Unter dem Fenster breitete sich der Wald aus.

Eine Dreiviertelstunde später tauchte ein ockerfarbener Streifen neben einem mäandernden Fluss und einem Dutzend Hütten auf.

Alles wackelte, als die Gummireifen auf dem blanken Boden aufsetzten. Nach der Landung bemüßigte der Pilot sich nicht, den Motor auszustellen; die Maschine hob, kaum das Telmo ausgestiegen war, wieder ab. Er blickte ihr nach, bis sie hinter den Baumwipfeln verschwunden war. Dann schlenderte er, seinen widerspenstigen Rollkoffer hinter sich herziehend, zum erstbesten Verschlag am Flussufer, wo lange Einbäume, die Außenbordmotoren nach oben geklappt, im Wasser dümpelten.

»Não« lautete die Antwort, die er im Laufe der nächsten halben Stunde von jedem kassierte, den er nach einer Bootsfahrt flussaufwärts fragte. »Da ist das Schutzgebiet, Senhor«, erklärte ein Mann mit langen Haaren. »Ohne Erlaubnis kommen Sie da nicht rein. Die Behörde hat einen Kontrollposten am Fluss. Haben Sie eine Erlaubnis?«

»Nun ... ich komme mit Gottes Segen.«

Er erntete ein Schnauben.

»Könnten Sie mich hinbringen?«

»Wie gesagt: Es ist ein Schutzgebiet.«

»Ich weiß, aber ...« Er rieb Daumen und Zeigefinger aneinander. Erneut schnaubte der Mann.

Erst am frühen Abend tauchte er wieder auf, einen Jungen, kaum volljährig, mit Oberlippenflaum, im Schlepptau.

»Benício kann Sie bringen. Morgen früh, noch vor Sonnenaufgang. Aber nur ein Stück. Einige Biegungen vor dem Posten wird er mit Ihnen aussteigen und zu Fuß weitergehen, in einem großen Bogen um den Kontrollpunkt herum. Dahinter holt Sie jemand mit einem anderen Boot ab. Allerdings ...« – er wiederholte die Geste, die Telmo um die Mittagszeit gemacht hatte.

Die Geldscheine, die Telmo aus seiner Tasche zog, erübrigten jedes weitere Gespräch. Er ließ sich einen Schlafplatz zuweisen, für den er, obwohl es sich nur um eine dreckige, durchgelegene Matratze auf einer Holzpritsche handelte, ebenfalls gut bezahlte.

Um kurz vor vier am Morgen bestieg er mit Benício ein Boot. Der Fluss war nur zu erahnen in der Dunkelheit. Das Knattern des Motors schreckte einige Hunde auf. Unter Gebell entfernten sie sich vom Ufer.

Der Junge sprach die ganze Fahrt über kein Wort. Als sie im Morgengrauen anlegten, mühte Telmo sich, den rutschigen Abhang hinaufzukommen. Sie frühstückten Bananen und hart gekochte Eier.

»Bereit?«, fragte Benício nach dem Essen. Seine Füße steckten in zusammengeflickten Gummisandalen. Der Anblick stimmte Telmo zuversichtlich: Mit dieser Ausstattung würden sich die Schwierigkeiten des Weges in Grenzen halten und der jugendliche Fitnessvorteil, den Benício zweifelsohne besaß, würde durch das eigene, extra besorgte Wanderschuhwerk ausgeglichen werden.

Schon eine Viertelstunde nach dem Aufbruch holten erste Zweifel ihn ein. Der Weg, auf dem sie liefen, war kein ausgetretener, flacher Pfad, sondern von glitschigen Blättern bedeckter Waldboden, ringsum überwuchert von Pflanzen, in die Benício mit seiner Machete eine Schneise schlug.

Einige Male machte der Junge halt, um ihn verschnaufen zu lassen. Telmo ließ sich zunehmend hinter ihn zurückfallen. Von Zeit zu Zeit verlor er ihn ganz aus den Augen.

»*Der Herr ist mein Hirte*«, sagte er vor sich hin, »*nichts wird mir fehlen.*«

Ein starkes Stechen in der Brust ließ ihn zusammenfahren. »*Er lässt mich lagern auf grünen Auen*«, sprach er dagegen an, »*und führt mich zum Ruheplatz am Wasser.*«

Sein Oberkörper verengte sich.

Er pausierte, lehnte sich an einen Baum, atmete so ruhig und tief er konnte. In zwanzig, dreißig Metern Entfernung leuchtete Benícios orangefarbenes T-Shirt wie eine beständige Aufforderung, endlich nachzukommen.

Die ersten Schritte nach dem Verschnaufen fühlte er sich wieder frisch, fast munter. »*Er leitet mich auf rechten Pfaden*«, sagte er.

Dann traf ihn ein Stich.

Pfeile durchbohrten ihn.

Egal wohin er fasste, nirgendwo steckte etwas.

Er legte sich auf den Boden, schaute nach oben. Durch das Blätterdach brachen Sonnenstrahlen.

*Gott ist Licht.*

Es stach – *und keine Finsternis ist in ihm …*

Noch einmal durchbohrte ihn ein Schmerz.

Er schaute in die Sonne.

Eine Hand fasste ihm ins Gesicht.

*Und das Blut seines Sohnes Jesus reinigt uns von aller Sünde.*

# 3

Das Déjà-vu, das Carline zu erleben meinte, war leider keines. Und die Lage, in der sie sich jetzt befand, war noch dazu um einiges ungünstiger als diejenige, in der sie sich ihrer Erinnerung nach schon einmal befunden hatte.

Sie hielt die Beine noch gespreizt, obwohl die Tasse, aus der sie normalerweise ihren Tee trank und in die sie nun, aus Mangel an anderen Gefäßen, gerade gepinkelt hatte, bereits auf der Seifenablage des Waschbeckens stand. Der Teststreifen, den sie hineingetaucht hatte, sog sich voll, als das Telefon klingelte.

»Anruf von« – die freundliche Computerfrauenstimme im Kopfhörer machte wie immer eine Pause, bevor sie den Namen nannte – »Martje. Anruf von – Martje.«

Die Ausschüttung von Stresshormonen war maximal. Es fühlte sich so an, als seien nicht nur Harnstoff, Wasser, Hormone, Vitamine und was sich sonst noch im Urin befand, in der Tasse gelandet, sondern auch das Vermögen, eine Entscheidung zu treffen.

»Annehmen«, sagte sie nach dem vierten Klingeln. Es schien irgendwie die unlogischste aller möglichen Aktionen zu sein. Gleichzeitig hatte es etwas logisch Zwingendes, die Absurdität der Situation jetzt vollständig auszureizen.

»Carline?« Martjes Stimme klang belegt.

»Warte kurz.« Sie zog den Test aus der Tasse und drückte,

wie in der Anleitung angegeben, die Kappe auf das Ende, aus dem der Streifen hervorkam.

»Passt es gerade nicht?«

»Doch! Sekunde.« Sie stand auf, zog sich Slip und Hose hoch und ging aus dem Bad. Auf dem Tisch neben dem Bett lag eine angeschnittene Papaya; ihr oranges Fruchtfleisch verbreitete einen süßlichen Geruch im Zimmer.

»Sorry! Ich saß nur gerade auf dem Klo, deswegen.«

»Ach so.«

Das Verständnis, das aus Martjes Stimme sprach, schien so unpassend, dass Carline der gleiche Kitzel befiel, den sie hin und wieder verspürte, wenn sie, einen einfahrenden Zug vor Augen, an einer Bahnsteigkante stand oder, den Blick in die Tiefe gerichtet, von einer Brücke schaute und überlegte, wie es wäre, *jetzt*, genau *jetzt* zu springen. Nur ging es in diesem Falle nicht ums Springen, sondern darum, Martje zu erklären, was sie dort, auf der Toilette, gerade gemacht hatte.

Das Beste am Kitzel war das Kribbeln im Nacken, eine Art orgastischer Kick, der leider jedes Mal sofort verschwand, sobald die Entscheidung fiel, *nicht* zu springen.

»Wie geht es dir?«, fragte sie.

Martje schnaubte, offenbar in ein Taschentuch. »Geht so.«

»Erkältet?«

»Ja. Kindergartenkeime.«

Carline antwortete mit einem Lachen, das Mitleid ausdrücken sollte.

»Und dir?«

»Same, same.«

»Hast du David mal gesehen?«

Die Erwähnung dieses Namens ließ gefühlt eine Million roter Alarmsirenen aufleuchten. Das Geheul war ohrenbetäubend. Carline dachte seit vierundzwanzig Stunden an kaum etwas anderes. Der Grund dafür lag jedoch nicht im Kopf selbst, sondern deutlich tiefer. Am Sonntagmorgen hatte sie etwas vermisst: das Ziehen im Unterleib, das normalerweise für diesen Tag, pünktlich wie immer, zu erwarten gewesen wäre und den Beginn ihrer Periode ankündigte.

»Ich habe David, glaube ich, am Donnerstag oder so, zuletzt gesehen.« Die Unsicherheit, mit der sie das sagte, war nur gespielt. Sie wusste *genau*, dass sie ihn am Donnerstag noch gesehen hatte. Beim Abschied hatten sie sich lose für Sonntag verabredet, und dann lag sie am Morgen im Bett, horchte panisch bis in die hintersten Gewebefaltungen ihres Körpers hinein, strich sich mit der Hand über den Bauch, als ob das irgendetwas bewirken könnte, irgendetwas in Gang setzen würde, und entschied sich schließlich dafür, ihm eine Nachricht zu schreiben und das geplante Treffen abzusagen, Begründung: Mir ist leider was dazwischengekommen.

Dann hoffe ich mal, es ist etwas Gutes, schrieb er zurück.

Zum Glück benutzte er prinzipiell keine Emojis. Irgendein lachendes Gesicht mit roten Wangen oder ähnlichem hätte der Sache jetzt noch die Krone aufgesetzt. Sie hatte bereits genug damit zu tun, im Bett zu liegen und zu rechnen: die Nacht in der Lodge war genau sechzehn Tage her. Das letzte Mal mit Cédric – es war eigentlich überflüssig, angestrengt darüber nachzudenken – war definitiv noch vor der letzten Regel gewesen und daher lautete das Ergebnis ihrer kurzen Rechnung klar und eindeutig:

F-U-C-K!

»Was hast du denn so für einen Eindruck von ihm?« Martjes Ahnungslosigkeit hatte einerseits etwas sehr Unschuldiges. Andererseits machte sie Carline geradezu wütend, wobei die Wut sich nicht so sehr gegen David richtete, sondern (warum eigentlich?) gegen sie selbst, im Speziellen gegen ihren Körper, der einfach nicht das tat, was er verdammt noch mal hätte tun sollen, nämlich schlicht und einfach zu bluten, um mitzuteilen: Es ist alles okay, Baby! Mach dir keine Sorgen!

Stattdessen war alles trocken. Nicht einmal eine hauchdünne Andeutung von klebrig-braunem Schleim war zu sehen oder zu spüren, und es war absolut beschissen, dass sie Martje jetzt nichts davon erzählen konnte. Dabei war eigentlich sowieso klar, wie ihre erste Frage gelautet hätte, zumindest wenn sie die Identität des involvierten männlichen Parts vorerst verschwieg: »Nimmst du etwa die Pille nicht mehr?«

Oh doch, das tat sie. Nach wie vor und seit jeher. Sie konnte sich sogar noch genau an den Termin in der gynäkologischen Praxis erinnern, bei dem sie die Tabletten das erste Mal verschrieben bekommen hatte. Es war kurz nach ihrer zweiten Monatsblutung. Ihre Mom saß neben ihr auf einem Stuhl in einer Praxis auf der Euclid Street, berichtete Doktor Abbas von den schlimmen Regelschmerzen, die ihre Tochter habe, und fragte, ob man nicht etwas dagegen tun könne. »Sie leidet sehr, wissen Sie. Und ich leide mit ihr.«

Doktor Abbas sah kein einziges Mal zu Carline. Sie sah immer nur zu Mom, selbst dann, als sie sagte, sie könne ihr die Pille verschreiben, um den Zyklus zu regulieren und die Schmerzen zu mindern; bald würde die Pille ja sicherlich sowieso Thema werden – aus anderen Gründen.

In Wahrheit ließen diese *anderen Gründe* ziemlich lange auf sich warten. Erst auf dem College traten sie in Gestalt von Sam Harris auf den Plan, wobei der sich mit größter Ernsthaftigkeit und einer Miene unter seiner verstrubbelten Skaterfrisur, die auch hätte sagen können, er repariere gerade einen kaputten Wasserhahn und dürfe jetzt nicht gestört werden, ein Kondom überzog, bevor er in sie eindrang. Als sie ihm nach dem dritten Mal eröffnete, dass sie offenbar nicht zu jenen privilegierten zwanzig Prozent von Menschen mit einer Vagina gehöre, die durch bloße Penetration zum Höhepunkt kommen konnten, tauschte er seinen Penis gegen seine Zunge und bescherte ihr ein paar nette Momente, bevor die Schwärmerei füreinander einige Wochen später zum Erliegen kam. Insofern hatte sich das mit den *anderen Gründen* relativ schnell erledigt.

»Warum nimmst du die Pille dann überhaupt noch?«, war somit eine völlig legitime Frage. Martje hatte sie vor einer Weile einmal gestellt, als sie sich über Verhütung unterhielten, und Carline war fast dankbar dafür, dass sie »wegen der Schmerzen« sagen konnte, und nicht sagen musste: »Weil Cédric keine Kondome mag.« Denn dieses Argument allein hätte selbst sie ihm – bei aller Liebe – nicht durchgehen lassen; eher hätte sie ihn zu einer Vasektomie überredet.

»Aber hast du denn mal versucht, etwas anderes gegen die Schmerzen zu unternehmen? Kirschkernkissen? Brennnesseltee? Irgendetwas ohne Hormone, meine ich?« Das war eine der nächsten Fragen, die Martje stellte, verständlicherweise. Nur traten ihre Argumente gegen die chemische Kontaminierung des eigenen Körpers in Konkurrenz zu gewissen sozialethischen Aspekten, auf die Jayla, mit einer gehörigen Portion Wut in der Stimme, hinwies, als Carline ihr erzählte, dass es in Europa, gerade in akademischen Kreisen, seit ein paar Jahren eine spürbare Abkehr von der Pille gebe.

»Oh honey! Fang bitte nicht damit an«, hatte Jayla gesagt. »Sonst mache ich dich gleich mit einer ganzen Armada junger Frauen aus D. C. bekannt – und du wirst dir schon denken können, dass die nicht in Shepherd Park, sondern in Eastland

Gardens und so weiter leben. Wenn ich mir die Mädels ansehe, bin ich heilfroh, dass es die Pille gibt. Denn die Idioten, gegen die die sich zur Wehr setzen müssen, sind nicht nur zu doof, ein Kondom zu benutzen, glaub mir.«

Carline fand, das war ein Punkt. Nur missfiel ihr, dass auch dieses Argument das ungute Muster verfestigte, wonach Frauen, nicht Männer, für die Verhütung zuständig waren.

»Sweetie, ich verstehe schon, was du meinst«, sagte Jayla. »Aber willst du ernsthaft, dass hier jedes Jahr zig Minderjährige, die unter der Armutsgrenze leben, ein Kind bekommen, das dann ebenfalls unter der Armutsgrenze leben muss und voraussichtlich selbst wieder mit vierzehn ein Kind bekommt? Dann sollen deine Akademikerfreundinnen lieber erst mal gegen die Armut kämpfen. Danach können sie immer noch gegen die Pille sein oder etwas für bessere Formen von Verhütung bei Männern tun oder was auch immer.«

Das ganze Für und Wider verhedderte sich in Carlines Kopf zu einer Art argumentativem Knäuel. Sie hätte es liebend gerne durchschlagen; das Schwert des eigenen Verstandes erwies sich in diesem Falle jedoch als zu stumpf. Es passte daher im Grunde gar nicht schlecht, dass die Hausmittelchen, die Martje vorschlug, keine nachhaltige Wirkung zeigten. Es brauchte offenbar doch das künstliche Östrogen, um die Schmerzen zu vertreiben, denn die waren definitiv unangenehmer als diese ganze Diskussion, und sie wollte sie nicht haben.

Jetzt allerdings, während sie, den Knopf mit Martjes Stimme im Ohr, im Zimmer stand und auf die Rua Epaminondas Jácome schaute, wo sich sehr zähflüssig eine Karawane von Autos und Lastern voranschob, wünschte sie sich nichts lieber als das: Schmerzen! Heftigste, ordentlichste Regelschmerzen!

Das Verlangen hatte etwas Widernatürliches. Sie konnte sich nicht erinnern, es schon einmal besessen zu haben. Aber die Pünktlichkeit, mit der die Blutung normalerweise einsetzte, war in den letzten Jahren eine der wenigen Konstanten in einer zunehmend chaotischeren Welt, in einem zusehends unbeständigeren Leben gewesen. Und dass das Bluten nun ausblieb, sorgte dafür, dass Carline sehnlichst hoffte, es möge endlich kommen, egal zu welchem Preis.

»Er scheint sich jetzt hier in seinem Exil eingerichtet zu haben«, antwortete sie auf Martjes Frage nach David. »Ich glaube, er weiß gerade nicht so richtig, was er jetzt am Besten tun soll.«

Martje seufzte. Das Seufzen klang existenziell. Es hatte etwas von einem Echo, das sich aus einem Abgrund voller Sorgen emporarbeitete.

Carline wartete einige Sekunden, ob noch mehr kommen würde als nur das. Es kam nichts.

»Hat deine Frage einen besonderen Hintergrund? Ich meine, wolltest du irgendetwas Bestimmtes über ihn wissen?«

Martje schnäuzte sich wieder. »Keine Ahnung. Ich hoffe, es ist nur so eine Phase. Aber gerade, ich weiß nicht … Es fühlt sich so an, als hätte ich alles richtig gemacht und trotzdem das Falsche getan. Verstehst du?«

Carline verstand nicht, ahnte aber, worauf Martje hinauswollte. »Bereust du's? Die Trennung, meine ich?«

»Nein. Oder doch? Es ist nur irgendwie gerade … Heute Nacht kam so eine Traurigkeit über mich, so eine wirklich tiefe Traurigkeit. Kennst du das? Und ich weiß, dass es jetzt nicht die Lösung sein kann, David einfach nach Hause zu holen, ein klärendes Gespräch zu führen und dann zu glauben, alles sei wieder in Ordnung, aber …« Sie schluchzte.

»… du wünschst es dir trotzdem?«

»Ja! Ich wünsche es mir. Obwohl ich weiß, dass es nicht klappen würde. Obwohl ich weiß, dass es eine ganz normale Reaktion ist, jetzt zu zweifeln und plötzlich wieder an all die Dinge zu denken, die doch eigentlich ganz gut funktioniert haben. Oh, Mann!«

»Weißt du es oder glaubst du es?«

»Keine Ahnung! Wahrscheinlich wollte ich dich deshalb sprechen. Weil ich irgendwie die Hoffnung hatte, von dir zu hören, dass David deinem aktuellen Eindruck nach eben doch in der Lage wäre, mehr zu tun als sich einfach nur rausschmeißen zu lassen.« Martje machte eine Pause. »Du musst jetzt nichts dazu sagen.«

Carline war dankbar für die Möglichkeit, schweigen zu dürfen. Es gab gerade keine unpassendere Vorstellung als diejenige, die Ehe von Martje und David zu retten. Am Morgen nach der gemeinsamen Nacht hatte sie nicht an sich halten können, ihn darauf hinzuweisen, dass sie ihn nicht für einen perfekten, aber zumindest doch für einen einigermaßen verantwortungsvollen Mann gehalten hatte, also für einen, der sich nicht einfach unvorbereitet und ungeschützt in ein Bettabenteuer stürzte.

»Aber ich bin nicht nach Brasilien gekommen, um …«

»Zu vögeln?«

»Ja.«

»Jetzt hast du's aber getan. Ungeschützt! Und das ausgerechnet in der Gegend, aus der der Naturkautschuk kommt!«

Er lachte, bevor er sich entschuldigte.

»Okay«, sagte sie. Im Rückblick wirkte dieses Okay wie eine einzige große Dummheit. Und das Dümmste daran war, dass sie sich nicht traute, allein *ihm* diese Dummheit zuzuschreiben. *Sie* hatte ihn in sich reingelassen, und – das hatte sie bei dem inneren Gerichtsprozess, den sie mit sich abhielt, zugeben müssen – sie hatte es *gewollt*. Auch wenn seine Finger, die er zwischen ihren Beinen bewegte, völlig ausreichend gewesen wären. In dem Augenblick, in dem sie die Lust verspürte, ihn in sich zu haben, hatte sie keinen Gedanken daran verschwendet, woher diese Lust kam und ob sie sie lieber unterdrücken sollte, statt ihr nachzugeben. Sie hatte sich nicht ausmalen wollen, dass sie etwas mehr als zwei Wochen später diese Nachgiebigkeit als großen Fehler empfinden würde, als etwas, von dem sie meinte, dass es einigen Wenigen, nicht aber *ihr* passieren könne, und diese Empfindung war in dem Augenblick zu ihrem Höhepunkt gelangt, in dem sie am gestrigen Morgen auf die Liste der Sucherergebnisse für die Anfrage *schwanger trotz Pille* geschaut hatte.

Die erstbeste Seite nannte vier mögliche Gründe. Nummer eins und zwei – *Sie haben die Einnahme vergessen; Sie haben eine Magen-Darm-Erkrankung* – ließen sich ruhigen Gewissens ausschließen. Sie hatte nicht vergessen, die Pille zu nehmen, und sie hatte auch nicht an Durchfall gelitten, der die Östrogene allzu schnell wieder aus dem Körper hätte herausspülen können. Über Grund Nummer drei musste sie kurz nachdenken: *Sie haben eine chronische Krankheit*. Vielleicht gab es irgendetwas, wovon sie noch nichts wusste. Aber die Liste der aufgeführten Krankheiten (Morbus Crohn, Mukoviszidose etc.) nannte nichts, was sie auch nur ansatzweise mit sich in Verbindung brachte.

Beim vierten Grund war es anders. Sie bekam einen Schweißausbruch, als sie die Frage las, die dort stand: *Haben Sie in letzter Zeit andere Medikamente eingenommen? Dann kann es sein, dass sie die Wirkung der Pille beeinflussen. Manche Präparate hemmen die Fähigkeit des Körpers, Hormone aufzunehmen. Lesen Sie daher immer genau die*

*Packungsbeilage bzw. klären Sie die Einnahme unbedingt ärztlich ab.*

Die Strecke zwischen dem schmalen Tisch, auf dem ihr Laptop stand, und dem Bad, in dem sich ihre Waschtasche befand, hatte sie in den vergangenen Wochen noch nie so schnell zurückgelegt wie jetzt. Die Malarone-Packung war noch halb geöffnet, so wie sie sie hinterlassen hatte. Sie zog den Beipackzettel heraus.

Die entscheidenden Worte leuchteten wie mit grellbunten Neonfarben markiert. Sie las sie drei Mal, weil sie nicht glauben wollte, was dort stand: *Eine herabgesetzte Wirkung der Antibabypille kann nicht ausgeschlossen werden.*

Die Apothekerin, bei der sie keine halbe Stunde später den Schwangerschaftstest kaufte, sah offenbar die Panik in ihren Augen.

»Haben Sie schon einmal einen Test gemacht? Wissen Sie, wie er funktioniert?«

Sie log, als sie bejahte. Es hatte in den letzten fünfundzwanzig Jahren, seit der Körper in diesen dämlichen Modus der Empfängnisbereitschaft geschaltet hatte, keinen Grund gegeben, einen Test durchzuführen. Die regelmäßige Blutung war über jeden Verdacht erhaben. Die Frage der Apothekerin wirkte verunsichernd. Vielleicht war es doch nicht so einfach.

Sie kaufte in einer anderen Apotheke noch einen weiteren Test und wartete knapp vierundzwanzig Stunden. Es konnte nicht schaden, dem Körper noch etwas Zeit zu geben. Irgendwo mochte es haken, an irgendeiner Stelle jenes biochemischen Prozesses, der für die monatliche Reaktion zuständig war. Sie schlief in der flehentlichen Hoffnung ein, am nächsten Morgen – oder besser noch in der Nacht – mit einem blutigen Tampon aufzuwachen.

Die kümmerlichen Reste dieser Hoffnung wanderten am Morgen in Form gelben Urins in die Tasse zwischen ihren Beinen. Martjes Rede über ihre Hoffnung auf Davids Besserungsfähigkeit erinnerte sie daran, dass ihre eigene Hoffnung inzwischen wohl vollständig vom Teststreifen aufgesogen worden war.

Sie traute sich nicht, auf das Ergebnis zu schauen. Das Telefonat wurde zunehmend zu einer willkommenen Ablenkung von den eigenen Problemen.

»Hast du denn …«, setzte sie an.

Martje unterbrach. »Es hat gerade geklingelt.« Carline hörte, wie sie das Telefon beiseitelegte.

Aus dem geöffneten Türspalt des Badezimmers drang das Licht wie aus einer Kammer der Wahrheit.

*Nach 10 Minuten darf der Test nicht mehr ausgewertet werden*, hieß es in der Packungsbeilage.

Carline schaute auf die Uhr auf ihrem Telefon und ging ins Bad.

Die kognitive Verarbeitung des Ergebnisses, das sie sah, wurde durch Geräusche im Kopfhörer gestört. Ariks Stimme war im Hintergrund zu hören.

»Carline?«

»Ja?«

»Hey, Arik, du kannst jetzt nicht …«

»Ja?«

»Kann ich dich später noch mal anrufen? Meine Eltern sind gerade mit Arik zurückgekommen.«

»Klar.«

»Danke! Bis dann!«

Das kurze dreimalige Tuten nach dem Auflegen klang wie eine Fehlermeldung. Für den Bruchteil einer Sekunde meinte Carline, sich im Abschnitt *Ergebnisauswertung* verlesen zu haben. Der Wunsch, falsch zu liegen, war noch nie im Leben so stark gewesen wie jetzt.

*Erscheinen zwei farbige Linien*, stand auf dem Beipackzettel, *ist der Test positiv*.

Und da waren zwei Linien! ZWEI VERDAMMTE LINIEN!

Die Geräusche der Straße, die durch das Fenster hindurch kamen, drangen nur langsam bis zu ihren Hörnerven vor, auch dann noch, als sie die Ohrknöpfe entfernte.

Der süßliche Geruch der angeschnittenen Papaya entwickelte sich zu etwas Widerlichem. Sie schmiss sie in den Mülleimer, knotete den Beutel zu und öffnete das Fenster.

Hast du Zeit? Ich müsste dich mal sprechen, tippte sie in ihr Telefon.

David antwortete keine zwei Minuten später: Passt gut, ich muss dich auch sprechen. In 20 Minuten an der Brücke?

Carline war nicht nach Spazierengehen zumute. Sie blieben auf der Brücke stehen, die Arme aufs Geländer gelegt.

»Und? Was gibt's bei dir?«, fragte sie. Sie scheute sich, selbst den Anfang zu machen. Sie wusste gar nicht, wie sie hätte sagen sollen, was sie sagen wollte. Ihr Gehirn war zu sehr damit beschäftigt, irgendwelche Signale aus den Tiefen ihres Bauchraums zu erspüren, die subjektiv bestätigten, was der Test ihr objektiv bescheinigt hatte: dass sich dort eine Zelle von *ihr* mit einer Zelle von *ihm* verbunden hatte, um – kaum auszudenken –, zu einem neuen Menschen heranzuwachsen.

»Fang du ruhig an!«, sagte er.

»Nein, mach schon.«

»Telmo Schmidt hat mich angerufen.«

»Ah. Geht's ihm gut? Er wollte für mich beten.«

»Für dich beten?«

»Ich habe ihn letzte Woche zufällig getroffen. Er wollte ein gutes Wort für mich einlegen. Damit ich endlich mal von hier wegkomme.«

»Hat er gar nicht erzählt.« David kratzte etwas Lack vom Geländer ab. »Jetzt ist *er* jedenfalls weg.«

»Wohin?«

»Nach Esperança.«

»Nach Esperança?«

»Ja.«

»Machst du Witze?«

»Nein.«

»David?«

»Nein! Er hat vorhin angerufen und gesagt, er wolle mich nur kurz darüber informieren, weil er mir vertraue und damit jemand Bescheid wisse, falls ihm etwas zustößt.«

»Du *machst* Witze!«

»Wirklich nicht!«

Carlines Stimmung passte sich der Farbe des Rio Acre an, auf den sie von der Brücke aus hinunterschauten: Es war ein trübes, dreckiges Braun.

»Was will er dort?«

»Es gibt einen Typen in Chile, für den er Kontakt zu den Náhwua aufbauen soll.«

»WHAT?«

»Es geht um irgendeine Substanz aus einer Pflanze, die die menschliche Vernunft … die irgendwie dafür sorgen soll, dass man Widersprüche zwischen Wissen und Handeln nicht mehr aushalten kann. Die will er finden.« Er sah ihren ungläubigen Blick. »Ich weiß, es klingt verrückt.«

»Es klingt nicht verrückt, David, es IST verrückt! Was soll das sein? Ich sitze hier seit Wochen, warte auf eine Genehmigung, um ins Schutzgebiet zu kommen, und er … Wie will er das schaffen? Hat er einen Dolmetscher?«

»Keine Ahnung. Er meinte nur, er würde gleich ein Flugzeug in Feijó besteigen.«

»Na, gute Reise.«

»Ich habe ihm gesagt, er sollte es besser lassen.«

»Und?«

»Er ließ sich nicht beirren. Jedenfalls nicht, solange wir sprachen.«

»Bravo.«

»Ich kann nichts dafür, Carline!«

Sie schaute demonstrativ zur Seite. Die Worte, die ihr auf der Zunge lagen, lauteten: DOCH! DU! KANNST! ETWAS! DAFÜR! *Du* hast den Typen angeschleppt und mit mir bekannt gemacht; womöglich wäre er sonst gar nicht auf die Idee gekommen, eine solchen Trip in Angriff zu nehmen.

Aber die Grundlage dieser Argumentation ergab sich eher aus der Stimmung des Augenblicks als aus handfesten Tatsachen. Sie fühlte sich für dumm verkauft, vorgeführt, hintergangen. Telmo Schmidt kletterte vermutlich gerade aus einer kleinen Propellermaschine und nahm den Geruch feuchter Erde wahr. Es war verachtenswert! Oder nein – es war beneidenswert! Neben dem Knäuel, zu dem sich die Argumente um die Antibabypille verfilzt hatten, existierte mindestens ein weiterer intellektueller Knoten in Carlines Kopf, ein älterer jedoch, und schambesetzter noch dazu. Das Bild der isolierten Indigenen aus der Vorlesung von Nancy Maloney an der Georgetown Law, mit dem ihr Interesse für Ethnologie einst begonnen hatte, war über die Jahre von einem faszinierenden Einblick in eine andere Welt zu einem Blick in den Spiegel geworden, einem erschreckenden Blick. Sie schämte sich inzwischen dafür, dieser Faszination erlegen zu sein. Sie verurteilte sich, andere Menschen derart zum Objekt der eigenen Neugierde gemacht zu haben, zu Projektionsflächen für die eigenen Hoffnungen und Wünsche. Es war wohl leider wahr, dass es keinen Adam und keine Eva gab, dass es sie niemals gegeben hatte, dass es sich beim Paradies um einen schönen Mythos, um eine religiöse Illusion handelte. Und was hatte die Ethnologie nicht alles dafür getan, um zu zeigen, dass es sich beim Regenwald nicht um einen wunderbaren Abenteuerspielplatz handelte, sondern um einen Lebensraum von Menschen, die entgegen gut gepflegter und ständig neu belebter Vorstellungen und Vorurteile nicht einfach nur friedliebend der Jagd, der Fischerei und der Gartenarbeit nachgingen, im viel gepriesenen Einklang mit der Natur lebten und scheinbar in jenem Urzustand vor dem Sündenfall verharrten, sondern – welche Enttäuschung! – genauso fehlbar zu sein schienen wie der Rest der Menschheit, indem sie mordeten, vergewaltigten, misshandelten, entführten …

Und trotzdem: Es hatte etwas so Beruhigendes zu glauben, dass diese Welt noch nicht vollständig verkommen, noch nicht völlig verloren war. Dass irgendwo, tief im Wald, unentdeckt und unkontaktiert, doch noch ein kleiner, reiner Kern von Menschen existierte, der zumindest die Möglichkeit aufrechterhielt, aus der Menschheitsgeschichte keine Geschichte des Verfalls, des Verderbens und der Zerstörung, sondern eine Geschichte der Einsicht, der Weisheit und – es mochte so heißen – des Fortschritts zu machen.

»Du solltest ihn zurückholen«, sagte sie.

Der Satz schmerzte. Er war wie das Versiegeln einer Tür, die sie allzu gern selbst geöffnet hätte. Aber es musste sein! Es musste sein! Es war der einzige Weg, die ironische Logik zu durchbrechen, die darin bestand, das Paradies zu finden, es zu zerstören und dann wiederherzustellen, denn was es nie gegeben hatte, konnte auch nicht wiederhergestellt werden.

»Um ihn zu schützen oder um die Náhwua zu schützen?«, wollte David wissen.

Es war schwer, dem Paternalismus nicht in die Falle zu gehen. Selbst wenn sie jetzt dafür plädierte, dass die Indigenen ein Recht besaßen, alleingelassen zu werden, musste sie sich den Vorwurf der Bevormundung gefallen lassen. Sie wünschte sich, sie würden einfach von allein wieder verschwinden.

»Ich würde in erster Linie an ihn denken«, antwortete sie.

»Aber vielleicht ist es gar keine so schlechte Idee, die er verfolgt?«

»Oh, es ist eine schlechte Idee, David. Glaub mir! Es ist strafbar, unerlaubt ins Schutzgebiet vorzudringen, und es ist gefährlich. Es kommen dort immer wieder Leute zu Tode, und zwar nicht, weil sie von einem Pfeil oder einem Speer getroffen werden. Sondern weil ihnen unterstellt wird, sie würden mit ihrem Interesse und ihrem Einsatz für Indigene dem Fortschritt im Wege stehen, und dafür kassieren sie dann eine Kugel.«

»Und jetzt soll *ich* dort hinfahren?«

»Ich kann nicht. Wenn ich jetzt auf eigene Faust reise, kann ich mir abschminken, überhaupt noch eine offizielle Genehmigung zu erhalten.« Sie kratzte nun auch auf dem Lack des Brückengeländers herum, der von einer rostbraunen Kruste überzogen war. »Fahr nach Feijó, vielleicht ist er noch dort. Wenn nicht, flieg weiter nach Esperança, wenn du dich beeilst, ist er noch da. Weiter würde ich nicht gehen.«

»Okay.«

»Okay im Sinne von: Du machst es?«

»Okay im Sinne von: Ich denke darüber nach.« Er wischte sich eine Haarsträhne von der Stirn. »Aber jetzt zu dir: Was wolltest du mir sagen?«

Sie sah ihn nicht an. »Martje hat mich angerufen.«

»Oh – und …?«

»Es geht ihr nicht gut.«

»Was heißt das?«

»Sie hat mit der Situation zu kämpfen.«

»Weiß sie …?«

»NEIN!«

»Soll ich mich bei ihr melden?«

»Hat sie so nicht direkt gesagt.«

»Hm.«

»Was nicht heißt, dass du es nicht versuchen solltest.«

»Okay.«

Die Verlegenheit, mit der er ›Okay‹ sagte, wirkte wie ein Indiz dafür, dass in Wirklichkeit nichts okay war, dass er wirklich nicht wusste, was zu tun war, und dieses Nichtwissen stand in einem angenehmen Gegensatz zu der eigenen Entschlossenheit, die sie jetzt empfand. Es war klar, was zu tun war, und sie würde es tun; es war gar nicht nötig, vorher mit ihm darüber zu sprechen.

»Das war es, was du mir sagen wolltest?«

»Ja.«

»Gut, dann …«

Obwohl sie nun wieder diese Art von Mitleid für ihn spürte, die sie schon neulich empfunden hatte, war sie nicht geneigt, die Verabschiedung hinauszuzögern. Der Gedanke, dass sie selbst keines wundersamen Mittels bedurfte, um so zu handeln, wie sie ihres Wissens nach jetzt handeln musste, hatte etwas so Ermächtigendes, etwas ganz und gar Elektrifizierendes. Es war, wie auf eine ganz besondere Weise energetisch aufgeladen zu sein.

Zurück im Zimmer durchstöberte sie eine Reihe von Beiträgen über die Möglichkeiten medikamentöser Abtreibung.

Es fühlte sich auch nicht viel illegaler an als die schon Jahre zurückliegende Recherche für den Kauf eines Gramms Marihuana. Das eine war, den geltenden, brasilianischen Gesetzen zufolge, genauso strafbar wie das andere – gut, das stimmte nicht ganz; für eine Abtreibung wanderte man hier deutlich schneller und länger ins Gefängnis als für Letzteres; nur kam es, wie sie fand, der Ausübung des Selbstbestimmungsrechtes über den eigenen Körper auf jeden Fall näher, Misoprostol zu schlucken, als einen Joint zu rauchen. Und offenbar gab es in Rio Branco beides am selben Ort.

Der Typ, bis zu dem sie sich eine gute Stunde später in der Nähe der Rua Ipanema durchfragte, hätte genauso gut Würstchen oder Ananas verkaufen können. Eine Zigarette klemmte hinter seinem rechten Ohr. Während er sie zu einem rostigen Verschlag führte, vor dem sich Pfannen, Siebe, Reiben und Messer stapelten, verzog er das Gesicht, als überlege er angestrengt, zu welchem Kochtopf er ihr raten solle.

Die Tablettenpackung, die er aus einer Kiste hervorkramte, schien noch ungeöffnet. Carline überprüfte sie auf Knicke und checkte die Prägung mit dem Verfallsdatum.

»Ich nehme sie«, sagte sie, zog ein Bündel Geldscheine aus der flachen Bauchtasche, die sie unter der Hose trug, und steckte die Schachtel zwischen das übrige Geld. Es klemmte etwas und erinnerte sie an den Brauch einiger Stämme, körperliche Beschwerden durch das Auflegen magischer Gegenstände auf die betroffene Stelle von außen zu heilen.

Im Badezimmer holte sie die Packung hervor. Der Beipackzettel wanderte ungelesen in den Mülleimer. Es schien ihr die denkbar schlechteste Idee zu sein, jetzt irgendetwas über unerwünschte Nebenwirkungen, mögliche Komplikationen, Risiken, Kontraindikationen und Ähnliches zu lesen;

sie klammerte sich an die Aussage, die sich in den meisten Foren und Artikeln fand: dass die Einnahme eines Medikaments wie diesem weniger Probleme verursachte als die vielen chirurgischen Eingriffe, die überall im Land Tag für Tag durchgeführt wurden unter Bedingungen, die kaum die Bezeichnung ›hygienisch‹, geschweige denn ›steril‹ verdienten, und das nur, weil eine Volksvertretung, die zu fünfundachtzig Prozent aus Männern bestand, meinte, daran nichts ändern zu müssen für eine Bevölkerung, von der mehr als die Hälfte Frauen waren. Es war absolut lächerlich!

Sie drückte zwei Tabletten aus dem Blister. Das Aluminium knisterte. Der Pfizer-Aufdruck sorgte für ein Gefühl heimatlicher Geborgenheit, obwohl ihr in diesem Moment nichts ferner lag, als an ihr altes Zuhause zu denken und daran, was ihr Vater sagen würde, wenn er sie hätte sehen können.

Sie schob die Tabletten zwischen Oberlippe und Zahnfleisch und wartete eine halbe Stunde, bis sie sich aufgelöst hatten.

Den ersten Schluck Wasser, den sie anschließend trank, widmete sie all den Frauen, die jedes Jahr, nicht nur in Brasilien, sondern überall auf der Welt, Ähnliches taten, um sich gegen das Gesetz ihr Recht zu verschaffen.

Mit dem zweiten Schluck bestärkte sie sich in der Überzeugung, dass es gut war, die Sache hier und jetzt zu erledigen und sie nicht mit nach Deutschland zu nehmen. Was hier geschehen war, sollte auch hier bleiben.

Den dritten Schluck feierte sie wie das Setzen eines Zeichens gegen die noch immer überwiegend negative Darstellung dessen, was sie da gerade tat, im Film, in der Literatur und wo nicht sonst noch überall. Wäre das Bild nicht völlig anders ausgefallen, hätte diese Sache auch nur jemals einen einzigen Menschen ohne Eierstöcke betroffen?

Das Telefon vibrierte. Eine Nachricht von David erschien. Mache mich in einer Stunde auf den Weg.

SEHR GUT!, schrieb sie zurück. Sie war glücklich. Zum ersten Mal seit Langem hatte sie das Gefühl, alles könne gut werden.

Sie zwang sich trotzdem, nicht jede Regung ihres Körpers, jedes kleine Zwicken oder Kneifen, gleich schon als Beginn der erhofften Reaktion, als Einsetzen dessen zu sehen, was ihr Körper von alleine nicht hatte zuwege bringen wollen. Die Ablenkungsmanöver, die sie unternahm, indem sie dienstliche E-Mails beantwortete, einige schon vor langer Zeit gelesene Fachaufsätze exzerpierte sowie, zum gefühlt einhundertsten Mal, eine angesichts der langen Wartezeit fast schon unverschämt freundliche Nachricht an die FUNAI schrieb, funktionierten jedoch nur bedingt. Der Wunsch, sich von dem winzigen Proteingebilde zu befreien, pochte wie der eigene Pulsschlag in den Ohren, egal, was sie tat. Je mehr sie versuchte, *nicht* daran zu denken, desto heftiger wurde er. Proportional dazu wuchs die Enttäuschung, dass sie bis zum Abend wiederum nichts als Urin in die Toilettenschüssel presste.

Ihr Magen signalisierte, dass er leer war. Obwohl sie keinen Appetit verspürte, verließ sie das Haus, um eine Kleinigkeit zu essen. Gegen die Theke eines Imbisses gelehnt, bei dem sie schon mehrfach ein halbwegs vernünftiges Omelett bekommen hatte, schrieb sie eine Nachricht an David: Bist du schon angekommen?

Der Status änderte sich nicht auf *zugestellt*. Vermutlich rollte der Bus gerade durchs Nirgendwo. Sie wusste nicht einmal, ob die Straße Richtung Cruzeiro do Sul durchgehend asphaltiert war.

»Ein Getränk dazu?«, fragte der Imbissverkäufer, während

er einen Teller mit Omelett über den Tresen schob. Die trockene Scheibe Weißbrot, die neben dem Ei lag, wölbte sich nach oben, als warte sie seit zwei Tagen sehnsüchtig darauf, endlich in einen Mund geschoben zu werden.

Carline tat ihr nur zur Hälfte den Gefallen, und selbst das weniger wegen des Hungers. Ihr hauptsächlicher Antrieb, etwas zu essen, bestand in der Vermutung, dass das Ankurbeln des Stoffwechsels eine stimulierende Wirkung auf sämtliche anderen Körperprozesse entfalten könnte. Der nächste Toilettengang brachte leider keine Bestätigung für diese Hypothese. Sie verbot sich den Gedanken, die geschluckte Substanz sei ein Fake, genauso wie die Taschen von Gucci oder die Brillen von Armani in den Läden hier ein Fake waren. Die neokoloniale Überheblichkeit, die sich damit verband, empört auf Produktfälschungen im globalen Süden herabzusehen, die ihrerseits nichts anderes als eine nachvollziehbare Reaktion auf ungerechte Wirtschaftsverhältnisse darstellten, war selbst einfach nur empörend. Und als sie schließlich auf dem Bettrand sitzend zwei weitere Tabletten einnahm und gleich noch eine weitere hinterherschob, fühlte es sich so an, als könne darin eine Form stillen Protests liegen.

Die Schmerzen, die etwa zwanzig Minuten später einsetzten, waren höllisch. Es schien, als reiße jemand am Uterus, setze Nadelstiche ins Bauchfell, mache Knoten in die Darmschlingen – es war kaum auszuhalten. Die einzige Genugtuung, die in diesen Schmerzen lag, war die Gewissheit, dass nun endlich bald das Blut fließen würde. Trotzdem rührten die Tränen, die sie in den Augen hatte, als sie auf dem Klo saß, eher von jener Revolte in ihrem Unterleib her als von der Freude über die rot-braune Flüssigkeit, deren Herauslaufen sie erwartete. Sie krümmte sich zusammen, versuchte den Druck durch Gegendruck zu mildern, kniff sich mit den Fingernägeln in den Oberarm, wie sie es manchmal tat, wenn sie mit einem Wadenkrampf aufwachte. Aber auch als sie nach mehreren Minuten aufhörte und die tief eingeschnittenen Abdrücke betrachtete, die aussahen wie die misslungene Nachahmung einer Skarifizierung, hatte sich nichts an der Intensität des Schmerzes geändert. War das der wohlverdiente Dank dafür, dass sie die Welt vor einem weiteren Ressourcen verbrauchenden Wesen bewahrte? War das der Lohn, den sie dafür erhielt, dass sie einem Wesen die Schmerzen ersparte, die ein Leben auf dieser Welt früher oder später mit sich brachte? Sie kam sich wie eine Märtyrerin vor. Ein Schwall Blut brach aus ihr hervor.

Sie schleppte sich zurück zum Bett, eine Wochenration Binden zwischen die Beine geklemmt. Sie waren bereits bis aufs Bettlaken durchgeweicht, kaum dass sie sich hingesetzt hatte.

»Mom«, wimmerte sie. Es war ihr, als wäre sie wieder dreizehn. Allein die Vorstellung, sich ganz in die Arme eines Elternteils fallen zu lassen, gedrückt und geküsst zu werden von einem Menschen, der die letzte Liebe, den letzten Lebenswillen lieber für das eigene Kind als für sich selbst gab, wirkte tröstlich.

Kurz durchzuckte sie der Impuls, die Nummer ihres Vaters zu wählen. Es war unmöglich. Genauso wie es unmöglich war, jetzt Cédric anzurufen oder Martje.

Sie bereute nun, David weggeschickt zu haben, drückte auf die Nummer von Jayla. Die nahm nicht ab.

Der Gedanke, dass es vielleicht ohnehin geboten war, die Menge von Schmerzen, die man anderen bereitete, auf ein Minimum zu reduzieren, wirkte fast schon so anästhesierend wie die Ibuprofen, die sie sich einwarf, obwohl die Schmerzen inzwischen etwas nachgelassen hatten. Die meisten Menschen sahen doch immer nur die schönen Momente, wenn sie an Kinder dachten. Sie hingen entweder einer verklärten Erinnerung an ihre eigene Kindheit nach, oder wenn ihre Kindheit sich partout nicht verklären ließ, sahen sie es als eine besondere Herausforderung an, dem eigenen Nachwuchs ein besseres Leben zu ermöglichen. Dieser Wunsch war so nachvollziehbar. Und er war doch so bemitleidenswert! Es sprach nichts, aber auch wirklich gar nichts dafür, dass die Lebensbedingungen auf dieser Erde sich auf absehbare Zeit merklich verbessern würden. Im Gegenteil. Wer immer etwas anderes behauptete, litt entweder an übermäßigem Optimismus oder an Realitätsverweigerung, und es war schon fast zum Heulen, mitansehen zu müssen, wie viele Menschen dennoch fest daran glaubten, es sei noch nicht zu spät, das Ruder könne noch herumgerissen werden, und die es verurteilten, wenn über dem berechtigten Zweifel die Hoffnung verloren ging. Aber was war sie denn, die Hoffnung? Ein vergiftetes Geschenk! Nichts weiter. Das Einzige, was noch drin war, in Pandoras Büchse. Die Hoffnung diente nur dazu, dass alle weiterhin der Karotte am Stock hinterherrannten und sie trotzdem niemals erreichen würden!

Die Blutung ließ einen Moment lang nach. Der Unterleib entspannte sich.

Doch schon im nächsten Augenblick ging es wieder los, fast noch heftiger als zuvor.

Wie schön wäre es gewesen, jetzt irgendwo im Regenwald zu stehen, die Stimmen der Vögel zu hören, das Zirpen der Insekten, dem Wandern eines Wassertropfens vom Blattstiel bis zur Spitze zuzusehen. Aber: Auch das war wieder nur die friedliebende Illusion dessen, was in Wirklichkeit ein Schlachtfeld darstellte, einen Kampfplatz um Nährstoffe, Licht, Raum, Fortpflanzungsgelegenheiten …

Sie hörte, wie draußen jemand hupte, wie im Hausflur die

Latschen der Vermieterin auf den Treppenstufen schmatzten.

»Senhora!«, rief sie, während sie vom Bett aus ihr Zimmer blickte, das nur vom Schein der Straßenlaternen erhellt wurde. Ihre Kraft reichte kaum aus, um einen Ton hervorzubringen.

Es fühlte sich nicht gerecht an, so zu enden.

Das Schmatzen der Absätze kam näher.

»Senhora!«, rief Carline. »Senhora!«

# 4

Der Nachmittagsregen setzte früher ein als sonst. Dafür fielen die Tropfen weniger heftig und es dauerte nicht lang, da brachen die Wolken wieder auf und verzogen sich in Richtung Westen.

David schaute ihnen nach. Die Sonnenstrahlen, die hinter den Wolken hervorkamen, trockneten die nassen Flecken auf seinem Hemd, ebenso den Straßenschmutz, der das zerfranste Wildleder seiner Schuhe in einem hässlichen Grau gesprenkelt hatte. Das Verlangen, die Schuhe abzubürsten, feucht abzuwischen und mit Pflegemittel zu behandeln, löste den Wunsch in ihm aus, es zu Hause zu tun, an der üblichen Stelle, vor dem kleinen Schuhregal, auf das auch Martje und Arik stets ihre Schuhe stellten in der stillen Erwartung, er würde sich um sie kümmern. Er tat es meistens, hätte es auch jetzt getan, sehr gern sogar, und das Wissen um Martjes Zustand, der kurze Einblick, den Carline ihm gewährt hatte, nährte die Hoffnung, dass es schon bald, nicht heute und nicht morgen, aber vielleicht in ein paar Tagen so weit sein konnte. Die Information, dass Martjes Befinden nicht sonderlich gut sei, hatte, ähnlich wie die Sonne, etwas Wärmendes, auch wenn der moralische Kompass anzeigte, dass diese Empfindung eindeutig in die falsche Richtung ging.

Er versuchte den Drang, sofort zum Telefon zu greifen und Martje anzurufen, so gut es ging zu unterdrücken. Er wollte sich nicht wie ein Raubtier verhalten, das die Beute im Moment der größten Schwäche packte.

Unterhalb des Bordsteins hatte sich ein Rinnsal gebildet. Ölige Schlieren glänzten regenbogenfarben auf der Wasseroberfläche. David dachte an Telmo Schmidts Worte während des Telefonats am Morgen, die Aussage, dass er sich ganz bewusst *ihm* anvertraue. Sie wirkte auf ihn wenig schmeichelhaft, wenn der eigentliche Grund dafür war, dass es sonst niemanden gab, dem er sich hätte anvertrauen können. Aber nach dem, was Carline über die Risiken des Trips gesagt hatte, überwog eher die Sorge, dass Telmo Schmidt selbst zwar um die Gefahren wusste, sich womöglich aber dennoch nicht dagegen gewappnet hatte. David fühlte sich ihm nicht verbunden wie einem engen Freund. Aber er hatte ihn doch liebgewonnen in den letzten Wochen, und die Amplitude im Koordinatensystem des Verantwortungsgefühls schlug umso heftiger aus je länger er darüber nachdachte, was alles schiefgehen konnte. Ein schweres Fieber, wie Carline es durchgemacht hatte, gehörte zu den harmloseren Szenarien. Er war immer noch erleichtert, dass die Sache bei ihr so gut ausgegangen war.

Der Bus nach Feijó war bereits ordentlich gefüllt. Er schob sich durch den schmalen Gang bis zu einem Fensterplatz in der vorletzten Reihe. Der Sitz neben ihm blieb frei. Erst kurz vor Abfahrt stieg eine Frau mit einem kleinen, schreienden Jungen auf dem Arm ein und setzte sich neben ihn. Das Kind drehte seinen Kopf zum Fenster und sah ihn an. Er schnitt eine Grimasse, mit der er Arik des Öfteren zum Lachen brachte; das Geschrei hörte sofort auf.

Die Frau sagte etwas, das er nicht verstand. Der Junge hatte die Augen weit aufgerissen, die Tränen trockneten auf seinen Wangen.

»Amerikaner?«, fragte sie.

»Deutscher«, sagte er. Die Antwort schien ihre Sympathie unmittelbar zu steigern, fast noch deutlicher als die beruhigende Wirkung, die seine Grimassen auf ihren Sohn ausübten.

»Kinder?«

Er nickte, zog sein Telefon aus der Tasche und suchte ein Bild von Arik heraus. Sie nahm ihm das Telefon aus der Hand.

»Wie süß!«

Er störte sich nicht daran, dass der Kleine mit speichelnassen Fingern auf dem Display herumtatschte. Arik hätte er sofort davon abgehalten, hätte ihn ermahnt, ihm die Finger abgewischt. Doch die Annahme, dass die Mutter des Kleinen durch dieses Gewährenlassen in ihm einen guten Vater sah, einen guten Ehemann, einen guten Menschen sogar, hatte etwas so Wohltuendes, etwas so tiefgründig Beruhigendes und Entlastendes, dass er gar nicht erst den Versuch unternahm, sie zu korrigieren, während vor dem Fenster die letzten Häuser der Stadt vorbeizogen. Nach und nach wurden sie durch Lagerhallen, Fabrikgebäude und Plätze mit Haufen aus Autoreifen abgelöst, bis schließlich grüne Weideflächen zu sehen waren, auf denen neben der schmalen, von Schlaglöchern übersäten Straße nur noch vereinzelt ein unverputztes Haus stand oder ein Tor die Zufahrt zu einer Fazenda markierte.

Es war dunkel, als der Bus in Feijó anhielt. Die Luft roch nach Regen. Der letzte Schauer schien noch nicht lange her zu sein. David verabschiedete sich mit einem »Boa noite!«. Seine Sitznachbarin verschwand in einer schwach beleuchteten Straße, ihren schlafenden Sohn auf dem Arm.

Auf dem Telefon entdeckte er eine Nachricht von Carline.

Bin gerade in Feijó angekommen, schrieb er zurück. Mal

sehen, wie es weitergeht. Ich halte dich auf dem Laufenden. Mit Empfang wird's aber sicherlich erst mal schwierig.

Das Telefonsymbol in der Menüleiste leuchtete verheißungsvoll. Er klickte darauf und betrachtete Martjes Namen in der Anrufliste. Sie würde schlafen um diese Zeit, bei ihr war es mitten in der Nacht. Er konnte ihren flachen, ruhigen Atem hören, der Sorglosigkeit ausstrahlte und den Eindruck vermittelte, nichts außer ihrer Daunendecke beschwere sie. Es war ein angenehmer Gedanke, sich jetzt zu ihr zu legen, die Hand unter ihr Nachthemd zu schieben, sie zu spüren, zu merken, wie sie wach wurde, ihren Kopf verschlafen drehte, seinen Kuss erwiderte, ihre Hüfte entspannte, wo seine Hand sich hinbewegte, und er nahm die Vorstellung mit unter das ausgeblichene Betttuch, mit dem er sich auf der fleckigen Matratze eines günstigen Hotels in der Travessa Floriano Peixoto zudeckte.

Am nächsten Morgen hing das Bild noch in seinem Kopf wie der Nebel über dem Rio Envira. In der schmalen Dusche, deren weiße Fliesen von braunen Schlieren überzogen waren, versuchte er das Gefühl von Berührung auf der Haut zu imitieren. Aber das Wasser war zu kalt. Er fror, als er aus dem Bad zurück ins Zimmer trat. Der Nebel lichtete sich langsam und gab den Blick auf das gegenüberliegende Flussufer frei. Auf Davids Armen bildete sich eine Gänsehaut. Er verurteilte sich dafür, vor allem an die körperlichen Aspekte seiner Ehe zu denken. Er hielt den Zölibat nicht für eine sinnvolle Lebensform, erst recht nicht in einer Kirche, die im einundzwanzigsten Jahrhundert noch prägender Teil der Gesellschaft sein wollte. Aber ein bisschen, fand er, war Telmo Schmidt trotzdem zu beneiden um die Abwesenheit gewisser Aspekte, die menschliche Liebesbeziehungen in den meisten Fällen mit sich brachten.

Während er sich anzog, verlagerte sich das Verlangen nach Martje von der körperlichen auf die geistige Ebene. Eine der täglichen Übungen der letzten Wochen hatte darin bestanden, sich langsam an den Gedanken zu gewöhnen, dass ihre Ehe womöglich weder auf der einen noch auf der anderen Ebene zu retten war. Der Wochenendausflug mit Carline hatte diesen Gedanken etwas erträglicher werden lassen. Zumindest sorgte er kurzzeitig für das Gefühl, dass es möglich war, auch von einem anderen Menschen begehrt zu werden, wenigstens in einer Hinsicht. Die Freude darüber wurde jedoch von einem Berg aus Schuld überlagert, und während er sich die Haare kämmte, wuchs dieser Berg noch an, denn im Grunde hatte er seit dem Abflug aus Deutschland auf nichts anderes gewartet als auf irgendein Anzeichen von Schwäche, auf Unsicherheit oder Zweifel, die sich bei Martje einstellten. Dass dieses Anzeichen nun da war und dass Carline sich dafür entschieden hatte, davon zu berichten, änderte nur leider nichts daran, dass es schäbig anmutete, Martjes Lage auszunutzen.

Neben dem eingedrückten Kopfkissen lag das Telefon. Die Gänsehaut, die inzwischen verschwunden war, kam zurück bei dem Gedanken an ein Gespräch.

Er tippte eine Nachricht: Wollen wir mal sprechen in den nächsten Tagen?

Sie antwortete sofort. Wann ginge es bei Dir?

Die Frage war die beste Äußerung von ihr seit Langem. Er drehte sich zum Fenster, wo der Himmel zunehmend blau wurde. Wenn alles gut ging, wenn alles sehr sehr gut ging (aber warum sollte eigentlich nicht auch einmal etwas gut gehen?), würde er in sieben bis acht Stunden wieder hier sein. Das war eine optimistische Schätzung. Sie setzte voraus, dass Telmo Schmidt sich noch nicht allzu weit in den Wald vorgearbeitet hatte. Doch die Aussicht, gegen sechzehn Uhr zurück zu sein und mit Martje zu sprechen, womöglich sogar schon mit einem Rückflugtermin, befeuerte seinen Optimismus.

Gegen halb elf Deiner Zeit könnte es klappen. Oder wäre Dir das zu spät?

Nein.

Schön. Bis dann!

Bis dann!

Auf dem Weg hinunter zur Rezeption nahm er jeweils zwei Stufen auf einmal. Die Betreiberin des Hotels stand mit nassen Haaren hinter dem Tresen.

»Haben Sie gut geschlafen?«

»Danke, ja.«

»Bleiben Sie noch eine Nacht?« Sie schlug den Ringblock auf, in den sie am Abend zuvor die Angaben aus seinem Reisepass eingetragen hatte.

»Vermutlich nicht. Ich fliege heute weiter.«

»Von Cruzeiro?«

»Nein. Von hier.«

»Von hier?«

»Ja. Ich muss nach Esperança.«

»Esperança?«

»Kennen Sie jemanden, der einen Flug vermitteln kann?«

»Nach Esperança?«

»Ja.«

»In welches? Es gibt mindestens zehn Orte in der Gegend, die so heißen.« Von den Enden ihrer Haare tropfte es aufs Papier; sie ließ sich nicht davon beeindrucken.

Er zog einen Zettel mit Koordinaten aus seiner Tasche. »In dieses hier. Könnten Sie für mich Kontakt zu einer Fluggesellschaft herstellen?«

»Einer Fluggesellschaft?« Sie lachte amüsiert. »Eine Fluggesellschaft werden Sie in Feijó nicht finden. Von hier aus gibt es nur Charterflüge mit kleinen Maschinen.«

»Genau das brauche ich.«

»Nach Esperança?« Sie lachte noch einmal, während sie den Namen aussprach.

»Luís!« Sie steckte den Kopf durch eine angelehnte Tür in ein Hinterzimmer. David hörte eine Männerstimme. Er verstand nicht, was gesagt wurde. Die Hotelbesitzerin zeigte immer wieder nach draußen. Ein Mann in langen Shorts und zerrissenem T-Shirt erschien im Türrahmen. In seinem Oberkiefer fehlte ein Schneidezahn. »Nach Esperança?«, fragte er.

»Ja.« David streckte ihm den Zettel entgegen. Der Mann riss ihn wortlos aus der Hand und verschwand. Die Hotelbesitzerin folgte ihm. David blieb allein an der Rezeption zurück. Er betrachtete die Dekoration hinter dem Tresen: das Foto eines Jungen im Fußballtrikot, ein eingerahmtes Marienbild, ein Kalender mit Werbung von einer Supermarktkette, einige Blätter, auf denen etwas von *Amtlichen Bekanntmachungen der Präfektur* stand. Er hörte die Stimmen, die aus dem Hinterzimmer kamen, und versuchte, etwas aufzuschnappen; sie waren zu leise.

»Wollen Sie etwas frühstücken?« Die Hotelbesitzerin schaute zur Tür heraus. »Über die Straße, vor dem Bootsanleger, gibt es ein paar Imbisse. Gehen Sie zum Stand von Gabriela. Richten Sie Grüße von Bruna aus. Dann kriegen Sie es etwas günstiger. Wir kümmern uns in der Zwischenzeit um den Flug.« Sie lief um den Tresen herum, brachte ihn noch bis zur Tür und zeigte auf der anderen Straßenseite auf einen gemauerten Bogen, hinter dem der Fluss schimmerte. Ihre nassen Haarspitzen berührten seinen Oberarm, während sie ihn sachte mit der Hand auf die Straße schob.

Er kaufte sich einen Açaí-Beerensaft, ein Sandwich und die aktuelle Ausgabe der *A Gazeta do Acre* und lief damit die Uferstraße entlang, vorbei an Ständen mit billigen T-Shirts, Rucksäcken und Sonnenbrillen. Beim Anleger stieg er eine Treppe zum Fluss hinunter und sah dabei zu, wie Händler und Familien lange Kähne beluden, bevor er die Zeitung aufschlug. Im Mittelteil entdeckte er ein Foto, ein leicht pixeliges Standbild aus einem Video, von dem er sofort wusste, wo und wann er es zum letzten Mal gesehen hatte: auf Carlines Smartphone, neben Telmo Schmidt im Oktoberfestzelt sitzend. Er erfasste das Wort ›verschwunden‹ in der Bildunterschrift und griff zum Telefon, um Carline anzurufen. Sie ging nicht ran. Er überflog den Artikel, der einen Ethnologen der FUNAI mit den Worten zitierte, die Angehörigen der Náhwua, die südlich von Esperança Kontakt aufgenommen und sich über Monate in einer Siedlung aufgehalten hatten, seien wieder in den Wald zurückgekehrt. »Angeblich sind sie vor illegalen Holzfällern geflohen«, erklärte der Ethnologe, »aber die zunehmenden Auseinandersetzungen mit den hiesigen Siedlern haben sie offenbar dazu bewogen, sich wieder zurückzuziehen, ohne um weitere Hilfe zu bitten. Nur ihre Stockfackel haben sie sich noch entzünden lassen.«

David versuchte es ein weiteres Mal bei Carline, anschließend bei Telmo Schmidt. Weder sie noch er nahm ab.

Die Rezeption des Hotels war unbesetzt, als er hereinstürmte. Bruna war nirgendwo zu sehen, die Tür zum Zimmer hinter dem Tresen verschlossen. Er rief ein paar Mal, es kam keine Antwort. Er ließ sich auf der Bank nieder, die vor dem Eingang auf dem Gehweg stand, betrachtete die Wand des Haushaltswarenladens gegenüber, auf der in bunten Buchstaben *Der Herr ist mein Hirte, nichts wird mir fehlen* geschrieben stand.

Er erwartete, jeden Moment Telmo Schmidt zu sehen, unverrichteter Dinge aus dem Wald zurückgekehrt.

Er sprang sofort auf, als er von drinnen Schritte hörte. Bruna hielt einen Korb mit Bettlaken in der Hand.

»Sie können nachher fliegen«, sagte sie; ihre Haare waren getrocknet und zu einem Knoten am Hinterkopf zusammengebunden.

»Ich habe Sie schon gesucht! Lässt sich der Flug wieder rückgängig machen?«

»Nein.« Sie stellte den Korb auf dem Tresen ab.

»Nein?!«

»Es ist alles vorbereitet.«

»Aber ... wenn ich jetzt doch gar nicht fliegen muss?«

»Der Pilot kommt mit der Maschine nur Ihretwegen hier vorbei.« Sie gab ihm den Zettel mit den Koordinaten zurück. Am unteren Rand war eine Summe in Brasilianischen Real notiert.

»Ist das der Preis?«

»Ja. Sie können direkt bei mir bezahlen. Für Hin- und Rückflug. Sie wollen doch zurück?«

»Wie gesagt, ich will eigentlich gar nicht mehr ...«

»Ich buche das auf Ihre Kreditkarte?«

Er suchte verzweifelt nach der Freundlichkeit und Hilfsbereitschaft, mit der sie ihm noch vor einer Stunde begegnet war, fand sie jedoch nicht, sagte »In Ordnung« und wollte hinzufügen, er müsse nur noch kurz etwas nachsehen. Doch da gab es nichts nachzusehen! Das letzte Mal, dass er sein Konto gecheckt hatte, war zwei Tage her. Die Summe, die angezeigt wurde, war ihm zunächst wie ein Fehler vorgekommen; vielleicht hatte Cédric den zugesagten Freundschaftskredit noch nicht überwiesen. Aber die Liste der Transaktionen log nicht, und die Ehrlichkeit, mit der sie Auskunft darüber gab, dass Cédric sein Versprechen sehr wohl gehalten, die Summe, die er überwiesen hatte, allerdings schon zwei Tage später durch das Begleichen der Kreditkartenschulden wieder verpufft war, hatte etwas so brutal Entblößendes, dass David wie eingefroren vor dem Bildschirm saß.

Bruna schaute ihn abwartend an.

Er überschlug das Kreditlimit, das blieb. Es reichte entweder für einen Rückflug nach Deutschland oder für den Flug nach Esperança. Nicht für beides.

»Ich muss kurz telefonieren.«

»Machen Sie nur.«

Er ging nach draußen, warf den Jungs, die jetzt am Bordstein standen und austesteten, wessen Motorrad am lautesten aufheulen konnte, einen bösen Blick zu und hörte, während er ein Stück Richtung Fluss lief, wieder nur Carlines Mailboxansage, in der sie versicherte, »as soon as possible« zurückzurufen.

Er versuchte es bei Cédric. Das Freizeichen setzte Endorphine frei; der Spiegel sackte sofort wieder ab, als sich nach dreimal Klingeln ebenfalls nur die Mailbox meldete.

An der Rezeption legte er seine Kreditkarte auf den Tresen. Es fühlte sich an wie die vollständige Auslieferung, wie eine Verpfändung des eigenen Schicksals.

Bruna schob die Karte zurück.

»Es lässt sich doch noch stornieren?« Er wollte sie vor Erleichterung umarmen.

»Nein. Aber die Kartendaten habe ich schon vom Einchecken gestern Abend. Soll Luís Sie in einer halben Stunde zum Flugplatz fahren?«

Er nickte nur.

Luís wartete bereits, als David, einen kleinen Rucksack mit dem Allernötigsten auf dem Rücken, auf die Straße trat.

Im Auto sprach er Carline eine Nachricht auf Band mit der Bitte, sie möge ihn zurückrufen. Aber als er schließlich auf den Sitz in der kleinen Maschine sank und den Sicherheitsgurt einrasten ließ, hatte er sich bereits damit abgefunden, dass er sie vor dem Abflug nicht mehr erreichen und das Finanzielle später würde klären müssen. Er zurrte den Gurt fest.

Die grünen Baumkronen, die schon bald in jegliche Richtung zu sehen waren, wirkten wie Moos aus dieser Höhe. Ihn überkam eine seltsame Rührung. Sie war anders als jene Melancholie, die ihn in der morgendlichen Dunkelheit vor dem Anflug auf São Paulo befallen hatte. Anstelle von Angst und Schuldgefühlen breitete sich Zuversicht in ihm aus. Noch existierten also Gegenden auf dieser Erde, in denen es zwar Menschen, aber keine Asphaltstraßen gab, keine Betonbauten, keine Kraftwerke und Stromleitungen. Es tat gut, für einen Moment daran zu glauben, dass dieser Wald so bleiben könne, wie er war, und dass er, David Rubens, einen Beitrag dazu leistete, indem er davon erzählte, anstatt dem langen Reigen von Weltuntergangsgeschichten eine weitere hinzuzufügen. Es brauchte Zukunftszuversicht! Ja, die brauchte es! Und dieser Wald mit seinen Pflanzen, Flüssen, Organismen schien wie ein unendliches Reservoir, aus dem sich Zuversicht schöpfen ließ.

Er war guter Dinge, als sie auf dem Boden aufsetzten. Die Maschine rollte bis zum Ende der Piste. Der Pilot schaltete den Propeller aus und drehte sich um.

»Wie lange brauchen Sie?«

»Ich muss eigentlich nur jemanden finden.«

»Eine Stunde?«

»Wenn überhaupt.« Vor dem Fenster, abseits der Landebahn, erblickte er eine Handvoll Hütten.

Er kletterte aus dem Flugzeug und winkte zwei Kindern zu, die hinter einem Holzschuppen auftauchten. Sie verschwanden, als er auf sie zulief.

»Ich suche einen Mann«, sagte er zu einer Frau mit weißen Haaren und faltigen Wangen im Schatten einiger Bananenstauden. Ihr Gesichtsausdruck verriet nicht, ob sie seine Frage verstand.

»Rote Haare? Locken? Schwarze Kleidung?«, ergänzte er.

Die Frau zeigte stumm auf einen Mann, der am Flussufer mit einer Motorsäge hantierte.

Er hörte auf zu sägen, als David an ihn herantrat, ließ den Motor aber laufen. Über das stotternde Knattern hinweg wiederholte David seine Fragen.

»Ist weg«, sagte der Mann. Das Zittern der Säge übertrug sich auf seine schmächtigen Oberarme.

»Wann?«

»Heute Morgen.« Der Mann hob die Säge und zeigte auf den Fluss. Er setzte das Kettenblatt wieder an den grau gefleckten Stamm, die Säge kreischte auf, Späne stoben in alle Richtungen. David verfolgte, wie sich das Blatt ins Holz fraß. Er wartete, bis es auf der Unterseite angekommen war. Die Säge wechselte zurück in den knatternden Leerlauf.

Er zog ein Bündel Geldscheine aus der Tasche, ein guter Teil des letzten Bargelds, das er noch besaß.

Der Mann rief etwas zu einer der Hütten oberhalb des Ufers. Eine schwarz gelockte Frau schaute heraus, zwei Jungs kamen herbeigelaufen, maximal sechzehn Jahre alt. David brüllte über den Lärm der Säge hinweg, die nun an einer anderen Stelle den Stamm durchfraß, wen er suche und was er wolle. Die Jungs stopften sich die Scheine in die Taschen.

»Fünfzehn Minuten«, sagten sie.

Er fing den Piloten auf dem Weg zu einem Verschlag ab, vor dessen Front ein selbstgezimmertes *BARZINHO*-Schild hing.

»Der Mann, den ich suche, ist schon weg. Ich müsste ein Stück mit dem Boot hinterherfahren. Wie lange können Sie warten?«

Der Pilot zog die Nase hoch. »Vor dem Nachmittagsregen muss ich weg sein.«

»Gegen … vier?«

»Vor dem Regen.«

»Aber *wann* wäre das?«

Der Pilot schniefte erneut. »*Vor* dem Regen ist *vor* dem Regen.« Er zeigte zum Himmel.

David prüfte die Uhr auf seinem Handy. Wenn der Regen gegen vier einsetzte, blieben etwas mehr als fünf Stunden. Er spielte mit dem Gedanken, doch nicht ins Boot zu steigen, verwarf ihn aber schnell.

»Okay«, sagte er zum Piloten, während der sich an der Bar niederließ. »Dann bin ich bis zum Regen wieder hier.«

Als er zu den Jungs ins Boot stieg, wurde sein Hinweis, sie müssten den Himmel im Blick behalten, vom Anspringen des Außenbordmotors verschluckt. Er setzte sich, merkte, wie erschöpft und müde er war. Eine Weile lang konnte er sich noch durch das Betrachten der Ufervegetation unterhalten, Freude über ein Pärchen Aras empfinden, das über sie hinwegflog, eine Gruppe Kapuzineraffen beobachten, die aus sicherer Entfernung auf den dicht bewachsenen Ästen eines Baumes hockend dabei zusahen, wie das Boot an ihnen vorbeifuhr. Als ihm die Augen bereits zufielen, versuchte er es mit Konversation.

»Ich bin David. Wie heißt ihr?«

»Eric«, sagte der, der im Heck saß und die Lenkstange hielt.

»Milton« antwortete der andere. Er hockte vorne im Bug. Sie drehten ihre Köpfe sofort wieder weg. David blieb konsterniert in der Mitte sitzen, verschränkte die Arme auf den Knien, legte den Kopf darauf ab und schloss die Augen.

Er wachte auf, als der Motor verstummte. Parallel zu ihrem Boot trieb ein Einbaum. Ein junger Mann saß darin, nur wenig älter als Eric und Milton. Er redete aufgeregt auf sie ein, in einer Sprache, die sich für David nicht wie Portugiesisch anhörte.

»Ist etwas passiert?«, fragte er.

Niemand scherte sich um ihn.

»Ist etwas passiert?«, fragte er noch einmal, diesmal etwas lauter. Er erhielt weiterhin keine Antwort. Eric warf den Motor wieder an. Der junge Mann neben ihnen wendete und fuhr voraus.

»Jungs, könnt ihr mir sagen, was los ist?«

Sie gingen nicht auf seine Frage ein. Er schaute auf die Bugwellen, die das vorausfahrende Boot produzierte, bis es zur Seite ausscherte und am Ufer hielt.

Milton kletterte als Erster nach draußen. David folgte ihm, Schlamm spritzte auf seine Hosenbeine. Er sah erst jetzt, dass Eric ein Gewehr dabeihatte. Es hing über seiner Schulter und schlug im Takt der schnellen Schritte gegen seinen Rücken. David versuchte Schritt zu halten, stolperte über Wurzeln, fand kaum Halt und war froh, als sie das Tempo endlich drosselten.

In einiger Entfernung lag etwas Dunkles auf dem Boden – der Körper eines Tiers, eines Tapirs oder irgendetwas anderes, langgestreckt und regungslos. Der Zeigefinger des jungen Mannes, der voranging, wies darauf. Milton und Eric fluchten. Als David ihnen folgte und der Silhouette immer näherkam, erkannte er, zu wem der Bauch, der sich dort unter einem beigen Hemd wölbte, die Füße, die, in Wanderschuhe eingeschnürt, zu den Baumkronen hinaufzeigten, und der Kopf, an dem schweißnasse Haare klebten, gehörten.

Er ging in die Hocke und legte die Hand an den priesterlichen Hals, wartete, ob nicht noch irgendwo, irgendwie in dieser Hülle ein leichter Pulsschlag zu erspüren war. Aber der leere Blick, mit dem Telmo Schmidt in die Höhe sah, die milchige Trübung seiner Augen, verrieten, dass sein Herz aufgehört hatte zu schlagen, dass in seinem Körper das Blut nicht mehr pulsierte, sondern nur noch versackte und unterhalb seiner Wangen dunkelblaue Flecken bildete.

Eric und Milton schrien den jungen Mann an, der schrie zurück. Davids Ohren rauschten. Er sah immer wieder auf Telmo Schmidts Gesicht, das zu einer Miene erstarrt war, die aussah wie ein Lächeln.

»Was ist passiert?«

»Umgefallen.«

»Einfach umgefallen?« Er glaubte ihm nicht, konnte aber auch keine äußeren Verletzungen entdecken: keine Pfeilspuren, keine Bisse, keine Schusswunden.

»Helfen!«, rief er. Die drei hörten auf zu schreien. Jeder packte eine Gliedmaße. Sie kamen keine drei Meter weit, bis sie den schweren Körper wieder auf den Waldboden sinken lassen mussten.

Eric und Milton hieben mit Macheten einen dünnen Stamm um, schlugen Lianen ab und verknoteten sie zu einer weitmaschigen Hängematte. Zu viert wuchteten sie den Körper darauf, trugen ihn, am Stamm aufgehängt, zum Fluss, wo die Boote lagen. Davids Kleidung war durchnässt vom Schweiß. Seine linke Schulter, auf der der Stamm gelegen hatte, schmerzte, als er sich wieder auf seinen Platz in der Mitte des Einbaums setzte. Er nahm seine Regenjacke aus dem Rucksack und legte sie über Telmos Gesicht. Es war leicht, sich einzubilden, er würde nur schlafen und die Jacke als Sonnenschutz gebrauchen, während sie Richtung Esperança zurückfuhren. Jedes Mal, wenn der Fahrtwind die Jacke bewegte, sah es so aus, als würde der tote Körper sich regen.

David traute sich nicht, zum Himmel zu sehen. Die ersten Wolkenfelder, die in der Ferne auftauchten, waren wie die Ankündigung eines schweren Unheils, noch schwerer als das, was im Boot lag.

»Schaffen wir es vor dem Regen zurück?«

Milton zuckte die Achseln.

Bei einer Sandbank, die von entengroßen schwarzen Vögeln besetzt war, begann der Motor zu stottern. Milton schaltete ihn aus. Die Seelenruhe, mit der er einen Benzinkanister aus dem Bug nahm, ihn aufschraubte, einen Füllstutzen darauf montierte und den Tank befüllte, sorgte für eine solche Anspannung in Davids Körper, dass er sich wand, die Hände krampfte und auf Milton einschlagen wollte. Er hielt an sich, atmete auf, als der Motor endlich wieder lief.

Die letzten blauen Flächen am Himmel wurden zunehmend von einem weißgrauen Schleier überzogen. David versuchte, Abschnitte am Ufer zu erkennen, die ihm von jenem Teil des Hinwegs bekannt vorkamen, bei dem er noch nicht geschlafen hatte. Bei jeder Kurve betete er, sie möge die letzte sein.

Als die Boote ihr Tempo verlangsamten, die Geräusche der Motoren leiser und die des Urwalds wieder lauter wurden, mochte er, aus Angst enttäuscht zu werden, zunächst gar nicht glauben, dass sie angekommen waren.

Milton und Eric verscheuchten die Kinder, die ans Ufer liefen und auf den Toten starrten. David rannte zur selbstgezimmerten Bar. Der Pilot saß noch da. Ein halbleeres Glas Cola stand vor ihm auf dem Tisch.

»Können wir?«

»Wir müssen«, keuchte David, als ihm endlich das richtige Wort einfiel, »jemanden mit zurücknehmen.«

»Ein Platz ist noch frei.«

»Er muss liegen.«

»Liegen?«

Irgendwo kreischte ein Vogel.

»Er ist tot.«

»Tot?« Der Pilot schüttelte den Kopf.

»Ich bezahle auch. Wir müssen!«

»Es geht nicht.«

»Aber ich kann ihn nicht einfach hierlassen. Er muss mindestens nach Feijó, oder besser gleich nach Rio Branco.«

»Darf ich nicht.«

»Wieso nicht?« David wollte ihm am liebsten die Cola ins Gesicht kippen.

»In einer Dreiviertelstunde fliege ich«, sagte der Pilot. »Spätestens.«

David rannte zum Fluss zurück. Die Vorstellung, jetzt allein im Wald zu bleiben, neben dem Leichnam von Telmo Schmidt, ohne Geld für einen Rückflug, ohne Handyempfang, ließ ihn panisch werden.

»Wo können wir ihn …?« fragte er. Er machte eine Schaufelbewegung mit den Armen.

Milton sprach Eric und den anderen Mann an. Sie palaverten ohne Anschein von Eile.

»Ich habe nur noch eine Dreiviertelstunde!«, schrie David. »Maximal!«

Zwei andere Jungs packten mit an. Die Jacke rutschte von Telmos Gesicht. Eine Ameise krabbelte über seine Schläfe.

Sie hievten ihn vom Ufer weg, an den Hütten vorbei, in den Wald hinein. Jemand brachte eine Spitzhacke und Schaufeln. David begann, mit der Hacke den Boden aufzuhauen; er war weich, zum Glück. Die rötliche Erde, die unter der braunen Blätterschicht zum Vorschein kam, türmte sich schon bald zu einem Haufen auf.

Als sie den Körper, in eine etwas zu kurze Plastikplane gewickelt, in die Grube legten, und die Erde vom Haufen zurück in das Loch schaufelten, fiel David nur der Vers von der Hauswand in Feijó ein.

»Der Herr ist mein Hirte«, sprach er leise, »nichts wird mir fehlen.«

Er sah auf die Schuhspitzen, die unter der Plane hervorschauten, wartete, bis auch sie von Erde bedeckt waren, und nahm den Rucksack, den Telmo Schmidt bei sich getragen hatte; jemand brachte ihm noch einen Rollkoffer, der in einer Hütte abgestellt worden war. David versuchte ihn zu ziehen, er störte beim Rennen. Er packte den Griff. Der Koffer schlug gegen seine Wade, während er zum staubigen Streifen am Rande des Ortes rannte. Der Pilot hatte die Maschine bereits gewendet und in Startposition gebracht. Der Propeller drehte sich. David wedelte mit dem freien Arm. Einer der Rucksäcke rutschte von seiner Schulter.

Er war so außer Atem, als er auf den Sitz fiel, die Rucksäcke und den Koffer vor sich abstellte und den Anschnallgurt schloss, dass er kaum ein »Danke« hervorbrachte.

Er schaute noch einmal nach unten, wo die Blechdächer von Esperança das Grau des Himmels reflektierten, bevor er sich an den Piloten wandte. »Könnten Sie mich bitte direkt nach Rio Branco bringen?« Der Pilot reagierte nicht.

Dass er der Bitte folgte, merkte David erst, als die Flugzeit länger wurde, als sie auf dem Hinweg gewesen war. Er hielt die Trageschlaufe von Telmo Schmidts Rucksack fest umklammert, wie zur Verteidigung gegen den Vorwurf, er habe ihn vollständig zurückgelassen.

Der Horizont färbte sich langsam rot. Als die ersten Lichter von Rio Branco auftauchten, zog David sein Telefon aus der Tasche. Er wartete, bis die Räder auf der Landebahn aufgesetzt hatten und neben einem offenen Hangar gerollt waren, bevor er es aus dem Flugmodus holte.

Neun entgangene Anrufe ploppten auf: zwei von Martje, zwei von seinem Vater, fünf von Cédric, dazu eine Sprachnachricht. Er spielte sie ab, während er dem Piloten ins Flughafengebäude folgte.

»David, ich versuche die ganze Zeit, Carline zu erreichen«, hörte er Cédric sagen. »Ihr Telefon ist aus. Ist irgendwas passiert? Melde dich bitte!«

Die Sorge, die aus Cédrics Stimme sprach, war ungewohnt, fast noch beunruhigender als die Frage, die er stellte.

David ließ sich vom Flughafen bis vor die Tür von Carlines Unterkunft fahren. Sie war verschlossen. Er klingelte bei der Vermieterin.

»Senhor!« Sie zog ihn ins halbdunkle Treppenhaus hinein.

»Ist Carline Macpherson da?«

Die Vermieterin kniff den Mund zusammen. Sie stieg die Treppenstufen hinauf, bedeutete ihm, ihr zu folgen.

Seine Augen brauchten einen Moment, um in der Dunkelheit des Zimmers etwas zu erkennen. Das Bettzeug fehlte. In der Mitte der gestreiften Matratze war ein kopfgroßer Fleck. Er fuhr zusammen, sah erschrocken zur Vermieterin.

»Es war so viel Blut«, sagte sie, »so viel.« Sie flüsterte nur, fasste ihm an die Schulter. »Ich bin gleich zurück.«

Er trat näher an die Matratze heran, guckte sich im Zimmer um. Es schüttelte ihn. Die Scheinwerfer der vorbeifahrenden

Autos versetzten die Wände in Bewegung. Carlines Sachen lagen da, als wäre sie nur kurz weggegangen, auf dem Nachttisch ihr Telefon. Er tippte es an. Der Akku war leer.

»Schauen Sie«, sagte die Vermieterin. Sie streckte ihm eine Tablettenschachtel entgegen.

»Es ist für …« Sie legte eine Hand auf ihren Unterleib und machte eine wegwischende Bewegung.

Er nahm die Packung, blickte erneut auf das Bett. Die dunkle Lache schien plötzlich noch größer zu sein als vorher, und obwohl die Vermieterin nichts dergleichen sagte und er Carline seit über vierundzwanzig Stunden nicht gesprochen hatte, wusste er, dass dieser Fleck dort mit *ihm* zu tun hatte, dass *dies* der eigentliche Grund für das Gespräch gewesen war, das sie erbeten hatte, dass die Schuld, die er auf sich geladen hatte, nun nicht mehr nur Martje betraf, nicht nur Arik, nicht nur Cédric, nicht nur Telmo Schmidt, sondern auch – und jetzt vor allem – Carline.

Er musste sich auf den Bettrand setzen.

»In welchem Krankenhaus ist sie?«

»Nicht im Krankenhaus, Senhor! Sie darf nicht in ein Krankenhaus!«

»Aber wo ist sie?«

»Ich rufe Ihnen ein Taxi.« Sie lief erneut weg und kam mit einem Zettel in der Hand wieder. »Das ist die Adresse. Sagen Sie, dass ich Sie schicke. Und bitte: bringen Sie sie nicht ins Krankenhaus! Es stehen so hohe Strafen darauf!«

Vom Metalltor, an das er eine halbe Stunde später klopfte, platzte der Lack ab. Ein Hund bellte. Im Innenhof ging Licht an.

»Ja?«

»Ich komme von Senhora Gonçalves.«

Eine Eisenkette wurde aufgeschlossen. Die Tür öffnete

sich einen Spalt weit, er zwängte sich hindurch. Die Frau, die im Hof stand, war etwas jünger als die Vermieterin. Sie trug eine Schürze über einem geblümten Kleid. Sie sagte kein Wort, während sie ihn durch den Hof, einen schmalen Gang entlang, zwischen den unverputzten Mauern zweier Häuser hindurch auf einen weiteren Hof führte, in dem Wäsche hing. Es roch nach blumigem Waschmittel.

»Bleiben Sie kurz hier.«

Er betrachtete den einstöckigen Bau, in dem sie verschwand. Auf dem flachen Dach ragten kahle Betonpfeiler wie unerfüllte Zukunftsversprechen in die Höhe. Irgendwo lief Musik, dazu die schrillen Stimmen einer Telenovela.

Ein rötliches Leuchten erfüllte den Himmel. Kein Stern war zu sehen. Nur ein Flugzeug flog blinkend durch seidige Wolken. Er wünschte sich, darin zu sitzen, wünschte sich, zurückzukehren zum Anfang der Geschichte, zum Ausgangspunkt, alles umzuschreiben, neu zu schreiben, kämpfte gegen den Gedanken, dass dies das Ende sein sollte.

Die Tränen, die über sein Gesicht rannen, waren warm.

»Kommen Sie«, sagte die Frau, als sie wieder im Türrahmen erschien. An die Wand hinter ihr im Gang waren krakelige Palmen gemalt.

Er streifte sie leicht, während er hineinging.

## Zitatnachweis

Das dem Roman vorangestellte Motto stammt aus:
Euripides Hippolytus V.375–377
Aus: Euripides. *Werke in drei Bänden*. Teil: Bd. 1., *Alkestis. Medea.* Hippolytos [u. a.]. Aus d. Griech. übertr. von Dietrich Ebener. Aufbau-Verlag, Berlin und Weimar 1979

Anselm Oelze
Wallace

Roman
264 Seiten. Gebunden. Lesebändchen. Bedruckte Vorsätze.
ISBN: 978-3-89561-132-2

Frühjahr 1858: Ein Brief verlässt eine kleine Insel in den Molukken. Sein Ziel ist Südengland, sein Inhalt: ein Aufsatz über den Ursprung der Arten. Kaum ein Jahr später sorgt die Schrift für Aufsehen und wird bekannt als Theorie der Evolution. Doch nicht der Verfasser des Briefes, der Artensammler Alfred Russel Wallace, erntet den Ruhm dafür, sondern sein Empfänger, der Naturforscher Charles Darwin. Von Wallace bleibt lediglich eine nach ihm benannte Trennlinie der Arten im Malaiischen Archipel.
Einhundertfünfzig Jahre später stößt der Museumsnachtwächter Albrecht Bromberg auf das Schicksal des vergessenen Wallace. Er begibt sich auf seine Spuren und je länger er mit Wallace unterwegs ist, desto mehr zweifelt Bromberg an, ob alles so bleiben muss, wie es ist. Er fasst einen Plan, der endlich denjenigen ins Licht rücken soll, der bisher im Dunkeln war, und erkennt: Geschichte wird nicht gemacht, sondern geschrieben.
Mit seinem Debüt ist Anselm Oelze ein philosophischer Abenteuerroman gelungen, ein literarisches Denkmal für die Außenseiter des Lebens und der Geschichte.

»Eine fabulierstarke, spannende Spurensuche im Forschermilieu.«
Ute Büsing, rbb Inforadio

»Überaus lebendig geschilderte Szenen aus Wallaces Leben.«
Andrej Klahn, Deutschlandfunk

»Eine hinreißende Meditation über Erfolg und das dafür notwendige Quäntchen Glück, und über die Fähigkeit, diesem Glück – zur Not – etwas nachzuhelfen.«
Denis Scheck, Druckfrisch

»Der Roman ist zweifelsohne ein literarisches Denkmal für die Außenseiter des Lebens und der Geschichte – aber es ist auch: spannend, witzig und verdammt gut geschrieben!«
kulturnews

Anselm Oelze
Die Grenzen des Glücks
Eine Reise an den Rand Europas

112 Seiten. Klappenbroschur. Format 12 x 20 cm.
ISBN: 978-3-89561-133-9

Im September 2020 brennt auf der griechischen Insel Lesbos Moria nieder, das größte Flüchtlingslager Europas. Wenige Wochen nach dem Brand fliegt der Schriftsteller Anselm Oelze nach Lesbos, um sich ein Bild von der Lage zu machen. Er erlebt eine Insel, auf der der Ausnahmezustand zur Regel geworden ist, und fragt, wie es dazu kommen konnte. Er erlangt Zutritt zu dem in Windeseile errichteten neuen Camp Kara Tepe und kann mit Menschen sprechen, die dort leben müssen. Außerdem verfolgt er die Arbeit der Medien und blickt hinter die Kulissen der Hilfsorganisationen. Doch er denkt auch über seine Rolle als Beobachter und die eigene Wahrnehmung des Geschehens nach. Und so ist der Bericht seiner Reise nicht nur eine eindringliche literarische Reportage, sondern vor allem eine hellsichtige Reflexion über lieb gewordene Selbstverständlichkeiten, über die eigene Verantwortung, die Macht der Grenzen und die Zufälligkeit des Glücks.

»Aus den Erlebnissen Oelzes ist ein beeindruckendes Buch entstanden, das zugleich eine literarische Reportage und ein erhellender Essay ist.«
Tino Dallmann, MDR Kultur

»Absolut lesenswert, auch wenn man das Buch mit Tränen in den Augen schließen mag.« Dieter Dausien, Buchladen am Freiheitsplatz

»Oelze ist ein belesener und kluger Beobachter, (...) er schreibt ein großes kleines Buch über die moralische und politische Ungleichheit und über die staatliche Inszenierung von Souveränität und Kontrolle.«
Heribert Prantl, Süddeutsche Zeitung, Newsletter »Prantls Blick«

»Aus dem Frühjahrsangebot deutschsprachiger Verlage sticht EIN Buch besonders hervor. (...) ein Buch, das es in sich hat.«
Christoph Pichler, Forum Literatur, RAI-Podcast

© Iona Dutz

Anselm Oelze, geboren 1986 in Erfurt, studierte Philosophie in Freiburg und Oxford. 2019 erschien bei Schöffling & Co. sein Roman *Wallace*, mit dem er für den *Debütpreis der lit. COLOGNE* nominiert war. Für seine literarische Reportage *Die Grenzen des Glücks* erhielt er den *Literaturfestpreis Meißen 2021*. Er lebt als freier Schriftsteller mit seiner Familie in Leipzig.